他的天空博大恢宏

跨域
与
越界

刘登翰教授学术志业
六十年研讨会文集

福建社会科学院文学研究所 编

刘小新 主编

江苏大学出版社
JIANGSU UNIVERSITY PRESS
镇江

图书在版编目（CIP）数据

他的天空博大恢宏：跨域与越界：刘登翰教授学术志业六十年研讨会文集/福建社会科学院文学研究所编；刘小新主编. —镇江：江苏大学出版社，2017.10
ISBN 978-7-5684-0515-7

Ⅰ.①他… Ⅱ.①刘… ②福… Ⅲ.①刘登翰－纪念文集②文学研究－文集 Ⅳ.①K825.6-53②I0-53

中国版本图书馆 CIP 数据核字（2017）第 167961 号

他的天空博大恢宏

跨域与越界：刘登翰教授学术志业六十年研讨会文集
Ta de Tiankong Boda Huihong

编　　者/福建社会科学院文学研究所
主　　编/刘小新
责任编辑/米小鸽　张　冠
出版发行/江苏大学出版社
地　　址/江苏省镇江市梦溪园巷 30 号（邮编：212003）
电　　话/0511-84446464（传真）
网　　址/http：//press.ujs.edu.cn
排　　版/镇江文苑制版印刷有限责任公司
印　　刷/句容市排印厂
开　　本/718 mm×1 000 mm　1/16
印　　张/22.75
字　　数/420 千字
版　　次/2017 年 10 月第 1 版　2017 年 10 月第 1 次印刷
书　　号/ISBN 978-7-5684-0515-7
定　　价/58.00 元

如有印装质量问题请与本社营销部联系（电话：0511-84440882）

前言

"他的天空博大恢宏!"谢冕先生如是说。从 1956 年考入北京大学并开始尝试写作与文学评论算起,至今,刘登翰教授的学术志业已届六十载。

刘登翰教授是当代"闽派学术"的代表性人物之一,他在所涉足的新诗研究、台港澳暨海外华文文学、文艺创作与艺术批评、闽台区域文化与闽南文化研究等领域,都有卓越建树,其学术贡献与影响力堪称当代社会科学"闽军"的典范,其学术志业的精神与学术视域的广度、深度,成为"闽派学术"的宝贵财富。

当前,闽派人文学术的转型与振兴,已经成为福建社会科学界一项重要课题。在新的历史语境下,如何进一步促进"闽派学术"的发展与繁荣,以社会科学闽军中的学术典范为个案,深入研究其学术经验与文化精神,是"闽派学术"再出发的重要基础。而刘登翰教授正是这样一个值得深究的典型个案,他以六十载的学术岁月勾画出了一条"跨域与越界"的轨迹,凸显出了"闽派学术"的中国精神,并将这种学术气质有效地汇入社会科学中国化的大潮之中。"跨域与越界——刘登翰教授学术志业六十年"研讨会以刘登翰教授为个案,对这位以"个人的研究释放了学科的能量"(黄万华语)的当代"闽派学术"典范、世界华文文学研究的"引领人"之一,进行了多方位的探讨,回顾刘登翰教授的学术道路,总结刘教授及他们这一代人的经验,以"学案式"的研究展现老一辈学人的学术精神与人格魅力,从而为后辈学人树立典范与榜样。这也是我们举办此次学术研讨会的缘起和意义所在。

研讨会于 2016 年 7 月 6 日至 7 日在福建福州隆重举行,由福建社会科学院、中国世界华文文学学会、福建省闽南文化发展基金会和福建省文联共同主办,由福建社会科学院文学研究所、福建师范大学两岸文化发展协同创新中心、福建省作家协会、福建省台港澳暨海外华文文学研究会承办。来自中国社会科学院、北京大学、复旦大学、南京大学、暨南大学、山东大学、厦门大学、福建师范大学、福建社会科学院、华东政法大学、中南财经政法大学,以及台湾大学、香港大学和其他社会学术团体的专家学者与作家艺术家共

120多人,参加了本次研讨会。研讨会根据刘登翰先生的涉足领域设置了"台港澳暨海外华文文学研究""闽台区域文化与闽南文化研究""文艺创作与艺术批评""跨域与越界:空间的拓展"四个议题;还在福建画院举办"墨语——登翰写字"书法展,展出刘登翰书法作品近百幅。无论是谢冕、洪子诚、张炯、孙绍振、杨匡汉、陆士清、吕良弼等"同代人"的回忆与评价,还是黎湘萍、朱双一、王列耀、计璧瑞、刘俊、曹惠民、黄万华、章绍同、颜纯钧、朱立立等年岁略晚于刘先生的中坚代学人的感受与致谢,都从不同的侧面展现了刘登翰先生六十年来辛勤耕耘结出的丰硕成果,也展示了刘登翰先生的学术精神与人格魅力,诚无愧于"引领学科的智者,培育后学的仁者"之称誉。所谓"引领学科的智者",我们可以视其为对刘登翰先生一生投身世界华文文学学科探索与建构的最好注解;所谓"培育后学的仁者",恰恰体现了他提携与关爱后学的慈爱之心,亦体现了后辈学人对先生的崇拜与致敬。

这本《他的天空博大恢宏——跨域与越界:刘登翰教授学术志业六十年研讨会文集》,不仅是这次研讨会的精华结集,而且也是所有参加这次研讨会的嘉宾、同行、朋友、学生及福建社会科学院文学所敬献给刘登翰先生学术生涯六十周年的礼物。全书分为上、下两辑,其中上辑为"关于当代新诗、台港澳暨海外华文文学研究",下辑为"关于文化研究、创作及其他"。仅从撰文者对刘登翰教授的评价与赞誉,我们就足以看到刘登翰教授所取得的学术成就和在学界享有的学术地位与学术声誉。刘登翰教授的学术视野跨越了多个领域:从当代新诗到台港澳文学,从台港澳文学到世界华文文学,从文学研究到艺术批评,从文艺创作到闽南文化和闽台区域文化研究,并且在这些领域均取得了独特而丰硕的成果。他的研究不仅具有世界视野,还具有开疆拓土的独特贡献。他是世界华文文学学科重要的开拓者之一,他是闽台区域文化研究的代表性人物之一,他的诗歌、散文和书法创作也自成一格。刘登翰教授用"跨域与越界"来总结自己的学术人生,从他治学生涯的三次"华丽而又素朴的转身"中,我们可以看到他一以贯之的学术精神和严谨作风,在所介入的领域中都有新的发现和斩获,并且产生了突出的学术影响力。刘登翰教授的治学历程所勾勒出的"跨域与越界"的学术轨迹,被与会者誉为"凸显出闽派学术的多元视野和探索精神"。"刘登翰在跨域与越界的研究中展现出来的原创精神和学术视域,使他在开放、多元的闽派学术中独树一帜。"(吕良弼语)"研究疆域的拓展于刘登翰教授而言,不仅具有学术互文的效果,而且更意味着理论视域和历史文化等维度的深度掘进。"(朱立立语)"刘登翰的跨域与越界的学术实践提示我们,可以建构一种新的文学史视野,不是单纯地将福建文学或者台湾文学视为一个地方特质的区域文学，而是可以尝试把福建空间因素纳入台湾文学史来观照，可以从福建看台湾，从台湾看近代福建，从台湾看日本，乃至彼此的跨界交错，建构区域流动与空间化的文学史框架，这样可能会发现一些原先被遮蔽、被忽略的部分。"（黄美娥语）刘登翰教授在从事学术之余，还进行诗、散文、报告文学、歌词和书法创作，体现了独具美学色彩的家国情怀及乡土韵味。他不是专业意义上的诗人、书法家、报告文学家或歌词作者，"然而，正是这些写作及其深深烙上了时代印记的生命经验，使得刘登翰'这一个'学者的研究明显带上了他们这一代人既相似又独特的胎记，使之在八十年代至今的学术生活中，独树一帜，自成风景"（黎湘萍语）。刘登翰教授虽已进入耄耋之年，但老当益壮，仍继续在"跨域与越界"中笔耕不辍。近十几年来，他从世界华文文学研究走向闽台区域文化研究，这既是一种学术越界，也体现了一个当代知识分子深沉的民族国家意识和文化情怀。从他主编的十六册大型丛书"闽台文化关系研究丛书"和所著的《中华文化与闽台社会：闽台文化关系论纲》一书中，我们可以深切感受到刘登翰教授作为"一个关注两岸文化历史、现状和前途的中国当代知识分子深沉的民族国家意识"。这种精神，值得我们后辈学人尊敬和学习。

一个甲子的拓植与积淀，刘登翰教授既孕育了学术研究的硕果，又收获了桃李满天下的芬芳。这一论文集不仅是对刘登翰教授学术志业六十周年的纪念，而且是对其不断"跨域与越界"的道路上一处处靓丽风景的展示，是中国一代知识分子学术之路的缩影，也寄托了一位慈爱可亲的长者对年轻一代学人的殷切希望。

由衷地感谢对"跨域与越界：刘登翰教授学术志业六十年"研讨会成功举办给予极大支持的福建社会科学院、中国世界华文文学学会、闽南文化发展基金会、福建省文联！感谢拨冗参加本次研讨会的所有领导、学界前辈、来宾和朋友！感谢为本论文集贡献文章的所有作者，也感谢支持本书出版的江苏大学出版社！

福建社会科学院文学研究所

2017 年 2 月 25 日

目录

他的天空博大恢宏

跨域与越界
刘登翰教授学术志业六十年研讨会文集

他的天空博大恢宏

附　录

上辑

关于当代新诗、台港澳暨海外华文文学研究

他的天空博大恢宏

谢冕

　　每年的九月开学季,总是校园里的一个盛大的节日。距今整整六十年前,1956 年 9 月,我在校园里找到了刘登翰。朋友们告诉我,厦门来了个新生,是写诗的,他就是刘登翰。因为是同在一个系,又是同乡,我们很快就成了朋友。从那时起,北大诗社,后来的《红楼》杂志,甚至北大校刊,都成了我们挥洒青春和梦想的园地。熟了以后,大家都亲昵地叫他"阿登"。当年的我们是何等天真烂漫,我们的友谊是与诗歌、艺术及我们的青春梦想联系在一起的。

　　时光不会常驻,相聚的时间很短暂。记得那年,我毕业后下放到农村工作,随后一年,登翰也要毕业离校。要分别了,他从北京坐了火车,又乘长途汽车,辗转整整一天来到了我工作的斋堂公社。时近深秋,树木萧瑟,枯山寒水,我们上山摘了许多酸枣,想留下一些欢乐的记忆。天气是变得凉了,我们的心中充满寒意,就此一别,后会难期,彼此心中怀有隐隐的不安。这是三年困难时期的开始,再后来,就是那一场长达十年的"文化大革命"。

　　此后的岁月,各人自有各人言之不尽的心酸和疼痛。我们这一代人,一切都与社会进退、国运兴衰密切相关,我们只是时代大潮中的一片叶子,命运怎么捉弄我们,我们只能无可抗拒地承受。我本人在这段时间的经历,大抵可以归结为如下两点:一是无论让你干什么,就是不让你干你的专业;二是你可以无所作为,但你必须成为所有政治斗争的对象。刘登翰大体也没有逃脱这样的命运,他在书中形容劫难之后的心境:"将近二十年闽西北山区的基层工作,乍一来到学术岗位,竟茫然不知所措。"我们劫后归来,情况也大体如此。

　　这一切,似乎都与 20 世纪 80 年代有关。我们的 80 年代是重新书写人生的个人大变局时代,即使现在重聚,我们的话题也还是绕不过这个永远的80 年代。记得南宁会议,那是 80 年代第一春,我和洪子诚从北京来,孙绍振和刘登翰从福州来,开会就谈朦胧诗。孙教授春风得意,舌战群儒,滔滔不绝,发言占了整整两个时段。他"得意忘形",登翰在背后拉我的衣角:"还得意呢,后院起火了。"登翰此时的"幸灾乐祸",显出了表面憨厚的他内里的"坏"。至于这"后院起火"的秘密,现在也还不能公开,在座的只有我们几个"当事人"明白。

也就是此时,刘登翰厚积薄发,悄悄地开始了他人生和学术生涯的真正的青春岁月。他的著作很多,我读不过来,只能就他的一本书说起,这就是桂堂文库中的《跨域与越界》。我要说的是刘登翰人生与学术的"跨越"。我和大家一样,最先认识的刘登翰,是诗人刘登翰。他和孙绍振一起出过诗集,写过许多有影响的诗歌评论,写过中国新诗史。短短的时间内,他在诗歌创作与研究方面,就拓展出一片广阔天空。

在学术界,能以自己的积学始终坚守一方疆土已很不易,而在坚守之外,又能在他人所不及处另辟一片崭新领域,尤其是当这些领域对于许多人来说是完全陌生的时候——这是类似于开垦处女地那样的拓荒工作——更是难上加难。因为他从事的工作是前人未曾或甚少涉足的,他没有前人的经验可供借鉴。刘登翰就是这样,在他已经取得成就的诗歌创作和诗史研究的成功基础上勇敢地走了出来,开始了他学术生涯的新跨越。

20世纪80年代,中国结束了长期的动乱和封闭,国门开放,开始了广泛地与世界的沟通,不仅是经贸领域,而且是在更加广阔的文化和学术领域,均展开了非常频繁而广泛的沟通和交流。福建地处改革开放的前沿,和东南亚各国,特别是与我国的台湾地区隔水而望,因而在海峡两岸的对话中突显了不可替代的优越性和重要性。刘登翰出生于厦门,家族中又有深厚的海外渊源,这些外在因素和内在因素的融合发酵,激发了他的"创业热情",他适时而果断地在大变革中确定了新的位置,开始了他的学术生涯的又一次冲刺。

事实证明,在新时期,创作、诗歌批评及诗歌史的写作,这只是他学术生涯的重新起步,他把学术再度创造期放置在此后。他由此展示了我们所不知晓的多层面的才华和智慧。刘登翰的学术优势不仅是属于诗歌的,他有更加博大的天空。正如我们所知道的,他的书法艺术得到业界的普遍赞誉,他已是卓然自立的书法家;此外,我私下知道,他对茶道也很有研究,但这只是他的学术世界的冰山一角,而更为宏阔的部分是在文化和文学层面。就我所知,诸如:台湾、香港及澳门文学和文化研究,闽南文化和闽台交流史研究,以及范围更为广大的世界华文文学研究,在这些原先未有的崭新领域里,他不仅是一般的学者、专家,更是一位学术带头人。正如古远清认为的,他是这些新兴学科的"领航者"。

刘登翰以他长期的积累和创造性思维,先后参与了上述那些学科的开创、建设和拓展。他所涉足的这些领域大多是学术的空白,他的研究多数是白手起家，所以他更像是一位辛勤的拓荒者。他是一个低调而不事张扬的人，他的功绩是与这些学科的成长并通往成熟的经历联系在一起的，由于他长期默默地贡献，他由此获得了业内普遍的尊敬。

由于在北大奠定了扎实的学业基础，加上他自己长期精心积累和考察，因此他始终能保持一个严肃学者的治学风格。他在纷纭复杂的文化文学现象中总能够把握历史的走向，他对他所涉及的学术的考察和分析，拥有一种宽阔而全面的描述和判断的气势。他的视野开阔，大陆和台、港、澳地区，中国和世界，闽台和闽南话区，闽南文化和台湾文化，都在他的视野之中，他为之命名，给予适当的描写和定位，这些描述既合乎实际也合乎学理，获得了浑然一体的功效。

刘登翰的学术是新鲜的，他的魅力在于能够透过外观直抵本质，所以他对于这些现象的描述总是鲜活而新颖的。例如，他笔下的世界华文文学，由于其生存背景是政治上与母土隔离，故总体呈现为一种"碎裂"状态，这"碎裂"便生动而传神；又如，大陆和台湾长期的隔离及政治上的对峙，造成了两岸对对方文学的一种"盲视"；再如，他形容华文文学总体形态是一种"离散的聚合"；等等。这些形象的概括，都相当准确而生动，从另一个侧面展现了他诗人治学的特性。

我们可以在刘登翰的学术性诉说中发现他的诗意，但刘登翰的诗人本质并没有影响他作为学者的理性思维的强烈展示，全视野的总体观察和概括给了他的学术以宏大的气魄，其中凸显的是包孕在作为诗人柔性的语言中的冷静、客观的科学精神。宽容、从容、客观和冷静，使他的学术著作充满了感性与理性综合融会的效果。刘登翰的天空是博大恢宏的。

（作者为北京大学中文系教授）

不平坦的学术道路和扎实的学术成就

张　炯

　　刘登翰是我国著述丰富的著名诗人,是卓有成就的文学史家和世界华文文学的研究专家、闽台文化的研究专家,也是具有创造性的书法家。他如今也进入"80 后"的行列,又值他的学术成就研讨会的召开,我跟大家一样,对他深表祝贺!

　　我与登翰相识已有 60 年,当年在北京大学学生创办的文艺刊物《红楼》编辑部,我们都担任编辑。记得 1957 年"五四"那一天,我们几个编辑——谢冕、江枫、林昭、登翰和我,怀着对五四先辈的景仰和发扬五四精神的愿望,先来到天安门广场的人民英雄纪念碑前,瞻仰了自鸦片战争以来我国人民英雄的浮雕,然后从那里出发,沿着五四运动当年北大先辈游行示威的道路,穿过东交民巷,由崇文门内大街走到东单的外交部街——东总布胡同,再步行到赵家楼的曹汝霖官邸,也就是 1919 年火烧赵家楼的所在。我们几个人还在这曹宅门前留影。那时我们都意气风发,怀着对五四先辈的无限景仰,希望自己能够继承五四精神,为建设社会主义和新的文化做出自己力所能及的贡献。那时候正是提倡"百花齐放,百家争鸣"的春天,很不幸,后来林昭竟被打成"右派",以致在"文化大革命"中死于上海。她是个外表柔弱的女子,内心却非常刚强!她是个诗人,本来还应该成长为很有才华的新闻记者,而结局却非常令人痛心!我提起这段往事,意在说明 1957 年之后,我们这一代年轻人的学术道路非常崎岖!大学毕业后到"文化大革命"结束,我个人就有十多年时间被各种运动所消耗,完全做不了学问。

　　登翰的学术道路也不平坦。但他取得的成就却扎扎实实,堪称卓越,在同辈中令人羡慕!我与他既是老同学,也是老朋友,深知他是个具有多方面才华的人。他青年时代写过好多诗,也出版了多本诗集。他作为诗人的才华,当年就使我十分钦佩!从北京大学毕业回到福建后,他被下放到三明,仍然写有许多诗。但具体的工作岗位显然已缺乏学术研究的条件。他在北京大学学习时便与谢冕等编写过《新诗发展概况》,也参加过他们班上的集体科研。20 世纪 80 年代,他跟洪子诚合作,写出了《中国当代诗歌史》,这都是开拓性的工作,在现当代诗歌研究方面,都是前人没有做过的工作。这两本书堪称从宏观上把握现代和当代诗歌的开山之作。80年代后,刘登翰转向台港澳文学和海外华文文学研究。他主编的《台湾文学史》虽非国内出版的第一本,却是论述作家作品最丰富、最翔实的一本。而且接着他又撰写了《香港文学史》,这也是破天荒的工作。此前,虽然前人有过介绍香港文学的论著,但作为文学史来写,刘登翰却是第一人。澳门文学史虽然没有写成,但他所著《澳门文学概观》仍然是开拓性的。此后,他又转向北美华文文学的研究和闽南文化与台湾文化的关系研究,这也都是具有开创性意义的工作。他还着力于世界华文文学的理论研究,理清华文文学、华人文学、华裔文学等许多的不同概念的外延与内涵。可以说,开创性是刘登翰学术研究的第一个突出特点。

其次,刘登翰十分重视占有材料,特别是第一手资料。这一习惯大概从编写《新诗发展概况》时就开始了。那时他与谢冕、孙玉石、孙绍振、洪子诚、殷晋培等六人利用寒假的半个多月时间,在当时《诗刊》主编臧克家、副主编徐迟等先生的支持下,夜以继日地阅读第一手的作品和大批史料,非常不易。《中国当代诗歌史》的开创性也得力于著者认真阅读了大量诗人的作品和有关的第一手材料。《台湾文学史》从明末写起,这也是前人未曾做过的工作。台湾现代以前的大批史料和作家作品的发掘与搜集,不能不说是十分繁难的工作。《香港文学史》和《澳门文学概观》是著者自己亲自到香港和澳门住下来,一本一本去阅读第一手的作品和资料,乃至采访作家本人,才得以完成的。所以,他的著作内容总是相当翔实和丰富。他研究北美华文文学,就查阅了华人移民的许多史料,包括历代在美国留学的华人学生人数的资料。因此,他的著作中论述总是有根有据,非常扎实。我以为这是刘登翰著作的另一个突出特点。

再次,刘登翰学术著作富于理论色彩,逻辑严谨,论断缜密而客观。他没有出于主观的武断或无根据的论述。他对作家作品的论断相当实事求是,虽然他有自己的评价标准和艺术判断。他对于文学事件和事实的论述也相当客观,对于文学规律的探讨,也多从论据出发,不做空论。他讲究概念的科学和逻辑的严谨。在华文文学研究领域,他下功夫厘清世界华文文学、海外华文文学、华侨文学、华人文学、华裔文学、语种的华文文学、文化的华文文学、族性的华文文学、个人化的华文文学等系列概念,严格地区分它们的外延和内涵。他发表于《文学评论》的论文《双重经验的跨域书写——美华文学研究的几个关键词》获得《文学评论》评奖委员会一致通过的奖项,就因为文章不仅有新见,而且言之成理、论据充分、自圆其说。他提出华人文化诗学的研究路数,不仅借鉴形式主义、结构主义、后结构主义、新历史主义和西方马克思主义的文论,还从跨学科的视角,广涉人类学、历史学、地理学、心理学等多个学科,足见他广阔的学术视野与深厚的学术涵养,以及善于从理论的高度去思考和开拓文学研究新境界的努力。他后期从事闽台文化的研究便表现出跨学科的特色。在从事华文文学研究的学者中,他是最有理论修养且致力于建构本领域研究理论的学者之一。

重视开拓性、重视占有资料、重视实事求是的理论思考,我以为,刘登翰在自己的文学史研究和文学问题研究中是努力这样去做的。这特别值得我学习。我还要特别感谢他为我所主编的《中国文学通史》(12卷)撰写了台湾、香港、澳门的诗歌部分;另外,他还是个有创造性的书法家,由于我对书法而言是个外行,就不敢多加评论了。

登翰带过大批硕士生、博士生,桃李众多,今天这么多学生给他送花束,使我深受感动!登翰丰硕的创作和学术成果,说明他对我国文学和文学研究的可贵贡献。我想,年登八旬,不是他文学创作和学术研究的结束,而是他文学创作和学术研究的新的开始。我祝愿他继续努力,攀登更高的学术高峰!

(作者为中国社会科学院文学研究所前所长,研究员,中国世界华文文学学会名誉会长)

阅读刘登翰

孙绍振

在 20 世纪 50 年代认识登翰，就觉得他气质上和我不同。他的诗和他的人一样温文尔雅，不像我受了当年苏联红极一时的诗人马雅可夫斯基的影响，以率性呐喊自得。还在大学一二年级时，他就置身于北大才子集中的《红楼》，和康式昭、谢冕、林昭、张炯、江枫，以及《红楼》的主要作者群——张元勋、沈泽宜、任彦芳、温小钰、汪浙成等在一起，那可是我可望而不可即的。不过 1958 年寒假，谢冕把我、孙玉石、殷晋培、洪子诚和他拉到一起写《新诗发展概况》，在《诗刊》上连载。虽然没有载完，形势就发生了变化以致不了了之，但是在讨论他的稿件时，我感到他颇有文采，"笔锋常带感情"。以他的才情，毕业后留在北大是不成问题的；但是，对于令人羡慕的学者的前程，他似乎并不在意，而选择了回到故乡福建，目的是能够照顾家庭并更多地接近生活，把生命奉献给文学创作。回到故乡以后意想不到的挫折，被贬入山区的坎坷，并没有把他压倒。很快，他的组诗《蓝色而透明的土地》《耕山抒情》引起福建文坛的注目，他对自己才能的自信被实践证明了。读到郭风对他赞扬的文字时，我正在华侨大学那个当时"左"得荒谬的地方挨整，平均两个星期被领导"刮胡子"（挨批）一次。而我不但丧失了创作和学术的兴趣，更丧失了人生的自信。差不多有 10 年，我除了读书几乎没有什么乐趣。有一段时间，我甚至放弃了文学阅读，专门钻研哲学、历史，包括黑格尔和马克思，越是难啃的哲学经典越是能够让我忘却现实的痛苦。当时只是怀着一种"改造世界观"的虔诚，根本没有做学问的念头。待到改革开放，朦胧诗大论战把我推向第一线的时候，我们才又会师了。对于舒婷，他接触得比我早，想得也比我多，在我写出那篇引起"左"派愤懑的《新的美学原则在崛起》之前，我们有过多次交谈。他的许多话给了我很大的启发，其中最警策的是："舒婷他们这一代写诗和我们不同，他们是无所忌讳地贴近自己，而我们则是千方百计地回避自己。"这句话的概括度很高，我的一些朦胧的感觉被调动起来。他的话和他的个性一样温和，不带进攻性。而我生性粗率，又加上多年受黑格尔很深的影响，养成了树立对立面和中立论的习惯，率性骂人，口无遮拦，难免言辞尖刻。在《新的美学原则在崛起》中，我就更加锋芒毕露,他所说的贴近自我,在我这里就变成了"自我表现",而且我还把当时视作神圣经典的"抒人民之情"当成对立面,甚至还不过瘾,又加上了几个"不屑于"表现英勇劳动、忘我斗争,"不屑于"充当精神的号角。这就惹恼了全国从上到下的一系列正统派,使我在三四年的时间里,陷入了被围困的境地。我曾经想过,同样的意思,让他来写,可能就要委婉、周密得多。当然,历史不容假设,而且他的文风和我的文风各有优越和局限。

20世纪90年代初期,文坛和诗坛都令我失望。谢冕写过一篇文章叫《新诗正离我们远去》,我当时的想法是,与其你远去,还不如我远去。差不多有10年的时间,我关注的焦点转向了幽默学和散文。等到90年代末,我重归学术界,发现登翰早已离开了诗歌创作和研究,转向台湾文学和香港文学,而且成了权威,主持完成了《台湾文学史》《香港文学史》《澳门文学概观》,之后又开始了世界华文文学理论的探索。此前台港文学研究尚在草创阶段,虽然每两年有一次全国性学会的年会,但是,就我的涉猎来看,基本上还是介绍,以作家论、作品论,甚至赏析为主,对于当代文学评论表现出某种幼稚的依附性。由于缺乏艺术感觉和真正的独立思想,对台港文学作品一概加以甜言蜜语的赏析成为风气,令业外人士不屑。登翰就亲口转述过一位上海刊物主编相当刻薄的评价:"弱智"。当然,真正有分量的研究还是有的,只是比较罕见。登翰以他的辩证法功底和创作经验与这些论者相比,由于其辩证法功底和创作经验,登翰当属凤毛麟角。我曾经在香港一家报纸的专栏上说出这个印象,不曾想引起了朋友潘亚暾先生的愤怒,为文反讥扣了"宗派主义"的帽子。20多年过去了,回首往事,如普希金所言,那逝去了的一切,都变成亲切的怀恋。

人生如白驹过隙,转眼跨过了20世纪。台湾文学研究已经变成了"台港澳暨海外华文文学"或称"世界华文文学"研究。我偶然参与其年会,不禁惊讶于其规模之大、水准之高。以往那种从现象到现象的感性介绍、甜言蜜语般的赏析,虽不能说荡然无存,但是已经退居边缘。二三十年的时光没有白过,台港澳暨海外华文文学研究已经走过了草创时期,学科建构的定位似乎有了比较普遍的自觉。对这个学科我的涉猎不广,仅仅从登翰的文章中可以看出,从材料的梳理到学科基本范畴的建构,都留下了坚实的足迹,在摆脱了对于当代中国文学评论的学科依附性之后,提出了本学科独立的范畴和诠释的架构。这显然是一项浩大的工程,每一个概念都需要原创命名,并在内涵上严密阐释。登翰为此做出了许多努力。我从他刚刚出版的文集《华文文学的大同世界》中,看到了这种学理性的追求。对于一些基本概念,从命名、范畴到内涵,都企图建立一个属于华文文学自己的理论框架和诠释体系,诸如"华人"的概念和身份变化,"语种的华文文学"和"文化的华文文学""族性的华文学""个人化的华文文学"概念内涵的共通和差异,华人为何"文学"和文学如何"华人"的提问,双重经验的跨域书写,离散和离散的聚合,等等,无不显示出深化论题和深入辨析的努力。值得注意的是,基本范畴的形成,还得力于内部和外部谱系的展开:"一体化和多中心",华人的世界性生存经验与文学书写的关系,海外华文文学与母国文学的"相似性"和"转移性"等,在内在的深层和外部广阔的联系中,提出"华人文化诗学"的概念,以此基本范畴为核心,走向系统观念的建构。

这一切给我的感觉,不仅仅是学科建构,而且是学术升级。

较之早期的新诗讨论,这是登翰20多年来付出最多的一项研究,一项富于独立性和开创性的研究。

然而,如今摆在我面前的这部新作《海峡文化论集》,是登翰在华文文学研究之余拓展的另一个新的领域——地域文化研究。

在当前,地域文化研究是一门显学。不过,大多数研究者关注的要么是地域文化形成的历史,要么是地域文化的各种表现形式,如方言、民间习俗、民间信仰、民间戏曲、民间工艺、民间美术等。登翰主持过一套总计16本、约500万字的大型"闽台文化关系研究丛书"的编纂工作,每册一个主题,林林总总,就涵括了上述这两个方面。但登翰所写的作为该丛书导论的《中华文化与闽台社会——闽台文化关系论纲》一文,着力点不在于讲述历史、介绍背景,而在于透过历史背景的现象描述,揭示中华文化如何走向海洋的意义和价值,从理论上建立对闽台文化的认识体系和阐释框架。他借鉴文化地理学的视野和方法,却发现传统的文化地理学对文化区域划分的缺陷,只重视"地域"而忽略了"海域",而"海域"的观念对于我们这样一个有着漫长海岸线的大国具有重大意义。福建和台湾恰恰分处于台湾海峡这一黄金水道的两侧,历史上由中原经福建再度移民台湾,方言、习俗、信仰等的传承性和相似性,使闽台成为一个共同的文化区。从文化传播的路径上看,其特征不是相邻地域的"传染性"传播,而是面对海峡的跨海的跳跃性传播。为此他提出了"海峡文化"和"海峡文化区"的概念,作为对"闽台文化"的重新认识和命名。这样的概括,把内陆文化与海洋文化的统一和转化当作主导,突出海峡的特殊性,正面指出闽台作为移民播迁的文化积淀的特色,肯定了中华文化的内陆性质在走向大海过程中对海洋文化精神的涵化。在此基础上,他提出"海口性"文化的范畴,这是一个具有原创性意义的概括,并且在阐释中衍生出系统的、有机的概念谱系,而这正是学科建构、提升的标志。他从移民、移民社会和移民文化入手,围绕闽台共同面对的一道海峡,分析

两地社会的地理文化特征和社会文化心理,提出以下一系列相互关联的观点。他将闽台社会地缘的文化特征概括为以下4点:

其一,从大陆文化向海洋文化的过渡:多元交汇的"海口型"文化。

其二,从蛮荒之地到理学之乡的建构:远儒与崇儒的文化辩证。

其三,从边陲海禁到门户开放的反复:商贸文化对农业文明的冲击。

其四,从殖民耻辱到民族精神的高扬:历史记忆的双重可能。

正是在这样的历史文化环境中,孕育了闽台相似的社会心理和文化性格,具体为:

第一,祖根意识和本土认同:移民文化的心理投射。

第二,拼搏开拓和冒险犯难:移民拓植性格的两面。

第三,族群观念和帮派意识:移民社会组合方式的心理影响。

第四,边缘心态和"孤儿"意识:自卑与自尊的心理敏感。

第五,步中原之后与领风气之先:近代社会的心态变化。

这些立论和分析,秉承着登翰一贯不满足于表象描述的理论气度,在严格的概念内涵界定中,有自己独特的发现和概括,也有自己诠释的理论系统和话语。他以这样的研究把自己和同行的研究区别开来。建立在史料基础上的理论概括,从原创概念出发的诠释和学术建构,是登翰从华文文学研究到地域文化研究的一贯风格,也是这20多年来我所看到的登翰的成熟。

闽台关系从移民到文化,是一个有史可证的客观存在。不过近年来也为彼岸某些人所忌讳,生怕谈了闽台就矮化了台湾。这是一种被"政治"绑架了的学术恐惧心态。谈政治,必须是两岸;但论及文化区,无论从语言还是从习俗、信仰等方面来谈,都无法回避闽台。更有甚者,一些鼓吹"台独"的人,企图建立他们的"文化理论"。他们鼓吹"台湾人不是中国人""台湾文化不是中国文化""台湾话不是中国话""台湾历史不是中国历史"。这些罔顾事实和逻辑常识的所谓"理论",由于披有学术的外衣,便具有相当的欺骗性、煽动性。若就事论事地进行政治批判,则不免流于肤浅;没有共同语言,也会变成聋子的对话。西方修辞学的传统认为,辩论应有共同前提,即"论辩双方必须属于同一话语共同体"。这个理论是有缺陷的,不同的话语体系间的辩论无处不在。破解之道被当代西方修辞学所说破,只要把对方的前提转化为自己的前提,也就是以你的道理来论证我的立场,不同系统之间的对话、论辩就能顺利进行。这就是说,不管话语体系多么相左,只要本着系统的资源和学理逻辑,以子之矛,攻子之盾,辩论就有是非曲直可言。

登翰所做的闽台文化研究,自有深刻的本体价值。然而,面对"台独"的文化谬论,这些研究实际上又成为批驳和辩论的基础。也就是说,要从根本上解构此等荒谬,就不能不对海峡文化学进行学科建构和提升,不能不对海峡文化的历史资源和现状做原创概括和第一手梳理。

在这里,基本概念和范畴的辨析就成为基础的基础。故《海峡文化论集》一书从《论海峡文化》一文开始,就开宗明义,着力对"海峡文化区"做出界定,对其内涵与外延、性质与意义进行阐释,指出其与通常使用的"闽台文化""闽南文化"有根本的不同。这表面上似乎是学院派的繁琐概念辨析,其深邃含义乃在前者("闽台""闽南"),重在"地域",而海峡文化区的焦点乃在"海域"。对这样的区别,辨析毫厘,并没有陷入经典哲学繁琐的论辩,恰恰是因其现实针对性而显出理论的活力。这一论述,客观上也在瓦解"台独"理论把中华文化定位为大陆文化、将台湾定位为海洋文化的根基。文章以丰富的历史资源和辩证的学理逻辑做出了雄辩的回答。在学科建构多层次中颠覆"台独"分子的文化话语,成为该书的一大特色。

这显然得益于登翰的哲学方法论,在此二元对立被视为不够时髦的时代,他却很自觉地坚持着黑格尔式的对立、统一、转化的模式,这表现在他对观念、现象做多层次(剥笋壳式)的矛盾分析,他从对核心概念"海峡文化"的具体分析出发,提出"海峡文化区"和"环海峡文化圈",又从"文化区"中分析出"形式文化区"和"功能文化区",由此指出"台独"分子所强调的台湾文化实际上并不是历史积淀的稳定的"形式文化区",而是暂时性的"功能文化区"。抓住矛盾对立来分析,并没有使得他的分析僵化,相反,按照黑格尔正反合的模式做螺旋式的推进,在个别地方,对黑格尔的观点有所保留,使他的分析更加灵活。正是因为这样,他得心应手地从核心和范畴的分析中衍生出成对的子范畴谱系,这似乎是他的拿手好戏。

他的学风的可贵在于学理的深化和学科建构方面的追求。他把学科建构基本范畴和逻辑系统作为论述的纲领,使得他的著作自然具有某种气魄;但是,如果要挑一点毛病的话,观念的定义(内涵、外延)及其体系性的谱系的强化,不可避免地使得实证性有所弱化,因而,从阅读效果来说,感性不够饱和。例如,"台独"理论硬说台湾流行的闽南话不是中国话,这是违反最起码的经验和常识的。闽南话和被称作台湾话的闽南方言,基本词汇是大体一致的,其词源和中古词汇一脉相承。只是到了现代,北方官话变了,而闽南和台湾方言却没有变,如把锅叫作"鼎",晒太阳叫作"曝日",把进来叫作"入来",把快步叫作"走",把开水叫作"汤",等等。而在语音上系统的对应更是明显,如,中古的声母 g/k/h,在现代有系统地变成了 j/q/x,在闽南和台湾方言中,仍然读作 g/k/h。如街道的"街",普通话的声母读 j,而在闽南和台湾方言中仍然读 g。这种语音演变的痕迹保留在汉字形声结构中,

"街"的形旁为"行",是一条交叉的路,而当中的"圭"则是表示声音的,现代汉语和闽南话都仍然读 g。又如"起",现代汉语的声母是 q,而在闽南和台湾方言中,声母保存了古代的 k;现代汉语中的"喜",声母读 x,在闽南和台湾仍然读古代的 h。只要有起码的闽南话常识和汉语史的修养,就不难揭穿"台独"分子喋喋不休的所谓"台语"不是中国话的论调。其实台湾闽南口语的音韵比之现代北京话更符合中原音韵,通俗地说,不管是陈水扁、李登辉,还是闽南引车卖浆之流,他们的口语比之普通话更接近杜甫和岳飞的口音。"台独"分子要证明台湾话不是中国话,首先就得证明岳飞和杜甫不是中国人。登翰是闽南人,在这方面感性资源得天独厚,如果能把这些资源适当逻辑化,则不难使文章更富于情采和智采。不过,这种假设也许是武断的,如真要强迫登翰这样写,那文章可能就不像是刘登翰的,而像是孙绍振的了。

（作者为福建师范大学文学院教授）

刘登翰的新诗研究

洪子诚

"绕着圈子转"与"跨域越界"

1991 年,刘登翰在和我合作编写的《中国当代新诗史》"后记"里,谈到 1958 年参与写作《新诗发展概况》的感慨:"回顾这段往事,我们不免会有一种宿命的感觉。人的一生看似很长,实际上相当短促,能做的事很少,而且往往绕着一个圈子打转。"①

1991 年到现在,20 多年过去了,"绕着一个圈子打转"对我来说依然有效,对刘登翰则早已不符合事实:他不仅继续深化了对中国新诗的研究,而且学术范围扩大到台湾、香港文学,以及海外华文文学,成绩斐然。正如有学者指出的,他是世界华文文学研究的拓荒者之一,在世界华文文学史概念、范畴与阐释框架的建立上,在诸多复杂文学现象和作家作品的阐释上,其影响已经从祖国大陆扩展到台港澳和海外的汉语文化圈,并在 20 世纪中国文学史的整合研究中引发关注。文学史研究之外,刘登翰也涉足闽南等的地域文化研究,他也写诗,写散文、报告文学。进入 21 世纪以来,他更致力于书法,将中国传统水墨画融入书法而自成一格。综观他的业绩,用他最近新著的书名"跨域与越界"来概括正好合适。

刘登翰一表人才,风度翩翩,勤奋、活跃且情感饱满,待人亲切体贴,上苍因此对他也乐于眷顾。他所说的"宿命"云云,对他来说自然无效。尽管新诗研究于他并非成就的主要标志,我还是认为他这方面的工作值得重视:不仅是学术的开端,而且借此而确立的理念、方法,形成的情感结构,作为有效的资源在他身上延续伸展;"诗意"的精神气质,流淌在他全部生活和事业之中。

---

① 《中国当代新诗史》1993 年由人民文学出版社出版,但这本书的后记则写于 1990—1991 年。

80 年代的新诗研究

1979 年底，刘登翰从生活了 20 年的闽西北山区来到福州，掀开生活新的一页。那个时候他的心境，相信和许多人一样，就如他在《瞬间》这首诗里所写的：

> 所有丢失的春天
> 都在这一瞬间归来
> 所有花都盛开，果实熟落
> 所有大地都海潮澎湃
>
> 生命像是一盆温吞的炭火
> 突然喷发神异的光采
> ……

从自身的气质和基础条件考虑，刘登翰选择新诗研究作为起点。20 世纪 70 年代末到 80 年代中期，是后来大家津津乐道的诗歌的"黄金时代"，以年轻诗人为主体的新诗潮风起云涌。依刘登翰的性格，他不可能不投身这一潮流，不可能不为"新的生命"的到来鼓与呼。他发表的文章，有综合性论述，然更多的是以舒婷为个案——他们都是厦门人，这个城市说不清楚的独特的声色灵氛，让他们有很多的默契——来阐述新诗潮出现的现实的和历史的依据。① 他使用了"不可遏制"这一不容置疑的短语论断这一趋势，并指出，"人的价值观念的重新确立"是诗歌思想、艺术革新的核心和推动力。他加入了他的同学谢冕、孙绍振为"朦胧诗"辩护、提供诗歌史和诗学理论支援的"阵营"，虽说风头稍逊谢、孙二氏的两个"崛起"，但对年轻诗人那些"不易被理解和接受的部分，恰恰正是最有光彩和预示着发展的部分"②的宣告，让我印象深刻。

接着是 80 年代后半期，刘登翰和我一起编写当代新诗史。这件事由他

① 20 世纪 80 年代刘登翰发表的讨论新诗潮和论述舒婷创作的文章主要有：《一股不可遏制的新诗潮——从舒婷的创作和争论谈起》(《福建文学》1980 年第 12 期)、《从已有的突破上再前进》(《诗探索》1984 年第 1 期)、《通往心灵的歌——记诗人舒婷》(《文汇月刊》1981 年第 1 期)、《会唱歌的鸢尾花——论舒婷》(《文学评论》1985 年第 6 期)、《"朦胧诗"：昨天和今天》(《文学自由谈》1986 年第 5 期)等。

② 刘登翰：《一股不可遏制的新诗潮——从舒婷的创作和争论谈起》，《福建文学》，1980 年第 12 期。

发起,他向人民文学出版社提出编写的设想,获得认可后征求我的意见。我那时在学校除了上课,正为研究上找不到方向而发愁,因此便如久旱遇甘霖般欣然接受。这部著作的最初基础,是我在北大上课的几万字讲稿。从1985年到1987年的三年中,刘登翰除独立完成台湾诗歌部分外,祖国大陆当代新诗部分他写了总计三四十万字的初稿。我们便在上面多次交换修改,1988年又在北京修改一次。文稿处理过程中发生了1989年政治风波,出版社要我们删去北岛等六七千字的篇幅。可是,正如刘登翰说的,鉴于我们的某些历史教训,"觉得必须尊重历史,无法接受删改的意见"①,这样书稿便一搁几年。期间,一度瞒着人民文学出版社,偷偷转投北大出版社,更惨的是被告知"存在严重思想政治问题,需做重大修改",只好又将稿件索回。1991年到1993年,我在日本工作,虽然对它仍有记挂,不过,我是既没有耐性也不那么认真的人,就想随它去吧。要不是刘登翰这期间持续争取、坚持和最后没有办法的妥协,这部书也不可能于1993年面世。②

关于20世纪80年代刘登翰的新诗研究,需要着重提起的,还有他的《台湾现代诗选》的编选。虽然1980年人民文学出版社出版了《台湾诗选》,1983年重庆出版社出版了流沙河的《台湾诗人十二家》,1989年人民文学出版社出版了非马编选的《台湾现代诗四十家》,不过,刘登翰1987年编选的《台湾现代诗选》,应该是祖国大陆八九十年代最重要的台湾现代诗选集之一,尽管此书于1984年已编成,但由于政治运动而被搁浅,延至1987年换了出版社出版。它的价值、特色,正如他在"前言"中说的,"着眼于比较系统地对台湾三十几年来的诗歌创作情况进行介绍,希望在为广大读者和诗歌爱好者提供一份可资鉴赏的诗美读物的同时,也能让研究者们多少看到一点台湾诗歌发展的脉络和状况"。③ 这部诗选收录了40位诗人的387首(组)作品。在编选的体例上,将艺术成就、影响,以及社团流派风格的多样性的"兼顾"作为考虑条件,在类型上更偏于"研究型"的选本。每位诗人前面都有生平、创作道路和艺术特点的"导读"文字,书后又附《论台湾的"现代诗"运动——一个粗略的历史的考察》的长文,这些都显示出选本的诗歌史意识。我们知道,在20世纪80年代搜求台湾文学资料、作品集是多么不容易(古继堂先生由于长期供职于中央调查部另当别论),可以想见

---

① 刘登翰:《回顾一次写作——〈新诗发展概况〉的前前后后》,北京大学出版社,2007年。

② 自然,我们也难以"固执己见"。刘登翰转达出版社意见,说我们"也太较真了"。最后的处理是,将北岛等的章节删去,但在有关新诗潮的概述部分提到他的名字。2005年在北京大学出版社出版修订版时,相关章节得到恢复。

③ 刘登翰编选:《台湾现代诗选》,春风文艺出版社,1987年,前言。

刘登翰的艰辛付出。虽然存在难以避免的缺陷，但这部选集所体现的选家视野、艺术鉴赏力和文学史观念，即使放在今天，对人们把握台湾50年代到70年代后期诗歌创作的面貌，仍具有很高的参考价值。

得知自身的位置

严格说来，刘登翰的新诗研究起点并非20世纪80年代，而应该上溯至他读大学二年级的1958年。1958年底到1959年初，在当时《诗刊》副主编徐迟先生的倡议、主持下，他参加了北大中文系六个学生（谢冕、孙绍振、刘登翰、孙玉石、殷晋培、洪子诚）共同编写《新诗发展概况》（以下简称《概况》）的项目，并执笔撰写第一章"女神再生的时代"，这一章刊发于1959年《诗刊》第6期。① 对于这次编写工作，50多年后刘登翰有这样的反省：它遵循的是当年的评价标准和研究方法，"以'两条战线斗争'为纲，在哲学思想上是唯物主义与唯心主义的对立，在阶级关系上是无产阶级和资产阶级的分野，而在创作方法上是现实主义和反现实主义的斗争""几十年中国新诗的历史"在我们手下"左右对立，泾渭分明"。对《概况》这一产生于"大跃进"狂热年代的文字，刘登翰指出："今天读来，除了为当时的勇气吃惊和幼稚汗颜之外，已无多大价值。但它却意外地影响了我们这些人此后的道路，使我们后来的大半人生里，几乎都和诗，和中国新诗史研究结下不解之缘。"②"影响此后人生道路"是确实的。不要说谢冕、孙玉石将生命的大部分都献给中国新诗，刘登翰、孙绍振和我，这几十年与新诗也有撕扯不开的、苦乐难言的纠葛。

编写《概况》对参与者后来的影响，主要在于当年的经历及形成的观念，不管他们主观上是否愿意，这些在他们后来的研究中都产生了发酵。也就是说，不管情况发生怎样的变化，那种"50年代人"的身份"胎记"难以擦抹、漂白。较其他人，刘登翰更早、也更清楚地感知这一位置。20世纪80年代末在《中国当代新诗史》尚未出版的时候，他就用"夹生"和"过渡地带"这样的说法来形容这个状态，概括这个研究成果的特征，并预知它诞生后的效应："我们自知，这部带着'夹生'的书稿很难获得不同方面的人的共识和支持。"——对此，他没有奢望，也不曾有跻身另一世代的非分之想。都说刘登

① 第一章刊登于《诗刊》1959年第6期。关于这次编写活动的具体情形，以及50多年后参与者对它的反思，详见《回顾一次写作——〈新诗发展概况〉的前前后后》，北京大学出版社，2007年。

② 洪子诚、刘登翰：《中国当代新诗史》，人民文学出版社，1993年，后记。

翰激情、浪漫,想象力丰沛,但在这一点上他绝对是"现实主义"。

所谓"夹生"和"过渡",在刘登翰看来,就是得知不管你如何企望"飞跃",艺术观念和情感结构总会有所属时代的"残留物",制约你看待事物的角度和方法。另一层意思则是,你与所要处理的对象"同行",研究、写作过程同时也是文学观念转换、变更的过程:写作者"对于当代诗歌发展的审思,是伴随着近十年诗坛的诸多争论才逐渐深入的";"某些诗歌观念的形成,也几乎是在与这部书稿的撰写中同步逐渐清晰起来的"。可以摘录《中国当代新诗史》"引言"中的一段叙述,来看看"过渡"和"夹生"在观念及文体上的形态特征:

> 虽然(我们)并不赞赏让诗变作政治(或伦理道德,或"文化"……)的附庸和工具,但都肯定,政治对诗人和诗有无法回避的影响,……诗同样应当表现现实人生中所包含的政治;……我们肯定一些诗人加强诗的知性深度的努力,但也并不认为因此诗就必须"放逐抒情"。在尊重诗的艺术特质的范畴内,繁复矛盾与单纯和谐是可以并存的美学风格;向社会性方面的倾斜与向人的内心世界的深入,可以构成互补的关系;浪漫主义、现实主义、现代主义,作为不同的艺术把握方式,都可以丰富诗人对世界不同层次和侧面的体验、认知和掌握。当然这并不意味着放弃对诗进行基本的、必要的价值判断。①

以这样的转折句式,在矛盾项之间兼顾两头以取得"平衡"。这样辛苦的努力,设若80年代的先锋派读过,肯定不是眉头紧蹙,就是面露讥讽,暗地里会说:"时代残留物"竟然这样弄得他们瞻前顾后,步履蹒跚,真是可怜兮兮!

这也可以说就是"宿命"了。可贵的是,刘登翰却从中看到某些积极意义,不纯然将这看作负累,因此并不自卑。他甚至自信地说:"或许也正由于此,才是它存在的理由。"②——他为处于时间夹缝的这些"过渡者",争取到存在的理由。

现实性与历史感

因此,20世纪80年代刘登翰的新诗史研究,就呈现出另一世代的研究者所没有的特色,也就是基于体贴、同情的细致体验和观察,以及分析评述

---

① 洪子诚、刘登翰:《中国当代新诗史》,人民文学出版社,1993年,第3页。

② 洪子诚、刘登翰:《中国当代新诗史》,人民文学出版社,1993年,第548页。

上的历史感。

全面分析他的这一特征对我而言是困难的事情，还是从他参与写作的《中国当代新诗史》中举几个具体的例子吧。

譬如，指出跨时代诗人冯至20世纪50年代的创作呈现衰落趋势。但他也敏锐地发现，在《半坡村》等作品中，《十四行集》中那种"关照世界和体验人生"的视角和艺术方式仍有痕迹留存；诗人归靠现实政治的急切中，也泄露他那种"逆向"的对原初、单纯朴素生命的向往。刘登翰发现，从"旧时代"跨入"新生活"的"转向"者，常有不自觉的、更深层的藕断丝连。①

再如，尽管"当代"前30年的诗歌整体上乏善可陈，"当代新诗史"对这种状况产生的原因也有详细讨论，但刘登翰并不认为这个时期的诗歌现象和诗人创作就可以被无视，可以被匆忙删除。他细心地分离出仍值得我们珍惜的、具有时代特征的诗情。他指出邵燕祥当年诗情的热烈、纯真，带着那个时代青春期的梦幻乃至幼稚的素质，指出邵氏塑造了"拓荒者"的动人形象，以及诗中"远方"意象的象征性质。他又以这样动情的笔触来描述公刘20世纪50年代初在云南时期的写作：

> 他写红色的圭山，写到处都感觉到音乐，感觉到辉煌的太阳和生命的呐喊的勐罕平原，写蓝玻璃一样的澜沧江。他的诗里有撒尼人的军号声和佤佤人的木鼓声，有民族的仇杀的血泪所灌满的池塘，也有岩可、岩角的舞蹈和赞哈的诵诗……②

又如，在面对"新时期"诗歌上，对于"新诗潮"和"复出"诗人的思想艺术，刘登翰都有独到的分析。特别是对于20世纪五六十年代遭受各种挫折而后重新写作的诗人，他的评述更带有历史感。"青春历劫，壮岁归来的一群"是他独特的概括性描述。③ 他写道："他们带着无法抹去的历史痕迹，重新走上诗坛。历史的断裂和重续，凝定在个人的生命里，并且在他们重续自己的曾被阻断了的社会理想、美学理想和歌唱方式中表现出来。……在他们有关个人曲折的生活经历和人生体验的表现中，凝聚着历史的沧桑。"

由于这种"过渡"的处境和思想性格特征，在20世纪80年代中国大陆的诗歌变革浪潮中，刘登翰的某些见解看来不够"前卫"。他虽然认为新诗潮"不可遏制"，但对这一诗人群艺术革新的评价却显得保守。他说，他们的创作"既使一些人惊喜，也让一些人恼怒"，但是"无论对他们持肯定态度还

---

① 洪子诚、刘登翰：《中国当代新诗史》，人民文学出版社，1993年，第46－47页。
② 洪子诚、刘登翰：《中国当代新诗史》，人民文学出版社，1993年，第127页。
③ 这成为《中国当代新诗史》第八章第二节的标题。

是持批评态度,对他们变革的幅度的估计,显然都有些过分。这也从一个方面反映了人们对中国当代诗歌艺术的停滞和单一,期望突破的心情的迫切,以及其造成的艺术定势的根深蒂固……"他将他们的革新贡献,称为"初步"的。这些谨慎而显得迟滞的说法,当年认同者不会很多,今天重读,也许能发现更多的真知灼见。

无情皱纹上的春天

我在前面说过,对刘登翰来说,新诗研究并非他学术成就的最主要部分。之所以写这些文字,一方面固然是私心以为这方面不容忽略,另一方面是对他的其他领域由于无知而不敢贸然置喙。20世纪80年代后期,刘登翰曾经有点感伤地说:"从青年时代迄今,三十多载岁月悄悄流失……我们年青过,曾切近地感受过发生在我们周围的许多诗的事件。我们也渐渐告别青春,虽然在心灵上……企望永葆那份童真,但在生理和心理上却不能不承受岁月所赋予的无情的皱纹。"①其实,按照当年有关"青年"的标准,如果趁人不备,我们也是可以偷偷混迹于"青年"(或"老青年")的行列的。如今,又20多年过去了,刘登翰似乎不再或很少有这样沧桑的感叹。2015年岁末,他在《跨域与越界》②一书的结尾这样写道:

> 从小我就怀有一个文学梦。从北京回到福建,原因种种,但初衷之一是为了文学创作。不过,现实很快让我从"梦"中醒来,只是心有不甘,特别在趋于困境时,唯有文学可以安慰和支持自己。这些年来,在学术之余,陆续写了一点诗、散文、纪实文学,出了几本书;后来又喜欢写字,偶有展览和出版,亦非本业,只是一种快乐的游戏。这些年偶尔也应朋友之邀,写了一点艺术评论,同样纯属"玩票"。这些不登大雅之堂的东西,聊算自己在文学和文化研究之外,另辟的一块小小的"自留地"。

这样的放松、平和但又积极的心态,真的是虽年岁相似却时刻处于烦躁焦虑状态的我的榜样。

（作者为北京大学中文系教授）

---

① 洪子诚、刘登翰:《中国当代新诗史》,人民文学出版社,1993年,后记。
② 刘登翰:《跨域与越界》,人民出版社,2016年。

跨界的意义与登翰的贡献

杨匡汉

学兄刘登翰先生志业 60 年,成就斐然,为之钦羡。他的学术有多方面的施展,尤其显著的是他近 30 年在世界华文文学研究,在"跨域与越界"层面稳健的智性发挥。皱纹长在脸上,志业刻在文字上,称他为"大家"级人物,是一点也不过誉的。

当前世界华文文学的价值在全球化——经济一体化、政治多级化、文化多样化的背景下,越来越突出了。观天、察地、识文,可以看到,不同地区的华文作家,其通过母语所承载的文化传统或族群所包容的文化,在跨文化、跨语言、跨民族、跨国别等的"跨"和"越"中,进行交流对话,互鉴汇通,将会在多元文化网络中,提升我们中华民族的文化地位、文化自信和文化自觉,使华文文学以更多的自主性和原创性,跃动于世界文坛,发出我们的声音。

这几年文学艺术界都纷纷说到"跨界"。跨界的目的和宗旨是什么呢?我的理解是打通断裂,扩大视野,开阔疆域。跨界问题是新生事物,受到整个世界学术潮流的影响。我们有的学者在学术上把世界观划为两种:一个是天理世界观,另一个是公理世界观。按照公理世界观看,在现代科学的命名下和原子论的笼罩下,把各个学科分得那么细、那么繁琐,既有自然科学、社会科学、人文科学等大的分类,也有政治、经济、历史、军事、艺术、人文、行政等小的分类,科学的概念几乎垄断了"真理"领域,而且分出了三六九等。文学研究、学术研究也有这种问题。研究古代文学的半壁江山是一等学人,研究理论、现代文学的是二等学人,研究当代文学的是三流的,研究台港澳地区暨海外华文文学的是不入流的。古代文史哲不分家,现在则是阡陌交通,鸡犬相闻,却老死不相往来。这对我们如何融合、整合学术资源,提出一个新的课题。

登翰先生在这方面做得很好。他处理了四个关系:第一个关系是海峡两岸文学/学术关系。过去讲闽台多从社会、文化角度,其实还有一个海域的问题。我理解,登翰的思路是先融合到大的海峡文化圈子中;第二步是和合,和而不同,优势互补;再进一步就是整合,提出理想的大同世界。这体现出登翰理想主义的文学追求。他的思考基本上是融合—和合—整合的逻辑思考。第二个是海内和海外关系。现在我们的学科研究存在一个问题：一说世界华文文学，都是境外的、海外的，而把祖国大陆撇到一边。应当说，这是一个临时性的措辞。从大的方面来说，海内和海外最后都要合到一起，域外与域中，南学与北学，道术未裂，都属于中华文学大的学术范围。第三个是文化和文学的关系。他将文化地理学、文化透视学引入文学的研究，使得文学被笼罩在文化的气氛当中，而文化又为文学的提升奠定了厚实的基础。第四个是文学和艺术的关系。登翰是一个多面手，书法、新诗、散文，全能多面，成为"家"而不分那么细。文学和艺术联姻、结合、融通，就使得文学本身的审美素质得到进一步提纯。这是我对他的第一个理解，即于整体视野上的打通断裂。

登翰的贡献，又在于其出自问题意识的学理洞见。他的治学特点是有理论气度。这几届世界华文文学大会召开的时候，我参与一点工作，在会议程序的讨论中，大家一致的意见是恭请刘登翰在主题上、理论上做中心发言。他也每每都做了有见地、有深度的讲演。有了他，我们世界华文文学学会仿佛有了学术上的定海神针。

他的理论贡献主要有两个方面。

一方面是对基本概念的清理。我们在涉及从台港澳地区文学到世界华文文学的概念演进、内涵延伸过程中，概念没得到及时清理，内涵往往处于一种混沌的状态。登翰在这个过程中做了很多认真的清理工作。如对一体化和多中心、学科定位、文化诗学、语种问题、文化问题、族群建构问题等一系列问题，他都做了非常认真的清理，并且进行了求是的叙述和理想的诠释。这个过程中他又保持了学术的自审，而学术自审恰恰是一个学科走向成熟的必经途径。

另一方面是他做了一个诗性的掌控。他有诗人的气质，但又非常理性。诗性和理性结合起来掌控，把整个海外华文文学的研究放在"史、思、诗"的大框架中考量。例如，分流和交汇的问题。交汇不是同化，不求同质性，而是交流碰撞、缠绕互渗，以保持事物的多样性。分流是在交汇中不断组合，交汇又可能转化为新的分流。总之，是在分流中交汇，在交汇中分流，是道生一，一生二，二生三，三生万物，不断地变化状态，在变动过程中把握研究对象。又如，华文文学很多论文、学术著作提到离散的问题。我注意到登翰也用"离散"，但他讲到离散的实质问题是"散存"，以此来充实、调整"离散"这个概念。因为他发现离散不过是一种超地理、超时空的整合性想象。海外华人尽管是流散的，但实际上是一种"离散的聚合"。离散是相对于母土而言的，聚合则是相对于他们在海外的生存方式。"散"是指流离，"存"指文化延续的存在。

登翰先生在研究和治学中,十分注重从情景走向语境。语境的说法是20世纪90年代以后比较流行的。从情景走向语境,重视语境是一种认识论。因为语境是活生生的历史和现实环境,是海内外华人的生存经验,而不是一种人为制造的东西。所以语境论在方法论上具有更大的整合性、综合性、学理依据性和启示性,能够推进我们对问题的认知。

登翰先生手上有个"过番歌"研究的课题,当时申报国家社科基金项目,通讯评审时我给了他高分,还写了一个详细的推荐意见,结果上面没通过。但我觉得"过番歌"很有价值,是语境论的生动实践。现在看来"过番歌"无疑是非物质文化遗产,其中包含着华人华侨迁居的历史背景、生存境况、迁徙方式、传播渠道、劝世主题等民间文化的经验、意蕴和智慧。登翰不在乎批准不批准、立项不立项,认定这一口井去深挖,我相信,他的劳作非常有价值、有意义。

人生百年。作为人文学者,40～70岁往往是学术建树的黄金时段。可喜的是登翰先生在70岁后继续处于学术生命力的爆发期。凝时空成文,化沧桑为墨,我们因之而为他骄傲,并对他抱有充分的学术期待。

(作者为中国社会科学院文学研究所研究员,中国世界华文文学学会监事长)

华文文学研究的一位标志性的代表

——贺刘登翰教授学术志业六十年

王列耀

　　很荣幸出席由福建省闽南文化发展基金会、福建社会科学院、福建省文联、中国世界华文文学学会主办及福建社科院文学所、福建省作家协会、福建师大两岸文化发展研究中心等单位承办的"跨域与越界——刘登翰教授学术志业六十年"研讨会。作为联合主办单位之一,中国世界华文文学学会与福建社科院、福建省文联一起参与筹集本次会议,是因为会议本身具有非常重要的意义,它对于我们回顾学科发展历程、展望未来前进方向是一个很好的契机。

　　众所周知,中国世界华文文学学会走过了一个漫长的历史过程,从1982年召开第一届台港澳文学研讨会,到2002年经民政部正式批准成立,延续至今已经30多年。世界华文文学学会不仅是聚集关注华文文学研究者的一个交流平台,而且是一个推动学科发展的学术平台。学会的成立和发展与所有投身于世界华文文学研究的前行代学者做出的巨大贡献是分不开的。简单回顾一下历史,我们知道,它首先得益于曾敏之先生的率先提倡和坚强领导;其次得益于饶芃子先生和张炯先生这些学者在学术层面做出的开创性贡献,他们带领我们不断进入新的学科领域,开掘新的学术问题,探索新的学问边界,夯实新的学理基础。

　　学科之始,在于规范。所以还有重要的一点,刘登翰先生作为华文文学的一位重要开拓者、引领者和教育者,为学科发展做出了极为重要的贡献,他所付出的努力值得我们铭记。我记得饶芃子会长经常跟我讲,世界华文文学这个学科有了"两hàn",就能使学会顺利发展获得重要的力量支撑,这"两hàn"就是指刘登翰先生和杨匡汉先生。这次召开以刘登翰先生为专门研讨对象的会议,在中国当代学界具有非常特殊的意义。刘登翰先生不仅仅是闽派文化研究的推动者,在福建社科研究领域做出重大贡献的学术前辈,也是我们世界华文文学学科发展史上的一个重要的代表;而刘先生又是一位非常典型的跨界学者,在他的学术生涯中,不断通过突破自身知识疆界的方式,努力拓展一位学者对世界的认知领域和思考途径。

我这几天通读了本次会议印刷给代表们的论文集,我认为很多论文都有思考深度。刘登翰先生是我们学科的重要开拓者之一,因此他的论文、著作涵盖了从台港澳文学到北美、东南亚华文文学的广阔领域,不仅在空间拓展和桥梁建构方面做出了极为重要的贡献,也从论题设置、研究展开和方法论上为我们学科的建设奠定了坚实的基础。

他认为有必要进入华人的生存角度审视华文文学的发生与发展,联系历史文化实际不单纯是文学的审美需要,而且关系到背后的文化身份认同问题。比如生活于东方和西方地区的华人作家对华文文化认同就存在非常大的差异,这和华人的文化层次、价值理念、生活习俗、语言等相关差异有极为深刻的关联。从华人的实际出发去研究他们的生活状况、精神状况,就能看到不一样的呈现面貌,文化身份认同背后则对应着中国在世界上的文化处境,母国的政治文化地位也影响了这种文化心态。所以,华人在东南亚、北美、欧洲、亚洲等不同文化地域中的写作状况,必然存在巨大差异,这些差异要通过深入的比较才能对比出来,成为诗学层面的发现。

刘登翰先生在各领域之间的跨界研究,为打通学科边界做出了有益的尝试,他善于从交叉学科的角度看待和研究华文文学。因此,我们看到他经常使用语言、文化、移民、传媒等相关理论和方法进入问题领域,但又不是简单地搬用,他根据具体对象的讨论加以选择,为我们的跨学科研究做出了非常好的示范。比如他对唐人街文学的分析,就梳理了美国史、移民大潮、种族歧视政策、唐人街、白人、台湾留学生、新移民等相关内容。

此外,他还在学科内部进行了大量思考,包括文化诗学、文化批评等相关问题的讨论,提出了很多真知灼见。他对问题的敏感性和学理的思辨性,在几十年的学术志业中得到了充分展示。

他是一个智慧型的学者和文人,我从多年和他的交往中,感受到了他的多才多艺。他是一个优秀的教育家,在从事教学和研究的几十年学术生活中,培养了很多青年学者,这些当年从他门下走出来的硕士、博士生,经过这些年的身体力行,已经成为我们学科极为重要的后备人才,不少学者已经成为学科的中坚力量,在各高校发挥持续培养新人才的作用。同时,他的关怀也并不止于自己的学生,对于进入相关领域的青年学者,他一直保持着热心提携、尽责指点的诚挚态度,没有任何门户之见,可见他始终拥有一个博大的胸怀。

刘登翰先生是一位闪烁着诗性光芒的文人,这有他早年的诗歌创作为证,他很好地扩张了传统文人的雅趣,对诗、书、画都有精深造诣,所以他的精神生活是极为饱满的。这些兴趣最终又会有效地介入他的学术实践,激励着他穿行于不同学科领域,打通边界,看到各区域问题的共通性和专涉性。前者属于共性,后者属于个性,二者非常自然地融合在他的身上。

刘登翰先生与海外华人、海外华人文化有"学缘",更有"血缘"。刘先生曾祖父那辈开始就"下南洋"到菲律宾,因此刘先生与海外华人有一种天然的血脉关系。2001年我与刘先生一同前往菲律宾时,他曾尝试在菲律宾寻找父亲及其他亲人的踪迹,可惜努力未果。2015年年底,刘先生通过福建刘氏宗亲会辗转得到消息,得知父亲的墓地所在,也得以联系上海外的亲人。与海外的特殊血脉亲缘,促使刘先生对海外华人文化抱着强烈的感情与特殊的理解,他的"寻父"经历无异于一场精神的漂泊,是一次离散和聚合的历程。他在这样一种执着的追寻中,早已建立自己与海外华人、海外华人文化、华文文学的内在生命联系。他身体力行地促使中华文化在海外传播,这一点对于我们每一位从事华文文学研究的学者来说具有示范意义,我们应该扮演多种角色,将个人追求与时代使命自觉结合起来,承担民族赋予我们的文化责任,不断实现个体生命价值的自我超越。

(作者为暨南大学文学院教授,中国世界华文文学学会会长)

思考·阐述

—— 略谈刘登翰教授对华文文学研究的贡献

陆士清

登翰教授多才多艺！他是诗人、诗评家,墨语书艺也享有盛誉。他是台港澳暨海外华文文学研究的拓荒者之一。20 世纪 80 年代初,登翰介入台湾文学研究,编选了台湾现代诗选,参与筹备了 1982 年在暨南大学召开的第一届台港文学国际学术研讨会,而后步步演变、深入,硕果累累。他参与主编了《台湾文学史》,主编了《香港文学史》《澳门文学概观》《二十世纪美华文学史论》。他也为许多书撰写了导论或一些章节,如《台湾文学:分合下的曲折与辉煌——〈台湾文学史〉总论》《香港文学:历史交错的绚丽画卷——〈香港文学史〉导论》《文化视野中的澳门及其文学——〈澳门文学概观〉绪论》《双重经验的跨域书写——〈20 世纪美华文学史论〉引论》等。他以自己的历史观、文化观和美学观指引书写。因此,这些史书不仅有现实的开创和引领意义,也具有文化的生命力。他对华文研究另一方面的贡献是对华文文学学科建设做了较系统的理论思考和阐述,表现出了理论创造的担当精神。

他在和刘小新合写的《对象·理论·学术平台——关于华文文学研究"学术升级"的思考》一文中指出:"世界华文文学要成为一门新的学科,当前必须解决两个问题:其一,要确立华文文学作为学科对象的自身独立性,也即是必须让华文文学从目前对于中国现当代文学依附性的学术状态中解脱出来,确立自己独立的学术价值和学科身份。其二,必须进行华文文学的理论建构,也即是要建构具有自洽性的华文文学理论诠释体系。"这里所谓的"自洽性",指的不仅是华文文学批评理论的完整性、系统性,更重要的是指这一理论必须和作为"理论对象"的华文文学自身相契合。他在写于中国世界华文文学学会成立 20 年之际的《命名、依据和科学定位》一文中指出:"作为一个学科来建设,仅仅止步于平面'空间'的展开远远不够,更重要的还必须有自己学科的理论建构,从学科的范畴、内涵、外延、性质、特征的界定,到反映学科特质的基本理论和研究方法的确立,才能开拓学科研究的深度'空间',获得学科独具的'专业性'。"他同时指出:"对理论的长期忽视——或者说对本学科理论建构的无暇顾及,是滞碍华文文学研究突破和提高的关键。即如企望从理论上为华文文学研究打破困局的汕头大学四位学者的文章,也同样在理论上存在许多混乱。他们对过往 20 年华文文学研究指责最强烈的是文化民族主义。然而他们却对民族主义、文化民族主义、狭隘的民族主义和狭隘的文化民族主义,以及与之相关的民族性、民族意识等概念的来龙去脉、相互关系,在不同历史语境中的发展变化与影响作用,并没有做出合乎实际的界定与区分,而只是笼统地把语种写作等同于文化的民族主义,从而将 20 年来华文文学创作与研究,都一概视为文化民族主义而全面否定。其粗暴和简单化的背后,不仅是学术态度的失慎,更是理论观念的失范。"他写了《华文文学的大同世界》《命名、依据和学科定位》《关于华文文学几个基础性概念的学术清理》《华人文化诗学:华文文学研究的范式转移》《世界华文文学的存在形态与运动方式——关于"一体化"和"多中心"的辨识》《〈双重经验的跨域书写——20 世纪美华文学史论〉引论》等论文,对华文文学学科建设的基础理论进行探索。

现在我就他的探索进行浅白的、基本上是陈述式的不完整的梳理。

第一,从理论上清楚阐明华文文学从何而来的问题。

对这个问题,登翰在《关于"一体化"和"多中心"的辨识》一文中,有着深入的论述。他指出:"海外华文文学,实质上是移民者及移民者后裔的文学。""华侨和华人成为一种世界性的存在。这种存在足迹远播海外,成为华侨和华人在海外生存中建构自己身份的文化基础,也成为他们参与所居国多元社会建构的文化资源,使中华文化成为传播于世界的最广泛也最重要的古文明之一。其次,华侨和华人在进入所居国社会的文化碰撞与融摄中,形成了华侨和华人既源自于母国文化,又一定程度迥异于母国文化的独特性,即所谓华族文化;同时又将这种文化的世界性融入和体验,回馈原乡,成为推动中华文化和中国人感悟世界的现代性进程。华侨和华人的这种世界性的生存和体验,是海外华文文学的发生学基础。"

登翰指出:移民海外的中国人有强烈的族群认同意识,散居海外各地的华人社会,都力图建构依靠华文教育和华文传媒来传延中华文化的保全体系。"华文文学最初就是作为这一文化保全体系的一个环节,而参与族群建构的。当然,华文文学作为世界华人精神方式的一种映像,无论最初的发生还是后来的发展,其功能和价值都远远超越了族群建构的意义,但寻根究本,这仍然是华文文学发生的重要原因之一。"登翰进一步指出:在 20 世纪 50 年代,海外华文文学由于海外华人国籍认同的改变而产生了深刻的变化。

登翰指出："这一国籍认同的变化不能不在深刻地影响各国华人社会的同时,也改变了华文文学在所在国的地位与性质。越来越多的事实表明,散居世界各地的华文文学,已经成为或者正在争取成为所居国多元文学的一个构成部分,参与所在国文化和文学的共建。""海外华人社会的这一转变,带来了散居各地的华文文学更为复杂的文化境遇。一方面是这一转变将传统的华侨文学从中国文学中解构出来,形成了各个国家和地区华文文学自主发展的独立形态与生命;另一方面,华文文学作为所在国文学的一个组成部分,在长期异质文化语境的生存中,必然会有所吸收地在以中华文化为底本的基础上,融合本土文化传统发展成为具有地域特征的新的华族文化,从而赋予华文文学更为丰富、多元的文化内蕴。""这一过程,实际上也是散居世界各地的华文文学从'植入'到'根生'的'本土化'或'在地化'的过程,是华文文学迥异于此前的(华侨文学)新的发展形态。"

第二,清楚地阐明了华文文学与现代中国文学的关系问题。

在世界华文文学是移居海外的中国人、华人或华裔用母语记忆、眷念和传承中华文化这层关系之外,登翰指出,海外华文文学存在于多重的对话关系中。他同时指出:与原来的台港澳文学相对应的是祖国大陆文学,二者"对话"所要解决的是 20 世纪中国文学多元的发展形态问题,而与海外华文文学相对应的是"海内"的中国文学和海外华文作家所在国的非华文的文学,它们构成两种不同的"对话"关系,处理的是移民族群的文化建构、文化变异和文化参与等问题。而世界华文文学作为世界性的语种文学,与之相对应的是同样作为世界性语种的英语文学、法语文学、西班牙语文学、阿拉伯语文学等。它们形成的多元的"对话"关系,将更多地关注不同文化之间审美方式的差异,以及各种异文化之间文学的互识、互证、互动和互补的多重关系……"对话"关系的改变,实质也是研究重心和性质的改变,它必然带来诠释范式的变化。

通过对这两个问题的论述,登翰基本上说清楚了海外华文文学从何而来,它的演变、散居状态和特点。它是中华文化延伸至海外并发展而来的在地华族文化,它与中国文学有亲缘关联,但不是中国文学的一部分;它与中国文学的关系,不是依附的关系,而是对话的关系。这就是它作为一个独立学科存在的基础。

他同时指出:"作为世界性语种的华文文学,毫无疑问应当包括使用华语人口最多、作家队伍最为庞大、读者市场最为广阔、历史也最为悠久的中国大陆地区文学,然而在实际操作中,只是狭义地专指台港澳和海外两个部分。这就使'世界华文文学'的命名失去了它的本来意义。"人们常说"世界华文文学"学科的命名有些尴尬,尴尬就在这里。

第三,对华文文学几个基础性概念做了深入的论述。

2004年,鉴于作为语种的华文文学被责疑为"文化民族主义",以及不满语种的华文文学摒弃海外华人非华语写作的狭隘性,登翰与刘小新合作,写了《关于华文文学几个基础性概念的学术清理》一文,对"语种的华文文学""文化的华文文学""族性的华文文学""个人化的华文文学"等概念进行了深入的阐述。

关于"语种的华文文学"的论述,刘登翰指出:"在华文文学之前缀以'语种'的前置词予以强调,无非是为了突出其与其他世界性语种文学相并列的意义,其良苦用心是为长久以来处于弱势的华文书写争取一份平等的地位,对于世界华文文学学科建设,具有不可忽视的意义。""语种的华文文学"概念为华文文学学科划出了其研究对象范围,提出了学科的论域和全球性视野;"语种的华文文学"概念的提出,在某种意义上具有抵抗西方强势文学与语言霸权的意味;"语种的华文文学"观念中包含着一种对母语的自然情感,是华文作家对母体文化的回归。在这里登翰也谈到了语种华文文学概念所谓的局限性,即语种的限定/界定显然使大量存在的华人、华裔非汉语写作的作品及其文学现象远离华文文学研究的视域,以及由此引起的"华文文学"与"华人文学"概念的争论。在《华人文化诗学:华文文学研究的范式转移》一文中,他们曾提出"倾向于将海外华文文学以华人文学重新命名"。但也许他们意识到这样并不能解决问题,因为"华文文学"以汉语言文字为内涵,"华人文学"以华人为内涵,两个因有"华"字而相近的概念不能兼容,更不能互相替代,所以主张以杜国清教授2002年在复旦会议上提出的"世华文学"的概念来替代。他们认为"世华文学"的"华"字,应包括三个层次。其一,是外在层次的语言方式,即把汉语(华文)作为书写的媒介工具;其二,是内在层次的中华文化,这是世华文学创作主体的精神内质;其三,是指创作主体的"华人"或"华裔",这是对世华文学创作主体的族属性规定。这一解释虽然有些牵强,但确实能包容性地回答我们曾经争论不已的一些问题。登翰提出:"打破华文文学研究自设的'语种'框限,开放边界,把它的批评视域和研究范畴向华人的非汉语书写的文学经验扩展,操作上不受概念的局限,重视对华人华裔非汉语文学的研究。"

关于"文化的华文文学"的论述,正面回应了当年关于"语种的华文文学"与"文化的华文文学"的争论。登翰肯定"文化的华文文学"这一概念提出的积极意义,指出将这一概念与"语种的华文文学"对立起来的谬误。他一方面指出"汉语书写并非是华文文学没有实质意义的语言表象,语言及语言背后携带的悠久历史文化积淀，必然影响着文学书写美学选择和经验的再现方式。虽然对它的过度强调，有可能忽视不同国家、地区和个体的华文文学某些异质性、特殊性因素的不足，但绝不是'文化的华文文学'论者所危言耸听的具有'浓重的、不甚友好的族群主义味道'的'文化民族主义'"。同时他也强调"生存论"和"生命论"与华文文学蕴含的"文化中华"和海外华人生存的"华族文化"的意蕴是怎样关系，而中华文化与华文文学写作者所居国的文化又是怎样的关系，它们怎样共同构成了海外华人生存生命形态的一种历史维度和张力，这才是我们讨论"文化的华文文学"应当热切关心和深入阐释的关键。

"族性的华文文学"这个概念，是登翰在一条简短的注释中率先提出并在后来的论述中发展起来的，是基于中国移民从华侨、华人到华裔身份改变这一重大事件之上的。华侨到华人是国籍认同的改变，但文化认同不一定改变，华文文学的出现不仅是这种文化认同没有改变的佐证，也是华族文化最鲜明的标志。登翰强调指出："华文文学书写，参与所居国多元的文化建构与文学建构，其族性或族属性问题，便突出地强调出来。同样，华文文学在全球性的多元文化与文学建构中，其民族属性的文化特殊性，是其立足于世界文化和文学的一个指标和基础。'族性的华文文学'便在这双重视域上，成为我们深入考察和研究的一个新维度。""海外的华文文学作为华人移民经验、生存方式与精神方式的再现、想象和铭刻方式，既是华族意识直接或间接的反映，同时也以文学书写参与了华族意识的建构。这是海外华文文学迄今未被研究者所深刻认识的一个重要功能。'族性的华文文学'恰是在这一意义上突出了对海外华人族群建构和族群意识进行研究的必要性和重要性。"

在讨论这一问题时，他们又将"族群建构"和"族群主义"严格区分开来。海外华人的族群建构，是作为弱势的外来族群为了保存自己族群的文化记忆和维护自己在强势族群面前应有权益的一种自我保护性的生存努力；而"族群主义"则是一种自我封闭和霸权扩张的外侵性族群意识和族群行为，两者不可相混。

"族性的华文文学"作为华族意识再现、想象与表征的一个新观念，对于华文文学学科理论与方法的建设有着重要意义。其一，它可能帮助我们改变以往那种在总体性的"世华文学"概念支配下华文文学研究的先天缺陷，使我们的观察视野真正进入华人社会之中，对华族的生存境况和精神状态做出社会学意义上的理解和认识；其二，有助于我们认识海外华文文学的文化身份问题——华文文学是所在国的国家文学的构成部分，是其多元族群文化的一个构成因素,它以独特的"华人性"即差异美学,参与了所在国文学的形塑与建构;其三,与以上两点相关,"族性的华文文学"概念也有助于我们把华文文学重新还原到其发生、生存与发展的文学与文化场域,在多元族群的文学与文化互动、交流与摩擦、冲突与协调中,来探讨华文文学的表征政治与话语修辞策略。

"个人化的华文文学"这里不展开了。

第四,对跨域建构的整合性的华文文学概念进行再探索。

2007年登翰撰写了《华文文学——跨越的建构》一文,后更名为《华文文学的世界大同》。在这篇论文中,他在再次透视了华文文学这个学科概念变化转换的历史轨迹之后,指出"重新命名之后的'世界华文文学研究',实际上并未脱离原先的'台港澳暨海外华文文学'的研究框架和轨迹,无论观察与分析的对象、视角或方法,并没有产生具有结构性意义的改变"。原因与十余年的学术背景有关,而主要的是未对学科对象定位做出重新诠释。他指出,是海外三个会议推动了对世界华文文学这一学科的重新诠释:一次是1989年在新加坡举行的"华文文学大同世界国际会议"提出了有关华文文学整合性建构的论题,诸如"多元文化中心""双重经验书写"等,之后,美国伯克利大学的亚裔系连续两届以"开花结果在海外"为主题召开华人文学书写的国际会议,以及2006年春天,由王德威主导的美国哈佛大学东亚系举行"华语语系文学研讨会",从另外一个视角,与祖国大陆的海外华文文学研究展开对话。这三次会议引发了学术界对世界华文文学概念的重新思考。

有鉴于国内外华文文学研究的状况,登翰提出了他认为印象较深的五个问题:一是华文文学是一个发展着的概念。二是国内和海外的华文文学研究,存在着认识层面和操作层面上的某些差异。三是国内的研究往往不将华裔的非华文写作包含在内。在国内的学科谱系中,华裔的非华文写作主要是外文系的学者关注的对象,因此,便有了"华文文学"还是"华人文学"的命名之争。四是文化是海内外华文文学研究者关注的重心,只不过其侧重面各有不同。五是学术方法的引入。他提出这些问题,无疑是想引起学界的关注和探讨。

在此基础上,登翰阐明了"华文文学"的"离散"(或者说"播散""播散"一词更准确,历史将证明这个词的生命力)与"整合"的关系。正因为华文文学是"离散"的,所以它是跨域的整合性概念。值得指出的是,他还明确地区分了华文的散播与西方帝国主义殖民同化后、后殖民地国家用宗主国家语言写作的不同。"华人的华文书写,是一种母语书写,而其他受到西方殖民的国家(被文化同化后)用宗主国语言的书写,则是一种被迫的非母语的书写。即使在殖民势力溃退之后,依然无法摆脱这一后殖民的文化遗蜕。前者是伴随移民的语言移入,是移民主体对于母语的语言行为,在所居国的语言环境中,是一种弱势语言;后者则是伴随殖民而来的语言'殖民',是殖民者强加于被殖民者的语言霸权。二者有着性质上的根本不同。"

登翰在《双重经验的跨域书写——〈20世纪美华文学史论〉引论》一文中对跨域及其意义进行了深入的论述:"海外华文作家的书写,是一种'跨域'的书写。'跨域'在这里不仅是一种地理上的'跨域',还是国家的'跨域'、民族的'跨域'和文化的'跨域',因而也是一种心理上的'跨域'。'跨域'是一种飘离,从母体向外的离散。从根本上说,中国的海外移民,远离自己的母土,飘散在世界各地,本质上是一个离散的族群,或者说是一个'跨域'的族群。'跨域'是一种距离,而朱光潜说,距离产生美。'跨域'产生差异,也产生冲突,然而'跨域'还带来融通和共存。"

他得出结论:华文文学这一跨域建构的概念提出,包含着一个理想,那就是华文文学的世界大同。因为它是"华文"的(或华人的),便有着共同的文化脉络与渊源;又因为它是"跨域"的,便凝聚了不同国家和地区华人生存的历史与经验,凝聚着不同国家和地区华文书写的美学特征与创造;它们之间共同拥有的语言、文化背景与属于各自不同的经验和生命,成为一个可以比对的差异的空间。有差异便有对话,而对话将使我们更深刻地认清自己,不仅是自己的特殊性,还有彼此的共同性。华文文学的跨域建构,就是在共同语言、文化的背景下肯定差异和变化的建构、多元的建构。每个国家和地区的华文创造,既是"他自己",也是"我们的",这就是我们所指认的"华文文学的大同世界"。登翰对华文文学这一跨域建构的概念做出了清晰而较准确的阐述。

第五,关于华文文学"一体化"和"多中心"问题的辨识。

在《世界华文文学的存在形态与运动方式——关于华文文学"一体化"和"多中心"的辨识》一文中,登翰在追索了"一体化"一词的经济与文学源头后,对所谓的华文文学"一体化"做出了否定的结论。他指出:华文文学在全球的存在形态是一种"散居"(包括移民侨居意识的弱化和国家认同的转换)。这种散居和自主的形态,使华文文学不可能是"一体"的。又从以中华文化作为共同的文化基础和资源、以汉语(或曰华文)作为文学书写共同的语言方式、拥有共同的读者对象及一些华文作家身份的不确定性等特征为不同国家或地区的华文文学所拥有和论述,就此登翰指出,华文文学不管它们散居于世界的哪一个角落,都有许多共同的东西使它们具有某种同一性和形成彼此间紧密的关系。他指出,语言、文化、读者和作家的这种同一性,潜在地构成了世界华文文学关系紧密的无形网络,它要求我们在对散居的华文文学进行考察和讨论时,必须具有全球性的视野,在进行分析研究的过程中重视整合性的研究。有学者把这种整合研究称为"离散的聚合"。"离散"或曰"散居",是华文文学特定的生存状态;而"聚合",则是对这种"离散"状态想象的总体把握。二者的辩证是正确处理局部与总体的关系。只有深入局部,才能在研究视野上建构总体;而只有拥有总体的视野,才能高屋建瓴地在比较中准确地把握局部。这是华文文学研究必须具有的双重视域。因此,华文文学的"整合",只是一种研究策略,是由"离散"的华文文学内在逻辑的同一性所提升的一种想象的可能。它不是华文文学实体的"一体化"。

关于"多中心"的问题,登翰追索了"多元文学中心"提出的源头、三大中心和一个过渡带的延伸解读,正确地评述了"多中心"问题。他指出:"文学中心"的形成,不是静态的区域特征的体现,而是动态的文学影响的发挥。"三大中心"说,有着把"区域"等同于"中心"的嫌疑。何况在同一个区域里,每个国家和地区华文文学发展的具体状况也各不相同。已经成为国家文学之一环的新加坡华文文学,强烈意识到必须建立"本土文学传统"的马华文学,以及还在为华文文学的生存而奋斗的泰华文学、菲华文学、印华文学,它们的处境和命运,以及文学的形态都有很大不同,这是大家所熟知的。更不必说美洲、欧洲和澳洲的华文文学。对于这个问题,我曾在《血脉情缘——泰国作协、"泰华文学"素描》一文中有所涉及,在此引证一下参与这个问题的讨论。我想到了在世界华文文学研究界中关于华文文学"中心论"的争论。我可以负责任地说,我没有提出过这个"中心论",我也没有见到过在中国大陆有人特别强调所谓的大陆"中心论",因为这没有什么现实意义。中心是历史发展自然形成的,并不会因为你强调而存在,也不会因为你不承认而不存在。我听得最多的是来自反"中心论"一边的声音。我不想怀疑,这声音中夹杂着某种难以明言的意识形态的杂音,我相信,这是学术认识上的分歧。这里要指出的是,反"中心论"者极为忽视"根"和"源头"的作用。比如说:"只有根,是开不出花的。"这确也有部分道理。有了根也还要有所在地生活的泥土和阳光雨露,否则也长不出枝叶,开不出经不同文化语境孕育的特色的花;但是如果连"根"和"源头"都没有,还长得出枝和叶,还谈得上开什么花吗?著名华文小说家赵淑侠女士2015年在复旦大学演讲时,特别强调说:"中国文学是母亲,海外华文文学是中国文学繁殖出来的。"泰华文学作家修朝先生面对泰华作家后继乏人的现状充满忧虑,寄希望于中国新民到泰国,为泰华文坛带来第二春。这说明中国文化与文学这个母亲的乳汁是华文文学不可或缺的。这里还想补充说一下，"台独"分子总要"去中国化"，而昧于现实的某些台湾的知识精英，总觉得自己是中华文化的正统，一直存在"去大陆化"的心态。去华文文学"中心论"的出现，是不是这种心态的反映？存疑吧。

最后祝"跨域与越界——刘登翰教授学术志业六十年"研讨会圆满成功！

（作者为复旦大学中文系教授，中国世界华文文学学会名誉副会长）

整体格局与文化诗学研究

——刘登翰学术理念与研究实践的独特贡献

曹惠民　司方维

作为当代中国具有重要代表性的学者,刘登翰先生主要的研究方向聚焦于中国新诗、台港澳文学与海外华文文学研究和两岸文化研究,已出版的相关学术著作与创作 30 余种,成果丰硕;同时,他在学术研究中乐于团结同道、提携后进,以其号召力、凝聚力、亲和力,多次集结省内外乃至境内外的老、中、青几代学人,推出深具创意和显示新格局的重要成果,实绩骄人,堪称当代中国乃至世界华文文学与华人文化研究领域名闻遐迩的领袖型人物之一。

一、"跨域"与"越界":人生精彩纷呈,为学为人堪称楷模

刘登翰先生(以下免尊称)新近出版的一本著作名为《跨域与越界》(人民出版社,2016),其中的两个关键词"跨域"与"越界",确乎是对他自己跌宕起伏、颇具丰富色彩的人生之路的极佳概括。从 1956 年考入北大中文系至今已 60 年,他先后有过大学生、基层干部、农民、中学教师、小报编辑、记者、诗人、散文和报告文学作者、学者、研究生导师、书法家及省级和国家级专家等多重的人生身份,可谓一再"跨界"。早在 1991 年,他就是祖国大陆文化人中最早跨越海峡赴台访问、开启两岸文化交流大门的先行者。

刘登翰数十年来在文学创作与理论研究两"界"之间来往自如,成果相得益彰。在较早倾心的诗歌领域,他耕耘不辍,读书时已能拿稿酬补贴生活,下放时写诗文励志,回归本行从事学术研究后,在工作间隙也创作了很多诗歌、散文与报告文学作品。近年来,在文学研究与创作之外的小小"自留地"中,刘登翰亦涉足书法(有《登翰墨象》三集)和艺术评论(有《色焰的盛宴——李锡奇的艺术和人生》《台湾当代美术十二家》),虽然自谦"玩票",经营得也是缤纷多彩。他晚年开始学书,虽未正式拜师学艺,却自创

"登翰墨象",突破字与画的界限,"用水破墨,以虚造实,守白当黑"①,真可谓"从心所欲而不逾矩",才情俊发,业绩斐然。

在付出了最多时间和精力的华文文学与华人文化研究领域,刘登翰也将"跨域"与"越界"的魅力发挥得淋漓尽致。他领衔主编的《台湾文学史》在20世纪80年代和90年代之交率先问世的一批台湾文学史著作中,最早贯通了古代、近代、现代与当代各时期,跨越古今;而在空间上,此著和略晚出版的《香港文学史》(刘登翰主编)、《澳门文学概观》(刘登翰主编)与《中国当代新诗史》(洪子诚、刘登翰合著),又横跨祖国大陆与台湾、香港、澳门,具有把海峡两岸暨香港、澳门的文学当作一个整体来研究的气魄和远见②,俨然形成了文学史书写的系列。此尤不足,他更将研究领域扩展至东南亚华文文学和北美华文文学(主编《双重经验的跨域书写——20世纪美华文学史论》等著作并撰写多篇论文),以扎实的研究实绩凸显难得的全球视野。

在研究团队的集结组建上,主编《台湾文学史》时期,合作者还是福建省内的研究者;到主编《香港文学史》时,又把编撰团队扩展至北京、上海、江苏、浙江、广东等外省市;主编《澳门文学概观》时则形成内地与澳门学者通力合作的格局,这种号召力和凝聚力在同行中并不多见。而他在个人研究的同时,也时与几代学人(洪子诚、孙绍振、庄明萱、林承璜、黄重添、朱双一、刘小新、陈耕等)倾情合作,这种范式对后学的正面影响显而易见。此外,他指导、培养的博士、硕士研究生(如最早毕业的博士朱立立数年前就已成为博士生导师)在同侪中也被公认为出类拔萃,这是对整个学科建设同样不可忽视的重要贡献,其意义并不亚于个人多出几部专著。

刘登翰还将他的研究视域从文学扩展至文化,从以文化视角解读文学直至开展闽南文化、两岸文化的独立研究,引领了一种大文化的研究取向,在华文文学和华人文化研究领域探索出了新的研究路径,彰显了自己的学术个性,是祖国大陆早期台湾文学研究前行代学者中最具理论探讨意识并戮力实践的重要代表人物。

刘登翰为学严谨扎实,富有原创意识,广度、深度、厚度兼具;为人真诚谦和,淡泊温厚,人品高洁,气度、风度、温度可感,在在凸显其大视野、大襟怀、大格局,足为后学楷模。

---

① 秦岭雪:《山凝水秀——关于〈登翰墨象〉》,《福建艺术》,2007年第4期。
② 董乃斌、陈伯海、刘扬忠主编:《中国文学史学史》第3卷,河北人民出版社,2002年,第512页。

二、"中国整体格局"：台港澳文学研究领异标新

1982 年，刘登翰作为福建社科院文学研究所的代表参与筹备并出席全国第一届香港台湾文学研讨会，两年后在第二届台湾香港文学研讨会上发表个人第一篇台湾文学论文《论台湾的现代诗运动———一个粗略的史的考察》。在绝大多数学者多做个案研究或文本赏析的拓荒期，刘登翰第一篇论文的选题便显现出为台湾文学研究探求新路的重要特征：视野宏大，倾向于对台湾文学进行整体的、宏观的把握，注重并善于进行理性的思辨。其宏大视野，一方面体现在研究选题上，另一方面则体现为提出了一些新的、有影响力的学术概念和范畴，诸如"整体格局""分流与整合"等，将台湾文学研究纳入中国文学的整体视野之中。

从《特殊心态的呈示和文学经验的互补———从当代中国文学的整体格局看台湾文学》开始，刘登翰提出了在中国文学的"整体格局"中研究台湾文学的观点。论文首先肯定了台湾文学的特殊性，同时"从当代中国文学的角度做横向对比的考察"，以对祖国大陆和台湾文学都很重要的"70 年代后期"作为一个支点，"在此之前，台湾文学经过一度'西化'的迷津，通过论争的重新省认，走向对于传统的回归；而祖国大陆文学则在极'左'思潮发展到极端之后，以政治和经济的改革为先导，走向开放。一个复归，一个开放，艺术两极上这种方向相反的互相挫动，使海峡两岸文学在走向世界的文化重建中，互相趋近了"。① 在此之前，学界虽已关注到台湾文学与祖国大陆文学之间的渊源关系，但是祖国大陆文学研究与台湾文学研究基本上还是处于各自为政的状态，刘登翰较早提出将台湾文学纳入中国文学整体格局，具有开创性意义。

之后，刘登翰又陆续发表《分流与整合：二十世纪中国文学的整体视野》《台港澳文学与中国现当代文学史写作》等论文，进一步提出"分流"与"整合"的观点，发展和完善了其将台湾文学纳入中国文学整体格局的看法，并将研究领域扩展至与台湾文学情况相似的香港和澳门文学。

"分流与整合"是刘登翰提出的一个重要的学术概念。他认为祖国大陆与台湾、香港、澳门的文学分流，"主要不是由于文化的分化，而是社会的分割"，台港澳文学因为对本土特征的强调、外来文化的影响、社会的不同发展

---

① 刘登翰：《特殊心态的呈示和文学经验的互补———从当代中国文学的整体格局看台湾文学》，《文学评论》，1984 年第 4 期。

等因素而具有特殊的文学进程与形态。但这种与祖国大陆的文学分流，"是奠立在共同文化基础之上的文学，处于不同社会背景下的各自发展。民族文化的同一性，是分流的前提，也是整合的基础"。台港澳文学因其外力强迫脱离母体的发展轨迹，"共同的民族文化作为文学的精神核心和发展基础，对于与母体的分离，会产生一种本能的反抗"。这种来自文化惯性与中华民族文化凝聚力的反抗，作为整合的力量，维系民族文化的完整，抗衡异质文化的压迫，融摄与改造外来文化，并推动文学走向新的整合。文学的分流与整合，是一个辩证的运动过程，必然向各自的对立面转化，"整合是可以期待的"；但因为文化与政治的复杂关系，"整合是必须去争取的"。刘登翰认为整合有两重境界："一重是通过交往和交流，打破阻隔，形成一个共同享有的文化/文学空间"，这是台港澳文学研究者一直在做的工作。整合的更高一重境界则是"重构——在重构中整合"。所谓"重构"，是指以农业文明为主的中华民族文化正处于向现代转型的重要历史时期，"超越政治和意识形态的隔阂，在实现民族文化现代化转型的重构中，走向中华民族文学的新整合，既是对于历史伤痕和裂纹的一种抚平和弥合，也是对于中华民族文化和文学的一种提升"。

刘登翰不仅理论上提倡，其研究实践中也一直贯穿着从中国文学的整体格局、整体视野观照台湾文学的理念。20 世纪 90 年代初，由他领衔，与庄明萱、黄重添、林承璜合署主编的《台湾文学史》，分上、下两卷先后出版。除总论和结束语之外，主体部分包括古代文学、近代文学、现代文学和当代文学四编。这并非祖国大陆出版的第一本台湾文学史著作，却是一本较完整、全面地梳理台湾文学，建构了独到文学史观的台湾文学史著作，规模最大、内容丰富、论述精当，迄今为止仍然是两岸众多台湾文学史著作中的重量级著作，即使在台湾地区也颇受佳评，如林燿德在《雨后跨海残虹》一文中写道：这部《台湾文学史》"就资料汇集的能力，观念的更新，研究的扩张，以及全书规格与文体的整合等层次来看，都是目前两岸最重要的一部台湾文学史"。①

《台湾文学史》贯彻了"分流与整合"的研究思路，"把台湾文学放在中国文学的整体格局中，并在与祖国大陆文学发展状况的相对照中进行描述和评析"，"把台湾文学摆进中国文学发展的大格局中，在相互比较中予以审视和考察，将使我们获得一个整体的历史视角，有利于台湾文学的定位和我

---

① 林燿德：《雨后跨海残虹》，转引自陈辽主编《我与世界华文文学》所载林承璜文，香港昆仑制作公司，2002 年，第 25 页。

们民族文学历史经验的总结，也有利于对台湾文学做出实事求是的评价"。①《台湾文学史》的成功问世，也离不开团队的共同努力。综观此书的编撰群体，成员皆属福建。福建一直是海峡两岸文学研究的重镇，此书的出版，也可视作福建华文文学研究团队的形成。在此之前，祖国大陆的台湾文学研究多是各自为政，并未出现如此规模的以共同地域为背景的学术队伍的集结，此中的经验或得失很值得总结。

与中国文学整体视野相关的一个问题，是如何将台湾文学（乃至香港、澳门文学）写入中国现当代文学史。1984 年，刘登翰与洪子诚合作撰写《中国当代新诗史》（此书因故延至 1993 年才出版），书中第一次设专章介绍了台湾诗歌。《中国当代新诗史》共分三卷，卷三部分为台湾诗歌，设台湾诗歌发展的背景和进程、现代主义诗潮及其诗人、现实主义诗潮的勃兴和诗歌艺术的多元并立三章，是最早将台湾文学写入中国当代文学史的尝试（2005 年北大版的修订本中，又增设了介绍香港诗歌、澳门诗歌的章节）。此书在当代祖国大陆新诗之后单列一卷介绍台湾诗歌，是一种"纳入式的文学史书写"，这也是后来较长一段时期祖国大陆学界整合海峡两岸暨香港地区文学史最常用的一种方法。刘登翰更期待能有"一种将台港澳文学真正'融入' 20 世纪中国文学叙述之中的整合"②，并在不断思考与努力。

三、"文化研究"与"华人文化诗学"：治学凸显深度与厚度

刘登翰认为文学是"民族生活和民族精神的反映"③，既不能否定其与文化母体的渊源关系，也不能忽略各个组成部分可能具有的独特形态和创造。这是刘登翰台港澳区域文学研究的一个认识前提。纵观其台港澳与域外华文文学研究，无疑能见出他对文化给予文学的影响特别注重，这就使他的文学研究具备了鲜明的理论深度和历史厚度。

刘登翰的多部著作都把台湾文学的发展放在中华文化、两岸文化、闽台文化的层面上予以观察阐释。除了从三缘（地缘、血缘、史缘）、社会模式、文学的发生与发展、语言运作等方面详细论证台湾文学与中国文化母体的渊

---

① 刘登翰：《台湾文学：分合下的曲折与辉煌——〈台湾文学史〉总论》，《台港文学选刊》，1991 年第 6 期。

② 刘登翰：《台港澳文学与中国现当代文学史写作——再谈 20 世纪中国文学的整体视野》，《复旦大学学报》，2001 年第 6 期。

③ 刘登翰：《台湾文学：分合下的曲折与辉煌——〈台湾文学史〉总论》，《台港文学选刊》，1991 年第 6 期。

源关系,肯定台湾文学是中国文学的一个分支之外,刘登翰也看到台湾与祖国大陆不尽相同的"历史机遇和文化机缘",认为台湾是个经由台湾少数民族和汉族移民相继开发而发展起来,并受到过多种外来文化冲击的社会。由此,台湾文学具有少数民族文化与中原文化的双重基因,少数民族文化传承的保守性使其对台湾文学的影响一直是潜隐的存在,20世纪80年代以后这种影响才逐渐释放出来;中原文化的基因对台湾文学产生根本性的影响,"在台湾文学漫长的发展过程中,规范了它的方向,确立了它的形式,赋予它精神内涵,奠定它的民族风格,把台湾文学纳入中国文学的传统中"。台湾还多次受到外来文化的冲击,其中形成冲击并留下深刻影响的当数日本文化和西方文化。日本文化伴随着殖民而来,刘登翰一方面认识到强制的殖民文化同化极具"侵略性"的一面,另一方面也看到台湾文学透过日本文化接触到先进科技和进步文化思潮,在推动台湾文化和文学革命上所起的积极作用。西方文化进入台湾有其特定的社会政治背景,从正反两面对台湾文学发展产生很大影响,也促成了台湾文学的变异。

刘登翰并不认同台湾文学研究的政治本位倾向,而主张走向学术本位。他也不讳言社会、政治、经济等因素对文学的影响。坚持扎实的学术立场,强调学术研究"不仅是从西方的文化理论入手,更主要是从文献资料和田野调查的实证的历史和现实的文化语境出发,去探寻文学生成和发展的潜在因素和文本价值"。① 进入21世纪以来的十多年,刘登翰更是直接提倡并亲身参与闽台文化研究,在著述中致力于探讨闽台文化的地域特征、闽台社会的心理、闽台文化研究的理论方法等学术话题,出版《中华文化与闽台社会》(此书为其主编的"文化亲缘与两岸关系丛书"的导论之作)、《海峡文化论集》等著,他提出的文化区划分的"海域"概念,引发了广泛关注,这都是他所提倡的"华人文化诗学"的学术实践。

毋庸置疑,刘登翰的学术理念及其相应的研究实践,从一个重要侧面强力提升了20世纪中国文学研究的学术水准,他的独特贡献值得继续深入探讨。

(作者曹惠民为苏州大学中文系教授、中国世界华文文学前副会长,司方维为苏州大学中文系博士、南京大学在站博士后)

---

① 刘登翰:《中华文化与闽台社会——闽台文化关系论纲》,福建人民出版社,2002年,第336页。

刮骨疗伤的"文化诗学"

——关于"刘登翰学案"的刍见

黎湘萍

所有丢失的春天
都在这一瞬间归来
所有花都盛开,果实熟落
所有大地都海潮澎湃

生命曾是一盆温吞的炭火
突然喷发神异的光采
每个日子都因这一瞬间充满意义
所有痛苦等待都不再难挨

像云,携一个梦,款款走近
像星,凝两颗泪,灿灿绽开
生命在这一瞬间进入永恒
世界因这一瞬间真实存在
　　　　——刘登翰《瞬间》①

　　刘登翰先生(以下尊称略)是谁? 提起他,台港澳地区与海外华文文学界无人不晓。国内大学凡是开这门课程的,也都在使用他主编的《台湾文学史》《香港文学史》《澳门文学概论》等著作作为教材。但我们是否真正了解他的学术功业与他的思考、经验在当代的文学生活与学术史的价值呢?

　　刘登翰 1937 年出生于厦门。他写诗,有诗集出版,却从未自称为"诗人";他爱好书法,晚年展出的书法用墨、运笔都自成一格,但他说自己只是"写字",不是"书法家";早在福建农村下放时,他即已撰写报告文学,曾以《关于人和历史的一些记述》为书名出版 40 万字的报告文学集,晚年写台湾

---

　　① 《瞬间》写于 1990 年 2 月 15 日;修改稿刊于《诗刊》1990 年第 5 期,《我怀恋一片草地》(外二首之一)的版本,文字略有不同。

艺术家的传记,堪称是他写作这类文体的"集成",但他也没有以"报告文学家"名世,鲜见有评论家专门评述他的这类作品。他在 1963 年第 12 期的《山东文学》上发表《我走在公社的大路上》的歌词(田忠智作曲),其实他写歌词从大学时代就已开始,1978 年他还与作曲家章绍同合作由他作词的合唱音诗《金溪女将》,他作词的几首歌曲出现在北京中国音协等单位主办的"海峡音乐会"的节目单上,当然,他的名字也从来没有出现在"歌词作者"圈子里。不是"诗人""书法家""报告文学家""词作者",然而,正是这些写作及其深深烙上了时代印记的生命经验,使得刘登翰这位"学者"的研究明显带上了他们这一代人既相似又独特的"胎记",使之在 20 世纪 80 年代至今的学术生活中,独树一帜,自成风景。如何描绘这片风景,如何总结刘登翰及他们这一代人的经验,回顾其学术道路,并进行"学案式"的研究,已是学术史研究的课题之一。

一

1959 年《诗刊》连续发表了四篇纵论中国现代新诗的系列论文,包括《女神再生的时代——"新诗发展概况"之一》(第 6 期)、《无产阶级革命诗歌的高潮——新诗发展概况之二》(第 7 期)、《暴风雨的前奏——"新诗发展概况"之三》(第 10 期)、《民族抗战的号角——"新诗发展概况"之四》(第 12 期),作者是年轻的"北大六君子",即北大中文系的学生刘登翰、孙玉石、孙绍振、洪子诚、殷晋培、谢冕六人,除了最后一期的作者署名是谢冕打头,其他三篇的署名均是刘登翰居首。这大概是 50 年代新诗研究领域最年轻的阵容,那一年他们中最年轻的洪子诚、殷晋培年方二十,最年长的谢冕 27 岁,而其他人亦书生意气,孙玉石 24 岁、孙绍振 23 岁、刘登翰 22 岁。根据我看到的资料,这似乎是刘登翰第一次在《诗刊》登场。这一年,已从台湾大学毕业七年的余光中 31 岁,获得美国爱荷华大学的艺术硕士学位,作为"蓝星"诗派的大将加入现代诗论战;与刘登翰同岁并同年进入台大外文系的白先勇,正与他同班或前后届的同学王文兴、欧阳子、陈若曦、戴天、叶维廉等筹办后来影响巨大的《现代文学》;而比刘登翰小三岁的台湾诗人杨牧也成为当年改版的《创世纪》诗刊的编辑委员。台湾的这些诗人兼学者在 1959 年以后的诗作与诗评,成为台湾当代诗史必须提及的内容之一。刘登翰和他的同学们,当时未必注意到对岸正在"崛起"的诗群,他们所思考的新诗问题有很大的差异。譬如台湾的"现代诗"论争起因聚焦于新诗发展是"横的移植"还是"纵的继承",是否应该"下五四的半旗"等问题,着眼于战后现代主义的引入与新诗的再创造的问题。而大陆新诗研究更侧重于建构"五四"以来新诗发展的革命传统,特别是"无产阶级革命"的传统。他们认为诗在人民中有着深远影响,因此,"这是宣传革命思想的最好的武器。但是要表现五四时代追求光明和理想,要描绘气势磅礴的革命浪潮,要使诗成为革命斗争的武器,就非要冲破旧的形式的束缚不可,就非要用一种能使广大人民群众读得懂的、更适于表达思想感情的更自由的形式不可"。① 同一时期两岸的诗人和新诗研究者都对新诗的发展方向怀有特别的激情,但对于刘登翰等"北大六君子"而言,这首先是革命的激情,然后才是诗的激情。——30多年之后,"诗"的激情转化为探讨"诗艺"的热情,而"革命的激情"则成为人们反省革命后如何再出发的问题了。

刘登翰等"北大六君子"写于1959年的诗论,喜欢引用诗人的诗句作为文前的引言,例如:《无产阶级革命诗歌的高潮》前引用了殷夫的诗:

> 我是一个叛乱的开始,
> 我也是历史的长子,
> 我是海燕,
> 我是时代的尖刺。

《暴风雨的前奏》引用了臧克家的诗句做引言:

> 大时代的弓弦
> 正等待年轻的臂力

《民族抗战的号角》的引言是田间的《给战斗者》节选:

> 亲爱的
> 人民
> 我们要战斗,
> 更顽强,
> 更坚韧。

现在来看,这批50年代成长起来的第一批新诗研究者对"五四"以来现代新诗的引用,未尝不可以看作是新中国培养的第一代新人的自我期许,因为我们从中看到的关键词,似乎也可以用作1949年以后中国"新诗"乃至"文学"和"时代"主题的表达:这个"我"岂不就是新中国的"长子"? 他属

---

① 谢冕、孙绍振、刘登翰,等:《女神再生的时代——新诗发展概况之一》,《诗刊》,1959年第6期。

于"历史",属于"人民",他需要"更顽强""更坚韧"地"战斗",因为他是新中国的拓荒者、建设者和歌唱者,激情与骄傲洋溢于字里行间。

除了 1959 年在《诗刊》上参与讨论新诗发展的问题,1962 年刘登翰在《上海文学》上发表《关于艺术感受》一文;1963 年,他曾与田忠智一起在《山东文学》上发表《我走在公社的大路上》(独唱歌词),他歌唱道:

> 九十九朵白云飞过山,
> 没有一朵像我们公社的稻田金灿灿;
> 九十九条路啊绕山弯,
> 没有一条像我们公社的大路平坦坦。

从这难得一见的歌词仍能感受到时年 26 岁的刘登翰"无我"的个性和奔放的热情,这是比后来流行的歌曲《九百九十九朵玫瑰》更早的抒情曲,似乎不太像是勉强的"应景之作"。这一时期应是他快乐的青春时期吧。然而此后十余年,他的名字不再见诸这些当时的名刊。

直到 1977 年,"失踪"很久的刘登翰和孙绍振一起重新出现在《诗刊》上,他们合作发表了新诗《心灵的花圈》(外一首);1979 年 1 月,《诗刊》发表了他们的诗作《虽然我们告别得太晚》,同年 6 月,《人民文学》发表他们的诗《你已经认不得他》;1980 年 9 月,《诗刊》刊出他的新作《你用严峻的目光望着我——写在彭老总的画像前》。此后,他的诗作和评论陆续出现,这时期最有影响的论文是发表于《文学评论》1985 年第 6 期上的《会唱歌的鸢尾花——论舒婷》。如果梳理这个时期的新诗论,特别是关于"朦胧诗"的论争,我们会发现这是 20 世纪 50 年代的"北大六君子"在星散之后的又一次重新集结。进入 80 年代的刘登翰这一代人,其"关键词"似乎已经有所改变,50 年代的那个"长子"已届中年,他需要重新拾回曾经"丢失"的"春天",需要历经"痛苦"之后面对"真实"的勇气,他需要"真实"本身(《瞬间》)。

因此,我们看到了刘登翰与早期的诗风颇不相同的作品:

> 这一轮月亮很古典
> 从陶渊明的那片天空
> (东篱菊开成一幅水墨)
> 向我们瞭望
> 　　悠悠南山
>
> 迪斯科把夜撕成好几瓣
> 每瓣都在脚下

旋成一朵七彩莲花
那年李白也是这样舞的吆
举杯邀月，对影成仨
　　澹澹河汉

月亮跳进水里
洗一个很现代的海水浴
怎么也洗不去岁月岁月的牙黄
水里嫦娥的舞袖
一定比广寒宫多情
　　关关雎鸠

阳台很宽
好像专为承接今晚的月光
谁说露天舞会只属于
穿牛仔裤的青年
下一支舞曲是伦巴
婵娟，我请你
　　幸福的"恰恰"①

　　这似乎已是一个"脱胎换骨"的刘登翰，一个试图跨越古今，把古典的浪漫与当代的激情融汇在其想象的世界中，以弥补他在 20 余年之间丢失了"青春"血性的诗人。

　　从 1959 年到 1979 年，相距 20 年，他和他的同学在"中央文坛"再次亮相，当时我们看不出这两者之间有什么关系，现在则似乎看出了其中剪不断理还乱的情绪。因此，在历经 20 余年的风风雨雨之后，刘登翰和他的北大同学们又一次成为 80 年代"崛起的新诗美学"的支持者和倡导者，就在情理之中了。不过这一次，他们不再采取集团作战的方式，而是单兵出击，各自为战：1980 年，谢冕在《光明日报》上发表《在新的崛起面前》；1982 年，孙绍振在《诗刊》上发表《新的美学原则在崛起》；1980 年，刘登翰也在《福建文学》12 月号上发表《一股不可遏制的新诗潮——从舒婷创作的争论谈起》，1985 年，他又在《文学评论》上发表《会唱歌的鸢尾花——论舒婷》，或从宏

---

① 刘登翰：《中秋》，《瞬间：刘登翰抒情诗选》，海峡文艺出版社，1991 年，第 112－113 页。

观上论述新一代诗人的美学观,或具体而微地分析诗人诗作。如果没有读过他们在50年代意气风发的诗论,也许会以为这是中年评论家对年轻诗人的仗义"扶持",但读过了他们20年前的文章,你会觉得,这更像是50年代年轻诗人的"灵魂转世",不同的是,他们用诗论的方式把曾有的"感觉"转换为"理性"的论述,而寄托着他们已经失去的梦幻的,竟是又一代年轻诗人的诗作了。难怪刘登翰写道:"谁说露天舞会只属于/穿牛仔裤的年青人/下一支曲子是伦巴/婵娟,我请你/疯狂的'恰恰'。"1985年的露天舞会,不只属于年轻一代人,也属于重返青春的他们这一代,甚至属于数千年以前至今依然年轻的婵娟。

有趣的是,生于1937年的刘登翰与在台湾的同龄人白先勇、陈映真等人一样,其"出道"的时间都是在50年代末,这正是冷战与民族分裂时代的开始。因此,他们在个人经历、思想、文学创作与视野等方面都呈现了许多差异。60年代至70年代末以前的一段时间,刘登翰在八闽的山区"神隐"。当他走出山区,再看到外面的世界时,首先看到的是年轻一代诗人以完全不同于他们的面貌和心态的"崛起",他也许在他们身上看到了20年前的自己(从他当时的诗论中可以看到这一点);其次,他"偶然"中又遭遇了两岸关系解冻之后从海峡那边涌进来的文学暗潮,看到了与他同时代的对岸作家的迥异的世界。山里"神隐"之后的复出,也许正是他后来发自内心地自省和考察他及此岸新生代与彼岸同代人的"差异"的重要契机。

这20余年的人生经验和反省精神,是1986年的刘登翰所拥有的最宝贵的财富之一。但当我在80年代"邂逅"刘登翰先生时,是看不到他50年代以来的这些经验的。

二

那是在1986年。那时候的他已进入壮年,身材颀长,戴着一副深度近视眼镜,态度谦和,但不经意中紧蹙的眉头,似无时不在思索,带有闽南口音的发言充满激情,透露出内心所孕育的变革的动力。他虽然年长,却更喜欢与年轻人交往。他没有架子,喜欢与人倾心交谈,对自己所"知"似乎常抱着不确定的态度,乐意听到年轻一代的不同的声音。

1986年底,在深圳大学召开的第三届台港澳暨海外华文文学国际研讨会上,我第一次读到刘登翰先生的文章。在当时众多关于台港澳及海外华文文学的论文中,他的论文篇幅不长,却很吸引我。这篇大作《特殊心态的呈示和文学经验的互补——从当代中国文学的整体格局看台湾文学》(此文后来发表于1987年第4期的《文学评论》)不再是常见的作家、作品介绍,而是从较为宏观的视野去讨论两岸文学的经验和关系。论文指出:由于自然的、社会的、民族的阻隔和差异,人类文化的发展呈现出明显的区域性,它阻碍文化的交流和同步进行。然而,正是这种阻隔和差异,才创造人类文化千姿百态的灿烂奇观。它们互补地表现人类在不同时空环境中的心理状态和精神需求。从整体角度来审视局部性文化,我们不仅注重其与整体的认同,还辨析其与整体的差异。认同确定归属,是研究的前提;而辨异是确定其在归属后于整体中的价值和位置,是研究的深入和对认同的进一步肯定。在这个意义上,特殊性的认识比普遍性更为重要。① 由此基本的认识出发,刘登翰把台湾乡土文学与现代文学的"特殊经验"纳入整体的历史脉络中进行讨论,剖析特殊的文学经验背后的复杂的政治、文化、社会背景。这是较早将中国文学的台湾经验与大陆经验(自晚清、日据时代、战后至70年代末80年代初)进行整合性研究的尝试,它摆脱了当时常见的"扬现实主义、贬现代主义"的思维模式,将分属两岸的具体的作家作品——不论是现实主义的还是现代主义的——都放在历史和现实的语境中,考察其缘起、发展,判断其利弊和价值。同一时期注意到这个问题并加以深入讨论的,据我阅读所及,在大陆是刘登翰,在日本是松永正义。② 与刘登翰不同的是,松永正义看到了两岸文学与文学思潮的"对流"(而不是分流),他认为两岸的现代主义与现实主义文学在80年代以前各循其轨道"分流"发展,到80年代以后,反而出现了"对流"的现象:大陆兴起了"现代主义"潮流,而台湾的乡土文学走的则是"现实主义"的路线。

从文学经验的讨论走向更深层次的文化研究,从整体关系入手洞察局部的复杂性。这显然是与众不同的"新"视野,也是观察两岸文学(特别是台港文学)的"新"方法。那时台港文学资料有限,以介绍性文字居多,也有少量"论"文,但论述"异质"的对象,常有方枘圆凿之感。此文一出,一扫当时"圈子内"的陈词滥调,令人耳目一新。因此,我曾认为,这篇文章的价值远大于某些人的几本书,也因此,私以为这个学科的真正转折性起点,或应以此文提出的"特殊经验互补论"为标志,这应该也是刘登翰在《在两种文

---

① 刘登翰:《特殊心态的呈示和文学经验的互补——从当代中国文学的整体格局看台湾文学》,原载于《文学评论》1987年第4期。笔者手头已没有会议论文原文,此处以定稿后正式发表的论文为准。

② 参见日本一桥大学教授松永正义1984年撰写的《台湾文学の历史と个性》,此文是他为所编译的《彩凤の梦——台湾现代小说选(1)》所写的序言,从历史、社会与当代政治、文化的角度较为全面地梳理了台湾文学的发展脉络。该书由东京研文出版社于1984年2月初版。

化的冲撞之中——施叔青小说论》(1986)等论文之后的再出发吧。

我当时对台港澳文学还很陌生(现在的认识依然有限),但即使以学生的眼光、学徒的态度去看,在 20 世纪 80 年代中期的中国社会条件下,实在仍不能满足于仅仅以我们习以为常的"观念"尺度去衡量评判那些颇有一些"异质"性的台港文学,因为旧的观念和方法有时诠释不了"异质"的文学。我曾在刘登翰发表该论文十年后的南京会议上,以吕赫若研究中的史料失真为例,提出要重视第一手史料的整理研究、避免重蹈十年前轻率判断的覆辙,当时有人说我的批评是"年轻人"的"傲慢",我百思不得其解,难道未经思考、没有史料和文本支持的判断不是"傲慢"吗? 基于可靠的史料甄别、文本细读来进行科学的、实事求是的研究,难道不是我们应该倡导的真正谦卑的态度吗? 刘登翰熟悉他们习用的旧观念和方法,他应该也厌倦了这种陈旧的"武器"吧,或许,从他所接触和解读的台港文学作品中,他更看出了"异质"蕴含的历史及其具有的"新意",而这对于 80 年代重新出发的两岸文学,也许更具有"对话"的意义:这是他在当时提出"特殊经验互补论"的重要价值所在,是真正具有学术史意义的开端,这也是他这一代人对于我而言最具有影响力的地方。

80 年代末我到福建调研访学,住在福建省委党校招待所,刘登翰先生屈尊来探视,话题即涉及他如何为其主编的《台湾文学史》写"总论"的问题,那时他已不是单纯地从"文学"角度去诠释"文学",而是思考如何在文学史的叙事实践中进一步落实其"特殊经验互补论"的问题。把"文学"放在"文化"的历史脉络中去阐发,跳出通常的在不同的政治意识形态或文学思潮的线性的二元对立的框架之中去看两岸文学(特别是台湾文学)的框框,不啻是远见卓识,只要不让过度的"文化"诠释陷入又一种"文化血统论"之中,这种中国式的文化研究就将是解决民族分裂的文学方案之一。因此,我把刘登翰先生主编《台湾文学史》看作 1986 年末提出的"特殊经验互补论"的进一步发展,这是刘登翰后来趋于成熟的"历史文化观"对学术界发生影响的主要展示,是他成就"诗性学者"的开端。

刘登翰先生在 1986 年以后,陆续提出了许多对学科发展具有意义的概念,但我以为,其"特殊经验互补论"与"历史文化观"应是最关键的学术理论——包括核心的理念与方法论。从刘登翰在《文学评论》上发表的文章,大致可以看到他的学术理论的发展过程:《会唱歌的鸢尾花——论舒婷》(《文学评论》1985 年第 6 期),是新时期"朦胧诗"争论以后较为成熟的论述,似乎也是他从大陆文坛转向台港澳文学领域的告别之作,此后他的学术道路发生了"战略性转移",曾经活跃于大陆诗歌评论界的刘登翰的转移,使

"高智商"的诗坛少了一位冷静的评论家,而充满了拓荒者的热闹的新兴的台港澳文学领域多了一位智慧的推手。《特殊心态的呈示和文学经验的互补——从当代中国文学格局看台湾文学》(《文学评论》1987 年第 4 期)、《论香港文学的发展道路》(《文学评论》1997 年第 3 期)、《文化视野中的澳门文学》(《文学评论》1999 年第 6 期)、《分流与整合:二十世纪中国文学的整体视野》(《文学评论》2001 年第 4 期)、《关于华文文学几个基础性概念的学术清理》(《文学评论》2004 年第 4 期)、《双重经验的跨域书写——美华文学研究的几个关键词》(《文学评论》2007 年第 3 期),这几篇论文的写作和发表的时间跨度达 20 年,正显示了刘登翰从"特殊经验互补论"走向宏观的文学的"历史—文化"研究的轨迹。80 年代中期在"文学研究"的部分提出的"特殊经验互补论",逐渐演变为在 80 年代后期主编《台湾文学史》时思考的"历史文化论",沿着其"历史文化论"而由台湾文学的研究拓展到港澳文学—文化研究与海外华文文学研究,到了晚年,又经由台港澳与海外华文文学而回返两岸闽台文化研究,并提出"海口文化"概念,除了具体的个案研究之外,将"文化诗学"逐步变成"文化研究",将现实议题提升为"文化议题",对"文化发展"战略提出其具体的思考,成为"闽派"文化研究的主将之一。

根据我所能感受到的,贯穿这一学术实践的,乃是刘登翰先生在生活的苦难、锻炼和思考之中激发出来并一直保持着的民胞物与的慈悲胸怀。在这个意义上说,刘登翰先生的"文化研究"或"文化诗学",是经由"刮骨"式的"疗伤"才创建起来的。

他的文化研究或文化诗学,充满了把现实政治议题变为文化议题的能力和智慧,是带有慈悲心和现实关怀的学术。他探寻"异质"文学经验所具有的潜在的文化基础,就是在承认不可改变的"异"的基础上求"和",而不是求"同"。求同与求和有着根本的不同,求同只是在搁置"异"的基础上妥协,求和则是在承认并尊重"异"本是人与事物存在的基本形态的认知下进行合作。妥协需要一些前提条件,而合作需要互相的信任和尊重。也许可以说,求同是"政治性"的,求和则是"文化性"的。在这方面,他解决现实问题的"文学方案"或"文化诗学"显然暗合"和实生物,同则不继"的中国文化精神。

三

刘登翰的治学脉络始于新诗的研究(与洪子诚合著《中国当代新诗史》,人民文学出版社 1993 年初版,北京大学出版社 2005 年修订),用力于台湾文学(《文学薪火的传承与变异》,海峡出版社,1994 年;《台湾文学隔海观》,台湾风云时代出版社股份有限公司,1995 年;《彼岸的缪斯——台湾诗歌论》,与朱双一合著,百花洲文艺出版社,1996 年),深耕于闽台文化研究(《中华文化与闽台社会——闽台文化关系论纲》,福建人民出版社,2002 年;《文化亲缘与两岸关系》,九州出版社,2003 年),扩展于华文文学(《华文文学:跨域的建构》,福建人民出版社,2007 年;《华文文学的大同世界》,花城出版社,2012 年)。而其著述之特色则在于以"诗性"的想象与"理性"的方法,"整合"和重构近代以来"分流"的汉语文学:在与洪子诚合著的《中国当代新诗史》中率先增加了台港澳地区新诗的章节;在闽台文化研究中敏锐地将歧异的现实议题转化为可以建立共识之基础的"文化议题";在华文文学的研究中,与饶芃子等学者一起倡议建立"文化诗学"。这是在 70 年代末以来国际冷战结构与民族分裂状态下,一个来自福建的学人的探索,他提供了弥合两岸民族分裂的文学解决方案,这也是东亚地区探求民族和解之道的具有中国特色的方案。刘登翰的治学之路,同时也是一个学科的逐步发展和成熟的过程。这是从"诗歌"出发,经由"文学"和"历史"研究走向"文化"建设的历程。

刘登翰早期的诗歌和报告文学创作经验,为他"诗性"与"理性"并重的学术风格奠定了基础。他在组织编撰台港澳文学史(《台湾文学史》上下卷,海峡文艺出版社,1991—1993 年;《香港文学史》,香港作家出版社 1997 年初版,人民文学出版社 1999 年修订;《澳门文学概观》,鹭江出版社,1997 年)中所提出的"历史文化观",无论当时是否真切地意识到,实际上恰是国际冷战与国内民族分裂双重结构下的产物,它形成了极富中国特色的"文化研究"景观(如果与同时的韩国学者关于分断体制下韩国文学的论述相比较,这一中国特色也许看得更为明显①)。他的视野、方法虽然主要用于对台港澳地区文学的诠释,但这不仅是对这一领域的重要贡献,也为 90 年代以后的"文化研究"提供了实证研究的范例。在大陆与台港澳地区及世界华文文学研究中,尤其是华文文学诗学的理论建构、对闽台文化传统的诠释、对东南地区"海口文化"的论述等方面,显然已形成了刘登翰自己的独特思路,为 80 年代以来的"闽派"文学和文化研究贡献了独特的"刘派"门径——这是"诗性"与"理性"相融合的"文学研究"与"文化研究",是跨学

---

① 韩国著名学者白乐晴曾提出具有原创性的"分断体制"理论,试图通过建立第三世界的民族文学来"超克分断体制",在这样的理论思维中讨论朝鲜半岛的殖民性与现代性之关系、全球化时代的民族与文学等问题。参见其《全球化时代的文学与人:分裂体制下韩国的视角》,中国文学出版社,1998 年;《分断体制·民族文学》,台湾联经出版社,2010 年。

科与跨领域的,是务实的,也是理想的;是回顾的,也是前瞻的;是对话的,也是建构的。理解其视野的理想性和前瞻性,也许是理解其方法的对话性与务实性的必要前提。

从 20 世纪 80 年代到现在,"学术圈"内外的人们未必都熟悉他的诗作、散文、报告文学作品和书法作品,他们所了解的刘登翰,是台港澳及海外华文文学研究之"元老"级学者,这些"元老"学者在 70 年代末刚进入"饱经风霜"的壮年,在他们开始探索这些"边缘"文学的工作时,很少人知道他们过去 30 年的经验。然而,正是他们,使这个领域的研究从涓涓细流逐渐成为一门日益显示其重要意义的学科,也使这门学科成为伴随中国改革开放的一个"象征",它的诞生、发展和成熟得益于 70 年代末的改革开放政策,它同时也是最早通过文学研究的形式突破第二次世界大战之后形成的有形和无形的"疆域"的学科——这些疆域是"可见"的——冷战格局中分属不同阵营的国家与地区疆域,也是"看不见"的——战后 30 余年形成的"政治""意识形态"甚至"思维方式"疆域——在这个意义上说,从事这门学科研究的学者们意外地成了历史的见证人,也意外地成了这一新的文学研究领域的拓荒者、思想解放的参与人、突破"疆域"界限的"探险者",是 80 年代以来中国学术界的一道独特的"风景"。

法国学者、批评家蒂博代曾著有四卷本《法国生活三十年》(原名《法国思想三十年》),对 1890—1920 年对法国的社会生活特别是精神生活具有重大影响的人物做了专门的论述。这 30 年正是 19 世纪与 20 世纪之交,社会剧烈变动,各种思想异常活跃,然而蒂博代的切入点却似乎很小,头两卷书分别讨论 Charles Maurras 与 Maurice Barres 这两个人物的理念和生平,第三卷探讨柏格森主义,第四卷则对那个世代的知识者进行综合研究,用这样的篇幅和对象来概括世纪之交关键转折点的法国思想与生活,肯定有重大遗漏,但也是非常独特的选择。中国译界没有翻译这本书,对蒂博代放在头两卷的两位人士也都很陌生——虽然他们曾是那个年代的法国文学、政治与社会运动的风云人物——唯独耳熟能详的应该就是柏格森主义。这本书让我想到的就是中国 1979—2009 年的当代生活,同样是关键转折期的 30 年,如果我们要自己来讨论这个时期的文学生活、精神生活、政治生活与社会生活,我们要如何选择呢?

考试卷面的选择题虽有规定的标准答案,但往往只是一时一地的一家之说,放诸历史长河,未必永远都是定论;现实生活的选择题,更是充满了不确定性。如果要我选择,我会选择常常被人忽视的、边缘的、但实际上却可能具有重要意义的人物和事件:我会选择作为这 30 年重要风向标的台湾、香港、澳门与海外华人文学作为讨论 30 年中国当代生活的切入点；而在这个领域的代表人物，我会首先选择刘登翰先生。

理由很简单：1979 年元旦中华人民共和国全国人民代表大会常务委员会公开发表的《告台湾同胞书》是中国官方正式宣布结束两岸民族分裂状态，最早倡导以和平统一的方式创造两岸和平统一框架，在东亚地区率先打破冷战敌对壁垒的宣言。由此而由涓涓细流逐渐蓬勃发展起来的对台湾、香港、澳门与海外华人文学的介绍、批评与研究，实际上是在文学的领域重新描绘了更为完整、丰富和复杂的当代汉语"文学版图"，建立了一门与这 30 年相伴而行的新学科。在这个过程中，固然有许多文学界、学术界、新闻界和与台港澳及海外华人工作相关的社团群体的力量的加入，而其中关键性的应该是在思想方法上和具体实践中对这个新的研究领域或"新学科"产生重要影响的人物。刘登翰先生就是这样的一位人物，从他的身上，我们或许可以重新回到 80 年代，看到推动那个年代的思想解放的几代人（特别是正当壮年的他们那一代人）的动力所在；我们可以看到刘登翰及他们那一代人，如何与新中国一同成长，其独特的人生与社会经验如何在经历了 50 年代的孕育、六七十年代的历练与 80 年代的浴火重生之后，化为一股新的力量，直接影响了那 30 年中人们的精神生活；我们还可以看到分别生活在大陆及台港澳地区和海外的那一世代的知识者、文学者的不同经验如何在那 30 年中汇流、冲撞和理性地对话。他们极其普通，或可称为"非著名学者"，然而他们所从事的工作，却开拓了一片全新的天地。他们值得被写入当代的历史，尽管他们身处最边缘的位置。我这里所叙述的刘登翰先生，只是我个人多年来与他交往、向他请益时所留下的粗浅印象，虽不能将他全部的文字功业都一一介绍和评述，但这些印象，就权当为将来进一步梳理这门新学科的整体学术史或建立"刘登翰学案"，先提出一点刍见吧。

（作者为中国社会科学院文学研究所研究员，中国世界华文文学学会副会长）

个人的研究释放了学科的能量

黄万华

　　初次结识刘登翰老师是在 1993 年,他来华侨大学讲课。因为此前读过刘老师的著述,时有耳目一新、茅塞顿开的感觉,所以我在刘老师开讲前对学生说:"今天给你们找了位好老师。"一个晚上的讲课,刘老师让我和学生们切切实实地感到解渴。他匆匆来,匆匆去,不接受任何招待,只留下春风拂面在所有听讲人心中。20 多年过去,我离开福建也 20 年了,但那种"找到了好老师"的感觉反而更加强烈。遇到当年华侨大学的同事刘小新、朱立立等,他们也有同感。我想,华文文学这一新兴学科在其诞生、发展的每一个阶段,很有幸有刘登翰那样的好老师,他释放了这一学科蕴藏的学术能量,成就了这一学科最初的美好画卷,潜移默化地影响了几代学人继续耕耘于这一丰沃的学术园地。从文学观到方法论,刘老师都已经为华文文学研究树立了最好的典范。

　　我有时会想,真正把握了学术研究的时代要求的,就是刘老师那样学术至上的研究。刘老师是带着深厚的学术积累进入台湾文学研究的,《中国当代新诗史》所显示的个人的诗人气质、献身文学的求道精神、学院派出身的深厚功力,都使得他在台湾文学研究这一"迷人而冒险"的领域游刃有余地展其身手。那篇写于 1990 年的《台湾文学史》"总论"既是 20 世纪 80 年代学术解放时代最精粹的成果之一,又是足以引领以后好几个十年台湾文学研究的学术思考。福建并非全国的学术中心地区,但恰恰是这篇"总论",预示出福建当之无愧地成为台湾文学研究的中心。有时候,我们难免感叹非北京、上海之声音才会有全局性影响不可,但"总论"所论述的六个问题所产生的学术影响确确实实是全局性的。记得当时我读到此篇"总论",感到作者全局在胸的开阔视野、切中肯綮的精辟论述,它产生强大的学术吸引力,召唤你进入台湾文学研究。台湾文学的复杂性绝不亚于中国大陆文学,大陆学者研究台湾文学的难度恐怕甚于研究大陆文学,就此而言,台湾文学一直期待着强有力的中国文学研究者能介入其研究。20 世纪 90 年代是刘老师研究台湾文学的黄金时期,他此时的诸多论述是注定要永久留在台湾文学研究史上的。有幸的是台湾文学研究在其早期就有了刘老师那样的强有力者,而之后刘老师关于台湾文学的诸多成果,一直持续着这样一种强有力的学术冲击:他有自觉的中华民族新文学的全局性思考,但又始终深切理解台湾文学百余年的历史境遇和多种传统;他看重文学史在文学、文化层面上的展开,但又始终在更广阔的社会历史背景下理解文学史的丰厚价值;他有理论建构的冲动和激情,但又始终在诗本身的曲折展开中深化、升华理论思考。刘登翰老师的台湾文学研究,足以与20世纪80年代以来千军万马涌动的中国现当代文学最出色的成果对话,其成就了台湾文学研究在中华民族文学史研究中应有的一席之地。

为什么刘老师的研究经受得起学术历史的淘洗?每每想到这一问题,我都颇有感触。例如,我特别欣赏刘老师的台湾画家画论,那些不太为文学研究界关注的画论,却道出刘老师台湾文学研究的一种强有力根源。从个人素质而言,当然显示了刘老师个人爱好中渐渐养成的艺术功力,中国诗画关系历来密切,其源流有着极为丰富的艺术养分。刘老师于诗、书、画方面的造诣皆有个人风格,使其文学研究始终有丰富的艺术滋养。而就台湾文学研究而言,刘老师的画论实际上是其深入台湾文学研究的一种体现。台湾"诗画互文"的历史流变中有着台湾文学史的内在脉络。日据时期台湾作家(台湾文艺联盟)和画家(台阳美术协会等)结成联盟,在日据时期文学艺术的核心话题上互相奥援,推动台湾乡土文学艺术创作;20世纪50—60年代台湾东方画会、五月画会等与现代诗人的互动,发展出具有东方思维的现代派文学与绘画;70年代开始,台湾画界与创世纪诗社诗人互文创作的系列文本,以及视觉诗展等活动,拓展了文学传播空间;90年代开始,台湾诗人与多媒体艺术之间的整合,激发出文学创作的新活力。这种"画家和诗人互相讨论、辩论新的美学概念,再从彼此的作品中吸收创新的元素,交互影响并转化出各自崭新的创作"的互动成为台湾文学史的重要脉络。刘老师的画论,不仅仅在于他学术研究的自觉,例如,他最早论及的台湾画家李锡奇正是与"创世纪"诗人合作,共同探寻传统与现代、本土与世界等重要问题的卓有成效者,其画风画法的演变是"来自传统与民间的民族因素的潜在影响"与"来自西方的现代艺术的显在吸引和启悟"的个人性交融,这其中的丰富经验恰恰也是台湾文学史的重要历史轨迹;而且在于他跨域与越界的开阔而深入,他论及的台湾画家,无论是诗画双栖的,还是专注绘画的,都在他的慧眼下闪现传统与现代艺术对话的迷人光彩。画论自然并非刘登翰老师个人的"自留地",而是他文学研究跨域越界的又一个空间。文学研究的危机往往产生于各种封闭,很多研究封闭自身,也就扼杀了文学。刘老师研究的活力在于不断地打开,一直指向一种生命大开的境界,也就与文学息息相通。文学的真知灼见一定产生于不同疆域、类别文化的相通与对话中。刘老师的文学研究可以在某个时期关注某个对象,但他始终将对象置于广阔的相遇与对话的背景、空间,他自身的研究功力也始终养成于多个艺术领域的交相共鸣中。这也许是刘登翰老师研究开拓某一领域甚早,其成果却经得起学术历史淘洗的重要原因吧。

从中国新诗研究、台湾文学研究等领域启航,刘登翰老师最终在华文文学研究领域取得众望所归的成就和地位,也许正是因为他跨域越界研究风格和功力最契合华文文学领域。《香港文学史》《澳门文学概观》无疑是中国大陆学界在港澳文学研究领域影响最早、最广泛,至今仍很难被超越的文学史著述,《20世纪美华文学史论》也实实在在称得上是海外华文文学研究的扛鼎之作。在这些著述中,刘老师跨域与越界的视野、胸襟、方法都得到淋漓尽致的发挥。更有意义的是,这些文学史著述已经有相当坚实的理论基础了。因为正是从世纪之交开始,刘老师有了更为自觉的华文文学学科意识。当时,越来越多的研究者介入华文文学研究,他和饶芃子、杨匡汉等老师都清醒意识到学科范式建设势在必行,他们原先的学术积累此时发挥了重要作用。对于刘登翰老师而言,他是华文文学研究先行者中文学史著述最丰硕的,对台湾、港澳、海外三大板块的华文文学知广知深,而他的理论建构不仅来源于他扎实广泛的文学史著述实践,更来源于他深知学科建设的关键所在,直指华文文学学科的核心问题。2002年至2006年的系列文章《命名、依据与学科定位——华文文学研究的几点思考》《关于华文文学几个基础性概念的学术清理》《华人文化诗学:华文文学研究的范式转移》《世界华文文学的存在形态》《双重经验的跨域书写——美华文学研究的几个关键词》等有着华文文学学科范式建设的共同语境,但又有各自的建构重点,这些重点汇合已经涵盖华文文学研究的基本命题,以精准的学术建构力激发了华文文学所包含的能量。更有意义的是,刘老师的华文文学理论建构是在与中国现当代文学、中国古典文学学科对话中展开的,他充分开掘华文文学特有的资源,更在华文文学与中国古典文化传统、五四新文化传统、地域文化传统等多个维度上展开对话,所以,他的理论思考及其构想不仅奠定了华文文学学科范式的基础,也丰富了中华民族文学的范式。

我在福建任教时间不长,对刘老师知之甚浅,但已受益终身。我很希望"闽军"能将刘登翰老师至为宝贵的学术经验传承并发扬光大,更希望他的学术风范在华文文学学界和中国学界能为更多人所知所学。华文文学这一学科注定要经历漫长的学术跋涉,但刘登翰老师和诸位前行者奠定的基石不会动摇、塌陷,因为他们以各自的学术努力已经释放了华文文学学科蕴藏的能量。当一个学科被证明蕴蓄着丰富的学术能量且该能量得以释放时,这个学科得以成立并终将成熟就是不争的事实了。

（作者为山东大学中文系教授,中国世界华文文学学会副会长）

文化的视角和理论的升华

——刘登翰学术研究的贡献和特点

朱双一

引言：才子型的理论家

刘登翰先生无疑是一位才子型的学者。一般而言，才子和学者是两种不同类型的人，刘登翰先生却将二者结合在一起。他能写诗，又能写散文；会书法，也懂绘画；既有口才，也有笔才；能喝酒，也能不喝酒①：此谓"才子"。然而，他更是一位学者，而且是一位擅长理论思维的学者。笔者以为，"才子"更多来自天赋，学者、理论家却是后天努力的结果。二者的结合，也许是他为一般人所难以企及的缘由之一。

一、新学科的开拓和建设：系列文学史和学科理论奠基

刘登翰先生近30多年来或者说其有生以来做出的最大的学术贡献，莫过于"世界华文文学"新学科的开拓和建设。作为学科的基础性、奠基性工程，《台湾文学史》《香港文学史》《澳门文学概观》《双重经验的跨域书写：20世纪美华文学史论》等系列文学史或类文学史著作先后由他主编完成。然而他的主要关切更在于新学科建立所必不可少的基本理论的建设。2002年发生的"文化的华文文学"论争，成为刘先生将这种长期关切付诸实际文字的触发点。他认为，20年来华文文学研究已取得可观的成果，但主要体现在"空间"拓展方面。既然将"华文文学"作为一个学科来建设，止步于平面"空间"的展开远远不够，更重要的还必须有自己学科的理论建构，包括从学科的范畴（内涵、外延）、性质、特征的界定到反映学科特质的基本理论和

---

① "能喝酒"自然是文人、才子的真性情，"能不喝酒"本来是学者、理论家自律性的表现。但在刘先生这里，都是率性和真诚的产物，也是其"才子"本性的表现。圈内朋友间有刘氏"饮酒三部曲"之说，其来源和真实性待考。

研究方法的确立,这样才能开拓学科研究的深度"空间",获得学科独具的"专业性"。对理论的长期忽视,或者说对本学科理论建构的无暇顾及,是滞碍华文文学研究突破和提高的关键。① 正是出于这种"焦虑"和自觉,此后的几年中,刘登翰先生(其中部分与刘小新同志合作)撰写了《华文文学的大同世界》《命名、依据和学科定位》《关于华文文学几个基础性概念的学术清理》《华人文化诗学:华文文学研究的范式转移》《世界华文文学的存在形态与运动方式——关于"一体化"和"多中心"的辨识》《双重经验的跨域书写》等一系列聚焦于本学科理论建构的论文,成为刘先生继"四史"之后,对于华文文学研究的另一重要贡献。

在理论探讨中,他不为朋友、同仁的情面所拘限,也不以个人的喜好为转移,敢于也愿意讲出不同看法和观点,颇有为真理而战的锐气,这大概因为"我爱吾友,但更爱真理"之故吧。例如,刘先生为学注重文化视野的开拓,"文化"可以说是在其论文中出现频率最高的词汇之一。然而当汕头大学的四位年轻学者提出"文化的华文文学"概念以否定"语种的华文文学"概念时,刘先生明确表示"难以苟同",指出他们理论上存在着混乱,没有弄清相关概念的来龙去脉,"不仅是学术态度的失慎,更是理论观念的失范。意在从理论上打破困局,却更深地陷入理论的困局"。由此可知,理论、概念上的失范和混乱,是刘先生难以接受的,因为在他看来,这关系着学科建设的根本。尽管如此,刘先生却肯定了年轻学者敢于质疑的精神及其意义,认为"在肯定与质疑的辩证认识中,寻找突破口,我们将走出幼稚,迈向成熟"。② 这一事件使刘先生认识到"学术自审的重要和必要"③,更加深了他对学科基本理论建设重要性、紧迫性的认知,一系列广泛涉及学科的命名、背景、依据、定位、概念、方法等的论文应运而生。比如,在《关于华文文学几个基础性概念的学术清理》一文中,作者分别梳理(或提出)了"语种的华文文学""文化的华文文学""族性的华文文学""个人化的华文文学"等概念,对于这些概念,大多既说明其意义或提出的缘由,同时也指出其可能存在的局限和不足,显示出作者理论思辨的周到和全面。

---

① 刘登翰:《命名、依据和学科定位》,《福建论坛》,2002 年第 5 期。

② 刘登翰:《命名、依据和学科定位》,《福建论坛》,2002 年第 5 期。

③ 刘登翰:《命名、依据和学科定位》,《福建论坛》,2002 年第 5 期。

二、跨界的探索：文学研究的"文化"视野

在上述学科的奠基性工程和基本概念、理论的梳理与建构过程中，刘先生的"文化"视角已经初露端倪，如其《台湾文学史》总论①的六小节中，就有两小节的标题中包含"文化"字眼，即第二节的"原住民族文化、中原文化和外来文化：台湾文学发展的文化基因和外来影响"和第五节的"文化的'转型'和文学的多元构成：台湾文学的当代走向"。后来这一视角成为刘先生学术著作的重要支点之一，也是他继华文文学学科理论建构后的另一重要的学术贡献。其集中的成果就是对于闽台文化关系的论述，除了《中华文化和闽台社会》专著外，还有《论海峡文化》《闽台文化研究的文化地理学思考》《论闽台文化的地域特征》《闽台社会心理的历史、文化分析——以两岸闽南人为中心》《论闽南文化——关于性质、类型、形态、特征的几点辨识》《闽南文化研究的几个问题》《论〈过番歌〉的版本、流传及文化意蕴》《文化生态保护的几个问题——以闽南文化生态保护区为观察点》《海上丝绸之路、海丝文化与闽南》等系列论文。这些"文化"视角的论文同样充满理论思辨色彩和创新性，并多了一些科际整合的"越界"旨趣。如引入了文化地理学理论，通过历史、文化资料分析具有闽台地域特色的社会心理……在分析闽南文化的形态特征时，刘先生独出心裁地提出了"海口型文化"概念，视之介于人们常谈论的"大陆文化"和"海洋文化"之间且为二者之过渡②，以其新鲜、妥适而让人印象深刻。

对于刘先生采用文化视角的背景和原因，值得多讲几句。新时期以来，中国文学界反省此前极"左"思潮影响下，文学被极端政治化，成为政治"传声筒"的弊病，这无疑是必要的，也是正确的。然而矫枉过正，事情很容易从一个极端走向另一个极端，另一种将文学与政治、社会、现实完全割裂开来，追求所谓"纯文学""纯艺术"的倾向，成为文坛和学界的主流，或者说已成为一种新的定式思维。但在笔者看来，说文学是一种"艺术"未免过于牵强。不像音乐仅凭旋律和节奏、美术仅凭色彩和线条就能引起人们的美感，文学是用语言文字来呈现的，但无论是中国的方块字还是西方的罗马字母，都无法直接给予人们美感③，语言本质上是一种思维的工具，用语言来呈现的文

---

① 刘登翰，等：《台湾文学史》（上卷），海峡文艺出版社，1991年。
② 刘登翰：《论闽台文化的地域特征》，《东南学术》，2002年第6期。
③ 中国汉字书法似乎是一例外，但其通过线条和色彩直接给人以美感，所以仍属于美术的范畴。

学,也必然与人的思想,从而也与现实人生、社会政治等息息相关,因此也就与音乐、美术等单纯以形式要素就能体现美感的艺术门类有着根本的不同。这也是无论诺贝尔文学奖得奖作品还是20世纪中国文学的"经典"作品,几乎无一是以"纯形式""纯艺术"取胜的原因。刘先生作为一位忠于学术、娴于文学规律的学者,对此应有敏锐的、至少是直觉式的感知。因此在30多年来中国文学界避"政治"唯恐不及的语境下,刘先生也认为文学应该回到它的"本体""自身",应格外注重文学的审美特性,然而他凭着其直觉和敏感,深知文学与政治(广义的)其实脱不了干系,特别是当他的研究对象具有某种特殊性时——如近一百多年来的台湾文学本身就与现实政治有着超乎寻常的紧密关联,于是他试图借助"文化",让被人们误以为是"艺术"的文学回归其应有的定位。就这样,通过"文化",刘先生将其对"现实""人生"乃至"政治"的关怀转化成"学术"。"文化"在刘先生这里,既是视野的扩展,也是其学术研究的现实意义的显明。

三、辩证思维:刘登翰学术研究无所不在的"幽灵"

如上所述,无论是世界华文文学学科基本理论的建构,还是文学研究中"文化"视野的扩展,都显示了刘登翰学术研究的一个贯穿始终的重要特点,那就是具有强烈的思辨性;而这种思辨性,又来自于他所坚持的辩证思维方式。他善于用唯物辩证法的矛盾对立统一等规律、范畴及事物发展变化的眼光来看问题。这一点非常突出,几乎成为刘先生著作中无所不在的"幽灵"。

如关于"华文文学的大同世界",刘登翰没有停留于"大同"的表面意思,反而是从"不同"入手,揭示了"不同"和"同"、特殊性和共同性的辩证关系,甚至带有事物发展"正—反—合"的旨趣。他指出,华文文学是一跨域建构的概念,因为它是"华文"的(或华人的),便有着共同的文化脉络与渊源;又因为它是"跨域"的,便凝聚着不同国家和地区华人生存的历史与经验,凝聚着不同国家和地区华文书写的美学特征和创造。它们之间共同拥有的语言、文化背景与各自不同的经验和生命,成为一个可以比对的差异的空间。有差异便有对话,而对话将使我们更深刻地认清自己,不仅是自己的特殊性,还有彼此的共同性。华文文学的跨域建构就是在共同的语言、文化背景下肯定差异和变化的多元的建构。每个国家和地区的华文创造,既是"他自己",但也是"我们大家"。这就是我们所指认的"华文文学的大同世界"。① 这一命题当然具有总纲的性质,对于华文文学研究而言具有纲举目张的意义。也就是说,刘先生在设置其研究的总纲时,就已贯彻了辩证的思维,这种思维方式自然遍布于刘先生的所有相关研究中。

又如,在刘先生辨析的诸种华文文学概念中,"个人化的华文文学"的提出最具创意和重要性,而它完全建立在辩证思维之上。如他认为"语种的""文化的""族性的"等各种华文文学观念,都是一种总体性的观念。但总体必须通过个别、普遍性必须通过特殊性才能体现;华文文学的各种总体性观念只有经过华文作家个人化的书写,即黑格尔所说的"这一个"才有意义。每一个华文作家个体的独特经验、想象方式、美学趣味、语言修辞手段,思想及各种异质性的东西,偶然的环节,等等,都是形成他作品独特形态的因素,应当得到研究者更多的关心。因此,"在肯定华文文学各种总体性的观察维度同时,不能忘记一个基本的维度,即作家个人化写作的维度"。② 这正是提出"个人化的华文文学"的出发点。刘先生回溯以往的华文文学批评,指出:我们往往倾向于把华文作家视为一个离散群体来评论,甚至把许多个性不同、趣味迥异、有着不同美学倾向和不同人生经验与际遇的作家,纳入同一个阐述框架。华文文学研究中流行甚广的"文化主义"更是如此。这种过度总体化的倾向,一方面是某些华文文学文本存在着某种缺乏个性色彩的高度趋同性所带来的,另一方面也是华文文学研究界总体化学术思维的惰性以及知识的批量生产所造成的,"这或许也是我们曾经提倡的整合研究的一个未被我们充分警惕的负面"。③ 在引用了丹纳《艺术哲学》中有关"总体性"的论述后,刘先生继续发挥,提出"个人化的华文文学"这一概念,无非是想强调作家书写的个性化意义,企图从这种总体论的抽象中抽身而出,朝着相反的方向还原,还原到活生生的作家个体。如果我们把华文作家视为一个华人离散的创作群体,使"离散"不仅作为一种生命存在方式,而且作为一种精神方式和美学特征来讨论,那么不仅对总体的认识,而且对个体的分析都有意义。但需要警惕的是对总体性观念的过度诠释和滥用,有意无意地把华文文学简单纳入一种文化主义的总体框架之中,则有可能消解华

---

① 刘登翰:《华文文学:跨域的建构》,《文艺报》,2007 年 12 月 13 日,后改题为《华文文学的大同世界》,并成为其学术著作的书名。

② 刘登翰、刘小新:《关于华文文学几个基础性概念的学术清理》,《文学评论》,2004 年第 4 期。

③ 刘登翰、刘小新:《关于华文文学几个基础性概念的学术清理》,《文学评论》,2004 年第 4 期。

文文学创作多姿多彩的个人化的生命形态；因此，我们一方面强调建立华文文学研究总体性理论的重要性，另一方面又认为理论必须建立在华文文学发展实践和文本分析的基础之上。没有这种对于作家个性化书写的极大关注，便很难轻易说获得了对华文文学总体性的认识。当然，如果有人用"特殊主义"来取代普遍性，和以"普遍主义"来否定特殊性一样，都是文学研究不可取的一种片面。在刘先生看来，无论"语种的""文化的""族性的"，还是"个人化的""华文文学"，它们之间不存在所谓的对立和对抗关系，而是可以共存互补的，它们共同构成华文文学研究的多维视野。①

我们知道，刘先生的学术风格以宏观的理论研究和宽广的文化视野见长，因此当前学界经常出现的历史碎片化、去脉络化的弊端，当然与他无缘。但在这里他却强调了个案、文本分析，这正是其辩证思维在方法论上的体现。而且他不尚空谈，努力加以实践，对于《过番歌》的挖掘和评述，就是他既重理论也重实证的典型一例。其实，翻开刘先生所有著作，个案研究、文本分析的例子比比皆是，如对于台湾小说家施叔青的研究，颇得施叔青本人认可；对于台湾现代诗人和女诗人的系列个案评述，也颇得诗心，可圈可点。

除了方法论，其他实质内容上体现辩证思维的例子，同样不胜枚举。如在论述闽南文化时，刘先生指出在其"海口性"、边缘性、开放性和兼容性等特征中，都存在着"反映社会发展内在矛盾的两重性"，并认为这是我们"深入解剖和认识闽南文化的关键"。② 其中包括："从大陆文化向海洋文化的过渡：多元交汇的'海口型'文化"；"从蛮荒之地到理学之乡的建构：'远儒'与'崇儒'的文化辩证"；"从边陲海禁到门户开放的反复：商贸文化对农业文明的冲击"；"从殖民耻辱到民族精神的高扬：历史印记的双重可能"。③ 以两岸闽南人为中心剖析闽台社会心理，也包括了"祖根意识"和"本土认同"、"拼搏开拓"和"冒险犯难"、"族群观念"和"帮派意识"、"边缘心态"与"'孤儿'意识"、"步中原之后"与"领风气之先"等矛盾项。④《闽南文化研究的几个问题》涉及的"问题"，全都有对立统一、相反相成的关系，包括闽南文化的移民性、本土性和世界性，大陆性和海洋性，历史性和当代

---

① 刘登翰、刘小新：《关于华文文学几个基础性概念的学术清理》，《文学评论》，2004 年第 4 期。

② 刘登翰：《论闽南文化——关于类型、形态、特征的几点辨识》，《福建论坛》，2003 年第 3 期。

③ 刘登翰：《论闽台文化的地域特征》，《东南学术》，2002 年第 6 期。

④ 刘登翰：《闽台社会心理的历史、文化分析》，《东南学术》，2003 年第 3 期。

性,雅文化和俗文化,过程性研究和结构性研究,等等。① 有时,全文就围绕一对矛盾对立的范畴加以辨析,如《世界华文文学的存在形态与运动方式》一文的副标题为"关于'一体化'和'多中心'的辨识";有时一篇文章的几个小节,分别论述了几对矛盾纠结的张力关系,如早期的重要论文《特殊心态的呈示和文学经验的互补》,三个小节的标题分别为:"乡土与现代:文化冲突的文学体现""漂流与寻根:社会心态的文学呈现""开放和回归:文学两极的相互挫动"。②

说辩证思维像"幽灵"一样游荡于刘先生著述的每一角落,并不为过。当然,矛盾因素的对立统一的特征,是研究对象本身固有的,但采用辩证思维方式,则缘于刘先生的敏锐洞见和智慧把握。辩证思维使刘先生的著述充满思辨性,具有非同凡响的深刻性。

四、辩证思维对于台湾文学、文化研究的特殊意义

由于某些特殊的原因和条件,台湾文学、文化的研究是刘先生最早的切入点,也是其研究的重心之一。刘老师偏爱辩证思维方式,既与台湾文学文化本身的特点有关,反过来,对于台湾文学文化的研究也具有某种特殊的意义。

刘先生早期的台湾文学研究论著中,有两个观点最为重要和著名:一是有关"分流和整合"的辩证关系的论述。刘先生以此对 20 世纪中国文学加以整体的观照,而这种观照由于加入了此前未被注意的台港澳文学而具有特殊的价值。二是对于台湾(港澳)文学的母体渊源和特殊性,亦即"同"与"异"辩证关系的认知和论述。上述两者之间其实存在着密切的关联。例如,在《分流与整合:二十世纪中国文学的整体视野》一文中,刘先生指出:"在一定的历史时期,中国局部地区的分割和疏离,使共同的文学传统在这些地区出现分流,形成特殊的文学形态——台湾、香港、澳门文学。研究、分析母体文学与分流文学之间的异同,旨在走向新的整合,建立 20 世纪中国文学的整体视野和架构。"这就是说,之所以出现"分流"的现象,其前提是具有"共同的文化传统",却又由于历史原因造成分割和疏离,进而使社会和文学出现不同于整体的特异性。可见"分流"与特殊性紧密相关,而研究

---

① 刘登翰:《闽南文化研究的几个问题》,《东南学术》,2014 年第 4 期。

② 刘登翰:《特殊心态的呈示和文学经验的互补——从当代中国文学的整体格局看台湾文学》,《文学评论》,1987 年第 4 期。

"分流"的目的,却是前瞻于重新走向"整合",从而使 20 世纪中国文学的研究视野扩大。刘先生的中国文学的"分流/整合"说,以其与众不同的特异视野,加入了当时的"重写文学史"的潮流中。"重写文学史"的原义是一种时间性的"重写"——将中国现代文学的起点从"五四"提前到晚清民初——刘先生却加入了空间的新维度,使其视野从大陆扩大到包括台、港、澳地区在内的整个华文世界。

刘先生关注"同"与"异"——母体渊源和特殊性——的辩证关系,比起"分流/整合"说似乎更早。早在 1987 年的《特殊心态的呈示和文学经验的互补》一文中,作者就将"特殊心态"作为考察的重心之一。1991 年出版的闽版《台湾文学史》的"总论"的第一节,刘先生定其标题为"文学的母体渊源和历史的特殊际遇:台湾文学在中国文学中的位置和意义"。刘先生指出:"从整体角度(按:指整个中国)来审视局部性文化(按:指台湾),我们不仅注重其与整体的认同,还辨析其与整体的差异。认同确定归属,是研究的前提;而辨异是确定其在归属后于整体中的价值和位置,是研究的深入和对认同的进一步肯定。在这个意义上,特殊性的认识比普遍性更为重要。"①这里对"特殊性"的格外注重,甚至将其提升至高于普遍性的位置,堪称洞见,且对于台湾研究乃至台湾问题的解决,具有特殊的重要性。这是因为台湾毕竟有着特殊的环境和历史际遇,一百多年来两岸的相对隔绝,不同的社会制度,都使两岸文化——包括两岸人民的思想感情、生活习惯、民俗风情、道德信仰等会有所不同。双方特别是大陆方面要认识、尊重这些差异,如此才有助于两岸民众的相互了解和认同。因此,通过文学文化的研究,了解这种差异性、特殊性,就显得格外重要。这正是刘先生从一开始就认识到不仅要研究两岸的"同",更要关注它们之间的"异"的重要现实意义。

在《台湾文学史》总论中,刘先生写道:"毫无疑问,台湾文学是中国文学的一个组成部分。这一为海峡两岸所共识的命题,包含着两层意思:其一,台湾文学是中国文学的一个分支,它们与祖国大陆文学、香港文学、澳门文学一样都共同渊源于中华民族的文化母体;其二,台湾文学在其特殊历史环境的发展中,有着自己特殊的形态和过程,以它衍自母体又异于母体的某些特点,汇入中国文学的长河大川,丰厚了中华民族的文学创造。"这是在"同"与"异"的辩证关系中,为全书定了调、拟出了大纲。特别值得注意的是最后一句,指出台湾文学以其特异之处"丰厚了中华民族的文学创造"。

---

① 刘登翰:《分流与整合:二十世纪中国文学的整体视野》,《文学评论》,2001 年第 4 期。

2008 年 12 月 31 日，胡锦涛在纪念《告台湾同胞书》发表 30 周年座谈会上提出了六点主张，其中包括"中华文化在台湾根深叶茂，台湾文化丰富了中华文化的内涵"的重要表述。这句话的前半句人们谈论已多；后半句却是较新的提法，将提升台湾民众的自豪感及与大陆的命运共同体意识，具有重要现实意义。当时笔者颇为激动和自豪，因为经过数年撰著并在此前数月出版的《台湾文学与中华地域文化》一书中，正贯穿着这一思想，甚至反复出现与此相似的表述。得意之余，笔者过后才惊觉，其实这一"反馈丰富说"，最早还是来自刘先生，只是笔者习染已久，似乎已沉淀为无意识，不知不觉将其作为主线，贯穿于自己的著作中。也就是说，刘先生的看法，早于胡锦涛的类似表述将近 20 年，并不知不觉成为后辈学者的学术营养，发挥着重要的引导作用。

辩证思维对于台湾研究、台湾问题的解决特别重要，因为两岸双方（有时是官方，有时是民众）经常会从一个极端走向另一个极端，而背离了中道立场，而辩证思维可以防止、消解这种极端倾向。以大陆民众及其思想、舆论界为例，当台湾某一政党上台时，就极为悲观地以为"台独"不可避免，"武统"之声高涨；当另一政党上台，又过于乐观地以为"统一"唾手可得。殊不知，对台湾民众（特别是青少年）进行洗脑的"去中国化"和"文化台独"活动，在"言论自由"的幌子下，一天也没有停止过，并由此建立了爆发"太阳花"之类政治运动及"台独"政党再次上台的思想基础。国民党在台上时，并没有应对"文化台独"、批判"台独"意识形态的意识和能力，大陆的思想界则走向过于乐观的另一极端，也放弃了对"台独"意识形态、"文化台独"的警惕和批判。目前的被动局面，与此有很大的关系。由此可知，面对台湾问题这一极为复杂的问题，不走偏锋、不走极端的辩证思维是极为重要的。两岸和平发展的道路是正确的，但两岸政治上寻求和解，却不应放弃思想上与"台独"意识形态和"文化台独"的斗争，这是由于"台独派"不管在台上还是在台下，都没有放弃这种活动，甚至在台下时，进行得更加激烈。有人也许认为批判"台独"会影响"和平发展"，其实这是过虑了。台湾的语境与大陆不同，思想交锋已是常态化，在"言论自由"的幌子下，各种扭曲历史事实的、走极端的言论层出不穷，我们只有勇敢地面对和应对，才不会让台湾成为"台独"意识形态的"一言堂"。这也许是刘登翰式辩证思维给予我们的最大启示。

结语：悄悄地、轻轻地喊声"刘老师"

文章写到最后，也许是悄悄地将"刘先生"的尊贵称谓改为更亲切的"刘老师"的时候了。由于种种原因，笔者最终没有正式成为其入门弟子，至今只能以羡慕乃至"妒忌"的目光看着他的正式弟子们，但私度作为"私淑弟子"，刘老师应该不会拒绝吧。后来发现，有这种心情、企望的并不只我一个人，而是大有人在。这种现象的出现，乃因为刘老师并非在自己书斋中苦思冥想的理论家，而是一位具有组织能力和敏锐眼光，能够率领整个学术团队接力前行的学科带头人，更是一位胸怀宽广，愿意提携后辈，乐见年轻学者涌现和成长的具备大师风范者。而刘老师对新学科建立和成长的功德，莫此为大；人们对他的交口称赞，莫此为盛。

（作者为厦门大学台湾研究院教授、两岸和平发展协同创新中心研究员，中国世界华文文学学会副会长）

简论刘登翰对世界华文文学研究的贡献

刘　俊

　　刘登翰是中国大陆世界华文文学研究领域的著名学者。"跨域与越界：刘登翰教授学术志业六十年"研讨会的召开，在某种意义上讲，是大陆学界以这样一种方式向刘登翰表达敬意。就我个人而言，在我的学术成长过程中，也受到过刘登翰的深刻影响，除了他的众多著述对我产生影响之外，刘登翰为人、为学的节操和风范对我也有很大的影响，在我的内心，我是一直把刘登翰视为自己学习的榜样的。

　　我想简单地谈一谈刘登翰在世界华文文学研究领域的贡献、意义和价值。其实刘登翰的文学/学术成就和艺术/学术贡献并不限于世界华文文学研究领域，众所周知，他对中国当代新诗的研究成果丰硕，成就突出，他和洪子诚教授合著的《中国当代新诗史》堪称中国当代诗歌研究的扛鼎之作。此外，刘登翰还是一个非常出色的诗人和散文家，而他的书法作品也自成一格，在书法界享有盛誉。虽然刘登翰的成就是多方面的，但在这里，我主要谈属于世界华文文学研究领域的刘登翰。

　　第一，刘登翰是中国大陆世界华文文学研究领域的开拓者和领航人之一，也是在这个研究领域做出重要贡献和取得突出成就的著名学者之一。他的许多研究成果，在学界影响深远，无论是他领衔主编或与人合著的《台湾文学史》《香港文学史》《澳门文学概观》《双重经验的跨域书写——20世纪美华文学史论》《文化亲缘与两岸关系》《彼岸的缪斯——台湾诗歌论》，还是他的个人撰述《文学薪火的传承与变异》《台湾文学隔海观》《中华文化与闽台社会——闽台文化关系论纲》《华文文学的大同世界》《色焰的盛宴——李锡奇的艺术与人生》，都是世界华文文学研究领域高质量、高水平的代表性成果。

　　第二，刘登翰还是世界华文文学研究领域里众多学术活动的组织者，也是这一学术领域学术队伍的培养者。刘登翰曾长期担任福建省台港澳暨海外华文文学研究会会长、福建社科院文学研究所所长、闽台文化研究中心主任，组织过很多次学术活动和学术会议，他曾和杨际岚一起，在福州组织过多次"青年学者论坛"，不遗余力地帮助和提携青年学子。在担任福建师范大学文学院教授、博士生导师期间，刘登翰培养出了朱立立、高鸿、方小壮、王瑞华这样一批才华出众的青年学者,与此同时,在某种意义上讲,和我同辈及更加年轻的一代学人中,很多人也可以说是刘登翰的学生,因为在我们的学术成长过程中,都受到过刘登翰的关照和提携。

第三,刘登翰在长期从事世界华文文学研究的过程中,形成了自己鲜明的学术特点,这些特点主要体现为:(1)研究范围和研究形态全覆盖。所谓研究范围的全覆盖,是指刘登翰的研究范围包括了台湾文学、香港文学、澳门文学和海外华文文学;所谓研究形态的全覆盖,是指不仅刘登翰的研究成果包括文学史和个人著述,而且其研究的对象包括了小说、诗歌、散文等,这种全覆盖的特点使得他的研究具有整体性和有机性。(2)研究具有自觉的文学史意识和文学史眼光。我们知道大陆学界在最初认识大陆以外文学的时候,很多知识是非常零碎的,很多对大陆以外文学的介绍,在一开始也是非常浅显的。刘登翰从涉足世界华文文学研究的开始,就意识到这种状况并致力于改变这种状况,于是他组织大家撰写文学史,对大陆以外的文学进行认识的系统化和知识的整体化,通过文学史撰述,建构起对大陆以外文学的总体认识。这是非常重要的知识体系化和史脉建构工作,意义重大。(3)微观和宏观并重。刘登翰的世界华文文学研究,固然具有整体观、大格局和大角度,但这并不意味着他只注重宏观论述而忽略微观阐发,事实上刘登翰的很多研究成果都是非常细致、非常深入的作家作品研究。如他对台湾众多诗人的诗作评析,以及对台湾众多作家、艺术家(施叔青、黄春明、李锡奇等)的作品剖析,其精湛的艺术感觉和精到的艺术论析,堪称典范。这样一种把微观作为宏观的基础,以宏观来统摄微观的研究方式,在世界华文文学研究中,具有示范意义。(4)注重文化的同根性。强调文化同根性,是刘登翰研究世界华文文学的一个重要特点,无论是面对海峡对面的台湾文学,不是面对港澳文学,乃至四散的海外华文文学,刘登翰在研究它们的时候,都注重代入文化视角,并在代入文化视角的基础上,强调这些地区和国家的(华文)文学在文化上与中国大陆具有文化同根性。以这样的视野(文化视野)和特性(文化同根性)来观照世界华文文学,就使得刘登翰的世界华文文学研究,具有了一种文化高度和思想深度。(5)强调跨域与越界。从海峡两岸文学、大陆与特区文学再到世界华文文学,刘登翰世界华文文学的研究视野,也伴随着文学边界的不断跨越,并且,他的研究理论和方法,也从文学研究跨越到文化研究。从某种意义上讲,刘登翰的世界华文文学研究,就是一个从研究范围到研究视野、从研究方法到研究理论不断跨越的过程。对"跨域与越界"的自觉和追求,也就成为刘登翰研究世界华文文学的一个"乐趣"。(6)自觉的理论追求。过去大陆学界对世界华文文学研究,在观念上和认识上有着偏颇之处,甚至怀有某种偏见,认为这个研究领域没有什么学术含量,是个"弱智"的学科,而从事世界华文文学研究的学者,也就有了"弱智者"的嫌疑。在主流学者们的"弱智"话语暴力下,刘登翰其实是有理论焦虑的,他力图通过自己扎实的研究,向"弱智"论者挑战,以学术实绩回应,凭理论创新超克。他在自己的研究中不断引入"离散"理论、"文化诗学"理论和"文化地理学"理论,就是他力图通过理论实践战胜"弱智"论调、克服理论焦虑、实现理论创新的一种体现。经过长期的理论探索,刘登翰最终以"文化同根性"理论,实现了自己的理论追求!

第四,刘登翰的学术贡献,可以用两句话来概括:第一,他是世界华文文学研究领域学术深入的推进者;第二,他是世界华文文学研究领域理论高度的提升者。这两点可以从两个方面来展开:(1)内部。世界华文文学学科本来是个新学科,在1949年以后的中国学术体制中,是没有世界华文文学这个领域的,1979年以后,世界华文文学一下子涌到我们面前,我们不知道怎么去面对它、认识它、处理它。在大陆学界逐步认识世界华文文学的过程中,可以说刘登翰起到了重要作用,他除了对世界华文文学进行文学史的建构以外,还从世界华文文学几个基础性概念的学术梳理人手,在理论上从命名、依据、学科定位等不同角度,来对它进行基础的理论界定。这对世界华文文学研究领域本体内部的理论提升和学术推进,具有重要意义。(2)外部。如果以全球性的学术史视野来观照世界华文文学研究,中国大陆的世界华文文学研究在理论上提供了哪些自己的东西?在理论上,我们到底是跟着西方学界跑,还是也可以提出一些自己的话语和理论?在这些问题上,刘登翰也有自己的思考,并进行了一些自己的尝试,如他提出"华人文化诗学"的概念,提出从"离散"到"聚合"的概念,提出"华文文学大同世界"的概念,当然最重要的,是提出了"文化同根性"理论。虽然刘登翰的这些理论也吸收并化合了其他学者的一些研究成果,但是刘登翰自己的思考和提升,显然起了关键性的作用。刘登翰提出的这些理论和概念,不但在"内部"对理论化世界华文研究非常重要,而且也形成了与"外部"(海外学界)进行对话和交流的理论基础。

作为中国大陆世界华文文学研究的开拓者、领航人,相关研究活动的重要组织者,世界华文文学研究重要成果的贡献者、理论创新者,学术新人培养者,刘登翰已经具有某种标杆性。当后来学者要研究世界华文文学的时候,无论是在国内还是在海外,刘登翰对他们来说,都是个巨大的存在;"跨域与越界——刘登翰教授学术志业六十年"研讨会的召开,就是这个巨大存在的学术史标记。

(作者为南京大学文学院教授,世界华文文学学会副会长)

刘登翰的学术贡献和三个遗憾

古远清

　　刘登翰是"闽派"重要批评家,然而我曾研究过他的另一种身份,即他是"北大新诗学派"的重要成员,尽管他不承认有这个学派。"北大新诗学派"成员的与众不同之处在于,他们既研究诗,又自己写诗。不少诗评家自己写诗都不便或不敢署真名,以免诗人说你对别人的作品说三道四,原来你写的诗也不过是这个水平。可谢冕、刘登翰不仅敢写,而且也从来不用笔名,这显示出他们的自信。

　　我最近在《文艺报》上发表了一篇《"粤派批评"批评实践已嵌入历史》。现在都说"京派""海派""闽派",我在此文中提出了一个"粤派"。不管是"闽派"还是"粤派",都不是流派,而只是一个理论群体。这是一个松散的、没有组织的、不一定有共同理论主张的群体。闽、粤两地都是华文文化研究的重镇,"闽派"的华文文学批评重台湾,"粤派"重港澳,"闽派"的《台湾文学史》比"粤派"厚重。刘登翰作为"闽派"的世界华文文学研究的龙头,其研究成果量多而质优。

　　第一,刘登翰最拿手的是台湾文学研究,其次是港澳文学研究。"粤派"写过台港文学史和海外华文文学史,但他们的作品都没有刘登翰主编的《台湾文学史》《香港文学史》《澳门文学概观》《双重经验的跨域书写——20世纪美华文学史论》分量重、影响大。到现在,在台港文学史撰著方面,包括台湾、香港在内都还没有人超越过刘登翰,刘登翰主编的台港文学史著作有可能成为经典。台湾有些人批评刘登翰,可是他们一边批评,一边又在悄悄地引用他的东西。

　　第二,刘登翰高度重视华文文学基础理论的探讨。他这方面的代表作有《关于华文文学几个基础性概念的学术清理》《华人文化诗学:华文文学研究的范式转移》和《分流与整合:二十世纪中国文学的整体视野》等。

　　第三,刘登翰的论著有较高的理论深度,这一点大家都谈到了。

　　第四,他还重视学科史的研究,这种研究是新学科从幼稚走到成熟的必经道路。刘登翰先后写有《走向学术语境——祖国大陆台湾文学研究二十年》《命名、依据和学科定位——华文文学研究的几点思考》等文章。这类文章古继堂、陈辽和我本人也写过,但是我们都没有刘登翰这样高的概括力。

第五,刘登翰培养了一批顶尖级的华文文学研究的新生力量。

刘登翰一向低调行事,默默做自己的工作,不是靠搞活动成名,而是靠自己的著作。还有一点,他的《中国当代新诗史》当年写了北岛,出版社就要他删掉,否则便不能出版,他们认为这是严重的政治错误,但是刘登翰坚决不删,这一点我很佩服。我在某出版社出的一本书中,选有北岛的诗,出版社要我删去,我只好遵命。

我最早认识刘登翰是1982年在兰州举行的中国当代文学研究会年会上,会后游览敦煌,在旅游途中他边走边朗诵自己刚写的有关敦煌的诗。我听了后,就觉得他不是别人说的三流诗人,至少是二流诗人。

北大出身的学者都是有一种傲气的,如果学养极为深厚的话,便拥有了傲气的资本。在中国大陆华文文学研究界,要说到论著之丰富,视野之宽阔,研究之深广,观念之新颖,影响之远大,傲气十足的刘登翰无疑是成就最大者之一。若要推举中国大陆华文文学研究的领航人,则他是呼声最高的候选人,当然也可能有别的候选人。

刘登翰太傲气了,最后我讲一讲刘登翰的三个遗憾,以“杀杀”他的傲气:

第一,他主编三种境外文学史后,没有再接再厉主编一本学术界非常渴望的《世界华文文学史》。主编这种文学史,他是中国学界的最佳人选,可惜他没有这样做。主编这本书,是大伙教学的需要,说不定还可以传世,希望他在有生之年能带给我们这本书。

第二,这次研讨会他给我们发的又是论文集,而我更渴望能收到他的“全集”。如果下次开九十岁——十年太长,还是五年后的八十五岁研讨会吧,他还是不发全集,我就“罢会”不参加了。

第三,刘登翰老得太快。我上次参加过他七十岁的庆生会,好像还是昨天的事情,怎么今天就变成八十岁的研讨会了?不过,这次参观他的书法展览,我有一个惊人的发现:刘登翰不仅老得快,而且老得很漂亮!

（作者为中南财经政法大学台湾研究所教授）

闽地学者的闽派研究新范式

——简论刘登翰教授的跨域与越界视野及其论述特点

黄美娥

一、前言

我在 20 世纪 90 年代后期开始投入台湾文学研究,当时我虽是研究的新兵,却已注意到闽地学者有关台湾文学知识生产的概况。其中,最为留心的便是 1991 年刘登翰教授带领数位学者合力撰写的《台湾文学史》,此书颇为台湾学界所知悉,且直到今天仍是两岸唯一能够同时探讨古典文学和新文学的台湾文学史,故有其开拓性价值。记得是在 1998 年夏天时,我趁着前往福建搜寻研究材料的机会,经人介绍,慕名前去拜访刘登翰教授。初次见面,年轻的我感到惶恐不安,但登翰教授极为热情地招待我这个远道而来的博士生,他找来多位他指导的研究生和我交流,化解陌生的尴尬,并且设宴款待,我记忆所及,那次餐会中,同桌者包括现任福建社科院文学研究所所长刘小新教授、福建师范大学文学院朱立立教授、南京大学美术研究院方小壮副教授、山东大学威海分校新闻传播学系王瑞华副教授等人。那次因缘使我认识了多位新朋友,而登翰教授的温暖情意更是让我铭刻于心,此后我常提醒自己要多加效法,对于年轻学子当不吝给予协助,待人能存一份情意。

但,在刘登翰教授身上,我所习得者尚不止于此。自那次见面之后,后续每一次的相遇,他总是会提起台湾自身的台湾文学研究成果大有进展,并认为已出版多年的《台湾文学史》有许多不足,需要重新增补和改写。实际上,他在谦虚检讨过往所从事的台湾文学研究面向时,早已转向耕耘香港文学、澳门文学乃至美华文学的研究,关注面向趋于多元,且孕育出跨域和越界的崭新研究视域,形塑自我研究特色,为闽派研究开辟蹊径,建立新研究范式。

二、管窥《跨域与越界》的思考进程和论述特点

至于要如何理解刘登翰教授所具备的跨域与越界的研究视野和论述要点，或许借助2015年底人民出版社出版的《跨域与越界》一书可以获致初步梗概，此书收录了刘登翰教授三十余年学术之旅中的若干精华作品。

首先，跨域与越界所牵涉的是"空间"的问题，而浏览全书可知，作为闽地学者，刘教授注意到了"闽"的空间位置，着实具有丰富的能动性和思考力，值得大加掌握和发挥。他深刻察觉到福建相较于其他各省，无论是和台湾之间别具的亲近关系，还是闽南人曾经集体前往南洋的特殊现象，在当今两岸关系或全球化议题中，都足以成为一个可被展现、体践为学术思索的对象。那么，相关思索如何展开？论述何以进行？议论内容包含哪些？其研究路径有何特点？

兹以台湾文学研究为例，他在《跨域与越界》中有几个篇章有所论及，并曾就台湾文学的发展概况写了一个总论，此篇《台湾文学：分合下的曲折与辉煌——〈台湾文学史〉总论》内容包括：台湾文学在中国文学中的位置和意义、台湾文学发展的文化基因和外来影响、台湾文学的历史情结、台湾文学思潮的更迭与互补、台湾文学的当代走向和多元构成，以及台湾文学的历史分期和编写原则。值得一提的是，相较于某些标志鲜明政治意识形态的大陆相关著作，刘登翰教授对于台湾文学，试图采取较贴近台湾社会人情的方式去表述他的看法，因而显示了一定程度的认知与理解。

而不单从台湾、文学去看台湾/文学，刘教授后来更从"闽、台"角度去加以讨论，并由文学"跨"到了文化地理学的思考，尝试剖析闽台文化空间的意义，还有它的地域特征。于是，他的研究进程乃从台湾文学研究进一步扩及闽台地区社会心理历史文化的分析，处理了两岸闽南人的复杂关系性。在《闽台文化研究的文化地理学思考》《论闽台文化的地域特征》《闽南文化研究的几个问题》《论海峡文化》等文中，他说早期研究者大多注意的是中华文化在闽、台传播发展的过程，较强调与母系文化不可分割的共同特征，但其实闽台文化作为一个地域文化，还可以另就文化地理学的课题来思考个中丰富内涵。于是，他设法细致区分出地理和文化两部分，探讨两者交错之后产生的各种问题，包括台湾人的边缘心态，还有闽台在文化上是如何步中原之后和领风气之先。如此一来，遂能标志出福建自身的重要地缘性。而这一点，在后来国务院"海峡西岸经济实验区"的经济政治策略出现后，就更加缜密地建构了专属于福建的地理文化论述，亦即所谓的"海峡文化论述"，

显示将国家经济政策与文化论述产生连接的知识生产特征。

于是借此对内强调了福建在中国内部的非边陲性，揭举其中的重要经济、文化、政治地位；对外则大力彰显福建作为台湾人祖籍原乡所独具的闽台文学和文化的亲密性，指出海峡两岸的"五缘"关系（指地缘相近、血缘相亲、文缘相成、商缘相连、法缘相循），因此跳出省级区域概念，进而上升至国家战略意义与全球华文文化的国际格局高度。再者，这个由福建地区所提出的，从福建地方着眼而对外辐射的文化概念，不仅突出了海洋环境对中国文化发展的影响作用，更能补充中原陆地文化之外福建特有的海洋文化的能动性与创造力，以及给"海峡西岸经济区"以文化理论基础，大大有利于促使福建摆脱过去政治位置处于中国边缘区域的刻板印象论，故相较过去的"闽南文化研究"视野，"海峡文化"具有时代意义的当代性和文化政治实践性功能。

另外，在台湾文学、闽台文化、海峡文化论述议题之外，刘登翰教授还涉足香港、澳门文学研究，乃至于世界华文文学的研究领域。在这些研究领域中，他经常扮演主编、主要撰稿人的领头羊角色，所著《香港文学史》《澳门文学概观》《双重经验的跨域书写——20世纪美华文学史论》都是值得学界参考的先锋著作。不过，台港澳文学究竟该归属于中国文学还是视为世界华文文学，透过刘登翰教授《分流与整合：二十世纪中国文学的整体视野》及数篇与华文文学相关的讨论文章来看，则仍见游移，而这也是他还需要多次撰文予以细究的原因所在。

三、关于华文文学的思索和讨论

刘登翰教授早年研究中国新诗，但后来转而从事台湾文学、香港文学、澳门文学、美华文学研究，遂被归类为华文文学研究的重要学者，甚至也因为此一成果而被推崇为晚近闽派学者的代表人物之一。实际上，他的确十分关心此一学术领域，所写《命名、依据和学科定位》《关于华文文学几个基础性概念的学术清理》均可见对相关学科定位属性的关注。而究竟该称为台港澳暨海外华文文学还是世界华文文学？在研究方法上如何区别以配合名实问题？刘教授一方面对于相关命名、诠释和方法论有所回顾和省思，另一方面在《华人文化诗学：华文文学研究的范式转移》中则明确主张建立以华人主体性为中心的诗学批评，并从以往以中国视域为主的批评范式，向以华人为中心的"共同诗学"和"地方知识"双重视域批评移转。

其次，在面对台港澳文学暨世界华文文学的研究时，他并不满足于对个别区域空间文学的探索,且虽然还体会到了"世界华文文学"因为中国本土文学的缺席而面临命名意义的尴尬,但认为"华文文学是超越国籍、空间的想象,是一种超地理和超时空的整合性的想象",故即使承认相关文学存在跨域、越界的特质而有自己的特殊性,也得认清华文文学共同拥有的文化脉络和渊源,亦即彼此的共同性,因此他特别提出"每个国家和地区的华文创造,既是'他自己',但也是'我们大家'"的"华文文学的大同世界"论,期盼透过超越国际空间的想象和超地理、超时空的整合性,能够存有一个华文文学的大同世界,此即《华文文学的大同世界》所述要点。

而上述刘教授的想法和理论建构,若与晚近美国学界史书美、王德威新倡"华语语系文学"之说相较,无论是史氏从后殖民理论立场着眼,在面对中国文学时有"去中心化"之思考,还是王德威认为应该纳入中国文学一并讨论,并从"后遗民"的精神结构出发,提出"包括在外"的策略性研究向度;相对地,刘登翰教授书中篇名所标志"大同世界"背后所潜藏的欲望,恰恰暗示着不同区域的华文书写之间,或是与中国文学之间,实际存有繁复纠葛的张力关系,而其间论述的差异性,自是彰显了刘登翰教授的持论立场和内心期盼。

四、结语

透过上述内容,我们可以在刘教授的研究著述中,看到他如何发挥、传达闽地学者的在地特质,吸纳人文地理学理论,巧妙地把"闽"的空间复杂化,而后在福建、台湾、海峡西岸和世界之间,进行跨域、越界的思考和讨论,让华人、华文、华文文学、华人文化的研究面向更加丰富。而如果说两岸问题值得重视,福建人的"下南洋"在全球化议题中别具意义,那么刘登翰教授关于台湾文学、闽台文化、华文文学的研究路径和考察视野,当使他在晚近重启的闽派研究批评中有所定位,且因为更加深刻地掌握了"闽"在两岸、南洋、世界中的地理空间性质,故得以树立起一种值得关注的新研究范式。

(作者为台湾大学台湾文学研究所教授)

愿为香港文学研究做前驱

——从刘登翰教授主编的《香港文学史》说起

孙立川

　　值此"跨域与越界——刘登翰教授学术志业六十年"研讨会举行之际，谨以此小文作芹献，并向刘教授致以崇高的敬意与热烈的祝贺。六十年是人生一甲子，登翰兄穷其大半生致力于创作及治学，兼及书法、现代艺术之钻研，著述甚丰，学艺双携，跨域而通于道，独步于八闽大地，驰骋于文、艺二界，兼诗人、学者、书法家于一身，实为吾辈后人景行之学长，在内地学界，刘登翰先生乃是最早从事研究台湾、香港文学的领军人物之一。今天就围绕着刘先生主编的《香港文学史》谈一点肤浅之见。

　　两年前，笔者开始主编《香港当代作家作品选集》系列丛书，拟从二战后至今 70 多年来的香港作家群中选编出 21 位作家（第一批）的个人文选。这是香港文学史研究中的第一套大型选集。在决定甄选哪一些作家入列之际，我又重读了刘登翰教授主编的《香港文学史》（香港作家出版社，1997年）。这本 60 万字的著作是作为香港回归祖国的纪念，却是一本学术严谨、叙述全面、评价公允的文学史著作。适如已故著名作家、原香港作联会长曾敏之先生曾指出的："考虑编史的工程较为艰巨，既要总结香港文学进程的历史，又要深入研究香港文学发展所形成的作用，需要缜密思考、广泛搜集史料，借重专家的修养，以求取得较为理想的著述。因此聘请长期来对台港暨海外华文文学素有研究的刘登翰先生担任主编，组成编纂机构，于 1995年着手编写，历时年余，终于完成了 60 万字的《香港文学史》的著作，此一著作在香港由香港作家出版社出版，在北京由人民文学出版社出版。"（见该书"缘起"）可见登翰先生是主编《香港文学史》一书众望所归的不二人选。他在再三谦辞之下，最后还是应承下这个艰巨的任务。他不仅担任主编，而且亲自撰写了总论、第五章、第八章、第十一章、第十四章和后记。这是继他与合作者主编的《台湾文学史》（1993 年）之后的台港文学研究的姊妹篇，此中的甘辛自不待言，他在"后记"中自言："就我粗浅的接触所知，香港的文学史料散失不全，很少有过系统的整理与出版，搜寻和使用起来会徒增许多困难。当然还有其他一些方面的原因……不过，这毕竟是一个极富挑战性和诱惑力的研究课题,我始终把它放在心上。"在该书出版之后,登翰先生与颜纯钧先生特地来香港征求一些读者的意见,我也位列其中,好在我不入香港作家系列,属"群众反映"人士。他当时想征求意见,担心的是挂一漏万,漏写了某些重要作家或因资料掌握不够充分而不能评析到位。说到底,其中最主要的原因还是香港作家的"人际关系"问题。这其实是一个相当棘手的问题,我在进行此次当代香港作家系列选择时对此就深有体会。选谁?为何选他不选我?为何褒他而贬我?这一选择的过程也是见仁见智的纠缠。在重读登翰先生这段话时,真是深有体会。但是,登翰先生在统筹全书时,还是十分重视不为贤者讳,以公允、中肯的态度来分析与评价作品,而且也不囿于意识形态的束缚,对左、中、右阵营的作家都能客观地予以介绍与评价。

　　《香港文学史》的编写填补了一个空白,鄙见认为,该书具有几方面的贡献,略述如下:第一,该书是第一本有关香港本土文学发展历史的全景式的论述之著。香港曾一度作为英国殖民统治地区,虽属弹丸小岛,却是亚洲经济最为发达的文化都市之一,这块土地上不同时期的文化背景孕育出的香港文学被赋予了两岸四地中独一无二的色彩。第二,以登翰先生为代表的一批内地研究者希望通过此书来达致一个目标:从中国文学的整体视野来看香港文学,又能从香港文学的特殊存在与发展来重新建构中国文学的整体格局,或许可以说重新拼砌出中国现当代文学史的一个日趋完整的文学地图。因为,历来的中国文学史都不将香港列入其中或草草略过,譬如黄谷柳就被唐弢所编的《中国现代文学史》列为"国统区"作家。第三,该书对香港文学,尤其是1949年以后的文学发展脉络、作家群落、社团流派做了一个详细的梳理,从宏观到微观做了系统性的分析。既集合内地高校的研究者中的佼佼者之力,又可避免本地作家的门户之见、个人恩怨,避去隔代修史的惯例所局限。登翰先生曾在该书"后记"中说过:"社会科学研究和自然科学研究的许多不同点之一,就在于它不是替代性的,而是累积性的,不全是后人研究对前人的否定、纠正或更替,更多的是在前人的基础上的深入或另一个侧面的展开、另一种论析方法的提出。我想对于香港文学才仅十几年的研究,不过只是开始,要达到预设的目标还任重道远。我们不过是在这条还未成形的路基上再补垫几块垫脚的石头而已。"登翰先生所言,自谦之外,耿耿之心跃然纸上。登翰先生主编的《香港文学史》作为第一部香港文学史,总会有不足之处,有不完备的论证,有着时代局限的印记。然而,正是在以登翰先生等为代表的编写团队的敢为天下先的感召下,回归19年来,香港文学的学术性研究渐上轨道,第一套《香港新文学大系》十卷本已于

2015 年出版。第一套《香港当代作家作品选集》系列 21 卷本也将于 2017 年上半年出齐,这两个系列,都是由香港艺术发展局予以赞助的。我认为:在政府重视之下,类似的香港文学的大型科研项目也许将陆续而来。身为参与这些香港文学研究工作的后来者,我要在此代表一批同仁向筚路蓝缕去开拓这一研究领域的前辈——刘登翰教授致敬,并祝他文学青春永驻,在跨域的岭表上攀登不止,在越界的新野上跃马扬鞭!

（作者为香港天地图书公司总编辑,博士）

略论刘登翰教授在中国当代新诗史与澳门文学方面的研究

郑炜明

一、前言

我与刘登翰教授在 20 世纪 90 年代已认识,并且在澳门文学方面有过很好的合作,而他温文尔雅、谦谦君子的风格和人格,更使我非常敬佩。他是我很尊敬的一位前辈好友;他更是一位很仗义和正直的文化人,在自己觉得可以或者应该出手帮一下的时候,他会很愿意用他自己的能力和方法帮人一把;我在十五六年前,就曾是受惠者。当时我在澳门大学因遭诽谤而去职,但因为刘登翰教授的仗义安排,我从 2001 年至 2004 年就在福建省社会科学院的文学研究所当了三年的特约研究员,算是一个很好的过渡。这三年我也向该所老老实实地交了若干篇论文稿,作为对要求申报成果的制度方面的一个交代;相信现在或许在该院、所里还能找到有关的档案。我一直很珍惜这一段特殊的关系和经历。我至今不忘刘登翰教授的恩泽;他及时地、很实地使我保持住了在学术界继续走下去的自信心,这一点其实很重要。所以,尽管各方面的工作都很忙,我还是争取来开这个会,目的只有一个:向刘登翰教授致敬! 向他表示祝贺和感激!

刘登翰教授有很多身份,包括诗人、书法家和学者等。可是我觉得他首先安身立命的身份是一位跨学科领域的学者。愚见以为,我们在研究一位跨学科领域的学人时,首先应该把他放在一个相关学科的学术史位置上,然后再进一步看其综合的学术和文化的地位。

我之所以以《略论刘登翰教授在中国当代新诗史与澳门文学方面的研究》为题,是因为我对这两方面比较熟悉。刘登翰教授的学术领域,绝不止这两个方面,但肯定另有学友会专门研讨,那我就集中在这两个方面讲一点个人的并不成熟的看法,期待大家的批评和指正。

二、刘登翰教授在新诗方面的研究

我认识的刘登翰教授在气质上是位诗人。他出版过个人诗集《瞬间》等；20 世纪 50 年代末又曾与同窗好友谢冕、洪子诚、孙绍振和孙玉石等共同合作发表过《新诗发展概况》这样重要的理论文章；1980 年参加了关于朦胧诗新诗潮的讨论，并予以支持。个人认为，后两者其实在中国新诗发展史上，其内涵和影响都应该获得更多的重视和探讨。可以这样说，刘登翰教授在新诗方面的研究，既有诗人的感悟，也拥有诗论家理论分析的能力。因此，他和洪子诚先生合著的《中国当代新诗史》，自出版以来，就一直是这方面的后学们不能绕过的权威著作之一。

刘登翰教授与洪子诚先生合著的《中国当代新诗史》，在中国新诗史的学术史上自有其应享的地位。首先，这部主要部分完成于 1988 年的书可能是最早的系统论述 1949 年以后中国新诗的通史类著作，于 1993 年初版。更重要的是，出版于 2005 年的修订版，使它在内容方面，成了一部更完整的专题通史。首先，补写了 80 年代以来的中国大陆和台湾的新诗发展状况，包括诗歌现象、艺术趋向和重要诗人诗作的评述等；其次，增写了香港和澳门部分，其中香港部分有三章，澳门部分有一章。

这次修订事实上是大大提升了此书的学术史地位。它成了一部名副其实的中国当代新诗的通史，而增写香港和澳门部分的正是刘登翰教授。正因为刘登翰教授的学术眼光和勇气，使他能够相对客观而公允地跳出以中国大陆一体独大的一元论或两岸各擅胜场的二元论等论述模式，认识到各个不同文化区域因历史发展的不同而带来的社会和文化方面的巨大差异，也认识到因此造成的各个不同文化区域在新诗这种文学表现中的感情、思维、语言和艺术取向方面的异构；因此，他对香港和澳门的新诗以至于港澳当代新诗的发展历程，做出了一个合理的、符合大中华文化历史事实的一体多元史观的史学的评述。这一点对中国当代新诗史研究的可持续发展，是至关重要的。我们应该予以标举，首先肯定他在这方面的学术史上的重大贡献。

三、刘登翰教授在澳门文学方面的研究

刘登翰教授在学术上最为人熟知的领域是中国现当代文学中的"台港澳暨海外华文文学"这个范畴。这个学术范畴在中国现当代文学里原来占

的是一个非主流的位置,但经过30多年的发展,这个部分已慢慢茁壮成长起来,事实上拥有了自己的传统和自身的理论基础。

刘登翰教授对"台港澳暨海外华文文学"这个学科的建立和推动的贡献,我想我们应该回到整个学科发展史上去评论。从其学术年表看,刘登翰教授1984年已开始发表有关台湾文学的论文,到1991年出版《台湾文学史》上卷(与他人合著;署名第一主编,为主要作者之一),大部头业绩实实在在地摆在大家眼前,足可证明他其实是这个学科的先行者之一。1995年8月,刘登翰教授在香港岭南学院当客座教授,开始了香港文学的研究;1997年,他主编的《香港文学史》出版。1995年中秋,刘登翰教授应澳门基金会的邀请赴澳门考察,同年11月起与澳门本土学者合作,开始研究澳门文学,其主编的《澳门文学概观》于1998年10月出版。而他主编和任主要撰稿人的《双重经验的跨域书写——20世纪美华文学史论》最终也在2007年出版。可以说,刘登翰教授是一位实际组织、编撰和完成了台湾两部文学史、一部澳门文学概述和一部美国华文文学史论的学者;称他为台港澳暨海外华文文学这门学科里最先行、最全面的一位文学史家,当不为过;也就是说在该领域学术史上,他是这门学科的带头人和奠基人之一。

《澳门文学概观》我是主要的参与者之一;当年我向澳门基金会的好友吴志良推荐了登翰先生,并极力促成最终堪称典范的、愉快的和具深远学术史意义的合作。这件事我至今仍然引以为荣。刘登翰教授统筹的这部著作,是与澳门当地学者和文学工作者紧密合作的成果,但他的登高望远、提纲挈领是居功至伟的。例如,他作为主编,率先定性并肯定澳门文化在中国文化主流里的独特性和澳门拥有的多元的文化生态,并以此角度为论述澳门文学发展的切入点,最后凸出和定位了澳门文学自20世纪八九十年代以来的自觉走向其实是历史发展的必然。当年他尽管面临来自方方面面的压力,却依然坚持了应有的学术勇气,公开地指出澳门的诗歌在"诸种文体中,最先受到世界华文文学界的看重,也受到最多的推介",并将之归功于"从历史上看,澳门有较深厚的诗歌传统"等,这种建基于历史和事实的论断,充分体现出刘登翰教授身为一位文学史家的风范。在他主持的这个项目里,我撰写了《澳门文学概观》中没有人肯接过去承担的两章:"16世纪末至20世纪前期的澳门文学"和"澳门的戏剧活动与创作"。别的章节如新诗、散文和小说等都有人可代劳,唯独这两个部分,涉及较多的史料,难度相对较大,而一众同仁又认为我较有这方面的基础,因此最终落在我的头上。事实上,早在80年代我已是个研究澳门与中葡关系史的年轻学者,自1992年已开始发表有关澳门文学的学术论文;如1992年在台湾发表《八十年代澳门的文学活动概述》,1993 年在香港发表《澳门过渡期的华文文学》,1994 年、1995 年分别在台湾和澳门发表《八十年代至九十年代初的澳门华文文学》(1995 年这篇论文又见刊于《学术研究》第 6 期),1997 年在《上海戏剧学院学报》第 1 期上发表了《澳门的戏剧活动与作品》,1998 年 1 月、4 月连续两期在《许昌师专学报》上发表《16 世纪末至 1949 年澳门的华文旧体文学概述》上、下两篇,1998 年 8 月《澳门华文文学概述》见刊于黄修己教授的《20 世纪中国文学史》,等等,上述这一系列论文基本上奠定了我那部初稿完成于 1999 年的《澳门文学史》的基础。而刘登翰教授对我的启发和鼓励是不言而喻的:以澳门永久居民的身份来撰写一部《澳门文学史》,从深从广地搜集澳门文学史料,予以深刻的分析,再加上本身又是 80 年代以来澳门当代文学的深度参与者之一,应该可以完成史与论并重,而态度又相对公允的一部文学发展史记述。以这样的条件创造出一部特殊区域的文学史,应是可为的和具有学术史和文化史意义的一项事业。我不知道我做到了没有;但这段我忆述的话(记得大意如上),恰好就是我 1995 年中秋陪刘教授第一次从香港坐快艇赴澳门那一个小时左右时间里的主要谈话内容。刘登翰教授和我研究澳门文学是在同一个时期,我在 2000 年 12 月"千禧澳门文学研讨会"上发表的《澳门文学研究史略(至 2000 年止)》里,已将之列为"现当代过渡期",并盛称刘登翰教授主编的《澳门文学概观》"是澳门文学研究史上第一部类文学史著作"。

四、余论

刘登翰教授的著作里,经常提到世界华文文学这个词汇和概念;显然他已意识到华文文学和全球化的关系了。因此,我认为我们在研讨像刘教授这样一位学者的时候,除了论定其学术史地位之外,另一个思考的角度就是要以刘教授作为案例,讲一讲华文文学的学术全球化话语权问题。

大家都知道目前政治、文化乃至于对中华文化研究方面在学术上拥有较大话语权的是西方,尤其是美国。大家只要看看台湾"中研院"唐奖至今为止的两届学术奖先后都给了美国的汉学家余英时和狄百瑞两位先生,就可见一斑了。

但是全球化的现在和将来,我们中华文化和华文文学应该是很有发言权的。现在还流行外国人用中文写作,比如瑞典汉学家马悦然的诗集《俳句一百首》在台湾出版了。而我们华人用带有中华文化特色的内涵和基础,用外语写作的作品,历史上也有不少:如梁宗岱先生曾用法语写诗歌,在法国发表过;最近美国哈金的诗歌作品如《错过的时光》《另一个空间》等,不管是用英文还是中文写的,都依然是充满了中国思想和感情的。而刘登翰教授在研究台港澳和海外华人华文文学时,曾深入研究过北美和东南亚的华文文学和文化,包括历史上的移民文学等,在华人文化全球化、世界华文文学等方面很有代表性,应有相当大的发言权。在海外华人文化和华文文学研究史上,在争取全球化学术话语权方面,刘登翰教授凭着他学术上丰硕的成果、骄人的业绩和巨大而深远的影响力,早已成为一个很重要且值得我们加以研究的个案了。

（作者为香港大学饶宗颐学术馆研究员）

个人与学科

——刘登翰教授与世界华文文学

计璧瑞

世界华文文学研究从发端至今已走过近 40 年的路程,作为新兴学科,它虽还未长成参天大树,却也枝繁叶茂,硕果累累。在它的成长历程中,许多有识之士倾注了无数心血,从概念阐释、文学史写作、人才培养,到总结学科现状、构想未来发展,都有脚踏实地的作为和高瞻远瞩的设想。刘登翰教授就是在上述诸多方面做出突出贡献的学科开拓者的代表。这里所谓个人与学科的联系,不在于过度强调个人在学科发展中的地位或做出某种评价,而在于探寻个人在一个研究领域究竟做了哪些工作,又是如何不断发现新问题、提出新设想、跨越新高度的踪迹。同时,通过对这种联系的探讨或许还能够理解学科建设的一些相关方法论、认识论问题。

刘登翰教授可以说是这一学科从形成之初至今整个发展历程的积极参与者和见证人,并且留下了深深的印记。这些印记不仅在当下产生了重要影响,而且也已成为学科今后发展的重要基础。这无疑是所有学界中人的共识。从作家作品论到多部文学史的主持编纂;从台港澳文学到美华、菲华文学;从概念的辨析到研究范围的拓展;从文学研究到文化研究,刘教授始终走在学科发展的前列,他对现象的认知把握和提出的重要观点经常性地影响着学科研究方向;对后辈学人的扶持和肯定也显示出他对学科持续发展的信心。这里仅就学科建设和文学史写作两方面尝试做一些粗略的解读。

一

人文学科建设除了对具体现象的研究外,还需要在此基础上不断发现问题,并结合时代演进和文化发展提出整体设计和构想,即需要把握全局和整体的思维。这恰是刘登翰教授关于学科发展的重要主张和设想的突出特质。20 世纪 80 年代中后期,当台湾文学基本上仍处于"他者"地位、与大陆中国文学的整合还远未纳入学界视野之时,他就已尝试"从当代中国文学的整体格局看台湾文学"，将其特殊心态和文学经验纳入中国当代文学的纵横坐标，并寻找"透视海峡两岸文学的支点"。① 这样的理解逐步酝酿发展为关于 20 世纪中国文学整体视野的"分流与整合"说。在这一理念构想中，"分流"特指共同的文学传统由于原有社会整体的局部"碎裂"而出现的从主体逸出的特殊现象，即从中国文学主体分流出去的台港澳文学及其异于原有传统的文学形态；"整合"则是在对文学分流的考察基础上，"建立一个能够整合所有分流地区文学创造和经验的 20 世纪中国文学的整体视野和架构"。两者的关系即"民族文化的同一性是分流的前提，也是整合的基础。分流是文学发展的'同'中之'异'，而整合则是寻求文学发展的'异'中之同"。② 正视分流的存在也就创造了整合的空间。这种以对 20 世纪中国文学的总体把握和概括为前提，又包含对未来中国文学发展前瞻性认识的理念，首先是基于文学发展的现实可能性，其次有着明确的针对性，所针对的不仅是长期以来台港澳文学研究内部存在的不同领域之间及这些领域与中国文学研究整体之间缺乏联系的局面，而且是中国文学研究界一向占据主体地位的大陆文学研究对台港澳文学的"不见"。它既是研究实践经验的总结和学科发展规律的概括，也意味着寻求学科整体化、体系化的一种努力。它的意义不仅仅是对台港澳文学研究而言，更重要的是对大陆文学研究界和整体全面的中国文学研究视野的拓展。后者的意义无疑更为突出，因为如果说它在台港澳文学研究内部已经成为尚未理论化的共识，那么对大陆文学研究界来说则意味着一种新的认识和对以往研究格局的挑战，任何同时注意到这两个领域的研究者都不会怀疑这一理念的价值。这里，"分流和整合"被视为"文学存在和发展的一种普遍的生命形态和基本的运动方式"，为我们将不同地域的中国文学研究对象视为整体的、动态的、具有多重文化构造的文学有机体提供了认识平台。"这既是一种视野的旷达，也是一种观念的改变。它带给当代中国文学研究的，并不简单只是一个量的增加，而是一种结构性的变化。"③

这里存在一种互动：全局性、整体性思维带来了问题的发现和解决方案的提出；后者则丰富、完善了整体性视野。前者得以发现"20 世纪中国文学的发展——无论其运动方式还是文学形态，以及作家和作品的类型，都不是单一的，唯大陆式的，而是多样的，包含台湾和港澳的方式"。而台港澳文

① 刘登翰：《特殊心态的呈示和文学经验的互补——从当代中国文学的整体格局看台湾文学》，《文学评论》，1987 年第 4 期。

② 刘登翰：《分流与整合：二十世纪中国文学的整体视野》，《文学评论》，2001 年第 4 期。

③ 刘登翰：《分流与整合：二十世纪中国文学的整体视野》，《文学评论》，2001 年第 4 期。

学研究者与大陆现当代文学研究者之间彼此不接触，"这道虽不算太深的鸿沟，却实实在在地阻碍了我们对 20 世纪中国文学发展的全景性认识和多元化的总结"。同时它还促成对整合基础的发掘：尽管大陆与台港澳在文学运动方式和存在形态方面不尽一样，但其所面临的文学发展的一些深层问题，却几乎是相同或相似的。比如政治与文学的纠葛，文化传统的现代转型，文学的民族性、区域性和世界性的关系，等等，都是大陆与台港澳文学进程中所必须面对的。① 在不同的文学运动方式和存在形态中发现共同面对的问题，这一点至关重要，它显示了论述者把握局部和整体的能力，直接开启了学科内部沟通和交流的大门，使研究者得以从中寻找新的学术生长点，也使"融入式"②的研究方式有可能成为现实。反之，具体问题的提出进一步增强了对文学整体视野的必要认知，当新的学术生长点不断浮现，融入式研究取得进展，20 世纪中国文学的整体视野必将建立。

学科发展离不开学科话语的建立、辨析和周延性阐释，"华人文化诗学"理念的提出和辨析就是建立华文文学学科话语的努力之一。这一理念源于对世界华文文学几个不同层面意义的辨析和对华人与华文在世界范围内离散传播状态的考察，以及文化诗学理论资源的引入，它需要解释的是在新的社会历史条件下以往的理论资源难以充分解释的文学及文化现象，其意义在于"重新认识文学的文化政治功能""重新建立文学的历史纬度"，在文化的意义上强调文本的开放性和文本互涉的研究方法③，目的在于改变华文文学研究理论方法停滞不前的状况，推动学科进步。除文化诗学理论外，这一理念的又一重要意义在于研究重心的转移："从以往较多重视中国文化／文学对海外华文文学影响的研究，向突出以华人为主体的诗学建构的转移，从以中国视域为主导的批评范式，向以华人为中心的'共同诗学'与'地方知识'双重视域整合的批评范式转移。"④它以"华人性"为研究核心，把华人文学书写看作一种文化政治行为，使之"对抗沉默、遗忘、遮蔽与隐藏，争取华族和华族文化的地位从臣属进入正统，使华人离散的经验，进入历史记忆"；⑤进而参与华人历史文化建构，凸显其现实文化和身份认同的

---

① 刘登翰：《台港澳文学与文学史写作——再谈 20 世纪中国文学的整体视野》，《复旦学报（社会科学版）》，2001 年第 6 期。

② "融入式"的研究方式指整合研究中的较高境界（见注①），它既不同于以往因政治格局而被纳入中国文学的台港澳文学，也不同于较为简单的直接并置的方式。

③ 刘登翰：《华人文化诗学：华文文学研究范式转移》，《东南学术》，2004 年第 6 期。

④ 刘登翰：《华人文化诗学：华文文学研究范式转移》，《东南学术》，2004 年第 6 期。

⑤ 刘登翰：《华人文化诗学：华文文学研究范式转移》，《东南学术》，2004 年第 6 期。

意义,实现华文文学主体性的确立。辨析过程中理念的内涵逐渐清晰丰满,最终有可能在现象归纳和概念论证中形成学科话语,它固然还可能有继续探讨的余地,但其逻辑性和清晰度已经具备了较强的说服力。

无论是 20 世纪中国文学的整体视野还是华人文化诗学,都源自推进学科发展的紧迫感和深入思考,也都经历了现象思考、概念清理和理论完善的过程。就华人文化诗学来说,其形成从学科内部观念论争肇始,有着十分强烈的建构学科体系的意图。① 首先,论述者回顾了学科发展进程和命名的演化,强调华文文学研究重心应随着海外华人生存境遇的变化而转移,"华人性"论述也于此浮现。② 进一步的工作是基础概念的清理,如辨析"语种的华文文学""文化的华文文学""族性的华文文学"和"个人化的华文文学"各自的含义和相互关系,"希望通过概念的厘清与评议,有助于对自身学科的认识"。③ 同时,对"学术升级"的思考也在进行,其意义在于强调"概念的提出并非学术的完成",学术自觉"必须转化为大量深刻而丰富的学术成果,才能使学科意识得到实际的学术支持而获得社会认同"。所谓"学术升级"问题,"即如何通过有效的学术研究,营造学术语境,把华文文学的学科意识变成一种学术现实"。④ 研究对象、理论方法和学术平台则是论述者着力寻求突破的几个方面,而具体的"升级点"几乎每一个都包含研究内涵的拓展和超越,其中关于学术空间和对话机制的论述就非常有助于理解华文文学研究在文学研究界的处境和问题。"华人文化诗学"理念就是由这些系统而针对性强、有内在逻辑且层层推进的论述逐渐汇聚而成。

与上述论述密切相连,文化研究成为论述者具体提倡的研究方法之一。作为文学研究领域的世界性潮流,文化研究的意义自不待言,而就海外华文文学而言,这一主张却有着更深层次的思考,即对对象特殊意义的认识,而不仅出于提升学术水准的愿望。其中一个重要观点是,研究应当关注对象文学性和文献性的双重价值,"单纯从纯艺术纯审美的维度看待海外华文文学是不能真切认识其价值与意义的,那种仅从艺术性角度贬低华文文学的

---

① 刘登翰教授在其主持的"华文文学研究的理论突围"专题研讨中明确表示:"一个新的学科的成立,除了对于所属研究范畴的资料有所积累、个案有所深入、史脉有所梳理之外,还必须对这一特殊学科的性质、特征、关系等做出自己本体论和方法论的理论建构。"见《福建论坛(人文社科版)》,2002 年第 5 期。

② 刘登翰:《命名、依据和学科定位——关于华文文学研究的几点思考》,《福建论坛(人文社科版)》,2002 年第 5 期。

③ 刘登翰:《关于华文文学几个基础性概念的学术清理》,《文学评论》,2004 年第 4 期。

④ 刘登翰:《对象·理论·学术平台——关于华文文学研究"学术升级"的思考》,《广东社会科学》,2004 年第 1 期。

做法,则是对海外华人生存及其创作的文化意义缺乏了解"。① 这里包含两层意思:一是海外华文文学不能完全以文学的艺术性标准衡量其价值;二是文化研究有助于探讨对象的纯审美价值之外的多方面意义。因为"海外华文文学历史价值、文化价值和审美价值的文本同一性,和其价值含量的不一致性,是一个悖论式的客观存在",对其历史信息和文化信息"价值的充分认识和相互补充,将是充分发挥华文文学文本价值的一个有益而有效的工作"。② 这种认识和理解其实源于深入的文本探究,反过来又能够成为指导具体研究的重要思路。

之所以说这些论述具有很强的学科建设意义,一方面是由于它们对以往研究思维和方法的拓展和丰富,另一方面在于它们产生于具体的研究对象和研究实践,诚如论述者所言:"华文文学理论无论是预设的还是后设的,所面对的都应当是华文文学的客观存在,是对华文文学这一特殊对象的解剖和概括。因此,华文文学的理论建构不能脱离华文文学的创作实践和批评实践,不能没有文本意识。"③探讨这些重要主张和设想可以发现,它们大都产生或完善于 90 年代末至今,既是这一学科羽翼渐丰走向成熟之际,又是论述者个人完成了多部处于本学科举足轻重地位的文学史建设和大量具体文学现象研究之后。海外华文文学文学性和文献性双重价值的论述和"漂泊的文化群落"等说法,就建立在美华文学中的重要文本《逐客篇》和《苦社会》,以及海外华文文学作家的分析认知基础之上。④ 整体视野和学术大叙述的形成有赖于持续不断的局部探讨和问题发现,因此它们绝非无的放矢的泛泛而论,而是学科发展的经验总结和前瞻。

二

如前所述,刘登翰教授个人的学术推展在很大程度上与世界华文文学学科的发展同步,既呈现空间即研究范围的拓展,又显示时间即纵向考察的推进,两者常常交集在一起。如果进行大略划分的话,那么,世纪之交可以

---

① 刘登翰:《都是"语种"惹的祸?》,《华文文学》,2002 年第 3 期。

② 刘登翰:《命名、依据和学科定位——关于华文文学研究的几点思考》,《福建论坛(人文社科版)》,2002 年第 5 期。

③ 刘登翰:《华文文学研究的瓶颈与多元理论的建构》,《福建论坛(人文社科版)》,2004 年第 11 期。

④ 分别见刘登翰:《美华文学的历史开篇》,《东南学术》,2006 年第 6 期;刘登翰:《北美华文文学的文化主题》,《镇江师专学报》,1999 年第 4 期。

作为时空推展的分界点，此前更多地以文学史写作和编纂的方式，在特定范围内纵向考察，此后则以横向扩大研究范围为主。以前者论，《台湾文学史》（海峡文艺出版社版、现代教育出版社版）、《香港文学史》（香港作家出版社版、人民文学出版社版）、《澳门文学概观》（鹭江出版社版）的主持编纂是最为突出的成果。这里主要就文学史写作理念略作探讨，暂不涉及对文学史文本的具体分析。

文学史写作的学术意义当然不言而喻，从1904年林传甲的国文讲义《中国文学史》到20世纪末的"重写文学史"设想，文学史写作与现代学术的建立和发展息息相关，中国现当代文学学科同样伴随着相应的文学史写作而发展成熟。在文学史学看来，各类文学史不仅已构成多种形态和模式，而且已成为话语权力，影响到学科史的基本面貌，以及学者的关注点和思维方式。同时，文学史书写常常成为学科建设的重要部分，它并非仅仅是作家作品和文学现象的汇集与论说，更体现着书写者及其背后社会权力意志的想象内涵和想象方式。具体到世界华文文学，其文学史书写虽略晚于具体研究的展开，但基本上共时性地与文学现象的发生发展齐头并进，与中国当代文学史书写有相近之处，即面对仍在发展变化中的对象，一边书写过去，一边记录现在，总结与前瞻并举，并随时间的推移逐渐将"现在"移入历史。与当代文学史书写相异，世界华文文学的文学史书写，无论是台港澳文学史还是海外华文文学史，书写者并未与对象共处同一空间，也就是说是属于他者式书写，而非自我书写。加之不同时空之间既存在历史、政治、制度等诸多差异，又存在民族、主权、语言文化等联系和纠葛，文学史的书写难度无疑会大大增加。因隔膜和陌生导致的诸如材料的拥有、现象的把握等问题，或许不是关键性的，很多时候，这种书写必须处理更为复杂的现象，必须在特定框架内进行，倒可能是导致书写难度增加的原因。结合本学科尚为短暂的历史和动态调整的性质，世界华文文学追求具有经典价值的文学史书写在短时期内并不现实，现存的多部文学史随着时间的推移，一部分已经不能适应文学现状和研究水平的需要。

然而，学科成长有赖于文学史书写的促进，在应用与经典的矛盾面前，一种文学史书写认知由此产生。《台湾文学史》（海峡文艺出版社版）的编纂者指出："历来文学史的编写，有两种作用或性质。一种是为了帮助读者了解我们尚属陌生的文学状况而编写的文学史。它所做的只是对于庞杂的文学史料和现象进行初步的梳理和描述，对在各个历史时期活动的作家予以初步的定位，从而为今后的研究提供一个整体观照的视野和深入的基础。这其实只是对文学发展概貌的一次初步的整理。另一种文学史则是在众多深入研究（包括前人编写的文学史）的基础上，对文学发展做进一步的规律性的概括和理论阐释，并反转来影响后来的研究和创作。"①这一表述比较恰当地化解了上述矛盾，厘清了不同文学史书写活动的功能，十分策略性地避免了关于当下的文学现象是否适宜写史的争论。而把编纂者自己的文学史书写定位于"初步"的，则表明这种文学史写作的过渡性质，也为这一书写留下了开放的调整空间，体现出一种包容的、有活力的心态。后一种文学史的出现有赖于前一种文学史的积累，而前一种文学史适用时间越长，它距离后一种文学史就越近。

以《台湾文学史》（海峡文艺出版社版）为例，编纂者自定位于第一种文学史，以丰富的史料和详尽的现象梳理实现了对台湾文学从古到今的全面论述，它在90年代初的出现，确实为当时的研究提供了"整体观照的视野和深入的基础"，这一点是两岸学者公认的。一些研究者就是通过这部文学史开始了他们的台湾文学研究历程，因此它又带有后一种文学史的部分特征，即"影响后来的研究"。除了全面深入的史实记录和现象清理外，这部文学史历经20余年的时间和台湾社会的风云变幻，其基本尺度和观点并未受到过度挑战，当然随后的史料发掘与时间延展会导致对晚近文学现象书写的自然不足和对变化的台湾社会生态把握滞后，但就史观的适用程度而言，相比后来大陆的部分台湾文学史写作仍然更具客观性和学术立场；如果对比海峡对岸文学史写作的立场转变，可以发现它的学术品格仍然为当今学界所接受。② 它的出现可以作为台湾文学研究"从政治本位到学术本位的转向"的重要标志。从"重写台湾文学史"的两个层次③看，这部文学史对晚近现象"局部性的修正与改写"是必要的，而"全局性整体框架"的相对合理性依然存在。

之所以如此，一个重要原因在于从唯物史观出发，维护学术立场，尽可

---

① 刘登翰，等：《台湾文学史》（上卷），海峡文艺出版社，1991年，第61页。这一认知在书写者此后的表述中继续存在："文学史有两种类型，一种是在充分的史料梳理和个案研究的基础上，对文学发展现象和规律带有总结性的描述和概括，这是一种具有经典性质的文学史。另一种则是在对我们尚属陌生却又急需了解的文学，对其发生和发展现象作一种概略的描述和介绍。两种文学史各有其不同的使命和价值。后一种文学史的编纂，及时满足现时读者和研究的需要，也是前一种文学史的准备和过渡。"刘登翰：《关于台湾文学答客问》，《华侨大学学报（哲社版）》，2005年第4期。

② 海峡对岸文学史叙事立场的转变当然不完全出于写作者个人的意志，而有社会思潮演变的原因。关于两岸文学史写作中的变与不变，见计璧瑞：《台湾文学史写作中的想象构成》，《台湾想象与现实：文学历史与文化探索》，美国加州大学台湾研究中心，2005年。

③ 见《关于台湾文学答客问》。

能地减少政治意识形态的直接表述。事实上，"体例明晰、叙述井然、结构完整的'文学史'，主要是为满足学校教育需要而产生的。这就决定了其写作很容易受到政教权力的控制，成为国家意识形态的重要组成部分"。① 对一般的文学史写作而言是这样，对台港澳文学史编纂来说更是如此，由于所涉及的文学现象直接与国家主权、民族统一等国家意识形态相关，文学史写作往往被理解为政治行为，被当作直接服务于政治目标的历史叙事。但这种大的意识形态格局并不一定构成对学术立场的冲击，因为它并未挑战文学史实的客观性，也不与书写者的个人立场形成冲突。因此，书写者可以通过文学史叙述摆脱贴标签式的表态，赢得较大的学术空间，乃至获得较长时期的适用性。这一点在上述几部文学史中均有实实在在的表现。再以《台湾文学史》（海峡文艺出版社版）为例，此前的两岸书写大都从政治正确出发，而该书中，对乡土文学的褒扬和对现代主义的贬抑得以改观，突出了文学和学术的立场。虽然这种调整与社会思潮演进有关，但仍然显示着书写者自觉的选择。

另一个重要原因是在中国文学整体背景下强调台港澳文学的特殊性及其由来。这种特殊性的强调同样包含两个层面：一是总体性质上的特殊性，包括文学的本土性格、殖民文化影响和社会发展的特殊形态等；二是具体文学现象的特殊性，二者相互说明。无论是香港社会西方模式与民族文化的关系、澳门文学"植入"与"根生"的演化，还是台湾文学乡土意识转变为本土意识的过程，都抓住了对象在中国文学大格局下的独特性及其变化发展。对特殊性的强调和深入把握蕴含多重意义。首先，它成为"分流与整合"论述的基础。对特殊性的体察使分流说成为可能；而没有这种认知，特殊性与中国文学整体的映照就无从谈起，整合说也就失去了意义。其次，特殊性虽然是一种客观存在，但文学史书写者对其认知程度却影响到它的表现方式和表现形态，继而影响读者的认知和评价。也就是说，特殊性是否成为或在多大程度上成为文学史话语，会影响到读者对客观存在的认定，而这种认定又反过来关系到读者对特殊性的理解和对文学史文本的信任程度。特别是，大陆台港澳文学史的他者式书写性质不能回避对象本身对相关特殊性的理解，文本在被书写者社会语境中的接受程度也会影响书写的适用性。除了基于深入考察的理解外，上述文本对特殊性的强调客观上还是对既往认知的调整，这一调整至今仍然有效。

大叙述无疑是这些文本的重要结构特征。三部文学史均为通史式论

---

① 陈平原：《文学史的形成与建构》，广西教育出版社，1999 年，第 5 页。

述,追求纵横两方面的全面记录与解说,同时,社会形态、历史变迁在唯物史观映照下与文学发展紧密相连,这一特征延续了中国文学史的写作传统,并显示出书写者统领文学史叙述全局的眼光。大叙述关注点涉及文学内外,文学本身的诸多因素重要但并不唯一,文化因素更为突出,为新的理论方法融入文学史书写提供了空间,这也与后来的学科设想相一致。除每一部文学史自成一体外,三部通史式文学史的组合,更凸显了"把'两岸三地'的文学当作一个整体来研究的气魄和远见"。① 与大叙述、大框架和唯物史观并存的还有传统文学史写作中的反映论和进化论的痕迹,它们使这些文本基本没有脱离主流的文学史写作模式。事实上,通史架构和集体生产方式难以容纳个人化书写,而且所谓集体的文学史,不仅因为由集体编写,也因为体现了集体(国家)的意志,并处理了一些"集体的象征"②,《香港文学史》《澳门文学概观》的出版时间即可视为集体(国家)意志的象征③,它使文本成为选择一个历史时刻的发言,因为就集体(国家)观念而言,重要的历史时刻当然也是重要的文学时刻。由于集体意志在此与个人立场不发生冲突,也就不存在文学史书写对意识形态的迎合或服务的问题。

上述文本已经将文学、历史、大叙述与特殊性几方面因素融合于整体之中,其特征正如建构者所言,立足点为整个中国文学;关注的焦点为"文学运动展开的方式与由作家和作品所体现出来的文学存在的状态",因为"文学史是文学发展的历史,而不仅仅是经典作家和作品研究的汇编","文学史包括文学运动发展方式,在体现各个发展时期特征的创作中,其作品可能不那么'经典',却代表着某种特殊性,也应当是文学史关注的对象";内涵侧重于广义的文化概念,即社会政治与文学的相互关系,以及社会转型导致的一系列冲突等。④ 它们已经成为建构台港澳文学史乃至中国文学史整体叙述框架的基本实践。

很明显,关于文学史书写和学科建设的诸多设想虽然有大致阶段上的先后,但探讨的其实是同一个重要问题,文学史书写作为前期的具体实践已经为后来的设想做了充分准备,许多设想就直接萌生于文学史书写中。书

---

① 董乃斌,等:《中国文学史学史》(第3卷),河北人民出版社,2002年,第512页。

② 陈国球:《文学史书写形态与文化政治》,北京大学出版社,2004年,第180页。

③ 这里不是说个人的大叙述性质的文学史写作就不具备集体(国家)意志,实际上大多数个人书写者,以及出版者和读者,仍然视文学史书写为一种代表集体或国家发言的行为。

④ 刘登翰:《台港澳文学与文学史写作——再谈20世纪中国文学的整体视野》,《复旦学报(社会科学版)》,2001年第6期。

写与设想之间存在着前后一贯并走向发展完善的思路,前者的全面、客观等特征带来的适用性确立了这些文本的权威性;后者的开放、多元和有针对性为当下和未来的世界华文文学研究提供了更多可能。它们在同时期的研究中不断突破、引领研究潮流的作用已为学界所公认。近年来,有关华文文学概念和内涵的讨论所在多有,从国内到海外,从台湾到北美,各种辨析争论层出不穷,不同地域的人群基于不同的意识形态和论述立场而各取所需;但无论如何,刘登翰教授所做的诸多论述仍然是华文文学研究界不能忽视和绕过的、富有创见的开拓性成果。个人对学科的贡献可能是阶段性的,但重要的研究实践和理论设想必然会成为推动学科进步的重要力量而留下不可忽略的印记,后来者将永远站在前人的肩膀上;更何况,刘登翰教授创建的前述研究话语已成为学科的基本概念和经验,至今仍在研究实践中得以应用,影响着研究者认识研究对象的思维方式。

(作者为北京大学中文系教授)

从"长长的小说"到"长长的文学史"

刘小新

在第十二届世界华文文学国际学术研讨会上,陈辽先生提出撰写华文文学研究史的呼吁和设想。我以为这是一个有意义的倡议。从研究领域的拓荒到学科的初步创立,20多年的华文文学研究走过了一段不平凡的时光。的确,今天人们有必要认真回顾华文文学研究曾经走过的道路。无疑,许多令人敬重的学者筚路蓝缕所取得的研究成果应该成为今后研究的起点。刘登翰先生就是令人敬重的拓荒者之一。他是一位谦和、宽厚、认真并且十分容易亲近的学者,这种性情使他的文学批评往往能持有客观、公允、不偏不倚的评价尺度。他的包容心和宏阔的概括力量也常常给人留下深刻的印象。

迄今为止,刘登翰引人注目的或许首先是他的台港澳文学史写作,他在台港澳文学史研究方面已经显示出某种稳固的学术价值。今天人们开始从他的研究成果中获益,大学中文系的本科生、硕士生和博士生们把这些著作视为必备的重要参考文献,许多学者的授课和研究也从这些著作出发。可以预想的是,若干年后人们仍然能从中获得对台港澳文学乃至文化的较为妥当的认识。今天,刘先生的文学研究的学术影响已经从大陆扩展到台港澳,进而延伸到海外的汉语文化圈,并开始在20世纪中国文学史的整合研究中产生影响。从事或关心华文文学创作与研究的人,以及那些从事20世纪中国文学整体研究的学者,可能都会注意到刘登翰在这一领域所做的那些卓有成效的研究工作。

在海峡两岸各种版本的台湾文学史著作中,刘登翰主编的版本是最厚重、规模最宏大的一种。这部《台湾文学史》分上、下两卷,总字数超过120万字,总页码达1500多页,有一种沉甸甸的厚重感。这种厚重感不仅仅源于它的体量,而且源于其内容的分量。从远古台湾的神话传说歌谣、中原文化的最初传播,说到明郑时期台湾文学的奠基;从近代以汉学为中心的抗日民族文化高潮,说到现代日本"皇民化"统治对文学的挫伤和台湾新文学所继承的"五四"反帝反封建传统;从当代的"现代与乡土"的大论战说到80年代以来的多元化发展,史料丰富翔实,内容洋洋大观。刘先生的文学史用充分的历史事实表明两岸文学共同源于中华民族的文化母体,台湾文学是中国文学一个重要而特殊的组成部分;并且充分地分析了台湾文学由其特殊的历史际遇而形成的特殊风貌,因此它也就有了一种特殊的意义和价值。刘先生的文学史写作获得了海峡两岸学者和作家的普遍认同,这种认同源于其内容的丰富、逻辑的明晰和对复杂性的把握。刘先生用以诠释台湾文学历史经验的"分流与整合"概念,后来被学者们所赓续并发展为"多元共生互动"的世界汉语文学史观。而刘先生的社会学方法和文化视角,又使这部《台湾文学史》超出了纯文学史著作的意义,而成为人们了解认识台湾社会思潮脉络的一种生动有趣的历史文化读本。

20 世纪 80 年代以来,香港与内地之间的文学交流有了长足的发展。但在"纯文学"观念占主导地位的 80 年代,香港曾经被人们看作文化沙漠。黄维梁、梁秉钧等作家学者每次回内地讲学,都要先说明香港不是文化沙漠。这种状况的改变很大程度上得益于学者的研究介绍,尤其是文学史的全面描述。在大陆已出版的以"概观"或"史"命名的多种香港文学论著中,刘先生主编的《香港文学史》是很有特色、也很有分量的一种。刘先生仍然把香港文学放在文化层面上观察,岭南文化与西洋文化的杂陈并处构成香港文学成长的文化生态。而刘先生的分流与整合理论,再次使文学现象的描述获得了一种历史的逻辑力量。这部 60 多万字的著作,既抓住了香港文学最突出的都市感性特征,又在宽阔的历史文化视野中找到了先锋文学、社会文学和通俗文学的历史位置。的确,如果忽视这三种形态中的任何一种,都不能完整地把握香港文学的整体风貌。刘先生写史,从文化的层面为多种形态并存的整体的香港文学正名,也给我们打开了进入香港这个国际大都市的文化通道。许多年来,连香港都被视为"文化沙漠",澳门这个弹丸之地有没有文学则更是个疑问。人们太容易被一种刻板印象所控制。如果我们浏览一下刘登翰先生主编的《澳门文学概观》(以下简称《概观》),或许会改变以往那种刻板的看法。澳门四百多年的历史是一个充满欧陆风情的谜,澳门文化更是中西文化交流的历史活化石。刘先生被这座神秘小城的神秘文化所吸引,编撰了这本文学概观,从文学的侧面观察澳门文化的特殊生态。《概观》的写法不同于我们一般所见的华文文学史著作,它由刘先生和澳门的一群优秀的学者作家合作完成。这些学者或专攻澳门史,或精通古典诗词,或长于散文写作,或谙熟葡萄牙语……他们的加盟突破了以往华文文学研究资料匮乏和经验阻隔的瓶颈。这种由内地学者与研究对象所在地区作家学者合作研究的方式,或许会对学人日后的工作有所启发。从刘先生撰写的题为《文化视野中的澳门及其文学》的绪论看,《概观》仅是其对澳门发生兴趣的一个部分,澳门的文化人类学价值或许会成为刘先生日后关心的课题。刘先生对土生葡萄牙人文学的浓厚兴趣就透露了这一点。

刘登翰先生文学研究的学术特色和意义至少体现在以下方面:

第一,刘先生建立了一系列描述与阐释文学史的概念与范畴,在此基础上建立了文学史观念与阐释框架,揭示台港澳文学历史演变的原因、规律和意义。笔者一直以为在华文文学领域开展文学史写作为时尚早,其理由不外有二:一是资料瓶颈尚难突破;二是文学史的叙事逻辑尚未建立,而叙事逻辑的建构显然必须依赖一些具有阐释能力的范畴和概念。这两个问题在刘登翰版本的文学史中得到了妥当而成功的解决,对于拓荒型的文学史写作而言,这无疑是难能可贵的。众所周知,刘先生的台湾文学史论述有一个核心理念,即"分流与整合"。它建立在对民族、国家、文化复杂性的充分而辩证的认知基础上,将台港澳文学视为中国文学母体孕育的特殊支流,科学地辨析两岸文学出现离析形态的历史因素,同时从文化归属视野肯定两岸文学整合统一的内在逻辑和发展趋势,认为"文学的整合以文学的离析为前提,而文学的离析以文学的整合为归宿"。这是一个有趣的文学史观念。从90年代初的《当代中国文学的分流与整合》到晚近的《分流与整合:二十世纪中国文学的整体视野》和《台港澳文学与文学史写作》,刘登翰一直试图深入地阐释这一命题。这显然构成了刘登翰版文学史的显著标志和特色。

"离析与整合,是文学存在和发展的一种普遍的生命形态和基本的运动形式。"刘登翰从共时性与历时性两个维度解释了"分流与整合"的文学发展辩证法:"从共时性层面看,不同风格、倾向和流派之间的离析与整合,在充分发扬作家这一精神创造物的个性特征同时,又维系着文学整体架构的均衡与张力,使文学始终处于活跃的生命状态之中;从历时性的发展看,每一时代的新的文学或新的文学思潮,都是从旧有文学的母体或旧有文学思潮的背景下,离析分化出来,又在融摄新的文化因素和体现新的时代精神的要求上,整合建构成适应这一时代文化发展需要的新的文学,从而保持着文学传统的延续和更新。"①"分流与整合"及"传承与变异"的文学史观念始终贯穿在刘登翰的文学史写作之中。这不是什么高深莫测的理论,但却是自洽的具有阐释能力的文学史理念。它既辩证地阐释了作家个性与时代精神、传统与创新的矛盾统一关系,也有效地阐释了台港澳文学和海外华文学的独特性、复杂性和历史演变的规律。

在整个80年代,"重写文学史"的观念是新潮文论努力追寻的学术目

---

① 刘登翰:《文学薪火的传承与变异》,海峡文艺出版社,1994年,第67页。

标。钱理群、黄子平和陈平原的"20世纪中国文学"与陈思和的"新文学整体观"把这种重写上升到理论和学理的层面：前者打通了以往那种以政治史为依据的现代和当代的区割，企图使文学史从"政治史"的附庸和注释中解放出来，回到文学本身；后者意在改变过去那种左翼尤其是"左"倾文学史的片面性，企图恢复现代文学史的完整性。这种整体观后来扩展到大陆与台港澳地区文学的整合，在这一学术语境中，刘登翰的大陆与台港澳地区文学的"分流与整合"说被越来越多的人所认识，成为90年代文学史重写工程的一个重要部分。一些重写的文学史开始把台港澳文学纳入自己的视野，这种整体观有可能使许多诸如自由主义文学、现代主义及文学与政治的关系等问题得到更完整的观照。这正是刘登翰所说的"台港澳文学的重新'发现'"的含义研究。① 虽然今天人们已经从政治本位主义中走了出来，但毋庸讳言在世界华文文学研究领域还存在许多干扰文学批评的非学术性因素。因此，刘登翰和许多严肃学者对华文文学研究学术化的强调仍然具有重大的意义。在刘登翰看来，学术化不仅仅是摆脱政治本位主义，"更重要的还在于内在的研究品格、基本理论和学术规范的建立上"。学术化要求史料的扎实、可靠和充分，立论的客观、公正与严谨，要求理论的自洽和批评的有的放矢，以及方法与对象之间的应和。近来刘先生尤其强调华文文学研究的问题意识，强调问题的脉络化和阐释的历史化。这些主张对华文文学研究这门新学科的发展有着相当重要的意义。

刘登翰在从事文学研究的同时，还创作出版了诗集《山海情》《瞬间》和散文集《寻找生命的庄严》等。但诗人的激情并没有进入乃至干扰他的文学研究，这与许多诗人批评家的诗性化、主观化不同。刘登翰在学术工作中往往把诗人的激情收藏起来，让沉潜、冷静的理性分析成为文学批评的主导力量。他对诗歌的钟情往往表现在他对诗歌文类的研究偏爱上，而在《香港文学史》总论部分的结尾，诗人的激情也突然显现："这是中国文学大团圆的节日！"这种抒情性的表达在他的文学批评和文学史写作中极少出现。的确，他的文学批评很少出现情绪化、印象化的判断和表述，显然不属于卢梭那种建立在本能直觉基础上的情感主义批评，而是属于追求学术化、学理性的客观理性的类型。最近，他甚至对自己曾经深爱的文类——诗歌的研究产生了某种厌倦，这或许是由于诗歌批评往往有些玄虚而与学术化相悖的缘故。然而，在刘登翰那里，学理性的追寻并未走向冰冷的理性主义。他对

---

① 刘登翰：《走向学术语境——我看大陆的台湾文学研究》，台湾师范大学国文学系《解严以来台湾文学研究国际学术研讨会论文集》，台湾万卷楼图书有限公司，2000年。

研究对象并不缺乏人性的理解与同情,这也许与其人生经历有关。在散文作品《魂兮归来》中,刘先生写道:"就我们一家,仅我所知,就有祖父三个兄弟,父亲六个兄弟一个妹妹,十几口人埋骨在那方异国的土地。他们身后留下的每个家庭,都有一部长长的小说。"①至今,刘登翰没有把这些充满华裔离散悲情的"长长的小说"写出来,却写出了关于这些作品的"长长的文学史"。或许正是这种感同身受的经历使他对世界华文文学产生了一种深切的理解与同情,因此刘先生的学术著作在沉潜、冷静的理性分析背后总是透着一种宽厚而深沉的情感。这种深切的理解与同情常常体现在他对台港澳及海外华文文学的特殊历史际遇和特殊心态的强调与尊重上。学术化并不拒绝人性化,正是这种宽厚深沉的情感和感同身受的理解使台港澳及海外华文文学研究的学术化有可能获得人性的深度和广度。

刘登翰曾经策划出版了一套名字别致、内容有趣的文化丛书:番薯藤文化丛书。刘先生在"书系缘起"里说:闽台文化"恐怕有不少成分是由番薯养育的……看来两岸的这点文化情缘,是怎么也切割不断的"。这里显然饱含了一种学术的温情。这套丛书是刘先生从文学研究向文化人类学研究延伸扩展的一个尝试。而近期出版的《中华文化与闽台社会——闽台文化关系论纲》则从文学研究迈入历史学领域,这是他"走向学术语境"的又一动作。版本考证、论从史出,一切分析、判断与结论都从扎实、可靠的史料中得出。刘登翰的"越界书写"是否意味着其学术兴趣的转移?我们不得而知。他在后记中如是而言:"这一学术越界是为文学研究另寻一条文化的路径的一种尝试,不仅是从西方的文化理论入手,更主要是从文献资料和田野调查的实证的历史和现实的文化语境出发,去探寻文学生成和发展的潜在因素和文本价值。"②世界华文文学研究尤其是文学史写作或许真的有必要学习这些古老的历史学研究的基本理念和方法。这无疑是华文文学研究"走向学术语境"的一个途径。

(作者为福建社会科学院文学研究所研究员,两岸关系和平发展协同创新中心、福建师范大学两岸文化发展研究中心教授)

---

① 刘登翰:《寻找生命的庄严》,海峡文艺出版社,1995年。
② 刘登翰:《中华文化与闽台社会——闽台文化关系论纲》,福建人民出版社,2002年。

差异的同构[*]

——论刘登翰"跨域"与"越界"的华文文学研究

袁勇麟

一

伴随着新航路的开辟和机械化生产的普及,工业文明不仅给人类带来生产形式和生活方式的巨大改变,更深刻影响了人类认知世界的判断,科学整体化趋势逐渐取代了分化趋势研究。人们对发现、研究世界总体的渴望如此热烈,甚至在 20 世纪 70—90 年代一度兴起了所谓的"全球学"(Global Studies)。罗马俱乐部的系列研究报告,特别是早期《增长的极限》和《人类处于转折点》一类的论文,就是试图运用多种学科的研究方法和叙事方式,聚焦尽可能复杂的全球现象与问题,为人们提供一种综合的、跨学科的、批判性的理解问题的全局战略角度的典型。正如美国西佐治亚大学研究生全球学项目提出的:"全球学使我们能够超越已有经验,理解人类相互联系的整体性本质。"且不论这种所谓"全球视野"是否有言过其实的夸大和实际操作的困难,整体性研究方法确实能赋予人们更加宏观的格局、更加宽阔的胸怀和更加透亮的观照,尤其在面对"世界华文文学"这样跨国别、跨文化、跨代际的特殊对象时,整体性视野是绝对不可缺少的。

"世界华文文学"作为中国文学史研究版图上一个重要的组成部分,已经是不争的事实。经过了 1979 年曾敏之一篇题为《港澳及东南亚汉语文学一瞥》的关注发端,到 1982 年学界对"台湾文学""香港文学"等研究名类的思考,再到"台湾香港暨海外华文文学"学术研讨会命名的视野拓展,以及 1993 年正式使用"世界华文文学国际学术研讨会"的名称至今,世界华文文学从最初的命名争议,到逐渐经过调整而明确意义,再到追求多元拓展,其间已经走过了 20 多年的风风雨雨。作为华文文学研究的重要拓荒者,刘登翰坦言:"如果我们把 1982 年 6 月由广东和福建七个单位联合发起在暨南

* 本文为国家社科基金重大项目"百年海外华文文学研究"(编号:11&ZD111)成果。

大学召开的第一届香港台湾文学研讨会,看作是世界华文文学研究由个人行为走向学科建设的开始,那么,20 年后,我们重返暨南园,来举行中国世界华文文学学会成立大会,则意味着这一学科经过 20 年的努力,已经初具规模并正逐步为社会和学界所接受。……没有 20 年来这不止一代人的学术积累,世界华文文学作为一个新的学科为社会所接受,将是不可能的。"这不仅是对华文文学研究的回溯,更是他本人长期勤勉致力于华文文学研究的真实自况。近期,刘登翰精选了自己部分学术著述重新整理出版,并将其命名为"跨域与越界"。在我看来,这个名称十分恰当,既是他长期研究华文文学的心得体会,也较形象准确地概括了他的研究特点和研究倾向。

跨域,首先指的是华文文学的存在状态:"然而华文文学,是超越国际空间的、打破区域疆界的超地理和超时空的整合性想象。"中国海外移民遍布世界各地的生存形式,不仅在物理空间分散流动,更在心理构成、生命行为和文化认同方面具有一种相对独立的状态,这就决定了那些表现、再现、记忆和铭刻他们生存经验的文学书写呈现出一种"离散美学"的特征。对此,刘登翰有着明确而深刻的认知:"华人族群的离散和聚合,同时也形成了华族文化的'散存结构'……它既呈现出移民文化对传统固守的价值取向,也意味着对异质文化的交融,从而使对立与融合成为与散存共生的一种文化关系模式和文化属性。""显然,散居族裔的文学具有离散美学的特征。它不仅表现在不同文化地理和生存际遇所形成的异质性上,还表现在文化的混合性和艺术的杂交性上。""离散",是刘登翰华文文学研究中的一个关键词,也是对华文文学"流动性"本质比较精准的概括,这个富有动态意义的语词,生动地反映了华文文学主体分散世界各地的集体性状况,从内涵到外延都充满了巨大的空间张力,正如饶芃子和费勇所指出的:"'海外华文文学'的主旋律是由'流动性'形成的,而'流动'的原因总不外是战争、经济、政治等,不外是财富或和平的梦想,甚或是逃避式的对于世外桃源的追寻,或者只是随波逐流式的偶然因素;可能是被迫的,也可能是自愿的。海外写作的心态之异于本土,几乎完全可从他们的'流动性'中找到原因。'流动性'包容了一系列关键的语词如放逐、怀乡、冲突等,成为海外作家笔下或评论家评论海外作家时常用的词汇。"无论是辗转迁移的生活方式还是国籍选择的政治身份,抑或更深层次的民族文化认同,华人主体生存状态和身份属性的变动不居都带来了文学创作本身的灵活多变和难以确定,而"离散"不仅表现出华文文学特殊的"流动性",更突出了华族在迁移、跨越的动态过程中形成的相对独立而明确的自我身份建构和文化追求,在回望、追溯、解析、重构族裔的祖源文化记忆基础上,更重视他们在迁徙、移居、流变的人生经历中所产生的多元文化融合。从这个角度看，"离散"概念颇类似于霍米·巴巴所说的"第三空间"，即除了通常意义上的模糊性和临界状态以外，更强调它对于构建新型的文化和身份政治的意义。正是在这样的意义上，世界华文文学如同一个由不同文化"翻译"形成的话语场域，在多种相对独立而有所区别的文化存在互相对话、谈判和调和的关系中，形成广阔而自由的网络构型，以鲜明而独立的身份，得以与本土文化产生对话，同时又与世界文化展开交流。

二

在这样的"跨域"视域下，刘登翰努力为华文文学勾勒出一幅整体性画卷，这使他的研究呈现出一种"大同世界"的综合视域。刘小新早就指出："刘登翰先生文学研究的学术特色和意义体现在如下方面：一、建立了一系列描述与阐释世界华文文学史的概念与范畴，在此基础上建立了文学史观念与阐释框架；二、宏大的社会文化视域使许多文学现象的复杂性获得了较为充分合理的解释；三、追求学术化和历史性。""离散"而不"区隔"，"分流"却不"孤立"，这不仅是华文文学的发生学基础，更是华文文学的学科存在依据。在"跨域"的认知下，刘登翰对华文文学的整体性观照，赋予了他研究的宏观视野和开阔格局，他明确提出："华文文学这一跨域建构的概念提出，包含着一个理想，那就是1989年在新加坡会议上所提出的'华文文学的大同世界'。""它把台港澳暨海外华文文学，作为一种世界性的文化和文学现象，置于全球多极和多元的文化语境之中，使'台港澳'暨'海外'的华文文学，不再只是地域的圈定，而同时是一种文化的定位，作为全球多元文化之一元，纳入世界一体的共同结构之中，使这一命名同时包含了文化的迁移、扩散、冲突、融合、新变、同构等更为丰富的内容和发展的可能性。"刘登翰理解的华文文学的一体化版图，是一种中华文化同构性、民族根源整合性的文学史观念与阐释框架，这是他所有研究的重要理论前提，也是华文文学得以存在的主要现实依据。因此，我们可以看到，在刘登翰的华文文学研究领域内，无论是概念梳理，还是学科意义阐述；无论是存在形态辨识，还是运动方式观察，都运行在这个整体框架中。

以刘登翰主编的两卷本《台湾文学史》为例，该书自始至终贯穿着一个明确的主题：文学的母体渊源和历史的特殊际遇。台湾文学的"离散"状态固然是现实，却始终不能改变它"离异母缘"的边缘性质："如前面我们所曾分析的，台湾移民社会的形成和后来的历史遭遇，带来了台湾社会普遍存在的漂泊心态和孤儿心绪,它赋予了台湾文学特殊的'移民性格'和'遗民性格'。"理论视野的选择对应着相应的思维逻辑,论者以对台湾文学的"中国化想象"逻辑抽绎出台湾文学精细丰满的筋髓,不仅在具体的历史事件上,更在历史情节内部精神领域的探寻上,将曲折的台湾文学发展历史与浩荡的中国文学整体历史结合在一起。在"中国人文精神"承传延续的相关论述中,这种集中凝聚的历史叙事特征被发挥得更为明显,从"感时忧国的忧患意识""天人合一的和谐意识",到"家园意识与故乡憧憬""中和之美的艺术形态"等,论者通过有意识的组合联结和分类归整,让一些看似独立而零散的台湾文学事件获得了某种"中国情结"意义,最终演绎出了"整体性"版图的情节模式:使台湾文学即使历经数千劫难变动,依然存有中华血性根源,这就是"中国人文精神"的承传续接。

这种统摄全局、涵盖整体的文学史意识形态理念是建立在典型的族群文化认同基础上的。事实上,不仅台湾文学研究如此,对于整个世界华文文学,刘登翰秉持的"历史的、宏观的整体把握",都是从中华文化母体概念出发的"建立在共同血缘和历史基础上的族群记忆和族群文化的认同",正是这样一种对文化脉络渊源及生命记忆底色的总体性把握,赋予了"跨域"状态下"离散"的华文文学同构的性质,看上去散布于世界各地的纷纭复杂、形形色色、流动多变的华文文学,具有了整合、汇聚、融摄的可能和必要,从而明确了它可以成为一个"以汉语(华文)为形态、中华文化为核心的文学的大家族"的学科建设的意义和价值,也明确了它作为"中华文化或华族文化在不同历史条件和文化语境中的迁徙发展、矛盾冲突、融合吸收和传通转化"的可能与必要。

三

然而"大同世界"描述的毕竟是华文文学作为一门学科存在的依据,是试图建立世界华文文学美学成规和诗学体系的一种理论实践。事实上,在我们面对一个个单独的文学创作和文学现象时,千差万别、形态各异甚至驳杂变动,才是它们最真实、最直接的样貌。这种差异性恐怕是所有文学版图中最突出、最鲜明而又最难被简单归类的。如果忽略了这种差异性,片面强调所谓的"整体性"和"一体化",那么,华文文学势必落入"历史主义"或者"整体主义"宏大、虚空的窠臼中,这也将严重影响华文文学学术研究的深入拓展。我们看到,经过众多研究者多年努力的探索,华文文学研究已经取得了很大的发展,从研究开始阶段的传统印象式批评,到适当借鉴西方新批评分析方法进行文本分析和解读,再到运用社会历史批评方法考察文学与历史变迁及社会发展的关系、作家生平对作品的影响、作品版本的甄别考订、作品的接受反应等问题,华文文学的研究者一直在努力探索展现文学丰盛动态的各种可能。但总体而言,华文文学研究中,对文学现象、思潮、流派归纳总结的研究仍然是大陆研究者惯常采用的研究方式。对此,刘登翰做出了深刻的检视,并大胆提出了要突出华人为主体的诗学建构转移,以及做好以华人为中心的"共同诗学"与"地方知识"双重视域整合的批评范式转移,也就是所谓的"华人文化诗学"研究理论方法。这种研究方法,强调在华文文学想象总体的背景下,建立一种从特殊性、具体性和"情境论"出发的"凸显华人主体性的诗学批评"研究范式,这种类似于人类学家克利福德·吉尔兹所提出的"地方性知识"的研究范式,更侧重于关注国别、区域、主体属性的差异美学,试图通过分析不同国别与区域的华文文学具体生命形式及其与所在国的国家文学和文化的结构关系,探讨华文文学的美学取向、生命形态、演变轨迹及文化认同的"情境性"。显然,这样的研究范式与之前提到的"离散"的华文文学存在状态是协调的,因为"离散",所以不再强调单向度的归属,所以尊重多元选择,所以关注差异、重视个性、强调主体,这就是刘登翰自己反复强调的,"认同确定归属,是研究的前提与出发点;而辨异则是在确认归属之后对现象的更深层分析,是研究的深入和对认同的进一步肯定"。这恐怕也是刘登翰所说的"跨域"的真正内涵:不仅指研究对象的"跨域"生命形式,更指研究者对这种"跨域"差异性本质的特别关注,甚至还包括了研究理念和研究方法本身的"跨域"腾挪和转移,而"越界"也正是在这样的基础上提出的文化实践——跨越国族界限,跨越理论边界。

值得一提的是,刘登翰的这种差异强调,与现代性和所谓后现代性文化中的"差异理论"并不完全一致,它既不是德里达提出的"延异""增补"(supplement)和"踪迹"(trace),也不是德勒兹的"块茎"(rhizome)概念或"差异逻辑",更不是利奥塔激活差异那种向总体开战的极端个性强调,与所谓"我们今天生活在一个客体支离破碎的时代,那些构筑世界的砖块业已土崩瓦解……我们不再相信什么曾经一度存在过的原始总体性,也不再相信未来的某个时刻有一种终极总体性在等待着我们",相反的是,刘登翰对华文文学差异性的关注,始终有一个"同构"的基础和前提。也就是说,在刘登翰这里,差异是具体情境,归属是共源诉求,华文文学虽然离散,但它们仍然以"同心圆"的方式存在着某种稳定的结构关系,既有差异和冲突,也有融通和共存,他在《华人文化诗学:华文文学研究的范式转移》中,明确说:"华人文学正是通过差异的族性叙事,呈现出华人族裔迥异于其他族裔的'华人性'特征。这里所谓的'华人性',首先是一个文化的概念,是华人表现文化的一种族属性特征。这是从原乡到异邦在身份变移和文化迁易中所形成的一种共同的文化心理、文化性格和文化精神,既深深植根于中华文化漫长的历史积淀之中,又孕育于华人离散的独特命运和生存现实。"整体的宏观观照,有利于把握散乱的文学现象和孤立的感性创作,而差异的诗学理论,有助于理解复杂的文学事件和个体的文化情怀。过分强调"整体性",将阉割纷繁繁复杂的个性对象而使学科落入政治化桎梏;一味重视差异性,也将造成零碎无序的研究状态而从根本上取消学科存在的意义。所以,刘登翰"跨域与越界"的华文文学研究提出的"差异性同构"的研究理念和实践,对于华文文学的意义,恐怕不仅仅在于提供了一条进入华文文学研究的有效途径,更在于建立了一种对华文文学流动本体性充分尊重和理解基础上的宏阔严谨的学术境界,这应该是我们每一个文学研究者应该坚持的学术自觉。

（作者为福建师范大学教授,两岸关系和平发展协同创新中心、福建师范大学两岸文化发展研究中心教授）

华文文学的文化视野与学科建设

——刘登翰先生访谈录

刘登翰/龙扬志

一、台港澳文学：分流与整合

龙扬志（以下简称龙）：刘老师好，您是世界华文文学研究领域的前行者，在区域文学和华文文学研究方面取得了一系列令人瞩目的成果，对华文文学的学科化建设提出了不少意见。这次访谈的目的是围绕当前备受关注的世界华文文学学科化问题向您请教。我们知道，中国大陆的世界华文文学研究走过了一段草创的曲折过程，介入此领域的学者当年大多从事中国现当代文学研究，在涉入台港澳文学研究之后，再逐渐转入海外华文文学领域。当华文文学发展到一定阶段，学科化寻求可谓是必然的结果，因为这是学科走向成熟的重要标志。推动学科层面的知识整理和学术标准设立，使专业知识通过常识化积淀形成相对完整的知识体系，建立一种可以揭示学科方法的逻辑结构，同时打造一个可以思想共享的话语共同体，为学术问题的交流、探讨提供有效的话语空间。学科化的基本内容不外乎这些，目的在于为相关知识和观念的更新找到一种制度化的运作方式，以保证其拥有面向未来的敞开的生命力，不仅让知识的传播和完善变得有章可循，而且还要产生其他学科所无法替代的功能。我们讨论华文文学的学科问题，最重要的一个参照对象是中国现当代文学。您当年也是从现当代诗歌研究出发，进入台湾、香港、澳门文学研究领域，然后再关注海外华文文学的。您先后主编了台、港、澳三个地区的文学史，感触既多，思考亦深，虽然台港澳文学不在海外华文文学范畴之内，但是对于我们探讨华文文学学科建设问题有着重要的现实意义，我们从台湾文学开始今天的话题。

刘登翰（以下简称刘）：我和庄明萱等主编两卷本《台湾文学史》，是在20 世纪的 80 年代末，分别于 1991 年出版上卷、1993 年出版下卷，至今已 20多年了。今天看来，无论是对史实的发掘，还是分析的深度和理论的认识，已经大大落伍于今日的研究了。

龙：历史地看，这本书写得相当扎实，无论在史料工作、学术规范，还是文学史叙述等方面都有自觉的追求，不仅提供了丰富的史料，也提出了大陆学者对台湾文学的一种理论视野和阐释框架。今天初涉台湾文学研究的青年学子仍然视它为一部很有参考价值的论著，2007年中国出版集团把它收入"中国文库"第三辑，重排为三卷本出版，算是对它作为"经典"的一种认定。

刘：收入"中国文库"的作品都要求保持当初出版的原样，不做改动。大陆和台湾的某些出版社此前也曾多次和我洽谈过再版的事，要求修订或适当压缩篇幅（120万字对台湾出版社而言是很大的压力）；但我认为这部写于两岸开放交流初期的著作，思想和识见都反映了当时社会的特点和局限，从学术史的发展看，这部书已经完成了它的使命。今天对台湾文学的研究已较当年深入许多，若要修订，其实就是重写，那是另外一项庞大的工程。此书说不上"经典"，只是在我们学术进程中某个阶段的一个代表。

龙：从见证学术历史的角度看，也不必修改了。从台湾文学研究开始，您就有意识地从文化视野来思考文学的问题，记得您在《台湾文学史》的总论部分探讨了台湾文学一些基本的理论问题，如文学的文化母体渊源与历史的特殊遭遇，台湾少数民族文化、中原文化作为潜在和显在的文化基因与外来文化对文学的影响，传统、现代和乡土从文化到文学思潮的更迭和互补，也谈到将台湾文学置入中国文学整体格局的理由；此外，结合社会、政治、经济、文化等背景考察文学的存在状态和发展规律，我认为这些编写原则在这部文学史中都得到了体现。

刘：从我的教育背景看，我更愿意把文学史当成历史的一部分或一个侧面，和政治史、经济史、文化史等构筑成一个描述社会的大系统，互相影响和促进，而不是把文学作为一个自足的封闭体。从社会、政治、经济及其文化出发考察文学的发生和发展，打通文学的内部与外部，这是我撰写文学史的一个基本观念。当然文学还有自己的特征和规律，不能把文学史仅当作社会史来写。二者如何相洽，是一个必须注意的重点，在某种意义上说也是难点。

龙：您在北大上学的时候就有过这种操练。1958年您与谢冕、孙绍振、孙玉石、洪子诚、殷晋培一起写过《新诗发展概况》，我后来读到《回顾一次写作》（北京大学出版社，2007年），几位学者的回顾文字都充满了深情，不难想象你们当年激情飞扬的写作情景，而且健在的五位确实也是中国诗歌研究领域的权威学者。

刘：那是一段令人难以忘怀的时光。我们的友谊就是在那次合作中奠定的。我在《中国当代新诗史》后记中谈到那次写作："今天读来，除了为当时的勇气吃惊和幼稚汗颜之外，已无多大价值。但它却意外地影响了我们这些人此后的道路，使我们在后来的大半人生里，几乎都和诗，和中国新诗史的研究结下了不解之缘。"

龙：其实我真正接触您的著作，就是那本与洪子诚先生合著的《中国当代新诗史》，那是不是你们大学时代合作的延续？

刘：有这种意味。1978 年，我和孙绍振参加由艾芜和徐迟带队的中国作家代表团访问东北，在那里见到了分配在鞍山文联的殷晋培（可惜他不久后就过世了）；一个月后回到北京，和谢冕、孙玉石、洪子诚劫后重聚，接受徐迟先生的建议重写当年的《新诗发展概况》，也分工写出了若干章节。不过那几年正值中国新诗的多事之秋，诗人的重新归来和朦胧诗论争有着更大的吸引力，也促使我们重新思考新诗历史的许多问题，书稿便一直拖着，最后决定放弃。1984 年我到兰州参加当代文学的学术年会，与人民文学出版社的毛承志和李昕一路同行。他们有出版当代文学文体史的计划，约我撰写当代新诗史。兰州归来，在北京停留，便邀了洪子诚合作。当时他在北大开设中国当代新诗的课程，手头有一份几万字的讲稿，我手头也有为重写《新诗发展概况》准备的材料和若干片断。这便是我们当时撰写当代新诗史的基础和背景，说是当年合作的延续也无不可。

龙：您在 1979 年调到福建社科院文学研究所，台湾文学是如何进入您的学术视野的？

刘：我 1961 年大学毕业后，因为华侨家庭的背景，被认为海外社会关系复杂，恰又赶上两岸关系紧张对峙，不让留在沿海城市，便被分配到闽西北山区从事文化行政杂务，直到 1980 年回到学术岗位，已是将近 20 年以后了。多年的学术荒疏已使我不知怎样做研究。最初我还是选择当代文学，在朦胧诗论争中写过几篇文章，但总觉得福建处于偏远的地理位置和文化位置，远离当代文学的中心，我时时有一种不在现场的感觉。1982 年我作为发起单位的代表，出席在暨南大学举行的第一届香港台湾文学研讨会，开始看到台港文学迥异于大陆文学的繁复现象。当时这一领域的研究刚刚起步，许多研究者都从文艺理论或当代文学领域转过来，大家从零开始，站在同一条起跑线上。我有福建文化背景和方言优势，自以为从事这一领域研究或许是适合的。不过当时正在撰写《中国当代新诗史》，分不出精力，只是留心关注着。真正全力以赴进入这一领域，是在《中国当代新诗史》完成以后的 1988 年。

龙：在此之前好像您也写过有关台湾文学的论文。

刘：是的。福建与台湾近邻，我在参与朦胧诗论争时，就注意到台湾的现代诗运动。接受撰写新诗史时就设想把台湾诗歌包括进去，便开始搜集有关台湾诗歌的史料。1984年，第二届台港文学研讨会在厦门举行，我作为东道主之一参加会议筹备工作，便不能像第一届在暨南大学那样只是"听"会，于是依据自己为写作新诗史搜集的资料，写了一篇《论台湾的现代诗运动——一个粗略的史的考察》，这是我关于台湾文学研究的第一篇论文。这一阶段做的另一件事是编了几本台湾作家的作品选集，并为选集写了较长的学术性的序言，同时也较集中地阅读了能够找到的台湾文学作品，无意间算是为后来撰写台湾文学史做了一点准备吧。

龙：20世纪80年代初研究台湾文学面临许多困难，比如资料问题，您当时是如何解决的？

刘：那时资料搜集的确困难，资料是研究的基础。我所供职的福建社科院，也把台湾问题作为研究的重点，图书馆进口了一些台湾版的图书，多是政治、经济方面的，文学的书极少，不过订有十几种报纸。80年代的台湾，报纸副刊是文学发表的重要平台，我几乎每天都到图书馆翻阅台湾报刊，感受台湾社会的文化氛围，看到重要的资料就摘抄下来，抄在三百字的稿纸上，叠起来有一尺多高。我写《论台湾的现代诗运动》，相关的资料和诗歌引文，其中不少是从这里来的。另外，我有一些从福建移居香港的朋友，知道我想做台湾文学研究，每次回乡都带一点台湾书籍给我。1984年我第一次去香港，是为我参与编写的一本介绍福建的资料书、在香港出版的《中国·福建》做校对，这个机会让我结识了一些香港作家。第二年又应也斯的邀请，出席一场香港文学的研讨会。当时台湾文学书籍在香港书店可以买到，两次香港之行中我买了一些台湾版的图书。再就是靠复印，暨大和厦大的图书馆都有一些藏书，从那些地方复印一批资料。后来两岸有了交往，图书采购渠道比较通畅，资料问题也就比较容易解决了。

龙：您什么时候开始和台湾作家联系？您曾编过一些台湾作家的作品选集，是他们提供的资料吗？

刘：1982年在暨大开会，秦松来了，当时他在香港，后来才知道，他50年代就在台湾写诗和画画，是纪弦的现代诗社的成员和台湾现代版画会的创始人。这是我认识的第一位台湾作家。1984年第一次访问香港，经《良友》杂志的主编古剑和三联的编辑舒非（都是厦门老乡）介绍，认识了当时在香港艺术中心做事的施叔青，回来我在《人民日报》海外版写了一篇散文记叙这次会面，虽然没有点出名字，施叔青的朋友还是一眼就看出写的是她，从美国打电话告诉了她。第二年到香港开会，讨论 50 年代的香港文学，大陆与会的还有辛笛、潘亚暾、许翼心等人。余光中先生也出席了会议，他对辛笛先生十分尊敬，很早就写过评论辛笛诗歌《手掌集》的文章（题目好像是《给辛笛看手相》），会后特地邀请辛笛先生到他在香港中文大学的家中做客，大陆学者也都在受邀之列，这是我第一次认识余先生。见到台湾作家当然都会得到他们的赠书。那次香港之行我还替单位图书馆购回了几百本台湾文学书籍，海峡文艺出版社知道我有一批资料，便约我编选台湾作家选集，我也想利用编书的机会，细读这些作家的作品，每本选集都附有一篇评论。最初是一本台湾儿童诗选，接着是余光中诗选（这部选集在 2000 年被评为百年来影响中国的百部优秀文学著作，改由中国青年出版社增补再版）、黄春明小说选、施叔青小说选等。值得提出的是 1984 年我曾应出版社要求编了一部《台湾现代诗选》，收录了 40 位台湾诗人的近 400 首（组）作品，厚达 684 页，附有诗人介绍和我的《论台湾现代诗运动——一个粗略的史的考察》一文，是当时介绍台湾诗歌比较完备的一部。可惜遇上"清污运动"，无法出版，至 1987 年才改由沈阳的春风文艺出版社出版。这部诗选在"春风"后来改名为《中国现代抒情诗选·台湾卷》，并多次再版。

龙：韦勒克说，作品选集是文学史建构的重要组成部分，"选择"的同时意味着"排斥"，中国大陆诗坛形形色色的论争，大抵是这样发生的。编选台湾作家选集，是否构成了您后来撰写台湾文学史的冲动？

刘：也可以这么说。80 年代后期，有一个编写台湾文学史的热潮，较早的是庄明萱、黄重添、阙丰龄等合著的《台湾新文学概观》（上）和王晋民的《台湾当代文学》，都出版于 1986 年；翌年又有白少帆、王玉斌、张恒春、武治纯联合主编的《现代台湾文学史》出版；此外还有诗歌史、小说史等文体史和专论多种出版。1988 年，福建省台港暨海外华文文学研究会成立，我和庄明萱被选为会长，便提议以学会名义集合全省教学、科研和传媒各方面力量，做点实事，编写一部通贯古今的台湾文学史。严格地说，80 年代后期仅大陆不足十年的研究背景，尚不具备编写文学史的条件，我知道这时出现的台湾文学史编撰热，实质上是为满足人们对自己关心但却陌生的文学有一个概括了解的需求。因此，如我在《台湾文学史》上卷的后记中说的："这部文学史主要是为对台湾文学尚属陌生的读者提供一份了解彼岸文学发展脉络的初步的读物。"它反映的只是大陆学者头十年研究的最初成果，是台湾文学研究未曾成熟的产物，也是它走向成熟必需的一个过程。

龙：这部文学史影响还是很大的，有学者认为它是迄今两岸最好的一部台湾文学史著作。

刘：这有些过誉。它毕竟是 20 多年前的著作，今天对台湾文学的研究，无论史料的发掘，还是理论的认识，远比当年丰富、深刻许多。今天还有人肯定它，我想是因为它对台湾文学整体观照的理论视野和叙述框架，还有可供参考之处。

龙：台湾文学界和学术界对这部文学史的反应怎样？

刘：台湾文学界和学术界中有一部分学者受意识形态的影响，所以有些对立。与这部文学史前后时间出版的有叶石涛的《台湾文学史纲》和彭瑞金的《台湾文学四十年》，他们秉持"台独"观念，当然无法认同这部文学史，且有许多批评。但叶石涛是我的朋友，送过我他的著作，我对他的著作有一些肯定的表示。台湾成功大学的台湾文学研究所被认为是比较偏"绿"的，但他们选用这部文学史做参考教材。这部书在台湾买不到，有些同学就全书复印，1500 多页装订成几寸厚的一大本。应凤凰教授当时在成功大学台文所任教，说我把同学"害苦了"。我到成大开会，有同学拿着他们的"复印本"来让我签名，使我十分感动。可见这部书在台湾学界还是有一些读者，一些朋友托人来大陆买，买不到就找我要，我前后总共送出了一百多部。林燿德在台湾的《当代》杂志曾组织过一辑关于大陆台湾文学史出版物的讨论，他在《雨后跨海残虹》中对海峡版这部文学史做了较多肯定，他说："就资料汇集的能力，观念的更新，研究的扩张，以及全书规模与文体的整合等层次来看，都是目前两岸最重要的一部台湾文学史。"

龙：为什么不争取在台湾出版？

刘：想过，也有台湾的出版社与我联系过。但 120 多万字对台湾出版社而言是很大压力，他们希望我压缩成 60 万字，分两册出版，不过我没同意。我刚才说过，压缩等于重写，这部反映最初十年研究成果的文学史，已经完成了自己的使命；重写必须体现新的研究成果和水平。

龙：主编《台湾文学史》之后，您又主编了《香港文学史》和《澳门文学概观》，您对中国文学在大陆以外的部分，好像有一个系统的研究规划。

刘：写完《台湾文学史》后，我对于如何建构 20 世纪中国文学的整体视野确定了一个基本想法，中国当代文学的历程不仅有大陆的经验，还有台湾、香港和澳门的特殊历程与经验，此前数十年大陆学者所写的现当代文学史，都只针对大陆的文学现象，不是完整的中国文学史。近代以来，中国一直面临东西方殖民者虎视眈眈的掠夺和分割，使中国南部疆域呈现某种局部的"碎裂"状态。香港在 1840 年鸦片战争后割让给英国，台湾在 1895 年甲午战争后为日本殖民者占领，澳门更早在 16 世纪就被葡萄牙以租借的名义强行占据。这些地区在政治、经济、文化等方面，都已发展成为与大陆有所不同的社会。它们的文学也呈现出与大陆文学不同的进程与形态。我在《文学评论》上的一篇文章《分流与整合：二十世纪中国文学的整体视野》中谈到，文学的分流本来是文学自身矛盾运动的结果，是一个文化命题；然而台港澳文学与祖国文学的分离，是近代以来中国特殊的历史遭遇造成的，它不是出于文化的原因而是出于政治和经济的原因，是一个历史的命题。问题的复杂性还在于，台港澳社会在离开祖国母体以后不同于大陆的发展，这些地区的文学处于不同的文化环境之中，既源于母体，又异于母体，从而呈现出与大陆文学不尽相同的表现形态和运动轨迹，这就使原先的历史命题又叠合在新的文化命题中。我希望通过对台港澳文学的考察，建立20世纪中国文学的整体视野和架构。

龙：我之前查阅过一些资料，您主编的《香港文学史》于1997年8月在香港初版，《澳门文学概观》也于同年5月在厦门出版，您差不多是在同时展开这两项研究工作？

刘：还是略有先后的。1994年我应梁锡华先生之邀到香港岭南学院做客座研究。梁先生的要求很宽松，目的就是让大陆学者来了解香港，结束时只需交一篇相关论文就行。那时《台湾文学史》下卷本刚出版，反响还好。香港三联书店的梅子和舒非提议我继续主持香港文学史的撰写，后来由于种种原因搁浅了。倒是我在岭南学院客座期间，应澳门基金会吴志良先生邀请访问澳门，此行促成了后来《澳门文学概观》的撰写。1996年春天，"概观"的写作已大致完成，基金会以邀我到澳门大学讲学的名义，让我到澳门与合作者讨论初稿。此时香港回归在即，香港作家联会会长曾敏之先生和诗人犁青先生来澳门找我，提议让我主持撰写《香港文学史》，迎接香港回归。曾敏之先生筹集了部分研究经费，犁青先生专门成立了香港作家出版社负责出版。我从澳门回来之后，立刻进入紧张的准备工作。说是一年多时间，其实我对香港文学的观察和思考已有多年，几位合作者也分别应梁锡华和黄维梁先生的邀请，到岭南学院和中文大学做过客座研究。这一年多指的是集中写作的时间。

龙：香港文学存在界线分明的圈子或阵营，本土作家与大陆"南来作家"的文化意识在这块土地互相激荡，这种激荡对香港文学产生怎样的影响？

刘：这是历史的后遗症。香港文学在历史上扮演过多种角色，特别是在抗战初期，大批内地作家进入香港，主导了这一时期的香港文学，使香港成为抗战期间南方的文化重镇。在文学史的叙述上，这一时期的香港文学，与内地文学叠合在一起；解放战争时期，国民党政权的白色恐怖，再次导致内地作家南来,香港又成了左翼文化的重要阵地。然而 1949 年新中国成立以后,大批滞港的左翼文化人北上,一批对新中国政权持反对或疑虑态度的文化人南下,于是香港成为国共两党继续角力的另一个文化战场。香港文学的左、中、右之分就是这样产生的。以政治代替艺术,最终导致二元对抗,使文化环境恶化,当然会损害文学。但香港是个具有包容性和开放性的国际自由港,政治之外还有文学观念、文学流派的不同,传统文化和现代文化的差异,不同的文学观念和流派、不同的文化都可以在这里共生互融,这又是香港社会赋予香港文学发展的文化优势。所以在海峡两岸严峻对立的时期,香港以它独特的地缘优势和文化优势,成为两岸文学可以互相展示的唯一空间。

龙:您写《澳门文学概观》时,选择与澳门的作家、学者合作,这是出于什么考虑?

刘:澳门文学除了古代部分,新文学发展时间较短,相对比较简单。我之所以选择与澳门学者合作,主要是想尝试一种新的合作模式。基于在地视野和本土经验,本土作者有自己的优势和专长,大陆学者对于澳门,未必有他们熟悉。这本书我只写了一篇导论和概述新文学发展历程的第三章。20 世纪 80 年代,从大陆、香港、东南亚移居澳门的新移民很多,他们的到来改变了澳门的社会和人口结构,也改变了澳门的文坛结构。这些合作者都是澳门的新移民,他们既是澳门文学的主角,也是澳门文学的研究者,双重身份的叠合,使这次合作很愉快。

龙:我有一种感觉,《澳门文学概观》出版之后,对于澳门本土学者起到了一种培育和刺激作用,比如郑炜明后来出版的《澳门文学史》,应该也和他当年参与"概观"写作有很大关系。

刘:郑炜明本来就一直在做澳门文学史料的搜集和研究工作,后来到中央民族大学读博士,也以澳门文学为研究课题。他有较好的学术素养,又一直"在场",是一位年轻有为的学者,他的《澳门文学史》是他努力的结果。

龙:您是大陆同时主编过《台湾文学史》《香港文学史》和《澳门文学概观》的学者,如果要说点总体看法,您觉得台港澳三地的文学有什么不同?

刘:这个问题很复杂,三言两语说不清。概括地说,台港澳文学都是在中华文化和中国文学的母体中发展起来的,它们共同秉承的是中华民族的文化精神和文学传统;但由于社会发展的不同,从共同文化母体分流出来的文学,在本土化进程和不同的外来文化影响下,各有自己的发展轨迹和文学形态。台湾文学从明郑以来,以因台风漂流抵台的沈光文为发端,以传统诗文为典范,经历了日本据台的文化挫折和战后两岸疏隔与西方文化的影响,起伏波荡,有着比较丰富、完整的历程。香港文学是伴随香港开埠和社会的国际化而产生、发展的,一开始便有着强烈的都市文化色彩和鲜明的都市文学倾向。澳门的传统文学虽然发端于明末遗民的避居,但新文学发展迟缓,其在历史上作为中西文化交流的驿站和较长时间被葡萄牙占领,催生了一批葡澳"土生"作家和文学,成为澳门文学一道特殊的风景线。它们都为丰富中华文化和中国文学提供了宝贵的经验与文学经典。

龙:从文学方法来看,您认为 20 世纪台港澳文学为华文文学研究提供了哪些启示?

刘:华文文学是个包容广泛的概念。我们通常在两种情况下使用这一概念:一是凡使用华文(汉语)创作的文学都是华文文学,此中当然也包括中国文学;二是专指中国(包括台、港、澳)以外的"海外"华文文学。广义地说,台港澳文学也是华文文学的一部分,它的经验也应当是华文文学的经验。台港澳文学既有自身的特殊性,比如近些年常常有人提起的本土性、后殖民性等。本土性其实是中华文化母体和文学传统在这些地区的适应性再生长,而且,本土性对于抵抗殖民异质文化侵蚀,发展民族文化和民族文学具有积极意义。反过来,外来的异质文化,排除它伴随殖民政治和经济而来的侵略性,带来了一种迥异于本土的文化新质。不同文化的撞击,也意味着本土对于异质文化的吸收,这为丰富文化内涵和文化变革提供了直接的条件。华文文学或隐或现都有一个离开母国的华人对移入国落地生根的融合过程,换句话说,它在居住国的生存与发展必然体现出另一"本土"的呈现,我们在研究过程中不能简单地将其归纳为对中华文化的背离。异质文化空间一方面压抑了中华文化,甚至在种族政治中激起了抗争主题的书写;另一方面又为不同文化类型的交流与对话提供了更加直接的条件。这些都值得我们认真思考。

龙:我记得黎湘萍先生对您的研究有过一段评价。他认为您1986 年提交给第三届台港澳暨海外华文文学研讨会的《特殊心态的呈示和文学经验的互补——从中国文学的整体格局看台湾文学》,是一篇"富于理论想象力的论文,促使祖国大陆的台港澳文学研究从'自为'走向'自觉'"。从 1991 年《台湾文学史》上卷问世,到 1997 年《香港文学史》和 1998 年《澳门文学概观》出版,时间几乎横跨整个 90 年代。他说:"刘登翰先生从提出他的研究构想到完成这一构想,花了十余年时间,这十余年又正是中国发生了深刻变化的历史时期,这一变化反过来也印证了他的'整合'研究中国文学版图的设想,具有一定的前瞻性。从方法上说,刘先生的理论特色似乎也在把'文学研究'与'文化研究'结合起来,这一点显然比许多人先走了几步。"

（《族群、文化身份与华人文学》，自黎湘萍《从边缘返回中心》）我觉得这个评价很中肯。

刘：过誉了。我原来有一个设想，写完台港澳文学史之后，再回到 20 世纪中国文学整合研究上来，但这个计划太大，深感力不从心，此时我的学术兴趣也转到海外华文文学方面，原先的设想只好放弃。

二、华文文学的文化属性与学术范式

龙：1993 年在暨南大学曾经召开过一个华文文学研究机构负责人的座谈会，您有一个发言，提出了"汉语语系文学"的概念，并对华文文学作为一个学科的建设，提出了一些建议。您对华文文学的关注是否从这个时候开始？

刘：可能还早一点。当时我还在做台港澳文学研究，事实上最初的研究都把台湾移居海外的作家，如聂华苓、於梨华、白先勇等当作台湾作家来评论，这使我不能不思考台港澳文学与华文文学这个更大的概念的关系。

龙：从 80 年代至今，30 年过去了，您仍认为华文文学研究还是一个不成熟的学科。我也同意这种看法——可能有学者反感这一判断，30 年对于一个学科来说，不长，但也不短。如果跟 80 年代开始的比较文学研究进行对比，二者的学科设置时间是差不多的，为什么很少有人说到比较文学不成熟的问题？是不同学科各有特点吗？

刘：比较文学也曾经面临这个困扰。比如从 20 世纪 50 年代韦勒克提出"比较文学的危机"，到近些年米勒在苏州大学提出类似的观点，说明这个学科同样具有危机感。不过，"成熟"与否是一个主观的判断，当代文学当时也被认为不成熟。从学术史角度来看，华文文学一直是一个发展中的概念，从命名到概念内涵阐释游移不定，就是典型的明证。受当年"台港澳暨海外华文文学"这一学科背景影响，有些大陆学者认为"世界华文文学"不包括中国大陆的文学——至少在研究实践上是这样，在大陆的学科分类上似乎也是如此。这样一来，使号称"世界"的华文文学成为一种"不完全"的文学和研究，也导致大陆作家与其他地区和国家的华文写作的"对话"的缺席。事实上，这种"对话"是十分重要的。华人的世界性生存和华文文学的世界性存在，都不能缺少中国本土这一最庞大的华人和华文的存在，否则无从比较。这一分歧至今尚无结论，作为一个学科，说它不成熟，是显然的。不过，不成熟也有两重性，至少它为后来的研究者提供了更大的可拓展空间。

龙：记得您对"华文文学"这一概念内涵进行过谱系梳理。您认为华文文学概念本应包括中国文学在内，但在后来的使用和研究实践中，实际上专指海外华文文学。那么我们能否离开中国文学谈论海外华文文学？

刘：肯定不行的。大陆学者当初关注海外华文文学，是在打开国门以后，惊异于大量海外华文书写的存在。最初关注的重点是海外华文文学对中华文化的传承，即华文文学所表现的中华性；后来才注意到了海外华文文学在异文化环境中文化传承的变异。从"异"中之"同"的追寻，走向"同"中之"异"的辨识，认识是发展的。海外研究者的观察可能是倒过来的，先从文化延播的同中之"异"，看到异文化环境中文化坚守的异中之"同"。不论国内还是国外，实际上都有一个重要的参照对象，那就是中国文化精神与中国文学传统，假如这一参照对象在华文文学研究中缺席，就无法做出真正有学术启发性的研究。

龙：如果我们要进一步追究的话，造成这种"不成熟"的原因，主要是海外华文文学及其作家的问题，还是中国学术界的问题？或者换句话说，是华文文学自身的历史因素，如创作实绩、身份模糊、思考深度等造成的，还是由于学术界对其展开研究的理论方法准备不足？其中可能还包括某些学者对华文文学存在的偏见，认为不足以从审美的角度谈论华文文学作品，只能从文化、语言、生存、身份等层面获得讨论的意义。

刘：归根结底还是研究者自身的问题。其实，审美价值是重要的，但对于华文文学而言，你提到的文化、语言、身份、生存等不也同样重要吗？中国学者容易从自我文化立场出发，关注海外华文文学创作对中国文化的传承，而海外学者则更喜欢探讨主体与异质文化相遇产生的融合与变化。从问题角度来说，华文文学不论它是成熟还是幼稚，只要它作为一种现象存在，就具有研究的价值，"价值"本身是不确定的，并非只有成熟的文学才值得研究。我们谈论学科的不成熟，其实主要还是研究者自身存在的问题，包括概念、命题和研究方法，这些都没有受到足够的重视。

龙：您曾经提到要对华文文学一些基本概念进行清理，当前学界在概念、理论术语使用方面仍然混杂，这些基础性的工作需要尽快完成，杨匡汉和庄伟杰那本《海外华文文学知识谱系的诗学考辩》是一份及时的研究。即使他们对个别概念的考辩未必权威，但却发出了一个非常明确的信号——正本清源是人文科学求真的前提。

刘：概念是从研究对象来的，但同时，概念又是研究的前提。华文文学作为一门新兴的学科，必然会生产出许多新的概念。对每个概念都要从命名、范畴到内涵有清晰的界定和诠释。否则，概念的糢糊必然带来研究的混乱。作为一门学问，华文文学确实有它自身的巨大价值，但是还有很多重要的挑战要面对,诸如经典的产生、理论的建构、方法的建立等。这是一个系统工程,不是依靠哪一种理论工具就可以形成的。我们强调学术研究的问题意识,就是始终要去追问其价值所在。同时要在各种不同的理论思潮中,明确它的文学定位,不管用什么方法,保证我们探讨的是文学,而不是理论先行,只把文学充当论据。

龙:斯皮瓦克在讨论比较文学时使用了危言耸听的"一门学科之死",不管是真的担忧,还是一种策略,学科确实要考虑其潜在危机。比较文学经历了一百多年的发展,出现了不少学术经典,产生过很多重要的学者。韦勒克在1958年发表《比较文学的危机》一文,他认为比较文学一直没有独立的研究内容和方法,现行的研究手段主要从相关学科借鉴过来,关键是,这门学科似乎没有边界,可以毫无节制地蔓延。就内容而言,华文文学似乎没有什么困难,关键是方法,或者说,如何促使研究朝规范的方向前进,成为华文文学学科需要积极应对的危机。您很早就强调方法的重要性,如何看待华文文学存在的这些问题?

刘:有着百余年历史和建树的比较文学尚且如此,何论只有30多年经历的华文文学研究,它离成熟尚远。在华文文学面对的诸多困惑中,一个突出的问题是方法论。有海外学者批评大陆的华文文学研究缺少方法,虽不能一言以蔽之,但问题确实存在。目前的一些研究,不少尚局限于对作品的审美解读(有的甚至连审美解读都谈不上),这肯定不能充分揭示出华文文学迥异于其他学科的独特的文化内涵和思想意蕴。这些年情况有一些改变,饶芃子教授最先将比较文学的研究方法引入华文文学研究,同时也将华文文学导入比较文学研究范畴,扩大了华文文学研究者的理论视野;一批经过比较严格训练的博士、硕士研究生加入华文文学研究队伍,他们的学术优势之一是在方法论方面的自觉,这对于研究的质量提升有重要意义。

龙:这是一个积极的信号。这些年我读到一些博、硕士论文,深感到他们无论在论题的选择、理论的视野或方法的探索上,都带来一股新的气息。这或许是您曾经说过的,华文文学研究的未来在年轻学者身上。

刘:方法论问题不能仅仅只是照本演义曾经流行的西方理论,诸如文化批评、后殖民、女性主义等,这只是一方面;另一方面是,理论和方法要从自己的研究对象来,使理论、方法和对象彼此相洽。这就涉及另一个或许更为重要的问题:对华文文学学科性质的认识。我曾经有过一个设问:华人何以文学,文学如何华人?几百年来华人漂洋过海,远离祖国家园,足迹遍及五洲四海,绵延数代,他们在海外生存,不论他们是经济移民还是政治移民,也不论他们是主动移民还是被动移民,从生存而言,他们已经落地生根;

但他们何以还要重新回到自己的语言故乡,用略已陌生的祖辈的文字,来文学地表达自己;他们有什么特别的情愫需要倾诉,而华文和华文文学又能为他们在异域的生存和异文化环境中带来什么？这是对华文文学何以产生的究问。那么,华文文学如何满足华人的精神需求,建构他们在异邦的族群记忆和文化空间,抒写他们异域的生存经验和文化经验,这就成为他们在异域生存中一种自我的族群建构或族群文化建构,使看似纯粹审美的文学行为,同时成为华族文化或华人政治文化的一种行为,这也是对华文文学"如何华人"的考问。华文文学迥异于其他文学的独特品性和特殊价值就在这里。

龙：是的,学术规范必须面对自己的对象;同时必须把华文文学放在一个更大的文学场域中进行观察、比较,这样才能对华文文学的特殊品性和价值有更深的认识。在研究方法的层面上看,也是如此。您曾经批评过华文文学研究对于中国现当代文学研究的依附性,这或许受制于现行学科设置的局限,也可能与最初的华文文学研究者大多都从现当代文学研究转行而来有关。习惯性的研究思维,容易看到华文文学与现当代文学的"同",而忽略它与现当代文学的"异"。搬用现当代文学研究的现成思路、论题和方法,都可能遮蔽我们对华文文学特殊性的认识。

刘：在我看来,所谓海外华文文学,其实就是中国海外移民及其后裔的文学。移民和移民的生存状态,应是海外华文文学研究的背景和起点。他们在异国土地和异域文化环境之中谋生或创业,面临着对移入国及其文化的适应和认同,他们携带而来的中华文化,也在融摄异质文化的传承中发生变异,这些都必然或显或隐地融入他们的文学书写之中,形成他们新的书写传统。这就出现了许多其他文学所无法替代的新的概念和命题,例如华人、华族,华族文化,华人多元跨国的离散生存和中华文化环球性的网状散存结构,离散、散存和离散、散存的聚合,海外华人的世界体验与母国回眸,移民的双重经验与跨域书写,等等。华文文学的独立性应该建立在这些特殊的命题上,华文文学的理论和方法也应当是为回答这些问题而来。理论、方法与对象的自洽性,这是华文文学学科走向成熟的标志。

龙：目前华文文学似乎还有待进一步形成真正的学术范式,您觉得华文文学应该如何建立自己的学术范式？

刘：我始终认为,建构一门新的学科有两个问题需要解决：首先,确立华文文学作为学科对象的自身独立性,必须让华文文学从目前依附于中国现当代文学的学术状态中解脱出来,获得独立的学术价值和学科身份;其次,建构具有自洽性的华文文学批评理论体系和话语。

龙：何谓自洽性？是指具有完整意义的体系和自身特色吗？

刘：所谓自洽性，不仅指批评理论的完整性和系统性，而且是说这一批评理论体系必须和作为自己对象的华文文学相契合。理论应该从对象中来，从华文文学自身实践中升华起来，不仅能够诠释具体的文学现象，特别是那些特殊的现象，还能对其他学科具有启示意义。当然，凡是文学都有一些共同性的问题需要面对，也有一些互通互鉴的理论和方法可以共享；但作为一门独立的学科，我们关注的不仅是文学普适性的价值，更是能彰显其特殊性质和价值的那些东西。既然华文文学不同于现当代文学，也不等于比较文学，便一定有它迥异于这些学科的特殊的问题，面对这个特殊性，建立华文文学自身的理论和方法，不仅回答本学科的特殊问题，也为其他学科提供有效的启示，这才是我们的目标。

龙：您曾经提出过一个"华人文化诗学"的概念，是希望通过它来建构华文文学自洽性的批评理论吗？

刘：理论、方法的普适性和特殊性，使华文文学研究在方法论上可以有多种选择。华人文化诗学只是我们从文化批评的角度对华文文学研究在理论方面的一种探寻。2004 年我和文学所的同事刘小新合作发表在《东南学术》上的这篇文章，副题虽叫"华文文学研究的范式转移"，其实也只是探讨建立一种新的批评范式的可能。所以该文从"'华人'：一个概念的重新辨识"开始，阐释华文文学的特殊性质和价值；通过对文化诗学的理论回溯，企图建立以华人主体性为中心的诗学批评，包括重新认识文学的文化政治功能，重新建立文学的历史维度，建构文化诗学的文学批评方法学。华人文化诗学的核心是华人的主体性，从以往以中国视域为主导的批评范式，向以华人为中心的"共同诗学"与"地方知识"双重视域整合的批评范式转移，突出华人主体性——"华人性"的中心价值，并将其转化成华人生存经验和文化经验的一系列文学命题。对于实践，理论既是后设的，又是先导的。华人文化诗学的构想，还有待更多批评实践的验证和丰富。

龙：华文文学的诗学批评尽管还处于建构阶段，我们已经看到它正在刺激着华文文学研究展开更加多元的学术思路。

三、通往华文文学的"大同"之路

龙：您收入世界华文文学研究文库的一部学术自选集命名为《华文文学的大同世界》，这来源于一篇论文的标题，其实文章发表时并不是这个标题，说明您对于"大同"这个词本身进行过细致的思考。众所周知，"大同"是中国古典时代对于理想社会的一种政治性想象，消除差异，具有浓厚的乌托邦色彩。华文文学何以"大同"？或者说，"大同"如何可能？

刘：这篇论文最初的题目是《华文文学：跨域的建构》，是从华文文学这一概念的形成着眼的。后来改为《华文文学的大同世界》，并用来作为我对这一领域研究的总括，更强调它的世界性视野。从原初意义来看，"大同"是对界域的消解，华文文学的"大同"只是一种整体视野的考虑，既有文化层面的考虑，也有学术层面的设想。世界华文文学包括不同区间，比如东南亚华文文学和北美华文文学，而在东南亚华文文学内部，又可分为马华文学、新华文学、泰华文学、菲华文学、印尼华文文学等。1988 年新加坡作家协会与歌德学院联合主办的"第二届华文文学大同世界国际会议"最先提出这一概念，我同意并接受了这一概念。

龙：那次会议美国华人学者周策纵提出了"双重传统"与"多元文学中心"的观点，影响深远。

刘：正如周策纵先生所说，华文文学本来只有中国一个中心，由于近百年来华人的迁移离散，在世界上已经形成了很多华人聚居的地区，并演化为华文文学的不同区域。站在华文文学的原初起点，我们需要有一种全局性的眼光，探究不同国家和地区华人共同拥有的语言和文化背景，同时也要能够深入这些空间和背景的内部，这是我们获得与异质文化对话能力的前提。但是，华文文学的世界性存在，还有一个相对应概念，即华文文学的本土性——它在母土的发生和成长，这样才构成了这一概念的辩证两面。

龙：是不是可以这样说，认识海外华人和华文文学，就是为了更好地认识我们自身和我们赖以存在的文化处境？

刘：是的，华人在海外的生存经历了从华侨到华人再到华裔的身份变化，文化的坚守和文化的变异，是必然的过程。有些情感是不变的，有些情感则是变化的，对这一点如果不了解，无助于我们准确地把握这一复杂的对象，也就容易从自我中心出发，一厢情愿地看问题，看不到事物发展和变化的实质。所以我们才需要中国本土的华文文学走出中国本土，形成与世界华文文学不同区间的"对话"。华人的世界性生存提供不同于本土的生存经验和文化经验，只有以多元的整合性视野，才能真正认识华人不同的世界性生存和华文文学的价值所在。

龙：这其实是把界域重新确立起来。必须确立边界才能谈论"大同"吗？华文文学如何从学术层面加以整合？

刘：近 30 年我们的研究不断拓展和转换学术空间，从台港澳到海外，从东南亚到美欧，再到澳大利亚和新西兰，对区域文化有了一些了解。近年我曾经想把对台湾文学、香港文学、澳门文学及海外华文文学的一些思考重新清理一下，把它们变成一个系列。这篇文章谈一点观念，那篇文章谈一个想法，割裂严重。我希望能把它们整合在一起，归纳成几个问题，如：华人的世界性生存与华文书写，"华人"概念的产生和身份变化，华人为何文学，文学如何"华人"，华人生存的双重经验和华文书写的跨域与离岸，华文文学与母国文学和移居国文学的辩证关系，华文文学文本价值的多重性，等等。

龙：这是您在文化诗学中提到的一个观点。

刘：这个思考还不是很成熟，需要把一些散落在不同文章中的观点重新整理，首先清理出一个更具有逻辑性的表述；其次我想谈的是文学如何表达文化，文化又如何在写作中表现华文价值。我的另外一篇文章提到建立华人文化的理论体系，我觉得华人文化的核心问题就是如何认识和建构"华人"这个存在，国内学者看华文文学基本上还站在中国的视野，但是华文文学的一个重要部分海外华文文学或称海外华人文学，却是离开了中国境遇的世界性生存，必须超越本土主义的视野才能深入理解他们的生存经验与文学书写。

龙：本土主义视野容易把华文文学当成彻底的他者。

刘：现在有必要进入华人主体生存角度去看这部分文学，华人为什么需要文学，肯定不仅仅是审美的需要。值得注意的是，像东西方地区的华人/华裔作家对华文文化的认同存在很大差异，这和主体文化层次、生存条件、文明模式、价值理念、生活习俗都有深刻关联。还有一个问题谈的就是我们今天为什么研究华人文学，因为研究华人文学跟研究福建文学、广东文学等区域文学并不相同。主要是从华人的生存实际去研究，他们的生活状况、精神状况其实与整个中国在世界范围内的处境相关，所以我们能看到，华人在东南亚、北美、欧洲等不同的文化地域中的写作精神存在很大差异，背后都有主体精神状况的因素在支撑。这些差异必须经过深入比较才能发现。随着中国在世界舞台上扮演的角色越来越重要，华人、华语、中华文化的地位必然要超越过去和当下，这是一种总体趋势。

龙：将来还会有更多不同的视角产生，我们要建立一种具有超前性的学术意识，打破铁板一块的观念结构，就像萨义德在西方学术话语结构中看到内部的裂隙一样。关于"华文文学"这一命名和内涵的思考，其实也在不断游动。马华学者黄锦树在1990年提出"马华文学"命名的商榷，应该算是最早涉及这一思考的学者之一。后来引起马华文坛争论的《"马华文学"全称之商榷——初论马来西亚的华文文学与华人文学》发表于1991年的《星洲日报》，这一问题引起马华作家甚至马华族群的思考，原来他们一直念念不忘的并不单纯是一个华语问题，而是事关华人的写作权力，到底是纠缠于语言的内部使用,还是要扩展到族群的文化选择。正是在这个考虑中,华人的非母语写作成为一个"有价值"的研究现象,以前他们是不太关心的。

刘:这是介入这一领域的方式、视野在发生变化,不止涉及"华文文学"的命题与内涵。我们面对的对象是华人写作这一具体问题,华文当然是首要的、最见分量的部分,但不能完全局限其中。类似"马华文学"的修辞方式,我们提出了"世华文学",有学者利用汉字的多义性,认为"世华"的"华"字包括两个层次:一是外在层次的语言方式,即用汉语/华文作为书写的媒介工具;二是内在层次的中华文化,这是世华文学的精神内质。我以为还应该包括第三个层次:创作主体的华人或华裔,即在海外所谓的超越了语种的族性规定、包括了华语和非华语的书写。但即使非华语的文学书写,仍有一个文化的核心问题,既源于中华文化又不完全等同于中华文化的华族文化。我认为不同层次的区分,能够包容性地回答一些曾经争论不休的问题,即所谓华文文学还是华人文学等的争论。开放的视野是赋予学科生命力的必要条件。如果以华文文学学科划定一些相关学科作为交叉学科范畴,那么相关度较高的学科应该是中国语言、文化、移民史、华语传媒等,但是这种交叉对象是根据研究实践来设置的,要看讨论的问题是什么。假如讨论美华文学的身份表达,相关知识对象可能就是美国史、移民潮、种族政策、唐人街、知识移民、台湾留学生、新移民,以及不同移民类型的生存方式,还包括介入主流社会的程度、知识分子写作与唐人街的底层写作分野等问题。

龙:所以您提到"语种的华文文学""文化的华文文学""族性的华文文学"及"个人化的华文文学"。现在"华语语系文学"似乎很流行,很多学者都在参与讨论,您有什么看法?

刘:王德威提出的"华语语系文学"观念,是在中文书写的越界与回归中,作为一个辩证的起点去探讨中文书写如何承载历史中本土或域外经验,如何在不同语言文化环境中想象中国历史,这是多元视野和不同立场产生的学术魅力。我不认为与华文文学有什么根本的对立和差异。

龙:您认为"华语语系文学"这一命名的提出有没有学理方面的盲点或局限?

刘:华文文学和其他语系文学有一个根本的不同。目前世界上存在的英语语系文学、法语语系文学、西班牙语语系文学等,是近代殖民扩张的后果,殖民宗主国逼迫他们的殖民地人民使用其语言,即便在殖民宗主国退出以后,这种语言现象作为后殖民遗蜕仍普遍存在,这是王德威曾经敏锐发现并指出的。然而他却忽略了,华语的文学书写与其他诸如英语语系、法语语系、西班牙语语系的文学不同,它是伴随华人的世界性移民而来的母语书写,是在抵御异质文化的困扰中构建华族身份和文化记忆的坚守。无论在西方还是在东方,即使在某些华人经济占有优势的国家,华人和华文都是弱势族群和弱势语言,完全不同于殖民宗主国的语言霸权和强势。对于被殖民国家而言,伴随着殖民而形成的前殖民地国家和地区的所谓英语语系文学、法语语系文学等,是语言殖民的结果。相对而言,华文(华语)主要是在华人圈子流通的母语,对华人而言,是一种母语书写,而曾经被殖民国家的英语、法语、西班牙语等,则是一种被迫的非母语书写,这是必须分清的。

龙:这种忽略是不应该的。华语的使用不是建立在暴力基础之上的,它始终只代表华夏儿女对自身民族文化符号的深刻坚守。华文文学是一种抵抗遗忘的策略,而以上提到的语系文学则建立在消解记忆的基础之上。

刘:华文文学学科建设既要有海纳百川的胸怀,自觉与世界进行学术对话,但也要体现出学术的自信和自立,开创出具有自己感悟和自我特色的理论话语。本土学者之所以有条件,是因为他们始终处于华语文学的出发地。

龙:我想,这就是您所看到的"大同",所谓有海水的地方就有华人,有华人的地方就有华文文化和华文文学。中华文化和华文文学是华人浪迹天涯、寄身四海的精神家园。置身于中华文化和文学的精神原乡,我们研究华文文学有理解源头的优势,也有责任把华文文学这一门学科建设得更好。

2013 年 12 月 3 日—2016 年 2 月 12 日

(本文采访整理:龙扬志为暨南大学中文系副教授,硕士生导师)

我与台湾文学研究

——刘登翰先生访谈录

刘登翰/张羽　王莹　卓慧

一、刘登翰先生与同时代的台湾文学研究者

张羽(以下简称张)：刘老师，很高兴您能接受我们的访谈。您是大陆台湾文学研究的先行者。近年来，我们一直想通过访谈，记录研究者的切身经历，理解研究者的心路历程，不知您对这次访谈有什么建议？

刘登翰(以下简称刘)：谢谢你们付出时间和精力来做这样一件看似寻常却极有价值的工作。我参与台湾文学研究虽然较早，但不是最早的一批，介入的时间也不长。大约从 1982 年广州暨大第一届香港台湾文学研讨会开始，到 20 世纪 90 年代中期，便逐渐由台湾文学研究转向香港、澳门和海外华文文学的研究，以后又做两岸文化和闽南文化研究，包括其实是属于民间文学和华侨史范畴的《过番歌》研究，同时也兼及一点艺术评论，真正专注于台湾文学研究总共只有十多年时间。此后虽仍时时关注，但已基本很少再写关于台湾文学的文章了。2000 年，我在《台湾研究集刊》上发表过一篇聚焦大陆台湾文学研究 20 年的文章，正题是《走向学术语境》，对我所经历过的这前后 20 年的学术进程，做了一点观察和分析。最近我重读了这篇文章，觉得其中的一些基本认识和判断，仍然可供参考。

张：请问您是怎样进入台湾文学研究领域的？

刘：说来有点偶然，甚至有些"荒诞"。1980 年，因为福建省海关要清理"文革"期间积压下来的境外寄来的印刷品，于是，通过省委宣传部要求社科院文学所派人参加清理。那时我刚调到文学所临时负责，就请了文学所包恒新和张默芸两位同志去海关参加清理。据他们回来说，这些印刷品堆了一大屋子，除了少数外文版，大部分是香港、台湾出版的。其中也有少量文学书籍，像钟肇政的《台湾人三部曲》、琼瑶的《我是一片云》、金庸和梁羽生的新武侠小说等。我从他们带回来审读的图书中第一次看到台湾的文学作品，感到和大陆的出版物相比，台湾的文学作品除了繁体字和竖排，没什么

两样。那时社科院已开始准备把台湾文学列入研究的方向,所以参加清理的包恒新和张默芸成了社科院最早开始台湾文学研究的学者。

张:您也是从这个时候开始接触台湾文学的吧?

刘:不,我还要晚些。那时朦胧诗还在热烈争论中,我还在做新诗研究。只是后来有个契机让我转移了学术方向。

张:什么契机?

刘:20世纪80年代初,随着台湾作家、作品被逐步介绍到大陆,一个台湾文学研究热潮正在酝酿。最初敏锐感受到这种氛围、也最早起步的是邻近港台的粤闽两省的学者。1981年,就有广东学者联合福建学者开始筹划召开香港台湾文学研讨会,几经周折,终于在1982年5月在暨南大学举行。会议的主办单位有七家,广东方面有暨南大学中文系、中山大学中文系、华南师院中文系和设立在广东的中国当代文学学会的台港文学研究会,福建则有厦门大学台湾研究所、福建社科院文学所和开始出版台湾文学作品的福建人民出版社。与会者以广东、福建的最多,但也有来自北京、上海、广西、四川、山东、湖北、吉林、甘肃的学者。福建去了七八个人,由福建人民出版社副社长杨云带队。我当时尚未进入台湾文学研究领域,是作为发起单位的代表前往"听会"的。

张:那次会议的情形怎样?

刘:那时出席会议的境外作家主要来自香港地区,有高旅、彦火、海辛、陶然、梅子等人。还有一位秦松,他最早的身份是画家,20世纪50年代就是台湾现代版画会的发起人,同时也写诗,加入纪弦的现代诗社,后因一幅版画作品被台湾情治单位质疑有"反蒋"字迹,无奈避走美国,后来一度来到香港,而后再回美国,算是台湾的代表吧。曾敏之当时从暨南大学调到香港主持《文汇报》工作,在暨南大学仍有教职,是这次会议及后来华文文学学科的推动者和主导者。因为这是大陆学者和境外作家、学者共同举行的第一次学术会议,虽然提交的论文不多,也很难进行深入的学术对话,但是一种开创,有一种新鲜感,会议还是开得很成功。会后出版首届研讨会的论文选,以后每届都出版会议论文集,算是对这一学科的发展系统保存了一份完整资料和见证。

张:可以说这次会议集中了大陆研究台湾文学的最早一批学者。

刘:是的。当时台湾文学研究刚刚起步,能够进入这一研究领域的,大多是因特殊原因能够接触到香港、台湾文学资料的人,不是谁想研究就可以轻易进行研究的。据我所知,最早进入这一研究领域的学者,如封祖盛、王晋民、武治纯、古继堂等,都有一些特殊的原因。封祖盛有亲戚在台湾,70

年代末,他去香港和台湾亲人会面,留居香港一段时间,得到了不少台湾文学的资料,便开始研究。大陆第一本关于台湾文学的专著——《台湾小说主要流派初探》便是他写的。这本书1983年由福建人民出版社出版。他在书中将台湾的现代小说分为乡土派和现代派两大流派进行探讨。王晋民则是于70年代后期去美国探亲,在那里接触到许多台湾文学作品,便开始著文介绍和研究。其专著《台湾当代文学》是由70年代末开始撰写的许多单篇论文结集补充而成的。这本书在1986年由广西人民出版社正式出版之前有个自印本,是后来许多台湾文学史的滥觞。武治纯在中央人民广播电台的对台播音部工作,由于工作关系可以接触到台湾的报纸杂志,他把报纸副刊上的文学作品剪辑下来,积年累岁,他对台湾文学的研究便是从这里开始的。不过他的研究比较集中在早期乡土文学方面,后来结集出版了一本题目叫《压不扁的玫瑰花——台湾乡土文学初探》的书。与武治纯相仿的是古继堂,他也因为工作关系较早接触到台湾文学而进入研究。还有一位复旦大学的学者陆士清教授,是在另一种情况下接触到台湾文学的。70年代后期回来访问的台湾旅外作家如於梨华、聂华苓等,都到过上海,与之有所交流。他为於梨华的长篇小说《又见棕榈,又见棕榈》写过专文,推荐给福建人民出版社,这可能是大陆出版的第一部台湾作家的长篇小说;担任这部长篇小说责编的福建人民出版社编辑林承璜,也随之加入到最初研究者的行列。70年代后期,陆士清开始在复旦大学开设台湾文学作品选读课程,也出了专著;而差不多同时,庄明萱、黄重添、阙丰龄等也利用厦门的地缘和文化优势,在厦大开设台湾文学课程,厦大算是大陆最早把台湾文学列入大学课程的单位。1986年他们根据讲稿整理出版的《台湾文学概观》(上、下册)应是大陆最早出版的一部台湾文学史(从该书的版权页上看,略早于王晋民的《台湾当代文学》)。20世纪70年代末,刚组建的福建社科院文学所也开始把台湾文学列入学科研究的重点,最早开始研究的主要是包恒新和张默芸,包恒新出版了《台湾现代文学简述》,张默芸后来出版了评论集《乡恋·哲理·亲情——台港文学散论》。广东方面除了中大的王晋民和深圳大学的封祖盛,暨南大学的潘亚敦和许翼心(后调广东社科院文学所)也是最早的一批研究者。广州与香港的比邻之便,使他们的研究重点集中在香港文学方面。

在这群学者之外,还有另外一个群体,也从70年代后期加入介绍和研究台湾文学的行列。这是一群来自台湾或与台湾有密切关系的研究者,如自1946年起先后任台湾《人民导报》《大明报》《民报》和《中外日报》等报社记者,因参加"二·二八"事件受国民党当局通缉而返回大陆的周青,他以亲历者的身份写过不少文章,如《从乡土文学窥视台湾意识》《台湾乡土文学与爱国主义》《朱点人的几篇小说初探》及《评吕赫若的几篇中文小说》等;又如台湾新文学拓荒者张我军的儿子张光正(何标),在编辑《张我军全集》的同时,还写了《近观张我军》等书,他们都为早期大陆的台湾文学研究提供了翔实的史料和独特的视角,做出了重要的贡献。

张:这次会议对您的影响如何?

刘:与会之前,我对台湾、香港文学可说一无所知,我是作为福建社科院的代表前去听会的。记得会议期间有个晚上,许翼心来我宿舍聊天,他很健谈,那晚聊到半夜两三点,跟我谈了很多香港和台湾文学的情况,提到了许多作家和作品的名字,我都闻所未闻,听得我一头雾水。后来我常说我做台湾、香港文学研究,是受许翼心的启蒙。这次会议让我朦胧地感到,在中国大陆以外,还有一个同属于中国却不同于大陆的另外一种形态的文学存在,对于锁闭多年的我们,这是一个尚未被我们认知的神秘的领域。我对于台港文学研究的兴趣,便从这次会议的启蒙开始。

张:可不可以说,这是您台湾文学研究的开始?

刘:不,还稍晚一点,那时我的兴趣和精力还集中在当代诗歌研究方面,但这次会后就开始关注台湾文学。有事没事总爱到图书馆翻翻台湾报刊,特别是诗歌方面的资料,一看到就信手抄录下来。那时正在筹备撰写当代诗歌史,便想应该把台湾诗歌纳入其中,所以特别上心。1984 年,第二届台港文学研讨会移师到厦门,我全程参与筹备。这回是主人了,不能再当旁听者,便结合我所接触到的台湾诗歌资料写了一篇文章:《论台湾的现代诗运动——一个粗略的史的考察》,这是我关于台湾文学的第一篇论文,因为文章太长(两万多字),那届会议的论文集只摘登了其中两节,全文一直到五年以后我编选的《台湾现代诗选》几经周折在沈阳春风出版社出版时,才作为附录与读者见面。

张:当时您做研究的资料查找容易吗? 如何使用这些研究资料呢?

刘:当时福建社科院把台湾研究作为一个重点。图书馆辗转从香港进口了一些台湾图书,不过大部分是政治、经济方面的,偶尔也有点文化和文学的书,但订了许多台湾报刊。福建社科院文学所把台湾文学研究列为重点以后,图书馆也开始进口文学方面的图书了。1984 年我第一次到香港,是为参与编辑的一本介绍福建的工具书《中国·福建》去做校对。去之前向社科院申请选购一点急用的图书。当时在香港买书要用外汇,社科院没有外汇,便写了封信让我到福建派驻香港的窗口公司——华闽公司借了五千港币。当时台湾的图书在香港都可买到,从大陆的眼光看虽然价格不菲,一本二三十元（那时大陆一般的图书一本才两三块钱），但五千港币也可买个两百多本；加上香港天地图书公司的总经理是我南安的宗亲，买书都给折扣，而且都是我自己挑选的急用的书，带回来虽只两三百本，但很管用，这是我做台湾文学研究的最初资料来源。其次，我有一些文学朋友从福建移居香港，像张思鉴（诗剑）、郑梓敬（巴桐）等，还有同是福建老乡的彦火、梅子等，以及广州会议认识的朋友如海辛、陶然等，他们听说我想做台湾文学研究，每次回乡或者见面，都会给我带一点书来。他们寄给我们共同朋友范方的书，如《台湾十大诗人诗选》等，也转到我的手中。香港著名的小说家海辛，还把他珍藏的《覃子豪全集》第三卷（评论卷），张汉良、萧萧编的《现代诗导读》一至四卷等都寄给我。第三个来源是靠复印，厦大的台研所、暨大图书馆的藏书，还有一些个人的藏书，都复印了许多。所以我常怀感激，没有这些因缘和朋友们的帮助，我的台湾文学研究就不可能进行。这也可见早期研究在资料获取上的困难。当时的情况是，你有什么资料就写什么文章。所以我曾经讲过一句话，早期的台湾文学研究就跟瞎子摸象，你摸到了肚子就说是一堵墙，摸到了大腿就说是柱子。用经济学的术语来说，这是一种卖方市场，是研究对象选择研究者，而不是研究者选择研究对象。

张：您曾说过，早期的台湾文学研究既得益于政治，又受困于政治，这是为什么？

刘：这是我在《大陆台湾文学研究十年》（写于 1989 年 3 月，原载于台湾出版的《台湾文学观察》创刊号，后收入论文集《台湾文学隔海观》，台湾风云时代出版公司，1995 年）中说的一句话。我认为 20 世纪 70 年代末开始的台湾文学介绍和研究有两个背景：其一，1979 年元旦，叶剑英代表全国人大常委会发出《告台湾同胞书》，海峡两岸持续 30 年的严峻对峙由此开始松动；两岸几乎完全隔绝的血缘文化，也由此有所交流。台湾文学的介绍和研究，是在这一松动的政治背景下才得以进行的。因此，在初期，这一研究便不能不蕴含着一定的政治意味，使它有着超乎研究自身以外的其他价值和意味。我举了当时人民文学出版社出版的台湾小说选、散文选、诗歌选为例，说明最初的介绍和研究，受制于彼时的政治环境和氛围，在价值取向上难以摆脱特定政治尺度的影响。其二，大陆台湾文学研究的起步之日，恰是台湾乡土文学论争的结束之时。这场深刻影响台湾文学进程的思想论争，同时也成为台湾文学研究的一个重要的思潮背景，影响着此时开始的大陆研究者对台湾文学的选择、评价和认识。台湾乡土文学论争作为一个有着广泛意义的政治文化运动，其所张扬的民族精神、现实关注、本土意识和对台湾现实政治经济的批判，对扭转台湾自 50 年代以来的"西化"思潮，改变文学的历史进程,具有重大作用。但这场论争所观照的主要是作为政治层面的文学或文学的政治层面,并非文学本身或文学的全部。在这样思潮背景下开始的台湾文学研究,在价值取向上自然有着浓厚的政治意味。尽管最初带来台湾文坛信息的,是一批带有现代倾向的台湾旅外作家,但很快介绍的重点便转向乡土文学,甚至以此为"正统",存在着褒"乡土"、轻"现代"的倾向。我说的"既得益于政治,又困囿于政治",主要是指这一方面。

张:这种状况持续很久吗?后来有了怎样的改变?

刘:其实,这一对政治过分倚重的倾向,与大陆同期文学观念变化的趋向是相反的。80年代以来大陆文学观念的变化,是从摆脱文学从属于政治的"工具说"开始,逐步使文学(和对它的研究)回到文学(和对它的研究)自身。这自然要影响大陆的台湾文学研究,让它回到文学的本位。事实上,即使是70年代末的最初介绍,也并非所有的研究都从政治出发,我指的是当时的一种政治氛围,提供了研究的可能,同时也影响了研究的深度;随着改革开放的提出和深入,文学研究也接受了西方的各种文化理论和批评观念,不仅从大陆学者较为熟悉的政治学、社会学、历史学、美学来观察和分析台湾文学,也从人类学、文化学、民俗学、语言学、心理学及近年轮番流行的现代、后现代、后殖民、存在主义、形式主义、结构主义等来观察和分析台湾文学,视野的开阔和研究的深化,使大陆的台湾文学研究突显其多元化的学术色彩。我在2000年撰写的《走向学术语境——大陆台湾文学研究二十年》一文中强调和肯认的,便是从政治本位向学术本位的回归,"走向学术语境"已逐步成为大陆研究者一种普遍的学术自觉。

张:就您亲历和比较熟悉的大陆头二十年的台湾文学研究,您认为主要学术成绩是什么?它对于重新认识中国文学的重要意义是什么?

刘:这是一个从无到有的研究过程。我曾经在一篇文章中说过:台湾文学的"重新发现","它带给中国当代文学研究的,并不简单只是一个量的增加,而是一种结构性的变化"(《分流与整合:二十世纪中国文学的整体视野》,载于《文学评论》2001年第4期)。因为在此之前的中国文学研究,实际上只是中国大陆文学的研究。没有了无论在文学形态还是运动方式上都与中国大陆不尽相同的台湾文学(还有香港和澳门文学),就不能说是完整的中国文学研究。从20世纪80年代开始并逐步深入的台湾文学研究,提供给了我们在大陆文学以外不同的文学经验和经典。如何描述和整合台湾、香港、澳门的文学进程和经验,是重新认识20世纪中国文学发展的一个新的课题。台湾文学研究的意义首先在这里。这是从80年代进入台湾文学研究的那一代学人开始就确定的目标。

张：具体而言,从 80 年代到 90 年代,台湾文学研究在哪些方面取得新的进展?

刘：这是不好回答的问题。2000 年,刘俊教授曾做过一份调查,他对 1979 年到 1999 年 20 年间入选人大复印资料"中国现当代文学"专辑的台湾文学研究论文进行数据分析,发觉后十年入选的论文较之前十年,增加了 79.5%,说明后十年的研究无论在质或量上都有较大提高,因而也获得学界更多的肯定与重视。前十年得风气之先的主要是广东、福建和作为中心城市的北京、上海的学者;而后十年研究的阵营则明显地由南向北、由沿海向内地城市发展,包括江西、江苏、安徽、辽宁、吉林、四川、陕西,乃至遥远的甘肃、新疆,都有从事这一领域研究的学者和机构。与这一研究布局全面铺开同时发生的,是研究人员构成的变化,特别是一批经过学院专业训练的硕、博士研究生加入,并逐渐成为学术中坚。他们知识构成上的前卫色彩和学术朝气,给学科质量的提升和与境外学术界的对话,都带来了新的气象。不容忽视的还有,这 20 年逐渐完善的将科研、教学、出版三者联成一体的学术网络:从中央到地方,在研究系统、大学系统和其他社会系统,都成立了许多研究所、研究中心、学会等机构;还定期或不定期地举办大型或中小型的研讨会,出版台湾文学学术期刊,等等。研究初期备受困扰的资料问题,经过 20 年的积累,已不再成为研究的瓶颈。这一切虽不属于学术本身,但外部研究环境和条件的改善与优化,对研究本身将是很好的助力。

张：如果从学术内部看呢?

刘：最大的变化就是我前面说的:走向学术语境。从学术的立场出发,台湾文学作为中国文学一个特殊部分,之所以存在,首先是由于它的文学价值,它在另一种社会文化环境中不同于大陆文学的存在形态、发展轨迹及其所提供的经典。认识到这点,寻求在中国历史的大框架中,建立一种超越意识形态局限的、对文学自身人文价值及其多元形态发展的研究,已经成为大陆台湾文学研究的认识基础和两岸作家学者共同追求的目标。正是这一学术立场的转变,才开阔并深化了大陆台湾文学研究的学术视野和分析深度。

张：您曾经提出整合性研究,请您谈谈是在何种学术背景下提出的?

刘：是的。相对于早期因资料欠缺的零星研究,整合性研究是在对资料有了相对完整把握之后的一种研究;它既是对文学的一种整体的观照,也是把台湾文学重新放在中国历史大背景和大框架中认识和研究的一种视野。无论对文学做综合性的描述,还是对作家作品做个案分析,都必须具有这样一种宏观的历史性视野。进入大陆台湾文学研究的第二个十年,这类整合性研究成为一种突出的现象。无论是文学史、文体史还是不以文学史名之却有着类似内涵的专题性论著竞相面世。其原因种种,或者是两岸可以直接交往,资料获得比较容易;或者是经过十年的研究积累,有了可以进行综合论述的基础;此外,我认为还有一个更为重要的原因,初期研究缺乏整体观照的"瞎子摸象"式的写作,让人们(研究者和读者)迫切需要了解台湾文学的总体情况,以利于更准确把握和深入研究个案。我认为这一时期出现的许多文学史、类文学史写作,都是为满足人们对自己陌生的文学所做的一种概述性的描述,是台湾文学研究的初期现象,也是我们从不成熟走向成熟的必然的中间过程。虽然这类写作弊端很多,但却不能没有。

二、关于《台湾文学史》编纂背景与写作

张:1991 年、1993 年,您参与主编的两卷本《台湾文学史》先后出版,总计 120 万字的体量,是否也是出于前面所提到的读者对了解台湾文学总体情况的迫切需要呢?

刘:是的。我曾经在这部文学史的"后记"和其他文章中多次表示:"这部文学史主要是为对台湾文学尚属陌生的读者,提供一份了解彼岸文学发展脉络的初步读物",是现实的一种需要。一个有趣的现象是编写台湾文学史的热潮出现在 80 年代末 90 年代初,进入 2000 年以后,无论是史料的掌握还是研究的深度,都较前 20 年进步许多,按说编写台湾文学史的条件更完备了,但却很少见有这类文学史著作出版,足见这类文学史或类文学史的出现,是一个特定时期的现象。

张:能否介绍一下您参与主编的这部文学史的写作情况?

刘:好的。1988 年 10 月,福建省台港暨海外华文文学研究会正式获批成立,推选了我和庄明萱当会长(双会长)。这是全国第一个专属台港和海外华文文学研究的省级民间学术团体,其时全国性的学会尚在筹备中。研究会成立伊始,我就想应当有一些实际作为,才不致让其流于形式。当时有一个编写台湾文学史的热潮,率先出版的是庄明萱、黄重添、阙丰龄等人的《台湾文学概观》(鹭江出版社,1986 年)和王晋民的《台湾当代文学》(广西人民出版社,1986 年)等。这些大都是在 80 年代中后期出版的著作,给了我们启发,但也让我们感到不满足,便萌生了利用我们集体的优势,将之作为研究会的一项实务,共同来编写一部台湾文学史的想法。鉴于此前出版的台湾文学史只有现当代部分,我们拟议这部文学史应当全面涵盖台湾的古代、近代、现代和当代文学,因为只有这样才能充分论证台湾文学与中国母体文学的渊源关系和文学发展的全过程。这个想法我曾经和研究会的朋

友交流过,获得了他们的赞同,特别是得到海峡文艺出版社社长林正让和台港暨海外文学编辑室主任林承璜的支持,表示愿意承担出版费用。1989 年11 月,研究会在泉州召开了台湾文学史编撰课题论证会,在取得一致的肯定意见后,1990 年 1 月又在福州讨论了全书的架构和上卷的编写大纲及分工,接着便紧锣密鼓地进入了写作阶段。由于分工的执笔者都对所承担撰写的章节有相当的研究积累,所以进度很快。半年以后,由包恒新和汪毅夫分别撰写的古代和近代部分率先完成。6 月,在福州召开了第一批初稿审读会;接着我承担的总论部分和庄明萱等承担的现代部分也相继完稿。9 月,在厦门召开了第二批初稿审读会,进入修改阶段。11 月,修改后的稿子由我和黄重添进行最后统稿。由于两次审读会都有负责出版的海峡文艺出版社的责编、同时也是该书主编之一的林承璜参与,因此节省了审稿的时间。实际上《台湾文学史》上卷只用了一年半时间,从拟订提纲、撰写初稿、统稿,到审稿、出版,一气呵成,在 1991 年 6 月就与读者见面了。下卷是当代部分,情况复杂,头绪繁多,规模也更庞大(85 万字),也存在许多敏感论题。有鉴于此,我们首先希望在文学史的叙述中确立一个论述框架,作为全书的指导;然后在文学史的分期、思潮的更迭和作家的定位等方面,完成全书的架构;不仅注意到不同时期主导性文学思潮的发展,还重视与之相对峙的另一些文学思潮的演进和影响,以及不同文学思潮的冲撞、刺激、互补、起落和转换,从而努力呈现出不同时期文学多元化的"场"的态势和张力。下卷花了将近两年时间完成初稿撰写,经过统稿和审稿,于 1993 年 10 月出版。上、下两卷共约 120 万字,从 1990 年 1 月讨论提纲到 1993 年 10 月最后完成,前后用了 3 年多时间。

张:应该说这是很快的速度。

刘:因为是集体写作,是作为福建省台港暨海外华文文学研究会的一个共同项目,参与撰写者多达 16 人,各人承担各自熟悉的部分,完成的进度当然会快一些。当然,合作著书也会有它自身难以避免的弊端,这也是这部书常被诟病的地方。我自己也常受到这样的批评,因为不仅《台湾文学史》,还有后来我领衔主编的《香港文学史》与《澳门文学概观》,也都是集体写作完成的。于此,我内心有一种不得已而为之的苦衷。我是在 40 多岁(1980 年)以后才有幸回到学术岗位的,面对台港澳和海外华文文学这尚未被太多关注和论述的新的学科,我有太多奔涌而来的新鲜感受和思考想要表达。然而一部《台湾文学史》就够我用尽余下的半生岁月去书写。何况当时我还有一个不切实际的"雄心",希望在做完台港澳文学史之后,重新回到当代文学,超越地域和意识形态局限,写一部包括台港澳的 20 世纪大中国文学史。

个人无力完成，我只好寻找志同道合者，将我对于台港澳文学的思考化作共同的观念，利用集体的力量来完成我个人力所不逮的希望。《台湾文学史》及后来的《香港文学史》与《澳门文学概观》，就是在这样的背景下完成的。我在《香港文学史》的后记中，有一段话谈及集体写作："合作研究并非绝不可为，也非必得为之，就看你做什么课题和怎样进行了。尤其是像这类主要是为读者提供一份他们急需了解却尚属陌生的文学现象的概括性的初步描述，合作研究反倒具有集思广益、利于发挥个人长处和时间快的优势。我们在合作中注意做到：一方面对全书基本观点和整体布局进行充分的讨论，形成共识，作为统摄全书的精神和纲领，以使分别的撰写有所规范；另一方面在各人分工的部分里，充分尊重执笔者个人的研究优势和学术见解，以使他们在共同的合作中有一个可以充分发挥自己才识和相对自由的空间。"（《香港文学史》，人民文学出版社，1999 年）《香港文学史》这样做，《台湾文学史》也是这样做。

张：您这里所说的"统摄全书精神和纲领"的基本观点，指的是不是您曾经提出的"分流与整合"观念？

刘：这是其一，当然还有其他。"分流与整合"是我在主编《台湾文学史》《香港文学史》和《澳门文学概观》过程中逐渐形成和明确的一个观念。2001 年，我有一篇论文题为《分流与整合：二十世纪中国文学的整体视野》（《文学评论》2001 年第 4 期），其实这个认识在我开始处理台湾文学与中国母体文学关系时就已形成。1986 年，我在提交第三届台港暨海外华文文学研讨会（深圳）的论文《特殊心态的呈示和文学经验的互补——从中国当代文学的整体格局看台湾文学》（《文学评论》1987 年第 4 期）中，就潜隐着这样的观念；后来我主编《台湾文学史》，特别是我写的总论部分，就贯穿着这个思想。

张：我注意到黎湘萍研究员有一篇文章论及您提交深圳第三届研讨会的那篇论文，他说这"是第一篇从当代中国文学的整体格局去考察台湾文学的价值的论文"，"这篇富于理论想象力的论文，促使祖国大陆的台湾文学研究从'自为'走向了'自觉'，开始有了比较确定的研究方向，并为自己找到了较为宽广的视野和比较明确的理论基础。您此后担纲主编的两卷本《台湾文学史》（1991、1993）、《香港文学史》（1997）和《澳门文学概观》（1998），似乎就是试图去实现这篇论文所提出的完成呈现中国文学的抱负"（《族群、文化身份与华人文学——以台湾香港澳门文学史的撰述为例》，收入黎湘萍论文集《从边缘返回中心》，花城出版社，2014 年）。

刘：是的，这一直是我用来解读台港澳文学与祖国大陆文学渊源关系和在历史坎坷中分分合合的一把钥匙。我在《文学评论》上的那篇讨论"分流与整合"的文章中,希望把我来自台、港、澳三部文学史撰述中的感性认识,提升为一种理论概括。从哲学的层面上看,分流(或称分化、分蘖)和整合是文化矛盾运动的一种普遍形式;文学也一样,每个时代的新的文学或文学思潮总是在旧有文学或文学思潮背景下,离析分化出来,在融摄新的文化因素和时代要求上,整合建构成适应新的时代要求的新的文学。然而出现在台湾、香港、澳门的与祖国文学的分流,不是文化分流带来的,而是外来殖民统治者对于中国社会强力分割的结果。也即是说,它不是文化的命题,而是历史的命题。然而问题的复杂性还在于,这些地区被分割、疏离以后,文学生成和发展的社会文化环境也发生了变化,导致分流之后这些地区的文学也呈现出不同的形态和进程,最初造成分流的历史命题又成为一个新的文化命题。20世纪中国文学的发展,特别是其与被分流的区域文学的关系,便是在这样复杂的历史命题与文化命题的交错遇合中进行,而呈现多元轨迹的。对社会外力分割造成文化命题的考察,同时也是对社会分割之后文学新态的考察,是一个问题的两面,是一分为二(多),而又合二(多)而一。对文学分流的考察,旨在建立一个能够整合所有分流地区文学创造与经验的20世纪中国文学的整体视野和架构。这是编撰台、港、澳三部文学史的初衷。

张:《台湾文学史》出版以后,反响如何呢?

刘:今天看来,这部文学史无论在理论上还是在资料上,都存在许多缺点,它反映的只是大陆对台湾文学研究最初十年的认识,与今天的许多比较深入的研究相比,不可同日而语。但在当时反响还好,被认为是同时期同类著作中较好的一部,报刊上有过一些评论,可惜我没记存下来。2007年,由中国出版集团牵头,邀约其他出版机构,"收选20世纪以来我国出版的哲学社会科学研究、文学艺术创作、科学文化普及等方面的优秀著作和译著"出版的"中国文库"第三辑,收入《台湾文学史》,由该出版集团旗下的现代教育出版社重排为三卷本出版。此或可作为《台湾文学史》在大陆评价的一种参考。但在台湾地区的反响则差别较大,肯定的、批评的都有,可说毁誉参半。某些带有"台独"倾向的学者,持严厉的批评态度。其实,只要谈及台湾文学是中国文学的一部分,他们的神经便受不了,就要恶言暴语。我并不以为《台湾文学史》不可以批评,更不认为它没有缺点。这部文学史作为我们最初十年的研究成果,体现的也是那个时期的认识和水平,与今日诸多大陆学者的研究深度,已不可等同视之。但批评要在学术层面上展开,用偏激的"台独"观念来恶语相向,那就没有了对话的可能。作为两岸交流初期那个时代的产物,《台湾文学史》是个客观存在,即使在政治观念上有所不同的认真学者,也不会轻易绕过。有一次,我到台南成功大学开会,时在成大台湾文学研究所任教的应凤凰教授半开玩笑地告诉我:"刘先生,你把我们同学害苦了。"原来他们把《台湾文学史》选作参考教材,在台湾买不到,就只好去图书馆借来复印。后来果然有同学捧着几寸厚的《台湾文学史》的复印件让我签名,120万字,厚厚的一摞,真让我感动。

张:台湾学者彭瑞金在谈到大陆的台湾文学研究时,也提到过您那本书。他认为大陆的台湾文学研究是"恐龙主义",在他看来,大陆的台湾文学研究都是大的框架性的研究。陈芳明则认为大陆学者"东方主义式的书写策略"下,有建构中国霸权论述的苦心。我觉得对于大陆过去的台湾文学史的评价,应该要还原到当时的那个具体的历史语境中去看待。

刘:我在写《台湾文学史》的时候,还没到过台湾。我是到过香港,然后在香港找了一批资料,买了一批图书。当然,还有一部分研究资料主要来源于当时能够看到的台湾报刊。这样一来,我所搜集的很多是第二手资料,人家批评,我也不太敢反驳。但是在我的印象中,该书出版后,林燿德曾经在台湾的《中国论坛》做过一期题为"雨后跨海残虹"的大陆台湾文学研究专辑,对这个版本的《台湾文学史》持较多肯定的态度。他说:"就资料汇集的能力,观念的更新,研究的扩张,以及全书规格与文体的整合等层次来看,都是目前两岸最重要的一部文学史。"当然也有人批评这部文学史框架过大等。但是我以为这些批评应当还原到当时具体的历史语境中去看待。这部文学史确实体现的是大框架与大视野,如我前面曾经说过,当时在大陆做台湾文学研究,有点像瞎子摸象,多是个案研究。台湾文学的总体样貌如何?怎样发展?从何而来?向何处去?这些问题是当时大陆读者和研究者亟须了解的。恰好,1988年福建省台港暨海外华文文学研究会成立,需要共同来做一些事情,我们就选择了合作撰写《台湾文学史》。之前我也做过一些比较宏观的研究,如80年代与洪子诚合作撰写《中国当代新诗史》,我写的第一篇台湾文学论文也是对于台湾现代诗的宏观研究。其实,宏观研究和微观的个案研究并不矛盾,宏观必须建立在微观的基础之上,微观必须有宏观作指导,二者是相辅相成的。我的诗歌研究基本是将宏观与个案结合起来。如我跟朱双一合著《彼岸的缪斯——台湾诗歌论》,除了总体论述之外,我们还分别写了二三十位台湾诗人论。而做文学史不同于研究具体的作家作品,文学史要把握全局,必须要有大的视野,在此之下,还必须深入思潮和作家的个案。

三、"文学的握手"——闽台作家的互动

张：您第一次去台湾是什么时候？

刘：我是 1991 年岁末第一次去台湾的，是福建省赴台湾进行文化交流的第二批次。第一批次是做南音研究的两位福建籍学者——王耀华、刘春曙，他们应泉州籍台湾作曲家许常惠的邀请，在 1990 年到台湾进行南音交流，成为台湾当局正式批准的、以台湾为第一目的地的大陆学者。而我是应台湾艺术家李锡奇介绍，接受当时张帝任董事长的"中国研究文教基金会"的邀请，与时任福建省作家协会副主席兼秘书长的小说家袁和平一起，作为第一批大陆作家正式应邀访台。张帝是第一届台湾的"立法委员"，曾于 80 年代末应文化部的邀请，率领台湾艺术界访问大陆。李锡奇是那次访问的美术方面的副团长，与张帝相熟并被聘为基金会顾问。当时两岸交流还不顺畅，只有通过团体邀请并经当局批准才能赴台。据我所知，除了探亲以外，我们是大陆最早被正式邀请访台的作家。因此，《人民文学》杂志行前就向我们约稿，回来之后，我们合写了一篇五万余字的见闻录《台湾半月行》，作为头条发在《人民文学》1992 年 5 月号上。

张：是什么机缘使你们在 1991 年成为首访台湾的作家？

刘：这里有一段曲折的经历：1989 年福建省作协原计划在九月举办"海峡诗人节"，邀请函也发出去了，却因为突来的事件无法按时举行，只好推到第二年。那次"海峡诗人节"既请了台湾诗人、作家、艺术家，如洛夫、姜穆、李锡奇、古月等，也请了香港诗人秦岭雪、张诗剑、傅小华等。由当时担任作协秘书长的袁和平主导，我全力协助。那次活动办得很成功，我们从厦门出发，经泉州、莆田到福州，然后上武夷山，再回到福州，正是中秋佳节。十多天时间，一路参观、座谈、赏月、吟诗，大家都成了无话不谈的好朋友。尤其是李锡奇、古月夫妇最为活跃。分别的时候，李锡奇表示，一定要请我们到台湾去。就因为这次机缘，我和袁和平在当年岁末就被邀请去了台湾。

张：那个时候台湾的学界知道您参与主编的那部《台湾文学史》吗？

刘：我第一次访问台湾时，《台湾文学史》刚出了上卷，下卷才交稿。不过，台湾媒体曾经报道过，还把叶石涛的《台湾文学史纲》、彭瑞金的《台湾文学四十年》等和我们这部文学史放在一起讨论，说是大陆和台湾的四部文学史在角力。那次赴台，我带了几本刚出版的《台湾文学史》上卷，送给台湾学界的朋友。

张：这些年来您多次去台湾，有哪些难忘的经历？

刘：我第一次到台湾认识了龚鹏程和李瑞腾。那个时候他们都在淡江大学，龚鹏程当时是淡江大学文学院院长，不满40岁。后来他到"陆委会"当文教处处长，但很快与当时的"陆委会"主任政见不合，在《联合报》上发表了一篇文章，便挂官拂袖而去。后来我有一次应台湾青年写作协会的邀请，在曾永义和林燿德的接待之后，便由他陪同访问了台湾许多平时不易接触到的地方，如设在森林里的毛毛虫小学。那所小学由台湾一群怀抱教育改革理想的"海归"博士创办，学校不排课程表，由学生自己选择上课，爱上什么就上什么，完全尊重学生和发挥学生的能动性。对这个试验性的学校，台湾社会也有许多争论。还记得有一次我刚到台湾，当晚朋友聚会，到12点多才回到宾馆，一进房间就看到床上摊了一叠资料，还有一封邀请信。原来李瑞腾、向明、萧萧、白灵等人刚刚创办的一个诗歌刊物的创刊号上有一个批评大陆对台湾诗歌研究的专辑，邀我在第二天的讨论中做讲评。这确实给我出了难题。不过我想，大陆学者对台湾诗歌不够了解而带来批评的失误，也正如台湾学者对大陆学界的不够了解而带来他们反批评的过度解读一样，关键在于善意的沟通和互动。这篇发言后来刊在那份诗刊的第二期，把一件件本来负面的尴尬事，从正面化解了。

张：那个时候两岸作家首次相处，会不会有点尴尬？

刘：两岸本来就是一家，语言相通，文化与共，没见面时还担心如何相处，一见面就如相识已久的老朋友。还是在1992年第一次访台，痖弦在《联合报》召开座谈会，白先勇、朱西宁都参加了，大家相谈甚欢，最后李锡奇说，两岸关系如果像我和袁和平的关系就好了，我们早统一了。当然，初次交往也会有误解。那次，李锡奇和商禽陪我们到日月潭，路过台中，曾经在会议上认识的白萩、林亨泰、恒夫（陈千武）和岩上几位文友来接，驱车在台中浸游。我们交谈都用闽南话，特感亲切。突然陈千武问我："刘先生，你懂我们台湾话，为什么不回我们台湾来？"我只好笑笑回答他："你说的台湾话和我说的厦门话都是闽南话，我们祖先都从中原来，闽南话是保留古代中原语音最多的汉语方言。"的确如一位台湾学者说的，政治让人分开，文化让人亲近。

张：那时候两岸艺文界的互动情况如何？

刘：随着两岸交往的深入，两岸的互动也日益频繁。那时候我差不多每年都会去一两次台湾。随着结交的朋友越来越多，互相邀请的机会也越来越多，主要是开会、访问、讲学。记得有一次活动特别有创意。由《联合报》副刊主编痖弦策划，与福建省作协合作，邀请了台湾五位祖籍闽南的作家——廖辉英、简媜、阿盛、侯吉谅和王浩威，由当地一位作家陪同，回到各自的原乡访问。他们分别来自安溪、平和、龙溪和南安。行前,他们都拜访了族中老人,翻阅族谱,甚至爬上供桌查看神祖牌,寻问自己的祖先是怎样从深山里走出来,跨越大海,落足台湾。访问之后,大家聚集福州,以"文学的握手"为题举行两岸作家座谈。再之后是回到台湾,五位作家各以自己原乡访问的经历和感受,为《联合报》副刊撰写一整版文章。该报连续刊载了一个星期,最后由叶恩忠整理了座谈的记录《文学的握手》。这件事在台湾曾被评为十大文化新闻之一,我也曾就此事撰写了一篇万余字的长文《情切原乡路》,获得中央人民广播电台"海峡情"征文的一等奖。相较曾经被冰封的两岸文学,热络的文学交往、互动,是我们民族文学发展的一个黄金时期。

四、刘登翰教授与《过番歌》研究

张:您的家人有过番的经历吗?(过番,是离开故土,到番邦谋生的意思,通常是指下南洋的意思,南洋即指现在的印度尼西亚、新加坡等东南亚国家。)

刘:我的家族好几代人都有过番的经历,他们一般到了 16 岁就开始下南洋讨生活。而我小学毕业的时候刚好迎上了解放战争胜利的时候,因此家族里我这一辈的人才得以不用下南洋讨生活,包括我的一位小叔叔。

我最近从我叔叔那儿找到一张老照片。因为在这张照片里,我的父亲当时还是个小孩子,所以我推测这张照片应该是在 1910 年左右拍的。那么,这张照片到现在已经有一百年的历史了。在这张全家福的照片里,小孩子都坐在地上,而我的曾祖母站在曾祖父所坐的位置右手边。仔细观察可以发现,曾祖父的右手边是中国女人,而他的左手边是菲律宾女人。因此,我得知我的曾祖父那一代就开始下南洋讨生活。我的家族之前有一个不成文的家规,那就是家族里的人到南洋讨生活后还是必须回到老家结婚,在老家生孩子。而这些第二代的孩子读到小学毕业后,也要下南洋讨生活。《过番歌》大概反映 19 世纪末 20 世纪初的生活,所以我做《过番歌》的研究有些家庭背景的因素,包括我做海外文学的研究都有一些家庭背景的因素。

张:您收集了很多《过番歌》吧?

刘:《过番歌》我收集了很多,里面大概有七八首是长篇的,差不多都四五百行,还有八九十首短篇的。出版社已经约稿,并排了书目,可惜没时间整理。

张:这些《过番歌》作为民间文学的重要一部分,作者是否可考?流传的地域都在哪里？

刘：没有作者，地域是关于福建地区的，以闽南为主。

张：有台湾的吗？

刘：台湾的也有，我有些资料是从台湾收集到的。因为当时印成歌仔册，就是说唱唱本，当时唱本在台湾大量保存，而大陆很多都流失了。

张：您的意思是说这些《过番歌》流传到台湾，对台湾有影响？那么，您最初的《过番歌》资料是怎么收集来的呢？

刘：不只有影响，《过番歌》还大量在台湾出版。而我最开始的《过番歌》资料是怎么来的呢？这里面有特别的机缘。一个法国社会科学研究所的教授叫苏尔梦，她在"文革"前到武汉大学历史系读书，一年后"文革"开始，她就离开了。她和她的丈夫，即法国远东学院的著名汉学家龙巴尔先生来的时候带了一本《过番歌》，她不懂闽南语，让我帮忙翻译。60年代初，原籍荷兰、后在法国从事东方文化研究的施博尔教授，利用到台湾考察道教科仪的机会，广泛搜购流于民间的俗曲唱本。1965年10月，他在《台湾风物》15卷4期上发表了《五百旧本歌仔册目录》一文，记载了他所搜集的部分俗曲唱本，引起文化界的极大关注。《过番歌》即为其目录所开列的一种。这篇文章转给了苏尔梦，后来苏尔梦就带着里面这部《过番歌》给我，让我给翻译。

张：这是哪一年的事情？

刘：1989年秋天，法国社会科学研究所的苏尔梦教授带着这部《过番歌》找到我。我陪她在闽南转了20天，又在安溪发现了《过番歌》的另一个版本，从300多行发展到大概500多行。后来我就开始翻译，同时开始写关于《过番歌》的论文。关于这首《过番歌》的异本、流行，大概写了几篇文章。后来我发现还有好几个版本，有一首很长，有700多行，写的是传教士如何在当地招募华工，路上怎么走，怎么死人、暴动，阿英编的《晚清文学丛钞》里面有一篇《苦社会》，里面写的情形和《过番歌》里面的描述几乎一致。前不久，陈益源教授知道我在做《过番歌》研究，但实际上我是1991年、1992年就开始做了。他知道后就来找我，刚好他也在收集这部分资料，后来我们就计划编一个《过番歌集注》，他有学生来整理，说要在台湾出版，估计快要出版了。

张：那这本书要不要在大陆出版呢？

刘：大陆现在情况是这样的，鹭江出版社可以出版，也申请到了出版经费。我准备每一篇写上一个详细的收集过程，在哪儿收集的、谁唱的、最初见于哪里、流传情况和简单介绍等。但是那个歌本身是需要录入的，就是这一点让人很挠头,里面都是闽南方言,里面有很多字都是不常用的,是要造字的。看出版社能不能请到人,把这些材料输入。这个里面涉及华侨史,也有关于东南亚的一种民间记忆。因此这个材料我是要出一本书的,具体能做成什么样只能尽力而为,但是资料一定要整理出来。

张:你们为何会想要一起编《过番歌集注》呢?

刘:因为这部分资料还没有人有,所以我在大陆这边找,陈益源教授也很兴奋,比如说我在安溪找到了一首,他在台湾那边找到这首更早的版本。他找到的资料也证实了我对《过番歌》流传的一部分猜测。《过番歌》基本都是从闽南传出去的,大概内容就是离开家乡沿路走的地名,如何想家,又如何回来。内容基本都差不多,唱词也差不多,只是地名不一样。这就是民间文学,异本有很多,都是民间的集体创作,流传过程中演唱者自己就进行修改。因此我觉得很有意思,一直在做。比如今天看到一首就收集了,这样一点点地收集了,长此下来就收集了这么多。计划将出版大陆和台湾两个版本。

张:请问您如何看待未来两岸之间,特别是闽台之间的文化交流?

刘:我的意见是不要太多介入"台独"的声音,因为那样基本就是鸡同鸭讲。我们一说台湾是中国的一部分,他们就没办法接受了。所以建立在这种层面的基本就没法讨论,而且基本也都不是学术层面的。我觉得今天真正的学术层面的交流,可以对话的基本都很融洽;不可以对话的,永远是一种对立的立场。今天,民间的文化交流渐渐地成为主流。我关注的是家族的文化交流,姓氏宗亲。这个是比政治更深入民间、更大量的交流。陈水扁、吕秀莲返乡祭祖,族长叫三叩头,他们也要照做。第二个是宗教,这是最大规模的,我来厦门后才注意到宗教的力量。实际上,现在妈祖文化节活动每一届都有几万人参加。还有保生大帝,各个地方大神,都有很多信众,打破了政治的分界。台湾竞选时不管谁进了神庙都一样,都要先去拜拜。两岸文化交流,虽说目前的政策还没有完全明朗,但是民间层面的交流是不会受影响的。民间的力量推动两岸的交往,例如当初由共同的妈祖信仰促进了两岸客运直航的新突破。

访谈时间:2016 年 3 月 18 日、3 月 31 日、5 月 9 日
访谈地点:厦门国贸广场

　　(本文采访整理:张羽为厦门大学台湾研究院教授,两岸和平发展协同创新中心教授,王莹为两岸和平发展协同创新中心博士生,卓慧为两岸和平发展协同创新中心硕士生)

郭志超：思维的双翼

——刘登翰的研究艺术

唯物辩证法是认识事物的不二法门,刘登翰将之化为文化观,化为台港澳暨海外华文文学研究的方法论,使其思维及其外化的语言呈现双翼之美,形成极具特色的研究艺术。

文化与历史齐飞,文学共文化一色。刘登翰的台港澳暨海外华文文学研究中,历史、文化是文学的题中之义。由历史而文化再文学,是他的研究逻辑。以辩证观驾驭文学观,使得其文学研究呈现思维的双翼形态。

在刘登翰的视野中,"台湾、香港、澳门与祖国大陆的文学分流,是建立在共同文化基础上的文学,处于不同社会背景下的各自发展。民族文化的同一性,是分流的前提,也是整合的基础。分流是文学发展的'同'中之'异',而整合则是寻求文学发展的'异'中之'同'。'同'是基本的,基础的。而'异'是在'同'的文化基础上呈现的不同形态和进程,而不是另一种新质的文化或文学"。台港澳都经历过殖民统治,这影响了这些地区文学进程,形塑了这些地区文学的特殊形态。无论"同"中有"异",还是"异"中有"同",都表明一点,建立在民族文化同一性基础上的祖国大陆文学与台港澳文学,无论其形态有多么不同,其面临的文化命题的挑战和困惑都是一样的。民族文化的同一性,是它们各自发展的基础,也是它们得以整合的原因。

甲午战败,马关割台,台湾所遭受的殖民统治带来的灾难最为惨烈,心理创伤最为深重,这种创伤即使在光复后仍绵延不断。刘登翰指出:"台湾移民社会的形成和后来的历史遭遇,带来了台湾社会普遍存在的漂泊心态和孤儿心绪,它赋予了台湾文学特殊的'移民性格'和'遗民性格'。"这一特殊的社会情状和情感形态,在两个向度上发展了台湾社会和台湾文学的感情取向和文化纽结。一方面,以大陆为母体发展起来的台湾移民社会,越是在漂离的情况下,越加深它对母体社会和母体文化的体认和皈依的感情。这种以"祖籍意识"为核心,以文化母体为归宗的移民心绪,在历史的发展中,逐渐升华为割舍不断的祖国情结和民族意识,亦即中国情结——中国意识。另一方面,在长期与母体文化疏离的情况下,来自移民祖籍的中原文化,也经历着它在台湾播迁的本土化过程,形成了某些与母体文化迥异的本土属性和本土形态。特别是在异质文化进入的情况下,发生某些变异和新质。它同时造就了一代代移民后裔知识分子对本土文化自我体认的社会情结。这种认同本土的社会情结,便成为后来台湾情结或台湾意识的感情基础。

这两个"结"是对台湾社会文化的准确而形象的概括,是理解台湾文学史的锁钥。日据时期,中国意识中的爱与怨,既是冰炭两极,又同质于淬火。感觉被遗弃固然内蕴皈依,但酝酿的疏离情感,积蓄了本土对于母体的冷视和远视。这种历史纽结不因殖民统治结束而舒解,而是在本土的社会环境变迁中持续发酵,成为触动本土情结异变的暗力。在与大陆政治隔离、社会隔离的情况下,本土相对于原乡母体的异变也会与时俱增。这些理解不见得同于刘登翰,却是借助其观察的透镜而得,可见其"两结"概括的理论张力。

香港文学近代以后不断与外来文化和外来文学冲撞、融摄,经历了从与内地文学的相互延伸到独立品格的追寻这一发展过程。鸦片战争后,香港进入英国殖民式统治时期,英国当局主导的西方文化的潮涨,与香港本土所传续的岭南文化的矜持并存,两者相互冲击又相互渗透。东西文化层次分明又界限模糊。刘登翰接着指出:"这是香港文学所根植的文化土壤和存在发展的文化环境。"他还指出:"一个世纪以来,香港文学所历经的进程,既有着与中国内地文学互相叠合与印证的阶段,也有着逸出中国内地文学的轨迹而呈现出独特形态的发展。"

澳门文学宛若多彩的微型花园。"澳门处于中华文化的南部边缘,但其文化特质上的博大、自足和稳固仍然是澳门的华人所自持。澳门政制虽为葡萄牙文化所主导,但澳门社会却以中华文化为主体。这一'主导'和'主体'的分离形成了澳门十分有趣的文化现象。以葡萄牙文化为代表的西方文化并不能完全进入澳门的华人社会。他形成了与澳门上层的葡萄牙文化社会相对峙的另一个华人社会自足的文化区。"两种文化,"相容并立"。在两种文化的边缘成长的葡萄牙语"土生"文学,则是澳门多元文学的一小元,但在刘登翰看来,却可以成为中国文学整体格局中"有特殊历史涵括和意蕴的一个小小的分支"。

二元结构是刘登翰理论语言的突出特点,它像是对文化和文学勾勒的双钩技法,本质是将唯物辩证法转化为文化和文学的方法论,进而表现为宏观概括和微观点笔。

对于海外华文文学的历史与现状,刘登翰采用"离散性"和"同一性"的表述。"离散"是由迁徙后的"散居"所形塑的,同一性则是中华文化作为共同的本源所决定的。他指出："华文文学不管它们散居于世界哪个角落,都有许多共同的东西使它们具有某种同一性并形成彼此紧密的关系。"其同一性主要是"以中华文化作为共同的文化基础和资源。尽管不同区域的华文文学受到各自区域异质文化的影响,但这些影响并没有从根本上改变华文文学共同的中华文化基础"。

在刘登翰看来,文学既依附于文化,也依附于历史,而文化和历史延续于当下乃至未来。"中华文化成为华侨和华人在海外生存中建构自己身份的文化基础,也成为他们参与所居国多元文化社会建构的文化资源,使中华文化成为传播于世界的最广泛也最重要的文明之一。华侨和华人在进入所居国社会文化碰撞与融摄中,形成了华侨和华人既源自于母国文化,又一定程度迥异于母国文化的独特性,即所谓的华族文化;同时又将这种文化的世界性融入和体验,回馈原乡,成为推动中华文化和中国人感悟世界的现代性进程。华侨和华人的这种世界性的生存和体验,是海外华文文学的发生学进程。因此,研究华人文学不能不追溯中国的海外移民史,追寻华侨华人在海外的生存境况与体验。"

凭借双翼,刘登翰的思考和文字是青云上的翱翔,读者因之有了鸟瞰,有了轻盈。他说:海外华文作家——尤其是第一代的移民作家,国内的经历和文化体验的"故国记忆","是他们进入异邦的人生背景和重新出发的基础与起点,不仅见证着他们的族性血缘和文化身份,而且也是他们跨域的文学书写的素材和进入异邦社会的重要文化资源。他们往往是透过自己曾经拥有的人生经历和文化意识,来观察、辨识、体验、区分、比较和臧否异邦社会的心态和深度。另一方面,他们又拥有另一份异邦的人生经历,不是那种由参观访问得来的浮光掠影的印象,而是真正融入自己血肉和心灵的真实人生的体验……无论他们是投入还是抗拒,喜悦还是怨艾,这都构成他们新的人生内容和新的文化体验。国内的人生经验和海外的人生经验在移民作家那里,形成既互相冲突又互相包容,既互相对视又互相解读的互文性矛盾统一体。由此也构成了他们观察、思考和创作的一种'复眼'式的双重视域"。

刘登翰的思维,不仅宏观上是双翼,在细部的表述上也是与双翼同构的羽状对称形态。上述的"投入"与"抗拒","喜悦"与"怨艾","冲突"与"包容","对视"与"互文",这些对立统一的对应词组,将文化和经历所折射的内心世界揭示得明明白白,正是基于事实的辩证思维。对称的翼、羽的结构之美,缘于洞察方法之善,更缘于搜集的事实之真。

雅文与俚言,文献与田野,也是刘登翰研究路数的双翼。司马迁写《史记》，既用文献也用民间调访资料，成就"史家之绝唱"。

《过番歌》是19世纪末20世纪初流传于闽南、台湾及东南亚华人社区的一部闽南方言长篇说唱诗。20世纪60年代荷兰汉学家施舟人在台湾发表《五百旧本歌仔册目录》一文，其中开列有《过番歌》，并引起关注。《过番歌》全文344行，每行7字，用闽南方言撰写。这部搜集自台湾的《过番歌》唱本，署名"南安江湖客辑"，出版者是"厦门会文堂"，未署出版年。它叙述清末南安县一个穷困农民，漂洋过海到"番平"石叻(新加坡)谋生的艰难过程，是一部用闽南俚曲小调演唱，带有劝世意味的通俗唱本。1989年刘登翰在《过番歌》产生和流传的厦漳泉一带调查，寻访中发现与会文堂《过番歌》不同的另外几种刊本和抄本，并对异本进行了比勘考证。台湾会文堂版《过番歌》的辑者"南安江湖客"，是南安籍地方文人，辑录的是流传于南安的唱词。安溪《过番歌》的最后两句是"若问此歌谁人编，就是善坛钟鑫仙"，约于20世纪80年代油印的安溪《过番歌》干脆注明"安溪善坛钟鑫著"。对照《过番歌》，"南安江湖客辑"的会文版中，其主人公的经历，出洋时沿途所经的路线、地名，都与钟鑫的经历十分相似，只是南安本出洋前的路线地名是南安到厦门，而安溪本则是从安溪到厦门(搭海轮)。《过番歌》有四大段落，分别为辞乡别亲、过番途中、异邦谋生和返归唐山。南安本侧重"异邦谋生"，安溪本侧重"辞乡别亲"。刘登翰认为："它们并非两部独立的作品，而只是流传过程中出现的异本。""钟鑫是不是《过番歌》的最初作者，目前尚缺乏更有力的证据。"

善坛钟姓是畲族，祖源闽西。民国时期，"以歌为言"的畲区，被汉族文人赞羡为"歌国"。畲民擅长七字一句的畲歌，有简短的即编即唱、来自歌本或记忆的山歌，也有固定的几百句的长篇历史歌。畲民钟鑫是民歌好手，除了《过番歌》，他还创作了另外一些山歌唱本。笔者曾听畲族学者蓝炯熹说："安溪畲民已经忘了《高皇歌》(祖公歌)，却能唱《过番歌》。"钟鑫，字文玉，读过六年私塾，22岁时迫于生计，到石叻与槟榔屿谋生，历经艰辛，两三年后空手归来。此后在家务农，常思过番时的辛酸，便编歌劝世。"每吟成一段，必向乡亲好友反复吟唱，不断修改。"刘登翰调查时，能唱《过番歌》的善坛乡亲还很多，他听过善坛十几位老人的传唱，最后以"若问此歌谁人编，就是善坛钟鑫仙"结尾。可惜的是，未能找到那份写有"若问此歌谁人编，就是善坛钟鑫仙"的传抄本。笔者以为，如果没有"若问此歌谁人编，就是善坛钟鑫仙"这一歌本唱尾，源自搜集的油印本的安溪《过番歌》就不会注明"安溪善坛钟鑫著"。善坛为《过番歌》的发祥地，钟鑫为《过番歌》的最初作者，当无疑问。当然，若能继续寻找到新证据更好。

到安溪调访之后的十余年里,刘登翰继续寻找和研究《过番歌》。就他所搜集的资料来看,闽南的《过番歌》显然最多,包括泉州地区的晋江、石狮、惠安、南安、永春、安溪,以及漳州地区的龙海、长泰、诏安、云霄等。但同为侨乡的福州五区八县及宁德的寿宁、屏南、古田等,闽西的龙岩、永定等,三明的永安等,闽北的光泽等,都有《过番歌》的流传。各个地区的《过番歌》所反映的过番情况及演唱的艺术风格也有明显的差异。在广集的《过番歌》中,最引人注意是流传于寿宁的《下西番》,内容是光绪辛丑年(1901)闽人被骗卖"猪仔"到美洲做劳工的事情,刘登翰感悟道:"视野的扩展不仅是量的增加,重要的是它提供给了我们一份从 19 世纪中叶到 20 世纪中叶,一百年来中国人的世界性生存体验。""这些经验催生了中国人世界性生存的危机意识",并激发"国家意识、民族意识、自强意识和乌托邦理想"。

搜集资料如种桑采桑,研究如吐丝织锦。田野工作和资料搜集,是长于分析和理论思维的刘登翰的另一面,这种种桑采桑与吐丝织锦也是他双翼式的科研样态。

刘登翰对《过番歌》孜孜以求,让笔者想起其先人的故事。刘登翰的家族祖居在南安县码头镇一个叫刘林村的乡下,那里至今还存有祖屋。我见过刘登翰曾祖父一家的照片,大约是在 20 世纪 20 年代初拍的。曾祖父英武,目光坚定。青少年时期的祖父清秀,一脸书卷气,而他的父亲、伯伯、叔叔则还是小孩。那时,其祖父正在菲律宾棉兰老岛的纳卯谋生。

闽南移民去菲律宾,一般去吕宋岛,或再转宿务(今属米沙鄢群岛),或继续南下到棉兰老岛。16 世纪麦哲伦探险队航海时抵达宿务,稍后西班牙殖民者占领菲律宾,在吕宋马尼拉建"王城"。马尼拉、宿务所在的岛是天主教区。棉兰老岛是伊斯兰教区,此地伊斯兰教可溯至 13 世纪晚期。菲律宾的华人以吕宋岛居多。我推想,刘登翰的先人,无论有无所成,都要回来娶妻生子,留下香火,再踏上漂泊之路,或数年一返,甚至终生未归。他们最终都把尸骨殖埋在生前浸染血汗的异域土地,灵魂漂泊在异国天空。闽南人的观念中,灵魂是可分的。于是,就有"叫魂"之俗。父亲死后,由伯父料理后事。他来信告知噩耗,夹寄父亲的一小片"衫仔裾角",是从父亲生前贴身穿的衫衣前襟剪下的。刘登翰回忆道:"按照闽南华侨风俗,人死异域,必得持有这一小片'衫仔裾角'到海边为他引魂,才能使漂泊异乡的亲人,灵魂回到故土安息。"

思念是双向的。古稀之年,刘登翰趁在马尼拉办书法展的机会,越过千里碧波,踏上棉兰老岛,在纳卯找到父亲的墓地。俯首坟头,心中纵有万千诉说,也哽咽无语。这片掩埋刘氏家族十几口人的异乡土地,顿时不再生分而亲切起来。那一刻,他不仅在情感上而且在灵魂上与已经远离的亲人相遇,进而与父亲感同身受,与异乡的土著民的精神世界遇合。海外华侨华人的生存经验也是人类多元族群及其文化的碰撞、理解、和谐乃至走向大同世界的经验和向往。我特别喜欢刘登翰早年的报告文学,那些细腻的故事里,总有诗意栖息。阅读他的著述,依然有这样的感觉。诗是情感和灵魂的声音,刘登翰的情与魂也蕴借于海外华文文学的研究里。

历史学家陈寅恪说,研究历史就像了解一幅画,你要深入了解画家及其所处的社会环境,这就是神入。刘登翰追寻《过番歌》,除了由小见大的价值和意义在激励他,还有一种情愫萦绕着他。他的《追寻中国海外移民的民间记忆——关于〈过番歌〉的研究》一文的结尾说:"自童年时代便开始积累起来的那点情缘,激励我努力去接近它。"这种接近,何止《过番歌》?

中国诗歌是双桅结构,辩证法的精髓是对立统一。喜欢诗歌和哲学的刘登翰,有着思维的双翼之美。凭借这双翼,刘登翰的思想和文字是青云上的翱翔,从而让人有视域的高度和广度,让人感受到科学之美。审美与科学应是联袂的,但极少人能企及。其美是那么自然,像逸出的体香,是灵魂的瑰丽。

参考文献:

刘登翰:《华文文学的大同世界》,花城出版社,2012 年。

刘登翰:《华文文学:跨域的建构》,福建人民出版社,2007 年。

(作者为厦门大学人类学系教授)

刘登翰与华文文学研究的空间拓展
——兼论华裔美国文学空间研究的价值与意义

高　鸿

约瑟夫·弗兰克在《现代小说中的空间形式》一文中,以实例分析阐述了现代小说中的"空间形式"。但是这里的"空间"不是物理意义上的,而是比喻意义上的,指的是在叙述技巧上通过并置、前后参照等手段,使小说获得立体和透视感,指的是在"同一时间里展开不同层次的行动和情节"的结构设置。在20世纪七八十年代西方学术界兴起的空间理论,则是对空间进行了抽象的划分。空间理论不仅在人类学、地理学、建筑学等注重地理位置和空间学科中起到理论指导作用,也与文学批评实践有了越来越密切的联系,也占据着越来越多的研究位置。这里的"空间"含义则与作品结构的含义不同,它是文化地理学中的空间含义,空间理论也进入华文文学研究领域。

相较于空间理论在文学研究上的拓展,文化地理学上的"空间"研究给我们以启示,华文文学研究学科拓展呈现了"立体"推进的局面。刘登翰先生的华文文学研究就是一种在文化研究上的"立体"展扩过程,在这个研究空间里,我们看到他对华文文学学科的推进作用,以及他在华文文学研究领域的贡献。换句话说,他的研究显示了"研究空间"拓展的自觉意识,呈现了强大的学术生命力。与他的研究空间拓展意识相吻合的是,他非常注重海外华人具体的独特的"生存环境与经验"对作品的影响,强调研究者在研究华文文学的时候,要充分注意到华人华裔作家所具有的双重或多重的跨域经验,海外华人的生存状况应当成为华文文学研究的知识背景和理论资源。而"生存环境与经验"的结合,实际上是海外华人生活地域性和主体性的一种结合,这样的"互动空间"十分接近空间理论中的"第三空间"的界定。在此基础上,本文对几部华裔小说的空间描绘进行一定的文本细读和分析,试图从对"空间"的描绘中探视华人华裔中华文化意识与所在国文化的疏离和融合,探视华人文化的集体无意识心理。

第一,补足"中国文学"版图的短板,放眼"中华文化"与异域文化的交流与互动,拓展研究空间,是刘登翰先生华文文学研究的显著成就。

几乎是跟随着中国大陆的改革开放的脚步,从1982年出席第一届香港台湾研讨会开始,刘登翰先生在华文文学领域耕耘 30 多年,取得了令人瞩目和叹服的成果。他的台湾研究起因既来自他的闽南方言区文化背景,来自于他的文学创作积淀,更来自于他对隔阂已久的台湾人民的思念之心和探视之意。他说:20 世纪七八十年代以来,无论世界还是中国大陆政治格局的变化,都是首先体现在对峙的双方从文化上(文学是其中重要一环)有一种彼此重新"发现"的喜悦与惊诧。这说明文学与文化的研究,是打开两岸人民心扉的一个途径。他是大陆最初一批台港澳文学的"探险者"和"发现者",他不仅致力于台港澳地区的文学的个案研究,还主笔和主编了《台湾文学史》《香港文学史》及《澳门文学概观》,对这三个地区的文学做了资料翔实的历史分析和高屋建瓴的综合评述,这些研究早已成为这一领域的标志性成果。他的这些成果,不仅深化了这个领域的研究,还补足了中国现当代文学研究版图中的不足。站在 21 世纪回望 20 世纪中国文学研究版图的时候,刘登翰先生以豪迈之情宣布,中国现当代研究如果缺少了台港澳文学研究,这样的中国文学研究版图是有缺失的和不完整的。"我们以往数十年的现当代文学研究,只是对内地文学的研究,严格说来不是全部的中国文学。"20 世纪 80 年代台港澳文学的重新"发现"对中国文学研究有重要意义,"这既是一种视野的扩大,也是一种观念的改变,它带给当代中国文学研究的,并不是一个量的增加,而是一种结构性的变化"。

从他个人的研究过程中,我们可以见到一条清晰的研究路径:从台湾文学到香港文学再到澳门文学,然而这条研究路径的前行就不仅是道路的延伸,还包括向外空间的拓展。如果说台港澳文学的研究目标,还是一个中国版图下的空间的完整描述,那么从台港澳文学研究到海外华文文学的研究,就不仅仅是一个"中心"的研究,而是"发现"中华文化的"多中心"特点的结果。这些研究的拓展,既在台港澳文学研究基础上的延伸,正如他在《华文文学的大同世界》一文中记述的那样,他与那些最初是研究香港和台湾文学的学者一样,在研究台湾作家后,发现一波迁移至美国的"台湾作家",其身份已经发生变化,诸如聂华苓、於梨华、白先勇等,"他们更确切的身份是从台湾移居美国的美籍华人作家"。之后,他们发现了另一个研究空间——海外移民和华人的世界。

进入 21 世纪的前十年,他的研究重心转向海外/华人文学与文化的领域,他的研究始于他对海外华侨华人华工的生存境遇与经验的强烈观照。他的这一延伸打开了"中华文化"与世界各地华人的文化传播互动研究空间。从 2002 年至 2007 年,刘登翰先生在《命名、依据和学科定位》《关于华文文学几个基础性概念的学术清理》《华人文化诗学:华文文学研究的范式转移》《世界华文文学的存在形态与运动方式》《双重经验的跨域书写》《华文学的大同世界》等多篇论文中,从学科建设的角度,对华文文学研究相关概念进行了多次讨论和梳理。从海外移民的身份认同层面上,他给我们清晰地辨析了"华侨""华人""华裔"所代表的华人在海外的整体性身份变化,并"相应地界定了不同历史时期海外华文文学的性质、特征和文化主题的变迁"。我们看到,早期的华侨移民表达"乡愁"的作品居多。定居后的华人则是作为少数族群,他们以文学记述历史的方式"参与弱势族群族性的历史建构",探讨融入所在国文化的适应问题的作品突出。那些"土生土长"的华人移民的后代,多用所在国语言写作,其作品"较多地表现为站在所在国的主体文化立场上,重新消解、利用自己固有的族性文化,在移植、误读和重构中,作为少数族群自身的一种文化资源,参与到所在国多元的文学建构中,表现出不尽相同于'华人'时期新的文化精神和文学特征"。

这样的论述表明,刘登翰先生对华文文学的研究空间的聚焦,是随着对研究对象认识的深入而调整变化的。刘登翰先生说:"由对他们的研究(台港澳)而关注到历史上随同中国的海外移民而在世界各地广泛存在着的海外华人及其文学创作,由此形成了一个相对于英语文学、德语文学、法语文学、西班牙语文学、阿拉伯语文学的世界性汉语语系文学(或称为华文文学)的概念,并致力于将它作为一门独立学科来建设。这一概念的设定,形成了一个梯次清晰的研究体系。这是一个同心圆。它的圆周中心是中华文化,由圆心拓展开去,……但值得注意的是,作为最外一层文化圈的海外华文文学,同时还叠合着另一个所居国的文化圈在他们的撞击和交融中,成了海外华文文学的独特存在。"以上的辨析和论述,都给予华文文学研究者重要影响,同时也为研究者打开了一个梯次清晰的研究空间。

刘登翰先生从台港澳文学研究到海外华文文学研究的思路的逐层展开,构建了一个梯次十分清晰的研究空间。这表明刘登翰先生不仅是华文文学最重要研究者、研究空间拓展的实践者,还以其对学科发展的洞察见地,带领我们对世界华文文学进行深入探讨。

第二,强调研究海外华文文学要重视海外华人的独特生存环境与经验,要从他们所具有的双重或多重的跨域经验出发,从而揭示不同地域华人文化的独特性。这显示了刘登翰先生文化地理学、文学与史学的跨学科研究特点。

"华文文学是一种'离散'的文学。这里所说的'离散',是指华文文学散落在世界不同的空间的存在状态。它根源于华人离开母土的世界性迁徙和生存,这是华文文学重要的发生学基础。""华文文学,是超越国籍的空间的想象,它打破疆域,是一种超地理和超时空的整合性想象。"

"研究海外华文文学,不能无视或忽视海外华人的生存状况。在这个意义上,以海外华侨华人作为研究对象并在近年获得显著成果的华侨华人学研究,理当成为海外华文文学研究的知识背景和理论资源。同样,海外华文文学研究,从精神和文化层面,也在丰富着华侨华人学的研究,二者的相因相成,对深化华侨华人学和海外华文文学的研究都有重要意义。"

"华侨和华人在进入所居住国的文化碰撞和融摄中,形成了华侨和华人既源自母国文化又不尽等同于母国文化的独特性,即所谓的华族文化;同时又将这种文化的世界性融入和体验,回馈原乡,成为推动中华文化和中国人感悟世界的现代化进程。华侨和华人的这种世界性的生存和体验,是海外华文文学的发生学基础。"

刘登翰主编的《双重经验的跨域书写——20世纪美华文学史论》就是一部海外华人文学与历史、地理学的跨学科研究的重要研究成果。史论对无名之作《苦社会》作为对美华文学的开篇之作的认定,正是在梳理了进入美国的华人移民的历史背景之后得出的结论,这一时期海外华人的生活经历、生存状况和独特的"生存经验"成为检验作品的一个标准。19世纪中叶,中国开始向美国移民,从1850年至1882年排华法案签署,史称"自由移民时期"。然而,这个时期,美国加州和西部各州的立法机构和法院就制定了许多针对华人的歧视性立法和苛律,从经济政治和文化上不平等不公正对待华工、华侨和华人。从1882年到1943年美国宣布取消排华法案的61年里,在美华人数量急剧下降。"这是中国人最直接的海外生存经验。一向以'王朝之民'自居的中国人,在国际生存空间中所受到的剥削、歧视和侮辱,甚至明火执仗的焚烧和杀戮,为人类历史所罕见。"1904年美国又在数次"禁例"后无限期延长排华禁令,正是在这样的残酷的国际生存空间里,1905年由上海首发,后扩至全国东部口岸的反美货运动,不仅声援了旧金山华人,还在反美华工禁约声势浩大的舆论中,出现了五万余言的小说《苦社会》(1905年)。刘登翰先生将《苦社会》与反美华工禁约中出现的同类题材相较后,认为《苦社会》"正面描写华工赴美的海上遭遇和华裔在禁约中的困境,其大量着墨的'猪仔船'和唐人街的生活环境,事件的完整性和真实性,都为其他小说所难以企及"。他认为《苦社会》的作者若非亲历过这样的海外生活,若没有过这样的生存经验,是不可能写出这样的作品的。

因此,研究海外华文文学不能不追溯移民史,追寻他们——华侨和华人在海外的生存境况与体验。海外华人遍及世界各地,常说"有人类活动的地方就有华人",海外移民因处于不同地域、国家和文化中,海外华人的生存经验也各具独特性。因此,这种根植于不同空间里的"生存经验",是我们研究海外华人华裔作家的创作的重要对象。对这些创作成果的研究,也是我们对于世界华文文学中中国文化体系的补充和充实。

从以上梳理中可以看出,刘登翰先生在研究中,重视文学与史学、地理学的互动,重视研究海外华人生存环境与经验,都对学科的研究具有强烈的学术指导意义。本文由此而入,要深入探讨美国华裔文学的特点,不仅要在时间上回溯美国华人的历史,还要对全方位承载了这独特经验载体的具体空间进行解析,从而深刻认识华裔族性和特点对文化交流的价值与意义。

第三,文学文本的空间解读,是华人在不同区域写作的实际体现,只有深入探讨和解析这个空间,才能发现独特"生存环境与经验"背后的文化心理。

在以往对华裔作家的研究中,我们较多关注作品所表现的身份认同与族裔建构等历史叙事,如对汤亭亭和赵健秀的作品的肯定。以往的研究更多的是透过对人物或事件的分析来理解和认识作品的价值与意义,强调的是历时性、总体性的叙事。而空间理论中的文化地理学,重视地理景观与文化的结合,强调的是共时性的现实世界的细微与独特。"文学作品不是一面反映世界的镜子,而是这些复杂意义的一部分。"文学与地理学都是复杂意义的一部分,"每一种写作手法都在试着开辟出一种特殊的理解景观的方法"。

社会学家米尔斯总结了社会学观察社会结构的逻辑层次:时间所呈现的历史感;空间所呈现的当下社会问题;时空中的主体,人的位置决定了对时空的认识。他给我们提供了观察日常空间的社会学视角。这个视角与文化地理学进入对周围空间解析的视角类似:周围的景观是否进入到主体的视野中,是否体现了空间景观的观看方式,反映了人们内心对一种文化的心理关注焦点。米尔斯以华人后裔(第一代在美国出生的华裔)的文本为解读对象,在这些作品里,作家对华人社区地理空间设定透视出了华人社区与华人家庭的关系。

伍慧明《骨》的开篇,叙述者就以出其不意的坦然,表明了华人家庭在性别选择上的偏颇,呈现了家庭内部的紧张关系,这也埋下了傅家二女儿安娜自杀的伏笔。"我们是一个有三个女儿的家庭。按中国的标准,这并不是什么幸运的事。在唐人街大家都知道我们家的事。外人翘着下巴,摇着头看我们。我们自己也听到过一些传言。""没用的家庭,那个杜尔西傅家。你知道我说的是谁吧,就是那个秃头的利昂。他没生别的,光生了女娃。"唐人街上的华人对这一家关系的评价也彰显了华人社会性别聚焦的特点。

黄玉雪的自传小说《华女阿五》更是以华人家庭生活空间中的细节呈现

而闻名。在七个子女的大家庭里,排行老五的玉雪最不为家人重视,她个人的奋斗史,就是华人女子摆脱家庭空间向外生长的故事。《华女阿五》开篇的空间描述也是十分具体,它直接点出了她出生的地理空间和华人社会的关系:"紧靠旧金山,著名的诺勃山东坡是北美的独特风景点之一。此地虽然很小,前后延伸才几个街区,但是人口密集,能够鸟瞰整个忙碌的港口。在狭小、拥挤的街道尽头,格雷斯教堂的时钟每一刻报时一次。游客和为满足好奇心的人不足三分钟便能从城市的时髦商店溜达到旧中国区的中心。……旧金山的唐人街令人遐想无穷。因为它拥有大洋彼岸的神秘氛围、风俗习惯和行为。……我这里讲述的是他们第五个女儿玉雪的故事。她出生在旧金山。"

相较于其他华裔作家的自传性作品,赵健秀的《甘加丁之路》中具有自传性的第二章"世间"描述了主人公尤利西斯·关六岁时从寄养的白人父母家回到旧金山唐人街后的成长过程。虽然放学后才到唐人街的华文学校上课,但是小说有关尤利西斯·关和他的堂兄弟们年少的叙事,都是围绕着这样一个空间展开的。这里是他们认识中国文化的场所,也是认知华族华裔的空间,更是他们今后发展的文化来源。

文化地理学认为"特性"的分类"既不完全是人为的,也不完全是先天的。对人的划分是一个政治过程"。唐人街就是这样一个既有地域特色又具人为特征的一个"特性"空间。这个空间常常以地域来划分界限,然而空间一旦形成,居住者又对居住地空间进行新的充填。所以,唐人街既是地理的空间,又是人为创造的文化空间,是"第一空间"与"第二空间"相互融合创造的"第三空间"。文学作品会改变现实生活中的地理景观,而价值观念、文化传统又影响着文学中表现地理景观的方式。在这些小说文本中,我们还看到华裔作家对家庭内部空间呈现的特点。在李健孙的《支那崽》里,主人公丁凯一家虽然不住在唐人街,而是居住在黑人居多的锅柄街区,但是丁凯家的厨房、餐厅仍然是中国家庭在异域空间组织生产文化的存在方式。虽然崇尚美国生活与西点军校的父亲有意改变了举办丁凯"满月酒"的时间,将其推迟到丁凯四岁生日时举行;但餐厅所传达的文化习俗仍是中国式的,正如《支那崽》中提到的:"那天晚上,我们重新庆祝了我们的姜红蛋聚会。父亲说:'姜红蛋聚会是出生满一个月时候举行的,是为了庆祝男婴顺利分娩和他母亲的健康。它能消灾祈福,防病保命。'"丁家的老友还为此做了必不可少的食品"糖醋猪脚、锅贴和馒头"。在这张餐桌上还有为逝去的外祖父留下的一个位子。丁凯的祖父在大陆去世,为祭奠祖父,在餐桌上,"母亲立了一个灵位,红木桌上铺上了白桌布,祖父最爱吃香菇烧肉、橘子、铃兰,点着的香都摆在他的遗像周围"。"佛香的气味夹杂着红烧鳕鱼、香菇烧肉、铃兰和橘子皮的气味。母亲和梅肯轻轻地哭泣了几分钟,接着母亲取下了灵位,她特意给祖父准备了一份饭菜。……除了留给祖父那一份。她(母亲)把所有的菜都端上了桌。"厨房、餐厅,就不仅是用餐的地点,它是中国文化习俗的呈现,也是华裔传承文化和再生产文化之地。

在小说里,餐厅之后还成为丁凯的后母艾德娜争得家庭地位的展示空间。丁凯的小姐姐简妮说:"艾德娜发起文化攻势的时候,也是我们的防御最薄弱的时候——那就是晚餐时。""和艾德娜一起就餐的目的,是为了学习礼仪。"艾德娜改变中餐的空间布局,对丁凯和姐姐的餐厅礼仪有着严苛的要求。餐厅空间的改变,也改变着丁凯家的文化空间。

《华女阿五》呈现了一个经典的华人生存空间,即作坊式的生活工作空间:早晨父亲打开工厂大门的同时,母亲准备早餐。之后,母亲除了停下来做饭或者做其他家务外,整天都待在机器旁。除了工作场,作者对这个家庭空间的描绘,集中在餐厅里,餐桌成为家庭饭后的一个中心,对于玉雪来说,写字、做作业、画画都是在餐桌上完成的。

"人们日常生活的意义就是一整套惯例,而家就产生于此。"家就是承载这些惯例的空间形式,由对这些空间形式布局的分析,也可见出在日常生活安排背后的规则与关系。《华女阿五》中厨房餐厅替代了前厅(客厅/起居室)位置,成为华人家庭生活的中心空间,成为华人家庭关系之网,家庭和工作混在一起,也表明华人之间社交空间的缺失。

从这些小说文本看,在地理空间的构建上与早期华人作家对空间的描绘并没有太大的区别,唐人街还是那一代华人后代生活工作的主要空间。通过比较分析这些作家文本在华人社区和家庭空间表现上的相似性和共通性,他们所注重的家庭内部空间主要是餐厅和厨房,对客厅、卧室的空间描绘几乎可忽略不计。这些文本"空间"特点的呈现,说明在这些"土生土长"的华裔成长初期,华人固有的生活方式仍然支配着他们的生活,他们很难逃脱家庭的影响。相较于此,在这几本小说中,有些空间的描绘几乎是完全缺失的,如对当地中小学学校生活及学校(非华人学校)空间的描写,对都市景观的描绘,对地域性自然景观的空间描写。这些"共同"的缺失,也表明了华人对中华文化传承的稳固性,但对华人社区以外的社会现实关注甚少,这对华人融入当地文化是不利的。"地理学和文学同是关于地区和空间的写作,都具有非常重要的意义,它们使地理具有了社会意义。"

(作者为华东政法大学教授)

史家眼光与美学趣味

——刘登翰诗歌研究的方法与启示

刘　奎

一

刘登翰先生于 20 世纪 30 年代出生,50 年代初入大学,60 年代下放闽西北山区工作,70 年代末重返学术研究领域,后与昔日同窗洪子诚合著《中国当代新诗史》,继而编撰《台湾文学史》《香港文学史》《澳门文学概观》等系列具有开创性的文学史著作。回顾这个简历,可以发现其中的每一个数字都有着不同寻常的含义,从传记理论的角度来说都具有"节点"的意味,是个人经历中一些关键性的点。李泽厚先生曾将 20 世纪中国文化人大致划分为六代,在他看来"辛亥一代"处于从传统到现代的转化中,随后"五四一代"开放了心灵,革命一代创造了新的模式,40 年代的知识分子则"走进农村",第五代是新中国的一代,革命的开创工作已经完成,他们所做的只是"接受",到了新时期一代则转向"多元取向"。① 这个大而化之的说法虽然不尽准确,但对于我们理解 20 世纪中国文化人的历史命运还是不无启发的。李泽厚、刘登翰、洪子诚等 30 年代出生的学者,是新中国的第一代大学生,可归入新中国的一代,他们本应享受革命胜利的果实,但 50 年代至 70 年代波谲云诡的政治运动,却让他们在短暂挥洒青春和热情之后,很快便被边缘化了,直到新时期到来他们才有机会重续自己的理想,但此时青春已逝,不过他们还是在各个领域做了开拓性工作,各类研究成果和史学著作,便是他们抱着筚路蓝缕、以启山林的探索精神所取得的实绩。

这既是刘登翰个人独特的人生之路与治学生涯,也是一代知识分子命运的缩影,更是半个世纪中国历史的缩影。个人与历史之间的紧密联系,让他们的命运时时受到政治风潮的影响,但他们作为研究者又时时要顾及"行业精神",对于从事文学研究的刘登翰等人来说尤其如此。文学的美学趣味

① 李泽厚:《中国现代思想史论》,东方出版社,1987 年,第 219 - 263 页。

具有超越时代的普泛意义,但特定艺术形式的生产又往往与特定的历史语境相关,如何调和诗与史之间的标尺,对他们来说既是一个学术问题,也是一个人生问题。

刘登翰的诗歌研究从 50 年代末就已起步。彼时他就读于北京大学中文系,在"大跃进"的时代呼声中,学术领域也开始"大跃进",学生响应"拔白旗,插红旗"、批判"资产阶级权威"的号召,开始"学术大跃进"。当时北京大学中文系 55 级学生就集体写了 70 万字的《中国文学史》,一时成为全国的热点。在这种形势下,刘登翰参与了写作"中国新诗史"的计划,该计划由当时影响颇大的《诗刊》发起,在副主编徐迟和编辑部沙鸥等人的支持下,北大中文系的六个学生——谢冕、孙玉石、刘登翰、孙绍振、殷晋培和洪子诚开始集体合作编写中国新诗发展简史。从当时的语境来看,重写文学史的目的很大程度上是确立新的意识形态美学;而作为新中国第一代大学生,他们无疑也最适合承担这个任务,正如谢冕所说:"在当时那种'大跃进''一天等于二十年'的背景下,到处都在'放卫星',不论是《诗刊》领导还是我们,当然是希望能够以最快的速度写出一本观点和方法都正确的、有异于前人的、崭新的新诗史。这在当时,我们都完全认同如下的看法:这个工作不能依赖那些资产阶级的或小资产阶级的专家来做,只能由我们这些敢闯、敢干、没有思想负担的年轻人来做——这是当时非常流行的观点。"[1]"崭新的"这个关键词很重要,历史叙述是基于新的立场和目的而作,叙述人也同样需要革命的"新人"。这正是刘登翰等新中国第一代大学生的使命。

他们的集体研究成果《新诗发展概况》后来在《诗刊》连载,刘登翰撰写的是第一章"女神再生的时代"。虽然参与者后来大多认为这是一部观念先行、以诗代史的著作,但实际上这部"概况"本身还是不乏浪漫气息,"女神再生的时代"本身就是隐喻的,象征着近代中国的重生,而该文的叙述语言,如起始句"新诗诞生在风雨如晦的五四前夜"[2],本身也不乏文学性。其他撰述者的文字也大抵如此,虽为学术著作,却与我们所想象的政治话语有明显不同,反而与彼时的政治抒情诗有着极微妙的联系。可见当时虽然较为强调政治正确,美学却以另一种形式附着其上,或许这与写作者的青春热情有关,因而为文大有钱钟书所说的"史蕴诗心"[3]的意味。但随着政治运动

---

[1]　谢冕、孙绍振、刘登翰、孙玉石、殷晋培、洪子诚:《回顾一次写作》,北京大学出版社,2007 年,第 19 页。

[2]　谢冕、孙绍振、刘登翰、孙玉石、殷晋培、洪子诚:《女神再生的时代》,《诗刊》,1959 年 6 月号。本章作者为刘登翰,见《回顾一次写作》第 69 页。

[3]　钱钟书:《谈艺录》,中华书局,1984 年,第 363 页。

的进一步展开,"概况"在《诗刊》刊载四章后却悄然中止,历史叙述似乎永远滞后于历史的发展。而刘登翰后来也被下放乡野,重拾新诗研究已是20年之后的事。

"文革"结束之后,刘登翰得以重返科研岗位,他的重心依旧是新诗研究,出发点与《新诗发展概况》(以下简称《概况》)也有联系。1978年他与孙绍振应邀参加中国作协恢复后组织的观光采风活动,作为副团长的徐迟建议他们重新修订《概况》。但时移世异,随着时代的改变,当代诗坛已发生急剧的变化,随着主流意识形态管控的松动,美学观念也随之变化,文学史也呈现出新的格局,正如刘登翰所描述的:"先是'反右'中落难的诗人一批批平反复出,再是对新月派、现代派和九叶派诗人的重新肯定,最后是'胡风反革命集团'平反,推出了'七月派'的一大批诗人。另一方面是曾经被捧上天去的'大跃进'民歌和'新诗在古典与民歌基础上发展'的论断受到质疑,一批曾经显赫一时的革命诗人也从云端到地上来;与此同时,还有汹涌而来的一股最初被称为'朦胧诗'的新诗浪潮,引起社会的哗然和论争。这一切,都促使我们停下笔来重新审视和思考。"①实际上参与修订《概况》的谢冕和孙绍振都参与到了关于朦胧诗的论争中,他们支持朦胧诗的文章《在新的崛起面前》《新的美学原则在崛起》曾引起极大反响。新的美学原则在崛起,新的美学趣味对历史和现实提出新的要求,新诗史的写作再也不能完全由意识形态主导,这对《概况》来说便不仅是修订的问题,而是要重起炉灶,这也是80年代"重写文学史"的整体思路。

后来刘登翰接受人民文学出版社编辑的邀约,与昔日的合作者洪子诚一道参与当代文体史的写作计划,实际上是重写新诗史。与《概况》不同,这部新诗史对政治与社会背景的介绍,仅是作为新诗发展的历史语境,重心则在诗人诗学观念的历时介绍,以及对诗作的艺术分析;而鉴于当代诗坛新诗写作与政治间的密切关联,该新诗史也并未刻意回避文学与意识形态间的关系。在延续《概况》开展新诗史研究的同时,刘登翰也将学术领域扩展到台湾文坛,他第一篇关于台湾文学的论文是《论台湾的现代诗运动———一个粗略的史的考察》,从诗歌史的角度对台湾现代派做了介绍和研究。考虑到身为闽南人并在福建工作的区域和语言优势,他索性将学术重心转向台湾研究,随后编撰了《台湾文学史》,该书成为大陆台湾文学研究的奠基性著作。

从刘登翰的学术历程和个人经历可以发现,他们这一代学人的治学之

---

① 载于《回顾一次写作》第59-60页,也可参考洪子诚、刘登翰合著《中国当代新诗史》后记。

路与时代语境密切相关,远离或回到学术研究均是如此;他们两度面临时代的转折,并都所有行动,在各自领域做出开拓性贡献;而对于刘登翰等文学研究者来说,他们的方法大多是撰写文学史,著史既是中国的学术传统,也是推动现代学术研究的方法。而在写作文学史的过程中,除了要处理个人的时代经验与史家"才学识"之间的关系外,还要具体面对历史语境与美学研判、外部影响与内部形式等因素之间的关系问题。

二

左翼文学史的传统是注重从社会与思想的视角解读文学思潮和作家作品,革命文学史则更进一步强调政治思想的决定性作用。《中国当代新诗史》虽然是"后革命"时代的著作,但也部分继承了左翼和革命文学史的历史遗产,关注政治变革与时代话语等历史语境对诗歌的潜在影响。这是一种历史的姿态,因为中国当代新诗本身就与政治密切相关,如果完全忽略政治的作用,反而是去历史化的行为。不过该著作的"新意"也是明显的,政治与社会背景仅仅被看作影响文学发展的潜在力量,而非决定性因素,因而该诗歌史的结构与此前的《新诗发展概况》不同,政治的内容逐渐淡出,对诗歌创作流派的历史渊源及对诗歌文本的艺术分析成为新的重心,正如著者在引言中所说的:"我们无意对在社会思潮作用下的诗歌潮流,作过多宏阔的理论阐发。我们所取的是诗潮的描述与诗人创作的剖析并重的方法,希望把宏观俯瞰与微观剖析结合起来,将具体诗人及诗歌流派的创作分析,放在诗潮发展的背景上,探讨其创作道路和艺术风格,以及其达到的成就和受囿于诗歌环境及诗人自身精神结构而难以回避的不足和失误。"①兼重历史语境与形式分析,使该新诗史既不同于此前纯粹以革命史观为中心的文学史,同时也有别于彼时兴起的"纯文学"思潮。这种较为持中的文学史观,使该新诗史得到了读者的认同,被祖国大陆多数高等院校采纳为教材。

不过著者对既有结构并不太满意,如在后记中便指出:"最使我们感到遗憾的是,我们未能更自觉、更集中地从文体的角度来审查当代新诗的进程,以此作为结构和描述的依据。"②"文体的角度"大概是指从诗歌体式流变和美学观念变革等视角切入撰写诗歌史,这种立足于纯文学视野的诗歌史图景,自然不同于文学社会学视野下的诗歌史。这既是著者对此前撰写

---

① 洪子诚、刘登翰:《中国当代新诗史》,人民文学出版社,1993年,第2页。

② 洪子诚、刘登翰:《中国当代新诗史》,人民文学出版社,1993年,第548-549页。

《新诗发展概况》时以政治标准作为文学判断绳墨这一方法的反思,同时也可从中看出 80 年代"方法论""纯文学""重写文学史"等学术思潮的影响。

不过著者的这种"遗憾",在同时期的台湾诗歌研究中得到了补偿。台湾的"现代派"等诗歌流派在 80 年代初便引起大陆学者的兴趣。台湾当代诗人对诗歌形式的深凿,与大陆 50 到 70 年代主流诗坛的政治抒情诗完全不同,在新时期诗坛寻求新的写作方式、探索新的美学形式时,台湾现代诗很自然地引起了大陆诗人和学者的注意,并同样被赋予反抗政治干预文学的历史使命。正如刘登翰所指出的:"八十年代初期,当后来被称为'朦胧诗'的一股新的诗歌潮流,结束其在七十年代的'地下状态',如岩浆般开始涌冒到地面上,招来了许多陌生、新奇、气闷,乃至愤怒的目光时,人们同时看到,在海峡彼岸,随着两岸政治关系的松动,一批大陆读者从未听过的作家、诗人连同他们的作品,也开始竞相出现在此时喧闹异常的文学刊物上。它们带来了人们从五十年代以来就逐渐形成的审美习惯以外的另一种艺术感知方式和把握方式,尤其是作为人的精神个体化的投射和外化的诗歌,更显突出。这一批作品带给此时渴望打开视野的人们的艺术惊悸和震撼,并不下于'朦胧诗'。"①注重美学形式探索的台湾新诗,为大陆新时期新美学形式的确立提供了支援,尤其是现代派诗作,更是被作为三四十年代"现代派"火种的延续。

刘登翰的台湾诗歌研究正是从现代派开始,在《论台湾的现代诗运动———一个粗略的史的考察》一文中,对台湾"现代诗""蓝星"和"创世纪"等现代诗流派做了较为全面的介绍,并从语言、形式和文学精神等视角对现代诗做了深入解读。与"朦胧诗"的兴起大约一致,20 世纪 30 年代的现代主义派诗歌在 80 年代初开始得到重新评价,昔日被当作资产阶级没落艺术的现代主义,在"现代化与现代主义"②式的"误读"下,再度成为文坛的热点。不过这篇写于 1983 年的文章,也并非这么轻松,当年就曾短暂兴起"清除精神污染"运动,提倡现代派这类西方艺术不无政治风险,好在运动持续时间并不长。虽然这是他的第一篇研究台湾文学的文章,而且是对现代派的历史梳理,但其中也有一些有别于学界成说的创见。如对于"现代诗"所强调的"横的移植",刘登翰既从艺术源流上梳理它与意象主义等西方诗歌流派的渊源,同时也从思想层面指出现代主义精神与台湾历史语境间的契合性。如对于现代诗中常见的孤绝感,他就指出:"孤绝感本来就是西方现

---

① 刘登翰、朱双一:《彼岸的缪斯:台湾诗歌论》,百花洲文艺出版社,1996 年,第 1 页。
② 徐迟:《现代化与现代派》,《外国文学研究》,1982 年第 1 期。

代主义文学最富特征性的传统主体。它最初是西方知识分子对资本主义工业文明的发展,带来人性压抑的一种精神反馈,后来又是两次世界大战带给西方知识分子的一种破灭感。直接秉承西方现代主义文学精神的台湾现代诗,当然不能不被这种情绪感染。但对台湾现代诗人们说来,这种情绪并非只是'移植的',而且是'根生的',是台湾政治现实和经济现实所形成的一种社会情绪的反映。"①较之纯粹以新批评的方法研读台湾新诗,该说法则将台湾现代诗发生与发展的冷战语境纳入考量,较为全面地揭示了现代诗的政治无意识。而这也表明,即便在面对台湾现代诗这类具有高度形式感的诗歌文本时,刘登翰也非单从形式主义或文学性出发,而是兼具美学趣味与史家眼光。

除了关注台湾诗歌与时代语境的关联,刘登翰也极为重视台湾诗歌发展内部的历史脉络,如他所选编的《台湾现代诗选》就具有不同于流俗的选家视野。在当时台湾文学资料收集刚起步的时段,该诗集收录 40 位诗人387 首诗作,规模堪称巨大,而更重要的是该诗选所呈现出来的独特面貌。此前大陆较为知名的台湾诗歌选本是人民文学出版社的《台湾诗选》,这部出版于七八十年代之交的选本,虽有破冰的开创性,但选择面还是较为单一,该诗选收录的 90 余首诗作基本上都是台湾各时代作家的怀乡诗。《台湾现代诗选》则更侧重从台湾诗歌发展的内部脉络来介绍现代派诗歌,编者在前言中指出:"我们这个选本,着眼于比较系统地对台湾三十几年来的诗歌创作情况进行介绍,希望在为广大读者和诗歌爱好者提供一份可资鉴赏的诗美读物同时,也能让研究者们多少看到一点台湾诗歌发展的脉络和状况。"②与《台湾诗选》的政治路径不同,《台湾现代诗选》首先是为了展示台湾现代诗的"诗美",其次也意在提供发展的简史。因而,该诗选在以时间为序的基础上也兼顾流派,在诗歌文本之前,更对作者的经历和诗歌观念做了基本介绍。

除了文学史、选本这类较为全面地梳理、介绍台湾诗人诗作的形式外,刘登翰还写了系列的台湾诗人论,这就是刊载于《台湾文学选刊》上的《台湾诗人十八家》和《台湾女诗人十二家》,这些诗论本来是编诗选的"副产品",是阅读中整理的札记,后来经过增补,收入刘登翰与朱双一合作的《彼岸的缪斯——台湾诗歌论》。这些以作家论的形式写作的诗论,既对诗人的

---

① 刘登翰:《论台湾的现代诗运动——一个粗略的史的考察》,《华文文学:跨域的建构》,福建人民出版社,2007 年,第 252 页。

② 刘登翰编选:《台湾现代诗选》,春风文艺出版社,1987 年,第 2 页。

个人经历和诗歌写作历程做了简要勾勒,更对代表作品做了细致分析。作家论是八九十年代常见的研究方法,但现在却不太多见,当下学者往往更注重问题性,但实际上作家论涉及时代背景、作家的文学观念和作品的形式创新等,是兼及文学史与审美诸方面的方法,值得继承与发扬。当然这也不是一概而论,而是说刘登翰的诗歌研究秉持了较为开放、多元的文学史观和研究方法。

三

开放的文学史观,不仅是指 80 年代以来政治对文学干预的松动,文学立场和美学观念的多样化,也是指研究方法的多元化,如作家论的方法,实际上就是内部研究与外部研究的结合。这种开放的文学史观,对于台港澳文学的研究尤其重要,这不仅是由于两岸在意识形态方面的差异,也是由于台湾文学与近现代历史之间的深层关系。刘登翰在这方面的理论贡献是"分流与整合"的概念和框架。[①] "分流与整合"是指文学发展过程中所取的曲线、分叉或扇面式的发展路径,从不同的观察视角来看往往呈现不同的样貌:"从共识性层面,不同艺术个性、风格、倾向、流派的文学,他们彼此之间的分化和整合,在充分体现作家对文学这一精神产品的个性创造同时,又维系着文学整体架构的均衡和张力,使文学始终处于活跃的生命状态之中";而从历时性的层面来看,"每一个时代的新的文学,或新的文学思潮,都是从旧有的文学母体,或旧有的文学思潮背景上,离析分化出来,又在融摄新的文化因素和体现新的时代精神的要求上,整合建构成适应这一时代发展需要的新的文学,从而保持文学传统的延续和更新"。[②] 既强调文学内部运动的连续和变异,也强调政治、社会等因素的影响,如对于 20 世纪港台文学与大陆文学之间的差异,在刘登翰看来主因便是社会的相对"隔离"。"分流与整合"的概念在考察文学脉络延续性时,充分照顾文学发展中所呈现的多样性,既从内部研究出发探讨文学的美学形式创新,也从外部研究出发分析社会文化因素的潜在影响。这就一定程度上解释了台港澳等华文文学既落地生根,又与大陆文学同系一脉的复杂性。

"分流与整合"提供了打通文学内外研究的宏观视野,但外部研究与内

---

① 关于"分流与整合"所具有的学术影响力,可参考刘小新《刘登翰文学研究的学术意义》(载《华文文学》2003 年第 4 期)和朱立立的《刘登翰先生论台湾文学》(载《华侨大学学报(人文社会科学版)》2001 年第 3 期)。

② 刘登翰:《分流与整合:二十世纪中国文学的整体视野》,《文学评论》,2001 年第 4 期。

部研究的融合不是要面面俱到,而是需要具体落实到文学作品的美学判断上。也就是说,如何从文学文本出发,通过考察其美学形式的创造性,又不忽略其固有的政治性和社会性才是问题的关键。从这个角度而言,刘登翰的一系列台湾诗歌研究值得关注。刘登翰是较早关注台湾现代诗的大陆学者,从"分流与整合"的角度来看,他尤其强调台湾当代诗歌的独特性,将其视为当代汉语诗歌的独特形态,不仅如此,在他看来将台湾现代诗引入当代汉语诗歌来考察,也将从整体上改变我们的诗歌经验,因而"具有结构性变化的意义"。① 结构性变化首先是从 80 年代的语境出发,指不同于之前政治与文学的决定性关系,同时也指向新的美学形式,台湾诗歌所提供的美学经验极大地丰富了汉语诗歌的整体形态。因而,刘登翰除了从文学史的角度勾勒台湾现代派发展的源流外,更倾注了较多精力去解读现代派诗歌的美学形式。如对于管管的名作《荷》的解读便不仅从逻辑上揭示其可能指涉的社会经验(像"荷花"这个符码所具有的多重指向,就可能是现实的荷花,也可能是女性),同时还指出该诗"不落言筌"的意蕴:"诗人在一虚一实的交错和互换中,在两种人称(两种心理态度)的对峙和移位中,以及从最初的荷花到最后悟出那'一屋一屋的荷花'的发展中,构成了一种奇幻、迷离的境界,正是这首诗的幽奥之处。可以悟,却难以尽言;可以懂,也不必尽懂。这正是读管管诗时所常需要抱有的一种读禅的态度。"②论者并未刻意强调管管与传统诗艺之间的联系,而是从文本细读出发,让现代派艺术的内在复杂性充分呈现出来。

刘登翰对现代派的解读并未停留于形式美学层面,而是通过形式特征考察其负载的历史意识或者说是政治无意识。现代派诗歌在一般的读者看来似乎都是"高蹈"艺术,与现实无关,加上英美新批评对现代主义形式要素的强调,这更加深了读者的这种"偏见"。实际上台湾现代派诗歌虽然高度重视艺术形式的营构,却同样具有不可忽视的历史意识。如长期担任《创世纪》编辑的张默,他曾一度提倡"超现实主义",但他的诗作也未尝不是对现实经验的变形处理,如《死亡·再会》《我是一只没有体积的杯子》等诗便是如此;以后者为例,虽然诗人将自己想象为一只不占空间的杯子,可以不必承担"如此波涛汹涌"的历史负担,但在刘登翰看来,"企望逃脱历史负担,

---

① 刘登翰:《台湾新诗的当代出发》,《福建论坛(文史哲版)》,1996 年第 3 期。

② 刘登翰:《没有脐带的诗坛大镖客和老顽童——管管论》,刘登翰、朱双一《彼岸的缪斯:台湾诗歌论》,百花洲文艺出版社,1996 年,第 216 页。

正是历史负担在诗人身上的一种证明和排解方式"。① 从逻辑层面来看,现代派可能是反政治的,但不是非政治的。从这个角度而言,所谓的"横的移植",正是感受到"纵的继承"的压力才做出的。

有时候现代派诗人的政治关怀表现得更为具体,如桓夫(本名陈武雄)就曾写下系列的"泛政治诗","诗人常从现实中的某些具体经验或物象出发,泛化为交错着个人与社会、历史和现实的复杂感喟与认知",如《给蚊子取个荣誉的名称吧》就是如此。该诗原文为:"嗡嗡不停地飞来/叮在我瘫痪的手背/说是过境/过境就抽一丝利己的致命的血去了/究竟/有多少蚊子真正无依/有多少蚊子值得同情/在我的手背上/在广漠的国土里/我的手越来越瘫痪了。"从诗美学的角度来看,这首诗大有波德莱尔《恶之花》的"审丑"意味,也具有"新批评"最为关注的张力与反讽结构,刘登翰也是从全诗两种不同的话语出发,分析该诗中生活话语与政治话语的关系及其所具有的政治意识。在他看来,"这首诗的表层形象只是关于蚊子叮人的咏叹,但夹杂着的政治性术语'过境'使蚊子的形象转化为'飞机'的象征,以此类推,整首诗潜在着的另一层意义便是外来的侵略了。'瘫痪的手背'的形象也转化为无法反抗的国家的地理上的意象了。但是就那句'过境就抽一丝利己致命的血去了'的隐义,这首诗也可转喻为一种无孔不入的经济的掠夺或商业剥削,这时'瘫痪的手背'便也成为弱小经济者的象征"。② 从诗歌的意象和反讽性政治话语入手,如抽丝剥茧,揭示出生活话语背后的社会批判精神和政治无意识。这类诗歌批评的方式,实际上是揭示了另一条打通内部研究与外部研究的路径,也就是充分意识到文学形式本身的审美意识形态内涵。

对文学形式的美学意识形态的强调,既不同于 80 年代对纯文学的张扬,与此前政治决定文学的观念更是不同,而是强调文学形式本身所具有的艺术自律性和政治性,对此阿多诺曾有一个较为形象的说法,他在《美学理论》中指出艺术就是没有窗户的单子(windowlessmonads),它看来是自足自律的,但艺术生产的过程却在内部留下了痕迹,因而它具有双重性,"一方面是自律实体(autonomousentity),另一方面又是杜克海姆学派(Durkheimian)所指的社会事实(socialfact)"。③ 可见,即便是政治不干预文学,文学的艺术

① 刘登翰:《历史烟火漏下的千万遍阳关——张默论》,刘登翰、朱双一《彼岸的缪斯:台湾诗歌论》,百花洲文艺出版社,1996 年,第 244 页。

② 刘登翰:《翻一个筋斗表示一次反抗的姿势——桓夫论》,刘登翰、朱双一《彼岸的缪斯:台湾诗歌论》,百花洲文艺出版社,1996 年,第 168 页。

③ [德]阿多诺:《美学理论》,王柯平译,四川人民出版社,1998 年,第 9 页。

形式也往往不可避免地要打上意识形态的印记,这是如杰姆逊所指出的"政治无意识"①,也是如伊格尔顿所指出的"美学意识形态"。而刘登翰与刘小新合作的《华人文化诗学:华文文学研究的典范转移》也引用了伊格尔顿的相关言论:"审美只不过是政治无意识的代名词:它只不过是社会和谐在我们的感觉上记录自己、在我们的感情里留下印记的方式而已。"②西方马克思主义学者对文学自律性与政治性的论述,一定程度上帮助刘登翰等当代学者走出经济基础决定上层建筑的马克思主义教条,同时也避免走向纯粹形式分析的技术化极端,而且提供了一个从美学到政治、历史的通道,兼顾了历史与美学的双重因素。

2016 年 6 月 30 日星期四
于厦门槟榔花园

(作者为两岸关系和平发展协同创新中心师资博士后,厦门大学台湾研究院助理教授)

---

① [美]詹姆逊:《政治无意识:作为社会象征行为的叙事》,王逢振、陈永国译,中国社会科学出版社,1999 年。

② 刘登翰:《跨域与越界》,人民出版社,2016 年,第 41 页。原文见伊格尔顿《美学意识形态》(广西师范大学出版社,1997 年)第 26－27 页。

观念的诞生、构成、启示与意义

——刘登翰先生"大同诗学"观察

陈舒劼

2007 年,也就是大致 10 年前,刘登翰先生提出了"华文文学的大同世界"说。在《华文文学:跨域的建构》一文结尾处,刘登翰先生将"华文文学的大同世界"作为"华文文学"这一概念的"理想"提出:"华文文学这一跨域建构的概念提出,包含着一个理想,那就是 1989 年在新加坡会议上所提出的'华文文学的大同世界'。因为它是'华文'的(或华人的),便有着共同的文化脉络与渊源;又因为它是'跨域'的,便凝聚着不同国家和地区华人生存的历史与经验,凝聚着不同国家和地区华文书写的美学特征和创造。它们之间共同拥有的语言、文化背景和属于各自不同的经验和生命,成为一个可以比对的差异空间。有差异便有对话,而对话将使我们更深刻地认清自己,不仅是特殊性,还有彼此的共同性。华文文学的跨域建构,就是在共同语言、文化的背景上肯定差异和变化的建构、多元的建构。每个国家和地区的华文创造,既是'他自己',但也是'我们大家'。这就是我们所指认的'华文文学的大同世界'。"①《华文文学:跨域的建构》这篇文章可以看成是刘登翰先生关于华文文学系列研究的代表性论文,它是刘登翰先生《华文文学:跨域的建构》(福建人民出版社,2007 年)一书的总序,随后以《华文文学的大同世界》为题,收入为祝贺刘登翰先生七十华诞出版的《世界华文文学研究:理论与实践国际学术研讨会论文集》(香港中国文化出版社,2007年),又成为刘登翰先生《华义文学的大同世界:刘登翰选集》(花城出版社,2012 年)一书的书名,以及刘登翰先生《跨域与越界》(人民出版社,2016年)中"华文文学研究"专辑的首篇文章。"华文文学的大同世界"是刘登翰先生华文文学研究的核心概念和文化愿景,其产生、构成等,都对当代的华文文学甚至华文文化研究具有重要的意义。

---

① 刘登翰:《华文文学:跨域的建构》,《文艺报》,2007 年 12 月 13 日第 3 版。

一、"大同诗学"的双重背景

"大同诗学"概念的出场包括了文化和学术的双层背景。"大同"思想的历史溯源可追及战国末年或秦汉之际,它正式出现在《礼记·礼运》中,是儒家学者托名孔子答问的产物。① "大同"思想描绘人类社会的理想化状态:"大道之行也,天下为公,选贤与能,讲信修睦。故人不独亲其亲,不独子其子,使老有所终,壮有所用,幼有所长,矜寡孤独废疾者皆有所养。男有分,女有归。货恶其弃于地也,不必藏于己,力恶其不出于身也,不必为己。是故谋闭而不兴,盗窃乱贼而不作,故外户而不闭。是谓大同。"② 对于"大同"之"同",清代学者朱彬给出了如是注释:"同,犹和也,平也","率土皆然,故曰大同"。③ 从儒家典籍《礼记·礼运》、陶渊明的《桃花源记》到康有为的《大同书》,大同思想始终是传统文化中一道迷人的风景,在大同愿景允诺的世界中,没有差别和矛盾,没有不公和不义,没有痛苦和绝望。它在描绘未来社会的构想之时,也鞭策着现实社会的发展前行。在传统文化之外,刘小新研究员的梳理展示了"大同"思想的西方哲学美学线索。他指出,文学领域的"大同诗学"可以追溯到歌德的"世界文学"概念,19世纪的西方美学早已从许多层面阐释了"大同诗学"的理论构想。康德的"人类共同感觉力"概念、席勒在《美学书简》中对文学建立在共同而普遍的人性之上的论述、韦勒克和沃伦等在歌德"世界文学"基础上提出的"总体文学"的概念,都表明"从19世纪'世界文学'的提出到20世纪'总体文学'观念的出场,西方的文学理论为建立文学研究的'共同诗学'而持续努力,也取得了丰富的成果。尤其在普遍的人性论和形式诗学研究以及西方文学理论向非西方世界的扩张等方面,一再显示出西方'共同诗学'的文化魅力"。④ 就如上文化背景而言,刘登翰先生的"华文文学的大同世界"观显然建立在对这些思想资源的吸收、转化和发扬之上。

"华文文学的大同世界"观的历史诞生,还与华文文学学科发展及刘登翰先生对其的宏观把握息息相关。"世界华文文学"这一具有鲜明的整合意识和整合功能的概念本身,就是海外华文文学学科发展的历史产物。1993

---

① 刘明华:《大同梦》,上海文艺出版社,1999年,第3—4页。

② 朱彬:《礼记训纂》,中华书局,1996年,第331—332页。

③ 朱彬:《礼记训纂》,中华书局,1996年,第332页。

④ 刘小新:《大同诗学想象与地方知识的建构——华文文学研究的两种路径及其整合》,《华文文学与文化政治》,江苏大学出版社,2011年,第27—28页。

年之前,境外的华文文学包含了两种性质迥异的实体,一是台港澳文学,二是海外华文文学。它们性质不同,要点在于文学书写的国家身份和文化身份之间是否相吻合。尽管都认同文化意义上的中国,但台港澳文学的中国身份却是其他国家的华文文学写作所不具备的。如何将性质上有根本差异的二者置于同一个概念中加以处理,就成为当时海外华文文学亟须解决、海外华文文学学科建设必须解决的问题。根据饶芃子教授的回忆,"世界华文文学"的提法虽然在1991年萌生,然而将这一概念与学科建设的自觉意识相挂钩却与刘登翰先生有着密切的关系。1993年6月在暨南大学召开的"华文文学研究机构联系会议"上,刘登翰先生提出了学科建设的问题,同年8月在江西庐山召开的第六届研讨会,会议名称就变更为"世界华文文学国际研讨会"。① 相较于"台港澳暨海外华文文学"的提法,"世界华文文学"显然并非仅仅是更为简练的替代,这一新概念拥有更为合理、中性的整合功能。它"企图在一个更为中性的语种的旗帜下,来整合无论是中国还是海外所有用汉语写作的文学现象,超越国家和政治的边界,形成一个以汉语为形态、中华文化为核心的文学的大家族"。② 看到作为整合性概念的"世界华文文学"的出场,也就自然可以从中分辨出"华文文学的大同世界"的雏形。

"华文文学的大同世界"亦即"大同诗学"这一理念,是对世界华文文学的整合把握与价值提升。"华文文学的大同世界"中的同一性或者说整合性,试图在论证学科身份合法性的层面上更进一步。在华文文学的研究中,"以'文学中华'为基础性范畴构筑'一体化的世界华文文学'的理论体系和整体视域是一个有意义的思考方向","从刘登翰的'分流与整合'阐释模式到饶芃子、费勇的华文文学整体观和'美学中国'概念,从陈辽、曹惠民的'百年中华文学一体论'到黄万华'20世纪世界华文文学史'的构想","世界华文文学的整合研究在中国学界颇为兴盛,它甚至成为华文文学研究的'中国学派'的一个突出特征"。③ 刘登翰先生提出的华文文学"大同诗学",与包括他自己的"分流与整合"说在内的诸多学术观念相比较,更愿意显现其学术观点的价值伦理色彩。"大同诗学"是在共同的语言文化背景下

---

① 饶芃子:《海外华文文学的学科化进程与学科建设问题》,福建省海峡文化研究会、福建省台港澳暨海外华文文学研究会主编《世界华文文学研究:理论与实践(国际学术研讨会论文集)》,香港中国文化出版社,2007年,第3页。

② 刘登翰:《命名、依据和学科定位》,《跨域与越界》,人民出版社,2016年,第13-14页。

③ 刘小新:《大同诗学想象与地方知识的建构——华文文学研究的两种路径及其整合》,《华文文学与文化政治》,江苏大学出版社,2011年,第26页。

肯定差异和变化的建构,而"每个国家和地区的华文创造,既是'他自己',但也是'我们大家'"的观念,即体现出"君子和而不同"的文化价值认同立场,无论是在专业学术的层面上,还是在文化全球化、中华文化的世界性传播的层面上,都有其难以忽视的价值。

二、"大同诗学"的多维整合

建立在"华文文学"概念基础上的"大同诗学"无疑是一种整合特性鲜明的观念。刘登翰先生认为,华文文学的概念本身就是"一种整合性的视野,是面对'离散'的一种想象的建构","华文文学是超越政治空间的想象,它打破疆域,是超地理和超时空的整合性的想象"。① 那么,实现"既是'他自己',但也是'我们大家'"的大同状态,就是在"华文文学"想象性建构中的某种具体化实践。从刘登翰先生对"华文文学"及其"大同诗学"的阐述来看,"大同诗学"的主要整合维度至少有如下几个方面。

第一,"大同诗学"整合了华人的历史经验、生存状态与未来愿景。

"华文文学"散落在地球上许多不同的国家和地区,是华人离开中土,迁徙到其他不同的国度和地区后生存、发展、繁衍的产物。这个以离散为突出特征的历史过程,实际上是一个由同一走向离散、又由离散趋于大同的过程。刘登翰先生在"分流与整合"说中已经指出,"离析和整合,是文学存在和发展的一种普遍的、基本的生命形态和运动方式","离析和整合是文学发展的辩证过程。文学的整合以文学的离析为前提,而文学的离析以文学的整合为归宿。分流虽然是为离析的一种极端形态,但其与整合的辩证关系亦是如此"。② 相较之下,"大同诗学"更着意地点出了"整合与分流"后必然要迈向的"大同","大同诗学"同时整合或具备历史性、实践性和愿景性的性质。

第二,"大同诗学"从时间和空间的坐标轴上整合把握华文文学的共性。

"大同诗学"建筑于"离散"经验间的交流与整合之上,这决定了它把握华文文学之共性的能力,同时在历史的时空坐标轴上体现出来。从华文文学写作的区域性来看,"大同诗学"将整合包括祖国大陆、台港澳与其他地区的华文写作;从华文文学写作的历史性来看,"大同诗学"将整合中华文学在

① 刘登翰:《华文文学:跨域的建构》,《文艺报》,2007 年 12 月 13 日第 3 版。
② 刘登翰:《中国文学的分流和整合》,刘登翰、庄明萱主编《台湾文学史》(第 3 册),现代教育出版社,2007 年,第 403、409 页。

其他华文写作地区的传承与变化。在《台湾文学史》的结束语《中国文学的分流和整合》的开头，刘登翰先生就详细地分析了时空坐标轴上的文学整合："从共时性的层面看，不同风格、倾向和流派的文学之间的离析和整合，在发扬文学这一精神创造物的个体性特征的同时，又维系着文学整体架构的均衡和张力，使文学始终处于活跃的生命状态之中。而从历时性的纵面看，每一时代的新的文学，或新的文学思潮，都是从旧有文学的母体，或旧有文学思潮的背景上，离析分化出来；又在融摄新的文化因素和体现新的时代精神的基础上，整合建构成适应这一时代和文化发展需要的新的文学，从而维系着文学传统的承续和更生。"①"大同诗学"的整合愿景，也是对"整合与分流"说的精神继承。

第三，"大同诗学"从语言形式上整合海外华裔的华文写作与非华文写作。

德国汉学家顾彬认为，收纳非汉语写作的华人文学作品与否，是对中国现代文学史写作标准的某种不无麻烦的考验，虽说他建议将张爱玲、胡适和林语堂这些作家的英文作品载入中国现代文学史，郭沫若、戴望舒与卞之琳的外文写作情况也当作如是处理，但他也坦承，他对哈金状况的考虑又与他自己的建议性方案不无矛盾。② 顾彬考虑到作家的语言、国籍和地区等问题，"一部汉语文学史只能由团队来完成"，因为这面临着两难的选择。是否为了写出"一个仅用汉语书写的中国文学史，并称之为'华文文学史'，以便将在中国并由中国人用英语、法语、德语等语言创作的所有作品排除在外呢？我觉得这是最简单的方法，但从另一方面看，这对学者的要求又太高了。谁能遍览东南亚地区出版的所有中文图书，又有谁会去阅读与我们所谓的无论何种意义上与中国都毫无关系的作品？"③此时，我们可以发觉，"大同诗学"为华文文学的跨语种写作的整合提供了契机。在"大同诗学""他""我"交融并存的愿景下，整合跨语种写作拥有一种新的可能。如果承认没有一部文学史能在穷尽所有的作品下浮现，那么反映"大同"的诗学与愿景的文学史，就未尝不是理想的替代品。

第四，"大同诗学"在学科方法论开放性基础上的整合。

刘登翰先生指出，"海外华文文学历史价值、文化价值和审美价值的文本同一性，和其价值含量的不一致性，是一个悖论式的客观存在"④，这是华

---

① 刘登翰：《中国文学的分流和整合》，刘登翰、庄明萱主编《台湾文学史》（第 3 册），现代教育出版社，2007 年，第 403 页。

② 顾彬：《中国现代文学史的内涵：华文文学的大同世界?》，《东吴学术》，2010 年第 3 期。

③ 顾彬：《中国现代文学史的内涵：华文文学的大同世界?》，《东吴学术》，2010 年第 3 期。

④ 刘登翰：《命名、依据和学科定位》，《跨域与越界》，人民出版社，2016 年，第 19 页。

文文学发展需要多学科方法介入的重要缘由。朱立立教授在《华人学的知识视野与华文文学研究》中也在指出华人学研究重心转向"将华人族群放置于居住国的历史脉络,来找寻移民与在地民族国家建构过程的结构关系"时强调,华文文学研究需要的是"灵活的多元的研究方法""科际互动的开放视域"及"一些更为丰富有效的知识背景和理论资源"。① 刘登翰先生曾总结说:"海外华文文学所参与的海外移民族群拒绝历史失忆的自我文化建构,和反映的复杂多层的文化关系,具有极大的文化价值。正是在这个意义上,文化研究的许多理论和方法,从文化人类学理论、族群文化建构理论、全球化语境下的文化多元化理论,到后殖民理论、女性主义理论等,都可能是我们深入拓展华文文学研究深度空间的重要理论资源和方法。"②而在该方法论的开放背景下,多元文化视野下的文学比较、文学研究与文化研究的互动、形式研究和意识形态研究的融汇等方法③,又形成了华文文学研究,尤其是华文文学的"大同诗学"研究所倚重的、带有方法论融合意味的工具。

三、"大同诗学"的三重启示

"大同诗学"是以"华文文学"的理想的身份诞生的,它有着鲜明的价值愿景的色彩,为后来的研究留下许多启示与再思考的空间。

第一,"大同诗学"的普适性诉求与华文文学的地方性存在。

"大同诗学"的普适性诉求与华文文学的地方性存在之间,存有丰富的张力。如何理解并处理这对关系,是"大同诗学"带来的启示之一。在《大同诗学想象与地方知识的建构——华文文学研究的两种路径及其整合》《在大同诗学与地方知识之间》等论文中,刘小新研究员提出了将"大同诗学"与"地方诗学"再整合的学术构想。正是因为清晰地看到了"大同诗学"与"地方诗学"各自的合理性,"再整合"从四个层面上比较了二者的差异,论述了二者整合的必要。"与追求普适性的'大同诗学'不同,华文文学的'地方诗学'路径有以下特点:'大同诗学'试图建立的是全球华文文学共同的美学成规和诗学体系,它以中华性/文学中华/美学中国为基础,体现的是

---

① 朱立立:《华人学的知识视野与华文文学研究》,《福建论坛(人文社会科学版)》,2002 年第 5 期。

② 刘登翰:《命名、依据和学科定位》,《跨域与越界》,人民出版社,2016 年,第 18 页。

③ 刘小新研究员曾说:"在'华人文化诗学'的概念里头,我跟刘登翰老师相同的看法就是应该把形式诗学的研究和意识形态批评结合起来,这是我们概念的核心。"刘小新:《文化视域、批评介入与华人文化诗学》,《华文文学与文化政治》,江苏大学出版社,2011 年,第 51 页。

世界华文文学的华人文化属性。而'地方诗学'试图阐释的是不同国别、地区华文文学的差异美学和地方性色彩的知识形式。'大同诗学'的视野是全球性、一体化的,而'地方知识'则追求接近于'文学持有者的内部眼界',它反对一体化与总体论的化约主义。'大同诗学'研究的重心在于探讨全球华文文学与中华文化的传承与变异关系,'地方知识'的研究重心则在于分析不同国别与区域的华文文学与所在国的国家文学与文化的结构关系,把华文文学放到其所在国的国家文学与文化的发展脉络中,探讨其美学取向、生命形态、演变轨迹以及文化认同的'情境性'。'大同诗学'最终成果是建立具有普遍意义的华文文学的形式诗学体系,'地方知识'则回到具体的生存现实,重视研究具体的问题,阐释特殊问题的产生与演变脉络。"①阐释目的、理论视野、研究重心、研究效果等方面的丰富差异,使"大同诗学"与"地方诗学"的再整合实践充满了学术魅力。

"大同诗学"的普适性诉求与"地方诗学"的整合过程,还应当注意普遍性、同一性的论述携带的知识风险。价值愿景与其知识实践之间实际上相互独立,良好的价值诉求不能替代其实现方式的合理性论证。在对康有为《大同书》的研究中,就有学者指出:"在康有为那里,殖民主义的知识形式自觉地成为其建构民族认同的思想框架,正是基于这一思想框架,一个精神上被殖民的个体和民族从此便不断面临着迷失自我的危险。"②站在华文文学书写相对"边缘性"的诸多区域的角度,这种知识形式僭越为思想主体的危险如何回避?

第二,"大同诗学"愿景与当代文化观念的流动性生产。

"大同诗学"愿景肯定差异、变化、多元的建构,并将这种知识建构落脚到"既是'他自己',但也是'我们大家'"的大同状态中,这提示后来的研究应注意人文知识理念整合时的另一种面相,即在全球与区域、固化与可变、现实与想象等系列互动结构中不断生产出来的流动性的一面,这是"大同诗学"愿景包含且仍可以继续深入思考的部分。华文文学来源于诸多差异性明显的区域,阿尔君·阿帕杜莱在《草根全球化与研究的想象力》中将区域研究的固定化思维理解成建立在冷战基础上的、有关恐惧与竞争的地理学理念,他指出:"当前存在的区域研究范式的困难在于,它倾向于把一个具有明显稳定性的特定构造布局误解为空间、领土和文化组织的永久性联合。

---

① 刘小新:《大同诗学想象与地方知识的建构——华文文学研究的两种路径及其整合》,《华文文学与文化政治》,江苏大学出版社,2011 年,第 33 页。
② 梁展:《文明、理性与种族改良:一个大同世界的构想》,刘禾主编《世界秩序与文明等级:全球史研究的新路径》,生活·读书·新知三联书店,2016 年,第 161 页。

这些明显的稳定性自身在很大程度上是特殊的、以特性为基础的'文化'区域观念的古老产物","就像学术研究中经常发生的那样,许多这些制图学理念背后的启发式念头,以及这些空间结构的许多偶然形式很快就被忘掉了,而区域研究中有关'区域'的当前图景就被尊奉为永久性的了"。因此,阿帕杜莱强调"区域最好是被看作产生可变地理的主题的原初背景,而不是被当作以给定的主题为标志的固定地理"。① 华文文学写作各区域如何生成其自有的"地方诗学",又如何在各"地方诗学"中提炼出"大同诗学"的要素,显然颇有趣味。

第三,"大同诗学"愿景与当代文化身份认同的多元混杂。

"大同诗学"希望生成"既是'他自己',但也是'我们大家'"的大同状态,就必须要处理文化身份指认与文化认同多元混杂间的关系。埃里克森将"混合"视为当今世界"全球化"的重要特征:"尽管不同群体交汇的'文化十字路口'与都市生活一样古老,但是其数量、规模和多样性却每天都在增长。这就产生了摩擦和相互影响。在文化层面上,信息的瞬间交换成了信息时代的特征,这可能导致人类历史比以往更具文化的混杂性。"②埃里克森认为,这种迁流不居的变化与混杂,使得当今世界的任何群体内部都面临着混杂的挑战,"跨越边界的文化流动,确保了混合具有持续的可能性和现实性","'一切事物'看起来都在不断变化且有无限的机会,并不存在固定的团体、文化认同或族群类别"。③ 埃里克森还借用了人类学家奥利维亚·哈里斯对文化混合形式的六种归纳,如"殖民"模式、"并置和交替"模式、"模仿、同化或直接识别"模式、"革新与创造"模式等,"所有的模式都可用来理解当今不同文化体系之间的遭遇"。④ 身份认同的多样性已经彻底打开。无论是认同的内容,还是认同塑造的方式,都丰富且混杂。整合性的"大同诗学"愿景如何处理日益复杂、变数极大、多种可能性并存的华文文学写作中的身份认同,将是一个有长久生命力的学术话题。

---

① [美]阿尔君·阿帕杜莱:《草根全球化与研究的想象力》,阿尔君·阿帕杜莱主编《全球化》,韩许高、王珺、程毅、高薪译,江苏人民出版社,2016年,第8页。

② [挪威]托马斯·许兰德·埃里克森:《全球化的关键概念》,周云水,等译,译林出版社,2012年,第13-14页。

③ [挪威]托马斯·许兰德·埃里克森:《全球化的关键概念》,周云水,等译,译林出版社,2012年,第121页。

④ [挪威]托马斯·许兰德·埃里克森:《全球化的关键概念》,周云水,等译,译林出版社,2012年,第122-123页。

四、"大同诗学"的跨域意义

"大同诗学"的意义不能仅限于华文文学学科内部来讨论,它的意义同样要置于当下中国文化发展的大背景、大战略中来考虑。

第一,"大同诗学"具有独特的学科方法论气质。

计璧瑞教授站在人文学科建设的意义层面上评价刘登翰先生的整合史观,她指出:"人文学科建设除了对具体现象的研究外,还需要在此基础上不断发现问题,并结合时代演进和文化发展提出整体设计和构想,即需要把握全局和整体的思维。这恰是刘登翰教授关于学科发展的重要主张和设想的突出特质。"[①]计教授高度评价了刘登翰先生的"分流与整合"说,认为这些概念从"文学发展的现实可能性"出发,"既是研究实践经验的总结和学科发展规律的概括,也意味着寻求学科整体化、体系化的一种努力",是"对整体全面的中国文学研究视野的拓展"。[②] 与"分流与整合"和"华人文化诗学"这两个刘登翰先生论述世界华文文学的关键概念相比,"大同诗学"有意结合了二者的优长,"大同"所包含的整合思维,深刻地嵌入华文文学的学科精神之中,反映出对研究对象的宏观把握思路和整体把握能力,提炼出了体现学科独有气质的方法论。以认同统摄离散,是华文文学学科特殊而深层的内在诉求。"大同"强调了华人海外生存历史差异基础上的整合愿景和认同诉求,而"诗学"则表明这种愿景与诉求的表达、塑造、把握都经由美学诗学的途径,这两方面的因素是"大同诗学"体现华文文学学科气质的主要方面。另外,"大同诗学"还具有整合之上的前瞻性效果。计璧瑞教授说:"整体视野和学术大叙述的形成有赖于持续不断的局部探讨和问题发现,因此它们绝非无的放矢的泛泛而论,而是学科发展的经验总结和前瞻。"[③]在前瞻性意义的层面上,"大同诗学"为未来的华文文学写作提供了清晰的图景。相较于"一体化"等方法论建议,"大同诗学"既提供整合的概念方法,

① 计璧瑞:《个人与学科——刘登翰教授与世界华文文学》,福建省海峡文化研究会、福建省台港澳暨海外华文文学研究会主编《世界华文文学研究:理论与实践(国际学术研讨会论文集)》,香港中国文化出版社,2007年,第380页。

② 计璧瑞:《个人与学科——刘登翰教授与世界华文文学》,福建省海峡文化研究会、福建省台港澳暨海外华文文学研究会主编《世界华文文学研究:理论与实践(国际学术研讨会论文集)》,香港中国文化出版社,2007年,第381页。

③ 计璧瑞:《个人与学科——刘登翰教授与世界华文文学》,福建省海峡文化研究会、福建省台港澳暨海外华文文学研究会主编《世界华文文学研究:理论与实践(国际学术研讨会论文集)》,香港中国文化出版社,2007年,第381、383页。

也提供整合的历史动力和价值愿景,兼具学术研究的温度、气度和风度。

第二,"大同诗学"体现了学术研究的中国特色。

"大同诗学"体现了哲学社会科学研究对继承性、民族性、时代性、专业性的把握,体现了对中华优秀传统文化资源和国外哲学社会科学资源的融会贯通,体现了对历史经验、当代实践和未来愿景的整体把握。习近平总书记在 2016 年 5 月 17 日召开的哲学社会科学工作座谈会上指出,构建中国特色哲学社会科学,"要体现继承性、民族性。要善于融通马克思主义的资源、中华优秀传统文化的资源、国外哲学社会科学的资源,坚持不忘本来、吸收外来、面向未来。坚定中国特色社会主义道路自信、理论自信、制度自信,说到底是要坚定文化自信,文化自信是更基本、更深沉、更持久的力量"。①"大同诗学"正体现出了学术研究的中国特色和文化自信。

第三,"大同诗学"携带着推广中华认同的强大文化能量。

从文化的角度说,没有一种人文社会科学的研究完全与意识形态脱钩。从 1993 年美国政治学者塞缪尔·亨廷顿发表其"文明的冲突"的观点以来,人们对如何理解并把握不同文明之间的差异始终争论不休。亨廷顿提出的文明间断层线冲突,具有相对时间持久、时断时续、暴力水平高、意识形态混乱、难以通过协商解决等特点②,那么"大同诗学"恰好是应对"文明的冲突"的可能性良方。"华文文学书写也成为一种文化政治行为,是华人对自己族裔的历史记忆与生存状态的铭刻与建构"③,"大同诗学"不回避它必然带有的文化政治因素,但它所着意建构的则是文明的融汇与大同。2015 年 3 月 28 日,《推动共建丝绸之路经济带和 21 世纪海上丝绸之路的愿景与行动》发布,包含了"人文交流更加广泛深入,不同文明互鉴共荣,各国人民相知相交、和平友好"的框架性思路。由此可见,"大同诗学"将在"一带一路"战略的文化维度上大有作为。若从中华民族伟大复兴的层面上说,就更要有文化话语权,要在中国形象的传播和中华文化价值观的接受上有所作为,这也是"大同诗学"推广中华文化认同的重要意义所在。"大同诗学"的文化实践正在展开,并将在中华文化认同影响力日益扩大的必然进程中发挥越来越明显的作用。

（作者为福建社会科学院精神文明建设研究所副研究员）

---

① 吴晶、华春雨:《习近平主持召开哲学社会科学工作座谈会强调结合中国特色社会主义伟大实践加快构建中国特色哲学社会科学》,http://news.xinhuanet.com/politics/2016 - 05/17/c_1118882832.htm。

② 潘忠岐:《〈文明的冲突与世界秩序的重建〉导读》,[美]塞缪尔·亨廷顿《文明的冲突与世界秩序的重建》,周琪,等译,新华出版社,2010 年,第 335 页。

③ 刘登翰:《华文文学:跨域的建构》,《文艺报》,2007 年 12 月 13 日第 3 版。

华文文学：跨域的建构

——刘登翰学术视域之关键词

刘桂茹

"世界华文文学"这一学科发展至今取得了令人瞩目的成果。前辈学者孜孜不倦、筚路蓝缕，为华文文学研究树起了一个个坐标，更重要的是，这些研究成果为现在及将来的世界华文文学研究者提供了重要的知识参照和学术起点。作为这一学科的开拓者之一，刘登翰先生所做出的卓有成效的贡献，以及在这一学术领域引起的深远影响，都是十分引人注目的。无论是对华文文学概念的辨析与阐释、对文学史的梳理与编纂，还是对文学作品的细腻读解、对学科建设的构想，刘登翰先生始终以脚踏实地的作为和缜密的思考姿态，影响和推进世界华文文学学科的发展。

《华文文学：跨域的建构》是刘登翰先生诸多学术专著中的一种。该书收录了刘登翰先生从事学术工作以来的重要代表作，包括华文文学的理论表述、区域华文文学的具体存在样态、中国新诗潮流、闽台文化研究等，被认为是刘登翰先生学术研究的形绘图。本文意欲从这张图交错的坐标中寻找刘登翰学术视域的若干个关键词。当然，"关键词"的说法并无意于追随学术界曾十分流行的关键词梳理，而是试图发掘刘登翰先生学术地图上的一座座界碑，进而切入其学术研究的深广空间。

一、分流与整合

20世纪80年代以来，"重写文学史"口号的提出，使得"20世纪中国文学"及"新文学整体观"等理念得到前所未有的关注与讨论，因而一系列新的文学史著述也应运而生。洪子诚的《中国当代文学史》注重讨论中国大陆的文学场域对文学现象、思潮，甚至具体的文学作品所产生的影响；陈思和主编的《中国当代文学史教程》则在"民间"视域下讨论中国大陆文学的"共名与无名"。大部分"重写"的文学史执着于文学摆脱对政治的附庸，追求文学的整体性开放视野。除了一些着力处理中国大陆文学的文学史，另有一些文学史前所未有地注意到了台港澳文学部分。刘登翰先生在主编《台湾文学史》《香港文学史》和《澳门文学概观》的研究实践基础上,提出了"分流与整合"的概念。如今,我们重读《分流与整合:二十世纪中国文学的整体视野》一文,更能深感到这一理念独特而重要的学术意义。在刘登翰先生看来,台港澳文学不仅是中国文学在一个特定历史时期特定地区的分流,而且也是在这一特定时空环境中中国文学的新的发展。把台港澳文学的发展整合进 20 世纪中国文学的版图,不是一种简单的量的增加,而是一种结构性的变化,这对于描述和概括 20 世纪中国文学的发展全貌,对于肯定华文文学所承载的中华文化内涵及其文化冲突与变异,都具有开拓性的意义。"分流与整合说"启发了一些文学史的写作,正确处理了台港澳文学在整个20 世纪中国文学发展中的位置和意义。从这个意义上说,刘登翰先生"分流与整合"的理念,弥补了早期文学史写作视野对台港澳文学有意无意的忽视,为台港澳文学进入 20 世纪中国整体文学架构提供了有效的学理依据。

"分流与整合"不仅是一种开阔的文学整体观,更是一种学术研究的历史观;既发生于文学的发展进程,也共生于文学的同一存在,是一种共时性与历时性交错的架构。它对于阐释文学的更生、流变、生产与再生产,具有广泛的有效性。"从共时性的层面看,不同艺术个性、风格、倾向、流派的文学,它们彼此之间的分化与整合,在充分体现作家对文学这一精神产品的个性创造的同时,又维系着文学整体架构的均衡和张力,使文学始终处于活跃的生命状态之中。而从历时性的发展看,每一个时代的新的文学,或新的文学思潮,都是从旧有的文学母体,或旧有的文学思潮背景上,离析分化出来,又在融摄新的文化因素和体现新的时代精神的要求上,整合建构成适应这一时代发展需要的新的文学,从而保持文学传统的延续和更新。"①在《台湾文学史》《香港文学史》《澳门文学概观》等文学史的爬梳与阐释中,刘登翰先生始终坚持分流与整合的文学史观,既探讨各个地区文学的渊源,也发现不同地区特殊的文学进程和存在形态,突出不同地区文学的特殊经验、复杂性与历史演变规律。"唯有如此,整合研究才不至于牺牲如此复杂多元的异质性元素和独特的生命形态。"②这个原本只是用来解释在特殊环境下中国文学分流发展的理念,后来推衍及世界华文文学研究。在刘登翰先生看来,华文文学作为一种汉语的跨域性的文学,是汉语文学母体在不同时空环境中的世界性生存与成长,中华文化与移居国文化互相对峙、冲突、融吸和涵化的丰富过程。对具体文学形态特殊性的强调和肯认,是"分流与整合"论

---

① 刘登翰:《华文文学:跨域的建构》,福建人民出版社,2007 年,第 65 页。

② 刘登翰:《华文文学:跨域的建构》,福建人民出版社,2007 年,第 14 页。

述的基础。可以说,内因与外因辩证发展的唯物观,一直贯穿于刘登翰先生对于华文文学学科的思考维度之中。一方面追求华文文学的整合研究,建立华文文学研究的总体性理论,另一方面强调文学分流及其形成分流的诸种个性化、历史性和脉络性因素。辩证地处理"分流与整合"、特殊与普遍、共时性与历时性的关系,使得刘登翰先生的华文文学史书写与编纂始终保持着高度的严谨与科学性。

二、一体化与多中心

海外华人散居各地的生存现状,决定了华文文学的"离散"特征。随着华人身份和文化认同的变化,以及华文文学在异质文化语境中"落地生根"式的"本土化",华文文学的发展形态显得更加纷繁复杂。因此,"整合"理论是否仍然适用? 如何更好地诠释"世界华文文学"这一命名,以及辨析世界华文文学的存在形态与运动方式?"华文文学"作为一个想象性的整合建构,又如何应对复杂多元的不同区域文学的生存样态? 这一系列问题随着海外华人生存环境、文化经验、个体想象的嬗变而成为缠绕于这一学科的学术论题,成为摆在华文文学研究者面前亟待解决的课题。从《命名、依据和学科定位——华文文学研究的几点思考》《关于华文文学几个基础性概念的学术清理》《都是"语种"惹的祸? ——也谈我们对华文文学研究的一些思考》《对象·理论·学术平台——关于华文文学研究"学术升级"的思考》等文章可以看出,刘登翰先生一直致力于对这些问题的思考与辨析。无论是对学科现象的认识和理解,还是源于具体研究对象和研究实践的理论阐释,都试图拓展华文文学学科研究的思维和方法。在刘登翰先生看来,离散的华文文学固然呈现为"散存"状态,但华文文学以汉语为纽带进行文学想象与书写,拥有共同的中华文化基础,全球化的文学视野也带来了更多潜在的同一性。因此,"一体化"作为对华文文学的整体把握和研究策略,是可能的。离散与聚合,看似两个互相矛盾的形态,却又是局部与总体的辩证关系。"只有深入局部,才能在研究视野上建构总体;而只有拥有总体的视野,才能高屋建瓴地在比较中准确地把握局部,这是华文文学研究必须具有的双重视域。"①

如果说"一体化"是对世界华文文学总体性的一个想象的把握,是世界华文文学的存在形态,那么"多中心"则是华文文学的运动方式。无论是已

---

① 刘登翰:《华文文学:跨域的建构》,福建人民出版社,2007年,第37页。

然成为国家文学之一的新加坡华文文学、强烈要求建立本土文学传统的马华文学,还是文学生存环境狭仄的印尼华文文学等,各地区华文文学呈现着各自不同的文学积淀,其与中国文学传统的传承与变异也显出迥然有别的面貌。整体视野和学术大叙述是学科发展的前瞻性姿态,而文学生产的局部问题和特定场域则是建构这种叙述框架的基本实践。因此,刘登翰先生提出,华文文学的发展现状呈现为偏离母国文学血脉而走向一种自主发展的态势,而散居形成的华文文学多元化必然走向文学形态的"多中心",研究者需以"双重视域"来审思各地区华文文学的"本土文学传统"。"一体化与多中心",或谓之"离散的聚合",是对拥有双重文化经验的华文文学开放性的审视,是对变动不居的华文文学生存形态的辩证体悟,也因此可能打开一个较为开阔的讨论空间与理论视野,对华文文学研究具有不可忽视的现实意义。

三、华人文化诗学

正如刘登翰先生《华人文化诗学:华文文学研究的范式转移》一文的标题所揭示的,"华人文化诗学"概念是世界华文文学研究的一种理论视野的期待,也是一种新的研究范式。20多年的华文文学研究,在研究对象上从台港到台港澳再到台港澳暨海外华文文学,学科概念得到了较大的扩展,但在理论与方法上却大多沿袭早期中国现当代文学研究惯用的历史的审美的批评。作为一种离散的文学,华文文学本身具有深广的文化空间。"文化诗学"概念涵盖了文学的文化政治功能、文学的历史维度、文学阐释的语境等,致力于从华文文学自身实践中提升出能够诠释自身特殊性问题的理论话语体系。文化研究的视域里,华人的身份政治问题、后殖民问题、弱势群体的话语权都将在后现代文化语境中得到深刻的阐述。在刘登翰先生看来,"文化研究的许多理论和方法,从文化人类学理论、族群文化建构理论、全球化语境下的文化多元化理论,到后殖民理论、女性主义理论等,都可能是我们深入拓展华文文学研究深度空间的重要理论资源和方法"。① 为了警惕研究者的认识误区,刘登翰先生强调,华文文学的文化研究,并不是要用文化来取代文学,而是通过文化研究的理论和方法,更好地确立华文文学研究的文学定位。无论是以新历史主义的眼光来看待文学文本,还是挖掘潜藏于文本之外的"政治无意识",或者是剖析文学话语的文化符码,其目的都在于

① 刘登翰:《华文文学:跨域的建构》,福建人民出版社,2007年,第8页。

打开华文文学的一些深邃命题,触及华文文学的深层意义与价值。在刘登翰先生的批评视域,文化研究不仅被用于华文文学形态的分析,用于文学作品的读解,而且也渗透到一系列华文文学文学史的编纂之中。美学与意识形态的复杂关系、社会、政治、经济、文化和阶级等范畴成为他文学研究与批评的重要理论支撑。

"华人文化诗学"还强调用文化研究的理论资源进入华文文学批评实践时应该注重华文文学的"华人性"。华人文化诗学的提出,"意味着华人文学批评重心的转移——从以往较多重视海外华文(华人)文学对中国文化/文学传承的影响的研究,向突出以华人为主体的诗学建构的转移,从以中国视域为主导的批评范式,向以华人为中心的'共同诗学'与'地方知识'双重视域整合的批评范式转移"。① 在刘登翰先生看来,华人族属性、华族的结构形态、华人美学及华人生存经验和文化经验都是特殊的文学命题,华文文学批评应从华人文学的印象批评、华人美学的建构,发展到华人文化学的形塑,强调华人主体性和华人性。返回到具体的文化生产语境,实现新批评的文本分析与社会学批评的对话,从而发现华人文学书写所包含的复杂的文化政治意味,是"华人文化诗学"所提倡的重要观念和有效方法。本土性与华人美学,双重文化经验与批评视域,将成为华文文学研究的新思路,跨域的建构也将进入一个整合性的新视野。

当然,前文所论及的关键词并无法涵盖刘登翰先生的整体学术视域。分流与整合、一体化与多中心、华人文化诗学,是华文文学研究领域的关键命题和理论脉络,它们既相互独立又相互作用,既来源于华文文学的生动发展样态,又试图寻求华文文学研究的整体学术视界。概念术语的嬗变,并不是一种对学术时尚的追逐,而是研究者基于学科建设课题的理论构想与诉求。因此,这些处于学术地图显要位置的关键词不仅成为刘登翰文学研究的重要范式,而且对于推动世界华文文学学科体系不断走向完善具有不容忽视的作用。

在专著《华文文学:跨域的建构》中,刘登翰先生指出:"华文文学的跨域建构,就是在共同语言、文化的背景上肯定差异和变化的建构,是多元的建构。"②跨域,指的是华文文学书写超越政治空间,是一种超出地理和时空界限的想象;建构,指的是华文文学书写既是海外华人的个人化创造,同时

---

① 刘登翰:《华文文学:跨域的建构》,福建人民出版社,2007 年,第 28 页。
② 刘登翰:《华文文学:跨域的建构》,福建人民出版社,2007 年,第 6 页。

又纳入特定的社会文化体系之中，使得普适性的想象的建构成为可能；整合，是关于华文文学的"大同世界"的设想，即每个国家和地区的华文文学书写，既是"他自己"的，也是"我们大家"的。跨域、整合、建构，是刘登翰先生对华文文学及华文文学学科所做出的恰当论述，事实上这也应被视为刘登翰先生华文文学研究视域的精彩注脚。

（作者为福建社会科学院文学研究所副研究员）

跨域与越界的学术达人刘登翰

——《跨域与越界》的学术范畴与学术价值

郑斯扬

　　在学术研究中,"跨域"代表新锐的学术态度,"越界"则代表学人的勇者之气。跨域与越界对于学术研究的最大意义和价值,就是让相关或者不相关的学科知识相互渗透融合,开拓学术研究的维度,尽可能地呈现立体和纵深的学术景观,不断推进学术研究的新高度。如果说"跨域"除了是研究者对学术的冲动,更是顺应时代趋势的全力以赴,那么,"越界"则表现为研究者大力追求学术的竞争精神,而不局限跨域研究小圈子的大勇气,是面向时代挑战的主动出击。当然,学术上的跨域和越界也带来了很多激烈的争论,有赞许,也少不了相互间的争鸣、争辩。当跨域和越界汇聚成一本书的名字来记录刘登翰先生 30 多年学术生涯的印迹时,它明证了作为一名学者向知识敞开的自信姿态——不断地将学术研究推向未知的领域、未达的高度、未有的成就。这一切的前提是理性精神、奉献精神、批判精神、学术道德的汇聚和升华——不断地提升自己的人生境界和学术境界,不断地超越自己、向上攀登。因此,对于一个学者而言,这两个词是对自己学术人生最美丽的褒奖。

　　《跨域与越界》共收录刘登翰先生有关台港澳暨海外华文文学研究、两岸文化与闽南文化研究和学术批评的论文 21 篇,概括地反映了作者 30 多年来的学术经历。全书分四辑:华文文学的理论探索、近代以来中国文学分流下的台港澳文学研究、两岸文化和闽南文化研究,以及艺术评论。本文试图简单地勾勒刘登翰先生的四个研究方向,揭示其中丰富的学术之旅。

一、华文文学理论研究的文学范畴和文学价值

　　"华文文学",这个概念的提出源于一种整合性的理想,整合那些散落在世界不同空间的华文文学之作。华文文学不是基于对文学内部构成要素的划分而产生的,它被视作离开母土开启世界性迁徙和生存的华人心灵的产物。华文文学有着共同文化脉络和渊源,又表现出不同国家和地区的华人

生存经验,共同性和差异性构成了华文文学对自身文化跨域建构的独特性。在保护民族文化和抵御异族文化方面,华文文学成为对民族文化政治的坚守和继承,意义非凡。在面向华文文学的研究中,刘登翰表现出由个人研究向学科建设挺进的努力,展现出超前的学术视野和探索者的勇气,成为他学术身份确立的重要学术文本,引发了相关研究者的关注。

一些学者对华文文学研究提出全面质疑,对此刘登翰给予严肃回应和深刻对话,就此还展开学术自审,尤其对华文文学长期忽视理论建设问题做了深刻的反思。刘登翰认为,华文文学这一命名与实际操作之间的脱节给华文文学理论建设带来了障碍。对此,他强调从文化研究的理论和方法入手,考察学科的背景和依据,寻找新的理论资源,开拓华文文学研究的深度空间,构建符合华文文学自身特质的理论体系。这项提议成为华文文学理论建设的突破口。

1993 年,在庐山举行的第六届世界华文文学国际研讨会上提出"华文文学"暨"世界华文文学"的意义问题,意味着区别于以往华文文学研究学术观点的确立,就要建立华文文学的整体观。这就关系到如何概括世界华文学概念,以及如何理解与华文相伴而生的一些阶段性的概念。在《关于华文文学几个基础性概念的学术清理》一文中,刘登翰指出,之前的"语种的华文文学""文化的华文文学""族性的华文文学""个人化的华文文学"等概念,的确为理解华文文学研究的多维视角提供了多元的理论视域和丰富的学术路径,但事实上这些概念不能对"世界华文文学"概念的确立起决定作用。为了能进一步说明"世界华文文学"的意义,刘登翰还在《世界华文文学的存在形态与运动方式》一文中,以"一体化"和"多中心"来给予定义,从而希望确立华文文学研究的全球性视野和新的学术范式。

在《20 世纪美华文学史论》中,刘登翰对华文文学写作跨域特征进行深刻解读。他通过海外作家的写作处境,阐述了他们"跨域"的历史原因和政治原因,还有更为重要的经济和文化原因。该书的研究具体包括:移民和移民者文学、白马文艺社的文化精神谱系、民族意识与身份焦虑、女性作家领军的美华新移民小说创作、新移民文学的希望、华人族裔历史的文学建构、美华文论六大家等方面的内容。他关注华文文学的产生、海外华人作家身份的特殊性、美华文学主题演变、华人生存方式和知识分子生存经验等,希望通过考察美华文学中主题的发展,揭示出潜隐其中的关于历史、社会、政治、经济、文化的诸多特质,引导人们关注其与中国社会和中国文学的互动关系。

如果说华文文学的研究将着眼点更多地放在"华人"这一与中国有着千

丝万缕关系的特殊群体，强调的是民族认同，那么文化诗学概念的引入则为华文文学研究提供了一种理论资源的同时，强调了文学的政治功能。在《华人文化诗学：华文文学研究的范式转移》中，刘登翰对"华人"概念重新进行辨识，并指出汇聚华人族裔文化认同感的"华族文化"的特殊意义，为我们从文化诗学的角度理解华文文学研究的意义提供了智慧。正是基于对华人共同体的深入思考，刘登翰等人强有力地提出了"华人文化诗学"这一概念，以期扩大并深化华文文学研究，希望借助"华人文化诗学"突显华人文学对族裔文化建构的政治价值及其所提供的审美观照，从而为华文文学研究提供更宽广的批评空间。

"华文文学"这一跨域建构的概念，包含着一个伟大的理想，那就是"华文文学的大同世界"。刘登翰指出"华文"呈现的是共同的文化脉络与渊源；又因为它是"跨域"的，便凝聚着不同国家和地区华人生存的历史与经验，凝聚着不同国家和地区华文书写的美学特征和创造。每个国家和地区的华文创造，既是"他自己"，但也是"我们大家"。这就是我们所指认的"华文文学的大同世界"。刘登翰对"大同世界"的强调，意在说明其中有文化的差异和对立，也有文化的统一和凝聚，还要意识到多元文化协调集合时容易产生的不稳定因素。如何能在继承华文文学传统的同时不断推进发展，并能做到不排斥否定和扬弃不符合新历史条件的内容，只有这样，我们才能推进华文文学不断进入外族主流文化圈的发展，为中国文化建设发展提供力量。

二、近代以来中国文学分流下台港澳文学研究的历史范畴和历史价值

文学史的书写在文学的发展进程中占有一个重要的位置，它既是关于文学的历史现象及其发展规律的总结概括，也是对人类历史与精神传统的总体性的艺术呈现。文学史作为一种文化实践活动，强调的是文学史所包含的不同国别、地域、民族的文学发展与社会进程、文化变迁的复杂关系。刘登翰的台港澳文学史研究，注重史料挖掘、概念厘清、范畴划分，从共时和历时两个维度呈现20世纪中国文学的整体景观，揭示其中"分流与整合"的辩证发展规律及文学"传承与变异"的漫长进程，以此构成文学史纵横交织的大景观。必须认识到的是，文学史对于回顾20世纪中国文学的全貌和进入新的历史发展阶段的展望在《台湾文学史》《香港文学史》《澳门文学概观》的写作中都有全面而深刻的分析和阐释。关于台港澳文学的独特性及其与中华文化的关系，也都有非常细致的考察和辨识。这些研究没有停留

在知识和概念的厘清里,而是以当下的历史眼光和价值系统对过往文学展开新的分析、归纳和总结。

海峡文艺出版社出版的两卷本《台湾文学史》聚集了"历史发展"主题下规模巨大的台湾文学——包括古代、近代、现代时期的台湾文学,以及1945年至20世纪90年代台湾文学日渐多元化的发展趋向,是宝贵的中国文学精神财富。如何理解台湾文学在中国文学中的位置和意义,台湾文学发展的文化基因和外来影响,台湾文学的历史情结,台湾文学的更迭和互补,台湾文学的当代走向,台湾文学的历史分期,这六大问题构成了刘登翰对台湾文学史写作的思路,也成为《台湾文学史》的编写结构。他通过对资料的开掘、钩沉、辨伪、确证和梳理,让台湾作家的作品再现原貌与特定意义。刘登翰指出,台湾文学既是中国文学的一个组成部分,又具有自身发展的特殊形态和过程,它以衍自母体又异于母体的某些特点,汇入中国文学的长河大川,丰厚了中华民族的文学创造。这样的定位,一方面为我们理解历史的复杂性奠定了思想基础,另一方面为理解台湾文学的诗学与政治、共同体想象与文化实践、文学思潮更迭与社会变迁等复杂关系提供了一个探索的出发点。大开大合又散点聚焦的《台湾文学史》可以说每一章都是智慧和气力的汇聚。20世纪80年代到90年代初的台湾文化研究中,厚重的《台湾文学史》的确为刘登翰先生赢得了非凡的学术风采,也为其奠定了稳固的学术地位。

如果说《台湾文学史》立意在"浮出历史地表",那么《香港文学史》的立意则是聚焦香港都市文学的绚丽画卷——探索性文学、社会性文学和通俗性文学丰富的文化内涵和多元精神指向,又折射出岭南文化与西方文化相互渗透的状态。很长一段时间里,香港都被视为"文化沙漠",扰乱了人们对香港文学的认识,不能全面地看待香港文学与祖国内地文学的分合关系,也不能全面地认识中国文学的整体风貌。基于这种现实背景,《香港文学史》从文化的视角透视香港文学的多元构成,不断地呈现香港文学的价值所在:一方面确证香港文学的意义和价值,另一方面再次强调香港文学是中国文学的重要组成部分,它的价值将整合在中华民族文化发展的历程中。

相对于《台湾文学史》《香港文学史》,《澳门文学概观》突出了对文化视角的强调。该书概述澳门由古至今的风云沧桑,分析澳门多元的文化生态及澳门文学的特质,深入探讨澳门新文学起步的艰难历程,指出澳门文学未来的辉煌前景。其中土生文学与中国文化的关系分析,有利于人们认识澳门文学与中国文学构成的关系。值得一提的是,刘登翰邀请了一些专攻澳门史、葡萄牙语的专家参与写作,这样的合作为两地研究者搭建了友谊的桥梁,为写作赢得了学术之外的启迪。《澳门文学概观》与《台湾文学史》《香港文学史》相比,内容没有前两者厚重,但是,其对中国文学整体研究的学术贡献则是一样重要而珍贵的,为研究者探索澳门的文学和文化提供了一个窗口。

从《台湾文学史》《香港文学史》到《澳门文学概观》,刘登翰先生完成了对台港澳文学的重要"发现",并不断地发现文化命题和历史命题的遇合,以及各地区文学的特质,并不断地在"同"中之"异"和"异"中之"同"中,去思索民族文化的博大精深与民族文化的同一性在其整个发展过程中的基础意义和指向意义。毫无疑问,这些研究表征着刘登翰先生为拓展20世纪中国文学研究整体空间所付出的艰苦努力。他期望通过文化的交往和交流,打破阻隔,构建一个彼此可以了解、共享的文学世界。另外,其更高的学术境界表现为对晚生后学的希冀。他表示,严格说来,目前出版的《台湾文学史》《香港文学史》《澳门文学概观》,都是关于庞杂文学现象的初步梳理,只是一种"概述",还不属于真正意义上的"史",这些研究还有待时间的检验,同时也希望一代一代的研究者能在前人研究成果的基础上,以新的视野和新的学术思维提高研究的深广度,努力缔造经典的文学史。这份朴素的心愿确证了一个学者在历史、社会和人生里甘心情愿的付出和奉献,而这之中最打动人的是刘登翰先生对后辈的深深期待和无限祝愿。这是学术之外的范畴,也是学术之内的风采。

三、两岸文化研究的文化范畴和文化价值

在两岸文化研究中,"海峡文化"是刘登翰不断展开辨析的一个重要概念,也是他在新的时代下对文化研究反思和修正的表现。"海峡文化"是在历史形成中的一个稳定的文化结构,伴随而生的是"海峡文化区""海峡文化圈"两大概念的出现。刘登翰辨析了三者的相关性内涵,尤其强调闽文化或者是闽南文化作为海峡文化主体的战略意义和时代意义。他还进一步追问海峡文化与海峡经济的辩证互动、"泛海峡文化"跨域建构的可能。那么这样追问的意义是什么? 刘登翰希望更准确地把握关于"海西建设"的时代命题。或许可以明白的说,确定研究对象的时代意义——例如海峡新的经济政策对孕育和发展新的文化形态的可能,一个跨域的"泛海峡文化圈"存在的可能。当然这些思考必须以历史文化为基础,并考量正负两方面价值的论断是否全面。

刘登翰把"文化地理学"应用在闽台文化研究中,突破以往文化史学的

研究路径,避免过多地追寻中华文化在闽台传播发展的踪迹,以及与母系文化不可分割的统一性,强调把闽台文化作为地域文化,从空间分布的角度探索其中包含的文化起源、扩散和发展的信息,把空间作为研究的对象。这是文化地理学和文化史学交叉的综合视野,对区域文化研究的发展提供了一条重要的途径。

从文化地理学出发,综合文化史学的研究方法,刘登翰重点探讨了闽台文化之间的同一性和差异性,指出闽台交往不断为文化沟通提供机会,走向新的发展。在《闽台社会心理的历史、文化分析》中,把社会心理作为分析社会行为的一个重要向度,通过外显性特征揭示闽台社会的普遍性和差异性,以细节的对比真实显现两地民众社会意识特征,这样的分析更准确,也更能呈现问题的所在。关于"台湾意识"和"中国意识"这对范畴的探讨,一方面反映祖根意识和本土认同,另一方面提醒民众警惕"台独"分子的诡计,从而凝聚中国情怀、爱国情结。

无论以何种概念介入两岸文化,同一性和差异性是刘登翰研究中最为重要的一对范畴。他一以贯之的态度是:认同确定归属,是研究的深入和对认同的进一步肯定。在这个意义上,对特殊性的辨析有着与对同一性的肯认同等重要、甚至更为深刻的意义。这是一种尊重历史的态度,也是尊重文化研究的一种实践。没有人能遮蔽历史,更没有人能主宰历史。历史永远是多声部的一种构成,因此它深邃迷人;历史也是在对话中形成,因此它总是充满了矛盾。文化研究因为涉及历史才显得丰富,也因为立足历史而具有力量。这样的研究才经得起时间的检验和历史的淘洗。

四、艺术研究的艺术范畴和艺术价值

绘画艺术是用高度概括与提炼的图形语言凝聚客观物象的一种表现形式。对于客观物象而言,绘画是一个神奇的符号世界。绘画可以用超现实的手法再现客观物象的原貌,也可以用传统的留白表达最玄妙的境界;同时绘画又可以无尽地延展,成为人们无限向往的艺术空间。刘登翰似乎钟情于绘画,他将关于台湾文化的研究聚焦到台湾的当代绘画艺术上,研究与情怀相伴,为自己在文学和文化研究之外创建一个微型花园,是热爱,也是传情。

《台湾当代画家十题》聚焦台湾当代画家艺术语言的丰富性:陈庭诗的现代版画与铁雕、刘国松的现代水墨艺术新传统、朱为白的黑白两个世界,楚戈幻化的线条技法、李锡奇野性的磨漆艺术、李茂宗体现东方精神的陶

艺、陈怡静宁馨与喧动的诗性隐喻、蔡志荣的环境/动力美学、杨茂林的文化杂交主题、廖迎晰的女性艺术视野，这些有代表性的画家不约而同地在时间和历史、传统和现代中寻找灵感，这是台湾当代画家集体的艺术行动。西方艺术提供给他们更多的是一种视野、识见、襟怀和进入中国传统文化的视角。台湾当代画家的艺术思想反映了社会文化的诸多层面，涉及很多方向。陈庭诗赋予工业废物新生命，刘国松努力将传统绘画艺术带进 21 世纪，朱为白在同质异态的黑白世界思考与博弈……开拓传统、立足当下成为他们最切实的努力。台湾当代画家的艺术源于对民族文化的认同。认同的态度是一种主动敞开的意识，绘画对于传统的挖掘，绘画对于当下的回应，绘画对于未来的引导，这一切都表明画家们对于传统的亲近和倾向。绘画本就是对于现实的参与和介入，《台湾当代画家十题》指向的是关于传统和现代崭新的对话，以及对社会重要问题的参与。这是台湾当代知识分子构想社会的一种方式，也是他们确证自我力量的体现。刘登翰的研究表明了他对绘画艺术的文化敏感力，也表明对台湾知识分子思想动态的关注。

画面是一种表象，民族文化是最本质的构成。研究台湾当代画家的艺术创作，刘登翰更强调中国传统文化与现代精神的美妙对话。中国的传统文化为台湾当代画家打开了历史的大门，使他们可以借助历史制造机遇。这无疑是台湾当代绘画一个意义深远的重大命题。刘登翰注视这道历史的大门，期待对话的无限延伸。这是相遇，也是创造。台湾当代绘画的研究得到了完整而深刻的阐释。这是非常重要，也别具文化视角的，尤其是对台湾当代艺术诉求的分析，揭示了台湾知识分子的道德信仰。台湾当代画家对中国传统文化的认同、汲取、借鉴、转化、超越，形成了一种文化立场，这有助于两岸文化的对话。对话是一种有助于沟通和交流的方式，它代表一种尊重的意识，也代表了一种文化发展的自由度。这个意义上，刘登翰的研究为促进两岸文化沟通与交流做了贡献。

以《跨域与越界》这本书为线索，回顾刘登翰 30 多年的研究历程，我们看到，他一直都在强调文学/艺术的文化土壤和发展前景，也在敞开理解不同地域的文化感受。在科研中，他总是把文学作为一种社会现象或文化现象来看待和分析，使他自然地从历史、社会和文化的多维度去思考，促使他总是以先锋角色去探索中国文学的深度构成，形成了跨域与越界的研究路径。其实，不断地跨域与越界形成了刘登翰研究的一种姿态——飞翔。用研究展开自我学术人生的飞翔，这样的学术人生折射出的是一种内心的诗意和对文学的热爱。飞翔是一种能力，也是一种风姿。对于研究而言，飞翔可以展现更全景的研究内容，可以尽可能地以客观的视角去认识研究对象。

对于刘登翰本人而言,飞翔可以不断将自己带去远方,开拓视域,超越自我。此刻我意识到,《跨域与越界》这一书名不仅表明刘登翰的学术之旅跨越不同地域与学术领域,还是对一种研究精神的歌咏——展现"飞翔"的勇气之姿。我想这才是真正的学术研究:生动丰富又充满刺激和挑战。①

(作者为福建社会科学院助理研究员)

---

① 本文中的一些内容摘自刘登翰先生的《跨域与越界》。

跨域的开拓者

——刘登翰先生与华文文学研究

李欣池

历史只有 20 多年的世界华文文学研究走过了艰辛的拓荒、初创和研究领域与研究队伍的茁壮成长。世界华文文学研究的起点由"台港文学"不断延伸，研究领域逐渐拓展、整合。作为这一领域的开拓者与奠基人，刘登翰先生与华文文学这一学科结下了不解之缘。在 20 世纪 90 年代初期，他主编的《台湾文学史》横空出世，为补充、完善中国文学的总体结构做出了不可估量的贡献。随后出版的《香港文学史》和《澳门文学概观》体现了宏观的视野与微观具体的研究，其论述的系统性、史料的丰富性，即使在今天看来，仍然让人叹为观止。在长达 60 年的学术研究中，他孜孜以求，严谨治学，以渊博的学养为华文文学学科奠定了深厚的基础，开辟出研究路径。刘先生以扎实的史学功底与诗人的敏锐洞察力提出了"分流与整合"的文学史研究观念与理论架构，并将文化诗学的研究方法运用在华文文学研究中。

一、文学史观念与理论框架的提出

1986 年，刘登翰先生在向第三届台港暨海外华文文学研讨会提交的《特殊心态的呈示和文学经验的互补》一文中明确提出，要研究台湾文学必须从当代中国文学的整体格局着眼，这篇文章开启了两岸文学比较研究。他的这一观念与文学史的阐释框架在《台湾文学史》中得到了集中展现。刘登翰先生总结了文学发展中分流与整合这一具有普遍性的历史规律，从理论的高度归纳出文学样态的流变逻辑，"文学的整合以文学的离析为前提，而文学的离析以文学的整合为归宿"。① 这一核心理念体现了刘登翰先生对中国文学史的总体观，兼顾地方特色与历史语境，跨越多个政治、文化区域而有历史的内在联系与逻辑，重视对纷繁复杂的文学现象的分析与辩证。

---

① 刘登翰：《两岸作家深入交流对中国文学重大促进》，http：//www. huawenxuehui.com/？p =2965. 2012 - 09 - 28.

对民族、国家、文化、政治、历史等多种因素对文学发展、变革的压抑与推动的辨析,是刘先生分流与整合的理念的建构基础。在《台湾文学史》的总论中,他在指出台湾文学与中华民族文化这一整体的紧密联系的同时,又向人们展现了台湾文学在其特殊的政治、历史环境中独特的沿革、发展路径,还对台湾文学的未来做出展望,从大陆与台湾的历史渊源和文化影响方面对两岸文学从分流到整合的趋势做出肯定。诚如黎湘萍老师所言:"刘登翰在总论里用大量的篇幅,从理论和史料两方面论证台湾文学在中国文学中的位置和意义、台湾文学发展的文化基因和外来影响、中国情结和台湾意识产生的历史背景、台湾文学思潮的更迭和互补、文化转型与文学的多元构成等,从地缘、血缘、史缘和文化诸方面论述台湾文学与中国文学不可分割的关系、台湾文学呈现的独特历史经验和审美经验等重要问题。"①从《当代中国文学的分流与整合》到《分流与整合:二十世纪中国文学的整体视野》《台、港、澳文学与文学史写作》,纵观刘先生的学术与思想轨迹,我们可以发现他始终坚持并延续着这一研究理念,并对其进行深入透彻的阐释,这渗透在他的理论与批评实践中。

20 世纪 80 年代,大陆学界开始了关于"重写文学史"的热烈讨论,如黄子平提出的"20 世纪中国文学"和陈思和提出的"新文学整体观"等理论为学界提供了宏大的历史架构与新的文学史写作观念。然而他们更加强调的是以"时间"为主轴,整合中国文学发展的各个历史阶段,而缺少横向的空间视野,这是文学史写作与研究方面的思维定式使然。黎湘萍老师认为,1949年后的大陆文学延续着近代以来以梁启超为代表的"政治文学"的路线,文学的现代性呈现为强烈的社会、文化、思想批判的功能,文学被知识者当作文学启蒙运动的重要部分,是建设现代民族国家之国民意识的重要工具,中国现代文学史甚至成为建国史的一部分。因此,在进行历史话语维度的建构时,文学的社会性、实用性、集体启蒙作用成为占据主导地位的中心,而文学的艺术性、审美维度及其中对个人情感、命运的观照却较少为人关注。这样就导致了学者往往对理论的宏观建构极为重视,力图发明出一套明晰且具有普适性的历史叙述逻辑,来概括、阐释文学发展的诸阶段、诸现象,而对文学史版图中的各区域文学的基本生态与具体历史语境的研究考察有所忽视。任何在文学史书写与理论建构方面趋向于一元化的叙述模式,势必会对文学发展中不符合"正统"标准的异端、矛盾进行压抑、遮蔽,这样只能建

---

① 黎湘萍:《族群、文化身份与华人文学——以台湾香港澳门文学史的撰述为例》,《文学》,2004 年第 1 期。

构出有先天缺陷的文学史。

刘登翰先生分流与整合的理念和文学史架构不仅带来了文学研究视野的扩大，"它所提供的是逸出大陆文学发展轨迹之外的另一种文学存在"。更为重要的是，这给中国文学研究带来了结构性的转变，使中国文学研究不再局限于大陆并开始向外辐射，形成了由两岸四地及流散于世界各地的华人所进行的华文文学写作所建构而成的动态系统，不仅体现出文学、文化、历史时空的多元呈现，更是以中国文学共同的发展脉络为线索贯穿始终的。正如刘登翰先生所言，"离析与整合，是文学存在和发展的一种普遍的生命形态和基本的运动形式"，"从共时性层面看，不同风格、倾向和流派之间的离析与整合，在充分发扬作家这一精神创造物的个性特征的同时，又维系着文学整体架构的均衡与张力，使文学始终处于活跃的生命状态之中：从历时性的发展看，每一时代的新的文学或新的文学思潮，都是从旧有文学的母体，或旧有文学思潮的背景上，离析分化出来，又在融摄新的文化因素和体现新的时代精神的要求上，整合建构成适应这一时代、文化发展需要的新的文学，从而保持着文学传统的延续和更新"。①

由大陆主导的一元化书写向台港澳多区域文学史书写的格局转变，说明中国当代文学史写作从分流走向整合是历史趋势的必然。开放的、包容的视野，多元整合的文学史写作观念成为文学史编撰者的共识，对文学史的写作实践有着长远而深刻的影响。刘登翰先生指出："经历了近半个世纪分流的当代中国文学，种种迹象都在预示着，未来的世纪是中国重新走向整合的世纪，一个文学整合的时代也必将到来。"②这展现出刘先生的远见卓识。在《香港文学史》中，刘登翰先生又强调："香港文学和台湾文学、澳门文学一样，都是我们民族一百多年来坎坷多难的一份文化见证。历史的不幸原因，使它们从中国文学中分流出去；历史的有幸结果，又使他们在不离中华民族文化的母体怀抱中随着时代的发展走向新的整合。"③这种建立在分流与整合之上的文学史的整体建构思路深刻地影响了之后的台港澳华文文学研究，极具启示性。我们可以在古远清的《台湾当代文学批评史》及陈辽和曹惠民主编的《百年中华文学史论》《二十世纪中国文学史》《中国现代主义文学史》等论著中寻找到刘登翰先生这一理念对文学史架构的影响痕迹。

---

① 刘登翰：《文学薪火的传承与变异》，海峡文艺出版社，1994年。
② 刘登翰，等：《台湾文学史》（下卷），海峡文艺出版社，1993年，第900页。
③ 刘登翰，等：《香港文学史》（上卷），海峡文艺出版社，1993年，第40页。

二、文化诗学的研究范式的建构

近代中国受到帝国主义列强的入侵,丧失了部分主权,由此形成了复杂的地缘政治问题,国家、民族、意识形态及相关的文化、语言与文学问题也纠缠其中。对研究者而言,台港澳及世界华文文学的探讨与研究不可避免地与这一历史背景相联系。自鸦片战争以来,中国人民经历了风雨飘零的半个世纪,历史的回响使得人们几乎不可能从无利害的审美角度来研究、讨论这一时期的文学。刘登翰先生虽然也十分强调对美学意义的发掘,但他并不认同文学研究中的纯审美倾向:"文学的发展不仅受制于社会现实的外部规律,还受制于文学自身内部的规律。"①刘登翰先生的社会文化分析与史学架构始终以社会学和文化人类学为基础,并将"文化研究"与"文学经验"的研究理念相结合,注重现实制约和审美超越的统一,"社会学、历史学和文化视域令得刘登翰学术研究一直保持着历时性和共时性的双轴思考向度和开放多维的胸襟"。② 他提出:认同确定归属,是研究的前提,而辨异是在确定其归属后,确认它在整体中的价值和位置,是研究的深入和对认同的进一步肯定。在这个意义上,特殊性的认识比普遍性更为重要。由此可见,"分流"并不是简单地依据某些标准将文学、文化领域粗略地切分,而"整合"也非单纯地将不同区域的文学研究拼凑成一个看似完整的版图,使得一种绝对总体化的主导意志统摄全局。

刘登翰先生在论述台湾文学时十分注意对社会文化背景的分析,通过台湾少数民族文化、中原文化和外来文化这三个方面,他阐述了台湾文学生成、发展过程中复杂的历史文化背景。他认为:"中原文化的基因,在台湾文学漫长的发展过程中,规范了它的方向,确立了它的形式,赋予它的精神内涵,奠定它的民族风格。"刘先生在《台湾文学史》总论部分讨论了台湾文学场域中极为重要的传统、现代与乡土三种美学范型下思潮的更迭与互补,打破了以"传统—西化—传统"来论述台湾文学的模式。在阐释、分析台湾文学中的"中国结"与"台湾结"这一对矛盾意识时,体察其历史合理性,而非直接施加以政治立场出发的批判。

社会文化背景的分析同样出现在《香港文学史》和《澳门文学概观》中。《香港文学史》的总论部分阐述了从文化的角度探讨香港地区文学的别样面

---

① 刘登翰,等:《台湾文学史》(上卷),海峡文艺出版社,1991年。
② 刘小新:《刘登翰文学研究的意义》,《华文文学》,2003年第4期。

貌及其与中国内地文学之间的联系和独特性，论述了当代香港文学的多元色彩与复杂构成，并指出香港文学既非殖民者文化移植所带来的直接后果，也非中国文学传统内的再发展，而是在中西两种异质性文化的交汇中体现出开放、丰富的文学特征。刘先生揭示了香港文坛的三重结构，即来自不同方向的探索性文学、社会性文学和通俗性文学。在对香港文学的观照中，刘先生始终没有脱离其原生文化语境，揭示出香港岭南文化与西洋文化共生杂糅的独特结构，动态地描写出文化生产、生成途径。不同于其他华文文学史著作，《澳门文学概观》打破了文学史惯常的线性时间顺序，融史学论述与文学批评为一体，展现出编写者非凡的眼光与魄力。这部文学史著作由刘登翰先生和澳门优秀学者、作家协力完成，通过对丰富的资料与史实的研究，揭示出长期以来由于政治和地理等原因造成的文学格局如何形成我们今天所看到的澳门多元的文化景观。

在关注特定区域的文学生态时，刘先生极为注重对语言环境、民情风俗、历史和文化渊源的考察与梳理，在华文文学的研究视野下，他敏锐地考察了台湾文学的现代主义传统对于东南亚作家的影响，成为 20 世纪五六十年代东南亚华文文学发展中的台湾文学因素。同时，在台东南亚作家所描绘的充满异国风情的南洋，又成为台湾文学中一股独特的美学动力。"台湾文学场域的结构张力促使旅台文学发掘南洋想象资源，也把'马华新文学史'的马华文学独特性和南洋色彩论述往前推进一步，从而走向一种'地方知识'的建构。"他还关注了美华文学中中国人民的移民轨迹与艰辛的生存环境，以宽厚的同情在冷酷的历史中揭示出人性的深度。

华文文学研究具有跨文化、跨地域、跨民族的性质，是"跨域"的研究。因此，我们要以更为宏大的文化诗学的视域来观照各领域、各地区的文学现象，文学符码的编制、转义及使用规则，间接反映出文学是具体个人的叙述行为，文化诗学不是一套观念与研究方法，而是跨越学科界限，灵活运用各种理论的批评实践活动，多元的综合，与生动的文学、历史、文化现象及政治因素密切相关。福柯认为："历史，原是以时间为外延划就的一片包含各种不同内涵事物的多元异质空间。"文学文本是个人记忆的具体投射，亦是个性化的历史书写。历史并非只有一个版本，它建构在今天的人们与过去的对话、重述之中，而研究者的任务就是发现历史话语的裂缝，对其进行解构与重构，揭示出动荡的历史走向人的个人情感、经验与艺术创造。而文学不仅与历史相关，还具有文化政治功能。文化与政治网络一方面控制着社会个体，另一方面个人的创作也拆解着这一网络的操控机制，通过话语的生产与文本秩序的再建构营造出对主流意识形态和政治言说的抵抗空间，保留了个人在广大的历史洪流中的存在痕迹。虽然文学作品在一定程度上是私人的历史、经验、情感记录,甚或是一种无关时间的符号游戏,然而作为研究者,我们应当将文本置入历史语境中,文学与变异着的社会环境之间将产生何种关联性,"任何创作者绝不可能完全孤立于社会史、政治史与文学史之外,因此对于历史本身有着深入的研究和体悟,将成为调整自我脚步、修正未来趋向的重要凭借"。① 因此,我们在进行具体的文学研究与文化批评时要重视"从影响文学发展的外部社会因素"和"文学自身审美形态的发展变化的内部因素"这两方面对台湾文学的发展史进行综合性观照与论述,展现出"多向的、立体的、在互有交错的对峙和互补中呈波浪式向前推进"。② 刘登翰先生在《闽台文化关系论纲》的后记中强调了做研究的方法,即理论基础与批评实践结合,缺一不可,不仅要掌握西方的文化理论,还要从文献资料和田野调查中实证的历史和现实的文化语境出发,去探寻文学生成与发展的潜在因素和文本价值。这一点对今天的研究者而言,仍然具有指导性意义。刘登翰先生的研究重点恰恰是指出台港澳及其他华文写作地区显示在宏大的历史图景之中的文学、文化之间的差异性,纠缠于战争、殖民的血泪史,这需要的不仅仅是史家的严谨、厚重,还需要诗人的敏锐与直觉,"真正的诗人关注的是差异性",从而在对比不同区域的文化生态、历史路径时才能有灵感与发现,从而全面把握一个地区的文学与文化特征。史学考证与诗学的灵感发现并重,刘登翰先生将文化诗学作为理论典范引入华文文学的研究领域中,提出了"重新认识文学的文化政治功能""重新建立文学的历史维度"及"开放的、文本互涉研究方法"。③

　　华人或华族的概念既超越了国家界限,包含着种族、血缘关系,又不可避免地从属于国家政权,具有政治身份认同的意义。世界华文文学这一概念、学科范式的提出与巩固,形成了以语言和文化为基础、跨越国界的共同体,在流散于世界各地的华人之间建构起新的想象性关系。通过共同的语言,人们能够"逐渐感觉到那些在他们的特殊领域里数以十万计,甚至以百万计的人的存在"。④ 语言、文化展现出一个"华文文学的大同世界",这一代表刘登翰先生重要学术思想的重要观念早在 1989 年的新加坡会议上就

---

① 林燿德:《一九四九以后》,台湾尔雅出版社,1986 年,第 293 页。

② 刘登翰:《也谈台湾文学的历史分期——兼与汪景寿等同志商榷》,《台湾研究集刊》,1991 年第 1 期。

③ 刘登翰、刘小新:《华人文化诗学:华文文学研究的范式转移》,《东南学术》,2004 年第 6 期。

④ [美]本尼迪克特·安德森:《想象的共同体》,上海人民出版社,2011 年,第 47 页。

已提出,共同语言与差异的文化背景及个人的感悟、经验,交织出不同地区华文文学的美学特征与诗性表达,这些不同区域人们鲜活的历史、文化书写汇成了强大的民族凝聚力。"华文文学的大同世界"这一理念显示出刘登翰先生作为一名文学研究者的宽广的胸怀与理论高度。这一概念统摄了全世界以华文写作的作家,突出了文化中的共性与各异的离散经历,形成了并立的差异空间,对比、对话,从而建构起"以'华人性'为研究核心,以'形式诗学'和'意识形态批评'统合为基本研究方法的'华人文化诗学'"。①

结 语

华文文学研究中对文化差异性的提取、展现与辨析,并不是要制造新的对抗,而是为了促进文化之间对话与共识的建立。今天,当我们回望华文文学这一学科的成长轨迹,无数前辈学者披荆斩棘所取得的研究成果为今日华文文学的研究奠定了坚实的基础,并指出了新的发展方向。而刘登翰先生作为华文文学研究领域的拓荒者与领路人,他所做出的贡献必将为后来者所铭记。在刘先生学术著作敏锐理智的分析语言后面蕴含着对研究对象的深切同情,这种宽厚使他对台港澳地区及流散各地的华人的生命遭际感同身受。今天看来,刘登翰先生主编的三套文学史已然成为进行台港澳华文文学研究不可或缺的参考文献,成为普通读者与学者了解上述区域复杂多样的文化生态的一扇窗口。

(作者为福建师范大学文学院博士研究生)

---

① 刘登翰:《跨域与越界》,人民出版社,2016 年。

台湾文学研究的深耕者

——从刘登翰教授学术志业六十年谈起

隋欣卉

刘登翰教授1956年考入北京大学中文系,开始文学创作和研究。弹指一挥间,至今已60年。20世纪80年代初,刘登翰教授走上台港澳暨世界华文文学的研究道路,使自己的学术历程始终保持大陆与台港澳暨世界华文文学研究发展同步。其在文学研究领域的诸多方面身体力行和创新发现,开启了大陆学者研究台湾文学的宏观与微观两个层面的传承和变异。而其提出的有关台湾文学"分流与整合"的核心理念至今影响深远。随着民进党重新执政台湾,因政治因素的风云际会,两岸文学的"分"与"合"再次成为严肃而现实的问题。

台湾文学的影响因素

刘登翰教授认为,"一定社会的政治、经济、文化形态,制约着文学做出与它相适应的反映,同时也刺激着文学对一定社会的政治、经济、文化进行审美的超越","文学作为现实的反映,不能不受到现实政治、经济、文化的制约。这一点在台湾坎坷跌宕的历史发展中表现得尤为突出"。

刘登翰教授主编的《台湾文学史》一书,把台湾文学史划分为四个大的历史阶段,先后是:古代文学,描述远古到1840年台湾文学的发展状态;近代文学,描述1840年至20世纪20年代初期台湾文学的发展状况;现代文学,描述20世纪20年代初至1945年台湾回归祖国的文学发展状况;当代文学,描述1945年台湾回归祖国后40余年的文学发展状况。这样的划分,使人们有利于探讨一些台湾文学发展的普遍性问题,例如台湾文学与文化母体的关系、台湾文学发展的内部文化基因和外来文化影响、台湾文学的历史情结、台湾文学思潮更迭的基本形态等,同时也使人们对台湾文学的传统大致有一个直观粗浅的感受,就是台湾文学的发展与时代变迁的洪流息息相关。

台湾少数民族曾创造出具有自己独特形态和地域特色的文学与艺术,

但因为当时没有文字记载,大多停留在说唱文学的阶段。而最早的严格意义上的文学创作,主要产生于17世纪中叶赴台的一批文人,其中一部分是不满清朝统治、投身郑氏政权的明末文士,另一部分是清统一台湾初期来台任职的宦游文士。他们身上体现了不同的政治意图,但咏怀和问俗成为其作品的主要和共通的特点,这奠基了台湾文学最早的"政治"色彩和基因。此后,台湾进入纷繁的历史变动时期,成为东西方殖民国家侵扰掠夺的目标,尤其是甲午战争失败后作为赔偿割让给日本。虽处于日本殖民统治之下,但当20世纪20年代新文学在大陆兴起时,台湾也以相同的姿态和步调,呼应大陆的新文学运动;日本殖民统治制造出"皇民化"文学,但也催生了从赖和到吴浊流的反抗殖民统治的文学;20世纪50年代台湾当局推行反共文化政策,但因台湾本省籍作家的非政治化倾向,加上外来文化的冲击和经济转型带来的多元结构基因,也产生了乡土文学思潮、现代主义思潮等文化景观;20世纪70年代,台湾发生乡土文学论争,"一方面是长期受到压抑、在70年代重新崛起的乡土文学思潮,对现有的文坛力量和艺术规范,在理论上发起的一次挑战和冲击;另一方面更为重要的,它是彼时政治现实肇发的一场以张扬民族意识和本土意识为内涵的广泛的政治文化运动"。作为一个有着广泛意义的政治文化运动,其论争所观照的主要是作为政治层面的文学,而不是本位意义上的文学,它在价值取向上的政治判断,一定程度上取代了艺术多元的审美评价;世纪交替之际,因"台独"势力乖张,从主张台湾文学"本土化"到强调与中国分立、对立的"自主性",呈现为一种具有强烈分离主义倾向的文学主张。对此,从岛内的"二陈论战",发展到大陆学者参与论争,台湾文学出现新的泛政治化苗头,引起两岸学者共同的警觉和忧心。

从台湾文学的发展历程中可以看出,"政治曾经是影响台湾文学发展的重要因素,而经济的转型又成为导致台湾文学走向多元结构的基础"。这成为我们认识和评价台湾文学的一个重要基础与前提。

大陆研究台湾文学的语境变迁

从20世纪70年代末期起,大陆开始研究台湾文学的发展和成就。就大陆的台湾文学研究阶段划分,不同的学者有不同的标准,综合学者们的观点,大致可做如下区分:

1979年至1989年,大陆研究台港澳文学,基本上是资料累积、研究起步的初级阶段,研究成果较多集中于资料介绍和作品赏析,政治意味浓厚;

1990 年至 1999 年,大陆对台湾文学思潮、流派与社团的研究日趋增多,对台湾作家作品的研究也更为全面和深入,出现了两岸文学比较研究和台湾文学史写作成果,学术水准逐步提高。2000 年以来,大陆研究台湾文学又出现了一些新的变化,比如文学史书写被思潮、史论和文类等研究所取代,世代更替与批评范式的转变越来越突出与明显,理论水平、学术思维、研究思路和阐释方法更为规范化、学术化和多元化。

刘登翰教授认为,20 世纪末期的 20 年,其中前十年大部分是在台湾的政治"解严"之前,后十年则是在"解严"之后。当时,来自祖国大陆的现实政治背景和来自台湾的文化思潮背景,都共同地突出了祖国大陆对台湾文学研究的政治意蕴,直到大陆逐步摆脱文学从属于政治的"工具"说开始,才力图使文学及对文学的研究回到其自身的本位上来。可以典型传递这个语境变化的一个现象,是 20 世纪 80 年代末和 90 年代初,大陆学者对台湾乡土文学论争的再认识和再评价(对台湾乡土文学的重新审视不止于此,时至今天还有不少两岸学者进行重新思考和评价)。由此推演,而后经年,"祖国大陆的台湾文学研究从政治本位转向学术本位,在研究面相的扩展、理论素养的提高、学术规范的建立等方面,都有明显的进步;而该学科领域中所体现出的整合性思维和开放性视野令人瞩目"。

新世纪以来的近 20 年,台港澳文学研究的整合性思维和开放性视野依然令人瞩目,其中从闽台区域文化视野研究台湾文学是这些年祖国大陆台湾文学研究的一个新动向,同时,与区域研究不同,跨区域的整体审视也成为近 10 年来另一种值得重视的路向。在这些新的领域中,刘登翰教授依然做出开创性的研究,并取得丰硕的成果。从《台湾文学史》到《中华文化与闽台社会》,意味着刘登翰教授从文学研究领域迈入区域历史文化研究领域,试图"为文学研究另寻一条文化的路径"———种区域文化研究的视域与路径。而在《华文文学:跨域的建构》中,刘登翰教授提出华文文学是一个发展的概念,是面对"离散"的文学的一种想象的建构,是一种整合性的视野。也就是说,从两岸文学的整合研究到全球华语文学的跨区域整体性审视,民族文化中国意义上或汉语美学意义上的台湾文学研究仍具有吸引力和新的诠释空间。

值得特别关注的是,随着 20 世纪 80 年代以来,台湾乡土文学—本土文学—台湾文学论的演变发展,两岸学者尤其是大陆的台湾文学研究者对台湾文学的论述和评价,在抛弃"工具论"之后,再一次对文学的政治阐释的空间发生兴趣,参与的角度和深度都在拓展,最典型的是两岸学者对"文学台独"的剖析和批判。

从《"文学台独"面面观》到《"文学台独"批判》,对于"文学与政治的畸形扭结",论争、批判乃至斗争出现政治化的语言和意味,俨然已经逾越了文学、文化和纯学理的范畴。对他们来说,反对"台独",维护祖国统一,是义不容辞的历史使命。甚至可以说,有关对"文学台独"的批判,成为文学界对政治分离主义的主动亮剑和投枪。

除此之外,学者对海外华文文学的文化认同和政治认同的关注与研究,也正逐步兴起。

下一个语境是"十字路口"

刘登翰教授认为,文学书写是一种个人化的行为,每个作家都根据他独特的人生经历和审美体验,进行个人化的创造。但每个作家的个人化创造,同时又被纳入一个系统之中,不但他生活在这个社会文化的网络系统之中,从书写的语言方式,到感受的情感结构和传达的文学形态,都不能不受到这一文化网络的制约,从而使个人化的写作深烙着这一群体性的文化印记。正是作家个人化的文学书写同时成为一种社会化的行为,才使文学研究更为普适性的想象的建构成为可能。

当然,面对个人化的文学书写成为社会化的行为,并进而要形成一种更为普适性的、想象的和建构的文学观点,必须促使我们抛下对台湾文学研究的太多羁绊和顾虑,只是在研究的视野、空间、方法论、网络系统的建构中要有更多的经营和发力。正如刘登翰教授、刘小新研究员在讨论和诠释华文文学的几个基础性概念时提出的那样:"无论语种的华文文学,文化的华文文学,还是族性的华文文学,抑或个人化的华文文学,都是认识华文文学的维度。它们之间不存在所谓的对立和对抗的关系,而是可以共存互补的,它们共同构成华文文学研究的多维视野。""华文文学的跨域建构,就是在共同语言、文化的背景上肯定差异和变化的建构,多元的建构。"

台湾文学与世界华文文学一样,复杂多元,任何单一的理论视域和学术路径都难以涵盖其丰富性和多变性。这种研究的多维视野或思维,在刘登翰教授的学术研究中一以贯之。"从社会政治、经济、文化的考察入手,辨析其对文学发展的影响,是唯物史观剖析文学的重要方法。但是文学同时服膺于自己的审美规律,对社会现实进行超越。辩证地将二者统一起来,探索文学在社会客观规律和自身审美规律相互作用的制约与超越下的整体发展态势,以便做出比较合乎实际的概括和描述。这是我们追求的目标之一。"

同时,回到文学本身,其自身存在的问题也日益引起学界的焦虑和不安。龚鹏程在讨论当前文学理论研究的整体困境及回应回归作品的呼声时提出："当我们厌倦了文学批评的政治意识形态维度之后,当我们批评界进行审美狂欢、主体狂欢和语言狂欢时……文学的定位,在解构了'二元对立'思维模式之后,陷入了孤独的自我诠释局面。人们用文学本身的审美特性、主体性和语言存在论来诠释文学文本。而实际上,文学文本在很大程度上不能满足于自我解释。作为人类宝贵的精神文化现象,他必须在更大人文时空中得到确认。"

正是在这种纵向、横向坐标的交集或点与面的对立与包容中,文学研究的发展似乎已经走到一个新的十字路口。一个是文学从本身出发实现自我突破的要求,一个是文学要从一个更多维度的视野来概括和描述。何去何从?

文学与政治的关系是超越还是边缘化?

进入 21 世纪,两岸政治格局发生系列变化。特别是习近平任总书记的新一届中央政府,为实现中华民族伟大复兴而奋勇迈进,近代以来中国人民共同梦想的概念正在不断强化,对文艺的"争鸣"转变为"共鸣"的要求也成为文艺工作者的现实需要。而台湾则发生新的政党轮替,民进党重新上台,因坚持"台独"宗旨,以消极的维持现状态度掩饰深层次的"台独"主张,使"九二共识"基础上的"一中说"失去存在的演绎基础,两岸关系再一次进入历史的低谷。这可能将对两岸的台湾文学研究产生不可预估的影响,是消极负面的,还是会促进形成别开生面的格局,目前尚无法下定论。但毫无疑问的是,中国文学已经进入新的分流与整合阶段,两岸文学界如何进行新的对话和互动交流成为亟待思考的问题。

借用刘登翰教授的分化和整合理论,一方面,离析以整合为前提;另一方面,整合又是离析的前瞻。二者的互相制约和转化,构成了事物发展的必然规律。文学的分流与整合,也是这样一个辩证的运动过程。问题的复杂性在于,社会的统一是历史遗留下来的一道政治命题,历史的政治命题必须交由历史和政治去解决;而文化的整合则是伴随历史遭遇而来的一道文化的命题。文学的分流与整合涉及更为宏大的文化和政治的问题,涉及历史遗留下的社会统一的问题。这显然不是文学界应该承担的命题。但是家国观念浓重的中国文人依旧在努力探索,试图描述一种理想的境界和美好的未来。

刘登翰教授认为国家的或者区域的文学史书写,是在政治疆域的边界之内,对文学发展进行跨时间的建构。这种建构虽然有着历史书写者各自的性格和特征,但总的说来,它并不能摆脱家国叙事的背景,或者就是家国叙事的一个部分，一个侧面。然而，华文文学是超越政治空间的想象，它打破疆域，是一种超地理和超时空的整合性的想象。所以，刘登翰教授推崇的整合的两重境界：一重境界是通过交往和交流，打破阻隔，形成一个共同享有的文化/文学空间；更高一重境界是重构——在重构中整合。

当然，也有学者认为文学与政治的关系是现实而骨感的。在龚鹏程眼中，台湾自乡土文学运动以来的发展，显示了文学理论在社会改革上的作用。这种作用是"两面刃"，既让人觉得文论十分重要，另一方面又可能让文论走向衰亡。他认为，文学作用于文化批评及实践，渐渐地必然令人把目光聚焦到真正尚待处理的社会文化问题的政治、经济、法律、教育等层面，这些社会学科亦比文学更能切实贴近社会文化改革之需。故文论界放完焰火后，继而登场的就是它们。文论工作者夸谈文化批判，可是在文化批判之后，文论家就逐渐边缘化，在讨论社会文化发展的领域越来越不重要。大论文论界的落寞感即来自这种情势，台湾亦如此。除了搞台湾文学的还能在政治场边分杯羹以外，文论界在社会文化现实与批判实践方面，早已被边缘化。

无论如何，华文文学的大同世界依然既是"他自己"，同时也是"我们大家"的共同的追求和皈依。

（作者为两岸关系和平发展协同创新中心、福建师范大学闽台区域中心副研究员）

下辑

关于文化研究、创作及其他

跨域与超越

——刘登翰《中华文化与闽台社会》述评

林国平

2016 年 4 月，收到刘登翰先生的新作《跨域与越界》（人民出版社，2016年），这是一本论文自选集，分为四辑：第一辑为海外华文文学，有六篇论文；第二辑为中国大陆文学与港澳台文学，有四篇论文；第三辑为闽台文化与闽南文化，有九篇论文；第四辑为艺术评论，有两篇论文。从该书后面的附录"刘登翰主要学术著作书目"中的分类看，刘登翰先生主要的学术著作也大致包含文学、艺术和区域历史文化研究三个领域。另外，还有文学和书法创作。显然，论文自选集的书名中的"跨域"是指作者跨越文学、艺术和区域历史文化研究等领域，至于书名中的"越界"，则完全是自谦。笔者以为，刘登翰先生的区域历史文化研究绝对不是"越界"，而是名副其实的"超越"。兹以《中华文化与闽台社会》一书为例，以概其余。

大约在 2000 年年底，福建人民出版社林彬副社长准备组织学者编写《闽台民俗》一书，把我和刘登翰先生召集到出版社商谈。商谈形成的共识是，编写《闽台民俗》自然可行，但闽台文化内涵丰富，涉及文化的方方面面，仅组织学者编写一本《闽台民俗》，远远不够，未免太小家子气，建议组织一批福建省内著名的专家学者，编写一套能够反映当时省内最高研究水平的"闽台文化关系研究丛书"。此动议很快得到福建人民出版社领导的支持，负责组织学者编写此丛书的任务也就自然落在刘登翰先生和我身上。就这样，刘先生成为我的良师益友和忘年交。

刘先生和我拟定了"闽台文化关系研究丛书"编纂宗旨，即以闽台为研究对象，以闽台文化关系为切入点，以中华文化和两岸关系为重点，以推动祖国统一大业早日完成为目的。尔后，便开始预约作者，得到省内有关专家学者的热烈响应和大力支持。

"闽台文化关系研究丛书"原先拟定 12 册，分别为《中华文化与闽台社会》《闽台先民文化探源》《闽台客家社会与文化》《闽台方言的源流与嬗变》《闽台教育的交融与发展》《闽台家族社会与文化》《闽台民间习俗》《闽台民间信仰源流》《闽台文学的文化亲缘》《闽台民间戏曲的传承与变迁》《闽台民居建筑的渊源与形态》《闽台闽南语民歌研究》,后来由于《闽台家族社会与文化》的作者有其他事情缠身,未能按期成稿,最后出版的丛书只有11册。

在丛书拟定的12册中,11册都找到合适的作者,只有第一册《中华文化与闽台社会》没有找到合适的人选承担。因为这一册是整套丛书的总纲,理论要求高,难度大,从某种意义上说,此书的水平如何直接影响整套丛书的学术定位。后来,刘登翰先生自告奋勇,亲自担任《中华文化与闽台社会》的撰稿人。

刘登翰先生长期研究台港澳文学,对台湾文化也有所涉猎,但由于《中华文化与闽台社会》属于区域历史文化研究的范畴,涉及面更广,对刘先生而言也是不小的挑战。大家知道,刘登翰先生的治学态度非常认真严谨,他到福建师范大学图书馆借阅大量文化地理学和闽台历史文化的书籍,找到切入点,很快地跨越了文学和区域历史文化研究的鸿沟。

通读刘登翰先生的《中华文化与闽台社会》(福建人民出版社2002年初版,人民出版社2013年9月修订版,本文引用资料注明的页码均据2013年的修订本)一书,我们不难发现该书在闽台文化关系研究上至少取得三个突破:

首先,从文化地理和文化史的交叉视野观察闽台文化关系。

中华文化是多元一体的,由于自然环境和社会历史文化因素的影响,形成诸多具有地域特色的区域文化,诸如齐鲁文化、燕赵文化、巴蜀文化、三秦文化、三晋文化、楚文化、江淮文化、河洛文化、岭南文化、闽台文化等,这些区域文化共同构成了丰富多彩的中华文化。近年来,区域文化研究成为学界研究的热门课题,研究成果斐然,然而,相关论著多是从传统历史学的视角观察区域文化的形成和发展,关注点落在不同历史时期的变化上。而少数研究成果也尝试从文化地理学的视角观察区域文化,但关注点又往往局限在空间对区域文化形成和发展的影响上。就闽台区域文化研究而言,也同样存在时间和空间相背离的问题,因此很难窥视区域文化发展变化的全貌。

刘登翰先生有鉴于此,独具慧眼,从文化地理和文化史的交叉视野观察闽台文化关系。《中华文化与闽台社会》开宗明义地指出:"当我们把福建和台湾作为一个共同文化区来进行考察时,我们面对的不仅仅是一个文化地理学的课题,而且是一个文化史学课题,同时还是一个比较文化学的课题。我们的目标是,在一个确定的文化区域内来探讨闽台文化的亲缘关系,追溯其根源,辨析它们在形成和发展进程中产生的变化和差异。"①这一思想方法贯穿于《中华文化与闽台社会》全书,既有宏观的理论探索,如"关于文化区的划分类型和标准、闽台文化的同一性和特殊性的问题"②,又有微观的移民与闽台社会的形成、移民与中原文化的闽台延播、闽台社会的文化景观的追述,由于视野独特,他观察到了许多前人未能见到的文化景观,提出了一些令人耳目一新的观点。应该说,刘登翰先生开辟了闽台文化关系研究的新路径,居功至伟!

其次,深刻阐释闽台文化的性质和地域特征。

关于闽台文化的性质和地域特征,近年来学界讨论相当热烈,由于学者们观察问题的视野不同,知识结构不同,看法也众说纷纭,主要有海洋文化说、海洋文化与农耕文化融合说、多元文化说、闽台文化同源异质说,等等。各种说法都言之凿凿,但又往往难以周延。

刘登翰从文化地理学的角度考察了闽台文化发生和发展所形成的特殊形态,提出闽台文化是一种"多元交汇的'海口型'文化"的新观点。③ 他对闽台是"海口型"文化做了十分精彩的论述,认为有两重含义:"其一,闽台是大陆文化向海洋文化的过渡。随同中原移民携带而来的大陆文化在建构了闽台社会之后,又一直纳入在中华民族的统一国家之中,使大陆文化成为闽台社会的主导文化;同时也使大陆文化在与闽台的海洋环境中生长并逐渐发展起来的海洋文化的交汇、融合和涵化中,呈现出新的特色。海洋文化是浸透在闽台民众日常的生活方式与生产方式之中的一种本土性的文化。大陆文化在进入闽台之后所出现的本土化改造,其十分重要的方面便是对于海洋文化的吸收,表现为大陆文化的一种特殊的'海洋性格'。其二,闽台临海的地理位置,在宋元以后的中国历史发展上,使它也成为一个广泛接受各种外来文化的'海口'。无论是阿拉伯文化、东南亚文化、西方文化、东洋文化,也无论是以和平的贸易的方式,还是以战争的殖民的方式,或者两者兼具,通过坚船利炮的威逼,实现殖民化的贸易,都是从闽台(还有广东)最先跨进,然后北上,进入中国政治、经济、文化的核心地带。闽台作为异质文化进入中国的'海口',同时也造就了闽台文化多元交汇的存在形态。它正负值俱存地赋予了闽台文化的开放性和兼容性特征。特别在近代的发展中,闽台得风气之先地出现了一批'开眼看世界'的先进知识分子,在引进西

①　刘登翰:《中华文化与闽台社会》,人民出版社,2013年,第1页。
②　刘登翰:《中华文化与闽台社会》,人民出版社,2013年,第9-13页。
③　刘登翰:《中华文化与闽台社会》,人民出版社,2013年,第149页。

方先进文化,推动中国社会鼎革中发挥了重要作用。但往往由于历史的特殊遭遇和迫于外来殖民力量所造成的毫无设防的开放性,也使闽台文化沾染了某种盲目的崇外色彩和不加分析地全盘吸收。'海口型'文化的多元化与丰富性,有时也难免显出芜杂与混乱,犹如泥沙俱下、龙虫并存的'海口'一样,本身就是一种特殊的文化现象。"①

在此基础上,刘登翰先生以独到的视角总结出闽台文化的地域特征:一是从蛮荒之地到理学之乡的建构:"远儒"与"崇儒"的文化辩证;②二是从边陲海禁到门户开放的反复;③三是从殖民耻辱到民族精神的高扬:历史印记的双重可能。④

再次,深入探讨闽台特殊的社会心理与文化形态。

社会心理与文化形态的研究触及文化的深层次问题,甚至是核心问题,近年来学界也有所关注,但由于探讨此问题需要很高的理论素养,因此相关成果不多且水平不高。刘登翰先生从文化地理和文化史的交叉视野观察闽台特殊的社会心理和文化形态,结果有重要的发现。

关于闽台民众的心理特征,刘登翰先生认为,一方面,"闽台社会的移民经历使闽台民众的文化心理中都有强烈的祖根意识"⑤,另一方面,移民的后裔在承袭父辈的祖根意识的同时,"对移居地又有强烈的本土认同"。⑥"二者共同构成了移民的社会精神社会生活和文化心态的两面。它们成为闽台社会共同的最为鲜明的心理特征。"⑦他进而分析二者的关系,指出,祖根意识和本土认同相辅相成,"本土认同是以祖根意识为内涵,而祖根意识也包容了本土认同。对本土认同的承认也意味着对祖根意识的追溯"。⑧在这一认识的基础上,刘先生圆满地阐释了"中国意识"和"台湾意识"的关系,认为从根本意义上来看,"台湾意识"是"中国意识"的一部分,其主体是"中国意识",是中华文化的一个分支。

关于闽台民众的性格特征,刘登翰先生仍然从闽台移民文化入手,认为由于闽台移民在迁徙和创业过程中要克服种种难以想象的艰难险阻,久而

---

① 刘登翰:《中华文化与闽台社会》,人民出版社,2013 年,第 149 – 150 页。
② 刘登翰:《中华文化与闽台社会》,人民出版社,2013 年,第 150 – 161 页。
③ 刘登翰:《中华文化与闽台社会》,人民出版社,2013 年,第 156 – 161 页。
④ 刘登翰:《中华文化与闽台社会》,人民出版社,2013 年,第 161 – 166 页。
⑤ 刘登翰:《中华文化与闽台社会》,人民出版社,2013 年,第 169 页。
⑥ 刘登翰:《中华文化与闽台社会》,人民出版社,2013 年,第 170 页。
⑦ 刘登翰:《中华文化与闽台社会》,人民出版社,2013 年,第 170 页。
⑧ 刘登翰:《中华文化与闽台社会》,人民出版社,2013 年,第 170 页。

久之,逐渐形成拼搏开拓与冒险犯难的性格特征。他认为:"拼搏开拓与冒险犯难,是闽台移民从自身经历中形成的拓殖性格的两面。它一直作为闽台移民主要的性格特征,影响着闽台社会的发展。从移民社会的初建,直到今天闽台都经历了近代化和现代化的社会转型,仍然潜在着这一拼搏开拓性格与精神对历史进程的深刻影响。"①

关于闽台社会的组织形态,刘登翰先生认为,由于移民社会建构的需要,闽台社会出现地缘性的原乡组合和血源性的宗族组合两种主要形式,前者表现为"聚乡而居为主",后者表现为"聚族而居"。② 这种移民社会的组合方式,对闽台民众的心理产生重大的影响,具体表现为闽台人具有强烈的族群观念与帮派意识。族群观念"对移民社会的形成和发展,具有积极的意义。但另一方面,狭隘的地域观念和利害关系,也可能使族群意识异化为一种小团体主义的帮派意识,从而走向社会良性发展的反面。清代台湾频频发生的分类械斗,便是这种狭隘的族群——帮派意识的反映"。③ 刘登翰先生用这一理论深入分析台湾分类械斗产生的原因及其深远影响,认为今天台湾政坛的种种乱象,与台湾移民社会组合方式,以及由此而形成的族群观念与帮派意识密切相关。④ 刘先生的这一独到见解令人信服。

关于政治版图和文化版图对闽台民众心理的影响,刘登翰先生认为,由于闽台长期处于中国"地理的、政治的、文化的这种边缘状态,使闽台社会无论在政治、经济,还是文化上,都是以中原为中心,形成中心与边缘的一对范畴"⑤,即边缘心态。另一方面,近代台湾被日本殖民统治的特殊历史遭遇,使台湾民众产生某种被遗弃的"孤儿"意识。边缘心态和"孤儿"意识在特定历史条件下的结合,就会容易形成既自卑又自尊的矛盾心理,对闽台社会特别是近代以来台湾社会产生重要影响。⑥ 刘先生的这一观点对于我们理解今天台湾民众的既自尊又自卑的特殊心理很有帮助。

关于近代以来闽台社会的心态变化,刘登翰先生认为,近代以来闽台借助社会大变革的浪潮,一跃领风气之先,后来居上,"使闽台在此后百余年中国社会的现代化进程中,一直作为敏感地感应时代风潮,吸收西方先进科技

---

① 刘登翰:《中华文化与闽台社会》,人民出版社,2013 年,第 176 页。
② 刘登翰:《中华文化与闽台社会》,人民出版社,2013 年,第 177 页。
③ 刘登翰:《中华文化与闽台社会》,人民出版社,2013 年,第 180 页。
④ 刘登翰:《中华文化与闽台社会》,人民出版社,2013 年,第 183 – 184 页。
⑤ 刘登翰:《中华文化与闽台社会》,人民出版社,2013 年,第 184 页。
⑥ 刘登翰:《中华文化与闽台社会》,人民出版社,2013 年,第 185 – 187 页。

和文化而影响于全局的先发地区"。① 闽台历史地位的转变,对闽台社会的文化形态产生不小的影响,诸如从原来的追随心理发展为开创心理、海洋文化基因重新被激活等,在刘先生的著作中都有精彩的论述。

需要特别强调的是,刘登翰先生的《中华文化与闽台社会》的学术贡献远不止上面所述,笔者只是择其要者介绍而已,相信各位拜读刘先生的大作后,一定会有更深的感受,更大的收获。

实际上,刘登翰先生闽台文化的研究并不限于《中华文化与闽台社会》,后来他又撰写许多涉及闽台文化的论著,《跨域与越界》书后所附的其主要学术著作目录,只是其中的一小部分,大量的论文目录没有附上去。2009年,刘登翰先生和杨华基先生还共同主编"闽台文化关系研究丛书"第二辑,共 9 册,包括《闽台行政建置关系》《闽台民间传统器具》《闽台民间美术》《闽台儒学源流》《闽台宗族文化》《闽台佛教亲缘》《闽台海防文化》《闽台饮食文化》等。"闽台文化关系研究丛书"第二辑共 20 册,是迄今规模最大、水平最高的研究闽台文化关系的丛书,刘登翰先生自始至终参与其中,并担任主编,居功至伟!

过去有文、史、哲不分家之说,当今也倡导跨学科研究,然而随着学科越分越细和知识大爆炸,学者的研究也越来越细微,真正能贯通文、史、哲的学者少之又少。刘登翰先生虽然主攻文学,但对艺术学、历史学等也多有研究心得,真正跨越了文学、艺术学和历史学等研究领域。正因为刘先生跨越不同研究领域,所以能够以其超乎常人的学识,写出超越前人的论著,《中华文化与闽台社会》就是一部超越前人又尚未被他人超越的力作。因此,笔者以为,刘登翰先生的论文自选集《跨域与越界》的书名,也许用"跨域与超越"更加准确吧!

(作者为福建师范大学历史学院教授)

---

① 刘登翰:《中华文化与闽台社会》,人民出版社,2013 年,第 192 页。

略论刘登翰先生的闽台文化关系研究

朱立立

几十年来,刘登翰先生在文艺创作和学术研究两方面不断耕耘,成果丰硕。创作上,他出版有《山海情》(与孙绍振先生合作)、《瞬间》、《纯粹或不纯粹的歌》等诗集,《寻找生命的庄严》《书影背后》《自己的天空》等散文集,《钟情》《关于人和历史的一些记述》等报告文学集。此外,刘登翰先生的创作成就还体现在他自成一格的书法艺术中。而在学术研究方面,刘登翰先生出版了《中国当代新诗史》(与洪子诚先生合作)、《台湾文学隔海观》、《文学薪火的传承与变异》、《彼岸的缪斯——台湾诗歌论》(与朱双一先生合作)、《南少林之迷》、《华文文学:跨域的建构》、《中华文化与闽台社会——闽台文化关系论纲》、《华文文学的大同世界》、《海峡文化论集》等十余种学术专著和论文集;主编了《台湾文学史》《香港文学史》《澳门文学概观》《双重经验的跨域书写——二十世纪美华文学史论》等著作。刘登翰先生青年时代就钟情于诗歌创作,从他的诗歌中不难感受到一颗浪漫、柔情、敏感、热忱的诗人之心。他的散文或写个体的生命经验及感悟心得,或为朋友的创作撰写评论,或为弟子及年轻一代作者写序,言人说己,在我读来都觉得特别亲切和感动,那些言说个体人生履痕的篇什真诚、朴质,充满内在激情而又克制内敛,让我看到一个不乏坎坷磨难却一直心怀热望、拥抱理想,同时又脚踏实地的丰满生命和坚强灵魂;从刘登翰先生的诸多评论和序文中则可看出他对待朋友的真挚、热情和诚恳,以及对学生和年轻一代充满善意的宝贵的提携、鼓励和鞭策。在学术研究方面,刘登翰先生更是不断地积极拓展研究疆域,从当代新诗研究、艺术研究到台湾文学、香港文学、澳门文学、海外华文文学研究,再到新世纪以来致力于世界华文文学的理论建构和闽台区域文化研究,其研究范式、学术视野及其一些重要的观念和论点已在两岸四地的相关研究领域产生了广泛深入的影响。刘登翰先生学术研究最鲜明的特征在于:运用整体性的理性思辨对丰富复杂的文学、文化现象进行高屋建瓴的有力统摄与整合,而其恢宏的理论视野和宏观思维方式又能落实在对语境和文本的具体辨析中;再者,阔大深沉的历史意识贯穿于刘登翰先生几乎所有的创作和论述之中,他的批评阐释大多建立在充分体认对象的历史境遇之基础上,他总是慎重严谨、理据充分地进行历史钩沉、思想剖析和审美论断,因而其论说扎实、深刻,具有强大的说服力;刘登翰先生论述的另一大特征在于以诗人情怀真诚烛照文学艺术对象世界,其论述常蕴含着浓郁的诗性特征和人文气息,其洞察幽微的诗思往往能产生强烈的感染力。

本文仅想谈谈阅读刘登翰先生部分闽台区域文化研究著述后的一些粗浅感受。

两岸文化的整合性研究有利于维护民族的团结和国家的统一,追寻和探究闽台文化同根同源的历史亲缘关系,显然具有不容忽视的历史文化与社会现实意义。海峡两岸的文化亲缘关系,直接、多维度、具体可感地体现于台湾与福建两地之间剪不断理还乱的密切关联中。闽籍学者做闽台文化研究有其得天独厚的有利条件。刘登翰先生和林国平教授主编的"闽台文化关系研究丛书"(福建人民出版社),就是一套由闽籍专家学者撰述、以闽台文化为关注重点、多层面论析两岸文化关系的重要成果。这套丛书被列为"十五"国家重点图书出版规划项目,包括《中华文化与闽台社会》《闽台先民文化探源》《闽台客家社会与文化》《闽台方言的源流与嬗变》《闽台教育的交融与发展》《闽台民间民俗》《闽台民间信仰源流》《闽台文学的文化亲缘》《闽台民间戏曲的传承与变迁》《闽台民居建筑的渊源与形态》《闽台闽南语民歌研究》等11本,是闽台文化关系研究领域具有突破性的学术成果。刘登翰先生的《中华文化与闽台社会:闽台文化关系论纲》则是这套系列丛书的导论,这也标志着他从文学研究到文化研究的越界书写与学术转型。而2013年出版的《海峡文化论集》中也收集了近些年刘登翰先生涉足闽台文化关系和区域文化研究的部分论述。

刘登翰先生越界转入闽台文化关系及区域文化研究,如他所言,经历了"从台湾文学的研究中涉足台湾文化研究,而由台湾文化追索到闽台文化关系"的发展过程,也就是说,这是他之前所进行的台湾文学研究的自然延伸和学术推进,他曾谦逊地表示:"我希望通过这些尝试,回过头来能有助于自己正业的文学研究,或者说为文学研究另寻一条文化的路径——不仅是从西方的文化理论入手,更主要的是从文献资料和田野调查的实证的历史和现实的文化语境出发,去探寻文学生成和发展的潜在因素和文本价值。"①研究疆域的拓展可以具有学术互文之效果,当然更意味着理论视域

---

① 刘登翰:《书影背后》,中国文联出版社,2008年,第259页。

和历史文化等维度的深度掘进,《中华文化与闽台社会》一书从理论探索和历史考古的双重面相,对闽台社会、文化、社会心理和人文心态进行了富有原创性的深入探析。全书共分九章,分别探讨了"文化地理学与闽台文化关系研究""闽台文化关系的历史渊源""移民与闽台社会的形成""移民与中华文化的闽台延播""闽台社会的文化景观""闽台文化的地域特征""闽台特殊的社会心理与文化心态""闽台社会同步发展的中断与台湾文化同质殊相的发展"及"'台独'分裂主义文化理论批判"这 9 个相互密切关联的命题,循序渐进且全面系统地论证了闽台文化同根同源的历史和地理等维度的亲缘关系。这部著作具有以下几个明显的特征:第一,理论视域的丰富、开阔与理论运用的合理、有效;第二,实证精神的贯穿始终;第三,认知方式的辩证、客观。

闽台文化关系是个历史实证性较强而理论创新性相对薄弱的话题。我们知道,由于历史、地域与政治的多重复杂背景,两岸对闽台文化关系的认知和论述既不乏共识也存在分歧,要想取得系统深入、富有深度和说服力的研究成果,需要一种理论的自觉和认识高度。刘登翰先生这本论析闽台文化关系的专著之所以令人耳目一新,与其间敏锐的理论自觉意识及综合性理论视野有着不可分割的联系,这也构成了这本书的第一个特征。书中大量运用了文化地理学的相关理论视角和概念,如"文化区""文化景观""文化扩散理论"和"文化的综合作用",奠定了全书的基本理论视域;同时作者借鉴了历史哲学、文化人类学等学科的理论方法,吸纳了闽越考古、闽台移殖史、台湾史、闽台区域文化、闽方言等多种研究领域的知识和方法,建构出空间与时间、文化史和文化地理交织纵横的广阔理论平台。刘登翰先生认为,区域文化和文化关系研究应该属于文化地理学、文化史学与比较文化学相交叉的一个综合性研究范畴。以往的闽台文化研究,较多的是追寻中华文化在闽台传播、发展的进程及由此形成的与母系文化不可分割的共同特征,这种文化史学的研究固然是透视闽台文化关系不可缺少的一个方面,但是"闽台文化作为一种地域文化,它同时还是一个文化地理学的课题"。20世纪文化地理学的发展引进了历史学的方法,"把空间和时间的变化统一起来,在文化的空间分布中,探察其中所包含的文化起源、扩散和发展的种种有价值的信息,从而赋予文化空间分布以时间变化的意义。这是文化地理学和文化史学交叉的综合视野,对于区域文化研究的走向深入,无疑是一条重要的途径"。[1] 这种文化地理学与文化史学相互交叉的综合性理论视野

---

[1] 刘登翰:《闽台文化研究的文化地理学思考》,《台湾研究集刊》,2001 年第 2 期。

的确立,使得一个富于创新意义的整体性论述框架得以建立,营造了一个开放性的论述空间,显然,这为拓展闽台文化研究提供了重要的思考路径,对区域文化及两岸文化关系研究的推进,都会产生建设性启示和积极性影响。理论的有效运用,一方面仰赖于论者对理论的敏感及知识的储备,另一方面也有赖于作者对论题本身有明晰确切的定位与把握。刘登翰先生对讨论对象始终保持着冷静客观的认识,他认为闽台文化关系研究"是在一个特定的共同文化空间中,对其文化源头、文化传播与扩散、文化存在心态与景观,以及在传播扩展过程中由于人地因素的某些不同而产生的差异与变化的探讨"。① 也正源自这种客观冷静的认知,他始终将问题意识当作他从事研究的出发点。他尊重理论、运用理论却并不迷信理论,更不愿让理论的信条损害主体思考的独立性。我们看到,他所运用的理论概念在其闽台文化关系研究中产生了提纲挈领的重要作用,但是,对论述对象和问题的观照始终是第一位的,因而,理论知识才能够自然合理、雪落无痕地化入各章节的具体论析中。比如《中华文化与闽台社会》一书的第四章,论者首先从"文化区"的成因追溯泰勒的"文化传播"观念,这种理论认为,文化空间传播存在着两种不同类型:扩展扩散和迁移扩散,而移民社会的文化传播属于后者,指的是移民的迁徙而造成的文化在空间上的迁移扩散。随之论者立刻回到自己的问题域,根据中华文化由中原向南延伸进入福建,再由福建越海进入台湾的发展脉络,自然贴切地推衍出,中华文化的这种南迁东移形态主要是迁移扩散的文化传播方式。这一章的第二、第三两节,对中华文化如何由中原南渐至福建,又是如何从福建东延至台湾,也进行了空间与时间双重意义上的整体而翔实的观照。在历史的回溯与地理的揽照之间,论者突出展现的并非泰勒或其他名家的理论,而是聚焦于包括闽台文化在内的文化和历史丰厚多元的复杂内涵,以及漫长悠久的中华文化耐人寻味的演绎变迁和起落聚分的历史脉络。可以看到,文化传播理论的渗透确实提升了论述的高度,也强化了论述的可靠性,但论述者始终牢牢抓住的论题核心是:中华文化的闽台播迁历史过程和生成形态,而抽象的理论意境完全融化进具体鲜活的历史情境中。同样值得注意的是,理论视域有时成为作者透视论述对象的一个触发点,促动了作者的主体精神和创造力。《中华文化与闽台社会》的第六章专论闽台文化的地域特征,作者引述了黑格尔《历史哲学》中颇有影响的一种文明理论,即海洋文化与大陆文化比较论。黑格尔认为,地理的基础是民族精神滋生的一种可能性,他把地球上的地理划分为三种:第一

---

① 刘登翰:《中华文化与闽台社会:闽台文化关系论纲》,福建人民出版社,2002 年,第4 页。

种是高地,以蒙古等为代表;第二种是平原流域,以中国、印度等为代表;第三种则是欧罗巴所代表的海岸地。不同的地理类型孕育出不同的民族精神,高地孕育出的游牧民族有着原始野蛮的本性,平原孕育出的农耕民族受制于地理的条件,呈现出闭关自守、不思进取的特性,与这两种内陆文化比较,只有海洋文明才代表了人类文明的最高水准。① 刘登翰先生质疑和批判了黑格尔有关"海洋文化"与"内陆文化"的观点所暴露出的"欧洲中心论"思维偏见,强调文化研究应该避免价值评断式的主观性评价,但他并未否定黑格尔观点的合理内核,而是将其作为自己思考辨析闽台文化性质的出发点。他在把握住了闽台地域的地理文化特征,同时也明确论证了闽台文化的中华文化归属性的基础上,将闽台区域文化命名为"海口型文化"。这是一个饶有新意的命名和界定,它把闽台区域文化看作一种特殊的文化现象,有利于更深入地考察闽台文化的多元复杂性,"闽台作为异质文化进入中国的'海口',同时也造就了闽台文化多元交汇的存在形态。它正负值俱存地赋予了闽台文化的开放性和兼容性特征。特别在近代的发展中,闽台得风气之先地出现了一批'开眼看世界'的先进知识分子,在引进西方先进文化,推动中国社会鼎革中发挥了重要作用。但由于历史的特殊遭遇和迫于外来殖民力量所造成的毫无设防的开放性,也使闽台文化沾染了某种盲目的崇外色彩和不加分析地全盘吸收"。②

刘登翰先生的闽台文化关系论述秉承了他之前的宏观性、辩证性、整合性的思维特征,以及理论阐释与文本分析相结合的风格,但与他之前的文学评论、诗学研究路径相比,毕竟有了一些重要区别。诚如先生所言:"文化问题,尤其是闽台文化的渊源关系,大量地涉及移民历史和移民文化的播迁,其实质是个历史问题。而历史研究和文学研究不同,任何结论都不是推理而来的,只能建立在大量翔实的史料基础上,这就迫使我从头去学习历史——主要是闽台史。"③历史研究与文学研究有着不同的专业特点和学术要求,它固然需要理论的高度,需要逻辑思辨的力量,也需要细腻的感性体验,但它尤其需要对历史事实和现实语境进行客观翔实的探究与辨析的实证精神。刘登翰先生参阅研究了大量闽台史的相关文献资料,积极吸收了历史学的研究成果,并借鉴社会学和人类学田野调查的研究形式,从而形成

---

① [德]黑格尔:《历史哲学》,王造时译,上海书店出版社,1999年,第85-118页。

② 刘登翰:《中华文化与闽台社会:闽台文化关系论纲》,福建人民出版社,2002年,第201-202页。

③ 刘登翰:《中华文化与闽台社会:闽台文化关系论纲》,福建人民出版社,2002年,第335页。

自己的论述框架和实证分析理念。在具体论证过程中,作者基本采用了实证性历史研究方法,来观照闽台移民社会的历史脉络与现实境遇,辨析闽台文化的渊源、构成与地域特征。值得一提的是,刘登翰先生的闽台区域文化关系研究体现了严谨、客观而辩证的思考认知方式。比如,在面对闽台是否同属于一个文化副区这个争议性问题时,他的做法是:正视矛盾分歧的客观存在,分析分歧形成的主要原因,然后针对这些原因来澄清理论认识的偏差,做出符合历史事实的合理判断,即将闽台视为中国文化地理中的一个文化区。这种客观、审慎、辩证的认知方式也体现在其他各章节之中。刘登翰先生正是以这样的方式对闽台文化的同一性与差异性进行了全面而细致的考量,其间既有历史考古的追根溯源,也有对闽台地区移民历史和文化的条分缕析,也不回避对日据以来闽台社会文化同质殊相现实的透彻剖析。

文化永远是人类认识历史、把握现实不可或缺的一种眼光,研究闽台文化关系,需要理论思维的提纲挈领,需要求真务实的科学态度,当然,也需要发自学者内心深处的民族认同和文化情感。刘登翰先生的《中华文化与闽台社会:闽台文化关系论纲》一书及其他相关论述,让我们充分感受到一个关注两岸文化历史、现状和前途的中国当代知识分子深沉的民族国家意识,诚如他在书中所言:"共同的文化,是一股潜在的、巨大的力量,无论过去、现在和将来,都是维系台湾和祖国密不可分的精神支柱。"①

(作者为两岸关系和平发展协同创新中心研究员,福建师范大学文学院教授)

---

① 刘登翰:《中华文化与闽台社会:闽台文化关系论纲》,福建人民出版社,2002 年,第4 页。

诠释与建构

——浅谈刘登翰先生对闽南文化研究的贡献

吴慧颖

闽南文化研究由来久远,近年来更因台海关系而颇受瞩目,渐成显学。然而关于闽南文化的理论架构和学理化梳理诠释却一直是个难题。比如:什么是闽南文化? 闽南文化的文化类型是什么? 它具有什么内涵与特征? 如何借鉴传统文化智慧,从文化研究视角来理解当前闽台社会存在的各种社会问题和文化现象? 在当代社会如何传承和弘扬闽南文化? 诸如此类,都是值得深思的大课题,也是深化闽南文化研究、构建闽南学学科体系的重要内容。

刘登翰先生潜心研究闽南文化多年,发表了《闽台文化研究的文化地理学思考》《闽南文化研究的几个问题》《闽台文化的地域特征》《论闽南文化》等一系列的论文,著有《中华文化与闽台社会》《海峡文化论集》《跨越海峡的文化记忆》《论文化生态保护》等多部专著,可谓成果丰硕。身为闽南人,长期浸润于闽南文化之中,刘登翰先生以闽南的方言和文化背景,由台湾文学研究进入闽台关系研究,进而转入闽南文化研究。而令人感佩的是,刘登翰先生独到的文化研究视角结合严谨的历史史料考据,博古通今,绵密著文、深入浅出,厘清了闽南文化的若干基本概念,提出了一系列颇有创见的理论观念,努力尝试建构闽南文化的理论体系,在上述多个理论问题上慧眼独具、颇有心得。尽管其论著数量未必是最多的,但若论及从文化学角度对闽南文化研究的理论贡献及对闽南文化研析之精辟、观察之敏锐,刘先生的贡献是许多人难以望其项背的。当然,刘先生的个案研究同样精彩,如关于长篇说唱《过番歌》的研究,从小处入手,投射历史文化大背景,条分缕析,颇为精妙。

一

刘登翰先生关注闽南文化由来甚久。据他自述,他是"从台湾文学的研究中涉及台湾文化,而由台湾文化追索到闽台文化关系的"。对于闽台文化,刘先生认为:"从文化地理学的意义来思考闽台文化区,我们看到,一方面,闽台作为共同的形式文化区,是长期的历史所形成的。在中华文化形成的历史进程中,汉民族文化向南播迁,在福建有着一个本土化的过程;带有福建本土特色的汉民族文化,特别是以闽南方言和部分客家方言为背景的闽南文化和客家文化,再度越海向台湾延伸,使闽台两地成为一个共同的文化副区。它以闽南方言和部分客家方言为基础,在家族制度、聚落方式、民间信仰、民俗习惯、文学艺术等方面,形成了具有共同特征的文化风貌。"而实际上,由闽台关系研究进而关注到闽南文化,也是福建许多学者共同的研究路径。

从20世纪80年代开始,刘登翰先生发表了许多关于台湾文学的研究论文,并主持编写《台湾文学史》等重要著作,虽为文学研究,但其间已涉及台湾文化的若干层面。1993年,刘登翰先生为陈耕老师所著的《台湾文化概述》作序,对于闽南文化的定义进行了中肯的剖析。不过,刘登翰先生真正沉下心来,全面深入地潜心钻研闽台文化,则始于"闽台文化关系研究丛书"的编写。据刘登翰先生所言,90年代末,福建人民出版社准备出版《闽台民俗》一书,邀请他和林国平教授讨论。但是经过商谈,大家觉得只写《闽台民俗》太单薄,闽台文化涵盖多个方面,因此建议组织福建省内一批著名专家学者,编写一套反映福建这一领域研究水平的"闽台关系研究丛书",从大的历史到各个门类。后来这套丛书由刘登翰先生任主编,林国平教授任副主编,共出版11册。刘登翰先生亲任整套丛书的导论——第一册《中华文化与闽台社会》的撰稿人。从文学到文化,研究领域的跨界,以及作为丛书总览立论的理论要求,这本书的难度可想而知。

刘先生以一贯严谨认真的治学态度,全身心投入到这一课题研究中。他大量涉猎闽台移民历史和文化播迁研究,通过对翔实史料的掌握和对前人学术成果的研析,进一步深入剖析闽台历史与文化事象。同时,他又阅读多部西方文化地理学理论著作,汲取理论资源,寻找研究的切入点。2001年发表于《台湾研究集刊》第二期的《闽台文化研究的文化地理学思考》一文,记录了当时刘登翰先生理论探索的足迹。他认为应从文化地理学和文化史学交叉的综合视野,深化区域文化研究,"把空间和时间的变化统一起来,在文化的空间分布中,探察其中所包含的文化起源、扩散和发展的种种有价值的信息,从而赋予文化空间分布以时间变化的意义"。文章借用文化地理学的概念和理论,对于"闽台是否同属一个文化区""同一性与差异性"等学界争论的问题,通过对"功能文化区"和"形式文化区"的辨析,有理有据地提出了自己的见解。后来他在回溯这段研究经历时指出,这套丛书的编写使自己在进入区域文化研究时有一个较好的起点,不是研究某一个局部、某一个现象,而是可以总揽全局,有一个比较宏观的视野,同时,文化地理学为他从事闽台文化研究提供了新的思路和理论依据。2002年完成的《中华文化与闽台社会》一书,在历史叙述的基础上,对闽台社会,闽台文化的形成、发展、特征,以及社会心理、人文心态等提出了不少自己的独特看法。该书的主要内容包括:从文化地理学角度探讨中国文化地理中的闽台文化区、闽台文化关系的历史溯源、移民与闽台社会的形成、移民与中华文化的闽台延播、闽台社会的文化景观、闽台文化的地域特征、闽台特殊的社会心理与文化心态、闽台社会同步发展的中断与台湾文化同质殊相的发展、"台独"分裂主义文化理论批判、以文化的整合促进民族和国家的统一。由上述内容,也可以看出刘先生在学术研究中饱含浓厚的家国情怀,追求文化自觉与文化自信。他曾在一本书的后记中写道:"特别身处福建,面对时有波折的两岸问题,我常想,最有力维系两岸民心的,不是政治,也不是经济,而是文化。"

原本,刘登翰先生"由文学引起的文化关注,使我有时忍不住要越出文学的疆界,进入其实非我所长的涉及众多历史事实的领域。我希望通过这些尝试,回过头来能有助于自己正业的文学研究,或者说为文学研究另寻一条文化的路径——不仅是从西方的文化理论入手,更主要是从文献资料和田野调查的实证的历史和现实的文化语境出发,去探寻文学生成和发展的潜在因素和文本价值"。但事实上,这只是刘先生研究的动机,而实际结果却是刘先生以其文学研究的深厚功力,为闽台文化进而为闽南文化研究踏出了一条新路,例如对闽南人的历史、文化现象等进行"文本细读",注重文化心理的内在研究,透过"文象"探析"文脉"等。这些学术特点和研究思路也鲜明地贯穿于其后许多两岸文化和闽南文化研究的论文和著作中,包括《文化亲缘与两岸关系》(刘登翰主编,九州出版社,2003年)、《跨越海峡的文化记忆》(台湾海峡学术出版社,2010年)、《海峡文化论集》(江苏大学出版社,2014年)、《论文化生态保护》(与陈耕合著,福建人民出版社,2014年)、《跨域与越界》(人民出版社,2016年)等专著及其中收录的多篇区域文化研究论文。

二

刘登翰先生关于闽南文化的理论研究成果不少,囿于篇幅,不一一列举。举其要者,窃以为如下几个方面颇有创见、最令人瞩目,是对闽南文化进行诠释与理论建构的经典之论。

1. "海口说"

刘登翰先生的"海口型"文化理论,是针对闽南文化是海洋文化还是大陆文化的争议提出的。过去的不少文化学者受到黑格尔《历史哲学》对世界文化类型的划分理论的影响,生硬地照搬硬套西方理论,忽略了对本土历史与文化的具体考察和分析,因此往往各执一端,或从文化本体和功能上强调闽南文化和中原文化一样,是属于大陆性文化,或从中原文化传播到闽南之后的本土化发展的角度分析,畅言海洋文化精神的特质。

刘先生在《闽台文化的地域特征》一文中,首先回溯了黑格尔文化类型理论,并指出其局限:"黑格尔是以海洋文化作为人类文明的最高发展,来否定和贬低游牧文化和农耕文化的。""黑格尔的世界体系明显地带有欧洲中心主义的历史偏见。因此,建立自黑格尔历史哲学基础之上的以大陆文化(黄色文明)和海洋文化(蓝色文明)来区分东方文化和西方文化,从而认为大陆文化是保守的、苟安的、封闭的、忍耐的,海洋文化是冒险的、扩张的、开放的、竞争的,便是这种偏见的言说。尽管黑格尔对世界文化类型的划分,在解释人类文明的起源和区别不同的文明类型上有着合理的内核,但其历史偏见的片面性和内在逻辑的悖论则常为学界所质疑。""因此,当我们为了说明地理环境与文明发展的关系,而沿用黑格尔关于大陆文化与海洋文化的概念时,我们只走在人地关系的本体论意义上,把大陆文化和海洋文化作为区分文化类型的概念来使用,而不是先验地赋予这两种文化带有黑格尔偏见的价值判断。讨论闽南文化所涉及的大陆文化与海洋文化的概念,亦应作如是观。"不盲从,不轻信,面对西方经典理论的态度展现出文化学者应有的文化自信,刘先生从闽南文化的历史发展脉络中去具体考察其"丰富性、复杂性和特殊性",他指出:"由移民携带来自中原的大陆文化,与闽南当地的海洋文化因素互相涵化的过程,也就是闽南社会与文化形成与发展的过程。闽南从中原移民南来之前的蛮荒之地,走向与内地一体的社会建构,其文治化的实质是中原化。因此,中原文化对闽南社会的形成和发展起着基础的和主导的作用,但同时,中原文化进入闽南之后必然出现的本土化转变,其核心是对闽南海洋文化因素的吸收。这是一个双向互动、互相涵化的过程,在这里,闽南文化不仅包含了大陆文化和海洋文化两种因素,而且是大陆文化和海洋文化互相交融的产物。"

由此,刘先生引入地理学的概念,认为闽南文化的这种现象恰如内陆河流奔向大海而在陆地与海洋交界的出海口所形成的三角洲,所谓"海口型"文化,是从大陆文化向海洋文化过渡和发展的多元交汇。他认为所谓闽南文化的"海口性",其含义有二:一是从中华文化的内部看,闽南文化是中原文化南播之后,接受闽南海洋地理环境和海洋人文精神的影响而出现的大陆文化与海洋文化互相吸收、融合与涵化的一种特殊形态的地域文化,是大陆文化向海洋文化的过渡和发展,也是中华文化内部的两种不同类型文化的交汇。二是从世界文化多元化的关系看,闽南是中国文化与外来异质文化交会、碰撞、融摄和对峙的前沿地带与先发地区。外来的异质文化,在晚近400多年来,无论来自西方还是来自东洋,也无论是采用和平的传播方式还是采用血腥的殖民方式,都是最先在祖国东南海疆的闽粤两省(闽南是其最敏感的前沿地带)发生,而后才逐渐北上进入中国政治、经济、文化的中心地区。闽南地区这一特殊区位和遭遇的历史契机,使闽南文化包容了不同文化的多元交汇,它正负值俱存地赋予了闽南文化特殊的形态。

从闽南地理环境的"海口型",结合闽南历史的推衍和文化的扩散形态,刘登翰先生提出闽南文化的"海口性"这一系列颇有创见的说法,得到了学界的关注。孙绍振先生在为《海峡文化论集》一书所作的序中认为:"他在此基础上提出'海口性'文化的范畴('海口性'是一个具有原创性精神的概括),并且在阐释中衍生出系统的、有机的概念谱系,而这正是学科建构、提升的标志。"林国平教授认为:"刘登翰从文化地理学的角度考察了闽台文化发生和发展所形成的特殊形态,提出闽台文化是一种'多元交汇的海口型文化'的新观点。他对闽台是'海口型'文化做了十分精彩的论述。"

2. 建构闽南文化研究的"心学体系":对闽南人文化心态的准确把握

在闽南文化研究中,刘登翰先生着力最深的,应是在关于闽南人的性格特征、文化心理层面。关于闽南人的性格,自古以来议论者不乏其人,从方志史书到文人墨客的闲笔,从所谓"好勇尚气"到豪爽大气、好斗、急功近利等,褒贬不一,莫衷一是。刘先生是诗人出身,又多年钻研文学研究,文学即"人学",何况他身为闽南人,局内人的身份使他对于闽南文化研究又多了几分深谙其道的便利,对于闽南人的文化心理更有着外人所难以企及的透彻与精辟。

正如儒家"心学"强调生命的体验、生命的过程那样,刘登翰先生的研究特别重视历史变迁与文化发展中人的因素,他认为人就是文化,人本身也为文化所创造。他在两岸文化研究和闽南文化研究中,特别重视对移民的研究。他认为,过去虽然我们也谈论移民,但是并不重视移民对文化迁徙的意义。他认为,"移民和移民社会,是闽台特殊社会心理和文化心态形成的重要历史背景"。移民的迁徙,也是文化的扩展过程,要重视移民播迁与文化播迁的关系。

"文化特征是文化发展中受地理、社会和人文等诸种因素影响而形成的具有独特色彩与个性的表征。它既呈示为一种外在的地域形态,也内化为一种潜隐的文化性格和社会心理。文化作为社会内在的构成因素和外化的存在形态,社会的多元化和复杂性,渗透在文化之中,使其特征也呈现出多重色调的对立统一关系。"关于闽南人文化心理的研究,最初是以闽台文化研究的面目出现的。2001年,刘先生在《闽台文化研究的文化地理学思考》中提出闽台区域文化具有以下四个方面的特征:其一,从大陆文化向海洋文化的过渡:多元混杂的沼泽型文化。其二,从蛮夷之地到理学之乡的社会建构:"远儒"与"崇儒"的文化辩证。其三,从边陲海禁到门户开放的反复:商贸文化对农业文明的突围。其四,从殖民屈辱到民族精神的高扬:历史印记的双重可能。由此,他认为闽台社会的文化心态和民众的文化性格突出表现在以下几个方面:(1)祖根意识和本土认同:移民文化的心理投射。(2)开拓拼搏与冒险犯难:移民拓殖性格的两面。(3)族群观念与帮会意识:移民社会组合方式的心理影响。(4)边缘心态和岛民意识:自卑和自大的心理敏感。

及至2002年发表的《论闽台文化的地域特征》,刘先生运用文化地理学的方法,结合闽台的地域地理,以及历史变迁对区域民众文化形塑的影响,从地理、历史、经济与文化的不同角度和层面,更具体分析了闽台文化的四个区域性特征。值得注意的是,他将第一个特征中的"多元混杂的沼泽型文化"改为"多元交汇的海口型文化",显见其思考之进一步深入。这一说法也更为贴切地表达出刘先生对于闽台社会形态的准确把握。

而关于闽台社会的文化心态和民众的文化性格更为深入的研究和全面表述呈现在他的《闽台社会心理的历史、文化分析》一文中,这篇文章有个副标题"以两岸闽南人为中心",可见刘先生已经意识到闽南人性格特征在闽台社会文化心理研究中的重要作用。文章开篇即提出:"本文所讨论的主要是由历史文化积淀而来的具有地域特征的特殊社会心理和文化心态。由于社会心理具有外观性的特点和功能,居于社会控制和社会行为的中介地位,是社会行为的心理基础,因此,研究和剖析社会心理和社会普遍的文化心态,不仅是深入研究社会的一个重要视角,而且具有重要的现实意义。"由此,他具体阐述闽台特殊的社会心理,突出表现在以下几个方面:(1)祖根意识和本土认同:移民文化的心理投射——兼论"中国意识"与"台湾意识"的形成和变化。(2)拼搏开拓和冒险犯难:移民拓殖性格的两面。(3)族群观念与帮派意识:移民社会组合方式的心理影响——兼论清代台湾的分类械斗及其影响。(4)边缘心态与"孤儿"意识:自卑与自尊的心理敏感。

（5）步中原之后与领风气之先：近代社会的心态变化。这是洋洋洒洒的一篇大文章，可见刘先生对此前自己理论的深化与详尽的诠释，尤其是结合闽台社会历史及台湾的具体情形和历史发展，做了很有针对性的研究。

2003 年载于《福建论坛》第三期的《论闽南文化——关于性质、类型、形态、特征的几点认识》中，刘先生从文化学的角度，初步完成了对于闽南文化研究的理论架构，而在这一理论架构中，最具有鲜明特点的仍是他关于闽南文化特征的表述。"闽南社会本质上的移民性质，在它同时实现的中原化和本土化的双重进程中，给闽南文化打下深刻烙印。我们在考察闽南文化特征时，无论其海口性、边缘性、开放性和多元性等，常会发现这些特征都存在着悖论式的两重性。这些体现着闽南文化内在矛盾的两重性，恰是闽南文化既源之于中原又植根于闽南社会的重要表征。解读闽南文化特征这种既互相对立又互相依存的辩证关系，是我们深入认识闽南文化的关键。"刘先生在文中再度将闽南文化特征归纳为以下几个方面：（1）"远儒"与"崇儒"的文化辩证。（2）"安土重迁"与"走向大海"的精神涵化。（3）拼搏开拓与冒险犯难的拓殖性格。（4）重名尚义与务实逐利的商儒之道。（5）文化守成与开放多元的兼容统一。

在地域文化研究中论及文化个性，最易产生意气之争，或是爱乡之情溢于言表，"谁不说俺家乡好"，只见鲜花，不见杂草，或是一叶障目，以个人喜好为标尺。刘登翰先生对于闽南人心态文化的把握和闽南文化特征的研究秉持客观辩证的学理研究，情理交融，难得的公允。尤其难得的是，他将闽南人的性格特征置于不同的历史文化背景中，考察人的行为与心态，并分析了各种特征的优势与缺陷。例如对于闽南人常为人们所言谈的"爱拼才会赢"，刘先生也并非一味唱赞歌，而是将其归纳为"拼搏开拓与冒险犯难的拓殖性格"，并加以辩证分析。他从闽南人的移民历史与特定时空环境中去探讨闽南人这一性格特征的形成，指出"这是闽南文化性格中最值得肯定和弘扬的一面"。但他也同时指出："未臻开化的环境还意味着社会教化和规范的不足，它导致本来就具有叛逆性格的闽南人，养成了蔑视中心与权威而好逞一己之勇的行为习惯；尤其在行政力量难以充分到达的领域，社会问题的解决往往不靠官方（因为不可靠），而只好依赖民间力量的争勇斗胜，从而进一步养成了闽南人的强悍民风，从而造成社会的失范。而规范不足的行政法规，也常留有疏忽和漏洞，可供逐利谋私者钻营。闽南社会环境的这些特殊性，使移民面对土地拓殖的拼搏精神在转向社会后则往往转化为冒险好斗，甚至不惜违法犯难。移民拓殖性格的这正负两面，在社会现代化未臻成熟的进程中，迄今仍常常顽强地表露出来，成为我们今天分析闽南人文精神的一个重要侧面。"

通过这一系列论述,刘先生从移民历史入手,解读闽南的文化特征,总结归纳闽南人的文化性格和社会心理,建构起闽南文化研究的"心学体系"。而准确把握闽南人文化心态,显然具有重要意义,尤其有利于更深入诠释当代闽台社会存在的种种文化现象、社会问题和文化思潮。

3. 闽南文化研究的时空观:闽南文化的当代性与世界性

闽南文化研究的学者,多数来自史学界和文化学界,各竞风流。过去的许多研究,更多关注闽南文化的历史层面或文化事象的描述,这些固然是闽南文化研究的重要内容和研究基石,但是历史性研究并不等于闽南文化研究的全部内容,文化事象的简单相加也未必就能呈现闽南文化的全貌与精神气质,何况闽南文化也并不仅属于"过去时",它是那么富于生机与活力的文化,至今仍活生生地存在和不断发展变化着,宛若长河,贯穿闽南人的过去与未来。诚如刘登翰先生所言:"文化总是伴随历史的发展而与时俱进。这样的文化才是活态的文化,和社会共同建构的文化。不能把文化的历史性与文化的当代性对立、割裂开来。"

在 2014 年发表的《闽南文化研究的几个问题》中,刘先生倡议研究闽南文化的当代性与世界性问题,也就是要研究闽南文化当下存在状态和发展状况。他认为有四个方面的因素对当代闽南文化的发展有着重要影响:一是历史的发展和社会的变迁带来闽南文化的异变和创新;二是现代科技的发展为闽南文化注入创新的因素;三是现代社会的人口流动和频繁交往,促使不同文化在同一地理空间中的共存、碰撞、渗透和融合,形成闽南文化变异、发展迥异于前的生态环境;四是历史文化经过现代的转换,成为宝贵的文化资产,在现代社会发挥积极的作用。刘先生认为,不能把当代文化形态排除在闽南文化之外,尤其在厦门这样的城市。要传承和发展闽南文化,需要研究两个大问题:一是传统的闽南文化因素如何进入当代闽南人的社会生活;二是外来文化如何进入闽南文化,闽南文化如何在坚持本土形态的基础上,吸纳、涵化外来文化。然而,关于这部分的案例,我们目前是严重缺乏的,关于当代闽南文化的发展形态,我们的了解仍是零散的。因此,刘登翰先生指出,研究闽南文化的当代性,有必要吸收借鉴人类学、社会学等理论知识,进行大量的田野调查与研究。

刘先生还提出闽南文化的世界性问题。闽南文化带有民系文化的特质,已越出闽南的地域囿限,成为一种广泛的世界存在。闽南人的足迹遍及世界各地,特别是东南亚国家。据统计,现居于闽南地区的闽南人口近 1500 万,居于台湾的闽南籍人口约 1700 万,而散布于世界各地的闽南人近 2000

万。对于"世界闽南文化"这个近年来在两岸和东南亚地区举行的学术研讨会中频频出现的新词,刘先生有自己的见解:我们讨论闽南文化的世界性,当然不能离开闽南文化承自中原的移民性和它发展于闽南的本土性。三者既是互相承续发展的过程性关系,也是互相渗透胶结的结构性关系。我们说闽南文化的本土性,并不否认它是中原文化下位的一个地域性文化;我们说闽南文化的世界性,也不等于说闽南文化是脱离了中原文化和它在闽南本土发展的一种全球性的文化,在讨论闽南文化的世界性时,这里有个"度"的问题。就像闽南的海外移民在各移入国家是个弱势的族群一样,闽南文化的世界存在,相对于所在国的主体文化,也是一种弱势文化。它走出了闽南地域,但并没有走出闽南人的圈子。在异国他邦,它是闽南人为保存自己族群记忆和凝结族群力量而坚守的文化,而不是世界不同民族共同的文化。闽南文化的世界存在和闽南文化作为一种世界文化,是两个不同的概念。我们关注闽南文化的世界性存在,关注它在异文化环境中的坚守和异变,这些都是我们深化闽南文化研究的新课题。但闽南文化的世界性研究不能脱离它的本土背景,闽南文化的海外研究与闽南文化的本土研究应该相辅相成,互相促进,这是我们期待的。

在刘先生的倡议下,"闽南文化的世界性与当代性"论坛召开起来了,它邀集多位重量级学者共同探讨。2014 年在澳门举办的"世界闽南文化节"上,"闽南文化的世界性与当代性"议题又一次成为关注的焦点。2015 年,刘登翰先生赴马来西亚参加"首届马六甲海丝文化论坛",并做了论坛的学术小结,他提出:走向世界首先是个实践的问题,抓住"21 世纪海上丝绸之路"的契机,推动闽南文化的当代发展和走向世界,机不可失,时不再来。

随着国家设立闽南文化生态保护区,刘登翰先生近些年将研究的注意力转向如何进行闽南文化的生态保护方面。文化生态保护是个实践问题,但其背后离不开对闽南文化理性认识和对保护实践的正确指导。从 2007 年开始,刘登翰先生陆续参加了厦门市闽南文化研究会组织的研讨会,发表了有关非物质文化遗产保护和文化生态的几篇文章。2009 年参加第一次海峡两岸文化生态保护研讨会。2010 年参加福建省艺术院组织的文化生态保护的调研。他提议撰写关于文化生态保护的理论专著。经过三年的努力,刘登翰老师和陈耕老师合作完成专著《论文化生态保护——以厦门市闽南文化生态保护实验区为中心》。对于闽南文化的活态保护、创新性发展和创造性转化,刘先生持乐观与积极开放的态度。如他所提出的:"文化遗产的生态保护,并不是使所有遗产都恢复到它的历史状态,历史就是历史,逝去了就永远逝去,要在今天恢复历史原貌,这是不可能的。今天所谓的文化生态,只能是当下的文化生态。"因此,他强调文化传承,认为"文化的传承既是一种历史的延伸,也是一种当下的接续";"保护文化遗产的生态环境和优化文化创新的生态环境,这是一个问题的两面";"传承和创新,是文化生态保护的题中之意,也是文化发展的双翼";"归根结底,对文化遗产保护和文化生态保护,目的都是为了文化的发展"……这些说法针对实践中存在的矛盾与问题,都是颇有建设性的见解。

刘登翰先生在《闽南文化研究的几个问题》中言及,历史研究和文化研究最大的区别在于:历史是实证的,文化是诠释的。历史通过实证,证明它的存在,而文化通过诠释,完成一种建构;当然,文化的建构也必须有实证作为基础或背景。他认为闽南文化研究大致包括以下五个方面:一是闽南文化生成和发展的历史追索;二是闽南文化的物质的和非物质的文化景观;三是闽南人(族群)深层的文化心理和行为特征;四是闽南文化的流播及其在新土所产生的某些新质;五是闽南文化与其他文化的关系。这是一种多元的开放的研究。这些研究议题的提出,以及刘登翰先生多年来文史相互印证的诠释与建构,展示了刘先生对于闽南文化理论研究的体系化思考与学理性追求。

(作者为厦门台湾艺术研究院副研究员)

情缘与使命

——对闽派学者跨域研究现象的思考

汤漳平

对于本次会议的宗旨,我很感兴趣,邀请函中特别提到:会议要通过对刘登翰先生这一闽派中的学术典范的学术经验与文化精神进行深入研究,使之成为闽派学术再出发的基础,并探讨闽派人文学者的转型与振兴,促进闽派学术发展与繁荣。这就大大突破了传统的为某位学者从事研究多少年举办纪念活动的意义了。

我虽也是闽人,但由于在外学习工作长达40年,直到2002年才调回老家漳州。因远离省会,较少参加省会举办的文化活动,因此,对"闽派学术"的提法颇感新鲜,之前只知有"闽派批评""闽派文化""闽派艺术"等提法。相比之下,福建在历史上有"闽学"学派,但那是有特指的意义,"闽派学术"的提法较少看到。如果能以本次会议为契机,对之做比较深入的研究与探讨,无疑是一项很有意义的工作。

我在河南省社会科学院负责《中州学刊》的20年间,因为工作的关系,认识了一批闽籍学者。但认识刘先生的时间并不长,因为他是研究诗歌理论尤其是新诗理论的,专业学术领域不同,因此回福建前并不认识。

但是就在我回闽后的十多年间,我们之间却有了许多工作上和学术上的接触与交流。从工作方面讲,我负责原漳州师范学院闽台文化研究所期间,刘先生是我们的特聘研究员,对我们的工作给予很大的支持,多次参加有关的重要会议,提出宝贵的意见与建议,促进了多方面工作的开展。在学术研究方面,闽南文化研究是我们共同关注的领域。刘先生在相关会议上多次高屋建瓴地提出带有全局意义的研究方向和建议,如关于重视闽南文化的当代性的研究问题等,都给了我们很多的启发,也提升了这一领域的研究水平。有了共同的研究领域,接触之时交流日益频繁,进一步加深了相互的了解。刘先生从新诗理论研究继而转到海外华文文学与台港澳文学的研究,填补了国内某些领域的空白。同时他又用很大的精力投身于闽南文化研究,在几个领域中都取得了骄人的成就,这是相当不容易的。

刘先生待人真诚、宽厚,给我留下深刻的印象。在此期间,我得以拜读刘先生的多部大作，为他广阔的视野、多领域的开拓成果和坚持不懈的探索精神所深深感动。刘先生年已八旬，依然笔耕不辍。而我刚过 70 岁，却已萌生"金盆洗手"的念头，相比之下，深感愧疚。我想，作为思想理论战线的一位老兵，应当以刘先生为楷模，继续关注学术领域的各种热点问题，尽自己的能力，多做一些力所能及的工作。

近期，习总书记针对社会科学研究工作做了重要讲话，对社会科学工作者提出殷切的期待。这也是时代和社会对我们的期盼。我们应当以刘先生为榜样，坚守岗位，责无旁贷。

在此，我谈一下关于闽籍学者与"闽派学术"的几点思考。

对于"闽派学术"概念的内涵，我不是很清楚，究竟是指闽籍学者的学术思想、学术成就，还是指在闽的学术队伍的学术思想、学术成就，抑或二者兼而有之？从"闽派批评"的界定范围看，似乎更多人认为应是二者兼而有之。因为从他们所评论的对象和范围看，正包括了这两方面的内容。那么，我就以此作为论述的对象和内容。

不久前刚接到上海社会科学院林其锬先生寄来的一本书——《庆祝林其锬教授八十岁论文集》。林其锬先生是闽侯人，福建有许多人认识他，因为他首先提出了"五缘文化论"，以此来阐释台湾及海外华侨华人与祖国大陆之间的密切关系。福建省还成立了"五缘文化研究会"，虽然表述的内涵略有不同，但大体方面却是一致的。据他亲口告诉我，这个提法是他来漳州参加黄道周学术会议时提出的，后来很快引起有关方面的重视。

林其锬先生 1935 年出生，比刘登翰先生大一岁，是华东师范大学中文系毕业的。原研究方向为魏晋南北朝文学，是中国"文心雕龙研究会"副会长。他的"刘子研究"，获得学术界广泛赞誉，被认为是集大成之作，是刘勰研究的里程碑。但是，林其锬先生的研究领域却广泛涉及中国经济思想史、华侨华人社会经济文化、中国古代文化等诸多领域。我和林其锬是在五年前上海举办的"新子学"国际学术研讨会上认识的，我们都在大会上做了主题发言，探讨在当下如何传承中华优秀传统文化、重构中华文化的重大问题。一听我是闽人，林先生便亲切地过来找我交谈，彼此关心的议题竟然如此相近，我们都有相见恨晚之感。其后多次见面，他都十分关注我所进行的"出土文献与中国文学史研究"课题进展情况。林先生和刘先生一样，都是我所尊重的前辈学者和师长。虽然他们是 30 后，而我是 40 后，但大家彼此之间都没有所谓的代际之隔，所思考的问题也十分相近。

我还想到在台湾的魏萼先生。这位 1942 年出生于漳州的老乡，是位有传奇色彩的学者。他虽然只比我大几岁，但同属 40 后。他由于长期从事国际经济、政治、文化研究,并曾任国民党"中央文化委员会"副主任、台湾当局经济主管部门顾问,有着更广阔的社会背景。从改革开放初期开始,他便多次奔走于两岸之间,探讨如何以中华传统文化及闽南文化为纽带,寻找两岸最可能的结合点。他曾两次受到邓小平的约见,并与之亲切长谈,面陈对改革开放后中国经济发展道路的思考。其后,他也积极参加闽南文化的各种会议,出版了两部以此为内容的著作,都送过我,我还为之写过书评。他的许多观点,都有可取之处。

还有和我同龄的陈庆元先生,我和他都是"文革"中毕业的大学中文系"老五届"学生,他也是主要从事中国古代文学研究的,主攻方向为魏晋南北朝文学,原任中国韵文学会副会长。然而,他在福建区域文化和文献研究方面所取得的成就,是相当引人瞩目的。作为金门人的后代,他热心地参与并组织金门文化与文学的研究,以实际行动加强两岸之间的文化交流。

回闽工作以来,我接触的闽地学者数量众多,尤其是在参加有关闽南文化研究及创办《闽台文化交流》杂志的过程中,我得以认识众多闽派学者,拜读了他们许多富有创见、多学科多领域的研究成果,限于篇幅,在此无法一一说明。"闽派学术"的繁荣,无疑是令人刮目相看的。众多闽籍与闽地学者,构成今日我国学术界的"闽军"学术队伍,那么与国内其他地域学术队伍相比,"闽军"在研究方向和学术成果方面有什么突出的特点呢?

1. 多前瞻性、开拓性的研究课题与学术成果

和其他地域学者队伍相比,闽军学者中关注海洋文化、台港澳及海外文化的研究项目特别多,也因此出现了更多具有开放性和前沿性的研究成果。

2. 关注时代与社会的热点

地处海峡西岸的闽地,由于台湾问题悬而未决,因此两岸关系、两岸文化关系自然而然成为闽地也是全国共同关注的热点,其中闽地学者投入的力量之多、参与面之广,自然是非外省学者可比的。每年海峡论坛在福建多地举行,因此,这方面的研究也是闽地学者和研究机构关注的重点和热点。

3. 族群和地域文化研究比较活跃

闽地具有特殊的多元文化类型,既有不同的族群文化,又有差异较大的地域文化,因此形成了较为活跃的文化研究热,其中客家文化研究、闽南文化研究、闽东文化研究三者尤为突出。这种情况,在国内各省中相对突出。

4. 跨域与越界的学者数量较多

如前文所列举的,不论省内还是省外的闽籍学者,关注的学术面较广,学术热点也较多,从而形成不少学者跨域与越界研究的现象,刘登翰先生当然是其中的典型。

闽派学者之所以有以上一些特点,我以为有以下几个方面的原因:

首先,特殊的社会和地理环境,造成闽派学者特有的"使命感"。

20世纪的"30后""40后",从儿童、少年时代起便亲身体会到国家分裂所带来的种种社会问题和民众的苦难。"前线"这个词长期深刻地印在脑海中,我在童年时就曾目睹过1953年"东山战斗"的全过程,1958年在学校上空的两岸"空战",1962年蒋介石准备反攻大陆时的全民备战,等等。而"前线"也给家乡带来许多突出问题,因为要准备打仗就不搞大的建设,社会经济、文化建设相对落后于其他地域,在外省大学毕业后分配时回不了家乡,等等。这些看似小事,却在我们心里形成一种心结,盼望着祖国早日统一。台湾问题一直是闽籍学者心中打不开的结。我在复旦上学时,每逢送福建同学去工作岗位,彼此分别时说的是"在台湾见"。表达出期盼两岸统一的愿望是很强烈的。这在外省同学看起来很奇怪,我和台湾学者说起这件事,他们也都感到不理解,但福建的学者是理解的。

其次,特殊的家乡情缘。

家乡观念本来各省各地都有,但福建人的家乡观念特别强,我在上海读书时常到东海舰队的老乡那里玩,据他们说,部队领导特别对福建人的家乡观念感到头痛。

故乡情是如何形成的? 恐怕应当追溯历史,甚至追溯到闽人的迁移史。目前,整个福建大都是古代中原的移民,在大移民过程中形成重乡情、重家族观念,相互帮扶的习惯,形成敢拼敢闯的风气,这些流传至今,也影响到闽派学者的研究视野。大家都知道,这些年河南信阳、固始每年都搞"根亲文化节",还有根亲文化研究会。这个寻根热,不是河南人搞起来的,而是我们几位在河南信阳工作的福建人搞起来的。早在20世纪80年代初我们研究豫南史的时候,关注到几次中原移民形成了古代的福建人,而福建人在宋元时代向海洋开拓及由此而形成的海上丝绸之路(更多的是陶瓷),导致明清时期闽南人的大移民,东渡台湾,南下南洋,形成了环东海、南海圈的大开发浪潮。台湾人及东南亚华侨、华族多为闽南人的后代,他们都有着很强的原乡观念和寻根意识。这种观念对于增强两岸的联系,增强祖国的认同感,增强凝聚力,无疑是有正面作用的。当时由欧潭生(福州人)、我、陈忠志(同安人)和林克昌(海南人)一起商议,拟成立豫、闽、台"祖根研究会",经当时信阳地委批准,形成文件,报河南省委,还准备召开大型学术研讨会。当时我们还都分头写文章,我的《论陈元光的历史地位和影响》(发表于《福建论坛》1983年第4期)就是在这种背景下写出来的,欧潭生的关于福建迁移史的文章也是如此。这些文章和当时的活动,在当时就产生了较大影响,因此,它毫无疑义地为此后的寻根热打下根基。我和欧潭生至今仍受邀担任信阳市根亲文化研究会的顾问。正是这种家乡情缘引发了我们跨域与越界来进行寻根文化的研究。许多在外工作的闽籍学者,如前所提到的林其锬先生等又何尝不是如此呢？我于1984年主持《中州学刊》工作后,第一站便来到福建社会科学院,拜访福建论坛,向时任主编的啸马先生请教。故乡总给人以亲切感和信任感。

再次,执着与责任。

刘登翰先生之所以能够在"跨域与越界"的研究中向着一个又一个领域进军,努力地去认识和了解原本不熟悉的研究领域,并做出自己独特的贡献,就是靠的执着与责任。

我们这一代,作为和新中国一起成长的大学生,当时的思想格外单纯,心里只有学好本领、报效祖国的念头。在计划经济时代,大学招生计划直接列入国民经济计划中。当时,个人的前途和命运直接服从于国家的需要。一进大学,一切都是由国家来安排的,这和现代的大学生有很大的不同,强烈的责任感是"文革"前的大学生的共性,并非闽派学者所独有。当然,这种思想基础也决定了20世纪80年代进入科研领域的学者的共同心志。虽然刘先生比我们参加工作时间早,但真正进入地方社科院却是在80年代初。社科院草创时期的一批学人,后来大多成为各方面的学科带头人,这种状况,也值得我们在探讨如何振兴闽军、振兴闽派学术时加以思考。要加强队伍建设,应当有各方面的条件加以保证,科研环境尤其显得十分重要。

以上所说的只是即兴的发言,既不深入,也不全面。作为科研队伍中的一名老兵,回到老家以后也有一些感触,愿借此机会再啰嗦几句。

一是关于如何加强队伍建设。虽然我们已有一支由科研机构、高校和理论系统、文化部门共同形成的科研队伍,但相比之下,和文化底蕴深厚的一些兄弟省之间还是有一定的差距的。这当然和前30年的"前线"不搞建设发展所造成的状况有关,当时优秀人才大量外出不得回归,福建省教育至今仍排在第三类地位。当然,大量闽籍学者在国内外重要学术机构工作,有的是各领域的杰出人才,这也是一件好事。但如何加强这方面的联系(当然不仅是学者间的联系,而是有关领导部门也应在这方面采取一些可能措施和方法),让他们有机会多为家乡的科研队伍培养人才,在加强各学科之间的学术交流等方面发挥更大作用,还值得我们思考。

二是对省内的社科、人文学者采取特殊政策加以扶持。我们这一代人已经老了,闽派学者队伍的壮大,"闽军"的振兴,要靠年轻的一代,因此,采取必要措施来支持他们的科研,促使其更快成长,是一项具有特殊意义的工作。我回福建初期，深感福建长期形成的"前线意识"，使得在一些工作中，尤其涉台、涉外工作中，关卡重重。至少比我在河南工作时的关卡要多，这实在不可思议。这些年虽有所改变，但步子似乎还不大。经常听到学者有这方面的抱怨之声。我校创办《闽台文化研究》已有十几年，我一直想带这些编辑到台湾实地做一些学术交流，但一提起就说很难得到批准，做了十几年的编辑，我至今也没去过台湾。这种状况，自然会影响工作的开展，也难以提高编辑的水平。因此，如何变"前线"为开放的前沿，依然有文章可做。应当尽可能为人文科学工作者的学术考察提供更大更多方便，不应将它与某些游山玩水的官场腐败混为一谈。

三是我们在一些研究领域起步较晚，还需加大支持力度。如闽南文化研究，这是我参加较多的领域，直至 21 世纪初才真正起步。呼吁多年，近日才成立闽南文化研究会。如何采取有效措施加大对这些研究领域的支持力度，仍需进一步考虑。

我曾给自己定了个规矩，过了七十一般不轻易在会上发言。我们这一代作为学术研究的二传手，任务已经完成。新一代学者已经成长起来，他们在很多方面都很优秀，许多项目成果突出，因此更不需我们去指手画脚。但这次会议涉及"闽派学术"的队伍建设问题，我口无遮拦，说了很多，错误和不足之处，敬请批评。

（作者为闽南师范大学闽台文化研究所教授）

跨学科探索：学术活力之所在

林华东

很高兴受邀参加"跨域与越界：刘登翰教授学术志业六十年"研讨会。首先回忆一下与刘先生从知文而未谋面到走进同一个研究领域的历程。

最早听说刘登翰先生是在 20 世纪 70 年代末。那时我的恩师孙绍振教授在授课中讲到三明地区的优秀诗歌创作者刘登翰先生及他们合著的诗集《山海情》（福建人民出版社，1979 年）。那时候，受业于孙先生的同学大都知道刘登翰这个大名。大学毕业后，引起我对刘先生的最大关注的是他的《深沉的海》获得 1982 年"星星诗歌创作奖"。后来，我从事的学科是语言学教学与闽南方言研究，先后发表的许多论文和著作都是现代汉语和方言方面；接下来我走上高校领导岗位，从事了 20 年的高等教育研究，在这一领域也发表了 20 多篇论文；2015 年，我以发表在《当代修辞学》上的《中国语言学科如何处于领先地位》作为我语言学研究的告别篇。总之，从 80 年代初起，我就渐渐与文学尤其是诗歌远离。

与刘先生直接的交往要迟至 21 世纪初。契机是 2006 年 3 月福建省茶产业研究会的成立，他担任首任创会会长，我担任常务副会长。这还要感谢三位好友——杨健民、林其华和徐建竹，他们让我与刘先生在一个新的界域相逢。2009 年 11 月，刘先生卸任，会长由我接任。我与刘先生的交往由于研究领域趋同而继续不断加深。在此段时间，我因为社会需要，研究领域从高等教育、语言学和方言研究转入闽南文化，先后领衔福建省闽南文化生态保护研究中心主任、中国社会科学院文化研究中心闽南文化研究基地主任、台盟中央闽南文化研究基地主任，并担任福建省高校服务海西重点课题"闽南文化的传承与海西社会发展"的负责人；先后在《光明日报》《人民日报》《人民论坛》和《东南学术》等重点刊物发表有关闽南文化研究的论文 30 多篇，出版专著《泉州方言研究》和《闽南文化：闽南族群的精神家园》，主编《闽南文化学术年鉴》（上、下卷）及《闽南文化研究丛书》和《闽台与海丝文化研究丛书》。作为后学，我有幸多次在境内外学术会议上向刘先生讨教。

刘先生的学术视野开阔，60 年来，不仅在文学创作和研究方面，而且在闽南文化和书法艺术方面,都取得了瞩目成就。让我有机会深入了解刘先生是因为有"茶"为媒。那是 2013 年 7 月 26 日至 29 日,我们作为原任和现任福建茶产业研究会会长,应邀出席了由厦门大学两岸关系和平发展协同创新中心主办、厦门大学台湾研究院协办的"两岸茶产业发展接轨研讨会",会议地点设在漳平永福。29 日返厦时,刘先生同乘我的小车。一路上我们无所不谈,从人生经历到人生际遇,从学术转轨到岗位变换,从生活体验到社会认知。一路上的交谈使我对刘先生有了比较深刻的认知,并且发自心底地敬仰刘先生的为人和学养。说实在的,相对于在座各位,我与刘先生交往时间最短,但我的体会可能不会比大家少;因为我的道路与刘先生的步履似乎具有某种相似之处。我也相信我们俩彼此心灵亦有相通之处!无论是在茶产业研究会的相逢,还是在闽南文化研究道路上的漫步,我们都有许多相通的想法,同时也有自己的一些不同看法。尤其是对闽南文化源流与发展的认识,以及闽南文化边界与辨识标准的探索,我们有不同的观点;但是,在闽南文化大概念的基础上,刘先生提出的历史性与现实性、本土性与世界性的见解,我十分赞同,并且是积极的探索者。

我佩服刘先生,因为他拥有丰厚的学科基础和实践成果。借力诗歌平台,他体验生活的艰辛和美好,将亲历做成大餐与大家共享;他品析文学巨著,从现实生活到典型形象,将作品的时代价值和现实意义告知读者;他关注族群的生活方式,从闽南到台湾,从大陆到东南亚,总结、分析和提炼闽南文化的核心现象与内涵,为海内外华人建立沟通基础做出贡献;他热爱优秀传统文化,热爱汉语言文字,将自己的美学观念和欣赏视野化为汉字书法艺术;他热爱生活,拾掇百姓开门七件事之一的"茶"文化,把文人墨客的"琴棋书画诗酒茶"演绎得有滋有味。他的"跨域与越界",展示了他的多才多艺,乃寻常人所不能及。

我佩服刘先生,因为他具有多向的立体思维和灵活转型探索的精神。他热爱生活,从城市下农村,又从农村到城市,把甜酸苦辣尝遍,并将滋味告知大众,用诗歌抒情,用艺术评鉴,用书法表达。尤其是他轻松地把对生活的认识放到文化层面探索,把对族群的观察放到文化的层面分析,把闽南族群流动的历史与现实放到世界层面阐释。他的作品让我们体验到一个有血有肉的灵魂。我不由得认为,那生机勃勃的体力正是他走在生活前列的重要保障;那令人羡慕的精力使他的学术探索成为可能;那应付自如的张力为他的学术研究铺开畅达之路;那丰富的发散性思维活力成就了他多领域的成果。他的影响,在诗歌界,在评论界,在文化界,在艺术界。他已经成为当代学者的典范。

跨域与越界,使刘先生获得了活力与张力,增添了体力与精力;跨域与越界,使刘先生勇于探索的学术精神成为晚辈效仿的榜样。衷心祝愿刘登翰先生健康长寿,继续行走在海内外闽南文化研究和文学探索的前列,促进相关领域的学术繁荣与发展。

(作者为泉州师范学院前副院长,教授)

站在文化生态保护理论研究最前沿的学者

蔡亚约

　　我记不得第一次听说刘登翰老师大名的时间与方式，依稀记得以前读过他的文学作品。2013 年，他成为厦门市非物质文化遗产专家组成员，从此我与他有了深入的接触。凡是与他打过交道的人，都会对他清癯瘦削、纯朴淡然的外表，心境开阔、冲淡平和的气质，以及活跃的思维、谦和的话语留下深刻印象。他以旺盛的精力穿行于多种文化艺术的空间之中，勇于开创和探索。他与陈耕教授合著的《论文化生态保护——以厦门市闽南文化生态保护实验区为中心》，是国内对文化生态保护进行理论探索的最早一部专著，学术视野宽阔、思想深邃、见解独到。特别是他提出的理论的普适性和理论对象的特殊性、文化的历史性和文化保护的当下性、文化的传承与文化的创新发展的关系等观点，对维护文化的多样性，见人、见物、见生活，融入现代生活等新理念有着深远的影响。

普适性与特殊性——维护文化多样化理念

　　自 2007 年 6 月文化部批准设立第一个国家级文化生态保护区——闽南文化生态保护实验区以来，我国已相继设立了 18 个国家级文化生态保护实验区，分布在 16 个省区市。文化生态保护区的核心在非遗得以孕育传承的生态，文化生态保护区是遗产与载体、环境的有机结合。建立文化生态保护区是我国的一个创举，由于没有可借鉴的模式，理论指导滞后，因此急需建立相应的理论体系，为文化生态保护区建设提供宏观思路。

　　闽南文化生态保护实验区作为我国第一个文化生态保护区，肩负着探索文化生态的保护、传承、发展和创新之路的历史使命。在此过程中，刘登翰与陈耕等一批专家学者自闽南文化生态保护实验区成立伊始，便积极参与实际工作，致力于文化生态保护理论研究，使厦门在这一领域的理论研究走在全国前列。2014 年，刘登翰与陈耕合著的《论文化生态保护——以厦门市闽南文化生态保护实验区为中心》出版发行，全书共四章、十八节，书中以厦门市的闽南文化生态保护工作为中心，根据中国文化生态保护提出的理论背景与现实吁求,总结了几年来的观察、体验和感受,对文化生态保护从理论和实践两方面进行了辨析与思考,提出了一些新看法和思路,使我国的文化生态保护理论研究提高到了一个新的高度,推动闽南文化生态保护区建设向新阶段迈进。

刘登翰老师认为,文化生态保护的理论有其普适性与特殊性。一方面,从实践出发的文化生态保护理论建设,不能只解释个别对象的特殊性,它必须具有指导一般的普适价值;另一方面,理论不能停留在一般的泛泛而谈,必须对理论对象的特殊性提出周全的诠释,必须深入到实践中,具体问题具体分析。针对闽南文化生态保护,要把握好闽南文化的移民性、本土性和开放性,尤其突出海洋性特征,保持闽南独具地方特色的原文化形态的一体化,突出以海洋为代表的民生产业文化形态;保持闽南传统的民众日常生活习惯及闽南民间文化艺术门类的多样性和多元一体化;保持闽南语独具特色的文化沟通、文化交流功能,形成丰富生动的闽南语方言文化的一体化。应以此为根基,在海内外建成广阔的闽南民系文化辐射圈,发挥闽南文化在海峡两岸交流合作和构建 21 世纪海上丝绸之路中的作用。

历史性与当代性——见人见物见生活理念

"文化生态"是将生态学的自然生态概念借用到文化范畴中形成的,比喻文化就像自然界的生物多样性一样共生在同一个大自然环境里。简单地说:文化生态大体上指的是多样性的以原真性活态传承为主的文化综合整体。文化生态系统是文化与价值观念、经济形式、社会组织、意识形态、科学技术、自然环境等构成的相互作用的完整体系,具有动态性、开放性、整体性的特点。文化生态保护区是指文化遗产资源丰富,保存相对完整,具有鲜明的地域特色,经过科学规划和论证而划定的多样性文化环境的区域。文化生态保护就是要坚持文化生态和谐理念,将它整体地、原状地保存在自然社会环境中,使之成为"活文化"。

刘登翰老师认为,文化遗产保护和文化生态保护具有历史性和当代性。历史性主要表现在对文化或文化遗产自身历史的认识和尊重上面,是如何进行保护的依据。但文化遗产保护不可能完全恢复到"历史的原貌"或"历史的生态"中去,因为它是当代人的一种文化作为。在现代化进程中,一些鸡犬之声相闻的传统村落、社区里井受到城市扩张、拆迁改造、撤并乡村的挤压,成了没有村民的仿古建筑群;一些具有浓郁民族特色、乡土气息的项目找不到与现代生活的结合点,后继乏人,受众急剧减少;一些体现精湛手工制作技艺的传统生产工艺被大机器生产所替代。在这种情况下,需要用行政的力量,对它们实施"封山育林"式保护,以传承当地纯正的血统。

人民群众既是文化的创造者和生产者,又是文化的消费者。脱离人民群众的文化生活、文化需求,奢谈文化传承,那么再好的设想与规划也只能是纸上谈兵。所以,要把思路重点放到广大民众对文化生态长远保护和发展的需求和高度自觉上来,有条件地转化为现实的群众需要,这也是一种更深层次意义上的保护。当前,要树立"见人、见物、见生活"的生态保护理念,把非遗项目和其得以孕育、滋养的人文环境一起保护起来,要在古村落和老街改造中保留原住居民,保护原住居民的生活方式,避免传统村落、老街变成只有建筑和商铺、没有原住民的空心遗址,避免非遗失去传承基因、环境和土壤。

传承与创新——融入现代生活理念

传承创新是文化可持续发展的保证。文化遗产是历经千百年沉淀形成的宝贵财富,具有稀缺性、脆弱性和不可再生性,一旦遭受破坏,不仅损失永远无法弥补,我们的文化传承也将出现"断层";但如果只重传承而不重视创新,传统文化就会渐渐失去活力,联合国教科文组织在《保护非物质文化遗产公约》中,对非遗是这样定义的:"这种非物质文化遗产世代相传,在各社区和群体适应周围环境以及与自然和历史的互动中,被不断地再创造,为这些社区和群体提供认同感和持续感,从而增强对文化多样性和人类创造力的尊重。"时代是发展的,文化只有进行创新和发展,才具有蓬勃的生命力。

刘登翰老师认为,传承和创新是一体两面的问题,应注意:第一,传承是前提,是基础,是第一性的,而创新是在传承基础上的创新,是传统的现代发展;第二,必须把文化传统转换为一种文化资源,这样创新才有可能在传承的基础上出现;第三,现代文化的元素从同代意识到现代科技的进入,是由传承走向创新的关键。当然"创新"必须慎重,要注意防止以"开发利用是最好的保护"之类的思想来混淆视听,防止以开发旅游、追逐经济利润为目的破坏文化生态环境。

文化遗产是民族的文化印记,是一个民族、一个地区、一个乡村和一个街道社区的生活方式,其生命在生活。文化生态保护是以人为核心、以生活为载体的活态传承实践。文化生态保护区所要阻隔的,并不是人们常说的"现代化生活",而是有可能成为当地遗产"天敌"的某些外来文化物种或是容易对当地遗产造成生态威胁的外来生态环境。不是让当地民众远离现代,而是让他们充分意识到、利用好自己的所长,参与到现代化建设中来,并在现代化发展进程中,凭借着自身传统的绝对优势,走得更快、更稳、更远。当前,要树立非遗走进现代生活的理念,让文化遗产在秉承传统、不失其本的基础上,更加全面地融入当代人的生活,在千家万户的日常生活中得到传承。

我国的文化生态保护区建设事业还刚起步,很多事应该怎样做,怎样才能做好,都需要大量的实践和深入的研究。从事文化生态保护工作的人们,特别要提倡深入实际、调查研究,多向刘登翰等专家学习,多研读相关的学术专著,潜心钻研,了解和把握工作规律,积极为建立一套科学化、规范化、法制化、网络化的文化生态保护体制及运行机制,促进文化繁荣,做出积极贡献。

(作者为厦门市非物质文化遗产保护中心研究人员)

刘登翰先生对福建《过番歌》
文献的搜集、整理与研究

柯荣三

一、前言

众所周知,刘登翰先生是当代第一位系统地针对福建《过番歌》展开研究的学者。在今日闽南文化体系的建立过程中,刘先生也提出过至为重要的论述基础。2009 年,台湾成功大学中文系陈益源教授与笔者合撰《台湾所见的五种"过番"题材歌仔册》并提交"2009 闽南文化国际学术研讨会"①,正是受到刘先生《过番歌》研究成果的启发。2011 年,在台湾成功大学人文社会科学中心的支持下,陈益源教授开始执行"闽南文化研究文献的整理与研究"整合型研究计划,流传于闽南侨乡与南洋异邦的《过番歌》,正是其主要的搜集、整理与研究对象之一,我们很幸运地获得刘先生的协助,更在数度往返的学术交流中,进一步拟定合作编辑出版《福建过番歌文献资料辑注》的计划。

欣逢"跨域与越界——刘登翰教授学术志业六十年"研讨会召开,笔者拟以《刘登翰先生对福建〈过番歌〉文献的搜集、整理与研究》为题撰文,文中恐仍有诸多疏漏,万望专家学者斧正。

二、关于福建《过番歌》文献的搜集整理

据刘登翰先生所记,1989 年夏天,时为法国远东学院院长的龙巴尔教授(Professor Denys Lombard) 及其夫人——法国社会科学中心苏尔梦教授(Professor Claudine Salmon) 到福建社会科学院访问。当年苏尔梦教授带来了一本得自施舟人教授(Professor Kristofer Schipper) 的闽南长篇唱本《新刻

① 陈益源、柯荣三:《台湾所见的五种"过番"题材歌仔册》,《2009 闽南文化国际学术研讨会论文集》,台湾成功大学中国文学系、金门县文化局,2009 年,第 303 – 315 页。

过番歌》(厦门会文堂刊本,系施舟人教授20世纪60年代于台湾购藏),请刘登翰先生协助翻译注释。1989年8月,刘先生陪同龙巴尔、苏尔梦夫妇到《过番歌》的诞生地闽南地区进行为期20天的调查,访问了泉州、漳州和厦门的一些市县镇村,搜集到不少《过番歌》的相关材料。刘先生指出,《过番歌》在闽南的广泛流传并非偶然,因为闽南是著名的侨乡,自19世纪中叶以来,即有大批人口迫于生计而漂洋过海下南洋,或被作为"猪仔"贩卖到美洲。《过番歌》以闽南歌仔的通俗演唱形式,在民间保留下这段记忆。从刘先生曾祖父那辈人起,正是三步一回头地沿着《过番歌》所唱的出洋路线,由南安到厦门候船出洋。经过数代人的迁徙,刘先生家族也从南安的码头乡移居到厦门。苏尔梦教授带来厦门会文堂《新刻过番歌》这一段,唤起了刘先生的家族记忆,并由此引发他研究《过番歌》的浓烈兴趣①。

刘先生历年来调查搜集整理所得的《过番歌》材料,大致可分为以长篇刊本形态流传的《过番歌》歌仔册,以及来自民间的长、短"过番歌"采录本。

（一）以长篇刊本形态流传的《过番歌》歌仔册

刘先生早年在闽南地区所发现的5种长篇《过番歌》歌仔册可见表1:

表1　刘登翰先生所见5种长篇《过番歌》歌仔册

序号	书名	编著者	出版者	年代	版本系统
1	《新刻过番歌》	南安江湖客辑	厦门会文堂	清刊本	南安本
2	《特别最新过番歌》	不详	厦门博文斋	1922	南安本
3	《过番歌》	厦门周学辉搜集校注,吴圭章编	安溪县民间文学集成编辑委员会	1987.09	安溪本
4	《过番歌》	安溪善坛钟鑫,安溪吴圭章、杨世膺校正注释	《善坛风物》材料之四	不详	安溪本
5	《福建最新过番歌》	不详(1983年新加坡林姓华侨带回安溪)	不详,铜板刻写油印本	1983前	安溪本

表1中,第1、2种本子内容几乎完全相同,属同一类型,由于歌仔册所述主角为南安人,刘先生名之为"南安本";第3、4、5种彼此之间的内容亦相差无几,但与"南安本"截然不同,明显属于另一类型,因为内容所叙主角为

① 刘登翰:《追索中国海外移民的民间记忆——关于〈过番〉的研究》,《福州大学学报(哲学社会科学版)》,2005年第4期。

安溪人,故刘先生名之为"安溪本"。刘先生经过仔细比对之后指出,三个版本之间的差异只在某些方言记音用字上,并无内容的不同,故"这三个刊本实际上是一个本子,或来自同一个母本"。①

2009 年,我们在台湾又见到了另外 5 种长篇《过番歌》歌仔册,可见表 2:

表 2　陈益源、柯荣三所见 5 种长篇《过番歌》歌仔册

序号	书名	编著者	出版者	年代	版本系统
1	《新出过番歌》	不详	上海开文	不详	南安本
2	《最新过番歌》	不详	厦门文德堂荣记	1905	南安本
3	《最新番平歌全本》	不详	厦门会文堂	1909	安溪本
4	《最新番平歌全本》	不详	厦门会文堂	1916	安溪本
5	《南洋游历新歌》上本《南洋游历新歌》下本	不详	台中瑞成书局	1932.11 1933.02	安溪本

表 2 所列 5 种《过番歌》歌仔册中,第 1 种上海开文书局《新出过番歌》,为前述刘先生所论之"南安本"系统再添一种材料;第 2 种厦门文德堂荣记 1905 年木刻本《最新过番歌》,过去甚少受到关注,如果根据全书最末"我今说话那无影,去时别人再探听,借问此歌何人便,正是永春一大仙"之语,以及唱本所述主角离乡往厦门候船沿途所经之"板头市""东岭头""赤兰脚"等地名,与"南安本"所叙由南安出发所经地名不同,或可称为"永春本"。然而,由于其整体内容与厦门会文堂《新刻过番歌》其实仅有部分文句及地名之别,因此仍可将该本视为"南安本"系统之异本,不另立为"永春本"。②

刘先生曾推论"安溪本的正式刊行本在 1987 年,前此仅以手抄本流传"③,由于表 2 所列第 3、4 两种分别刊行于 1909 年与 1916 年的厦门会文堂,《最新番平歌全本》之发现,让"安溪本"最早的刊行年代至少可以上溯到 1909 年;前述刘先生根据当年所见三种"安溪本",推论它们"或来自同一个母本"的那个"母本",应当与厦门会文堂的《最新番平歌全本》有高度相关。至于表 2 所列第 5 种台中瑞成书局《南洋游历新歌》实乃"安溪本"在台湾翻印之作,该本与其他"安溪本"最显著的差异,在于以"南洋"取代旧

---

① 刘登翰:《〈过番歌〉及其异本——〈过番歌〉研究之一》,《福建学刊》,1991 年第 6 期。

② 陈益源、柯荣三:《台湾所见的五种"过番"题材歌仔册》,《2009 闽南文化国际学术研讨会论文集》,台湾成功大学中国文学系、金门县文化局联合出版,2009 年,第 306 - 307 页。

③ 刘登翰:《〈过番歌〉及其异本——〈过番歌〉研究之一》,《福建学刊》,1991 年第 6 期。

本中的"番平"之称呼。刘先生认为,在《过番歌》产生、流传与异变的过程中,刊印本出现是重要因素之一,因为民间艺人的传唱通常只在有限的地区传播,而刊印本可使歌谣随其所到之处流传开来。[①] 1909 年厦门会文堂印行《最新番平歌全本》,已经让《过番歌》中的"安溪本"有机会随着闽南移民的足迹拓展至新加坡(例如,表 1 列有 1983 年新加坡林姓华侨带回安溪的铜板刻写油印本)。20 世纪 30 年代在台湾改题为《南洋游历新歌》所印行者,则是"安溪本"流传到异地(台湾)后发生异变的例证。

(二) 来自民间的长、短《过番歌》采录本

刘先生多年以来持续关注《过番歌》的调查与搜集,根据其 2012 年整理而尚未公开发表的一份《过番歌资料目录(初稿)》,再加上 2014 年刘先生所提供的《过番歌》文献影印资料,除了上述以长篇刊本形态流传的《过番歌》歌仔册以外,我们可以在泉州(石狮、晋江、惠安、永春、安溪、南安)、漳州(长泰、龙海、诏安、云霄、东山)、厦门,乃至地理位置属闽南以外的闽清、福清、寿宁、屏南、古田、龙岩、永定、光泽等地,听闻有《过番歌》歌谣在传唱[②],如表 3 所示:

表 3　刘登翰先生《过番歌资料目录(初稿)》

石狮:计 21 篇	
1. 相邀到番邦(8 行)	石狮
2. 我的祖家在唐山(54 行)	石狮
3. 番客歌(40 行)	石狮
4. 番客婶割海草(11 行)	石狮
5. 时机返,吃饱配锁卷(28 行)	石狮
6. 欢喜船入港(16 行)	石狮
7. 我在外面跳脚筒(6 行)	石狮
8. 问君番邦几时返(8 行)	石狮
9. 纸笔提起话头长(7 行)	石狮
10. 番客婶偷偷哮(20 行)	石狮

① 刘登翰:《论〈过番歌〉的版本、流传及文化意蕴》,《华侨大学学报(哲学社会科学版)》,2002 年第 6 期。

② 按,刘登翰在 2005 年所进行的研究中,便已经利用过包括泉州地区的晋江、石狮、惠安、南安、永春、安溪,以及漳州地区的龙海、长泰、诏安、云霄等。同为侨乡的福州五区八县及宁德的寿宁、屏南、古田等县,闽西的龙岩、永定等地,三明的永安等地,闽北的光泽等地流传的《过番歌》,参见刘登翰《追索中国海外移民的民间记忆——关于〈过番歌〉的研究》,《福州大学学报(哲学社会科学版)》,2005 年第 4 期。

石狮：计21篇	
11. 番邦真正远(6行)	石狮
12. 为着生活无头活(8行)	石狮
13. 报佳音(6行)	石狮
14. 番邦趁吃真艰苦(16行)	石狮
15. 夫妻临别(44行)	石狮
16. 一条手帕(22行)	石狮
17. 月娘圆又光(8行)	石狮
18. 挂意我心头(4行)	石狮
19. 到番银(4行)	石狮
20. 送别歌(8行)	石狮
21. 番婆弄(98行)	石狮
晋江：计18篇	
1. 行船歌(16行)	晋江
2. 送哥(24行)	晋江
3. 相邀到番邦(8行)	晋江
4. 父母主意嫁番客(40行)	晋江
5. 行船歌(24行)	晋江
6. 雨仔雨蒙蒙(7行)	晋江
7. 客头招咱做华工(8行)	晋江
8. 过番(14行)	晋江
9. 六月思君(9行)	晋江
10. 清明过去谷雨兜(8行)	晋江
11. 断约(8行)	晋江
12. 水牢十叹歌(40行)	晋江
13. 番客歌(30行)	晋江
14. 厦门水路透番邦(6行)	晋江
15. 番客婶，佬佬佬(10行)	晋江
16. 雨落檐头流(4行)	晋江
17. 断肠歌(32行)	晋江
18. 番客婶偷偷哮(20行)	晋江
惠安：计10篇	
1. 卖杂货歌(66行)	惠安

惠安：计 10 篇	
2. 番客歌(32 行)	惠安
3. 番婆歌(6 行)	惠安
4. 番婆弄(98 行)	惠安
5. 唐山路头十八弯(6 行)	惠安
6. 我君去番邦(13 行)	惠安
7. 风葱,风葱(6 行)	惠安
8. 并无带念翁某的情义(14 行)	惠安
9. 阿兄阿嫂去过番(4 行)	惠安
10. 保庇阿母百二岁(12 行)	惠安
永春：计 6 篇	
1. 离某离仔去番邦(12 行)	永春
2. 月仔光熠熠(7 行)	永春
3. 过番歌(22 行)	永春
4. 将阮嫁番客(30 行)	永春
5. 唐山阿伯(10 行)	永春
6. 阿公离家几十春(30 行)	永春
安溪：计 1 篇	
1. 嫁番客(32 行)	安溪
南安：计 2 篇	
1. 唱出番客有只歌(32 行)	南安
2. 临别歌(96 行)	南安
漳州：计 3 篇	
1. 阿哥过番几时回(8 行)	漳州
2. 手巾歌(40 行)	漳州
3. 过番歌(56 行)	漳州
长泰：计 3 篇	
1. 咱娘出世在香港(24 行)	长泰
2. 送君过番(40 行)	长泰
3. 过番邦歌(56 行)	长泰
龙海：计 8 篇	
1. 我夫过番无信返(48 行)	龙海

龙海：计 8 篇	
2. 过番歌(56 行)	龙海
3. 阿哥过番几时回(8 行)	龙海
4. 吕宋写批来相请(8 行)	龙海
5. 过番歌(56 行)	龙海
6. 送君行船人(8 行)	龙海
7. 唔知几时会相逢(8 行)	龙海
8. 亲人早归来(4 行)	龙海
诏安：计 2 篇	
1. 我夫过番无信返(48 行)	诏安
2. 送郎去过番(24 行)	诏安
云霄：计 3 篇	
1. 想着唐山的姑娘(20 行)	云霄
2. 阿哥出洋漂大海(4 行)	云霄
3. 嫁番客(36 行)	云霄
厦门：计 5 篇	
1. 一条手巾绣四字(4 行)	厦门
2. 过番歌(4 行)	厦门
3. 阮兜爱我嫁番客(36 行)	厦门
4. 十送郎君过番平(40 行)	厦门
5. 父母主婚嫁番客(15 行)	厦门
闽清：计 1 篇	
1. 南洋记(又名华侨泪,244 行)	闽清
福清：计 2 篇	
1. 十送郎君去番邦(40 行)	福清
2. 去番传(40 行)	福清
寿宁：计 1 篇	
1. 过番歌(576 行)	寿宁
屏南：计 1 篇	
1. 黄乃裳出洋记(172 行)	屏南

古田：计3篇	
1. 漂洋过海去波罗(40行)	古田
2. 二十思量过番苦(48行)	古田
3. 出番记(340行)	古田
永定：计1篇	
1. 阿哥出门去过番(16行)	永定
光泽：计2篇	
1. 洋客妇(112行)	光泽
2. 侬哥出洋去赚钱(4行)	光泽
东山：计1篇	
1. 何日落叶归根源(8行)	东山

　　刘先生所掌握的这批资料中，不少是《中国歌谣集成（福建卷）》(2007)编纂时所用的底本或工作时的初校本，值得一提的是，这批底本或初校本有部分并未编入《中国歌谣集成（福建卷）》的华侨歌当中，例如，晋江县文化馆干部曾阅于1958年采集、抄写在"晋江县文联"稿纸上的30余首《过番歌》中，便有18首未曾编入《中国歌谣集成（福建卷）》①，是以刘先生所搜集

---

① 《中国歌谣集成（福建卷）》之"华侨歌"计收43首作品：1.《嫁番客》(安溪县)；2.《父母主意嫁番客》(南安市，《嫁番客》异文一)；3.《我家要我嫁番客》(厦门市，《嫁番客》异文二)；4.《番婆弄》(惠安县)；5.《风葱风葱》(惠安县)；6.《我君去番邦》(惠安县)；7.《保佑阿母百二岁》(惠安县)；8.《阿公离家几十春》(惠安县)；9.《阿兄阿嫂去过番》(惠安县)；10.《十送郎君去过番》(福清市)；11.《去番传》(福清市)；12.《出洋歌》(闽清县)；13.《黄乃裳出洋记》(屏南县)；14.《夫妻别》(石狮市)；15.《一条手帕》(石狮市)；16.《番邦真正远》(石狮市)；17.《相招到番邦》(石狮市)；18.《为着生活无奈何》(石狮市)；19.《番客婶，偷偷号》(石狮市)；20.《一去番邦几十年》(永春县)；21.《离妻离子去番邦》(永春县)；22.《我去番邦吃苦头》(龙海市)；23.《下西番》(寿宁县)；24.《二十思量过番苦》(古田县)；25.《漂洋过海去婆罗》(古田县)；26.《洋客嫂》(光泽县)；27.《我在外面跳脚筒》(石狮市)；28.《问君番邦几时返》(石狮市)；29.《番银到》(石狮市)；30.《报佳音》(石狮市)；31.《番客歌》(南安市)；32.《过番歌》(石狮市)；33.《火船即时就要开》(按，录自《榕树文学丛刊·民间文学专辑》1980年第1辑，未标地区)；34.《哥哥出门去南洋》(武平县)；35.《阿哥过番无音信》(按，录自《榕树文学丛刊·民间文学专辑》1980年第1辑，未标地区)；36.《阿哥过番几时回》(龙海市)；37.《送别歌》(石狮市)；38.《十送郎君过番邦》(厦门市)；39.《要记家乡妻儿情》(厦门市)；40.《一条手巾绣四字》(厦门市)；41.《想郎》(按，录自《榕树文学丛刊·民间文学专辑》1980年第1辑，未标地区)；42.《歌颂陈嘉庚》(厦门市)；43.《唐山阿伯》(惠安县)。但其中却未有从晋江流传之作选录者。见中国民间文学集成全国编辑委员会、中国歌谣集成福建卷编辑委员会编：《中国歌谣集成（福建卷）》，中国ISBN中心，2007年，第453－500页。

抄写于"晋江县文联"稿纸上的第一手资料,可谓弥足珍贵。

三、关于福建《过番歌》文献的研究

刘先生对于《过番歌》的研究,主要体现在以下 5 篇论文中,首先是《〈过番歌〉及其异本——〈过番歌〉研究之一》,该文根据所搜集之长篇《过番歌》的唱本内容,明确划分出"南安本"与"安溪本"等版本系统异同概况①;其次是《〈过番歌〉的产生和流播——〈过番歌〉研究之二》,刘先生据其调查所得的各种长、短篇《过番歌》,论述其产生与流传的样貌②;《论过番歌的文化冲突和劝世主题》,是在文本基础上对过番歌所做的分析,进一步指出《过番歌》主要是在表现番客离乡背井面临亲情疏离的压力,以及远赴异邦后发觉谋生艰难,展现出"劝恁只厝那可度,番平千万不通行"的劝世主题③,《过番歌》蕴藏的民间记忆,具有与海外移民史料文献互证的珍贵价值④;至于《论〈过番歌〉的版本、流传及文化底蕴》,则是对前面三篇论文的综合;另一篇《追索中国海外移民的民间记忆——关于〈过番歌〉的研究》,则是介绍自己与《过番歌》研究的姻缘及对前述论文的补充。《过番歌》蕴藏的民间记忆,具有与海外移民史料文献互证的珍贵价值。⑤

上述几篇论文曾获得学界高度的重视,例如在《中国民间文艺学年鉴2005 年卷》中,论者即特别标举刘先生《追索中国海外移民的民间记忆——关于〈过番歌〉的研究》的研究成果,给予极高的肯定,并特别指出:"《过番歌》所提供的和历史文献互证的 19 世纪后半叶以来中国的世界性生存经验于我们今天研究那段历史是非常宝贵的活的资料。"⑥现俱收入刘先生《海峡文化论集》⑦,早已成为研究者重要的参考资料。

---

① 刘登翰:《〈过番歌〉及其异本——〈过番歌〉研究之一》,《福建学刊》,1991 年第 6 期。

② 刘登翰:《〈过番歌〉的产生和流播——〈过番歌〉研究之二》,《福建论坛(人文社会科学版)》,1993 年第 6 期。

③ 刘登翰:《论〈过番歌〉的版本、流传及文化意蕴》,《华侨大学学报(哲学社会科学版)》,2002 年第 6 期。

④ 刘登翰:《追索中国海外移民的民间记忆——关于〈过番歌〉的研究》,《福州大学学报(哲学社会科学版)》,2005 年第 4 期。

⑤ 刘登翰:《追索中国海外移民的民间记忆——关于〈过番歌〉的研究》,《福州大学学报(哲学社会科学版)》,2005 年第 4 期。

⑥ 桑俊:《2005 年中国歌谣研究回顾》,刘守华、白庚胜主编《中国民间文艺学年鉴 2005 年卷》,华中师范大学出版社,2007 年,第 302 页。

⑦ 刘登翰:《海峡文化论集》,江苏大学出版社,2014 年,第 145－192 页。

前面曾经提到,刘先生家族从他曾祖父那辈人起便出洋谋生,在刘先生为父亲而写的《魂兮归来》一文中,更清楚地写下了这段深刻的家族史:

> 在我们家族,差不多每个男子长到 16 岁成丁的时候,都要漂洋过海下南洋去谋生。他们胼手胝足苦斗在那块并不属于自己的灼热的土地上,无论业有所成还是一无所就,都要回到家乡娶妻生子,留下香火,然后再踏上漂泊之路。或许自此一去,终生不返;或者牵肠挂肚,顾念家小,他们最终都一样不得不将一把骨殖埋在生前浸满自己汗血的异域土地上。而他们灵魂漂泊的这片他人的天空,仍将覆盖在他们子遗的亲人头顶,是祸是福,都由他们亲人承载,不断呼唤着他们后辈重复先人的道路。就我们一家,仅我所知,祖父三个兄弟,父亲六个兄弟一个妹妹,十几口人埋骨在那方异国的土地。他们身后留下的每个家庭,都有一部长长的小说。①

由此观之,由刘先生开启的对《过番歌》的系统性研究,不单单是学者面对历史文献的学术考察,在家族记忆的召唤下,更呈现了一位学者意欲探索海外华人流动于异邦与侨乡之间那股复杂而纠结情感的恳切叩问。

四、结语

潮汕民俗研究专家郭马风在《寻找几部旧版潮州歌册》中曾经提到:"2001 年 12 月上旬,我同潮汕历史文化研究中心的同仁们应邀在厦门参加了由该市闽南文化研究会等单位联合举办的首届海峡两岸闽南文化学术研讨会。进了会场,我便领到了有关此次研讨会的一册厚厚的'论文汇编'。一看目录,有一篇由福建省社科院研究员刘登翰先生撰写的《论〈过番歌〉》,太好了,我寻找潮汕和闽南的'过番歌'多年了,真是'踏破铁鞋无觅处'。刘先生的论文,考证了福建'过番歌'(歌册)的不同版本,论述了过番歌(歌册)产生的时代背景及其传播和劝世主题的文化意蕴。刘先生的论文,使这一在大陆几乎已经失传了的关于华侨历史纪实题材的民间唱本得以引起学术界的注意。"②

郭马风向刘先生表示,他若能找到家藏的潮汕《过番歌》刻本,必当复印奉赠,另一方面则希望刘先生能寄赠《过番歌》文献,会后数天后果然收到刘

---

① 刘登翰:《魂兮归来》,《自己的天空》,花城出版社,2010 年,第 8 页。
② 郭马风:《寻找几部旧版潮州歌册》,中共揭阳市委办公室、潮汕历史文化研究中心合编《第五届潮学国际研讨会论文集》,公元出版有限公司,2005 年,第 576 页。

先生寄去的复印资料。① 郭马风的这段回忆,一方面再次验证了刘先生在《过番歌》上的研究成果备受肯定与瞩目,另一方面则让我们充分感受到刘先生恢宏的学术气度!《福建过番歌文献资料辑注》的编辑工作,正是在刘先生无私的支持下,才得以顺利进行。

　　谨借此短文恭贺刘登翰先生学术志业六十年,也期盼能有更多朋友共同关注《过番歌》!

(作者为台湾云林科技大学汉学应用研究所副教授)

---

① 郭马风:《寻找几部旧版潮州歌册》,中共揭阳市委办公室、潮汕历史文化研究中心合编《第五届潮学国际研讨会论文集》,公元出版有限公司,2005 年,第 577 页。

嫁番客:《过番歌》中的女性叙事研究

李姿莹

前　言

　　19 世纪后半叶以来,中国沿海居民出洋谋生计者众多,称之为"过番"或"落番"。根据 1935 年的统计,闽粤两省的华侨人口占 1/6,若再以两省的侨乡对照看来,华侨所占人口更高达 1/3。① 在漂洋过海谋生计的背景下,其中辛酸血泪必是难以避免的,因此产生了流传在侨乡原籍或外洋番邦的《过番歌》,内容尽诉过番之艰苦辛酸,提供自身悲惨经历以劝诫后人切勿轻易过番谋生。虽然《过番歌》中劝诫色彩浓厚,其呼吁依然与 19 世纪闽南人力大量移动的历史事实形成强烈对比。②

　　根据柯荣三《番平千万不通行?——闽南〈过番歌〉中的历史记忆与劝世语言》③中所梳理的闽南《过番歌》搜集整理与研究概况可以了解到:目前所知的长篇闽南语系《过番歌》可分为"南安本"与"安溪本"两大系统。

　　刘登翰长年关注与研究《过番歌》,成果颇丰,已于《论〈过番歌〉的版本、流传及文化底蕴》《追索中国海外移民的民间记忆——关于〈过番歌〉的研究》中对"南安本"及"安溪本"都做了一定程度的基础研究,分析了"南安本"与"安溪本"的异同,并且对时代、作者也做了考证。

　　"南安本"及"安溪本"的主要表现主题都在于番客本身的经历④,其出洋谋生的无奈、遭遇的悲惨等,番客以自身经历告诫后人切莫轻易越洋,"番平哪是真好趁,真济人去儿人还"。

―――――――――――

　　①　刘登翰:《论〈过番歌〉的版本、流传及文化意蕴》,《华侨大学学报(哲学社会科学版)》,2002 年第 2 期。

　　②　柯荣三:《番平千万不通行?——闽南〈过番歌〉中的历史记忆与劝世语言》,台湾《民俗曲艺》第 179 辑,2013 年。

　　③　柯荣三:《番平千万不通行?——闽南〈过番歌〉中的历史记忆与劝世语言》,台湾《民俗曲艺》第 179 辑,2013 年。

　　④　刘登翰:《追索中国海外移民的民间记忆——关于〈过番歌〉的研究》,《海峡文化论集》,江苏大学出版社,2014 年,第 15 页。

刘登翰所讨论的《过番歌》刊本,所表达的理念就是所谓的安土重迁:作为一个世纪前的过番华侨的生活实录,它主要通过表现离乡背井的华侨所面临的疏离亲情及压力和谋生异邦的艰难不易来增强其固守故土之心的劝世主题。

同时黄文车也析论番客纵然漂泊异乡,依然无法切断对于母国的依恋,"南安本"和"安溪本"都劝诫后人,切勿轻易出洋离乡。①

柯荣三的《番平千万不通行?——闽南〈过番歌〉中的历史记忆与劝世语言》②接续长篇《过番歌》中主要以番客的经历阐述"番平千万不通行"的劝世语言。虽说"番平千万不通行",可前赴后继的过番客仍有增无减,那么究竟番平千万通不通行?鉴于过番时常带有"连锁式移民"的情况,若在南洋有能接应的父老乡亲,能够提携照顾,那"番平也不是不可行",故《过番歌》中的劝世与语言,不见得是全面的劝诫千万不可出洋过番,而是提醒将要出洋的番客们需要记住前辈们的教训。

刘登翰在搜集《过番歌》刊本的过程中发现大量的《过番歌》以歌谣模式保留在民间。某种意义上说,正是反映侨乡社会的各种情状和侨客、侨眷复杂心理的大量过番歌谣存在,才为长篇《过番歌》的产生奠定了基础。③

因此我们更不能忽略流传在民间的短篇《过番歌》歌谣,这些口传歌谣不仅是长篇《过番歌》刊本的基础,也可视为民间心态与历史过程的真实写照,短篇歌谣之中有一部分的叙事主题,不同于上述的《过番歌》聚焦在男性的过番经验上,而是以女性角度叙事的。

离乡打拼的番客固然辛酸备尝,守候的女子也是悲苦难当,本文将对女性叙事主题的《过番歌》进行分析讨论。

女性叙事主题的短篇《过番歌》

前人所研究的《过番歌》,较多着眼于番客本身的经历、出洋过程与其辛酸血泪,以自身经验来劝世。许多番客怀抱着淘金梦过番,却落得凄惨而回,回得来已属万幸,所谓"番平哪是真好趁,真济人去几人还"。然而,无论

① 黄文车:《空间位移与身份认同——闽南语过番歌的新加坡记写与意义》,第三届近现代中国语文国际学术研讨会会议论文。

② 柯荣三:《番平千万不通行?——闽南〈过番歌〉中的历史记忆与劝世语言》,台湾《民俗曲艺》第 179 辑,2013 年。

③ 刘登翰:《追索中国海外移民的民间记忆——关于〈过番歌〉的研究》,《海峡文化论坛》,江苏大学出版社,2014 年,第 154 页。

是有无回转家园的番客,家中亦有人倚门盼望。篇幅众多的《过番歌》中,不乏许多思君盼夫的闺怨作品,含有思君、送君、怨君、劝人莫嫁番客等题材,这些歌谣内容丰富,隐身在时代洪流中的悲苦女性,经由这些民间歌谣的表现变得立体起来。

以下短篇过番歌中的女性叙事的主题,分为"送别""书信往返""待嫁番客""苦守夫归""番婆的想象"。

送　别

过番一去即是生离死别,送君过番自然是依依不舍的,长泰地区的一则《送君过番》即用一到十序列式叙事方式,描写场景自房中床帐一直到渡船及遥远的番坪,其缠绵悱恻之情尽显。

送君过番①

一送咱君出帐内,咱娘送君无人知,别地查某呣通爱,赚有钱银早返来。

二送我君眠床前,穿好鞋袜走出房,别人某子咱无用,赚回钱银安家庭。

三送我君到大厅,咱娘送君无出声,君你出外放某子,放下某子谁人成。

四送我君到大门,目来相送心会酸,君你这次去这远,治时要返咱厝门?

五送我君出门外,目来相看手相拖,君你这次走出外,放下某子没台活。

六送我君到大路,君你心肝甲这粗,路头离远千万埔,阮娘心肝不含糊。

七送我君卜过溪,阮娘问君治时回,和娘讲出实情话,年头若去年尾回。

八送我君厦门港,目眶你红我也红,一点目滓斤多重,滴落土脚会规空。

九送送君到渡船,目来相对泪纷纷,想要甲君再谈论,死人船

① 长泰县民间文学集成编辑委员会编:《中国民间歌谣集成·福建卷·长泰县分卷》,1993年,第83页。

公赶开船。

十送我君去番坪,离别心肝如葱葱,交代我君一句话,早返家中得团圆。

送别之时,夫妇相离,除了女性叙事口吻,也有男性口吻的内容,如《行船歌》。

行船歌①

女：行船阿哥有主张,脚踏船板出外洋,
　　去到外洋你着想,想着唐山的姑娘。
男：这摆行船着三年,无通伴娘随身边,
　　劝娘言语着会记,不通甲人搅搅缠。
女：阿哥外洋去赚钱,咱有父母好教示,
　　劝哥放心做哩去,呣通思想多猜疑。

同是侨乡的金门地区,民间文学传承人杨黄宛也曾说唱过《雨伞举起啰从起行》与《佛祖兴兴踮南海》。

雨伞举起啰从起行②

某：雨伞举起啰从起行,叮咛几句我亲兄,
　　叫你出外啰好团,路头离远啰探听。
翁：哥阿一行一叮咛,叮咛阿娘啰正经,
　　别人嫌我咱无用,带念床头相好情。

佛祖兴兴踮南海③

佛祖兴兴踮南海,阿哥烧香互娘拜,下了阿娘啰乖巧,通脚步行阿差。

从分离相送的《过番歌》中可见男女双方最为挂心的事情,皆是对方对于感情的忠贞。过去的时代,此去分离,难以联系,女方希望男方能心系故

---

① 长泰县民间文学集成编辑委员会编：《中国民间歌谣集成·福建卷·长泰县分卷》,1993年,第78页。

② 刘国棋：《金门民间文学传承人杨黄宛及其传承作品研究》,台湾金门大学闽南文化研究所硕士论文,2012年,第141页。

③ 刘国棋：《金门民间文学传承人杨黄宛及其传承作品研究》,台湾金门大学闽南文化研究所硕士论文,2012年,第141页。

乡与家庭,早日返回,如"别地查某呣通爱,赚有钱银早返来","去到外洋你着想,想着唐山的姑娘"。同时男方对于被留下的女方,同样也有着不知能否守贞等待的疑虑:"哥阿一行一叮咛,叮咛阿娘啰正经";"劝娘言语着会记,不通甲人搅搅缠";"下了阿娘啰乖巧,通脚步行阿差"……此对话也显示了男女地位观念的不同,女方对男方是乞求的态度,而男方对女方则是带有训导的意味,女方的响应也是对于这样的从属关系做出接受说法,表达自己的坚定立场,如"咱有父母好教示"等自我澄清的说词。

分别之时,也不忘送上信物为志,《要记家乡某囝情》即是:

要记家乡某囝情①

一条手巾千条丝,送阮官人随身边。愿您过番生意好,要记家
乡某囝情。

送上代表千万思念的手巾,希望能代表自身陪伴在情人身边,期待他能有所成就,并且不忘家乡情分,也是以"情"作为对男方的牵制,男方则多用"正经""脚步行差"等"道德"规范来牵制女方。

过番而去,往往带着不得已的原因,《送君去番片》讲述着除了求财之外,更显无奈的分离。

送君去番片②

送君去过番,那送那心酸,恩爱无若久,拆散心不愿。
为着家穷赤,为着捐税重,悲伤送君去,治日才团圆?
送君到码头,目屎江水流,今日来分手,实在痛心头。
为着避灾难,路途这艰难,身命你着顾,批信报平安。
阿妹免伤心,阮兜债主重,被迫过番去,讨趁三二冬。
政府不中用,做官像虎狼,若不过番去,保长无天良。

除了普遍的贫穷之状,在《过番歌》中也能看见对于政府当局的不满,因为捐税、债务而被迫离乡背井去求生存,与家园痛而分离。中国人传统上有着安土重迁的文化心理,固守家园成为一种约定俗成的心理定式,对于亲人也有天生的依恋,这种不得已的离去是对于传统的背离,特别是在海外移民

---

① 厦门市民间文学集成编辑委员会编:《中国民间歌谣集成·福建卷·厦门市分卷》,1992年,第86页。

② 彭永叔、陈丽贞、林桂卿,等编:《厦门歌谣》,鹭江出版社,1994年,第134页。

文化兴起之后,出洋过番将面对更巨大的矛盾与挑战。

《过番歌》的主角所伴随着的这股海外移民浪潮的兴起,是在传统与现代、大陆与海洋两种文化的冲突背景下出现的。置于这样的背景下的移民,漂洋过海来到异邦,潜藏着前途未卜和文化陌生的恐惧。所引起的周围人际关系的阻挠,当然会更大。过番者便也不得不在这一连串尖锐、对立的矛盾之中犹豫、挣扎和选择。①

因此,对于被留下的妻子而言,除了面对分别之苦,还有着更多的不安与担忧。一去不复返的危险性,使这种分别带来的不安和担忧较之历史上其他的分别更是多出许多倍。

书信往访

在通讯不发达的年代,分离之后要传递对于伴侣的思念,仅仅能依靠的即是书信而已,过番海外的番客所寄回书信,称为侨批、番批,通常夹带着侨汇,是闽南海外移民史的重要凭证,内容不仅有对家人的思念、期待,还有海外生活的写照。

而在侨乡等候的人,苦苦期盼着从天边传来的消息,只能以书信作为思念的依据,如《等哥批》。

等哥批②

风葱切断肠内空,云头水头转番邦,哥你真久在外头,想起心酸目屎流。帮帮批头来到厝,互阮带念在心头。

除了等待侨批来到,等待在家乡的妻子也会写信给身在海外的番客,倾诉情衷,并对所出洋的地点有所记录,如《一条手巾绣四字》。

一条手巾绣四字③

一条手巾绣四字,永结同心红支支。要给阿哥做凭记,永远待

---

① 刘登翰:《长篇说唱〈过番歌〉的文化冲突和劝世主题》,《海峡文化论集》,江苏大学出版社,2014年,第183页。
② 惠安县民间文学集成编辑委员会:《中国民间歌谣集成·福建卷·惠安县分卷》,1993年,第178页。
③ 厦门市民间文学集成编辑委员会:《中国民间歌谣集成·福建卷·厦门市分卷》,1992年,第87页。

在你身边。

手提信纸十二刀，寄去南洋新加坡，接着书信赶紧回，不可南洋娶番婆。

《叫娘心肝你免想》是一则有对流的过番歌，男方接到信也回应给在家妻子。

叫娘心肝你免想①

粗纸一道过一道，写去番邦给我哥，叫哥紧行着紧倒，呣通放煞阮身无下落。

幼纸一张过一张，寄去唐山给我娘，叫娘心肝你免想，我再三也无入乡。

从这些以书信往返的《过番歌》中，可见留在家中的妻子，对于出洋在外的丈夫，并没有太大的期待，只希望接到信的人可以速速回乡，相对于相送时的诸多叮咛与祝愿，都变为对回家的期待，对于自身被抛弃的恐惧也进一步加深。

待嫁番客

等待是女性角度《过番歌》的基础主题，除了身为妻子、未说明身份也许是情人的，尚有一种叙事者的身份是未婚妻，曾被评为"更凄惨的，莫过于那些被父母强迫嫁给番客，尚未出嫁、滞留家乡的闺女们"。②，此类歌谣材料众多，在各种歌谣集中较常见，同为侨乡的金门地区也有流传③，名称众多，如《番客呣来娶》《伬兜爱我嫁番客》《父母主意嫁番客》《嫁番客》等。

此一歌谣的流行也可从其曾以各种曲调方式流传得知，本文中所收材料便有"苏武牧羊调""锦歌""爱玉过五更调"等，其中以"苏武牧羊调"为最多。

---

① 惠安县民间文学集成编辑委员会编：《中国民间歌谣集成·福建卷·惠安县分卷》，1993年，第187页。

② 苏庆华：《南洋过番歌的历史记忆和风土特色——以闽省侨乡流传的〈过番歌〉为探讨中心》，《2012闽南文化国际学术研讨会论文集》，2012年，第346页。

③ 林火才说唱作品：《小媳妇思春》(苏武牧羊调)：父母主婚嫁番客，番客犹搁无来娶，我一年一年大，在家中受拖磨，无时通快活，兄弟一大拖，轻重总著我，但得有大化，我欲抽签兼卜卦，下神拜佛保庇我夫早早倒转娶。收入李姿莹：《林火才说唱作品的来源、发展与演变》，台湾成功大学中国文学系硕士论文，2014年。

此一类型歌谣的主题是描写一名女子因父母之命,许嫁给番客,然而连年过去,番客未归,家中生活的重担都落在女子身上,她痛苦不堪,期待出洋的番客未婚夫可以早日回来成婚。篇幅长短不一,粗略可分为长篇与短篇,短篇的内容为女子由父母许嫁番客,日后求神拜佛,期待番客回来结婚,如《番客唔来娶》《番客无来娶》:

番客唔来娶①(苏武牧羊调)

爸母将囝嫁番客,番客无来娶,一年一年大,
在家内受拖磨,无时通快活,兄弟一大拖,轻重都着我。
但得无奈何,抽签共卜卦,求神托佛保庇恁着紧来娶。

番客无来娶②

父母主意嫁番客,番客无来娶,一年一年大,
家中受拖磨;兄弟一大拖,重轻都着我。
夫君在海外,思念无底看,日时守孤单,暝时又无伴,托神保庇
我,保庇我君快来娶。

这两则歌谣虽稍有不同,但均主要强调女子年华老去,番客迟迟不回,女子身挑家中重担,只好祈求神灵保佑番客早日回归结婚,自己终身有靠,待嫁之女至此还抱有希望。

而延伸成长篇的歌谣,便能更深刻地描写其等候之苦、相思成病、空房冷清,写信出洋嘱咐未婚夫回乡,如《冗兜爱我嫁番客》《嫁番客》。

冗兜爱我嫁番客(锦歌)③

冗兜爱我嫁番客,父母有钱啴岸家,无想番客唔来娶,
放我在家中受拖磨。兄弟姊妹一大拖,不管轻重全靠我,
买菜煮吃兼扫地,一日无时通快活。劳心劳神膾开阔,
烦咾番客唔来娶,拜佛抽签共卜卦,求她佛祖保庇我,
一暝膾困咧做梦,愈梦愈想病愈重,人的心情膾轻松,

---

① 惠安县民间文学集成编辑委员会:《中国民间歌谣集成·福建卷·惠安县分卷》,1993 年,第 175 页。

② 华安县民间文学集成编辑委员会编:《中国民间歌谣集成·福建卷·华安县分卷》,1993 年,第 59 页。

③ 厦门市民间文学集成编辑委员会编:《中国民间歌谣集成·福建卷·厦门市分卷》,1992 年,第 142 页。

求医拜佛无采工。想着我君在番邦，暝思日想找无人。
亏我孤单守空房，愈想目箍熬愈红。君你离伉四五年，
害伉繪困病相思，一日吃药几十味，真病无通药来医。
想君出洋在海外，放伉孤单在唐山，无依为靠无地瓦，
割肠割肚割心肝。遇着冬天北风寒，空房清冷成孤单，
无君你共来作伴，上被下褥人也寒。想起洞房花烛夜，
糖甘蜜甜千万般，阿君一去五年满，呣知何时回唐山。

嫁番客(爱玉过五更调)①

爱我嫁番客，有钱呣顾家。番客呣来娶，一年一年拖。
兄弟一大割，轻重全靠我。在家受拖磨，无时呣快活。
心中繪开阔，抽签共卜卦。求神保庇我，番客紧来娶。
困时会眠梦，梦见病情重。无呣改心松，求医无采工。
君你在番邦，梦了找无人。暝日守空房，想着目箍红。
君去四五年，娘病成相思。吃药几十味，成病无药医。
君你在海外，妾身在唐山。无呣相依倚，割吊我心肝。
冬天北风寒，棉絮入被单。空房苦无伴，暝日受孤单。
君去五年满，何时回唐山？洞房花烛夜，欢喜千万般。

　　从保持着期待的祈求神灵，到相思成病，此时已一去四五年，更可以感
受到"一年一年大"的青春年华逝去的焦虑，只好抱着微薄的期待，梦想着结
婚之时的喜悦，心底却明白"呣知何时回唐山"的事实。

　　当希望渐渐等成绝望，有些女子甚至劝诫后人姊妹，切勿再嫁番客，以
免重蹈自身苦难：

父母主意嫁番客②(苏武牧羊调)

父母主意嫁番客，番客呣来娶，一年一年大，在家中受拖磨，
无时通快活，兄弟一大拖，轻重总着我，但得无兜划，
抽签共卜卦，下神托佛，保庇我君，你着紧来娶。
父母主意嫁番客，有时爱眠梦，思想病怎重，请先生无采工，

　　① 安溪县民间文学集成编辑委员会编：《中国民间歌谣集成·福建卷·安溪县分卷》，1989
年，第218页。
　　② 《中国民间歌曲集成·福建卷》编辑委员会编：《中国民间歌曲集成·福建卷》，1996年，第
482—483页。

愈医愈沉重,君恁在番邦,要看总无人,误伉守空房,
不时目眶红,劝恁姊妹,千万毋通,嫁着番客翁。
父母主意嫁番客,冬天北风寒,暗来又无伴,爱我君无处看,
暝日守孤单,君你啥心肝,毋肯返唐山,绘得见君面,
割吊阮心肝,底时会得,我君值得,共我来做伴。
父母主意嫁番客,君你毋返园,误伉病相思,请先生没药医,
我想敢会死,想着泪淋漓,举笔来写书,写有几句诗,
寄对邮政去,底时会得,我君返来,我即心欢喜。

嫁番客①

父母生团嫁番客,番客不来娶,一年一年大,在家中,受拖磨,
无时通快活,兄弟一大拖,轻重都着我,单身无台活,
抽签共卜卦,求神下佛保庇紧来娶。
思想郎君貌,相思病者重,请医生,无彩工,那医那主重,
君人在番邦,要看又无人,要看我君面,挂吊我心肠,
劝恁姊妹不通嫁番翁。
冬天北风寒,寒来又无伴,爱我君,无处看,暝日思想在心肝,
想着喃泪啼,拿笔来写书,写了有几字,寄到番邦去,
吩咐我君返乡里。

等待多年的女子,期待渐渐冷淡,相思的心病也无药可医,不禁要发出怨怼之语:"君你毋返园,误伉病相思,请先生没药医,我想敢会死";"君你啥心肝,毋肯返唐山"。有的女子甚至有劝诫后人姊妹,切勿再嫁番客,以免重蹈自身苦难,"劝恁姊妹不通嫁番翁",最后不仅被动祈祷,而且主动努力,寄信到番邦去,"写了有几字,寄到番邦去,吩咐我君返乡里","举笔来写书,写有几句诗,寄对邮政去,底时会得,我君返来,我即心欢喜",希望丈夫接到信可以早日返回。

有部分歌谣体现的是守候女子对情郎的相思之情。

暝日守孤单②

冬天北风寒,暝时又无伴,爱我君,无处看,暝日守孤单,君恁

① 漳浦县民间文学集成编辑委员会编:《中国民间歌谣集成·福建卷·漳浦县分卷》,1993年,第78页。
② 惠安县民间文学集成编辑委员会编:《中国民间歌谣集成·福建卷·惠安县分卷》,1993年,第179页。

的心肝，

　　　　呣肯返唐山。想着我君面，割吊我心肝，何时我君紧紧返来共
阮通作伴。

相思病沉重①

　　　　暝来爱眠梦，相思病沉重，请先生，无睬工，**愈医**愈沉重，劝恁
姊妹伴，千万呣通嫁番翁。

其主人公就从等番客回来的未婚妻身份，转而成为不限定对象的守候
女子，并且主题从父母许嫁、等待番客回来成婚，转为相思之苦和怨怼之言，
以及劝诫"千万呣通嫁番翁"。讨论方向的转变也可以从题名看出，如这类
歌谣的题名为《暝日守孤单》《相思病沉重》，而非《父母主意嫁番客》。

然而嫁与番客苦处甚多，又为何有许多父母之命**将此**身托付给番客？
最主要的原因还是经济问题，如："伬兜爱我嫁番客，父母有钱嗵岸家"；"爱
我嫁番客，有钱嗵顾家"。虽然女婿并不需承担娘家的经济压力，但在当年
侨汇的挹注，往往不仅使番客自己家里受到照顾，而且**惠及**亲族与妻子的娘
家，侨汇的力量如此丰厚，也难怪吸引许多青年男子前往。女子对嫁与番客
的期待与憧憬，几乎成了那个时代女子的共同想象，如《园内花开》。

园内花开②（褒歌调）

　　　女：园内花开，气味清香，蝴蝶飞来对对双双。
　　　男：小姐今年，二八青春，卜嫁一个如意郎君。
　　　女：如意郎君，在阮心内，呣免你来问东问西。
　　　男：吕宋金山，石叻银窟，卜嫁番客我猜会出。
　　　女：锄头勤掘，狗屎勤拂，也是金山也是银窟。

可见当时的女子心中的如意郎君就是"番客"，而所在的海外，如"吕
宋""石叻"就是"金山银窟"的代表。从这首求爱的对答歌谣来看，女子不
愿接受追求的原因，被归结为要攀高枝，等待嫁与番客，能嫁番客就是飞上
枝头成凤凰的代表，但女子回应道："锄头勤掘，狗屎勤拂，也是金山也是银
窟。"该女子表示不愿等待嫁与番客的机会，宁愿勤劳踏实。这也显示嫁与

---

　　① 惠安县民间文学集成编辑委员会：《中国民间歌谣集成·福建卷·惠安县分卷》，1993年，
第180页。
　　② 厦门市民间文学集成编辑委员会编：《中国民间歌谣集成·福建卷·厦门市分卷》，1992
年，第161页。

番客的想象并不是全然美好,似乎也有好高骛远的意味,一些女子虽然存有幻想,但也知道"劝恁姊妹不通嫁番翁"的事实。

苦守夫归

常言道:"父母在,不远游",辞亲远行,不能侍奉双亲以尽孝道,是过番离乡者所面对的巨大矛盾,留在家乡的妻子一方面苦等丈夫的返还,一方面代替丈夫侍奉双亲,却也不敢明说其苦,如《甘蔗食着是目目青》。

甘蔗食着是目目青①

甘蔗食着是目目青,厦门水路是迥蕃彐,
狗拖船是短命船,载我君量阿海运,
一海过一海,一山量一山,
公婆仁唐山,目屎流着透心肝。

妻子背负着全家的重担,心中有怨言,却不敢明说,只对着载君远去的船骂其"短命船",实际上是自己眼泪流不尽,却只能托言"公婆仁唐山,目屎流着透心肝",可见女子对于丈夫的落番打拼,无论是怨怼还是思念,都是压抑的,不可任意言说的,我们由此能感受到女子所受的压力。

除了侍奉公婆的压力,女子还有生育的责任,《我君去番邦》就描写了番客应了所有在乡守候女子的恐惧心理,反映了出外的番客花天酒地,去信不回,让女子虚掷了一生青春,无依无靠。

我君去番邦②

一英土豆粒粒香,我君去番邦,番邦趁钱返,返去带细软。
有钱有银返来娶,无钱无银去出外。
番邦地头大,出外再风花,去了三张批,写了五张纸。
天寿短命来害我,害我青春少年时。
唔通害我三子共五儿。

刘登翰曾说:"其次是妻子,不孝有三,无后为大,不能生儿育女,延

---

① 刘国楼:《金门民间文学传承人杨黄宛及其传承作品研究》,台湾金门大学闽南文化研究所硕士论文,2012 年,第 141 页。

② 林华东主编:《泉州歌谣》,福建人民出版社,2006 年,第 246 页。

续香火,也被视为不孝。"①这些年少守活寡的妇女,没有生育的机会,除了老来无靠之外,还背负着未能延续香火、传宗接代的原罪,生活得更加艰难。

但留下孩子的家庭,情况也未必更好,如《风葱,风葱》中对此有所反映。

风葱,风葱②

风葱,风葱,捻断腹内空,厦门一条水路透番邦;番邦真正远,短命离某离子心头酸,三担番薯二担芋,叫阮母子要怎样度。

在经济压力之下不得已出洋的家庭,自然是生活困苦,再加上养孩子的生存压力,真是叫苦连天,"三担番薯二担芋,叫阮母子要怎样度"便是发自内心的叹息。

《过番歌》时常是没有作者,流传在民间的,是反映着这个时期的某个侧面写照。传唱流传的广阔,代表民间对于这个现象的同情或认同。但当说唱者是当事人的时候,其所抒发的感情便更为真切和触动人心。

过番③

香蕉十条九条弯,阮公没钱去过番,番片大路由你去,阮妈一人要怎呢?

说唱人李宙的丈夫20世纪30年代流亡新加坡,老年的李宙时常念这段歌谣给儿孙听,丈夫就这样一去不回,该怎么度日呢?虽然李宙也已熬过最艰难的时日,但此时云淡风轻地说唱着这段歌谣,更显辛酸。

番婆的想象

番婆的存在,是所有留守家乡女子的假想。丈夫路远迢迢出洋去,倘若被那里的女人迷惑了,怎么还肯回来?于是众多歌谣中无论相送叮咛还是

---

① 刘登翰:《长篇说唱〈过番歌〉的文化冲突和劝世主题》,《海峡文化论集》,江苏大学出版社,2014年,第185页。

② 惠安县民间文学集成编辑委员会编:《中国民间歌谣集成·福建卷·惠安县分卷》,1993年,第190页。

③ 漳浦县民间文学集成编辑委员会编:《中国民间歌谣集成·福建卷·漳浦县分卷》,1993年,第76页。

写信往返,都不忘提醒丈夫要远离番婆,谨记家中有情分的妻子。那么,番婆应该是什么样子的呢?《番婆歌》从己身角度对想象中的番婆做了翔实的刻画。

番婆歌①

> 我做番婆,做人真风骚,一日吃饱游赏,游赏佚佗,
> 中国人物,在阮番邦总都无,想中国有人中我意,阮要共伊结翁婆。

一开始便将番婆定位成一个"风骚"的女人,对于她所中意的中国男子,主动表达追求之意,如此主动的女子,在中国传统的观念里就是浪荡的,同时对于在家的原配也是危险倍增的,要出洋的丈夫守住诱惑已属不易,何况面对如此"风骚"的番婆的刻意勾引?而番婆除了风骚,生活态度也不符合中国人对于妇德的看法,她们"吃饱游赏,游赏佚佗",只会玩耍享乐,这种女子是不适合持家为妇的,并且也呈现明显优越的思考,"中国人物,在阮番邦总都无",意为中国来的男子比起番邦的男子无论如何要优秀得多,令番婆一看便满意。

这些对于番婆的想象,对大量过番娶了番婆不归的家庭的妻子能起到一定的安慰作用,如不符合传统择妻标准的番婆的"风骚"和"享乐"能衬托自己的贤德,自己的丈夫优于当地的男子,自己也是有优越感的,加上是由于番婆的刻意勾引,丈夫才把持不住,而非出于对自己的情分全无。

实际上,番客因为诸多因素影响而与南洋女子结婚的情况并不在少数,上述对于番婆的想象仅是来自侨乡地区的看法。然而,这种跨国婚姻也是特定时代的特殊产物,也有番客最后落叶归根,番婆反而成为被抛弃的对象的情况。

少年放这厝我婶在青春②

> 少年即厝放阮婶兮青春。食老遮扌放番婶兮年老。
> 时代的悲剧,让不得已出洋的番客,两头都亏欠了,也许番婆的怨曲不少于侨乡的叹息。

---

① 漳浦县民间文学集成编辑委员会编:《中国民间歌谣集成·福建卷·漳浦县分卷》,1993年,第165页。

② 刘国棋:《金门民间文学传承人杨黄宛及其传承作品研究》,台湾金门大学闽南文化研究所硕士论文,2012年,第144页。

小　结

　　送君过番的离苦、月夜思君的哀愁,曾经是许多侨乡女子的共同境遇,本文中讨论了"送别""书信往返""待嫁番客""苦守夫归""番婆的想象"等主题,女子的心境呈现阶层式反应,送别的叮咛与期待,书信的劝归,待嫁番客女的愁苦,对于"番婆"夺夫的害怕,以及对"番婆"的想象,最后浓缩成一句"千万不可嫁番客翁";在丈夫亟欲冲破宿命往外积极拓展的同时,妻子几乎是完全消极地留守在困顿之中,最终将一切归结成一句劝世语言,以自身经验规劝来人。

　　"研究《过番歌》,实际上是从另一个民间记忆的侧面研究中国的海外移民和侨乡社会史。"①这些从不被历史记忆的女人在《过番歌》中被翔实地记录下来,让以男性过番辛酸为主的过番记忆之中,也能留下背后女性的模样。

（作者为台湾成功大学中文系在读博士生）

　　①　刘登翰:《追索中国海外移民的民间记忆——关于〈过番歌〉的研究》,《海峡文化论集》,江苏大学出版社,2014 年,第 147 页。

撑起自己的天空

——读刘登翰《自己的天空》

郑明娳

刘登翰出版于 2010 年 10 月的《自己的天空》，应该是他个人散文的精选集。全书分五辑："云卷云舒"最能代表他自幼至长的心灵历程；"歌声与笛声"书写大陆四个人文景观，颇似报道文学；"生命箴言"则是记人散文；"立交桥凝思"收录他在专栏里写的文章，内容比较复杂，有哲理散文、时事评论、心情小品、杂文等；"风从海上来"则是他游历海外的散文。

一

书名《自己的天空》，有着双层含意：每个人都应该拥有属于自己的天空，在这空间里可以正常地成长、生活；然而作者及他成长的家庭，一直都在贫穷且狭隘甚至痛苦的空间中苟存。整个家族的传统是男丁在 16 岁就得漂洋过海到南洋成为早期最艰苦的华工，许多乡人像他父亲一样，最终客死异乡。他的父祖先辈工作、生活乃至死后只能埋骨于异国的天空下，这是中国人最遗憾的事——这是反面书写"自己的天空"。作者从幼年到中学毕业，也一直在贫穷、狭隘且被霸凌的天空下生活，直到考上北大，总算拥有五年自在求学的空间，没想到毕业后正要振翅翱翔时，竟突然铩羽落翅。

如果只读该书第一卷，那么，作者是完全没有自己天空的人。然而此卷用"云卷云舒"命题，意味着在没有自在空间的情况下，他也要活出如云一般自在舒卷的心灵空间，以一股自强自励的精神对抗过去强烈的失落感。

读者继续阅读下去，就会发现自在的生活并不易企及，作者一直与困境搏斗，到了全书末卷他已经悠游于五湖四海、境内境外；这时候，他是否可以打造并撑起完全属于自己的海阔般的天空呢？在写于 2008 年的该书后记中，作者自我诠释，把"不属于我的天空"设定在 20 年"下放"三明之难。并自言这"异国的天空，已经远去"。就像在其他文章中一样，忍不住再度诉说命运安排一切，结论是："对于曾经有过的坎坷与磨难，以及随后到来的宁静与平和，我都怀一颗感恩的心。"这是全书的结论，也是作者走过坎坷半生的结论。读者可以用来观察作者在散文中呈现出的忧郁而悲观的个性,在他的努力修为下,是否达到此结论所说的"涅槃"境界。

第一辑"云卷云舒"是全书最重要的部分,也是形成作者一生内在心灵的底盘,它所撑起的天空完全不应该属于一个孩子/青少年成长的环境,这份阴暗的云雾不仅笼罩主人公的青少年和壮年,还影响他往后所有的日子。

首篇《魂兮归来》放在全书开头,充满悲怛之情,它既是全书的开头,也是作者一生命运的基调:出生时,父亲已经长期离家远赴菲律宾打工,像中国早期离乡背井到世界各地的华工一样,用劳力赚取微薄的薪水,再辗转汇回家乡养活妻子儿女。主人公跟父亲一生几乎没有见过几次面,也就谈不上亲情的濡染。父亲微薄的养家费,后来因太平洋战争爆发而时断时续,家中境况更为惨淡。在他小学毕业前父亲曾回家探亲,之后就再没回来过,直到他大学刚毕业,接到父亲客死异乡的噩耗,父子缘悭分浅莫此为甚!题目用"魂兮归来"四字,实在说来,他对父亲的面貌不但模糊,跟父亲相处的时光过于短少,何尝承受父亲的爱抚?又怎能理解父亲的灵魂呢?"魂兮归来"呼唤的是应该拥有但却从未承受过的父爱啊!

文本悲怛之深,除了因为一生和父亲缘淡情薄,更因后来风声鹤唳的时代背景,凡是出国工作者的子女都被列为"海外关系复杂"的人,大学刚毕业的作者因此被"流放"到偏远小镇三明"学非所用"地"支援工业建设",且一去便是20年。对一位满怀理想、雄心万丈的青年来说,这无疑是粉碎前途的晴天霹雳。文本(也是全书)开头第一段就发出感叹:"在我的生命里,有一片小小的,不属于我的天空,无论阳光瑞丽,或是浓云密聚,它都笼罩在我的头顶。"这里的天空也是指三明之难,放在整本书来看,题目呼唤的不仅仅是父亲乃至祖先的灵魂,也是属于自己的天空。

不论是亲子关系的淡漠还是20年青春下放的浪掷,都是命运造成的悲剧,这种境遇对性格比较忧郁悲观的人而言,其伤害就更为深沉,疗愈的过程也更为艰辛。

放眼看去,作者个人命运的蹇滞,也正是当时整个时代驱遣下众人的悲剧,"生命箴言"里书写的人物就是证明。然而,忧郁的作者对于这20年之厄,一直耿耿于怀,难以排解。除了本篇很明白地说:"最好的20年!人的一生能有几个20年?"往后的散文中,更再三重述沦落三明的缘由,或者行文中提及在三明时,总是使用贬落、流落、落魄、落泊、漂泊等字眼来形容,他人生的遗憾是"我常常感慨我的人生是从40岁开始的……"。

因而,郁悴成为他抒情散文的基调。

非常特殊的是,本书中以人物为主的散文,尤其是"生命箴言"中书写的众人物之性格特质跟作者几乎大相径庭——这似乎暗示作者潜意识中对另一种性格的向往——这证明时代悲剧笼罩在所有青年头上时,心灵会沉重地往灰暗堕落或者逆向地往上跃升,抑或随俗浮沉,则是由人物性格来决定。本书中书写的人物几乎都使用各自的方式来反抗、对峙时代给予的命运,进而产生撞击后耀眼的光芒。

例如《寻找生命的庄严》中的主角,显然其生命形态和作者完全不同。作者在西北沙漠偶遇 30 多年前的一位学长,这位学长在 50 年代是优秀青年的典范,在当时社会全面弥漫着的参军、参干热潮中,17 岁的他放弃就读大学的机会,报名到大西北加入修路大军,奉献全部的青春与热情。

30 多年后意外相见,这位学长早已蜕变为西北沙漠里的一介老汉,和亲人断绝一切音讯的他,曾经独自回到南方的故乡及母校,流连一番后又折返大西北,选择在此终老。

作者写道:"这次是为了什么? 为了什么?"

"上次"是时代的驱遣,热血青年身不由己的选择。经过 30 年的"教训","这次"有机会做出自我选择,他竟然放弃温润的家乡,回到干旱的沙漠。作者惊讶地质问。

全书只为这位"寻找生命的庄严"的人物书写一篇散文,作者对他认识不多,所以关于个人的描写很少。但仅仅这些文字,就足以让人理解主角刚毅、外放、无悔的性格,曾经选择、日后也坚持生命底层的那份庄严绝对不容动摇,使他成为悲剧命运所撞击出来的悲剧英雄,让读者叹惋与敬佩。

作者写道,与这位学长分手之后,他时常"从梦中被一种莫名的揪痛搅醒"。读到此,我们就知道这里书写的学长只是一个背景,主要是用来衬托作者对于命运的扣问,学长的"选择"造成他无法排解的疑惑与悲怛。在作者看来,一个 17 岁、一个 20 岁,被腰斩的青春永远唤不回来,他们两人应该有着相同的"揪痛",而学长竟放弃可以弥补的机会,作者忍不住产生了难以压抑的"天问":"这次是为了什么? 为了什么?"行文至此,深邃的沉痛远远超过题目所说的"庄严"之感。

"生命箴言"部分有两篇书写蔡其矫,不仅文章本身精彩,更能映衬出不同时期作者不同的性格。

《寻找生命的庄严》中角色只有精神力道,其个人面貌是模糊的;然而两篇书写蔡其矫的文章,除了许多具体描写主角的思想、言行,又融合了主角文学艺术的特色,使得角色成为立体可观的人物。

笔者要说的是,经过特写的蔡其矫、无名无姓(那代表当时许多相同命运的人吧)固守沙漠的学长,他们跟该书作者同样经历时代、社会、政治的灾难，但生命形态完全不同。以面貌清晰的蔡其矫来说，他有许多和作者相同的嗜好：都是文化知识分子，都热爱文学，都写诗，都有传播文学种子的使命感。蔡其矫一生遭受的灾难可说是一波未平一波又起，其间总是被"严厉的大批判"，有太多伤透诗人心肠的事件。但蔡其矫对待灾难的态度却是豪迈地用创作来反抗，他的反抗成就了他的文学，以人生的终极价值来看，作者说得好："诗人不幸，诗有幸"；"你雕塑历史，历史雕塑你"。

就性格来说，任何外在的灾难都打不倒蔡其矫，他像皮球一样，越打反弹越高。该书两篇文章中多次用"意态飞扬""飞扬的神采"来形容蔡其矫的形貌，年过70的他即兴演讲，仍然慷慨激昂。他每年有一半时间在各地独自旅行，70多岁还只身赴西藏游走，他的志愿是走遍全中国，把经历都写进诗中，故被视为山水诗人。

蔡其矫的心灵是"旁无他顾的自由境界"，"充满了勃勃英气和创作的雄心"，甚至在70岁之后，仍然"充满活跃的青春创造力"。在作者笔下，蔡其矫80岁之后写的诗作仍然"很青春、很激情、很纯粹又很政治"！

蔡其矫不只是一位书写山水、爱情、人情的诗人，难能可贵的是在那个时代他竟是一位政治诗人。虽然曾因诗作而遭受不平，他仍然不改其志，进一步用很艺术的方式成就他的政治诗作。

作者用两篇散文就把蔡其矫全然艺术家的生命情境表现得玲珑剔透。

再回过头看，蔡其矫在1959年之后就因政治因素被迫离开北京回到福建，"文化大革命"时，他到永安劳改八年，他遭遇到时代命运的灾难并不比作者轻。然而，两人面对命运的态度迥然不同。

作者认为，离开文化中心北京，也离开了朋友和家人，被贬到福建的蔡其矫是寂寞的。事实可能不然，蔡其矫"时常独自一人携带简单的背包一座山、一条河、一个县城一个县城地跑。所到之处都有诗留下来"。这使人想起他比贬放永州的柳宗元需要携朋引伴来写游记的生命境界更为高拔。

蔡其矫可以完全独处，也可以在人群中热情地散播文学种子。下放永安八年中，他就聚集并引道年轻诗人，一起写诗，办地下诗刊。作者写道："在灾难岁月居然有这样诗意盎然的日子，不由使我心中好生羡慕。""羡慕"两字，不正道出作者和蔡其矫完全不同的性格吗？

"生命箴言"里还有一位做什么事"都得出点格"的袁和平，他身上全然是无法规范的艺术家性格。他和蔡其矫一样，不论遇到怎样的灾难，不论身体被如何地囚禁，心灵仍然在艺术的领域里海阔天空地自由行走。有着类似际遇的作者，则时常停格在沮丧的心结里。

对"生命箴言"中跟作者命运遭遇、生命情境比较类似的范方，作者说：

"他在生活中失去太多,也无法再从生活中追讨回来。他只有回到诗里,才能找到内心的宁静与平衡,在感情的补偿中重新创造自己。"

在同样的生命情境里,作者显然想用散文来抒解郁闷,我们阅读到的不是宁静与平衡,而是心灵内在的纠葛难解。这种纠葛,时常在反写中鲜明地呈现出来。全书第一篇《魂兮归来》的第二段书写他大学毕业被分配到三明时的心境:"我以一种罕有的忍耐和旷达,接受了命运的这份赐予。"既然极度忍耐地承受,就很难旷达起来,上天给的明明是灾祸,就不能称之为"赐予",就在一句里,作者用反写的方式表达他的苦楚。

同篇中叙述他因父亲是海外华工而被流放三明,同时失去了事业和爱情:"我开始享受父亲在生前未及给予我们的爱和恩遇了。"而后接踵而来的各种阶级斗争,以及"文革"、母亲的惨死等,"都不免受其惠"。同样都用反写的手法。

《那一脉粗犷与温馨——我在三明的一段人生》是为三明建市30年而写的文章,他有20年生活在三明,见证了城市的履历。该篇书写三明的文学、艺术等文化建设如何从荒芜中慢慢发芽成长,作者是播种、耕耘者之一。30年后回顾这地方已经前进了很大一步,文章最后一句说:"作为一个曾经把青春和心血凝结在这座城市的三明人,不能不充满欣喜与深深的感念。"

在文章结尾时,作者经常令颓丧的气氛振作起来,这反而流露出他内在的矛盾。在这篇散文里就有许多例证,如文中再次述说他大学毕业申请回厦门工作,竟因"海外关系复杂"被分配到位于闽西北山区的三明,"从此,我生命的很大一部分——几乎是青春的全部,便凝结在这座当时还荒如一片杂乱工地的工业新城了"。"正走在人生低谷的20多岁的我……""这个黯淡岁月"……懊恼之情时常溢于言表。

后来有些成名的朋辈同窗为他的际遇惋惜,他写道:"不悔人生是我最初也是最终的信条。我相信,人生的意外有时也是一种机会和挑战。我失去了许多如我留京同学那样的机会,但也获得了另一种他们不可能有的机遇。"

除了本篇,在其他文章中,作者也时常说人生的意外也是一种难得的机遇;然而,跟以上引文一样,他并没有叙述"另一种他们不可能有的机遇"的珍贵之处,让读者理解他终究可以"不悔"。

此外,全书多次重复叙述被下放三明的经过,并悲叹地说到"把二十载最美好的岁月撒落在闽西北的苍茫大山之中""那段幽暗的日子""走在人生低谷"等,这些都是直说方式。这样悲凄的心情,要说不悔或者感念其实是不具说服力的,倒是用反写比较适合。

三明 20 年成为作者生命中永难疗愈之殇，文章内出现的一些矛盾，是作者挣扎地用各种方法自我治疗而出现的纠葛。他有时不断自我扣问（实际上也是屈原式的"天问"），有时从反面思考祸福相依，有时正面鼓舞自我，有时想放开胸襟迎接现实；但更多时候是落入难以自拔的悲情里……种种自我拉扯的纠缠心结，使他孕育出忧郁的抒情散文及思考人生的哲理小品。

　　前文作者提到"不悔"，后来"立交桥凝思"里有题名《不悔人生》一文再次诠释了他的哲学思考。免不了又重述 17 岁到大学毕业原本风光的日子，却在毕业时被分配到三明这个位于闽西北山区的小城，一待就是 20 年："有时我也埋怨这是命运，但既是命运便无可回避……这样一想便会突然发现这不幸人生背后的有幸一面，我获得了另一种新的视野和体验。特别是体味到了从顺境不甘被生活暗流吞噬而重新挣扎着浮出水面的甘辛和自慰。"这里，终于诠释了前文所说另一种机遇的"收获"；然而，在内心深处，真的视之为正面的收获，还仍然是安慰和鼓舞自我之辞呢？

　　该篇结尾又说："从有怨有悔走向无怨无悔，从形而下的拘执走向形而上的超越，人生才开始进入成熟的境界。"这句话当然不是反写，但也不像是作者个人修持后抵达的目标，更像是在文章结尾振起文势的做法。将该篇放在文类庞杂的"立交桥凝思"中，看起来更像是一篇励志小品。

　　《日出的冕礼和日落的挽仪》里，作者述说：20 世纪的大半岁月"渗透在我生命的每一圈年轮里，我的欢乐，我的痛苦，我的期盼，我的追悔，都在这里。爱也罢，恨也罢，诅咒也罢，感激也罢，无论抚摸哪一段时光，都会牵肠挂肚地引起我揪心的疼痛"。显然，离开三明后，作者的生命仍然被复杂的爱恨情仇所纠缠，这些都应该化为抒情散文一篇篇面世，忧郁的内心深处亦有其夺人的魅力。又或者他深刻思考后，化为哲理散文，则可以诠释生命中"日出"与"日落"前后两个阶段的关联、意义与反差。

　　该书在心灵左冲右突的扣问与反思中，还没有找到心灵的归宿，有时我们可以读到比较开朗的结论："学会潇洒吧，能够潇洒是人生的一大妙境。""看来，如何地享有生命，仍然是一个需要认真面对的人生命题。"还有多篇文章都在思考"如何面对"，但同时又感到生命来日无多，必须好好珍惜，等等。

　　作者 40 岁时，被调到研究单位，终于可以做他旦夕渴慕的专业学者，他50 岁时写下《自由和不自由》一文，叙述他的工作是花 30 多年完成一个专题，接着再花 35 年写作另一个专题，他的生活就是"每天睁开眼，不管情愿不情愿，都得趴到桌子上去，爬那些需要有些年头才能爬完的预定的格子"。

"有时想写点诗或者散文,一想起研究工作等着完成,只好放弃","往往心情就变得很烦躁,周期性地要出现一种恐桌症——害怕看见书桌"。

就在同一辑中的《读书的两种状态》一文中,作者用了16行几乎完全重复的文字述说与《自由和不自由》中相同内容的"恐桌症",此"病症"的严重性可想而知。

作者分明是从过去下放时的身心都不自由回到身心可以自由操控的生活,竟然又陷入不自由的处境里。该文结尾倒数第二行是:"写到这里,是否还应当增加一句:生命的最后境界也是不自由。"这真正属于忧郁个性之人对人生的思考。

再看《自由和不自由》最后一行,也就是全篇的结论:"人哪,为什么要这样困扰自己。"这是他少有的用无奈的方式结束的一篇文章,但却是非常诚恳的自我道白。

可见,除了"三明之难",作者心底还有许多心结纠缠着,也足见他是天性敏感、脆弱、忧郁且多负面思考之人,且"生命箴言"前三篇最能体现这种特质。

二

事实上,在任何时代,可以在理想的天空下成长的人并不多,绝大部分人,或一开始,或行到中途,仍然会撞见意想不到的挫折,每个人要如何顺应天时人命继续前进,这是人生最大的功课。

该书收录两篇内容关乎令他感到光荣的北大的文章,写道,在就读前后,他对自己未来曾经建构许多的梦想,在三明蹇滞的20年,依靠着北大精神他卧薪尝胆般坚持,不像许多人那样颓废自弃。直到40岁时,他终于回到能接续"北大精神"的学术岗位,开始专心做学术研究工作。此两篇是比较正向思考的文章,但也可看出作者花费极大的能耐去面对当时的困境。

该书后面四辑都是书写回到学术岗位后的生活内容与思考。从这里,我们发现作者书写理性的学者散文时,面向开阔许多。在很多篇章中,总是稍介绍书写主题的历史、人文背景,再切入他所关心的文化议题;当作者客观地面对社会问题时,又时常出现力道强劲的针砭杂文;当他书写人物时,除了主角的生命经历,还能够把人格特质和写作风格、价值结合起来,突显出角色的真正价值。例如,书写范方跟题目《不幸人生有幸诗》扣合紧密,动人心弦。又如把李锡奇的画和古月的诗交融起来合写,表现出作者的功力。

作者的杂文中有非常轻松的《苏州写意》,看起来像是显现苏州一向优美的人文景观的写意小品，但他提出都市文明入侵大自然时，如何处理才能得到互相加持的效果。该文与《日月潭的忧郁》共同揭示出人类最初和大自然共处时的和谐感，在商业文明过度人工化下产生的负面效应，两篇互相呼应，反映出作者对都市文明、商业挂帅的人类前景的沉重忧虑。该书后半的杂文、小品及海内外游历之作，在在表现出作者特别关怀人类文化的过去、现在与未来的进展关系。《鹿港、寺庙和作家的文化心态》畅谈两岸文化的关系，成为其中的代表作。

　　写作体现文人性情的抒情散文时，作者比较容易停留在某个焦点，风格也非常统一，如果大胆地打开心结、扩大书写领域，其后续必极为可观；至于写作理性的学者散文，作者既能含蓄内敛也能张扬开放，仅就该书来看，作者的潜力还可以更尽情地发挥，读者且拭目以待。

　　　　　　　　　　　　　　　　（作者为台湾东吴大学中国文学系专任教授）

为欢乐生命的奏鸣
——浅论刘登翰纪实作品中的人物形象

陈晓晖

苦难,是文学永恒的主题之一。

个人的苦难,历史与民族的苦难,大苦难与小苦难的交织,最终汇聚成对生命的拷问。作为一个随波逐流的小我,在有限的命运泥流里沉沦,还是战胜苦难的阴霾,跨过忧郁的沟壑,迈入欢乐生命的王国,随着永恒阳光起舞,这是处在时代交叉路口的人必须面对的抉择。

这道题并不像人们想象的那样容易作答。因为每一个苦难都不是虚幻的梦魇,它是真实的、巨大的,且往往具有超出以往个体经验的重量和严酷程度。

读刘登翰先生的散文,尤其是以人物命运为叙事主题的散文,总令人情不自禁想到罗曼·罗兰的《贝多芬传》。或者说,这些散文中的人物,他们身影中都有一种贝多芬式的精神烙印——承受苦难后的伤痕。这个烙印不是自然生长出来的,而是岁月无情的巨手随意举起烧红的烙铁,没有丝毫犹豫与怜悯,迅猛地砸在这些原本平滑细嫩的肌肤上,我们甚至能从字里行间,嗅到一股浓烈的焦臭气息。那是活生生的充盈血肉的灵魂被厄运灼焦的气味。这通过语言传达而出的气味使读者感到震颤,尤其是对于并没有亲身经历过相似痛苦的读者来说,这样的震颤全然来自叙述本身。能把苦难描写到这样的纤毫毕现,却又并不费太多的笔墨,足见作者驾驭文字的功力。

在描写著名诗人舒婷的童年遭遇时,作者写道:"屋里还是很黑,什么也看不清,只有妈妈眼角噙着的两颗泪珠在闪光。"这是写作者将自己叙述时所采用的视角与人物斯时斯地的视角完全重合之后才能呈现的画面。这个画面凝重、深沉,却被一个稚龄孩童极大的心理张力所充斥。当作者从人物的视角抽离时,他赋予人物身上承受的苦难更客观,也因之显现出更沉重粗粝的质感。他写道:"孩子的母亲被迫远离,每当走在街上,看到与自己女儿年岁相仿的孩子,她总有一种茫然的哀伤,泪水禁不住涌满眼眶。而爸爸,在结束了山区苦难的日子以后,回到厦门,孤寂地独自生活。每当想念孩子,就守在她们上学的路旁,远远地偷看上一眼……"实际上,这是一个全景式的描绘，透过这几个简单的句子，我们甚至可以看到一座城市的荒凉景象。这不是经济或社会的荒凉，而是人性与情感的荒凉。在这弥漫于一切的荒凉中，在读者借助作者的描写而得以俯瞰的视野中，那个在人群中踽踽独行的孩子显得如此渺小、脆弱、凋零，令人忍不住想要伸手相扶，以手相托。然而，我们（读者）与她并不在同一个时空，彼此相距遥远，那个时空维度上的苦难，只能由这个孤弱的孩子自己去承担。从阅读中获取的这样的无力感，让我们也更能体会此种苦难的力度。这正是作者用文字引导读者做出的想象所带来的体验。

而对雕塑家李维祀，作者则使用了一个鲜明可见的意象——李维祀本人的作品《林则徐塑像》来刻画人物。一方面，林则徐塑像的造型和细节有将作为时代背景的民族苦难和个人苦难具象成一个可视形象的作用；另一方面，它也将雕塑家经历了苦难之后涌动着思考和探求的内心深层的情感折射到语言表面。用文字来精绘这个形象所达到的惊人效果，同时体现了作者本身所具有的文学修养和美术底蕴："……整座雕像处于静思的状态。人物丰富的思想内涵，主要不是通过层次丰富的脸部表情和极其有限的细节处理来表达……俯首沉思的造型，使本来宽阔的天庭更加熠熠照人，仿佛还可以映射出那场照亮历史的熊熊火光；两道眉弓有力地扭结在一起，仿佛一团怒云愁雾郁结在脸上，悲郁中透出一股英气；上眼睑拉平，下眼睑增加了一道折纹，使本来略小的眼睛扩大了，更强调出林则徐呕心沥血的忧思和凌厉锐敏的眼神；林则徐的胡子不多，不能像米开朗基罗处理摩西的胡子那样，让每根都飞动起来，但他通过虚实动静互相照应的手法，使上半部怒卷，而下半部化入云袍之中，虽少而层次丰富……"

一方面，这大段的描写，形容词丰富而精当，连缀在一起，几乎就是《林则徐塑像》的一个全方位的、准确的复制。同时，它又融合了描摹者对塑像表达的情感的体悟；另一方面，这段话不露痕迹地指向了本文真正的描写对象——这座雕塑的创作者。可以说，是一石三鸟、极大丰盛的写法。

作为刘登翰先生塑造人物时所习惯采用的方式，人物很少将自身经受的磨难和苦痛用主观的话语表达出来，取代人物自述的，是侧面的烘托、精炼的细节、简单的旁白。但在他的散文中，人物（或是作者代替人物）发出的，往往又是具有充沛情感的语言，这并不矛盾。

通常人们在描写悲剧性的人物命运时，容易产生情绪化的倾向，又或刻意抑制情绪的波动，许多作者，往往都在这两个极端之间摇摆。而刘登翰先生的散文，其特点恰恰是带着情绪写作，但又不囿于情绪表达。不回避情绪，也不滞留在情绪中——意图让情绪回复为其本身，成为人物命运乐章的一部分。

就像散文《海恋》中人物跌宕离奇的人生历程所展现的那样，主人公走过的每一段路途，都伴随着强烈的情感起伏，作者没有在叙述中着意地去淡化这些情感起伏，因为缺失了它们，这个人物是不真实、不完整的。当主人公被时局隔绝在海上孤岛，"他感到寂寞，沙漠般的寂寞"，"在朝暾初升的黎明，或者夕阳西坠的黄昏，他的思念都像太阳一样在海面默默燃烧"。"人哪？海峡两岸彼此凝望的人们哪？你们什么时候才能也像这浪花和潮水一样，无遮无拦地自由往来呢？"当他终因选择回归而失去了妻子与孩子，他亦毫不掩饰地悲伤呼唤："亲爱的人啊！我的妻，我的孩子，你在哪里？你们在哪里？"

一个人被卷入命运的旋涡拼命挣扎时，想要让他用严密、厚实的沉默来反衬和凸显自己的愤懑和哀伤，是不合理的。虽然这样的表现方式也许符合一部分评论者的写作审美观念，但我们更希望文学提供的是真实鲜活的人的写照，而不是被钉在画框里的精致的人物标本。一个摆设出优雅隽永的姿势，却失去动势，被凝固在某种油画式画面中的人物，也许有较强的观赏性，却缺少内涵饱满的生命所必然具有的爆发力。

但刘登翰先生也并不放任自己笔下的人物恣意洋洒。当情绪走到高点，他便会调整叙述的基调，自然地将其带到平缓地带。在《钟情》一文中，当主人公李芳洲看到自己倾注半生心血，无数爱国华侨手提肩扛带回良种孕育而成的引种场变成一片荒地和废墟时，愤然发出一声嘶喊，我们几乎能看到字句中血泪渗出："不，这不是当年那个引种场，不是！"这声嘶喊随即引出对引种场现状的勾勒："荒芜。荒芜。昔日多么繁茂、喧闹的山坡，一片寂寥。那层层串连的自流灌溉系统，拆毁了；玻璃暖房，砸烂了；各种实验仪器，不见了；好不容易积累起来的数千号亚热带植物标本，失散了；最伤心的是280多种已经成活的引进植物只余下40多种。据说当年砸烂时是能挖的就挖，能拔的就拔，谁高兴要谁就拿去。"随着语调渐趋沉郁而和缓，叙述中已酝酿着释放和转折。"但也有拿不走的，那是人心。"

这一段的转合极其精妙流畅，虽只是一场内心戏，却把一股不言自强的力量从内拔脱于外。这就是刘登翰先生的散文人物常见的，在情绪渲染之后，敷于纸面的最终的定格色彩。

当我们再回到罗曼·罗兰的《贝多芬传》，在这些散文人物的身上，我们又看到了另一个贝多芬式的精神烙印——追求欢乐的倔强。

在罗曼·罗兰的眼中，贝多芬是从痛苦中锤炼出欢乐的英雄，他的天空无论是乌云密布，还是雷鸣电闪，总有一股不肯消散的大气激流要刺破苦难的禁锢,他把这股激流化为一行行一页页不屈的音符,用最高亢的人声唱出欢乐颂,向命运宣布自己的胜利。而刘登翰先生所书写的许多散文人物,也都有各自以生命谱就的欢乐颂。

仍是在以舒婷为主人公的那篇《通往心灵的歌》中,艺术家朗诵完诗作《祖国啊,我亲爱的祖国》,五千名现场观众发自肺腑的热烈掌声传递出了欢乐的旋律,这是庆祝一个曾经孱弱的生命重新挺立、绽放的欢乐,这是为了民族、为了文学、为了诗歌的新生,以及为了那个一度脆弱畸零的孩童挨过苦难,通过自己的有力的成长,从不幸变得自信的欢乐。这个欢乐犹如一个缩影,映照出的不仅仅是这五千个聆听了这首来之不易的诗歌的人当时所迸发的情感,也是整个国家正在经历的历史性的情感——从极度压抑到彻底沸腾的真实的情感。

雕塑家李维祀的欢乐,来自雕塑梦的"归来",他终于能够潜心于对一捧泥土的雕琢,把自己自由地投射到泥土上去,赋予它生命、思想和灵性,就像创造出一个完全出于自己血脉的新生命,这在刚刚过去的那个时代,是连想都不敢去想的奢侈。这已经足以让人欢乐歌唱了。

对于作曲家章绍同(《山和海的呼唤》),欢乐升华于苦寻多年偶尔得之的"神韵",历尽沧桑的民族,给了他最终极的灵感,对《十面埋伏》和《二泉映月》不断提升、升华的解读,也是一种逐渐接近纯粹欢乐的过程。这个过程让人忘记小我的坎坷,甚至感恩小我的坎坷,因为没有那些被灌注在每个人生命之田里的苦水,就不会有怒放在不平凡的土壤上的异艳的鲜花。

儿科医生林惠琛的欢乐,是重新选择后的坦然与归依(《祖国!祖国……》)。在她的人生里,第一次选择祖国,是因为生命的降生,第二次选择祖国,是因为青春的激情,而第三次选择祖国,则是因为成熟的认知与理解。受难当然不是欢乐,但受难之后的释怀,却是极大的欢乐。放下心灵的负重,继续前行,便是朝着更大的欢乐进发。这是充满希望的欢乐之路。

在另一篇讲述教育家郑伯聪人生历程的散文《生命之钟》里,就有这样的表述:"人到了绝望之极,又突然绝处逢生,会有一种大喜之后顿然的彻悟。"这样的大喜,正是心灵摆脱了自我的困局,得到理性的抚慰之后产生的欢乐感。

而最让人感怀深刻的,莫过于植物学家李芳洲的欢乐(《钟情》)。在这篇散文中,出现了贝多芬的《悲怆》和《热情》这两支伟大的乐曲,这是贝多芬在悲欢的交界处与命运搏击留下的音乐诗篇,是贝多芬昂扬的欢乐精神之宝贵的见证。文中出现的主人公,不仅仅是李芳洲,这是由一代爱国华侨组成的主人公群像。这些爱国华侨们为了助力祖国的发展,不辞辛劳,不远万里,将一颗颗经济植物的种子带回,有的把种子装在行囊,埋入土中,犹如赤子落叶归乡,有的与种子一起回来,放弃了异域富足的生活,犹如儿女反哺老母。这些种子的萌芽和苗生带给他们的欢乐,远远超过自身的享乐、安稳和满足。在这份种子带来的欢乐被时代的暴风雨摧毁后,也唯有种子在劫灰中的新生,才能带回新的欢乐。

读着这个荡气回肠的种子漂流的故事,读者也许会忍不住为这些老人的喜与悲流泪,为他们的赤诚和不渝流泪。而流泪,也是欢乐,因为心中有爱,才会热泪盈眶,因为心中有爱,才有真正的欢乐。

与叙述苦难时的低调简洁不同,作者用了许多热烈而繁复的修辞,来雕琢人物欢乐的心情。李芳洲走在焕然一新的引种场里,"他有一种感觉,好像面前展开的是一支庞大的交响乐队,劲挺的南洋杉和澳大利亚松奏着昂扬的高音,遍布山坡石罅的苏门答腊合欢和南洋楹是柔媚的女声,躲在荫棚里的是利比亚大粒咖啡和加纳可可蕴含着的一种低沉的甜蜜,而栽植在新修水泥路两旁的华盛顿棕榈和皇后葵则像是装饰音透出一排明亮的色彩。"这连续不断地铺陈开来的比喻,就像一波又一波欢乐的乐句,尽情地奏响着,没有丝毫对情绪的避忌。

当林惠琛即将踏上祖国的土地,即将望见五星红旗时,作者把飞机降落的过程细细写出,每一个字都饱蘸人物在这一过程中内心涌动的喜悦和感动。客观的飞机返航与主观的赤子归家,作者就用这样的方式融合了起来。

当郑伯聪八十寿辰将至,他在人生风雨过后的朗朗心情中回顾往昔。作者详尽地描写了老人一次极具象征意味的清晨独行。笔触随着老人的步履,缓缓地向他用尽自己一生时光和心力建起的那座学园延伸而去。沿途的风景,清淡而秀美,像他此时此刻波澜不惊的水墨书画般的心。老人特有的欢乐,便是光阴凝成的这颗回归本真、无怨无悔的心。曾蚀骨的痛消去了,回忆再也不会损害此刻的欢乐,因此,色彩丰盈的回忆也变成了纯净的欢乐。

贝多芬说过一句著名的话:"人,你当自助。"这是《贝多芬传》序言里最铿锵有力的话语。是的,欢乐不会从天而降,轻易得到的也终会轻易失去。那些使耳目愉悦的,也许不是真正的欢乐,那些使心旌摇曳的,也许仍不是真正的欢乐。困苦,灾难,亦不会天然地带来更高的精神境界,唯一能够奏响欢乐生命终极乐章的,便是坠落之后敢于继续仰望的勇气,跌倒之后不放弃支撑自己的毅力。我们在刘登翰先生的散文作品中寻觅到的这些人物,在回答时代和命运设问的考卷时,无一不是在空白处写上了大大的四个字:"我,当自助!"如果读者通过文学营造的管道,窥见这四个字挥就的答案,文学便实现了它所具有的最高的功能与价值——使人感受到自我可达到的崇高，让精神产生对超越平凡乃至卑微的渴慕——展现彼岸，是为了激励此岸。

刻画苦难并不是文学的终极目的。归根到底，文学本就应是令世界变得更加明亮的事物，而品读刘登翰先生的文字，便如看到一支被温暖和光明环绕的燃烧着的赤烛。

（作者为自由撰稿人，博士）

大梦初醒时的心灵缩影

——评刘登翰诗集《瞬间》及其之后创作的诗

余 禺

刘登翰先生作为中国世界华文文学研究领域的重要学者、享受国务院政府特殊津贴的"福建省优秀专家",主要从事中国当代新诗、台港澳暨海外华文文学、两岸文化与闽南文化研究,兼及艺术评论,出版有学术论著《跨域与越界》《中国当代新诗史》《台湾文学史》《香港文学史》《华文文学:跨域的建构》等数十部,其文学与文化方面的视野自不待言,其学术成就有目共睹,而他作为自青年时代便怀揣文学创作梦想并成为缪斯信徒、在福建诗坛一度与孙绍振先生齐名而领潮流之先的一面,恐不大为今天的青年诗歌爱好者们所知悉。笔者曾有幸与刘先生在 20 世纪 80 年代中期因诗歌而结识并得到过先生的教诲和鼓励,但对先生自 70 年代末期以来之第二阶段的诗歌创作亦未能认真研读,究其原因,是笔者当年年轻无知,对亲历极"左"时代、遭受心灵斫伤的一代人未能感同身受,眼光仅仅放在改革开放后新的诗歌潮流中,不屑于做"哀哀戚戚"地回望惨痛历史的"旧人"。如今,笔者重读刘登翰先生写于 70 年代末 80 年代初及之后的诗作不禁汗颜,认为先生作为一个时代的亲历者和历史的见证者,其出版的诗集《瞬间》和《纯粹或不纯粹的歌》,当可作为以个案记录中国一代知识分子于新时期"过渡年代"心灵图景之不可多得的诗歌文献。

曾经,诗歌与时代的关系成为一个敏感话题。由于厌恶极"左"时代"假大空"的文学观,中国诗坛亦存在矫枉过正的现象:一些人"不屑于做时代的传声筒";另一些人则简单理解"时代"这一概念,基于阻滞的文学观念,依然受过往主流意识形态影响,延续正在被质疑的意识形态决定论,不能正视人的内心和历史的真实面。这都有悖于诗歌同经验世界、同诗人自身命运相关的本质。

笔者认同这样一种文学观:诗人"是一个既飞在世界上面从高处观望它、同时又能够巨细兼察地观望它的人。这种双重眼界可能是诗人职业的

隐喻"。① 诗人既超越时代,又贴近时代。中国诗学传统极为重视诗之写作
出自"感于哀乐,缘事而发",刘勰《文心雕龙》精心总结前人诗文,提出"文
变染乎世情,兴废系乎时序"②的重要观点,而论及诗情与外物、岁时的关
系,则说:"春秋代序,阴阳惨舒,物色之动,心亦摇焉。""是以诗人感物,联
类不穷,流连万象之际,沉吟视听之区。写气图貌,既随物以宛转;属采附
声,亦与心而徘徊。""至如《雅》咏棠花,或黄或白;《骚》述秋兰,绿叶紫茎。
凡摛表五色,贵在时见……"③清代沈德潜论诗亦说:"诗之为道,可以理性
情、善伦物、感鬼神、设教邦国、应对诸侯,用如此其重也。"④这在诗的实际
创作上,自屈原楚辞、诗经雅颂、魏晋南北朝诗至唐代陈子昂、杜甫、白居易
等形成诗的一脉源流。而作为向西方学习的汉语新诗尤其是现代诗,不是
也不应该成为取其皮毛、弃其本质的"伪诗"。

　　笔者并不愿刻意将刘登翰先生的诗歌写作同西方任何一位诗人相比
附。前文引波兰诗人米沃什的诗观,并非欲在诗人刘登翰与米沃什之间
画等号。事实上,我国文坛译介米沃什是在 20 世纪 80 年代末相信刘登
翰先生在 70 年代末 80 年代初对其尚未了解)。这位诗人因参加反纳粹
暴政的地下自由运动,激愤于波兰民族遭受几百年来一再被瓜分的历史
苦难,以及冷战时期波兰受制于外来政治势力等战争和动乱的现实而成
就了他"从哀婉到暴烈,从抽象到极其具体"的、"多声部"的诗歌。笔者
以为,从受时代命运影响极深、诗的写作与诗人的经验世界紧密相关这一
点看,刘登翰先生的诗集《瞬间》及其之后的诗意关怀,同米沃什颇有相类
之处。笔者属意于刘登翰诗写作随时代变迁的诗意展开与聚合。

以对四季的敏感来抒写沧桑巨变、历史更替后的心灵图景

　　20 世纪 70 年代末,当中国的历史航船终于艰难调转航向,让中华民族
从一场浩劫中挣脱出来,欲驶向光明、灿烂之未来的新的历史时期到来之
际,在那个"以阶级斗争为纲"的年代里,作为一度有着"另类"境遇—— 20
世纪 60 年代大学毕业回到福建,适逢两岸军事对峙一触即发,因家庭"海外
关系",不被允许留在沿海城市,被分配到闽西北山区,一待近 20 年,曾任中

---

① ［波］切斯瓦尔·米沃什:《受奖演说》,见《拆散的笔记簿》,绿原译,漓江出版社,1989 年,
第 218 页。

② 赵仲邑译注:《文心雕龙译注》,漓江出版社,1982 年,第 366 页。

③ 赵仲邑译注:《文心雕龙译注》,漓江出版社,1982 年,第 376 - 377 页。

④ 傅璇琮,等:《中国诗学大辞典》,浙江教育出版社,1999 年,第 726 页。

学教师、地区小报编辑、农村下放干部、基层文化干部等职——的知识分子，刘登翰跟许多人一样有着一种复杂的心绪。一切源于诗人性情：当他在沧桑巨变中受到冲击，在深层思考的同时当有一种激情的焕发；而在拥抱新的历史身姿之时，私下不免心存隐忧；作为受教育程度较高、怀揣人文信念、内心有着文化道统支撑的读书人，又必然要用黑夜给的一双黑色的眼睛去寻找光明。

（一）对新时期社会转型、人性解放、思想解放真诚歌颂、欢呼

我们是慷慨激昂的新生代／走吧／让火焰般的刀剑／为我们开辟一个新世界

——切斯瓦夫·米沃什《告别》

一种对于新时期拨乱反正、百废待兴的礼赞，在此时期诗人的笔下必然有着自觉的、不可遏制的表露。这全然不同于极"左"时代的歌功颂德；虽然与贺敬之及其他歌颂社会主义建设的诗作有着某种相似的关系，却基于全新的体验，是诗人由衷的、非"遵命文学"的。这在刘登翰的《祖国，又一个黎明》《盛夏，一切都在生长》《Z城速写》《搅拌机，在我的窗口歌唱》《街心，又有一座花坛》《走，我们去逛商场》《打开心扉，打开门扉》《夜话》《度假村》《深圳剪影》中均有较为集中的书写。此中诗句如："启明星升起在头顶／像句号，结束一个黑夜／太阳出来了！祖国——／黎明！又一个黎明"；"盛夏，一切都在怒放／盛夏，一切都在生长／快抓住这炎热的季节／阳光会把苦汁酿成酒浆"——与年轻一代的"城市诗派"或"生活流"一类诗相似，如写于改革开放初期，宋琳的《中国门牌：1983》《台阶，升起一群雕像——写在我的大学》《城市波尔卡》，张小波的《钢铁启示录》《这么多的雨披》《城市的个中三昧：土木建筑与社交活动》，孙晓刚的《南方，有一座美丽的城市》《希望的街》等，都是向新时期的诗歌献礼，也表达了诗人的新生活情趣；即便在被称为"悲怆诗人"的西北诗人昌耀那里，那种对中国历史时期深刻改变的由衷赞美，也能从诸如《边关：24部灯》《城市》等诗中读到。

在刘登翰的此类诗中，关键是在不同层次上，也写出了人们全新的精神面貌。首先是对本该有的、人性化的新生活的渴望："臂挽臂，走／我们去逛商场／／终于又有了香水和时装／一个繁花照眼的四月／喧闹在柜台上／……"（《走，我们去逛商场》）歌颂劳动者的无私奉献时亦不忘他们的人性需求："天气太热啦／我也该去冷饮厅／饮一客六月的昆仑霜／到超级市场／买一件T恤衫／……"（《主人》）这种直接宣谕的写法在当时的诗坛屡见不鲜，颇具"生活流"的情趣，但笔者以为写得好，能给新时期诗潮留下更宝贵经验的，是那种略带叙述、以暗示的手法来表现的诗文本。如刘登翰《夜话》一诗，形象层面仅仅模拟一瑶族少女在参加歌圩活动寻对象的前夜对妈妈的告白：

"瑶山茶抽出了新绿/那是我绵长的思念/木棉花染红了山巅/那是我心中的火焰/妈妈,女儿长到十八岁/明天就是三月三/……/孩童的稚气已经变得遥远/生活进入浪漫的春天/爱情也在心中睡醒/明天对歌我会坐在谁的身边/妈妈,女儿参加歌圩去了/明天就是三月三。"该诗表面上是刻画瑶族少女天真活泼的女儿态,内里另有乾坤,是以一当十,其表现更是人性解放后人们追求新生活的情感流露。

而作为人文知识分子,于新时代的担当更有深沉的情结;在以葛洲坝建设为契机,将大坝拟人化时,诗人写道:"来吧,大声地,我告诉你/我献出了一切,我更生了自己/你看不见的,我已沉入深深的江底/你看见了,我肩起一个光明的世纪!"(《葛洲坝,你在哪里?》)在那个万马齐喑的时代,许多人都有一段被裹挟其中的痛苦、晦暗、不便暴露在阳光下的过往,那么,不必介怀,就让过往成为托起未来的基础,关键是要凤凰涅槃,要向前看,走向新的时代、新的人生——这样的表达,显出了曾受冲击、曾受欺骗的人在新时期之初十分立体、真实而非豪言壮语般的内心宣谕。

(二) 对"严冬"的暴虐、"灾难"的降临心有余悸

> 天气还很冷,因为山里还有雪。
>
> ——切斯瓦夫·米沃什《季节》

从第二次世界大战及其政治动乱的苦难中走出来的切斯瓦夫·米沃什,在移居美国后的1971年,依然保留着诗人内心的忧思,生活的许多方面令他的诗深具"暮鼓晨钟的警世作用"(《拆散的笔记簿》绿原序),其中《季节》就是这样一首短诗。步入新时期之初,诗人刘登翰亦写了一系列"季节诗",以春夏秋冬四季产生诗兴,赋予类比,如写春天的《三月》:"也许又有零度以下的春寒/也许三月的飞雪/又将飘满湖山/也许又有霜冻/又有一次压顶的雹灾/在早春时节,当萌醒的土地/呼唤种子,呼唤又一次/生命的进军/也许灾难/就在这样的时刻/降临!"这里,以南方春天常有的"倒春寒"相比附,写下了诗人对动乱时代是否真的结束心存疑虑,就像噩梦初醒时质疑自己是否真的醒来,噩梦是否真的只是一场梦。仍然是在葛洲坝,诗人又以泄洪闸为表征,写下了"过来人"内心极为复杂的情感:"历史陡然打了个急转弯/结束了风波跌荡,曲折回环/开始了河宽波缓,深碧一潭/只有从惊涛中走来的人/听到这碎裂肝胆的呼喊/谈笑中,手还会抖/睡梦里,心还在颤……"(《泄洪闸即景》)激流一泻千里了,但观者却还心惊胆战,真是"一朝被蛇咬,十年怕井绳"。而《我听见那边在辩论》,全诗以复沓的形式,主要篇幅正面歌颂黎明初露,冰山崩解,春潮催生,却在副歌部分反复出现一句"我听见那边在辩论!"以此形成对前文一定程度的"修正"和质疑,表现

出诗人既拥抱重新开始的生活,内心又存有纠结,以至于当眼光投向前方,也仍需小心探路,深恐再次崴脚。如《你不会忘记》一诗,以被后来某方面的社会现状证实的敏感,对新时期伴随时代进步而产生负面问题的可能性做出预测,深具忧患意识。

(三) 对"影子"与"黑暗"的辩证思考

> 没有影子的东西,没有力量活下去。
>
> ——切斯瓦夫·米沃什《信念》

米沃什为自己题为《世界》的组诗安上了一个副标题:"一首天真的诗"。在这组蕴涵似乎较为温馨的诗中,米沃什写了父亲、母亲、忆及故乡的景物、儿时的种种,但仍念念不忘远离家时的恐惧:"你在哪里呀,父亲? 夜没有尽头。从今以后,黑暗将永远统治。""可怕的野兽的呼吸逼近了。热乎乎扑向我们的脸,有血的气味。"(《恐惧》)然而,作为一个亲历过大灾变的人,即便极言自己"除了伤口的记忆,再没有别的什么记忆"(绿原译《拆散的笔记簿》"译者前言"第4页),也并不对身处的世界感到悲观失望。就在组诗《世界》中,关于"信念"米沃什这样写道:"看哪,看高树投下的长影子/花和人也在地上投下了影子/没有影子的东西,没有力量活下去"(《信念》),关于"希望"他则这样写:"有人却认为眼睛欺骗了我们;他们说/什么也没有,除了一层假象/这些人正是没有希望的人。"(《希望》)由此可见米沃什诗的通达和对黑暗观照的坚实意志;只有认定了真理、真相、温暖和光明的人,才能真正感知荒谬、假象、罪恶和恐惧。而在大洋此岸,刘登翰先生也从他的切身遭遇和真实观察中正视过往和现实生活的暗影、人生命运的吊诡;往往,光明和黑暗、正面和负面相伴而生,似乎谁也离不开谁。在一首题为《烈焰与浓烟》的诗中,诗人将相伴而生的"烈焰"和由之产生的"浓烟"加以拟人化,以烈焰的告白昭示二者的关系:烈焰是浓烟得以诞生和高升的母体,浓烟是烈焰的副产品,是影子;烈焰燃烧而有了浓烟,而浓烟却要让烈焰窒息,欲把烈焰淹没;烈焰却并不排斥而是承认浓烟的存在,认为它"本来就是我的影子/黑暗总是光明的副产品",只有自己焕发激情,努力燃烧,向周遭"播撒温暖和光明",它才不会将自己取而代之。这首诗的"客观对应物"同诗的内涵十分相契,表明诗人对于国家的情感是由热爱而至包容,认为前行的道路必然有坎坷,无涯的天空必然有乌云,不可因噎废食,反而应当通过浓烟去认识烈焰的存在。对于新时期中国社会的种种更应当如此而观,这或许并无太突出的过人之处,然而本诗运用了象征手法,使诗富于弹性和张力,"烈焰与浓烟"的关系也可用来看待自己:在过往年代,自己或许也因患了时代幼稚病而身不由己地陷于盲流,一腔热血被利用而令激情导向青春燃烧的反面,但忠诚勇毅和向光明热力的追求本身并没有错,只有保持自己清醒的热度,向"冷漠""嫉恨"去"奔突""搏击",才能最大限度地削弱自己的"副产品"——如此,则不能不是诗人运思于一首诗的独到之处了。此外,《植树节》一诗写道,正因为"一次天火无情的摧残",土地才变得"有磷,有钾"地肥沃。《祖国之恋》一诗一如舒婷的《祖国啊,祖国》,笔涉祖国的疼痛、艰辛,甚至窒息、梗阻、失误、衰老、顽症,而祖国仍然要"振奋起每一根/爱的神经",仍然要"扛起明天行进""报答母亲的深恩"。这种对于祖国的立体的、由负而正的情感,无疑是伴随祖国经历了许许多多磨难而生发,要比一味歌功颂德更有由来,其中的情感也真切、深挚多了。余如《相思林》《红绿灯》等均属此类。

在历史拨转船头的这个特定时期,假如不是以大梦初醒的心灵悸动去对过往加以审视反省;不是以惨痛的经历去记写那些不可磨灭的历史印迹;不是以自己为个案去梳理历史真相,将自己摆入去做自我拷问;不是以真善美为参照去鞭笞假恶丑;不是在新的有所肯定中去做更为深刻的否定,又从严肃的否定中去重新确立应当肯定的,那么,以这个特定时期为观照对象的诗写作就会是有所欠缺的、偏执的,或者是个人的诗意展开不足,大多人云亦云,与他人大同小异。好在诗人刘登翰虽然并不紧跟改革开放后的诗歌新潮,但他正视自己的内心经验,遵循诗歌使命的内在要求,写出了应运而生的一些诗作。

诘问、控诉,为动乱年代遭受命运斫伤、心灵扭曲者及灵魂坚守者造像

很快他们的同辈开始攫取权力/ 好以普遍、美丽的观念的名义杀人

——切斯瓦夫·米沃什《路过笛卡尔大街》

被夺走的生命,被玷污的国土,罪孽;而你的曲调,在深渊之上显得纯洁。

——切斯瓦夫·米沃什《关于独立岁月的篇页·第三十七页》

悲愤出诗人。亲身经历了纳粹统治下成千上万人被屠杀,以及二战后的冷战时期,波兰民族被外来政治势力所左右而陷于心灵压迫的时代,作为一个从真实生活里挣扎过来的人,一个目击者和幸存者,一个能将一切苦难化为诗的、富于正义的、悲天悯人的诗人,切斯瓦夫·米沃什的诗的主基调怎能不是申诉、抗辩、对黑暗的谴责、对死亡的拒绝? 由此而观,他的诗描述"那些日子的恐怖":"鞭痕累累的惨痛";"一件可怕的契约,一场血的牵

连"；"更多的羞耻"；"空荡荡的街上有腐烂的气味"；"黑浪的奔突"；"许诺拯救却先开杀的新征兆"；"一片暗夜的湖"；"脚下是狼窝"；"这就是那地方；是接受的，不是选择的"；"一个国家空空洞洞"；"被折磨的话语的污秽的嘈杂"；"我们不足道的宫殿已经变得那么没有意义"；"每分钟一摸就在肉里感到创痛"……就是十分自然而撼人心魄的。与此相似，作为中国那段历史的见证者，诗人刘登翰也不能不笔涉诘问、控诉，为动乱年代遭受命运斫伤、心灵扭曲的人代言。一首《我来寻找你的歌唱》，一唱三叹，当"我"来寻找"你"的歌唱时，你却在风暴已经过去的今天停止了歌唱，因为你已遇牢狱之灾折断了"百灵鸟"的翅膀。诗直写瑶族民间歌者在动乱时期因为歌唱而遭荼毒，间接表现中华民族大家庭的整体际遇，是以亲切的问询的口吻，写下对民族文化遭受摧残的强烈控诉。而《盆景松》《木棉》《鳞隐石林》《鸣沙山》《海的思念》《太湖石》等诗，令人想起著名诗人蔡其矫的代表作《玉华洞》《波浪》等，但它们又具刘登翰的独到发现与诗情。如《鸣沙山》："太阳可以作证／这是沉进沙海的一场千古奇冤／月亮可以作证／它亲睹那个风高夜谋杀的场面／……／一切都在这里凝固了／来不及运转的历史，来不及打开的画卷／一切都从这里消失了……"记写的虽然是相传古代西征将士数万人马被黄沙淹没的"惨烈和悲壮"，但又何尝不是由此及彼的、对十年动乱的深沉质问?!《海的思念——大戈壁寄语》也同样以象征手法写罡风的肆虐、狂沙的摧残、生命的消失，并都笔涉民族历史。而在诗人笔下，被扭曲但不屈的灵魂，经诗人之心投射于如下颇为相契的对应物：

> 是命运的拔弄，骤来的风
> 把我的种籽，窒息在巉岩下面
> 还是疯狂的扭曲，寄生藤
> 将我稚嫩的枝丫，紧紧纠缠……
> ……
> 是的，畸形和病态
> 是我的耻辱
> 也是我的刚强
> 假如我的坎坷，能给来访者
> 一份庄严的思索，一缕诗的情感
> 把我展在四月的枝头吧
> 让我的变态
> 讲述一个悲剧的答案
> 为了那段历史的误会

才结下的奇缘

——我愿！我愿！

——《盆景松》

在这首诗中，诗人首先是借盆景松这一物象来仿写极"左"时代许多真诚或不真诚心灵的"畸形和病态"。然而其中仍有可贵之处，即身受"耻辱"仍表现出"刚强"，"悲剧"也有可资思索的价值。该诗以写作年代较为突出的新表现手法，将诗情紧密熔铸于物象，极为适合"思索"的诗意。相似的诗尚有《鳞隐石林》《太湖石》等，均观物拟人，运用通感、象征等手法，为极"左"时代灵魂坚守者造像，其中后者比之《盆景松》一诗心绪更为流动，富有层次感。

那么，在步入新时期之后，作为一个对于过往历史的自觉的反省者，亦当自觉地将自己作为审视的对象，自觉地反省自己，如是，才具备一个文学写作者的历史担当和内心的真诚。

反观自照，自我发问，自我诘难，自我形塑，自我期许

我的糊涂历史可以写上好多卷。

——切斯瓦夫·米沃什《记事》

而今我们可以作出忏悔，不怕它会为强大的敌人所利用了。

——切斯瓦夫·米沃什《茵陈星》

这完全不同于"灵魂深处闹革命"，那是表面忠诚而实质虚妄，是无中生有、黑白颠倒的，荒诞的。而新时期的反观自照则是符合客观规律的、自然而然的、无人强迫强扭的。在《端午》一诗中诗人发问："寻找了三千年/依然在寻找/从历史沉沉的江底/我们丢失的/仅只是一颗忧愤的/诗人的心么？"这不仅是对今天的知识分子，也是对诗人自己的发问。如果说，在那万马齐暗的年代，只有一个张志新"她把带血的头颅/放在生命的天平上/让所有的苟活者，都失去了——/重量"（韩瀚《重量》），那么作为其中一个"苟活者"，诗人至少对自己有所诘难："付出小小十年筛选下来的爱和恨/难道不值得我深深思索、加倍珍存/……/只是不该丢失那颗纯真的童心"（《我已经不再年轻》）这与米沃什的自我反省是一样真诚的；只是米沃什在诗中用了一个自己杀生的具体事例来比照对法西斯生灵涂炭的声讨："至于我的深重罪孽，有一桩我记得最清楚/一天沿着小溪，走在林间的小路上/我向盘在草丛里的一条水蛇推下一块大石头"（《路过笛卡尔大街》）那么，即便没有具体的"罪孽深重"的行为需要自我鞭挞，经历了那个"史无前例"的时代,在诗人刘登翰那里,哪怕是思想上的、认识上的"童心"的"丢失",哪怕只是一种可能的假设,也应当自我诘问:"假如那颗罪恶的子弹/穿过我的胸膛,它不流血/假如人们心灵的呼声/涌进我的耳膜,却无回应/假如我无异于一头牲口/习惯于一桶饲料的诱惑和头上的鞭影/假如我是人家棋盘上/一枚勇于冲锋却无头脑的士兵/……//——那么,谁将高兴?"这样一种自我发问、自我诘难无疑是严肃的、不容作伪的,或许比米沃什的自我反省更为复杂深沉。虽然这是设问,并非全然实存,却表明了诗人内心的焦灼,而这种焦灼"便是我的温存",也就是对于新时期的爱和憧憬,"因为这一切因为/都使我的爱情满含热泪/痛苦变得深沉"(《我的焦灼便是我的温存》)。这种满含热泪的爱,以及变得深沉的痛苦,即表现为成熟,只不过即便是成熟,也还需自我掂量、自我测评:"一把一把地掉下来/我的头发,是秋天的落叶?//季节成熟了!微秃的额顶/是不是也像果实/晒足了阳光的思想/——在等待收获?"(《秋》)因此,也就需要一种成熟的自我期许:"让失去的重新归来/人生就是找寻/开拓者寻找道路,失败者寻找教训/冷漠的寻找温暖,颓老的寻找青春……"(《只要你寻找》)这在《晚晴》《这个晚上的月色》《云》《哦,白杨林》等作品中都有所表现。也许那种自我期许尚有"窠臼"之嫌,然而关键是,其自我期许是否根源于反观自照。这种反观自照,对于新时期滥觞的文学而言是难能可贵的。只有把自己也摆在客体的位置,才是真诚的,也才能以新姿再向着光明前行:"从你身上,我们照见了自己的影子了……"(《哦,白杨林》)

那么,又如何借助光、借助何光,来"照见自己的影子",以便"永远保持生命最初的坚贞"呢?这便涉及刘登翰此时期诗作的另一个重要层面。

利用乡土文化资源,将民族传统熔铸于现代感受

你就是我的故国;我再没有别的故国。

——切斯瓦夫·米沃什《我忠实的母语》

一切非人事物的决定论和惰性把人身上的神圣部分也拖垮了。

——切斯瓦夫·米沃什《作家的自白》

在米沃什那里,黑暗是作为与光明对立的一面来被认知的,正所谓没有光明就无所谓黑暗。米沃什坦言:"关于暗与光斗、恶与善斗的古代伊朗神话非常投合我的胃口。那么,什么是光呢?就是人身上反对天然成分的神圣成分——换言之,就是不同意'无意义'、寻求意义、嫁接在黑暗之上像一

根高贵的嫩枝嫁接在野树之上、只有在人身上并通过人长得更大更壮的理解力。"①而米沃什的"光"就是历史被保存下来的意义:"……我们祖先所纺织的线并没有消失,它们被保存下来;在生物中间,只有我们有一个历史,我们活动在一个庞大的交织着现在与过去的迷宫中,那个迷宫保护我们,安慰我们,因为它是反自然的。"②由此可以理解,作为一位有责任、有担当的诗人,米沃什为何那么珍视自己的母语:"忠实的母语啊/我一直在侍奉你。"(《我忠实的母语》)而诗人刘登翰作为中国最早研究台港澳暨海外华文文学的学者,鉴于华文文学内部的演化和向外部流徙过程中产生的弥散状况,提出了华文文学从离散而将逐渐走向整合的论断。以笔者的粗浅理解,他做出这一论断,即是以中华传统文化价值在世界范围内的重新定位和肯认为历史变迁的终极参照物。③ 台港澳暨海外华文文学如此,而在中华历史遭大破坏、大丑化、欲尽除之而后快的十年动乱后,中国大陆新时期的诗歌潮流,在强力向西方现代主义和后现代主义文化思潮借鉴的过程中,也必然或多或少、自觉或不自觉、或早或晚地同中华文化重新对接,重新加以思考。作为一个爱诗的人,尤其是保留了传统人文精神的文化学者,刘登翰先生在其新时期诗歌创作伊始,就将他的诗歌感慨建立在自己的人文传统上,身历大动荡,心灵深处的精神主轴仍是米沃什式的历史保存。《海的思念——大戈壁寄语》一诗可谓诗人刘登翰在此维度上的代表性作品。这首诗以拟人、象征手法,将沙漠比作死去的海(以地理学角度,塔克拉玛干沙漠能因春汛而令生命复活,被称作"死亡之海"),"汉朝从我身上走过了/将军角弓控雪,戍卒战马悲啼/唐朝从我身上走过了/东来驼队如云,西至胡姬如缕/历史悄然从这里隐退/所有盛大辉煌,都成碎末粉泥/一切都静止了,只有思念没有静止/我等待大海再次从我胸中升起"。如此,是以死去的、等待复活的沙漠象征中国的"几千岁春秋",也是对中华民族生命力的刻写。《永恒》一诗异曲同工,此诗歌颂宇宙天体:"谁说我会消失?当我死去,我将永生/ 以别一形式,存在于广漠的天庭",可谓是对民族传统及一切人类终极价值的摹写。余如散文诗《迟开的花》《告别》,均属此类。

然而,诗人若不是将民族历史、文化根脉的思考建立于自己与之休戚与共、生命相属相依的乡土与乡情之上,那或许不免流于空泛。新时期在此层

---

① [清]沈德潜:《说诗晬语》,《原诗·一瓢诗话·说诗晬语》,人民文学出版社,2005 年,第 187 页。

② [波兰]切斯瓦尔·米沃什:《作家的自白》,见《拆散的笔记簿》,绿原译,漓江出版社,1989 年,第 194 – 195 页。

③ 刘登翰:《华文文学:跨域的建构》,福建人民出版社,2007 年。

面举大旗者或如西北诗人昌耀、福建诗人蔡其矫,以及写海洋诗的汤养宗等。而在刘登翰这里,闽地乡土文化又无不与祖国相关,如《闽江》《马江》《罗星塔传奇》《谒马江海战死难将士埋骨处》《海神妈祖》《有情花木》《春天的雕塑》等,写的都是福建风物。在这些诗中,诗人心中所装的依然是大中国,只不过由此及彼,由脚下的土地激发诗情,自然、切近,言之有物,都蕴含着时代的感慨,有别于那种泛泛歌颂乡土的、人云亦云的"伪诗",如书写闽江,也是书写长江、黄河,诗人根植于闽江,却以小见大,富于真情实感。

大凡从乡土文化资源生发的感慨,之所以容易流于空泛,一是由于诗人对时代、对生活的感知不够到位,另一个重要的原因是没有将自己摆入,明明生于斯长于斯,却如过客。刘登翰却不然,除了前文所举,在这个向度上,《静夜思》《相思林》《交响》等诗都离不开作者自己的人生经历,都与自我相关联。因为自己的出身、那造就了自己的土地,是自己作诗的出发点,无论走多远,也是自己经由诗歌、经由文学的安身立命之处。遗憾的是,或许由于诗人依然或多或少受制于过往的思维意识,如此建立在乡土文化资源上的自我心灵向深度和广度的开掘,尚有待于诗人的继续延展。

好在诗人刘登翰在此时期的所有诗意感慨,又都从眼前出发,即便是文化乡愁的重新找回,也是由于新时期社会生活发生的巨变给予诗人深深的触动,于是他将传统的文化知性同当下生活感受相对接、相融汇。这是相当难能可贵的。如《中秋》:"这一轮月亮很古典/从陶渊明的那片天空/(东篱菊开成一幅水墨)/向我们瞻望/悠悠南山/……/阳台很宽/好像专为承接今晚的月亮/谁说露天舞会只属于/穿牛仔裤的青年/下一支舞曲是伦巴/婵娟,我请你/幸福地'恰恰'"。这种浪漫是古典的,同时也是极为现代的浪漫。余如《博雅画廊》《南津关题水》等,都从新时期历史变迁、文化复苏、人性解放的角度去寻回曾一度被颠覆、被消解的民族文化的终极价值。

所有这一切都是因为:"手的紧握已经松开,一声叹息,风雨过去了。"(米沃什《缓流的河》)

综上所述,在20世纪70年代末80年代初的福建诗坛,诗人刘登翰的个案是值得关注的,尽管其诗歌创作不如其学术研究那般着力,其诗歌文本也未全面呈现出新的美学价值,但以往对他此时期的诗写作未能加以讨论,不能不是诗歌评论界与文学研究界的缺失。笔者的评析限于学识水平,难免捉襟见肘,行此文只为抛砖引玉,以就教于刘登翰先生及学术界、创作界。但愿所有用心写作的诗歌及其他文学作品,都不至于如过眼烟云,埋没于浮躁的市廛和心灵的尘沙。

(作者为《台湾文学选刊》前主编,编审)

心灵瞬间和时代脉搏的互证

——论刘登翰的诗

伍明春

在中国当代文学的现场,刘登翰先生的主要身份是一位学者,他在新诗研究、台湾文学研究及闽南文化研究等各个领域均建树颇丰,卓然成家。事实上,刘登翰先生也是一位值得关注的诗人。他的现代诗写作虽然数量不多,却已然形成一种十分鲜明的艺术个性,与他宏富的学术话语构成了一种颇为紧密的互文关系。阅读刘登翰先生的诗,我们不难发现,在抒情主体闪亮的心灵瞬间和强劲的时代脉搏之间,隐含着一种呼应与互证的内在关联。刘登翰先生的现代诗作品,通过细加打磨的语言形式、精心经营的意象群落和多元共生的抒情风格,为读者勾勒了他们那一代知识分子曲折的人生历程和沉重而又不乏达观、超然的心灵。

一代人的历史记忆

刘登翰生于 1937 年,1956 年考入北京大学中文系。大学毕业后曾长期在艰苦的闽西北山区工作。这一代知识分子曾经历过激情高涨的理想主义年代,也深切感受到理想破灭之后的巨大失落甚至某种虚无。如此艰辛坎坷的心路历程,自然也反映在刘登翰的诗里。我们在诗人创作于 20 世纪 70年代末和 80 年代初那个特殊年代的作品中,就可以集中地读到一种混杂着喜悦、焦灼和希冀的心境。

对于这种复杂心境的表达,刘登翰创作于 1977 年的短诗《秋》采用的是一种较为纯粹的个人话语方式:

> 一把一把地掉下来
> 我的头发,是秋天的落叶?
>
> 季节成熟了! 微秃的额顶
> 是不是也像果实

晒足了阳光的思想

在等待收获？

　　通过自然季节和生命季候的类比、巧妙的自我设问，作者乐观、豁达的情感于此自然流露。不过，刘登翰同一时期的大多数作品往往把个人置于国家、民族和时代的宏大背景之下，表达的重心无疑落在后者那里：

> 何必老是怨艾历史的过错、一己的不幸，
> 记住吧，这十年生聚、十年教训：
> 人民，必须主宰历史的命运，
> 祖国才能从灾难中新生！
> 付出十年代价我学会这条真理，
> 为了它我还愿再交出全部余生。
> 谈何容易当一名用歌战斗的称职的士兵，
> 航程上我看到依然礁岩密布、涡流阵阵。
>
> 把它刻在案头、铭在心上吧！
> 这是一句提醒、一声催促、一份责任：
> 斑斓的鬓发还将铺成满头白云，
> 我已经不再年轻、不再年轻……
>
> 　　　　　　　　　　　　——《我已经不再年轻》

　　在这里，作为个体生命的"我"的青春岁月，早已被那个狂乱的时代吞噬一空，但作者并没有为此感到绝望，而是以一种积极的心态放眼未来，把更多的精力投放到新时代的国家话语和民族话语的重建上。

　　与之相类似，《我寻求……》中有关于建立民主制度的呼请："醒悟的尊严/要从历史的审判席上/索回属于自己的财富/我寻求一个制度的民主/——不是一百个清官的恩赐"；《你会不会忘记》中有对于让法律回归权威性和神圣性的呼唤："啊！请原谅，我的祝愿/含有太多的忧虑/因为历史留下了/太多的叹息/也积累起/太多的希冀/多少人的鲜血和眼泪/才催开这朵/最初的玫瑰/且莫让她在人民的期待中/再一次枯萎……"这些作品也都采取了小我隐藏大我彰显、个人话语让位于国家话语的抒情方式。

　　值得注意的是，刘登翰这类主题的诗作，有的也写得十分细腻、充满个人化的感受，如《走，我们去逛商场》一诗这样写道："又一个展销会/——最新的夏季时装/一支斯特劳斯的圆舞曲/飞旋在人群里/一个心胸开放的季

节/召唤在前方/七月的风,吹着口哨/邀你到海滩上/尽管年华已逝,再不能/像少男少女那样打扮/但是,不妒忌也不懊丧/生活将从这里/变得灿丽而辉煌/为了这样一种无言的享受/走,我们去逛商场。",在这里,"展销会""夏季时装""圆舞曲"等意象,无不透露出时代新潮流的鲜活信息,与之相呼应,"最新""开放""七月""前方""少男少女"等语词,则指向历经涅槃获得重生之后国家和民族的不断生长的可能性。而"不妒忌也不懊丧"一语,正道出了诗人那一代人拥抱当下、展望未来的阳光心态。

在谈及20世纪90年代的诗歌写作时,刘登翰曾不无感慨地道出了他们那代诗人和年轻一代诗人之间的代际差异:"我(或我们这辈人)的文化成长背景、学术理念和信仰,以及渐次进入(或被归入)主流的学术位置(也是一种人生位置),与后新诗潮的这批更年青的诗人,无论在成长的文化背景、生存方式或精神追求,都有了很大不同,'代'的差异,不止是生物学意义的差异,我以为就是文化的差异。"①关于这一观点,我们也可以在诗人的不少作品中找到某种印证。例如,诗人在《爱的神经》一诗里这样抒写一代人艰难而不屈的人生境遇:"不要责备我,为什么/眉头常蹙?忧愤/和易于动情/都是四十岁这辈人/难以诊治的时代症/我没有三十年代/炮火锤炼的深沉/也缺乏二十岁人/足够消磨的青春/我只是接连这两个时代/一个几经磨损的轴承/历史这样锻造了我/我就这样运行/报答母亲的深恩。"作者清醒地把他那一代人的历史地位定位为某种"过渡者"的角色,显然颇具几分悲壮的意味,然而作者并未像当时大多数"伤痕文学"作品那样,陷入感伤主义的表达泥淖,而是在经过深刻的自我反思之后,实现了一种自我拯救。

这种自我拯救的一个重要议题,就是钩沉那些停留在最美好年纪上的生命记忆,将此转化为前行的动力。在散文诗《木棉》中,刘登翰用热情四溢的热带植物之花来象征已经逝去的火红青春岁月:"那是一株灿烂的记忆,火热的,在我青春的时候,燃烧过我绯红的心,蒂结出绯红的花朵。多少年了,我不知道把它遗落在什么地方。突然,在一个不经意的时刻,仿佛是四月有雾的黎明,重现在我的窗口,告诉我:它活着,而且,回来了!""绯红的花朵"这一意象,让人不由得想起同为北大出身的诗人冯至创作于20世纪20年代的诗《蛇》:"它月影一般的轻轻地/从你那儿轻轻走过/它把你的梦境衔了来/像一只绯红的花朵。"冯至写作这首诗时正值20出头的年纪,"绯红"正是这首诗透露出的鲜明的青春底色。二者的

①　王光明、谢冕、刘登翰、南帆:《九十年代:诗歌的作者与读者》,《作家》,1999年第11期。

不同之处在于：刘登翰的抒情视角是一种"回望"，而冯至在当日更多地采取了某种"展望"的姿态。

如果说火红的木棉是重现的青春记忆的象征，那么"迟开的花"可谓诗人想象、重构的生命中的第二个青春，也是他们那一代知识分子坚韧精神和不屈姿态的一个象喻：

> 你执著地挑选这样的季节，这样一个严寒的日子开放。在所有花都颤栗地躲开，你独自用一朵燃红的火焰，凝住这冰莹的世界。
>
> 啊，一个冷漠却灼热的伟大节日。所有死去的生命，逃遁的灵魂，都因你而重新复活、归来！
>
> 从今以后，冬天在我是一种温暖，是一个比春天更早到来的春天。

——《迟开的花》

一代人的历史记忆和文化情怀，在刘登翰的笔下凝结为一朵"再也不会凋谢"的"迟开的小花"，这花虽小，却是那代人用青春热血和生命之火淬炼而成的闪光的"金蔷薇"。

寻找现代诗的"中国方式"

现代汉诗迄今已历经百年风雨行程，其艺术经验也在日渐沉淀、凝聚，需要写作者和研究者做出全面、深入的总结和反思。作为一位自觉的学者，刘登翰对这个议题早已展开了自己的思考。他曾在一篇文章中细致梳理了 20 世纪中国文学和西方现代文学的内在差异，并以此为背景，指出中国现代诗人与西方现代诗人在思想主题上的大相径庭及其深层原因："中国现代诗人在现代工业文明发展不足背景下的现代诗创作，大抵是以在中国多难的战争与离乱历史缝隙中所产生的生存荒谬感、孤寂感和失落感，来代替西方诗人在机械文明对人的心灵侵扰、挤逼、异化所产生的荒谬感、孤寂感和失落感。这种情况，无论三四十年代的现代诗人，五六十年代的台湾现代诗人或 80 年代以后的大陆现代诗人，虽然程度不一，却大致相同。"在刘登翰看来，中西方现代诗歌的这种鲜明的差异性，并不体现为某种美学价值层面的优劣之分，而是恰恰为现代汉诗的艺术表达寻找某种"中国方式"提供了广阔的空间："在对现代诗的哲学、心理学、美学基础和艺术技巧的某些可操作的层面上，中国的现代诗人不仅引介自西方的哲人和诗人,往往还从博大的中国文化和艺术的经典中找到了可以与之相沟通、融洽、替代的对象,从而从精神内涵到外在形式上,赋予了现代主义的'中国'方式。"①这个命题的提出,无疑具有极大的诗学价值,它不仅体现了刘登翰作为一位学者深刻的洞察力,也反映了他作为一位诗人强烈的责任担当意识。

如果我们具体考察刘登翰诗歌写作实践的不同层面,就不难发现,诗人一直在努力寻找现代汉诗艺术表达的"中国方式"。这里所谓的"中国方式",实际上就是一位自觉自为的诗人对于现代汉诗真正建立起一个自足的美学空间的期许。刘登翰20世纪80年代中期之后的诗歌写作的变化正体现了这种期许:他开始有意识地疏离与主流意识形态同构的宏大叙事,弃用那些一度密集出现于他诗作中的"大词",真正回到个体生命最深切的体验和感受,致力于诗艺的打磨和诗思的提升,创作于1985年的《中秋》一诗就颇具代表性:

> 这一轮月亮很古典
> 从陶渊明的那片天空
> (东篱菊开成一幅水墨)
> 向我们瞻望
> 　　悠悠南山
>
> 迪斯科把夜撕成好几瓣
> 每瓣都在脚下
> 旋成一朵七彩莲花
> 那年李白也是这样舞的么
> 举杯邀月,对影成仨
> 　　淡淡河汉
>
> 月亮跳进水里
> 洗一个很现代的海水浴
> 怎么也洗不去岁月岁月的牙黄
> 水里嫦娥的舞袖
> 一定比广寒宫多情

---

① 刘登翰:《中国新诗的"现代"潮流》,《东南学术》,2000年第5期。

阳台很宽
好像专为承接今晚的月光
谁说露天舞会只属于
穿牛仔裤的青年
下一支舞曲是伦巴
婵娟,我请你
　　幸福的"恰恰"

　　除对古典诗歌经典意象的现代改造之外,抒情主体在这里显露出的潇洒飘逸的精神姿态,一方面与陶渊明、李白的古典诗情遥相呼应,另一方面又表现了现代知识分子的幽默与豁达。尤其是这首诗的最后一节把中国古代美女婵娟和来自西方的牛仔裤、拉丁舞并置,具有一种奇特的拼贴效果。有意思的是,诗中"阳台"对月光的接纳,也体现了现代人特有面对自然的方式。众所周知,古人大多乐于追求天人合一、物我两忘的美学趣味,因此他们和月光的联系,更多的是发生在自然环境中。而现代人在城市中的阳台上所领略到的月光,显然具有一种迥异于古人的全新意味。这种意味,我们在唐诗宋词的诸多月亮意象中无疑是读不到的。刘登翰笔下的"阳台"既带有一定的私密性,又体现出某种开放性,或许可以看作是诗人独立自主的精神领地的一个象征。关于这一点,我们在作者的散文诗《阳台》中看到一种更加充分展开的表达:

　　但是,长天是永远的,天外流荡的风是永远的,漂泊的云是永远的,给我载来各种喧哗的市声是永远的,永远的占有我阳台的视野。
　　我的阳台是一个喧闹的世界。
　　不太多的花,分享着它们可能得到的阳光、水露;分享着我可能给予它们的空间、肥分。它们热烈,但却无言;竞相生长,却不争吵。各以自己的虔诚,奉事各自的事业。
　　我的阳台是一个和谐的世界。
　　它似乎告诉了我一些什么,但又什么也都没有告诉。当我寂寞的时候,我走向阳台。

　　刘登翰诗歌想象中的"阳台",不是自外于城市喧嚣的山林隐居之所,事实上,它不仅接纳月光、阳光、雨露、流云和风,也容留那似乎永不停息的市声,它们共同构成了诗人追求精神和思想的和谐境界的驳杂背景。这个背景当然也是属于现代中国人的,落实到现代汉诗文本中,它就构成了"中国方式"的要义之一。

诗艺探索的多维展开

刘登翰的现代诗作品虽然数量不多,却十分重视语言、形式等诗艺方面的建设和探索。他的诗语言精练、典雅,几乎每一首作品都十分讲究建行建节的方式、诗行节奏的协调、韵脚的推敲打磨等。这种诗艺方面的探索,体现了刘登翰对于现代汉诗文类特征的深刻体认和有力实践。

多种现代诗歌体式的写作实践,构成了刘登翰诗歌的重要特征之一。其中包括"现代格律诗"体(诗节较为整饬、诗行节奏齐整、注重押韵,如《梅雨》《初夏》《盛夏,一切都在生长》《瞬间》等作品)、自由诗体(如《秋熟》《枇杷》《三月》《我只记得雪花》等作品)、散文诗体(《阳台》《命运》《斑马线》《立交桥》等作品)等现代诗歌体式。这些诗歌体式分别对应不同主题的抒写,形成一个多元化的话语景观。如《瞬间》一诗抒写了诗人关于个体生命意义的冥思:

> 所有丢失的春天
> 都在这一瞬间回来
> 所有花都盛开,果实熟落
> 所有大地都海潮澎湃
>
> 生命曾是一盆温吞的炭火
> 突然喷发神异的光彩
> 每个日子都因这一瞬间充满意义
> 所有痛苦等待都不再难捱
>
> 像云,携一个梦,款款走近
> 像星,凝两颗泪,灿灿绽开
> 生命在这一刻进入永恒
> 世界因这一瞬间真实存在

与这一主题相对应的,是这首诗在诗歌语言、形式结构等方面的特点:简练有力的语言、整饬的诗节、从容的诗行节奏、恰当的对句运用、一韵到底的押韵方式、层层推进的诗歌情境结构等。上述语言、形式特点有力地支持了抒情主题的艺术表现。

刘登翰的散文诗写作是其现代诗歌写作的重要组成部分,值得在这里展开论述。汉语散文诗作为一种外来诗歌形式,几乎与早期新诗同时诞生,但在后来的发展行程中可谓命途多舛,不时遭遇被质疑和边缘化的命运。不过,散文诗作为现代汉诗的一种体式,诗歌界基本上是没有疑义的。刘登翰显然是颇为看重散文诗这种体式的,因此在创作实践中也写出了不少优秀的散文诗作品。他的散文诗作品中对现代城市意象的独特抒写尤其显得突出。如诗人从作为城市道路组成部分的立交桥,联想到人类心灵的复杂沟通艺术:

> 而人更博大,博大而且繁富。
> 心灵的空间不也一样需要许多层次?
> ——关于美的和不太美的,关于崇高的和不太崇高的,
> ——关于伟大和平凡,爱和憎,冷峻和温馨……
> ——还有,关于欢乐、痛苦、旷达、忧郁,欣慰和感伤,冷漠和爱怜……
> 啊,人生的多侧面和多侧面的人生!
>
> ——《立交桥》

原本索然无趣的立交桥,一旦和人类丰富奇妙的心灵世界发生关联,立即变得生动、鲜活起来,让读者的想象也仿佛走上一座四通八达的立交桥,向远方无限延伸。再如,城市里的红绿灯也超越了作为一种常见的交通设施的原初含义,在诗人想象中幻化为"波斯猫一样的眼睛",犀利地透视着生命和历史的过程及其意义:

> 历史从这里走过——
> 有时大潮汹涌,
> 有时形单影只,如一只飘逝的流萤……
> 大风起兮,乌云遮天蔽日,
> 而尘埃落定,又是玉宇澄明……
> 是一只怎样的手操控着这一切,无论蜿蜒曲折,无论正直坦平,历史都顺利通行——
> 莫非冥冥之中也有一串红绿灯?
>
> ——《红绿灯》

从人生旅途到历史进程,诗人都以"红绿灯"作为一个观照的视角,最

后发现有一只"无形的手"在操控着一切,换言之,有一种超验的力量在隐秘地控制着我们的人生和人类的历史,这似乎是一种"不可说的秘密",却也是诗人和哲人不倦探索的重要命题。作品中形而上的玄思于此昭然若揭。

刘登翰的散文诗中心灵独语式的表达,也是值得关注的。这种独语基本上都是在夜晚展开的,因为夜色和梦境为诗人的冥思提供了巨大的动力。它有时体现为一种自我倾诉:

> 海在我的脚边呢喃,默默地将我的细语录进它的波纹里。浪涛会把我的低吟放大吗?——放大成一支激越的歌,像撞击在礁岩上的浪花,碎裂成无数的水珠那样,充满舍身前壮烈的呐喊吗?
>
> 只有月亮是无言的。无言地用它温柔的目光,抚摸在我们被岁月粗糙了的心上。
>
> 哦,这一个夜晚,会是我的一个永远的、忽明忽灭的梦吗?
>
> ——《这一个夜晚》

诗人的心灵独语有时被设置为抒情主体的不断追问:

> 每夜,你都来窥望我吗?
>
> 暴风雨把一切都摇落了,像摇落一树嫩薄的花。我的窗口是一个永夜的冬天。
>
> 每夜,你都穿过窗棂,走进我的梦中,来窥望我吗?
>
> 我的梦变得这样澄明。
>
> ——《给一颗星》

无论是倾诉还是追问,采取的都是抒情主体"向内转"、直面自身的话语方式。当纷乱的现实世界无法安顿现代人脆弱的心灵的时候,诗人为我们指出了作为一种可能性的梦境。这个梦境或许可以说是一个被月亮和星光照亮的乌托邦。

关于自己的诗歌写作,刘登翰的思考和认识是十分清醒的,并且具有某种鲜明的代际意识:"这是一个过渡的年代;在我说来,还是一种中年心境。它们构成了我这时期创作的一种复杂的基调。我努力把自己所能感受到的历史意蕴,融化为出自肺腑的一种感情呼唤,希望我心灵的声音,能多多少少成为一点历史的回应。"①不过,纵观刘登翰的诗可以发现,诗人并不固守

---

① 刘登翰:《瞬间》,海峡文艺出版社,1991年,第189页。

他们那一代人普遍遵循的抒情模式,而是努力地去寻求一种超越之道:一方面在 20 世纪 80 年代他就得地理之便,努力地向他所致力研究的对象——台湾现代诗歌借鉴;另一方面他能放下身段,向更年轻的诗人尤其是朦胧诗人学习。正因为如此,刘登翰的诗歌写作在诗艺上得以不断地实现自我突破和自我提升,为现代汉诗的艺术发展贡献了自己的力量。

（作者为福建师范大学协和学院教授）

色与焰：当李锡奇遇到刘登翰

——读刘登翰著《色焰的盛宴》

林 焱

从"刘登翰学术简历与著作目录"中读到："1961 年大学毕业回到福建,适逢两岸军事对峙一触即发,因家庭'海外关系',不允许留在沿海城市,被分配到闽西北山区,一待近二十年……"这段话让我感触很深——很多人也都有过特殊的经历,有很多特别的见闻。在那段时间里,刘登翰先生有很多文学创作,有很多在特殊的心理状态下寻找表达生命存在感的经历。刘登翰先生的这一段经历,正是他理解彼岸文化的情感基础,正是他与李锡奇"情投意合"、在艺术理念与艺术创作上都产生共识与共鸣的基础。

对于彼岸——"台澎金马"的印象,曾经是"血与火"的纠结。《色焰的盛宴——李锡奇的艺术和人生》中也包含关于那段历史的书写。正是"烽烟望断乡关路,岁月听残台岛秋"。那个年代福建沿海所发生的故事,太多、太痛苦、太荒唐,很多都无法记述,后人恐怕也是无法理解的。可想而知,那个岁月中在台湾又有多少人性的撕裂与痛苦。最痛苦的遭际,侥幸的化为艺术的语素。古月的表达是:"自枪管的烟硝里,飞扑着一只折翼的斑斓蝴蝶。"借用这诗句也可以形容刘登翰先生是:"自炮声的震动中,飞扑着一只垂翼的斑斓蝴蝶。"

李锡奇的生命经历与艺术经历给这段历史塑造了一个生动的原型。刘登翰撰写的这部《色焰的盛宴——李锡奇的艺术和人生》详细地记述了李锡奇生活经历与艺术追求过程的诸多曲折,更记述了台海两岸生命与情感的断裂与弥合,从一个新的视角来书写两岸半个多世纪的历史。

从 20 世纪 50 年代后期开始,台湾出现了面向西方的艺术走向——"戒严"体制下的艺术开放。刘登翰这样表述:"20 世纪 60 年代台湾的现代主义艺术运动,就其总的倾向看,是走向抽象表现主义。这自然有着外来的特别是美国和欧洲的抽象艺术思潮的影响,但同是台湾社会内部的一种普遍的精神趋向。"1958 年李锡奇和一些年青的艺术家组织"中国现代版画会",木刻《小径——金门战地》(1962 年)就是那个时期的代表。

这值得我们认真考察,对大陆这边的艺术界,大家比较一致的印象是革命题材和传统风格的大潮。其实,看到李锡奇这个时期的版画,突然间会觉得跟当时大陆的版画有相似之处,比如鄺中铁的一系列版画。到了 60 年代中期,大陆在波澜壮阔的"革命"大潮中,出现了大量的波普作品——不知道是不是波普影响了安迪·沃霍尔。安迪·沃霍尔的那些大幅伟人版画,跟当时我们所熟知的广场绘画(宣传画)、带有行为特点的绘画(集会游行上用的画牌),几乎无二致。

大陆与台湾,都要寻求一种艺术途径的转轨。李锡奇的作品,让我们看到与大陆的艺术取向的"殊途"及某种"同归"。这种"同归"中,有着这个民族的什么样的共同心理趋向、什么样的共同动机? 这是很值得我们回味的。

接下来是一段非常有趣的文化史——两岸民众不约而同地用艺术语言进行交流。"还在'戒严'阴云仍然密布的 1980 年,李锡奇就在版画廊举办过大陆的佛山版画展,悄悄地推开大陆画界的门缝。1983 年,他在'一画廊'邀请了来台访问的美国作家,《苦海余生》的作者包德甫以他的亲身见闻介绍大陆现代艺术的发展情况,特别是当时引起激烈争议的'星星画展'",对彼岸文艺的高度赞赏,是当时的一股大潮,挡也挡不住。我们回顾这段文化史,要感谢广播、电视的技术发展,更要感谢艺术家们以"舍身炸碉堡"般的精神打破极其森严的壁垒。

熬过最严酷的岁月,和风悄悄地吹向两岸。"1987 年 9 月,即解严令公布的两个月后,也是环亚艺术中心结束后五个月,李锡奇与朱为白、徐术修三人联手的三原色艺术中心,在台北市复兴南路一段 239 号 4 楼隆盛开张,画廊依然秉持李锡奇一以贯之的追求和经营理念,只不过把对台湾及海外华裔艺术家的关注,更多转向对刚刚开放的大陆现代美术的介绍。"及至两岸开放,李锡奇便尝试着把打开大陆的艺术之门作为三原色艺术中心的使命和特色……精心策划大陆美术探索展,从 1987 年 9 月到 12 月,连续四档展览,历时 53 天。

当然,那个年代两岸社会政治文化背景虽有差异,但文艺家们的迷惘与纠结却是共同的,追求与突破也是共同的。20 世纪 60 年代和李锡奇"一起打拼的现代艺术家,不少已经移居国外发展"——现代主义的追求,没有得到更充分的发展。到了 1969 年,听到人类登月成为一个精神的契机,古月的诗作与李锡奇的视觉艺术作品合流,成果的重要展示方式是举办"古月李锡奇诗画展"。刘登翰在书中对此写下重重一笔:"在李锡奇以往的艺术经历中,除了早期表现故乡金门的少数几幅版画,他极少以具体的社会事件作为自己创作的动因与表现对象,'月之祭'可能是唯一的例外。""月之祭"是李锡奇此后 20 年融书入画探索的开始。在本书中我们看到当时的作品称为"绢印版画"。

融书入画的探索不断地变更,不断地改换介质与工具。当李锡奇运用福建省漆画的材质和某些表现手法进行创作时,作品的气韵有了极大的提升。1991年8月,李锡奇在祖国大陆制作的第一批漆画,以"远古的记忆"为题在台北的时代画廊展出。在书中我们看到,有的学术研讨会称这些作品为"当代漆画创作",有的插图中则称"复合媒材"。一种非常奇异的作品形式出现了,中国传统的书法以全新的形式展现。

这些作品是一种新的艺术形式的尝试——对中国传统书法的新表现。中国传统书法艺术,是一种与任何艺术都不可"归类"的独特的形式,奇绝。

李锡奇用"当代漆画"或"复合媒材"的介质来表现中国汉字传统书法。刘登翰认为:"他舍其字义,变其字形,留其笔画,扬其笔势,书法的整体感被解构了,通过画面的重组,笔势的强调,色彩的渲染,以其独特的造型感、节奏感和韵律感,强化了书法艺术的精神与灵魂……提升了书法的精神和本质,是他以书法元素在中华文化本位上的一次再创造。"

在绢印版画阶段,特色是块面的呈现。书法的笔画,延展为绢绸式的面。绢绸的柔软和流动,断与续的感觉都表现得很出色。

复合媒材阶段,怀素的飞去、奔放和"狂"的气势特别突出。题为"大书法"的一组作品,隐与现、断与续,都别有一番滋味。

汉字书法得到一种全新的阐释。

中华文化本位——这是李锡奇艺术创作的一个基本精神,也是刘登翰学术思想的一个思路。我们看了刘登翰在书法方面的探索与创造,也可以从中体会到"本位"精神的另一种书写。

汉字是中华文化的神与灵所在。书法也是中国文化的神与灵的展示。近代、当代世界文化的发展太强劲了,使我们对汉字和书法有过漠视、蔑视甚至虐待。而今汉字的处境,书法的处境,是有目共睹的。在这种大环境中,我们来注视与讨论汉字的艺术表现方式,是特别有意义的。

"'本位'已成为李锡奇现代艺术一个最重要的符号,何谓'本位'?早在1965年李锡奇首次访日归来,在接受记者访问时,便明确地表示:我国虽有优厚的文化传统,但今日的中国画家,并非重复古人的文化(艺术)形式,而是承受中国的文化精神,去开拓与发现一个足以代表这个时代的'中国形式'的独特表现。"

汉字书法有多方面的意义。在当代,还有一种新的意义——保护着繁体字的权威性。简体字对传统文化进行撕裂。书法则以合法的方式对简体字进行批评。

　　"艺术是需要传承的,如人的生命、家庭的传衍,需要一代一代地接续下去。生命的传承,需要有强大的生命基因;艺术的传承,同样需要强大的艺术精神。这是一种不断创造的艺术接力。"这段话表达了一种艺术精神:变中不变,不变中变。

　　当代人与当代文化框架对艺术提出很高很高的要求。我们经历过的这几十年,已经表现并预示着人类文明彻底的转轨。已经有过几部《人类消失后的世界》,预告着人将比恐龙、甚至比许多物种存在时间更短!可喜的是我们的艺术家们十分淡定,"在祠下的社鼓声中,仍昂然地舞着一则《九歌》"。

(作者为福建省文联一级作家,教授)

刘登翰的"水墨书法"

李锡奇

　　1990 年秋天,我太太古月和几位台湾诗人、作家应福建省作家协会的邀请,参加在武夷山举行的海峡诗人节,我以诗人眷属身份同行。那是一次难忘的联谊。会中除先已在北京认识的袁和平外,还有北京来的作家高洪波、应红,福建省的诗人舒婷、范方、刘登翰、朱谷忠,以及来自香港的诗人秦岭雪等诸位先生。一个星期的朝夕相处,使我们建立了融洽的感情。此后,我在福州成立工作室,频频往来于台北、福州之间,登翰、和平总是长期陪伴,并介绍许多新朋友给我认识,我们建立了深厚的感情,进而使我与福州延伸了一份不解之缘,也丰富了我的人生。

　　与登翰相交,受益匪浅。知道他在几年前开始练习书法,把它作为即将退休的一种心情转换,我觉得是一件很好的事。几年坚持下来,收获不小,先后在福州、厦门、金门、台北和马尼拉举办过书展,博得不少赞许。

　　和专业的书家不同,登翰学书属于业余。朋友们都知道,他的专业是文学研究。他主编的《台湾文学史》《香港文学史》及出版的 10 多种学术论著,在学界都有较好的口碑和评价。学术之余,他还写诗、散文和纪实文学,也写艺术评论。这样的学术背景和学养,使他更多地继承了中国文人书法的传统,不仅重技法,而且重意境。学者的睿智、诗人的激情和散文家的娓娓倾诉,融入他的书风之中,使他进入了另一种书写境界。他写古人诗词,也写自己的新诗;既有多言,也有少字;既写大幅行草,也写长卷小楷,每每在笔墨之中都另有寄托。

　　作为一个业余的书者,他一直把写字当作一种快乐的游戏,表达情感,娱乐自己。相对于某些专业书家,既没有功利目的,也少了几分束缚。这样的创作心态和书写状态,使他的书写获得更多的自由,放平心境,放肆笔墨,随心率性,惬意自如,笔墨随心境,风格自然成。

　　对于艺术而言,写一幅字、画一幅画并不难,难的是写出、画出自己的风格与面貌。认识到这点,登翰一开始就努力追求自己的书写个性。楚戈称刘登翰的书法是"水墨书法"。诚如所言,亦如作者自己所说,他以水化墨,以墨赋形,在线条的流动中,任水墨相渗、晕渲、浸润,形成殊异的"墨象",让中国传统绘画的墨韵,在书法的线条上舞蹈,使本来平面的字,墨色缤纷地"站立"起来,获得一种类似三维的效果。这是作者的着意尝试,得失成败,见仁见智,但表现出的是一种求新的探索精神。

字有规约,书无定法。我看登翰写字,他落笔从容、自信,仿如胸有成竹。然而笔下完成的字,水墨淋漓,黑白相浸,率性流动,又不是完全可以掌控的原来胸中的那个"字"。"胸有成竹"和"胸无成竹",书者就在这种微妙关系中试验和创造。

两年前,刘登翰和秦岭雪、章绍同、大荒一起在台北"艺术空间"举办过一场名为"越界:四人行"的包括书法、刻石和音乐的展览,其新颖的创意和生动的内容,获得文艺界朋友的赞赏。这次继"越界"之后,刘登翰和秦岭雪应台北中山纪念馆邀请,再次联名举办名为"并逢"(语出《山海经》)的又一次书法双人展。收入本书(指《登翰墨象》)中的 50 余件书作,皆是登翰为这次展览所准备的部分新作。其中既秉承了作者一贯的书风,也有一些新的变化。衷心祝愿展览成功。

(作者为台湾著名艺术家)

山凝水秀

——关于《登翰墨象》

秦岭雪

一

刘登翰先生将他的书法定名"墨象"。

壮哉！登翰墨象。

昆仑之脉，黄河之水。

杨柳堆烟，山凝紫黛。

或者竟是："从叶尖下垂滴渲渲水声……/湍流和飞瀑讲述岁月的秘密。"

甚至是："落雪在两鬓酝酿一场变局/然后怦然心跳听一声秋啼。"（登翰题诗，见《登翰墨象》一集）

于云烟弥漫氤氲朦胧之中读出景，读出深情，读出宏大的力，并奇妙地听取天籁心声。

或说：这是"玩"。

也许，始于"玩"。当毛笔蘸了墨汁在洁白宣纸上游动，"手不能止，虽惊雷疾霆，雨电交下，有不暇顾也"。（欧阳修《笔说》）

这也是苏东坡说的："自乐于一时，聊寓其心。"

文章书法，可以是"经国之大业，不朽之盛事"，也可以怡情悦性，散发怀抱，得静中之乐。

然而，坐禅忘机，足以示相，中国书法说到底也是一种宗教。

几许追求，几许奉献，冥思苦想，笔冢墨池，盘旋作势，凌空搏击，期待着温润圆满，苍茫劲健。七十载阅历，七十载才智，七十载学养，学者诗人的功力、情致、趣味凭借七千年的点线面迸发、裂变……

也许你要叹一声"小儿科"！是的，从有形的小趋向无形的大，从点线面块的斟酌、经营、自我欣赏、自我富足至对太极两仪、天地玄黄的把握，从微尘跃入无垠，两翼腾飞逍遥于六合，在创作者看来，这就是书法之美，之乐，之难以企及。

　　《登翰墨象》幸运地、无可避免地融入这样的轨迹。

二

　　"墨象"云乎哉？

　　诗学有意境说，滥觞于唐，至清大哗，以王国维为代表。

　　登翰先生和许多文艺家一样，早岁嗜诗，以美丽激越的歌吟迈入文坛，迄今不废。2004 年出版诗集《纯粹或不纯粹的歌》。近 10 年他的诗以现代意蕴胜，以意象丰盈胜。《登翰墨象》大部分书件都附有诗作，或生发书写的内容，或抒写立象之玄妙，句新意远，动人心弦。当然，不能把书法与诗歌等同起来，不能把第一形式与第二形式等同起来。但是，了解书家创作前后丰富活泼的思绪，对于书作的深曲、沉郁顿挫就别有会心，至少会明白：登翰与平淡无缘。诗人别有怀抱，别有追求。

　　不知什么缘故，登翰先生痴迷于水墨的不确定性和水墨素朴而又多变的意蕴。似乎浓淡枯湿的墨色蕴藏着无穷奥义，水月镜花有无数精灵妙舞翩跹。他神往于墨气淋漓、墨分五色、墨韵深深。他甚至借助绘画的晕染、堆垛，将王羲之《丧乱帖》《得示帖》及米芾大量书作中的"面"发展成立体的"块"。可以说，刘登翰先生将他数十年来对书法艺术的全部体验归结为"墨法"，更进一步让"墨"丰富、立体起来，以此形成自己的独特风格。

　　就在墨的天地之中，登翰寄托了他的磊落不平、委婉深曲、沉郁苍茫、虚静秀逸，寄托了一位诗人精微而又壮阔的诗思，这就是"墨象"。

　　显然，只用积墨，难以构成如此动人的墨象。中国书法的中心，重中之重是用笔。柔软而又劲健的兽毛，几分水，几分墨，几许力度，其精细，其讲究，或者如配药一般用心。而后灵巧的不知疲倦的指、臂，在国人制造的独特的宣纸上提按、使转、点拨、拖带、浑染、堆垛……挥洒以寄情，立象以尽意。笼统言之，笔法无非数种，而运用者各臻其妙，实在难以言说。请教刘先生，他不惜金针度人，曰："点清水，蘸一点墨，善用侧锋提按，能产生此种效果。"点水蘸墨，这也是林散之先生早已公开的妙法，侧锋提按，米芾常用，登翰青年时代师法郭沫若，可谓远绍米体。就那么一点一按，大有来历，中国书艺，神乎？

　　前面说过，登翰与平淡无缘，他追求质感，立体浑厚，有些线、面直造险境，令人屏息。然而，登翰又绝不滞于墨，他用水破墨，以虚造实，守白当黑，大胆地尽情使用飞白而又符合规范。读"魂舞"之"舞"，你会有欣赏乌兰诺娃的感觉,同时会想起孔夫子的教诲:从心所欲,不逾矩。

旅法学者熊秉明先生说:"颜字用笔好像铧犁耕田,吃入大地,翻起湿土,掘成犁沟;而褚字用笔好像舞者脚尖轻盈的飞跃和下落,点出严谨而优美的节奏。"

登翰先生用笔既有颜的掘入又有褚的舞出,是刚健与婀娜的统一,是隐与秀的统一。

三

或曰:这就是现代书法。

非。

当代书坛流行三种书风:一是传统的书写;二是以汉字为资料的创作,俗称"现代书法"。这里,已经没有"字"的概念,有的只是密码和符号,是墨的喷发,是图案;三是大量的在传统书写基础上的变异,从线条到结构,理论上通称"创新"。但万变不离其宗。这个"宗"就是汉字,就是毛笔的有序书写。

《登翰墨象》的创作是十分严谨的。苦心孤诣,一丝不苟,每个字都有迹可循,符合传统的汉字书写规范;在笔划的运动及墨色的变幻中着意于细节的丰富;作品的整体结构极度讲究虚实相生,力求平衡;在巨幅的淡墨书写中也未能忘记浓墨题款。对称的观念、太极合二为一的观念、阴阳互补的观念,在登翰先生那里是根深蒂固的。这就是传统的力量。这种坚执有时甚至令人稍感遗憾。

20年间,中国书坛有了剧烈的变化。虽然时闻"回归传统"的呼声,但再回首已是百年身;别了,王羲之、颜真卿、苏黄米蔡、董其昌、王铎,站在巨人的肩膀上,而又充满了创造的欲望,少了一点敬畏之心,艺术泛化的各种景致诱人太甚。我们将走向何方?

处于此种情势,《登翰墨象》以传统为躯壳,以变异为手段,以文人自适为依归,他的美得动人心弦的线和块及山凝水秀的形态,将提供什么经验,带给热爱书法的人们什么启示?

(作者为香港诗人、书法家,中国书协香港分会副主席)

《登翰墨象》的感悟世界

杨健民

　　许多年前,无意中看到刘登翰的一幅书法作品,当时就觉得要说几句,又不知从何说起。他跟我共事多年,当过我的领导。作为学者,他的学问做得相当好,所以要就他的书法说点什么,我多少有些踌躇和犹豫。我喜欢阅读书法作品,但书法修养又十分薄弱。后来看到三册《登翰墨象》书法集,那些以水墨赋形的作品不断地打动我。

　　这大半年来,对于登翰的书法,我一直没有发动起思想的引擎,原因在于各种想法随机地涌现,显得有些嘈杂。他的书法究竟属于哪一路呢?或者说该归于哪一种风格?其实他的作品是无法给予一个准确的归属的。这是他的"任性"。

　　"任性"的作品一定有它的独到之处。

　　登翰在台湾举办过书法作品展览,被台湾艺术家称为"水墨书法"。既然是水墨,必定讲究墨韵。登翰的书法让墨韵在书法的线条上舞蹈,这种默契肯定是存在的。

　　从书法的本源意义上看,登翰书法的章法并无过于强烈的变轨,即便是行草,他的每一个字的结构依然是勾划凝重、顿挫分明的。但是我注意到一点:腾挪。腾挪是形式感的一种表现,它是打滑地进入登翰笔下的感觉世界的。登翰对每一个字的把握,无疑是充分自由的"游戏"。不拘泥于笔画的枝蔓,而是如同秋日丛林中变化无尽的枝条的分割,其最终要诉诸的,就是水与墨的一种意象赋形。尽管如此,似乎也不能把登翰书法归入现代性一极。在我看来,登翰书法的艺术策略就在于,他果断地抛弃在书法大片的沃土上种植出什么,恰恰相反,他在一片荒芜的沙漠和戈壁上种植出了属于他的苹果。

　　对于登翰书法,确乎没有必要调集一批晦涩的术语,"书法是快乐的游戏"——这一直是登翰津津乐道的。把它说得简单一些,这肯定更符合登翰书法的本意。游戏就是纸上的一种"游走",游走的意义不在别的什么,而在于书法的诗境和异趣空间。这,才是登翰书法的意义区域。置身于他的书法作品面前,我深感骇异——这些还是汉字吗?它们时而如危岩奇崛奔突,时而如枯藤婆娑起舞,无论是笔势的尖叫,还是泼墨的率性,都在以一种惊人的活跃告诉人们,书法的无逾矩之形一定包含了某种强烈的表述欲望。

　　登翰的另一个身份是诗人,诗的意象和书法的墨象的完美聚合,造就了他的独特的书法形态。在这里,我不想运用诸如象征和隐喻等概念,将他笔下的那些墨象艰难地泅渡到意义的彼岸。书法不是猜谜,那满纸奔走的,无论是千头万绪,还是欲说还休,都在作品本身的谜面上,一个自然的谜底其实就跃然纸上。"书中有画,画中有书"作为中华民族独特的审美观,在登翰书法中是否发挥得淋漓尽致? 这肯定不是一个伪命题。也许,我们可以将登翰想象为一个逆行的象征性姿态,而不必在乎他如何用墨和用笔。我想这样可能会有趣得多。倘若在登翰书法面前,像一个无知的幼童面对一个高深的智者那样,就很难熄灭种种自以为是的形而上学的冲动。

　　作为一位诗人和学者的水墨感悟,登翰在更多的时候以那一管笔呼风唤雨,将笔墨的意象转化为一种天姿卓绝,不可言喻。他的作品时常让人看到千山万水,看到引而不发的弯弓,甚至看到乱石穿空的欲飞之势。比如他的"山"字写得如山峰之形,细看一下,却似乎有万水在奔流。一切是如此灵动和诡异,书法的结体和笔触隐含了无穷的变幻方向。造型的无羁,可能瓦解或者融化传统书法的某些法则。一切的造型都可能在他笔下出没,一切也都可能在他心里莫测地孕育。登翰说:"我喜欢毛笔在宣纸上游走时,水墨的互相浸融、渗透、晕染,在浓淡枯润中显出异趣。"对此,我似乎更愿意如此想象:他的那些以种种曲线和墨色变幻起伏而提供的幻象,随时可能聚集他的多少往事或心事。

　　显然,不能就此说明登翰书法就是一种师法自然。师法自然并不是完全搁置主体,而是让人看到一种对话的姿态。这样,他笔下的"山"字就不是自然意义的山了,也许是夜深人静时的孤灯一枚;他笔下的"水"字也不是自然意义的水了,也许是一群掠过街头的尖啸少年。庄子说过,道无所不在。一个有趣的书画家并不在乎他笔下点染的是一只蚂蚁、一溜小涧或者一茎风中的稗草,重要的是他的纵横恣意,画出了那些不同寻常。

　　这么说,登翰书法显现出了某种离经叛道么? 对此,我想暂时屏蔽一个常用的概念:"非理性"。我从来不认为登翰书法是一种"非理性"的冲动。事实上,在笔和墨的上方,时刻高悬一双有着充分的艺术感觉和艺术自觉的眼睛。可以说,登翰书法不是什么"非理性"的即兴表演,他的奇崛之处在于精确地抓住那个电光石火的一瞬,穿刺般地攫取汉字内在的秘密。无论是以水画墨的大幅,还是以墨赋形的行书笔意,在线条的狂放流动中,都形成缤纷殊异的"墨象"。他最近书写的一幅竖式长卷,让人看到如同一枚叶子在风中盘旋地落下的轨迹,这些轨迹的来龙去脉无迹可求,具有传统绘画的丰富墨韵在书法线条上舞蹈的感觉。对此,我愿意去猜想,这可能就是一种妙手偶得,或许可以说是一种回归原型。

原型是埋藏在世俗的日常经验背后的东西,无声无息。当我们的视野风平浪静的时候,登翰书法出场了,那些有点奇异的墨象,突如其来地暴露出一个幽深的渊薮,令人震撼。然而,我必须负责地重返这个尖锐的问题——墨象的意义。无可否认,以墨为象的书法美学观念,一定是登翰胸中的千山万水。他已经在自身的意义区域里,形成了自己的书法语言风格和对世界的感悟。在那里,森林有可能是一片流水潺潺,修竹有可能是丰腴多姿的,山峰有可能是混沌妖魅的……如此丰富的笔墨意象,就像古老的神话传说中那个一半是美女、一半是鸟或者鱼的形象,其中所包含的奇诡的魔力,已经颠覆了我们对于自然的一如既往的想象方式。

所以说,登翰书法既是视觉的,也是思想的。

（作者为《东南学术》杂志社社长、总编辑,研究员）

登翰墨象

大 荒

一

刘登翰先生是位学者、诗人,同时还是一位鲜为人知的书法家。

二

昨天晚上,一个做石雕工艺的年轻人来我工作室喝茶,喝着喝着冒出一个问题:艺术和工艺区别在哪里?

记得去年,一个电视台的资深编导在我的工作室也提过这样的问题,因为他很喜欢寿山石雕,而且很推崇我们福州的一个石雕艺人,认为那个艺人雕刻的不是工艺品,而是艺术。

我说,艺术和工艺的区别,可能就在于它们的原创性吧。

我说,原创性之所以能造就艺术,还在于它所唤起的美感及品格吧。

这说得很不专业,难怪他们无精打采地回去了,有时候,人是有美说不出哇!

三

看着刘登翰先生的墨象就有这样的一种感觉,有美说不出。

墨象不是很新的说法,只是不常用罢了。记得 20 世纪 80 年代中期的时候,从日本传来以手岛右卿为首的一批墨象书家的作品。那时候见到,忽然觉得汉字还有很多写法,还有很多不为人知的美,比如线条和墨色的构成处理,又如字和画的同质而异形,当然,很多墨象书家的作品也因此完全失去了汉字成为汉字的理由,很可惜。

从另一个层面来说,墨象很容易走入不是在写字,而是在画画的怪圈。

刘登翰先生的墨象却始终在写字,用墨象写字。这和用字来画墨象是有天壤之别的。

四

　　和刘登翰先生在一起,也常常聊起墨象的话题,尤其是墨象的尺度。

　　在字和象之间,由文字构成的线条和由笔墨形成的墨象之间,究竟可以融合到什么样的地步才是最妙的,才能做到既有字的功能,又有象的趣味呢? 这还是说不清楚的问题。

　　于是,便写。

　　我见过刘登翰先生创作墨象,是一支笔,在清水里洗净,带水,将笔头轻轻一捏,这一捏很有考究,捏的重了,太干,墨韵不足,捏的轻了,水又太多,墨色无神;然后,用另一支在前一支的侧锋上染以浓墨,墨顺着水浸溶,随着笔锋的提顿侧正和旋转,落在纸上便显出墨色的层次和线条的异象。这一切完全需要经验,无法规范,也无可重复。浓淡枯湿,都随着运笔的快慢氤氲在生宣中,一切都在刹那间完成。

　　结果很偶然,过程很必然。

　　这过程还包含着艺术的构思,比如字形的、字义的、心情的、效果的。虽然这样的构思不像其他的艺术种类那样先打草稿,然后再创作,但只要见过刘登翰先生书写的人都会注意到,他从洗笔到下墨的整个过程都是盯着空白的宣纸的,正所谓凝神静气、胸有成竹。

　　因此,刘登翰先生的墨象作品,无论文字内容还是墨象表现,都讲究贴切,都能够做到不空,这不空也包含着不色。

五

　　不色是很简约的一种表现方式,就像中国的大写意一样。

　　刘登翰先生的"山水"二字,单单的水和墨,已给人五蕴聚合之感,仿佛山顶云烟凝聚,仿佛水边溪声喧哗。整幅作品看似五彩缤纷,却又淡雅无色。于是,你会因了墨色的变化,忽然发现古人所言的墨分五色是什么意思了。就我而言,那实在是恍惚世界、氤氲大千。可以感觉的很多,可以说出的极少。

　　将大字和小字穿插着书写,同样以浓淡水墨自然地变化而去,也是很有趣的一种表现方式,间或有这样、那样的朱红的闲章一两方闪烁其间,便觉得仿佛置身在承传有序的藏品之中,妙趣横生。比如"射天狼"一幅。

六

2009 年的《越界·四人行》金门、台北展，刘登翰先生的墨象让台湾的艺术家，尤其是现代感很强的艺术家们大为赞叹，展览期间的每场笔会，求字者络绎不绝，而且，按刘登翰先生的说法是，"一文不值，千金不卖"。这随口的一句话，便仿佛和当代的书法家们拉开了很大的一段距离。

然后是香港、台湾、大陆的文学艺术报刊相续转载他的作品。

然后是认识的、不认识的纷纷向刘登翰先生求墨象。

凡有求者必应，这又是和当代的书坛"惜墨如金"的价值观背道而驰的。

如果佛家是用善心来度有缘人，那么，刘登翰先生便是用墨象来结缘大千世界。

七

刘登翰先生还在写墨象。

刘登翰先生还在读书写文章的同时写墨象。

按刘登翰先生的说法：这是一种快乐的游戏。

其实，艺术就是快乐的游戏，难道不是吗？

（作者为诗人，书法家，石雕艺术家）

静水深流　翰墨有"象"

——《登翰墨象》赏读

方小壮

　　刘登翰老师的书法作品集——《登翰墨象》，在 2006 年至 2012 年间已经连续出版了三集。这三集《登翰墨象》实质上折射出一个集诗人、作家、学者于一身的书家，在半个多世纪的时间内，对传统书写方式与传统笔墨现代表现形式的不懈追求和探索。以三集《登翰墨象》为文本，刘老师的书法创作方式大致可以分为三类：其一，延续传统创作秩序的方式；其二，表现水墨奇妙交融的方式；其三，追求亦书亦画意象的方式。

　　其一，延续传统创作秩序的方式。以初集的《陶渊明·五柳先生传》《辛弃疾·丑奴儿》，二集的《屈原·山鬼·国殇》《岳飞·满江红》，以及三集的《白居易·琵琶行》《李白·行路难》《杜牧·阿房宫赋》诸作品为代表，这类作品以传统的卷轴为主，尺幅大都较大，字数也较多，贯串三集《登翰墨象》，成为刘老师书法创作的"重头戏"。这类作品不论字法、笔法还是章法，均延续了传统的书法创作方式，而在用笔方面尤为显著。比如反捺的写法，用笔起收，均合乎矩度，试比较"破"与米芾"复"末笔的反捺写法，能见一斑（图 1、图 2）。

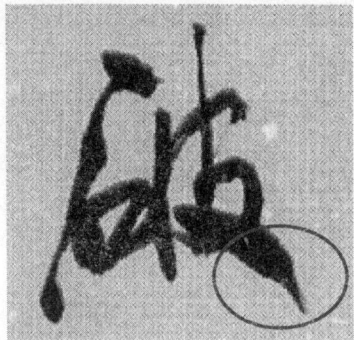

图 1　《登翰墨象·二集》之《岳飞·满江红》选字　　图 2　米芾《致彦和国士》选字

刘老师的书法起于中学时代,其用笔首先得于当代著名的书家罗丹。吕良弼先生在《忆登翰中学时代二三事》一文中回忆道:

> 当年中学生中,少见有藏书的。我到过登翰家里,他的卧室有一个小书架,摆满图书。那些书大都用纸包起书皮,用"罗丹体"的毛笔字写上书名,并盖上"登翰书屋"的藏书印。[①]

罗丹(1904—1983),原名桂秋,字稚华,号慧印居士,福建省连城县人,是新中国成立后颇具影响的书家,书名在福建闽南的厦门一带尤著。最能代表其水平的"隶楷"书作品,熔"颜体"的雄强和汉隶的秀逸于一炉,用笔刻意颤擎提按,在抒写中表现金石气息,书风苍劲奇肆,跌宕多姿,世称"罗丹体"(图3)。刘老师借鉴罗丹的用笔方法,体现为书写过程中用笔的颤擎抖动(图4)。

图3 罗丹《明月·清泉》对　　　图4 刘登翰《东壁·西园》对

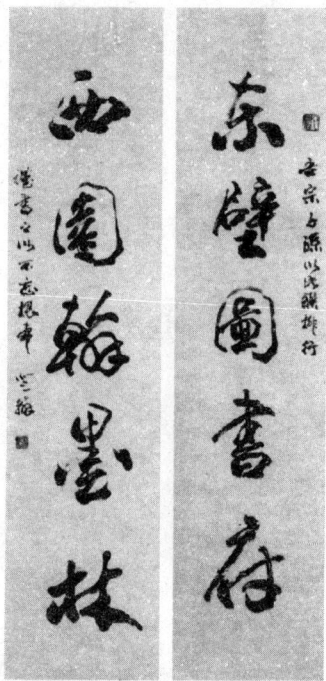

① 吕良弼:《忆登翰中学时代二三事》,《刘登翰教授学术志业六十年研讨会论文摘要》,2016年7月,第105页。

他的天空博大恢宏

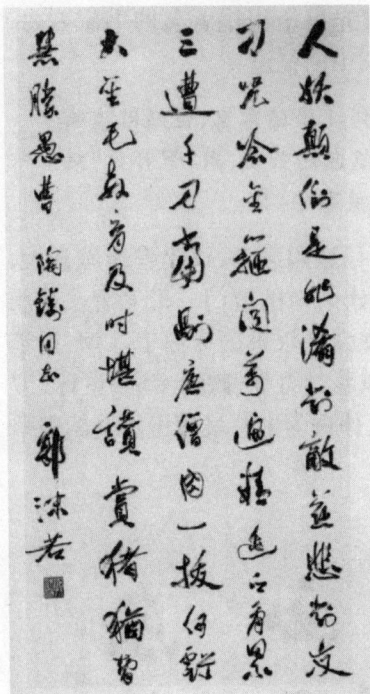

图5 郭沫若《行书诗轴》

影响刘老师书写用笔的另一位书家是郭沫若。郭沫若（1892—1978），字鼎堂，号尚武，四川乐山人，中国现代杰出的作家、诗人、历史学家、剧作家、考古学家、古文字学家、社会活动家，也是现当代负有盛名的书法大家。其书以行草见长，展现了大胆的创造精神和鲜活的时代特色，世人誉之"郭体"（图5）。

"郭体"行草书用笔，起止劲疾，行笔因多中侧锋转换，导致提按颤擎明显。刘老师曾多次提及在"文革"期间，常常有意无意地模仿"郭体"抄写大字报。可见，"郭体"行草书用笔，也对刘老师的书写产生影响。但较之"郭体"，刘老师笔端蓄墨较多，加之行笔的节奏相对迟匀，故提按抖动的幅度增大，一唱三叹。试比较刘老师竖画用笔与"郭体"的竖画用笔，可窥个中堂奥（图6、图7）。

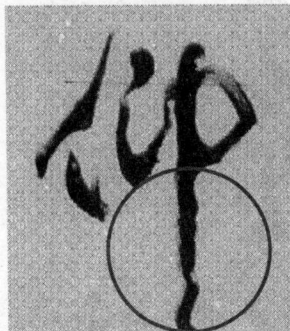

图6 《登翰墨象·二集》之《岳飞·满江红》选字

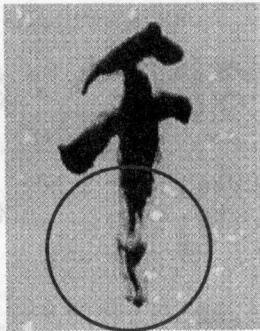

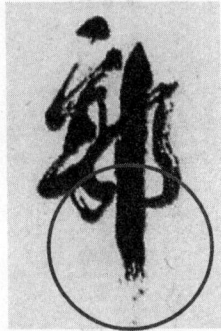

图7 郭沫若《行书诗轴》选字

颤擎抖动，指的是书家在书写过程中，为表现笔画涩拙古茂的金石气息而主动采用的一种用笔方法。这种用笔方法，为清中叶后兴起的"碑派"书家广为接纳，并延续至现当代书家的书法创作中。综观三集《登翰墨象》，因刘老师的书法创作以行草书为主，又目染"郭体"行草书风，故而受"郭体"的用笔甚或结字的影响更为直接。

其二，表现水墨奇妙交融的方式。以初集的《墨象》《金石有声》《起舞弄清影》，二集的《快雪时晴》《四时烟雨半山云》《参石悟道》《山色有无中》，以及三集的《云烟入画》《得意忘形》《禅风墨韵》《雨夜花》诸作品为代表，这类作品以淡墨为主，或是先蘸墨后蘸水，或是先蘸水再蘸墨，在着意表现水墨奇妙交融的同时，融会了作者的"象外之言"——作者自谓的"墨象"。刘老师在《禅风墨韵》的跋语中透露了这种心声：

> 墨之有象，在水。以水化墨，以墨写线，水墨相侵。在宣纸上游走，如鱼出清溪，岚升幽谷；白云苍狗，幻化万千。余每书数纸，均无可重复。心虽有寄，韵自天成。字中有象，象外有言，是为禅乎？①

固然，作者这种"象外之言"的追求并不是单一的。如《参石悟道》表达的是"石不能言，却可参可悟"，《得意忘形》表达的是"有感于现代艺术创作"；又如《四时烟雨半山云》表达的则是对人生一段难忘经历的追忆（图8）：

图8 刘登翰
《四时烟雨半山云》

> 余曾下放明溪，有村名曰"天上岗"，或称"云中帐"，……迄今已近半个世纪，恍然仍如梦中。②

而《快雪时晴》表达的毋宁说是对经典的礼赞……

其三，追求亦书亦画意象的方式。以初集的《山水》（图9）、《太极》，二集的《春夜喜雨》《家山》，以及三集的《大象无形》诸作品为代表，这类作品以前两类的创作为基础，以象形文字或有"意象"的文字为具体形态，以水墨交融为表现意趣，写山如山，写水似水，具有强烈的视觉冲击并体现个人的情感宣泄，从而带上浓厚的"现代书法"特质。

20世纪80年代初中期，由于经济生活的变革和政治思想的解放，人们已经不满足于传统书法创作追求单纯的稳定、和谐和秩序，而力求在创作中打破传统的限制，实现自我超越，并表现当代人的心境和审美追求。由此，运用书法的形式，以展示书法的元素和宣泄艺术家情感为要务的"现代书

---

① 刘登翰：《登翰墨象·三集》，中国文化出版有限公司，2012年，第28页。

② 刘登翰：《登翰墨象·二集》，中国文化出版有限公司，2008年，第3页。

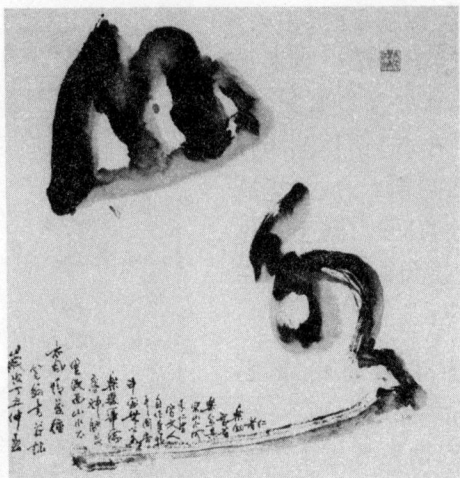

图9　刘登翰《山水》

法"应运而生。"现代书法"采用多种富有新意的表现形式和手法,以艺术家的思想和情感熔铸书法意象,作品似书非书,似画非画,极具视觉冲击。刘老师这类作品的表现形式,显然受到"现代书法"的影响,虽然这类作品在其创作中所占比重不大,但其创作态度却是严谨认真的。秦岭雪先生对此曾经做过较为中肯的评价:

《登翰墨象》的创作是十分严谨的,苦心孤诣,一丝不苟,每个字都有迹可循,符合传统的汉字书写的规范;在笔划的运动以及墨色的变幻中着意细节的丰富,作品的整体结构极度讲究虚实相生,力求平衡;在巨幅的淡墨书写中也未能忘记浓墨题款。对称的观念,太极的合二为一的观念,阴阳互补的观念,在登翰先生是根深蒂固的……①

可喜的是,近年来刘老师依然固守砚田耕乐,并探索以色彩入墨,表现水、墨、色彩奇妙交融的瑰丽幻境,作品美轮美奂。这一探索可视为以上三类创作的延伸和扩展。

最后,祝刘老师艺文两进,健康长寿!

（作者为南京大学美术学院副教授）

---

① 秦岭雪:《山凝水秀》,《登翰墨象·二集》,中国文化出版有限公司,2008年,第3页。

出格与入轨

——刘登翰书法的大字和小字

许伟东

刘登翰书法中的大字和小字呈现出不同的追求,可以分开来观察。

刘登翰曾坦率地宣布:"吾学书,从无法始。"其实,不光是从无法始,也是从大字始。刘登翰最初的一次书法结集,其中的大多数作品属于大字书法。这些大字作品,充分利用宣纸的渗化效果和丰富层次,全力追求水墨氤氲、柔婉凄迷的效果,显然受到了海外书坛的影响。这种风格类型的书法,部分被称为"墨象派",部分被称为"少字数派",在二战之后的日本书法界曾经多有尝试,并且构成日本书法中的劲旅。与日本联系较多的台港澳书法界,也不乏类似尝试。由于本职研究工作的需要,刘登翰曾多次出访这些国家和地区,不免耳濡目染。在大字作品的书写中,刘登翰濡墨挥毫、信笔挥洒,充分体验和享受书法艺术"达其性情,形其哀乐"的无边快乐。中国文艺传统历来强调创作者多种修养的重要性,注重"读万卷书,行万里路"的复合修炼。刘登翰是新中国培养出来的北大中文系科班出身的文学研究学者,而且经历了新中国成立后复杂的社会风云变幻,无论就阅读滋养后的心灵陶冶,还是从坎坷经历造就下的丰富阅历来看,他都具备足够深厚的蒙养。在文学研究之余,书法艺术的抒情性、便捷性、抽象性、模糊性特点,立即与他蕴蓄丰富的心灵形成默契。他仿佛从书法中找到了另外一种怡情养性的渠道和安身立命的支撑。当他全身心地投入到书法艺术的纵情挥洒中时,还没来得及循规蹈矩、按部就班地熟悉传统书法的繁文缛节。不过,传统书法几千年来长期积累的运笔、结构方面的陈法,丝毫没有束缚住刘登翰的书写欲望和激情表达。在反复书写大字的任情恣性的书法体验中,刘登翰不断收获无边的自由与充实的欢乐。这时,他几乎将传统书法的陈法弃之不顾或者束之高阁。

在小字作品中,刘登翰呈现出另外一种心态和做法,传统书法长期遵循的笔法、结构、章法所组合起来的书法规则,重新得到了重视。这时,他像绝大多数书法家一样,努力尝试对这些技术要素进行精心的控制。抒情的快意退居次要位置,细致而耐心的技术调控重新成为作品关注的焦点。如果说在大字作品中,刘登翰不主故常,极力追求逸出传统书法规则的个性化自我满足,那么在小字作品中,他则是不遗余力重新回归传统书法的旧有轨辙。

书法不是刚刚产生的一门艺术。它曾经长期伴生于文字,也长期依附于文学,但是,它所具备的独立品格同样由来已久。刘登翰已经拥有 10 年之久的书法创作经验,对于一位书法家个体而言,这不算短暂;但是对于历史悠久的书法艺术来说,这并不算长。我相信,他已经在既往的书写中猎获了妙不可言的精神收获,随着岁月的迁延和技法的精进,他必将在未来的作品中征服更多的技术关隘,进而捕捉到书法艺术深层的更多欣悦。

(作者为湖北美术学院副教授)

忆登翰中学时代二三事

吕良弼

刘登翰的学术生涯,横跨中国当代文学半个多世纪的历史。20世纪80年代开始的学术研究全盛时期,正是我国文学研究发生重大转折,并取得空前突破和发展的时期。他对台港澳文学和世界华文文学研究做出了重要贡献。无论是就研究领域、空间的拓展而言,还是就理论的创新、范式的建立而言,刘登翰都是那群筚路蓝缕的拓荒者和奠基人中最有代表性的人物之一。刘登翰在"跨域"与"越界"的研究中展现出来的原创精神和学术视域,使他在开放、多元的闽派学术中独树一帜。相信研讨会上对刘登翰60年学术志业会有更深入的讨论,我毋庸赘言。登翰是我的中学同学,所以,我想从一个老同学的角度,说说他中学时代的二三事,添作研究刘登翰的"佐料"。

我们两人同一个年级,同一个小班。在教室里,我靠走廊的一侧,他的课桌在我左侧隔一行稍后的一排。为什么半个多世纪了,他在教室里的座位,我还记得如此清楚? 因为登翰上课时,通常有一个与众不同的动作:预备铃声一响,大家进了教室,多半还在说说笑笑,教室里一时安静不下来,这时只有他,双手围在桌上,把头深深埋进臂弯里,直到上课铃响,才抬起头来。有时谁的一句笑话,弄得全班哄堂大笑,也没见他动一下。他用这样一个决绝的动作,让自己和喧闹的外界隔绝,把脑子清空,像一块海绵挤干所有的水分,好吸满新鲜的知识。这个伏案静心的动作,我印象太深了,从中学到大学,还没有见过第二个同学是这样准备上课的。

今天回头想想,中学时代的刘登翰,在许多事情上已表现出一种异于一般同学的意志力。他有自己的目标、志趣,而且有执行力。那个年龄的学生,大多有各种梦想,但像他那样有意志力、执行力的人不多。日后他遇到多少坎坷、多大困难,其实都是对这种意志的磨炼,只是"劳其筋骨",使他变得更坚强。

记得20世纪70年代,他尚在三明,有一次我们见面,不知道为什么聊起当年我们都十分喜欢的土耳其诗人希克梅特,没过多久,他把自己的一本《希克梅特诗选》送给我,并在扉页上,题上这位土耳其诗人的诗句:"还是那颗头颅,还是那颗心。"我一直记得这诗句。后来,曾看到他一篇散文《不悔人生》,说到他在几近 20 年的漂泊人生中,"不甘被生活暗流吞噬而重新挣扎着浮出水面的甘辛和自慰",我就想起这诗句和他当年那个把头埋进臂弯里的决绝的动作。

登翰中学时代就迷醉诗歌,开始诗歌创作,生活中,偶尔会露出他不一样的艺术感受力和想象力。有一次,我们几个同学走在街上,那是个炎热的夏天,鼓浪屿高低起伏、七弯八拐的路把大家累得满头大汗,登翰突然冒了一句:这个时候,很难想象冬天时,会是一种什么感觉? 大家笑了起来,说你这是诗人的感觉。我已记不清当时我们上街办什么事,但是登翰冷不丁的这句话和大家的笑声,至今犹在耳边。他爱诗,视诗如生命,但并没有因此偏科,各门功课成绩都好。记得有一年,他的政治科考卷,还被学校张榜贴出,供大家学习。

当年的中学生中,少见有藏书的。我到过登翰家里,他的卧室有一个小书架,摆满图书。那些书大都用纸包起书皮,用"罗丹体"的毛笔字写上书名,并盖上"登翰书屋"的藏书印。他的家在中山路,20 世纪 50 年代初,那一带骑楼下有一间"开明书店",就邻他家,而马路斜对面,是新华书店,这都是登翰常去的地方。我可以肯定,他那时的课外阅读量远超一般同学。

登翰那时对文艺就有广泛的兴趣和感受力。大家都知道他在学术研究之外还写诗,写散文,写报告文学,可能大家不知道,登翰在中学生时代,还说过相声。有一年春节,学校组织慰问团参加厦门的慰问活动,到前线部队演出。他找我说:"我们搭档,说个相声。"我是个上台发言都脸红的人,哪会说什么相声?况且闽南腔的"普通话",和相声也不搭。但在他的"煽动"下,我动心了,反正登翰当逗哏,我当捧哏,我跟着他走,他能掌握该在哪里抖包袱。到部队演出时,居然还引起阵阵笑声。这次被他赶鸭子上架的经历,更使我对他刮目相看,这个刘登翰,还有什么他不能的? 当然,估计那时他也只是一时兴起,以后再也没见过他上舞台表演。

高年级时,登翰当上学生会主席,开始展现出他才能的另一面——社会活动能力。因为时间关系,我不多说了。中学时代,是一个人成长中的打基础阶段,无论是人生观、世界观,还是知识结构和综合素质,刘登翰在中学时期都打下了较好的基础,我想他日后的成就,与此不无关系。

现在我们都已年届耄耋,但他还在路上,似乎没有停下来的意思,连无心插柳的"墨象"也已日渐成荫。"还是那颗头颅,还是那颗心"的刘登翰,什么时候再"跨域"又"越界",我都不觉得奇怪。

(作者为福建省社会科学联合会原党组书记、副主席)

我心向往之

章绍同

　　这两天参加了刘登翰教授学术志业六十年研讨会，收获颇丰，也很受触动。我与登翰先生有 40 余年的交谊，亦师亦友，情同手足。他是我人生路上难得遇到的成就很高和人品高尚的兄长，我从心底里敬重他。我们相识在 20 世纪 70 年代初，那个时候，于他于我都可说是人生的低谷时期，我们算是"患难之交"。那时候按规矩我称他"老刘"，没想到竟叫了几十年，一直延续至今。

　　作为一位著名的，不仅在大陆，而且在台港澳乃至海外有着很大影响力的学者，老刘的人格魅力主要在两个方面，一个是他的为人，一个是他的为学为艺。老刘为人特别真，他对人有一种非常深沉的爱，从没有虚情假意的时候，且为人正直，充满正义感。他帮助人总是不遗余力，为朋友做事披肝沥胆。我们共同的朋友——诗人范方，一直在基层工作，但他倾心诗歌创作，艺术上有许多创造，作品很精彩，但识者不多，很难走出他狭小的生活圈。他不幸病逝后，作品随处散落。老刘一直惦记着要为亡友出书。他四方搜寻范方的遗作，哪怕写在香烟壳上的几行字，半张废纸头上茶渍浸润的模糊字迹，他都视如珍宝，还查阅旧报纸找到范方 20 世纪 50 年代发表在厦门日报副刊上的两首短诗，亲自整理校对并筹措出版经费，终于使一部反映范方艺术成就的长达四百余页的诗集《还魂草》正式面世。老刘的另一位好朋友袁和平，是国内最早关注环境题材的才华出众的小说家。他英年早逝后，也是老刘想方设法，从整理、编辑到筹款，都亲力亲为，终于使三卷本的《袁和平文集》在作家出版社出版。他还协助著名诗人蔡其矫整理出版了带有全集性质的八卷本《蔡其矫诗歌回廊》。近年来，他应台湾的好友、著名画家李锡奇之邀撰写他的艺术评传《色焰的盛宴》，正是他腰椎病发作不得不进行一次大手术的时候。他忍着坐立不安的疼痛，以坚韧的毅力完成了这部备受赞誉的传记。他就是这么个人，对人掏心掏肺，但从不炫耀。他为人谦和自敛，但内里豪放旷达，充满激情，充满正义感，丝毫没有奴颜卑骨，所以大家都爱他、敬他，他的朋友特别多。

　　老刘人格魅力的另一方面，则是他的为学为艺。他著作等身，成就跨越海峡,影响深远。我认识他的时候,很爱读他的诗歌。后来他主要的成就在文学研究,包括中国当代新诗研究,特别是台港澳和海外华文文学研究方面。我虽然是外行,但读他的文章一点不觉得枯燥,并从中感到他的治学严谨和深厚功力。老刘的书法自成一体,墨色浓淡结合,墨韵无穷。我参加过他的多次书展,亲身感受到他的书写魅力。我觉得他越来越老练成熟,自成一家。老刘为艺的另一方面,是与音乐的关系。从20世纪70年代开始,老刘就写过不少歌词。70年代末,我们还曾合作过一部合唱音诗《金溪女将》,他作词,我作曲,后来我们还合作写过不少歌。最近,我看到老刘的一个重要科研课题是《过番歌》,他花了很多时间和精力在搜集《过番歌》资料。我觉得它真实、生动地记述了中国海外移民的血泪史,是一个非常好的题材,很想把它做成一部歌剧。希望老刘能再越一次界,写个剧本,我来谱曲,做成一部真实表现中国早期海外移民初踏"海丝之路"苦难历程并有深厚感染力的歌剧作品,我期待着再一次向老刘学习。

（作者为著名音乐家,福建省文联副主席,福建省音协主席）

圈外人的贺词

刘文昭

身为一个圈外人，对著作等身的老同学刘登翰，我说不出洪子诚、谢冕他们那种有学术含金量的话，只有一句：热烈祝贺！

对有幸曾同窗数载的老同学刘登翰，我对他的治学和为人十分钦佩。

刘登翰自幼热爱文学，为了圆梦，考进北大中文系。来到未名湖畔不久，便像谢冕一样成了校园诗人；二年级又和谢冕、洪子诚、孙绍振、孙玉石、殷晋培共同编写《新诗发展概况》，踏入文学研究领域，但是毕业后却没能留在文学艺术的最高殿堂。由于历史的、社会的种种原因，他似乎被打入另册，去了闽北山区做一个奉命行事的小公务员。

将近20年的光阴，虽说是为山区的文化做了贡献，毕竟远离文学艺术中心，被各种忙忙碌碌的琐事吞噬这最美好的青春年华。命运还无情地连连夺去他至亲的人，死神甚至与他擦肩而过。

所幸刘登翰心中有强大的精神支柱，那就是对文学无尽的热爱，因此他绝不向命运低头。那些年，他把有限的业余时间全献给了文学创作：诗歌、剧本、散文、评论。从刻蜡纸印刷到铅印，从毛边纸小册子到正式刊物，心中的梦想推着他一步一步前行。

最后命运认输了。20世纪80年代初，登翰终于踏着在荆棘中开出的路，回到20年前就该在的位置，以文学活动为正业了。

在文学的大花园里，他选了一片荒芜之地。他把目光、关怀、激情投入到了港台文学、澳门文学，又进而延伸至世界文学范围的华文文学。他在这乏人问津的领域里，置身拓荒的行列，耐住寂寞，默默耕耘，辛勤付出，终于成绩斐然，成为伟大的先驱者之一。

登翰迎来了自己文学艺术的春天，蕴蓄深心的才华终于充分绽放。除了学术研究外，多年字画相融的书法也自成一体，展示出丰富的内心世界和高雅的情趣。

今天应该是登翰文学艺术的秋天，春华秋实，大家聚集一堂，共享他在学术和书法方面的丰硕成果。

我由衷地高兴，只想说一句：登翰，你的一切艰辛、磨难和付出都是值得的。

（作者为中央人民播电台非洲部原主任）

煦春·炎夏·盛秋·暖冬

——一种概略的描述

杨际岚

仁者寿,智者寿。

如果用"煦春、炎夏、盛秋、暖冬"四个季节描述刘登翰先生的人生历程,反诸特定的时代背景,按常说的"百年树人"而言,我想,大概是 20 年煦春、20 年炎夏、30 年盛秋、30 年暖冬。

与此相对应的,有几个时间节点:1937 年、1956 年、1979 年、2008 年。

1937 年,"中华民族到了最危险的时候"。刘登翰先生出生于厦门鼓浪屿。不久,厦门沦陷。留在他的童年记忆里的是巷口站岗的日本宪兵的叱骂声和邻居一家"台湾浪人"的孩子牵着狼狗的猖狂声。

终究送走暗夜,迎来黎明。

刘登翰先生于 1952 年进了厦门师范,开始尝试创作诗文,并给报社投稿,毕业后分配到《厦门日报》当了记者。他认为,这深深影响了此后的创作与研究,"无论写什么都习惯追求传达某种社会信息和精神"。

一年之后,刘登翰先生北上,进了北京大学中文系。大学五年,赶上了"反右""大跃进"和三年困难时期。在散文诗《我们去寻找丢失了的二十岁》中,刘登翰先生这样写道:

> 戴着枷锁的二十岁;
>
> 把爱像牺牲一样奉献于祭坛的二十岁;
>
> 没有青草地、吉他和蝴蝶结的二十岁;
>
> 每一声咳嗽都担心有人录音的二十岁;
>
> 像甘蔗渣一样把感情都榨干了的二十岁;
>
> 像老太婆一样规矩还害怕被说成越轨的二十岁……
>
> 历史在这里欠上我们的,会在别的地方加倍偿还我们吗?

多年之后,刘登翰先生回顾大学生涯,直言"一场紧逼一场的政治斗争所形成的文化氛围中完成的文学教育",缺陷显而易见;另一方面,"北京大学历来开放的学术风气和首善之区较高层次的文化濡染,使我终身受益不尽"。他并不讳言,是从被充当炮弹的极"左"的学术批判中,去学习中国文学,并从而认识老师们正直、严谨而崇高的学术品格。对于大二时和同学们合作撰写中国新诗发展史,他同样持两面观:书稿蒙上幼稚和鲁莽的"左"的阴影,但却促使自己毕生与诗史研究结下不解之缘。谁未曾幼稚、鲁莽?告别阴影,便能健步展开前路。

严苛的命运刚刚开始。大学毕业后,刘登翰先生回到故乡,愈演愈烈的极"左"思潮却使他的"海外关系"成为不可饶恕的"原罪",他因而被发落到闽西北山区一待就是 20 年。"应当是生命最宝贵的这段青春岁月,却毫无价值地流失在一次又一次的政治运动中。"

反顾往事,见惯轻描淡写,甚至于文过饰非。未经长夜,焉知光亮之珍贵!较之于遮蔽和粉饰,我们格外需要正视和反思!

谈创作,需要推人及文,剖析写作人的人生轨迹,进而评说文本思想内涵、创作风格和个性特色。谈学术,同样需要检视治学者的生活道路,从而辨识其理论主张和学术品格。"人"与"文"不可分。

人生,本应该在那时展开最美好的篇章,然而,却命运多舛,岁月蹉跎,这确是冷峻甚至严酷的历练。

中国历史性的大转折,带来个人命运的根本性转变。没有拨乱反正这一页,很难想象现在包括刘登翰先生在内的许多知识分子将处于什么样的境遇!不能不正视历史的这一页。

1979 年,刘登翰先生调入福建社会科学院文学研究所,"重返文学岗位"。1982 年以后,"由于地域、语言之便和现实需要",转向对于台湾文学兼及港澳文学和海外华文文学的研究,将其"纳入中国文学和汉语语系文学的大系统中进行考察"。

对于这种"重返"和"转向",刘登翰先生称之为"迟到学术生命的晚来良缘"。喟叹之余,夹杂着苦涩和酸楚。然而,迟到也罢,晚来也罢,总算到了,来了。

自 1979 年至 2008 年退休,这三十载学术生涯之于刘登翰先生,犹如盛秋,硕果累累。

我于 1978 年 4 月调到《福建文艺》(《福建文学》)。这么多年,一路走来,同刘先生,有两个方面的交集。

一个是刊物交集。《福建文艺》开展新诗创作问题讨论,那时作为一线工作人员参与,刘登翰先生在讨论中所持观点和风格,令人折服。1982 年,《福建文艺》开设《台湾文学之窗》,我也参与执编,刘登翰先生和福建社会科学院文学研究所其他几位学者鼎力支持,推荐作品,撰写评论,为两岸文学交流拓开新局面。1984 年,《台港文学选刊》顺势而起,成为第一家专门介绍台港澳暨海外华文作家作品的文学期刊。自创刊开始,刘登翰先生便不间断地在"选刊"上发表研究和评论文章,论数量,论篇幅,在学者中他都是最多的。

另一个是团体交集。1988 年,台湾香港暨海外华文文学研究会在福建创立(1999 年更名为台湾香港澳门暨海外华文文学研究会),刘登翰先生是创会会长,我担任秘书长。创会之初他便提出,研究会工作应"以学术研究为中心",组织撰写《台湾文学史》便是其中一项耗力甚巨、影响甚深的"学术工程"。为了体现团队精神,《台湾文学史》的主编竟多达四人,刘登翰、庄明萱、黄重添、林承璜,这在文学史著编撰中是极为罕见的。务实为先,名分在次。刘登翰先生特别重视集体协作。不知这与北大求学期间的学术经历是否存在一种内在关联。由他领衔,研究会同仁踊跃参与,上、下卷共计120 多万字,在较短时间内如期完稿并正式出版。该书颇获好评,曾荣获第八届"中国图书奖"、华东地区优秀文艺图书一等奖、福建省社会科学优秀成果一等奖等。刘登翰先生还十分重视人才培养和队伍建设。早在 1997 年,他便倡议召开"世纪之交的台港澳暨海外华文文学研究"青年学者座谈会。他草拟了会议邀请函。会议的几个议题也是他提议的,包括:(1)如何评估迄今台港澳暨海外华文文学研究所取得的成绩,作为今后重新出发的基础;(2)如何认识台港澳暨海外华文文学研究中存在的问题(例如与思想界的脱节,与研究对象的隔膜,文学观念的僵滞,方法论的陈旧等),力求改变这一领域研究在大陆学术界中仍难摆脱的"边缘地位";(3)如何加强台港澳暨海外华文文学研究的史料建设,克服一味依赖"友情"赠送资料,以"交际"捧场取代科学研究,以致丧失独立学术立场的弊病;(4)如何加强青年学者自身思想、文化和学术修养,端正学风和文风,从而在台港澳暨海外华文文学研究群落的更新换代中,更早、更快地发挥主力军的作用。20年过去了,当年的青年学者,已经在学科建设中名副其实地充分发挥了主力军的作用。

在中国内地举行的本学科领域的学术研讨会,自第二届开始我都参加了,和刘登翰先生自然多了一层交集。2002 年,中国世界华文文学学会成立,刘登翰先生担任副会长,此后,学科有关活动趋于机制化,和他有了不少交集。

2007 年,"世界华文文学研究:理论与实践"国际学术研讨会在福州举行。会议旨在回顾和总结华文文学研究学术史,而回顾、总结刘登翰先生关于世界华文文学研究的理论主张和实践活动,也成了题中之义。

我们常言"退而不休",刘登翰先生的退休生活依然充实而丰盈。"充实"言其状态。一面,世界华文文学研究,乃至闽南文化研究、闽台关系研究等。再一面,书法艺术。又一面,文化交流,社会活动。"丰盈"言其收获。著作接二连三。夕阳红,红霞满天。

　　煦春,炎夏,盛秋,暖冬。多姿多彩,有声有色!

　　(作者为《台港文学选刊》原主编,编审,中国世界华文文学学会副会长兼秘书长)

回忆和登翰老师相处的日子

颜纯钧

和登翰老师相识,是在 20 世纪的七八十年代。那时我刚毕业留校,成了孙绍振老师指导的助教。印象中,我是先知道登翰老师的姓名,后来才见到其人的。有一天我到孙老师家拜访,一进门他就说:"有人很欣赏你的字哩。"一细问,才知道登翰老师来过了,见到桌面上放着我写的一篇小文章,随手拿起来一看,也就随口这么一说。当时作为小助教一个,请老师指点自然要抄写得工整点,也无非是钢笔字,跟书法是沾不上边的。那个阶段,孙老师和登翰老师的诗名正如日中天,报刊上不时就有两个人的名字赫然在目。知道登翰老师看了我的文章,而且还肯定了我的钢笔字,内心自有一番窃喜。

第一次和登翰老师是如何见面的,倒没什么印象了。此后经年,便不时会在一些文学活动现场或师友家里和他见面。有时三两个,有时一大帮,大家指点江山、激扬文字,神聊海侃、打趣逗乐,每每成就一顿精神大餐。一屋子智慧的大脑刮起旋风,让身为晚辈的我感觉如在梦中。早几年更多的是坐在一旁静听,在那些幽默谈吐和犀利论争中徒增自卑感;渐渐地也能插几句嘴了,有时甚至斗胆抗辩,感觉既兴奋又紧张;再后来,一位出版社编辑把一帮朋友拉去电视台搞辩论节目,当时正是电视红火的年代,大家觉得能在屏幕上露露脸,到底也没什么不好。于是,绍振老师、登翰老师、南帆、杨健民、王光明、林焱、华孚和章汉等都来了,作家林那北是唯一一位女性,算是11 片绿叶中的一点红。因为总共 12 个人,社科联的杨健民还为之取了个名字,叫"12 工作室"。那段时间,12 个文学界的朋友每周会面一次,随意分成两组,定好辩论题目,顺便吃喝一顿,然后摄像机架起来,就开始瞎吵一气,也没人管谁输谁赢。后来,我所在的福建师范大学中文系有一位教授看到节目,还专门找了我指责,堂堂的文人在电视上这么乱吵,委实有点掉份儿。但我心里想,管它什么掉不掉份儿,"份儿"有这么重要吗?12 个朋友都很珍惜每次相聚的机会,都感觉很快乐,很享受这个过程,这就够了。

相处的时间一长,年龄也变得不再是隔阂。跟登翰老师更熟了,也就跟自己的导师孙绍振一样,自我感觉是亦师亦友的关系;称呼也随之发生变化,"老孙""老刘"地就这么叫开了。偶尔老刘来我家,随便吃一碗炒米粉;我到他家,也留我吃完饭再走。彼此之间的话题是不用找的;都是闽南人,普通话夹带着乡音,更有亲切感。细想起来,老刘跟我的导师孙绍振,竟有很多相似之处。他们都一样文人气十足,睿智而幽默,随和而可亲。他们身高差不多,都戴眼镜,都是北京大学中文系毕业。不同的因缘际遇,两个人先后来到福建,在沿海或山区默默度过青春年华。命运对他们都有不公,但他们都在逆境中不甘沉沦、蓄势待发,终于在一个好的时代先后崛起,成为各自领域的领军人物,为福建省的"闽派文论"扛起大旗。我常想,这样的两个人合作写诗,也算是绝配了。等到不再合作了,两个人又都属于不甘寂寞的一类,在不同领域开疆拓土,成了所谓的"跨界"高手。老孙精通诗歌,研究当代和古代的文论,搞文本精读,后来又做"幽默学"、炮轰高考和英语四六级、编写中学语文教材;老刘也是从诗歌起家,接着创作报告文学,又跨入台港澳和华文文学研究,再后来顺理成章地成了"台湾问题"专家,业余时间写着玩玩,竟又玩成了书法家。当然,老刘没有老孙那么言辞犀利,那么"口没遮拦"。老孙在早年曾因言"获罪",老刘的问题更多来自家庭,这兴许是两个人的一个明显区别。记得鲁迅先生曾说"人生得一知己足矣",两位老师延续50多年的友情,在今天体会起来,肯定是深得其中之味的。

1989年以后,我开始承担福建师范大学中文系的电影课教学工作,顺便也做点电影研究。本来只是副业,不料竟越滑越远,副业变成正业,渐渐告别了文学。这个时期老孙的诗评在全国声名鹊起,老刘则转而创作报告文学,又介入港台文学,两个人的成果频频见诸报刊。对自己从文学转向电影,我有时也感到惋惜;好像和这两位亦师亦友的前辈,差不多成了两股道上跑的车,不可能再有什么交集了,总是人生的一大憾事。不料机缘巧合,命运竟让我和老刘在后来又有了两次更亲密的合作。

印象中是在1995年前后,有一天接到老刘的电话,才知道他准备编写一部《香港文学史》,想邀我参加,负责当代小说部分。这之前,他主编的《台湾文学史》已经出版,1997年香港即将回归,所以编一本《香港文学史》也算是一个良机。接到电话我多少有点意外,当然也明白登翰老师的用意——毕竟相知多年,彼此容易合作,再加上我弟弟颜纯钩在香港是一个知名作家,可能也考虑到这种便利,老刘才相中了我。当时他提出,为了搜集材料,会让我们几个参与者分别到香港岭南学院做三个月访问学者,条件只有一个,就是最后要提交一篇论文。为此,就要我们每人先选两篇自己较满意的文章,寄到岭南学院,意思当然是先让那边考核一下,看够不够被邀请的资格。我把自己发表在《文学评论》和《文艺研究》这两个权威刊物的论文各寄了一篇过去。不久后，收到岭南学院教务长梁锡华先生的一封回函，拆开一看就让我心生不快。梁先生在信中指责我没有引文，甚至说这就是大陆学者被海外学者认为做学问过于浮泛的原因。来函竟附上一份该校学报对引文注释的规范要求，把我当成连注释也不会做的大学生，我顿时感觉受到了侮辱。更令我不快的是，因我竟让所有大陆学者跟着全上了"黑名单"。当时我也顾不得批准的权力就掌握在梁先生手里，立即提笔写了回信。大意是条条大路通罗马，做学问也各有各的办法，不见得非要讲究字字有来历；没有创见，只懂得大"掉书袋"，其实也是迂腐文人的惯技。这之后，我把情况转告了老刘，话语中难免带着情绪。老刘听了，在电话里笑笑，说几句宽慰的话，也没再表示什么。我知道自己肯定是闯祸了，给老刘制造难题了。岭南学院去不成，搜集资料的工作难以为继，写书的事情看样子也只好作罢。之后，我又专心做自己的工作，不料几个月后，邀请函竟然寄了过来。我向老刘一了解，才知道瞧不起大陆学者的梁先生恰好退休了，另一位香港诗人黄国彬接替了他的位置，于是一切又重新开始，岭南学院的访问也终于成行。我这才意识到，原来老刘为了让我们几个能去成，在背后仍坚持做着不懈的努力。这还只是《香港文学史》撰写和出版中的一件小事，此外还有什么更烦心、更为难的事情要去协调和处理，就只有老刘一个人甘苦自知了。

说实在的，三个月的访学心里憋着一股气。前两个半月，我根本不去考虑论文的事。剩下半个月，我才叫弟弟提供一位在香港还未引起关注的青年作家给我研究，为的就是不必去引用别人的观点，也就不必做注释。弟弟推荐的是青年女作家黄碧云，因为黄碧云的书都是弟弟所在的天地图书公司出版的，可能也是想顺便推推书。从弟弟那里，我拿到了黄碧云仅有的两个中短篇小说集，用一周时间阅读兼做笔记，再用一周时间写作。一开始我就给自己定了两条：其一，这篇评论必须一稿成，初稿就是定稿；其二，这篇评论不能有一条注释，以此证明没注释照样能写出评论的另一条做学问的路子。画上最后一个句号后，我随即把文章送交《岭南学院学报》，第二天就逃也似的飞回福州。我心想管你发表不发表，反正我已经回来了。不久后，这篇文章顺利发表了，几个评审专家的评价居然都不错。后来，一个香港著名的教授在报纸上评述有关黄碧云的评论，还说写得比较周全的就是我。

此后，《香港文学史》的写作还经历一些波折，其中之一就是我约请的一个合作者做得不太认真。老刘审读后给我打电话，首先是肯定我负责的部分，继而又指出那位合作者存在的问题。他的口气始终是平和的，丝毫没有责怪的意思，这反倒令我愈加感到无地自容，只好主动表示自己来收拾这个

"烂摊子"。所幸有老刘掌舵,《香港文学史》最终还是赶在香港回归之时推出。图书首发的时候,他和我、杨健民,还有广东的一个女学者再赴香港参加庆祝,总算完成了这件大事。在参与《香港文学史》写作的过程中,我深感老刘确实是个当主编的人才。当主编不仅要有学识,更重要的还要是帅才。他要把不同个性、不同志趣、不同治学方法的一群人聚合在一起,尽可能地包容他们,既起引领作用和协调作用,又扬长避短,限制天马行空的发挥。等到后来自己也当了主编,不自觉地就把老刘的风范学一点过来。不管碰到的是怪才还是另类,一概硬话软说,不怒而威,倒还是效果不错。

《香港文学史》的写作结束之后,老刘又出版了《澳门文学概观》《双重经验的跨域书写——二十世纪美华文学史论》等力作,在华文文学领域所向披靡,成了全国的领军人物。我则重回影视艺术的教学和研究,原先还承担的几门文学课程,也让的让,推的推,完全割断了联系。偶尔在一些文学活动的场合见到老刘,也只能聊几句,询问一点近况,开几句无伤大雅的玩笑,又匆匆别过。想不到澳门回归之前,福建电影制片厂决定拍一部庆祝澳门回归的影片。当时电影厂文学部主任洪群,便近水楼台地把他和我作为编剧推荐给厂里。很快,我和老刘、洪群及电影厂副厂长姚文泰即飞赴澳门,开始创作前的采访。这一次创作让我和老刘有了更加密切的接触和深入的沟通。我俩同住一屋,一道外出采访、浏览胜地,有时漏夜切磋、构思剧本。有关澳门的历史、社会、文化及福建乡亲在澳门的活动,我就是这样一点一滴从老刘那里知道的。印象很深的是,他专门向我介绍了澳门一个称为"土生"的阶层,那是指葡萄牙人和澳门当地女人生下的后代。"土生"在澳门社会有非常特殊的地位,夹杂在上层的葡萄牙人和下层的当地人之间;既受葡萄牙人歧视,又在当地百姓那里感觉高人一等。经老刘提议,我们毫不犹豫地在剧本中设计了这样一个特殊的角色。老刘虽然是老师一辈,但他的态度始终那么谦和,从不以势压人。即便想法有不同,对我这样的晚辈照样平等相待。他有丰富的生活经验,又熟悉澳门的历史与现状。因为长年的文学创作,想象力和感受力更是非同一般。电影创作,主要还是靠生活经验,而不是形式经验,所以他在创作中发挥了关键的作用。我们的合作,自始至终都是轻松愉快的。他写一稿,我写一稿,有问题坦率讨论,有想法取长补短。印象中,至少在自己心里,竟没有一次感到紧张或者别扭的。剧本定稿后,请了北京的一个青年导演,毕竟是更年轻的一辈,经验和观念相距甚远;之后,他又请了北京一位年轻的编剧对剧本加以改编。后来拍得怎样,我也不太在意了,不过在福建省百花艺术奖中还是获了奖的。

退休后,老刘基本在厦门生活,来也匆匆,去也匆匆。身体似乎也不太好,有一阵子腰椎出了问题,到市二医院住院,我和朋友去探望过。想起曾经的共寝一室,彻夜长谈,感觉时光带走的实在太多。在他八十诞辰之际,谨以这篇小文祝登翰老师健康长寿、幸福快乐!

(作者为福建师范大学传媒学院教授)

我的文化引领人

陈 耕

我和登翰老师的四弟是小学和高中的同学,特别是高中,我们同班同组,又都喜欢篮球,走得很近。我们刚进厦门一中的时候,登翰老师的三弟刚刚考入北京大学数学力学系,而且,厦门一中当时一百米跑的纪录也是他的三弟创造的。语文老师、数学老师、体育老师都以他三弟为榜样来勉励我们新生。而我这位同学则称他的从北大中文系毕业的大哥更厉害。这是我最早对登翰老师的了解。

不过,我和登翰老师认识则是十几年以后,在 1976 年《福建文学》组织的创作学习班上。因为有跟他弟弟这层关系,又因为同是厦门人,特别是当时在文学知青心目中登翰老师堪称福建文学领袖,让我倍加仰慕、倍感亲切。当时,我就自己一篇写毛主席的保健医生傅连暲的散文《北山听涛》请教他,他提了简短但令我茅塞顿开的意见。后来,这篇小文章发表在《上海文学》上。

和登翰老师更多的接触是我到厦门市台湾艺术研究所以后。当时,他主编《台湾文学史》,受到海峡两岸一致的好评。1993 年,我写了我文化研究的第一本专著《台湾文化概述》,请他为我作序。他在繁忙的工作间隙认真地看了我 30 多万字的长文,写下一篇深深影响我文化研究的序。

在序言中他既鼓励了我,又对我书中的错误缺失提出了中肯诚挚的批评,尤其是关于闽南文化的定义问题。当时我在这本书中将闽南文化称为"闽南方言文化"。他针对这个定义做出了深入的剖析和批评:"作者十分重视方言文化在文化形成中的意义,并以方言文化(闽南方言文化、客家方言文化)来概括区域文化。这一提法突出了方言的特色,但也不一定能为大家所赞同。因为方言虽是地方文化的突出特征,但不等于就是文化的全部。用方言文化概括文化结构中有形的物质文化和介于物质与精神之间的制度文化,就很难在概念上十分周全。"

这个批评深深地影响了我此后的文化研究,不但使我对方言和文化的关系有了更深的认识,而且使我认识到定义和概念是文化研究的起点,认识到文化的研究不仅仅是对文化事象的研究,还需要有学科本体理论的建设,而学科本体理论的建设首先是从概念和定义开始的。如果本身对概念定义模糊不清,这样的研究就等于是建立在沙滩上面。他引导我后来对文化生态研究、闽南文化研究、海丝文化研究能更加关注探讨不同文化的概念与定义。

另一方面,他对我的许多鼓励和肯定,也使我领悟到台湾文学研究和文化研究的许多方向性问题。如他在序中给我的鼓励性评语:

> 作为一个感受型的艺术家,他不同于某些更专业化的研究者,从观点出发来罗列论据,充满了思辨的逻辑的力量;而更多的是从大量材料的描述入手,走向结论的归纳。分析和观点往往就渗透在材料的描述之中,并由描述而自然衍生,盈溢着感性的、形象的慧光。

> 但这并不是说作者对台湾文化缺乏整体的观照和严密的科学分析。我想提醒读者注意的是本书最后一章"台湾文化结构的形成和变迁",以大量史料和材料为依据而从理论上进行概括和归纳的一部分,其中有着作者许多重要的见解。例如对于汉族文化和台湾少数民族文化,都具有在血缘纽带解体不充分的情况下进入阶级社会,因而形成以纲常为基干的伦理道德文化特点,从而能很快地使台湾少数民族文化融合于中华民族文化之中的分析;又如对于台湾移民情结的文化向心力和遗民心绪在浓重失落感中产生的若即若离倾向,从而造成台湾数百年历史在文化外结构上动荡不安,内结构紧系于大陆母文化的复杂状况的剖析。再如对日据时代中华民族文化受到严重摧残破坏,造成在台湾人民中的陌生和淡化现象,而作为汉民族文化分支的闽南文化与客家文化却担负起抗御异质文化的使命而获得特殊的发展。这一不均衡的发展状态,埋下了日后台湾文化发展的变数,成为分离主义倾向的文化根源之一的分析,等等,都是颇为深刻和富有见地的。它同时也使这部著作,具有鲜明的现实针对性。

这些鼓励和肯定,实际上也是在提醒我,在台湾文化的研究当中,必须具有鲜明的现实针对性;同时也引导我,在后来的台湾文化研究中,更加关注台湾文化发展不均衡的问题,关注闽南文化在台湾特殊的传承与变迁历程,以及其对台湾社会深刻而久远的影响。

登翰老师的序,使我深刻地感受到从文学创作到专业的文化研究,需要更多专业的知识和逻辑力量,引导我在后来的文化研究中,更加关注文化理念的养成、文化知识的积累和文化逻辑的推理。可以说,他短短两千多字的序言,实际上成为我后来文化研究的重要路标。

1995 年,登翰老师介绍我和台湾的幼狮文化事业公司陈信元先生认识,推荐我参与他所主编的在幼狮出版的"文化中国·番薯藤文化丛书"的写作。在他的支持和鼓励下,我和曾学文合作,写出了《百年坎坷歌仔戏》,在台湾出版。正是这本《百年坎坷歌仔戏》让我在 1997 年完成了《歌仔戏史》这本专著,并主编了"歌仔戏研究丛书":《歌仔戏史》《歌仔戏音乐》《一代宗师邵江海》《歌仔戏论文集》《歌仔戏资料汇编》。这套丛书由光明日报出版社出版。

1999 年《歌仔戏史》获得了文化部"建国 50 周年艺术研究成果奖"三等奖,也是福建省唯一的一本获奖专著。这些成绩可以说都是由于登翰老师对后学的奖掖引领才取得的。

1999 年登翰老师又把我拉进"闽台文化关系研究丛书"的编写工作中,让我撰写《闽台民间戏曲的传承和变迁》。当时,我正兼任厦门歌舞剧院的工作,家里又出了点事,几次都想放弃这本书的写作。但是,登翰老师一再鼓励和督促,使我最终得以完成。书名原是《闽台民间戏曲》,也是登翰老师建议我改成《闽台民间戏曲的传承和变迁》。这样的改动比较切合丛书强调"闽台文化关系"的研究宗旨,不是孤立地分别介绍两地的民间戏曲,而是着重于叙述两地民间戏曲的传承关系、融合变迁、互动互补、相辅相成。这套丛书由福建人民出版社出版,2016 年由人民出版社再版,对我的学术成长而言是一个重要的台阶,这得益于登翰老师的提携和鼓励。

当然,登翰老师对我的学术引领和教化更主要的是在他参与闽南文化生态保护区的工作,并与他合作撰写《论文化生态保护——以厦门市闽南文化生态保护实验区为中心》的最近十年中。

2007 年 3 月,文化部在厦门召开第一次"文化生态保护区工作会议",国务委员陈至立听取了"漳、泉、厦"的汇报,并做了重要讲话,言明中国政府将推动世界首创的"文化生态保护区"建设,保护传承中华优秀传统文化;并决定在"漳、泉、厦"地区建立第一个文化生态保护区——闽南文化生态保护实验区。登翰老师很快投入到这一开创性工作中,参加厦门市闽南文化研究会 2007 年、2008 年组织的小型研讨会,发表了几篇关于非物质文化遗产保护和文化生态保护的很有分量的文章。他的文章不仅有理论的高度,而且善于在实际生活中发现问题,开掘理论的新天地。例如,他在文章中提到福州三坊七巷一个老人家锯开自己古宅的门槛,为的是便于孩子的摩托车进出这一生活观察事例,并将其提炼为传统文化保护和百姓生活现代化的矛盾问题,生动而又深刻,是文化生态保护普遍存在的问题。

2009 年,在登翰老师的推动下,厦门市非物质文化遗产保护中心筹备第一次海峡两岸文化生态保护研讨会。这次研讨会后来由福建省文化厅主办,北京和台湾许多著名的专家都参加了盛会。登翰老师亲自出面邀请台湾成功大学的陈益源教授与会,我们还一起和陈教授讨论海峡两岸联合推动闽南文化研究的问题。这对 2011 年台湾成功大学成立"世界闽南文化研究中心"和 2012 年台湾举办的"世界闽南文化节",一定程度上起到了促进作用。

这次研讨会也使我们深感文化生态保护区建设理论准备不足的问题。2010 年我们一起参加福建省艺术研究院组织的文化生态保护的调研,边调研边讨论,登翰老师提出合作撰写关于文化生态保护的理论专著。开始的题目是《文化生态与文化生态保护》。我们用了半年多的时间讨论提纲。登翰老师一开始就拉出一个完整的提纲,也要求我单独拉出一个。我觉得他的提纲已经很好了,他却不断地提出问题,不断地努力将我提纲中的小火花融入。讨论中让我获益匪浅的是他强烈的问题意识。他始终把握该书应该让人了解四个问题:文化生态保护从何而来? 为什么要开展文化生态保护? 文化生态是什么? 文化生态保护区如何建设? 他要求提纲必须紧紧扣住问题。同时,他又努力把调研中发现的问题上升为理论的思考,并融入提纲中。如文化保护和文化创新的问题、物质文化遗产保护和非物质文化遗产保护相结合的问题、闽南文化生态保护区建设与海峡两岸闽南文化交流合作的问题等。他没有要求我怎么做,却在讨论中使我意识到必须在文化生态保护区建设的实践中努力去发现新的问题,努力将问题上升为理论的思考。

全书的撰写陆陆续续用了近三年的时间。我写第一稿,登翰老师写第二稿,绝大多数章节都等于重新写过,学术性、逻辑性远远超过我的第一稿。我至今保存着两个稿,并常常取出两相对照,登翰老师所写的第二稿也成为我学术写作最好的教材。

这些年和登翰老师在闽南文化研究上交集很多,也学习了很多。他提出的"闽南文化的当代性和世界性",已经成为几届世界闽南文化论坛的中心议题。我个人认为,这是闽南文化走向明天、走向世界的永恒的问题,值得不断深入研究。但他几次提醒我,这不仅是个理论问题,更是个实践问题。他建议组织一些人深入到实际生活中,如人类学的田野调查那样,调研闽南文化在当代的生存状况和生活中的发展与变迁。2016 年,他亲赴马来西亚,参与"首届马六甲海丝文化论坛",并做了论坛的学术小结。他提出,走向世界同样首先是个实践的问题。如何抓住"21 世纪海上丝绸之路"的契机,推动当代闽南文化的发展和走向世界,机不可失,时不再来。

登翰老师是从文学创作、文学研究转向文化研究,我是从戏剧创作转向文化研究,因此他多次告诫我,闽南文化研究主要是由历史学者推动开展起来的,一定要十分尊重历史学者及其研究。但同时,闽南文化是一门需要多学科参与的综合性学科,必须有不同于历史学的视角、立场和方法,要十分注意扬长避短,要努力探索中国文化研究和区域文化研究的方法论问题。

我深感这些教诲切中要害,希望与所有闽南文化研究者分享。

在登翰老师学术研究六十年的研讨会上,因为我没有受过专门的学术教育,不敢评判老师的学术水平和研究特点。在我比较熟悉的闽南文化研究领域,他堪称当今闽南文化研究的引领者。他凭借敏锐的学术眼光、宽广的学术视野和深厚的学术功底,尤其是对现实生活的高度关注,总是能敏捷地发现契机,提出问题,并高屋建瓴地推动和引领青年学者进行新的学术关注,迈向新的学术台阶。40年来,特别是90年代以后的20多年,和登翰老师日近日亲,受益匪浅,借此会议,以此文向志趣高远、著作等身、学养深厚、奖掖后学的登翰老师表达感恩之情。

(作者为厦门市歌舞团前团长,一级编剧,厦门市闽南文化研究会会长)

学术本位的坚守与文化诗学的建构

——"跨域与越界:刘登翰教授学术志业六十年"研讨会侧记

郑海婷

　　2016 年 7 月 6 日至 7 日,由福建社会科学院、福建省闽南文化发展基金会、福建省文联和中国世界华文文学学会共同主办的"跨域与越界:刘登翰教授学术志业六十年"研讨会,在福建省福州市隆重举行。来自海内外的专家学者,包括北京大学中文系教授谢冕、洪子诚、计璧瑞,中国社会科学院文学研究所研究员张炯、杨匡汉、黎湘萍,复旦大学中文系教授陆士清,暨南大学文学院教授、中国世界华文文学学会会长王列耀,南京大学中文系教授刘俊,中南财经政法大学港台文学研究所教授古远清,厦门大学台湾研究院教授朱双一、张羽,厦门大学人类学系教授郭志超,福建师范大学副校长汪文顶、文学院教授孙绍振、协和学院院长袁勇麟,福建社会科学院院长南帆、文学所所长刘小新,闽南师范大学教授汤漳平,泉州师范学院教授林华东,《东南学术》总编辑杨健民,《福建论坛》总编辑管宁,《华文文学》副总编辑庄园,人民出版社资深编辑詹素娟,同窗挚友李留根、刘文昭、吕良弼、章绍同等,来自境外的台湾现代艺术家李锡奇,台湾诗人管管、张默,台湾大学台湾文学研究所所长黄美娥,香港天地图书出版公司总编辑孙立川,《香港文学》总编辑陶然,香港大学饶宗颐学术馆高级研究员郑炜明等,共 120 多人参加了本次研讨会。与会者对刘登翰教授从事学术研究六十年取得的丰硕成果表示祝贺。

　　福建省政协副主席、福建社科院院长南帆教授和福建师范大学副校长汪文顶教授共同主持了 7 月 6 日上午的开幕式并做了主题发言。福建社科院党组书记陈祥健研究员和福建省文联书记处书记陈毅达、中国世界华文文学学会会长王列耀出席会议并发表讲话。他们指出:刘登翰教授是闽派人文学术的标志性人物,在其所从事的研究学科上做出了卓有成效的建树,其学术贡献和学术影响力是社科闽军的典范;其学术志业的精神和学术视域的深度和广度是闽派学术的宝贵财富,值得后辈学习。

　　会议以"跨域与越界"为主题,围绕刘登翰教授在中国当代新诗、台港澳暨海外华文文学、闽台区域文化及诗歌、散文、报告文学和书法创作等多个领域的贡献展开讨论。40 多位学者在会上宣读论文或做了精彩的发言。因故未及出席会议的学者汪毅夫、饶芃子、曹惠民、朱寿桐、黄万华等发来贺信和书面发言。这些论文和发言、贺信从不同角度充分肯定了刘登翰教授的学术成就和贡献。

会议同时，还在福建画院举办"墨语——登翰写字"书法展，展出刘登翰书法作品近百幅。

一、"你就生活在你的位置上"

北京大学洪子诚教授在发言中提到，20 世纪 80 年代初与刘登翰合作撰写《中国当代新诗史》，当时诗坛现状众说纷纭，存在尖锐分歧和对立，让他感到非常焦虑，登翰先生的劝诫让他印象深刻："你就生活在你的位置上。你就是你，不必成为别人。"这样的学术态度和生命体认，也深深烙印在刘登翰的学术研究中，既有他们这一代学人随社会历史大潮而动的无奈，也有对认定的目标和自身经验耿耿于怀的坚守。

谢冕、洪子诚、张炯、孙绍振、吕良弼这些"同代人"的文章和发言在回忆青春往事之余，不约而同地感叹人是社会历史大潮中的一叶扁舟，除了随波而动常常别无选择。谢冕老师说："我们这一代人一切都与社会的进退和民众的安危联系在一起，我们是时代大潮中的一片叶子。命运怎样捉弄我们，我们都只能接受。"这是他们这一代人的共同经历。刘登翰属于 20 世纪 50 年代北大中文系最活跃的一批文学青年，毕业后志气满满回到家乡，却因"海外关系复杂"而被分配到闽西北山区"学非所用地支援工业建设，且一去二十年"。"人生最好的二十年"几乎就此荒废，直到 1979 年岁末调入福建社科院文学所，才得以重新回到学术岗位。以后来者的视角，却又能够发现这看似远离学术的二十年于他的助益。台湾著名散文研究者郑明娳指出，刘登翰散文精选集《自己的天空》是个人心灵历程的写实呈现；余禺指出，诗集《瞬间》《纯粹或不纯粹的歌》是"大梦初醒时的心灵缩影"；伍明春指出："读刘老师的诗可以很深切感受到他们这一代人的青春记忆、文化记忆。"刘登翰的诗歌、散文和报告文学创作充分汲取了这一阶段的人生体验，也由此成为记录一代知识分子心灵图景的珍贵个案。何谓文学的价值？如果说文学要打动人心、引发共鸣，那么除了审美形式的不断探索，更应该包括历史细节的生动展现。刘登翰文学创作的价值就体现在后者。恰恰是这些真挚写实的文本在今天具有特定的文学价值，记录下个体生命每一个细枝末节的感受，或者无甚紧要的小事，在严谨刻板的历史叙事之外，以文学的方式再现了微观又生动的历史细节：这是独属于他们这个世代的历史，年轻世代通过他们的文学书写感受到这段历史的丰满血肉。

对于刘登翰来说，介入华文文学的研究既是偶然，也是必然。刘登翰出生于厦门鼓浪屿一个华侨家庭。家族的传统是男丁在 16 岁以后就得漂洋过海到南洋谋生，以养育留在家乡的父老妻小；孩子长大后再循着父辈的足迹蹈海谋生。如此循环不已，已在四代以上。只是到了他这一辈，历史的转折才中断了其家族谋生南洋的传统。这样的经历，使得刘登翰的华文文学研究不仅仅有理性的建构，也有感性的追索。他对一代代海外华人的文学创作特别能够感同身受，海外华人心系祖国故土，就像他的家族，故土是他们情之所系，心之所依，华文文学大同诗学建构的情感初衷，大抵源于此。陈晓晖博士谈到了他的散文《钟情》，写厦门的引种场，南洋的华侨手提肩扛，把国外经济作物的种子带到自己的家乡，种到泥土里，就好像他们把自己"种回来"。如果说刘登翰的华文文学研究是从学术上探索中华文化和文学传统，如何看移民的足迹播向世界，而又在融摄异邦文化的海外人生中，丰富和发展了中华文化和中国文学，形成了既源自母体又与母体不尽相同的海外华族文化和海外华文文学。那么，对于他个人来说，这也是一次独特的寻根之旅，是如王列耀所引用的"背着父亲的灵魂回家"的旅途。独特的人生经历，使他的研究充满对研究对象的深层关切，他是非常朴素地从自己的个人经验去理解华文文学的离散状况，所以他的研究总是会关注每个个体的生存境遇。这是一种感同身受的相当朴实的研究方法，一种"刮骨疗伤的文化诗学"（黎湘萍语）。历史转折、个体经验与刘登翰的学术志业勾连在一起对读，可以发现刘登翰始终坚持的学术位置和研究方法的变与不变。

二、"他的天空博大而恢宏"

杨匡汉研究员指出："古代文史不分家，现在是鸡犬相闻而不相往来。这对如何融合、整合学术研究，提出一个新的课题。登翰在这方面做得很好。"创作、理论、批评，文学、史学、书法，他的诗歌和散文写作"在福建文坛一度领潮流之先"，他是世界华文文学学科重要的开拓者之一，他是闽台区域文化研究的代表性人物之一，他的书法创作也自成一格……如果仅仅固执地待在自己的位置上，那就没有这里讨论的"跨域与越界"了，登翰先生另一句让洪子诚教授记忆犹新的话是："不要总生活在自己狭小的圈子里，要试验，要积极进取。"这种近似矛盾的特质在他这里是如何汇合的？加之，学科壁垒日益森严的情况下，他如何做到跨域与越界，且都能有所斩获并获得认可呢？在梳理过刘登翰教授跨域与越界的历程之后，许多学者就关注了这个问题：他的跨域与越界何以可能并如何可能？原因被认为是两点：突出的文人才气和深刻的辩证思想。

与会者不约而同地用了"才子型的理论家"来形容登翰先生，原因无他，能够游刃有余地"跨域与越界"，没有突出的文人才气必然不能做到。曹惠民评价其"才情俊发，业绩斐然"。朱双一说道："刘登翰先生无疑是一位才子型的学者。一般而言，才子和学者是两种不同类型的人，刘登翰先生却将二者结合在一起。才子更多来自天赋，学者、理论家却是后天努力的结果。二者的结合，也许是他为一般人所难以企及的缘由之一。"登翰先生的中学同学吕良弼指出，他在中学时就体现出对文艺的广泛兴趣和敏锐感受力。这些都是天赋，或许多说无益。能够为后学借鉴和学习的更多是他的思辨方法——融于骨血成为本能的辩证思维。"他善于用唯物辩证法的矛盾对立统一等规律、范畴以及事物发展变化的眼光来看问题。这一点非常突出，几乎成为刘先生著作中无所不在的'幽灵'。"（朱双一语）孙绍振、朱双一、袁勇麟、朱立立、刘小新等人都提到了这方面。孙绍振教授认为辩证法的功底是他们这一代学人的重要思想资源，这一方法再加上登翰先生丰富的创作经验，使他进入华文文学的研究领域时能够站在较高的起点上，具有某种天然的优势。

刘登翰教授针对华文文学学科建构所提出的几个重要范畴就是辩证思维演绎的结果。世界华文文学研究是刘登翰教授的学术工作中最被认可、影响最大的部分。与会者的关注点也着力于此。《台湾文学史》《香港文学史》《澳门文学概观》《双重经验的跨域书写：20 世纪美华文学史论》这四部重量级的文学史著作，结合其"分流与整合""双重经验的跨域书写""华文文学的大同世界"等概念，成为"世界华文文学"这一新学科重要的奠基性论述。刘登翰教授以整体性的视野观照世界各地的华文文学创作，指出它们与大陆的文学创作共同源于中华民族的文化母体，又具有迥然各异的风貌，正是这样的辩证互动构成了"华文文学的大同世界"。历时线索上的演进，共时线索上的共生互动，这种周全严密的考虑在当时殊为难得。尤其是在八九十年代大陆学界重写文学史的大背景下，刘登翰教授对共时线索的重视和对空间维度的开拓，比如把历来被漠视的台港澳文学纳入视野，将其视为一个个富有能动性的生机勃勃的部分，使整体的华文文学的框架更加丰富且生动，这都是他的重要贡献。

三、"刮骨疗伤"的文化诗学

当然,对于刘登翰来说,跨域与越界的密码,除了上述两点之外,还有一点至关重要:独特的个体经验。因为在他看来,不管迁移到哪里,华人的根都在一起,所以,世界各地的华文文学虽各有特点,但始终同出一源,同属一脉,他看到的是华文文学的大同世界。就像他家族的成员们,虽分散各地,但每年都聚在一起共同祭拜先祖。所以,在他这里,"大同"是本然的状态,是他思考的出发点。"他的个人经历不一定呈现在他具体的研究中,但是作为一种精神,作为一种很柔软的很有弹性的东西,渗透到他的学术当中。"(黎湘萍语)

这样,我们能够看到,在他的研究中,既有宏观的文学史和文化史梳理,也有具体的个案研究和文本解读。一方面,这是辩证法思想的自然演绎;另一方面,也是由个体经验出发的,推己及人的悲悯情怀。

这里,我们能够发现刘登翰学术研究的主要特点——整体性意识,给予研究对象完整观照。他的台湾文学研究,不是就台湾论台湾,而是把台湾文学放在华文文学创作的整体里来讨论,注意到"两岸同处于国际冷战和国内内战的双战结构中……这种结构使得大陆文学和台湾文学聚敛了非常不同的风格和经验"(黎湘萍)。台湾大学黄美娥教授指出,刘登翰的跨域与越界研究提示我们,可以建构一种新的文学史视野,不单纯将福建文学或者台湾文学视为一个地方特质的区域文学,而可以尝试把福建空间因素纳入台湾文学史来观照,可以从福建看台湾,从台湾看近代福建,从台湾看日本,乃至彼此的跨界交错,建构区域流动与空间化的文学史框架,这样可能可以发现一些原先被遮蔽、被忽略的部分。

刘登翰的文学研究偏重于文化阐释,这种方法突破了传统的文本解读和审美鉴赏式研究,黎湘萍称之为"中国风格的文化研究"。这种文学研究区别于以批判思维为内核的欧美文化研究,为"文化研究"提供了实证研究的范例。朱立立教授则援引刘先生自己的话为他的"文化研究"做了注解:"我希望通过这些尝试(指闽台区域文化研究),为文学研究另寻一条文化的路径——不仅是从西方的文化理论入手,更主要的是从文献资料和田野调查的实证的历史和现实的文化语境出发,去探寻文学生成和发展的潜在因素和文本价值。"他在文学史研究上的辩证方法,以及诗性与理性相结合的独到笔触,被带到了这一领域的著述中。朱立立指出:"研究疆域的拓展于刘登翰教授而言,不仅具有学术互文的效果,而且更意味着理论视域和历史文化等维度的深度掘进。"

由是观之,从世界华文文学研究走向闽台区域文化研究,既是一种学术越界,也是一种原有视域的自然延伸。"刘教授主编并参与撰写的'闽台文化关系研究丛书'两辑共20册,是迄今规模最大、水平最高的研究闽台文化关系的丛书。"(林国平语)他与陈耕合著的《论文化生态保护——以厦门市闽南文化生态保护实验区为中心》,是大陆对文化生态保护进行理论探索的最早一部专著。他对《过番歌》文献的搜集、整理和研究,则是他为文化遗产保护所进行的研究性工作的一个具体个案。刘登翰教授提出,闽南文化是一种"海口型文化",既不是纯粹的大陆文化,也不是黑格尔概念中的海洋文化,而是从大陆文化向海洋文化过渡和发展的多元交汇的海口型文化。这一定义不仅着眼于闽南的地理位置,而且着眼于其文化形态和文化心态。与会学者孙绍振、林国平、朱立立、蔡亚约等对刘登翰的学术越界给予了高度评价,认为他对闽台区域文化研究学科的创建与拓展做出了重要贡献。

本次学术研讨会以刘登翰教授为个案,对这位当代学术典范进行了多方位的探讨。从1956年考入北大中文系算起,刘登翰教授的学术研究已逾60年,1937年出生的刘登翰也即将步入耄耋之年。刘登翰教授用"跨域与越界"来总结自己的学术人生,围绕着"跨域与越界"的主题,刘登翰治学生涯中三次"华丽而又素朴的转身"成为研讨会讨论的核心问题。从大陆新诗史转入台港澳暨海外华文文学研究,从文学研究转入闽台区域文化研究,从学术研究转入艺术批评和文艺创作,刘登翰教授的三次转身不仅跨域而且越界。难能可贵的是,他在这些领域中都能够有所斩获,所出成果扎实、丰富。这不仅需要功力和毅力,而且需要勇气和魄力。这种"闯荡"的热情是闽派学术的优良传统,"刘登翰在跨域与越界的研究中展现出来的原创精神和学术视域,使他在开放、多元的闽派学术中独树一帜"(吕良弼语)。刘登翰教授在发言中用"过渡"和"垫脚石"来定位自己:"我的知识储备、学术视野和文化位置,都使我的研究只是一种过渡阶段的夹生的研究。"大的历史环境和小的家庭环境都深刻影响到刘登翰教授的学术研究,这是独属于他们这个世代的特质和成果。对于年轻一辈来说,我们要学习的恰恰是这种老一辈学者的方法,不仅是做学问的方法,还包括为人处世的方法。刘小新研究员在大会总结中指出方法的传承是本次研讨会的主要意图,这个意图已经实现了。

(作者为福建社会科学院文学研究所助理研究员,博士)

附录

刘登翰学术简历

刘登翰,1937 年生于厦门鼓浪屿一华侨家庭,祖籍福建南安。1955 年厦门师范毕业后,分配在《厦门日报》社任记者。翌年考入北京大学中文系,开始尝试文学创作和评论;1958 年应诗刊社之约与谢冕、孙玉石、孙绍振、殷晋培、洪子诚合作撰写《新诗发展概况》于《诗刊》连载(未载完)。1961 年大学毕业后回到福建,适逢两岸军事对峙一触即发,因家庭的"海外关系"被分配到闽西北山区,一待近 20 年,期间当过中专教师、地区小报编辑、农村下放干部、基层文化干部等。1979 年 10 月调入福建社会科学院文学研究所(1980 年 4 月到位),任副所长、所长、研究员,受聘福建师范大学文学院担任博士生导师;先后兼任中国作协台港澳暨海外华文文学联络委员会委员、福建省作协副主席、中国世界华文文学学会副会长、福建省台港澳暨海外华文文学研究会会长、台湾文化研究中心主任、福建省茶产业研究会会长等多种社会职任,现已退休并卸任。现为厦门大学两岸和平发展协同创新中心专家委员、福建师范大学海峡两岸文化发展协同创新中心首席专家。主要从事中国当代新诗、台港澳暨海外华文文学和闽台区域文化与闽南文化研究,兼及艺术批评。出版学术著作和文学创作集 30 余部。晚近 10 年,钟情书法,先后在福州、厦门、泉州、金门、台北、马尼拉等地举办书法展。1993 年起享受国务院有突出贡献专家津贴,1996 年被中共福建省委、福建省政府评为"福建省优秀专家",2004 年被国务院侨办、全国侨联授予"全国归侨、侨眷先进个人"奖章和奖状。

刘登翰主要著作出版目录

自选集

《跨域与越界》，人民出版社，2016 年。

中国当代新诗研究

《中国当代新诗史》（与洪子诚合著），人民文学出版社，1993 年。

《中国当代新诗史》（修订本，与洪子诚合著），北京大学出版社，2005 年。

《回顾一次写作——〈新诗发展概况〉的前前后后》（与谢冕、孙玉石、孙绍振、洪子诚合著），北京大学出版社，2007 年。

台港澳暨海外华文文学研究

《台湾文学史》（主编之一暨主要撰稿人），海峡文艺出版社，1991 年（上卷）/1993 年（下卷）。

《台湾文学史》（三卷本，主编之一暨主要撰稿人），收入《中国文库》第三辑，现代教育出版社，2007 年。

《香港文学史》（主编暨主要撰稿人），香港作家出版社，1997 年。

《香港文学史》（订正本，主编暨主要撰稿人），人民文学出版社，1999 年。

《澳门文学概观》（主编暨主要撰稿人），鹭江出版社，1997 年。

《双重经验的跨域书写——20 世纪美华文学史论》（主编暨主要撰稿人），上海三联书店，2007 年。

《文学薪火的传承与变异》，海峡文艺出版社，1994 年。

《台湾文学隔海观》，台湾风云时代出版股份有限公司，1995 年。

《彼岸的缪斯——台湾诗歌论》（与朱双一合著），百花洲文艺出版社，1996 年。

《华文文学：跨域的建构》，福建人民出版社，2007年。

《书影背后》（序跋、短论集），香港中国文化出版社，2008年。

《华文文学的大同世界》（繁体版），台湾人间出版社，2012年。

《华文文学的大同世界》（简体增订本），花城出版社，2012年。

《遥望那一树缤纷——台湾文学漫论》，江苏大学出版社，2017年。

《窗外的风景》，福建人民出版社，2017年。

两岸文化与闽南文化研究

《中华文化与闽台社会》，福建人民出版社，2002年。

《跨越海峡的文化记认》，台湾海峡学术出版社，2010年。

《中华文化与闽台社会》（修订本），人民出版社，2013年。

《海峡文化论集》，江苏大学出版社，2014年。

《论文化生态保护》（与陈耕合著），福建人民出版社，2014年。

《南少林之谜》，台湾幼狮文化事业股份有限公司，2001年。

艺术评论

《色焰的盛宴——李锡奇的艺术和人生》，台湾印刻出版社，2016年。

文学、书法创作

《山海情》（诗集，与孙绍振合著），福建人民出版社，1979年。

《瞬间》（诗集），海峡文艺出版社，1991年。

《纯粹或不纯粹的歌》（诗集），香港文学报出版社，2004年。

《钟情》（散文集），福建人民出版社，1984年。

《寻找生命的庄严》（散文集），海峡文艺出版社，1995年。

《自己的天空》（散文集），花城出版社，2010年。

《关于人和历史的一些记述》（纪实文学集），海潮摄影艺术出版社，2007年。

《登翰墨象》，中国文化出版社，2006年。

《登翰墨象·二集》，中国文化出版社，2008年。

《登翰墨象·三集》，中国文化出版社，2012年。

答 辞

刘登翰

感谢朋友们不顾酷暑高温,前来参加我的研讨会。

举办这次研讨,我曾犹豫再三。面对许多学问大家和年轻俊彦,我常自惭形秽。我是在虚抛了许多青春岁月的 40 多岁之后,才有幸因为历史转折的一息契机,重新回到我年轻时候十分向往的学术岗位。只是事情尚未开始,我就有了迟暮之感。子诚在文章中谈到我们撰写《中国当代新诗史》时我所说的"夹生"和"过渡"。确实,这是我的学术状态。无论中国新诗研究、台港澳文学史撰写、华文文学理论探讨,还是两岸文化和闽南文化讨论,我都自知是个过渡。我的知识积累、我的学术视野和我的文化位置,都使我的研究只是一种过渡阶段的夹生的研究,徒具"开拓"之名,却乏建树之力。朋友们好意说了许多过誉的话,我知道这是对我的鼓励。但我从这些过誉的评说中,也听出我的不足和缺失。我清楚自己的斤两,所谓"过渡",就是垫脚石,我乐意当这样的垫脚石。几十年岁月,聊可自慰的是,即使在生命的低谷,我也不敢颓唐和自弃。我常想自己是只被扔进水里的皮球,纵使被按到了水底,只要不漏气,总会浮上来。这好像有点阿 Q,但正是这点精神,让我乐观和坚守。

感谢主办这次活动的福建社会科学院、福建省文联、中国世界华文文学学会,尤其是不断催促并且提供主要经费的福建省闽南文化发展基金会。我大半生的学术生命,都与它们联结在一起;我不同阶段的研究和创作,一步步都分别写在它们的名下。

感谢朋友们一直以来的相携相伴。无论人生路上还是学术路上,我都感受到你们给予的温暖和力量。我的许多研究成果,都是和朋友们合作完成的;我分享着你们的智慧,也感激你们对我的宽容。

最后,还要感谢我的家人:太太、女儿、孙女和弟弟及侄女们。没有你们,我不能走到今天。

秀才人情一张纸。但人生八十,这是我的肺腑之言。

谢谢大家!

2016 年 7 月 7 日于福州

"墨语——登翰写字"书法展

自 叙

吾学书,自无法始,所爱只是毛笔在宣纸上游走时,水与墨的互相浸溶、渗透、晕染、渲化,在浓淡枯润的无意中,显出异趣。自由率性,灵动无羁,无从捉摸,亦不可重复。书者的心志兴情,皆在水与墨的交融中,尽情宣泄。所以,吾将写字,视为一种快乐的游戏。快乐没有形态,游戏亦无固定格式,不过随兴而已。书有法,亦不必法。无法生有法,有法无从法,邓散木如是说。虽言治印,亦为书道。

中国的传统绘画,最伟大的创造之一,便是以无色为色。大澙若白,墨色缤纷,光彩照人,单纯而繁富,个中有无穷蕴寄。同样在宣纸上书写的传统书法,或许受限于书写的实用功能,往往讲究线条,而相对忽略墨韵。当今书法的实用功能已逐渐淡出,审美几乎成为唯一。吾所用心,便是期冀在线条与墨色之间,寻求一种对峙和平衡。以水化墨,以墨写线,让传统绘画的墨韵,在书法的线条上舞蹈。

六十年学术生涯,日夕与文字相处。读字、写字,是吾的一种生活方式。吾不敢轻言"书法",只曰"写字"。其与吾,可谓相敬终生,白头偕老了。

刘登翰

识于丙申年夏至日